DER FUCHS UND DER MONDHASE

BAND 1 DER MAGIKK-SAGA

Das Buch

Als Irma Wolf zurück in das alte Familienhaus zieht, ahnt sie noch nicht, dass sich direkt vor ihrer Haustür eine magische Welt verbirgt. Doch dann begegnet sie dem griesgrämigen Einzelgänger Iven, einem Fuchsgestaltwandler und Wächter in geheimer Mission. Dank ihm strandet sie in der Anderswelt, wo Magie alltäglich ist und fürchterliche Kreaturen die Welt bedrohen. Um zu überleben, muss Irma selbst eine Wächterin werden. Als sie erkennt, dass die Grenzen zwischen Gut und Böse verschwimmen, stehen nicht nur ihre Gefühle für Iven auf dem Spiel. Ihre eigene Bestimmung ist in Gefahr.

Über die Autorin

Leo Hirsch, geboren 1996, ist schon seit ihrer Kindheit ein Fan von Magie und Fantasy. Wenn sie nicht gerade in ihren Tagträumen versinkt, zeichnet sie gerne oder besucht Festivals und Konzerte. »Der Fuchs und der Mondhase« ist ihr Debütroman. Auf Instagram und TikTok ist sie unter @_leo.hirsch zu finden.

LEO HIRSCH

DER FUCHS UND DER MONDHASE

BAND 1 DER MAGIKK-SAGA

ROMAN

Bibliografische Information der Deutschen Nationalbibliothek:
Die Deutsche Nationalbibliothek verzeichnet diese Publikation in der Deutschen
Nationalbibliografie; detaillierte bibliografische Daten sind im Internet über
dnb.dnb.de abrufbar.

Lektorat: Dr. phil. Felicitas Igel, textweise
Korrektorat: Eva Elisabeth Wagner
Umschlaggestaltung: Christin Giessel, Giessel Design

Herstellung und Verlag: BoD – Books on Demand, Norderstedt

ISBN: 978-3-7597-4298-8

Für all diejenigen, die ein wenig Magie
in ihrem Leben gebrauchen können.

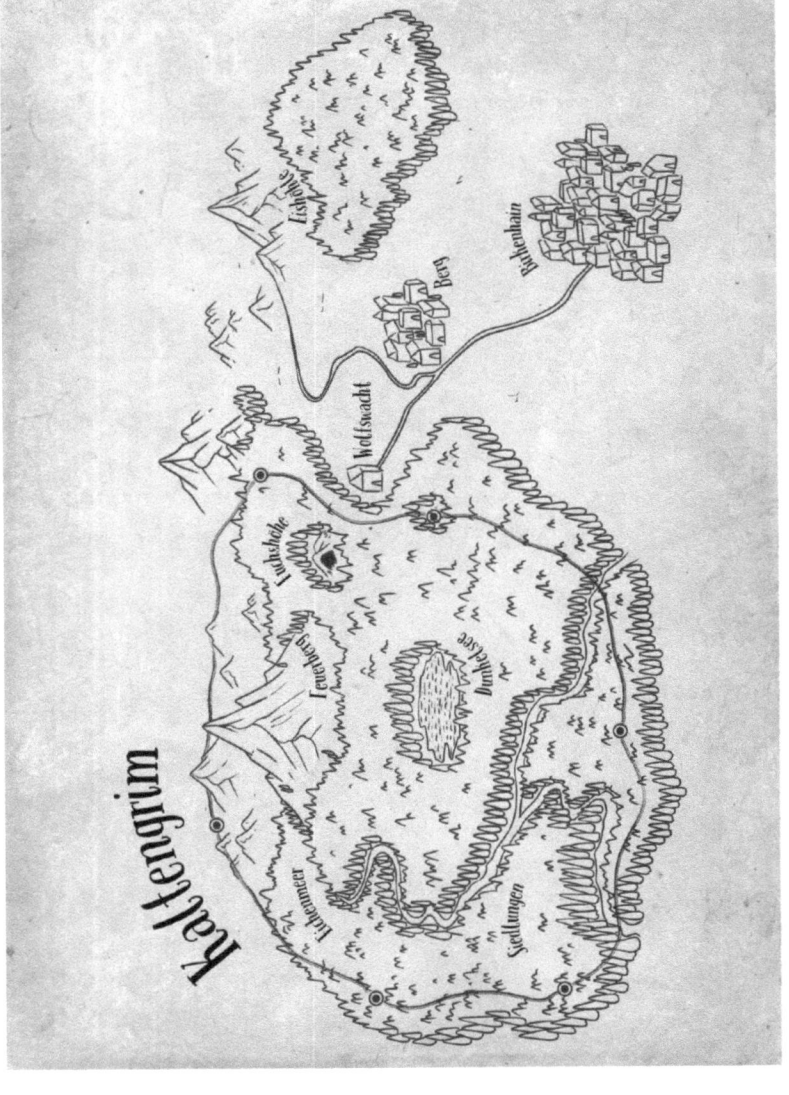

Eine Hütte ohne Eingang

Schon seit Stunden streiften sie durch den Wald. Es war ein Wunder, dass der Mann mit dem kleinen Bündel im Arm noch nicht gestürzt war. Es herrschte finstere Nacht, und lediglich das weiße Haar der Kleinen leuchtete in der Dunkelheit. Ihre großen blauen Augen waren wachsam. Ob sie verstand, wen oder was sie suchten? Als sie die Hütte ohne Eingang erreichten, spürte er seit Langem wieder Hoffnung. Nicht für sich, doch vielleicht durfte seine Tochter in Frieden heranwachsen.

Der Hase und der Fuchs

Die Sonnenstrahlen kitzelten ihr Stupsnäschen. Es war ein herrlicher Spät-sommertag. Die Hummeln und Bläulinge tanzten auf der Lichtung, wäh-rend die Gräser und Blumen sich sacht im Wind wiegten. Es war ruhig. Verdächtig ruhig. Sie ließ ihren Blick über das satte Grün wandern. Was war es, das ihre Aufmerksamkeit erregt hatte? Sie spitzte angestrengt die langen Ohren, doch außer dem sanften Rascheln der Gräser konnte sie nichts hören. Viel zu spät bemerkte sie den Fuchs, der seine scharfen Zähne in ihr Fleisch grub.

TEIL 1

Begegnung

1

Irma Wolfs dunkles Haar tropfte noch von der eisigen Dusche, die sie sich soeben zugemutet hatte. Diese hatte ihren Zweck jedoch völlig verfehlt. Anstatt sich wach und munter zu fühlen, war Irma nun einfach nur nass, und ihr war kalt. Mit der Zahnbürste im Mund betrachtete sie sich im Spiegel.

Augenringe bis nach Timbuktu.

Die Nervosität vor dem ersten Schultag in Birkenhain hatte sie die halbe Nacht wach gehalten, und die übrigen spärlichen Stunden Schlaf war sie von Albträumen geplagt worden. Unbewusst rieb sie sich die Stelle am Hals, in die der Fuchs seine Fänge gegraben hatte. Es war der einzige Traum, der Irma wieder und wieder heimsuchte. Jedes Mal fühlte es sich an wie ein Déjà-vu, dennoch sah sie den Fuchs niemals kommen. Als Irmas Blick ihre eisblauen Augen im Spiegel traf, seufzte sie. Selbstmitleid war auch keine Lösung, und es war allerhöchste Zeit, sich für die Schule fertig zu machen. Irma trug Lidschatten, Wimperntusche und ein wenig mehr Concealer als gewöhnlich auf und huschte zurück in ihr Zimmer. Die alten Holzdielen knarzten laut. In der *Wolfswacht* war es wirklich unmöglich, sich unbemerkt fortzubewegen. Aus der Küche im Erdgeschoss konnte Irma dumpf das Geplapper aus dem Radio vernehmen. Klara-Luise war wohl schon beim Frühstück.

Damit sie am neuen Gymnasium einen guten Eindruck machen würde, hatten Irma und ihre Cousine den vorherigen Tag damit verbracht, ihren Kleiderschrank nach dem perfekten Outfit zu durchforsten. Als der irgendwann komplett geplündert und das übrige Mobiliar unter unzähligen Klamotten verschwunden war, war die Auswahl dann doch auf Irmas Wohlfühloutfit gefallen. Sie schlüpfte in ihren Latzrock, den dunklen Strickcardigan, eine gepunktete Strumpfhose und schwarze Chucks. Nach einem letzten prüfenden Blick in den Spiegel packte Irma ihren Rucksack und machte sich auf den Weg hinunter in die Küche. Die Holzdielen der Treppe knarzten im Takt ihrer Schritte.

»Morgen«, brummte Klara-Luise, die mit ihrem roten Lockenkopf fast in der Müslischüssel hing.

Ihr bereitete der Beginn des neuen Schuljahres zwar schlechte Laune, aber keine Bauchschmerzen. Im Gegensatz zu Irma ging Klara-Luise nämlich schon seit Jahren in Birkenhain zur Schule. Irma hingegen war mit ihrer Mutter erst im Sommer zurück nach Berg gezogen. Der Grund war der Gesundheitszustand ihrer Tante Brietta gewesen, diese kämpfte schon lange mit einer Autoimmunerkrankung, die bereits in der Vergangenheit stationäre Krankenhausaufenthalte mit sich gebracht hatte. Zu Beginn des Sommers hatte sie trotzdem einen Spaziergang am Rande des *Kaltengrims* gewagt. Doch Brietta war so wackelig auf den Beinen gewesen, dass sie gestürzt war und sich zu allem Übel auch noch den Oberschenkelknochen gebrochen hatte. Damit Klara-Luise und ihr großer Bruder Anselm nicht allein auf sich gestellt waren, kehrten Irma und ihre Mutter Selma in das alte Familienhaus zurück. Für Selma, die die *Wolfswacht* in den letzten Jahren nur ungern besucht hatte, war das kein leichter Schritt gewesen. Doch die Familie Wolf hielt zusammen, komme, was wolle.

»Es ist noch ein bisschen Kaffee in der Kanne«, nuschelte Klara-Luise. Nachdem sie sich ebenfalls eine Schüssel Müsli gemacht hatte, kippte Irma den mickrigen Rest in eine Tasse, füllte diese mit Milch auf und setzte sich zu ihrer Cousine an den Esstisch. Durch das Küchenfenster konnte sie direkt in den Hof sehen. Kein Auto stand darin.

»Mama und Anselm sind wohl beide schon weg?«, erkundigte sich Irma.

Klara-Luise nickte. Selma kümmerte sich seit dem Umzug um Briettas Blumenladen und fuhr meist sehr früh dorthin. Anselm arbeitete derzeit allerdings meist die Nachmittagsschicht im *Café Haderlump*, dem schönsten Café Birkenhains.

»Anselm muss irgendjemanden vertreten, die haben ihn vorhin wach geklingelt«, erklärte Klara-Luise muffelig.

Ein bisschen enttäuscht war Irma schon. Insgeheim hatte sie gehofft, ihr Cousin würde sich erbarmen und sie und seine Schwester am ersten Schultag nach Birkenhain fahren. Im Gegensatz zu ihnen war Anselm nämlich schon volljährig. Da die *Wolfswacht* weit außerhalb der kleinen Ortschaft Berg lag, war die nächste Bushaltestelle keine Option. So blieb den beiden bloß das Fahrrad. Zum zweiten Mal an diesem Morgen stieß Irma einen tiefen Seufzer aus.

»Dann mal auf in den Kampf«, murmelte sie, als sie das Geschirr in die Spülmaschine stellte.

Eher resigniert als entschlossen schlüpfte sie in ihre Lederjacke und marschierte zusammen mit ihrer Cousine in die kühle Morgenluft.

Die Landschaft um Irmas neues Zuhause herum hätte sich nicht stärker von ihrer bisherigen Umgebung in der Großstadt unterscheiden können. Die *Wolfswacht* lag praktisch mitten in der Pampa, lediglich umgeben von kleineren und größeren Bergen sowie dem *Kaltengrim*. Das dunkle Holzhaus mit seinen großen Sprossenfenstern wirkte auf Irma immer etwas deplatziert, fast so, als dürfte es an dieser Stelle gar nicht stehen. Als dürfte unmittelbar am Rand des *Kaltengrims* überhaupt keine Menschenseele wohnen. Wie man auf die Idee kommen konnte, sein Haus so weit abseits der nächsten Ortschaft zu bauen, war Irma schon immer ein Rätsel gewesen. Doch wahrscheinlich hatte sie gerade deshalb so schöne Erinnerungen an die wenigen Gelegenheiten, bei denen sie ihre Verwandten hier besucht hatten. Die Bäume am Rand des *Kaltengrims* raschelten leicht im Wind und schienen Irma auf ihre Weise viel Glück für den bevorstehenden Tag zu wünschen.

Die Temperaturen waren in diesem Spätsommer ungewöhnlich früh gefallen, und der kalte Fahrtwind ließ Irmas Nasenspitze taub werden. Auch in ihren Fingern verlor sie allmählich das Gefühl. Dennoch war die Fahrt nach Birkenhain nicht so übel, wie Irma befürchtet hatte. Die Straße führte leicht abwärts ins Tal, weshalb das Radfahren überhaupt nicht anstrengend war. Die Heimfahrt würde dagegen wohl weniger angenehm werden. Früher als erwartet ließen Irma und Klara-Luise Berg hinter sich. Da es keinen Radweg zwischen dem Dorf und Birkenhain gab, mussten die beiden über die Landstraße fahren. Sie teilten sich diese mit einigen wenigen Autos, deren Fahrer ungeduldige Überholmanöver wagten, um auf ihrem Arbeitsweg nicht aufgehalten zu werden. Da die Straße schmal und Klara-Luise zu schlecht gelaunt für morgendliche Gespräche war, fuhr Irma hinter ihrer Cousine her. Sie fühlte sich alleingelassen mit ihrer Nervosität, und zahllose Gedanken schwirrten ihr im Kopf herum.

Sie hoffte darauf, in dieselbe Klasse wie Klara-Luise zu kommen und schnell Freunde zu finden. Irma ging nicht gern zur Schule, denn sie konnte nicht lange still sitzen, und Aufpassen zählte auch nicht gerade zu ihren Stärken. Sie fürchtete sich schon jetzt vor den Lehrern, doch möglicherweise würde es hier etwas besser laufen und sie wäre nicht wieder so kurz davor, die Klasse wiederholen zu müssen, wie im letzten Schuljahr. Zumindest hatte Birkenhain kein Lacrosse-Team, und sie würde zwangsläufig mehr Zeit zum Lernen haben.

Irma war so tief in ihre Überlegungen versunken, dass sie den SUV nicht bemerkte, der sich von hinten näherte. Da das Auto viel zu groß für die schmale Straße zwischen Berg und Birkenhain war, ließ der Fahrer nicht annähernd genug Abstand zu den beiden Radfahrerinnen. Wäre Irma nicht so sehr mit ihren Sorgen beschäftigt gewesen, hätte sie den riesigen Wagen vielleicht rechtzeitig wahrgenommen und sich näher an den Straßenrand begeben. So allerdings wurde sie erst in dem Moment jäh aus ihren Gedanken gerissen, als der Außenspiegel ihren linken Arm streifte. Erschrocken verriss sie den Lenker nach rechts, instinktiv weg von dem Fahrzeug. Als ihr Vorderreifen auf das Bankett geriet, verlor sie das Gleichgewicht und erwischte mit vollem Schwung auch noch einen Leitpfosten. Unsanft, aber immerhin gebremst durch die Kollision mit dem Begrenzungspfahl, stürzte sie zu Boden. Irmas Herz hämmerte, ihr Atem stockte, es rauschte in ihren Ohren. Sie brauchte ein paar Augenblicke, um zu begreifen, was soeben passiert war.

Klara-Luise fluchte. Der Fahrer des SUVs war nicht einmal stehen geblieben! Immer noch benommen von dem Sturz ließ Irma sich von ihrer Cousine auf die zittrigen Beine helfen.

»Geht es dir gut? Hast du dich verletzt? Tut irgendetwas weh?«, erkundigte sich Klara-Luise besorgt und scannte Irma von oben bis unten nach sichtbaren Verletzungen ab.

Irma schüttelte den Kopf. »Es ist nichts passiert, ich bin nur total erschrocken.«

Sie folgte Klara-Luises Blick. Ihre Strumpfhose war auf der rechten Seite zerrissen, und eine Schürfwunde zog sich über ihr Knie. Ihre Klamotten waren mit Staub überzogen, ihr Rucksack lag im Dreck. Doch nichts davon konnte Irma dermaßen aus der Fassung bringen wie der Anblick ihres Fahrrads. Das Vorderrad war so stark verbogen, dass eine Weiterfahrt nach Birkenhain unmöglich war.

Wie sollte sie denn nun rechtzeitig zur Schule kommen?

Egal wie lange sie überlegt hatten, den beiden war keine bessere Lösung eingefallen, als sich an dieser Stelle zu trennen. Klara-Luise würde schon einmal vorausfahren und in der Schule Bescheid geben, dass Irma erst verspätet zum Unterricht erscheinen könne. Die beiden Cousinen hatten das demolierte Fahrrad an einen Baum gelehnt, und Irma trat ihren Fußmarsch in Richtung Birkenhain an. Während sie sich den Staub vom Rock klopfte, versuchte sie angestrengt, die Tränen zurückzuhalten, die ihr in den Augen brannten. Schon seit Tagen machte sie sich Sorgen über den ersten Schultag, aber niemals hätte sie geglaubt, dass sich schon auf dem Weg dorthin die erste Katastrophe ereignen würde.

Reiß dich zusammen, dir ist nichts passiert, und das Fahrrad kann man reparieren!

Irma schniefte, blinzelte die Tränen fort und fasste den Entschluss, zumindest so pünktlich wie möglich zum Unterricht zu kommen. Der nächste Pendler aus Berg musste sie mitnehmen, etwas anderes kam nicht infrage. Als sie nach einer gefühlten Ewigkeit ein Auto um die Kurve fahren hörte, nahm Irma ihre Chance wahr. Sie trat auf die Straße und begann mit den Armen zu wedeln. Der silberne Golf musste eine Vollbremsung hinlegen, um vor ihr zum Stehen zu kommen. Erleichtert ging sie auf den mit Schrammen übersäten Wagen zu. Noch bevor sie ihn erreichte, stieg der wütende Fahrer aus.

»Sag mal, bist du eigentlich bescheuert?«, brüllte er fassungslos und gestikulierte wild. »Ich hätte dich beinahe überfahren, hast du noch alle Latten am Zaun?«

»Ich muss dringend nach Birkenhain und hatte einen Fahrradunfall. Bitte nimm mich mit!«, sprudelte es aus ihr heraus.

Ihr kam gar nicht in den Sinn, sich zu entschuldigen.

Ungläubig fragte der Fahrer mit kratziger Stimme: »Ach, und da bist du nicht auf die Idee gekommen, dich einfach an den Straßenrand zu stellen und ein Handzeichen zu geben?«

»Ich konnte doch nicht riskieren, dass du mich stehen lässt! Heute ist sowieso nicht gerade mein Glückstag«, rechtfertigte sich Irma.

Der Kerl war groß und hager, und sein vor Zorn gerötetes Gesicht hatte fast dieselbe Farbe angenommen wie sein langes Haar. Er wirkte kaum älter als Irma. Entschlossen setzte sie sich wieder in Bewegung.

»Du fährst doch bestimmt auch nach Birkenhain. Das Gymnasium liegt direkt am Stadtrand, da kannst du mich einfach rauslassen.«

Sie öffnete die Beifahrertür, warf ihren Rucksack in den von Limodosen übersäten Fußraum und stieg ein.

»Ich bin übrigens Irma. Danke, dass du mich mitnimmst!«

2

Als sie noch in dem Mehrfamilienhaus in der Stadt gewohnt hatten, waren Irma und ihre Mutter Selma ohne Auto ausgekommen. Manchmal, wenn Irma krank gewesen war und zum Arzt gebracht werden musste, hatte sich Herr Henning von gegenüber angeboten. Er war alleinstehend und seit Beginn seiner Rente chronisch gelangweilt. Er hatte es sich nicht nehmen lassen, Irma auf dem Weg immer unangenehme Details über seine diversen gescheiterten Rendezvous zu offenbaren und währenddessen lautstark Schlager zu hören.

Die Fahrt nach Birkenhain stellte die Touren mit Herrn Henning nun allerdings in den Schatten. Lediglich Irmas Erleichterung darüber, doch noch rechtzeitig zum Unterricht zu erscheinen, ließ sie die scheußliche Situation halbwegs gelassen hinnehmen. Der Rothaarige würdigte sie keines Blickes und starrte mit säuerlicher Miene stur auf die Fahrbahn. Seine knochigen Hände hatten sich so stark um das Lenkrad gekrampft, dass seine Knöchel weiß wurden. Irma fand, dass sein Verhalten maßlos übertrieben war. Es war ja wohl keine große Sache, ein gestrandetes Mädchen vom Straßenrand aufzugabeln. Er musste doch sowieso in dieselbe Richtung!

Sie war allerdings verunsichert von der unangenehmen Stille, und so entschied Irma sich dagegen, ihrem unfreiwilligen Chauffeur ihre Meinung darüber mitzuteilen. Verstohlen musterte sie ihn von der Seite. Er war schlaksig, und alles an ihm wirkte ein bisschen zu kantig, fast so, als ob er zu schnell gewachsen wäre. Er hatte eine markante Hakennase und ausgeprägte Wangenknochen, Sommersprossen überzogen sein Gesicht. Unter anderen Umständen hätte Irma diese sicher allerliebst gefunden, aber auf einer derart mies gelaunten Grimasse …

Er schien sich des prüfenden Blicks von Irma bewusst zu werden, und seine sturmgrauen Augen flackerten zu ihr herüber.

»Was?«, grummelte er zwischen zusammengepressten Zähnen.

Irma fühlte sich ertappt, die Hitze stieg ihr ins Gesicht. Sie wurde grundsätzlich sofort rot, sobald ihr etwas peinlich war.

Small Talk. Ich sollte es mit Small Talk versuchen.

»Bist du ... auch auf dem Weg zur Schule?«, fragte sie etwas einfallslos.

Die Nasenflügel des Rothaarigen bebten.

Sie hatte gar nicht mehr damit gerechnet, eine Antwort zu erhalten, als er endlich mit Grabesstimme antwortete: »Ja. Ich habe sozusagen meinen ... ersten Schultag.«

Die beiden letzten Worte gingen ihm auffallend schwer über die Lippen.

»Das ist ja ein Zufall, für mich ist das heute ebenfalls der erste Tag. Bist du wohl auch neu in der Gegend?«, erkundigte sich Irma neugierig.

Es dauerte wieder einige Sekunden, bis ihr Gesprächspartner sich zu einer Antwort herabließ.

»Sozusagen.«

Wie lästig es war, ihm jedes Wort aus der Nase ziehen zu müssen! Irma beschloss, seine Einsilbigkeit zu ignorieren.

»Ich bin ja eigentlich ursprünglich von hier, habe aber die ganzen letzten Jahre woanders gelebt«, plapperte sie los, da sie ein erneutes Schweigen tunlichst vermeiden wollte. »Wir sind erst im Sommer wieder zurückgezogen. Deshalb bin ich auch neu an der Schule. Meine Cousine, sie heißt übrigens Klara-Lui...«

»Wärst du so freundlich und machst mal das Handschuhfach auf?«, wurde sie jäh unterbrochen.

»Äh ... ja klar, was brauchst du denn?«

»Gib mir mal die Kassette mit der grünen Schrift.«

Im Handschuhfach befanden sich einige Kassetten, die krakelig mit Edding beschriftet waren. Als Irma den Titel der grünen Kassette las, fragte sie sich, wieso ausgerechnet sie an diesen unmöglichen Typen geraten musste. Wortlos griff er nach der Kassette und legte sie in den Rekorder ein. Er drehte die Lautstärke auf, und begleitet von *Ivens Soundtrack gegen nervige Konversationen (Teil 2)* legten sie die restlichen Kilometer bis zur Schule zurück.

Der Schotterparkplatz hinter dem alten Schulgebäude war voller Schlaglöcher. Iven, dessen Namen Irma vom Titel seiner Kassette kannte, fluchte leise vor sich hin, während er den größten auswich.

Er stellte seinen Golf III ans hinterste Ende des Parkplatzes, da die vorderen Reihen vollständig belegt waren. Der Großteil der Schülerschaft war sicherlich schon eingetroffen, es waren nur noch wenige Minuten bis Schulbeginn. Irma konnte es kaum erwarten, endlich auszusteigen. Obwohl sie Iven, der sie die restliche Fahrt über gekonnt ignoriert hatte, innerlich verfluchte, erinnerte sie sich an die Manieren, die ihre Mutter ihr eingebläut hatte.

Daher nuschelte sie: »Danke fürs Mitnehmen.«

Sie kämpfte sich aus den klappernden Limodosen im Fußraum frei und streckte ihr rechtes Bein in die kühle Morgenluft. Ihre Schürfwunde am Knie brannte, als sie es durchstreckte, und Irma wurde bewusst, wie ramponiert sie aussehen musste. Zerrissene Strumpfhosen, grasfleckiger Latzrock, zerzauste Frisur. So hatte sie sich ihren ersten Eindruck hier bestimmt nicht vorgestellt.

Unschlüssig, ob sie auf Iven warten sollte, drehte sie sich zu ihm um. Er lehnte an seinem Golf, zündete sich gerade in diesem Moment eine Zigarette an und nahm Irma damit die Entscheidung ab.

»Man sieht sich«, sagte sie erleichtert, ehe sie in Richtung Eingang stapfte.

Mit einem *Misfits*-Ohrwurm von *Ivens Soundtrack gegen nervige Konversationen (Teil 2)* im Kopf schlängelte sie sich an den parkenden Autos vorbei. Dabei wurde sie das Gefühl nicht los, dass sich Ivens Blick in ihren Rücken bohrte. Ein seltsam vertrautes Unbehagen machte sich in ihrer Magengegend breit. Zum zweiten Mal an diesem Morgen strich sie über die Stelle am Nacken, in die der Fuchs aus ihrem Traum seine Zähne gegraben hatte. Dann fand sie sich in der großen Aula des Schulgebäudes wieder.

Irma war von dem unglücklichen Sturz und der furchtbaren Autofahrt mit Iven so abgelenkt gewesen, dass sie ihre Aufregung ganz vergessen hatte. Nun aber wurde ihr augenblicklich bewusst, dass sie in lauter fremde Gesichter blickte und nicht die leiseste Ahnung hatte, wohin sie jetzt gehen sollte.

Ein Neustart könne auch gut sein, hatte Selma ihr versichert. Irma bemühte sich also, sich nicht von der Welle der Nervosität umreißen zu lassen, die über sie hinwegschwappte, und blickte sich suchend um.

Sie durchquerte die Halle und steuerte auf ein schwarzes Brett zu, das mit den verschiedensten Aushängen tapeziert war. Zu ihrer Erleichterung befanden sich darunter seitenweise Klassenlisten mit Schülernamen, auf denen zudem die jeweiligen Klassenlehrer und -räume vermerkt waren. Es war ein Leichtes, ihren eigenen und Klara-Luises Namen zu finden. Mit dem gemeinsamen Nachnamen Wolf waren sie die beiden letzten Schülerinnen der 11c. Irma hätte jubeln können, so glücklich war sie darüber, mit ihrer Cousine in einer Klasse zu sein.

»Irma, du bist ja schon hier!«

Sie drehte sich zu Klara-Luise um, die durch die Aula auf sie zukam, einen Jungen mit hellem Haar, Cap und Baggy Jeans im Schlepptau.

»Gerade eben wollte ich zum Klassenzimmer. Ich habe noch nicht einmal der Lehrerin Bescheid gesagt. Wie hast du es denn so schnell hierhergeschafft?«, erkundigte sich ihre Cousine ungläubig.

Irmas Sorgen darüber, wie sie rechtzeitig den Unterrichtsraum finden sollte, lösten sich in Luft auf.

»Mein grenzenloser Charme hat mir eine großartige Mitfahrgelegenheit verschafft«, lachte sie.

Sie verschwieg, dass sie sich dafür beinahe vor ein fahrendes Auto geworfen hatte.

»Das ist übrigens Irma, meine Cousine, von der ich dir erzählt habe. Irma, das ist Dennis«, stellte Klara-Luise den Platinblonden vor.

Sein breites Grinsen entblößte eine Zahnspange, als er Irma die Hand reichte. Ihre Cousine hatte seit Wochen immer wieder von Dennis geredet, der in den letzten Jahren ihr bester Schulfreund geworden war. Irma fand ihn mit seinen frech funkelnden Augen und der Himmelfahrtsnase sofort sympathisch und schüttelte ihm die Hand.

»Du warst die Sommerferien über in Schottland, deine Familie besuchen, nicht wahr? Klara-Luise hat schon viel von dir erzählt«, sprudelte es aus ihr heraus.

Klara-Luise verdrehte die Augen, was Irma nicht überraschte. Ihre Cousine ließ es sich regelmäßig anmerken, wenn ihr Irmas Art zu direkt, neugierig oder schlichtweg peinlich war. Darüber hinaus gab ihre Cousine nur ungern zu, dass sie ihren besten Freund in den Ferien sehr vermisst hatte. Sie war ganz und gar nicht der Typ dafür, derartige

Gefühle zu kommunizieren. Nichtsdestotrotz empfand Irma Klara-Luises Augenrollen als übertrieben und bekam allmählich das Gefühl, es an diesem Tag niemandem recht machen zu können.

»Ja, leider«, gluckste Dennis. »Meine Familie ist ziemlich langweilig, und für meinen Geschmack war es diesen Sommer über viel zu kalt und nass.«

»Jetzt sollten wir aber wirklich los!«, verkündete Klara-Luise, für die die Vorstellungsrunde beendet zu sein schien.

Irma folgte Dennis und ihrer Cousine durch den mausgrauen Altbau, der, ähnlich wie der Parkplatz, dringend eine Sanierung nötig gehabt hätte. Sie stiegen die Stufen einer kargen Steintreppe bis in den dritten Stock hinauf. Der Flur war ebenso trostlos und heruntergekommen wie das Treppenhaus. Lediglich die vergilbten Kunstarbeiten an den rissigen Wänden sorgten für ein wenig Farbe. Seit ihrem Umzug wurde Irma regelmäßig bewusst, wie sehr sich das Stadtleben von dem auf dem Kaff unterschied. Da sie zuvor in einem modernen Neubau zur Schule gegangen war, kam das baufällige Schulgebäude der Kleinstadt Birkenhain für sie einem Kulturschock gleich. Das Klassenzimmer, das die drei betraten, fügte sich nahtlos in die Tristesse des restlichen Gebäudes ein. Klara-Luise und Dennis begrüßten ihre Klassenkameraden, und Irma versuchte, so freundlich wie möglich in die Runde zu schauen. In dem Raum waren noch zwei Tische frei. Klara-Luise warf ihr einen fragenden Blick zu.

Da Irma nicht den Eindruck erwecken wollte, als hinge sie wie eine Klette an ihrer Cousine, sagte sie betont lässig: »Ich kann mich einfach hinter euch setzen.« Und da sie immer noch ein wenig gekränkt von Klara-Luises Augenrollen war, ergänzte sie selbstbewusst: »Gar kein Problem.«

Irma kramte gerade Stifte und Block aus ihrem Rucksack, als der Gong ertönte, der die erste Schulstunde einläutete. Zeitgleich betrat die Klassenlehrerin den Raum. Sie wirkte noch jung, ihr langes kastanienbraunes Haar fiel in Wellen über ihre dunkelgrüne Tunika, und ihre Stiefelabsätze klapperten auf dem dunklen Steinboden.

Mit einem warmen Lächeln drehte sie sich zur Klasse und rief vergnügt: »Na, das nenne ich mal Pünktlichkeit! Guten Morgen, meine liebe 11c!«

Viele der Schüler wünschten der jungen Lehrerin, deren karamellbraune Augen vor Freude zu glühen schienen, ebenfalls einen guten Morgen.

»Die meisten von euch kennen mich ja schon vom letzten Jahr. Meiner Liste zufolge haben wir dieses Jahr aber auch zwei Neuzugänge. Könnten Sie beide bitte einmal die Hand heben?«

Peinlich berührt, sofort die Aufmerksamkeit auf sich zu ziehen, hob Irma mit roten Wangen ihre Hand. Außer ihr schien sich jedoch niemand angesprochen zu fühlen.

Als die Lehrerin sie erwartungsvoll ansah, räusperte sich Irma und stellte sich vor: »Guten Morgen. Ich bin Irma … Irma Wolf. Meine Mutter und ich sind diesen Sommer nach Berg gezogen, deshalb bin ich neu hier an der Schule.«

»Hallo, Irma. Schön, Sie hier bei uns zu haben! Wie Sie vielleicht schon ahnen, bin ich dieses Jahr eure Klassenlehrerin. Mein Name ist Frau Sommer, und ich werde euch in Erdkunde und Geschichte unterrichten.«

Daraufhin wandte sich Frau Sommer zur Tafel und begann damit, organisatorische Punkte abzuhandeln. Bevor sie mit den üblichen Informationen über Notengebung, Tests und den kommenden Unterrichtsstoff herausrückte, teilte sie der Klasse freudig ihre guten Neuigkeiten mit: Sie würden den Wandertag im Planetarium verbringen dürfen. Die nette Lehrerin beteuerte mehrmals, wie viele Nerven es sie gekostet hatte, die Schulleitung davon zu überzeugen. Ob es nun an ihren grandiosen Argumenten oder ihrer unermüdlichen Penetranz lag, schlussendlich hatten sie für ihren Ausflug grünes Licht bekommen. Irma, die nach dem ernüchternden Morgen gute Neuigkeiten dringend gebrauchen konnte, ließ sich von Frau Sommers Begeisterung anstecken. Diese sprach gerade von Sternen, Monden, Planeten und Kometen, die sie würden bewundern können, als sich die Tür zum Klassenzimmer öffnete. Irmas Euphorie verflog schlagartig.

Ausgerechnet Iven betrat den Klassenraum und war allem Anschein nach kein bisschen besser gelaunt als vorhin in seinem Auto.

Im Gegenteil. Ohne die Klasse auch nur eines Blickes zu würdigen, schlurfte er auf die Klassenleiterin zu. War diese bis eben noch herzlich und blendend gelaunt gewesen, hob sie nun eine ihrer schmalen Augenbrauen. Neben seiner schlaksigen Gestalt wirkte Frau Sommer unglaublich klein, und sie musste den Kopf in den Nacken legen, um ihm in die Augen sehen zu können. Bildete Irma sich das nur ein, oder schaute die Lehrerin den Neuzugang spöttisch an?

Iven presste die Kiefer aufeinander, und er schien sich zusammenreißen zu müssen, um nicht sofort wieder umzukehren.

Im Gegensatz zu vorher trug er sein langes Haar jetzt in einem lockeren Zopf, was sein hageres Gesicht noch stärker betonte. Seine ausgewaschene Jeans war ihm aufgrund seiner Statur einerseits zu weit, andererseits auch zu kurz. Die weißen Tennissocken verschwanden in den schäbigsten Chucks, die Irma je gesehen hatte. Im Vergleich dazu sahen ihre eigenen Turnschuhe sogar richtig gut aus, und Irma machte sich gedanklich eine Notiz, das ihrer Mutter unter die Nase zu reiben. Letztere unternahm nämlich regelmäßig Versuche, Irmas Schuhe heimlich in den Müll wandern zu lassen.

Und nicht nur Ivens Schuhwerk war heruntergekommen. Sowohl das *Iron-Maiden*-T-Shirt als auch seine Jacke waren ihm viel zu weit und wirkten, als hätten sie ihre besten Tage schon lange hinter sich. Mit seiner zerschlissenen braunen Umhängetasche, die aussah, als könne sie jeden Moment auseinanderfallen, bot Iven keinen sonderlich beeindruckenden Anblick.

Auf Frau Sommers Gesicht schlich sich ein beinahe höhnischer Ausdruck. Sie griff nach einem Blatt Papier auf dem Lehrerpult, räusperte sich und las: »Und Sie sind sicherlich Iven Faber …?«

Er nickte langsam. Die Lehrerin überprüfte die Liste und bemühte sich um eine neutrale Miene.

»Demnach sind Sie also unser zweiter Neuzugang dieses Jahr?« Ihrer Stimme fehlte die Herzlichkeit, mit der sie Irma begrüßt hatte.

»Ich bin neu in Berg. Deshalb bin ich auch an dieser Schule«, stellte Iven knapp fest.

Frau Sommer deutete auf den Platz neben Irma. »Wenn das so ist, dann willkommen bei uns in der 11c. Seien Sie doch bitte so freundlich und nehmen neben Irma Platz. Sie hat heute ebenfalls ihren ersten Tag bei uns.«

Iven ignorierte Irma komplett, als er sich durch die Bänke zu ihrem Tisch hindurchschlängelte. Wortlos setzte er sich neben sie und verschränkte die Arme. Niemand hätte auch nur im Ansatz ahnen können, dass die beiden sich vorher bereits getroffen hatten, und Irma beschlich erneut jenes vertraute Unbehagen. Während ihr neuer Banknachbar sich gelangweilt auf den für ihn viel zu niedrigen Holzstuhl lümmelte, blickte Irma leicht verzweifelt gen Himmel.

Entschuldigung, was habe ich euch eigentlich getan?

Ihre stumme Frage an die Götter blieb unbeantwortet.

3

Mit klopfendem Herzen nahm Emmi die Tüte Croissants entgegen. Sie liebte die Botengänge, auf die ihre Oma sie oft nach der Schule ins *Café Haderlump* schickte. Und das nicht nur wegen des feinen Duftes von Gebäck und Kaffee, der dort verströmt wurde. Insbesondere der dunkelhaarige Mitarbeiter mit den freundlichen Augen hatte es ihr angetan. Seine an den Seiten kurz rasierten Haare und die Tunnel Piercings in seinen Ohrläppchen hätten vielleicht an jemand anderem furchteinflößend ausgesehen, doch mit dem fröhlichen Grinsen, das er Emmi schenkte, wirkte er auf sie wie ein Märchenprinz. Sie kramte in ihrem Geldbeutel nach dem Kleingeld, um die Backwaren zu bezahlen. Emmi war sich absolut sicher, dass sie die Münzen von ihrer Oma eingesteckt hatte, doch sie waren nicht da. Sie wurde immer nervöser. In letzter Zeit kam Emmi auffallend häufig etwas abhanden. Zugleich wurde sie wiederholt von Bauchkrämpfen geplagt und hatte sich in den letzten Tagen nicht wirklich wie sie selbst gefühlt. Entschuldigend sah sie den jungen Mann hinter der Theke an.

»Es tut mir echt leid. Ich dachte, ich hätte genug Geld eingesteckt. Jetzt fehlt mir leider ein Euro. Ich komme gleich wieder und hole die Croissants.« Emmi ärgerte sich über sich selbst, als ihr die Hitze ins Gesicht schoss und sich die Röte bis zu ihren Ohren ausbreitete.

Anselm, wie sie von seinem Namensschild wusste, legte den Kopf schief und lächelte sie an.

»Nicht so schlimm, Emmi. Den Euro leg ich dieses Mal drauf.«

Schelmisch zwinkerte er ihr mit den hübschen grünen Augen zu, und Emmi befürchtete, mittlerweile puterrot zu sein. Sie bedankte sich überschwänglich, versprach, das nächste Mal ganz sicher Trinkgeld für ihn dabeizuhaben, und trat mit federndem Schritt aus dem *Café Haderlump*. Ihr Herz klopfte immer noch wild, als sie sich auf den Heimweg machte, ihre Gedanken kreisten um Anselms schönes Lächeln. Sie bemerkte die Krähe nicht, die ihr folgte.

Irma machte einen Satz nach links, als ein junges Mädchen mit hochrotem Kopf den Laden verließ. Die Kleine war so in ihre Gedanken vertieft, dass sie sie um ein Haar über den Haufen gerannt hätte. Kopfschüttelnd betrat Irma das *Café Haderlump*, und es ertönte das vertraute Klingeln, welches neue Kundschaft ankündigte. Irma sog den himmlischen Duft von Kaffee und Zimtgebäck ein und blickte sich um. Wie üblich war der Großteil der gemütlichen grünen Sessel und Sofas mit Kundschaft belegt, vertieft in Gespräche, Zeitungen oder Bücher. Die Regale an den Backsteinwänden gaben mehr Lesestoff her, als sich ein Mensch in seinem Leben einverleiben konnte. Anselm winkte ihr überrascht zu, während sie die Holzdielen überquerte. Irma nahm ihren Rucksack ab und lehnte sich an den Tresen.

»Ich wusste gar nicht, dass du heute vorbeischauen wolltest! Das Übliche?« Anselm wartete ihre Antwort nicht ab und begann sofort, Irma einen Schoko-Cappuccino zuzubereiten.

»Da ich heute sowieso mit dem Bus nach Berg fahren muss, dachte ich mir, ich könnte vorher bei dir vorbeischauen«, erklärte sie. »Wobei … ich könnte natürlich auch warten, bis du fertig bist, und wir gehen gemeinsam?«

Anselm hob überrascht die Augenbrauen. Irma sah ihren Cousin mit Unschuldsmiene an. Sie war auch deshalb nicht scharf auf die Busfahrt mit dem langen Fußweg, weil sich draußen gerade dunkle Regenwolken zusammenbrauten.

»Bist du nicht heute früh mit Klara-Luise Rad gefahren?«

Irma wartete ab, bis Anselm das ohrenbetäubende Milchaufschäumen beendet hatte, und berichtete ihm von ihrem Fahrradsturz.

»Ich kann sowieso bald für heute Schluss machen, ich habe ja die Frühschicht übernommen. Dein Fahrrad können wir später gerne ins Auto packen«, bot ihr Cousin an, als er ihr die Tasse über den Tresen schob. »Ich bin wirklich froh, dass dir nichts passiert ist! Wie bist du denn dann noch zur Schule gekommen?«

Um einer Antwort zu entgehen, nahm Irma einen kräftigen Schluck von ihrem Cappuccino und verbrannte sich dabei die Zunge. Mit Tränen in den Augen versuchte sie den Schmerz wegzuhecheln.

Anselm konnte sich das Lachen nicht verkneifen. »Du lernst auch nicht aus deinen Fehlern, oder?«

»Vorsicht, heiß«, rief ihr jetzt auch noch Anselms Kollegin Gesa aus der Küche zu, die dabei war, Geschirr in die Spülmaschine zu verfrachten.

»Danke für den Hinweis«, nuschelte Irma mit tauber Zungenspitze.

»Ich ... wurde von jemandem mitgenommen«, erklärte sie Anselm. Sie war nicht sonderlich erpicht darauf, noch einmal über ihre Begegnung mit Iven nachzudenken, und gab ihrem Cousin daher einen recht lückenhaften Bericht von ihrem ersten Schultag. Besonderes Gewicht legte sie dabei auf ihr Glück, mit seiner Schwester in eine Klasse gekommen zu sein.

»Aber schreib bloß keine besseren Noten als sie, hörst du? Sonst macht sie dir die Hölle heiß! Du weißt ja, wie kompetitiv sie ist«, lachte Anselm.

Irma musste ebenfalls schmunzeln. »Da brauchst du dir bei mir keine Sorgen zu machen!«

Klara-Luise war zwar selbst alles andere als eine Streberin, doch sie war mit Abstand die schlechteste Verliererin, die Irma kannte. Es brauchte nicht mal eine Runde *Mensch ärgere dich nicht*, um Klara-Luise zum Explodieren zu bringen. Schon als Kinder konnten Irma und Anselm bloß die Köpfe einziehen, wenn ihr Gesicht dieselbe Farbe wie ihr flammendes Haar annahm und sie das schwere Holzspielbrett inklusive der Figuren an die Wand warf. Irma und Anselm waren sich, was das Gemüt betraf, schon immer ähnlicher gewesen. Beide konnten ganz gut mit Niederlagen umgehen. Impulsiv waren sie allerdings alle drei, und Selma versuchte vergebens, ihr Mantra vom »Durchatmen« an ihre drei Schützlinge weiterzugeben.

Auch optisch hätte man mit ihren dunkelbraunen Haaren eher Irma und ihren Cousin für Geschwister halten können als Anselm und Klara-Luise. Die beiden hatten lediglich die tannengrünen Augen gemeinsam, die typisch für die Familie Wolf waren und die auch Selma und Brietta teilten. Manchmal wunderte sich Irma darüber, dass sie als Einzige in der Familie eisblaue Augen hatte. Die musste sie wohl von ihrem Vater geerbt haben, über den ihre Mutter niemals sprach. Als

Irmas Gedanken zu ihm abschweiften, ertönte erneut das Klingeln der Ladentür. Es war jedoch keine Kundin, die in das Café stürmte.

»Jemand muss den Notarzt rufen!«, schrie die Frau aufgelöst. »Ich brauche Ersthelfer! Sofort!«

Gesa ließ sich nicht zweimal bitten und stürmte aus der Küche. Ihr Pferdeschwanz peitschte noch hin und her, als sie nach dem Hörer des Ladentelefons griff. Auch Anselm reagierte sofort und eilte zu der aufgeregten Dame. Irma stellte ihre Tasse ab und folgte ihm auf die Straße. Ihre Erste-Hilfe-Kenntnisse waren zwar wahrscheinlich schlechter als die ihres Cousins, trotzdem konnte er bestimmt jede Hilfe gebrauchen. Sie jagte Anselm hinterher und verfluchte den Regen, der nun immer stärker vom Himmel fiel. Irma hatte ganz automatisch angenommen, die Frau wäre Zeugin eines Verkehrsunfalls oder dergleichen gewesen. Niemals hätte sie mit dem Anblick gerechnet, der sich ihr bot, als sie neben Anselm in der nächsten Seitenstraße zum Stehen kam. Das junge Mädchen, das Irma vorhin beim Betreten des *Café Haderlump* fast umgerannt hatte, lag zusammengekauert auf dem Boden. Der Inhalt ihrer Tüte mit Croissants lag vor ihr verteilt. Krämpfe schüttelten ihren zierlichen Körper, und ihre zuvor noch feuerroten Wangen waren aschfahl. Anselm stürzte auf das Mädchen zu.

»Emmi? Emmi, kannst du mich hören?«, brüllte er, sobald er neben ihr kniete.

Es gelang ihm jedoch nicht, ihre Aufmerksamkeit auf sich zu lenken. Eine Gänsehaut überzog Irmas ganzen Körper, als sie bemerkte, dass die Finger des Mädchens blauschwarz angelaufen waren. Auch die Adern an ihrem Hals sowie ihre Lippen hatten sich unnatürlich verfärbt. Entsetzt beobachtete Irma, wie Emmi zu würgen begann. Sie erbrach schwarzen Schlamm, dessen Gestank nach Fäulnis Irmas Augen zum Tränen brachten. Ein Grauen packte sie, wie sie es noch nie zuvor gespürt hatte. Irma fühlte sich machtlos, als sie sich aus ihrer Schockstarre riss und gemeinsam mit Anselm versuchte, Emmi zu stabilisieren. Die Minuten bis zum Eintreffen des Krankenwagens zogen sich eine gefühlte Ewigkeit hin. Emmi würgte nun ununterbrochen bestialisch stinkenden schwarzen Morast hervor, der sich mit dem

Regenwasser vermischte. Ihr Körper schien von Minute zu Minute schwächer zu werden.

Irma war fassungslos. Niemals hatte sie so etwas gesehen, geschweige denn davon gehört. Gesa war mit ein paar hilfsbereiten oder schaulustigen Café-Besuchern im Schlepptau ebenfalls an den Unfallort geeilt. »Was ist passiert?«, rief sie erschrocken, doch niemand hatte eine Antwort.

Zum ersten Mal seit seiner Ankunft richtete das Mädchen die Augen auf Anselm. Ihre schwache Stimme verwandelte sich in ein Gurgeln, als sie, begleitet von einem Schwall des schwarzen Schlamms, undeutlich zwei Worte hervorstieß: »Die Krähe.«

Anselm und Irma tauschten verwirrte Blicke aus. Bis zum Eintreffen des Notarztes bekamen sie jedoch keine weiteren Informationen aus Emmi heraus.

4

Auf der Fahrt zurück zur *Wolfswacht* war Irma wie in Trance. Kurz nachdem der Krankenwagen Emmi mitgenommen hatte, hatten sie und Anselm sich auf den Heimweg gemacht. Ihr Cousin, der nicht gerade den stabilsten Magen hatte, hatte sich zuvor noch übergeben müssen. Er hatte sich dennoch schneller als Irma wieder gefasst, und ohne Anselm hätte sie womöglich nicht einmal mehr an ihr demoliertes Fahrrad gedacht. Sie richteten eine riesige Sauerei an, als sie es, nass und schlammig, wie es war, in den Kofferraum verfrachteten.

Irma erschien es seltsam, dass sich ihr Sturz erst an diesem Morgen ereignet haben sollte. Sie rieb sich die pochenden Schläfen, und ihre Gedanken wanderten wieder und wieder zu dem armen Mädchen. Irma verstand nicht, wie es möglich war, dass ein junger Mensch von einem Moment auf den nächsten solche Qualen erlitt. Egal wie sehr sie sich das Hirn zermarterte, Irma konnte sich nicht erinnern, jemals von so etwas Schrecklichem gehört zu haben, wie sie es heute mit eigenen Augen gesehen hatte. Emmis schwarz verfärbte Finger, ihr zierlicher Körper, der von Krämpfen geschüttelt wurde, und dieser bestialische Gestank. Fäulnis und Verwesung, als hätte Emmis Körper schon zu verrotten begonnen, bevor das Mädchen die Chance bekommen hatte zu sterben. Vor Irmas innerem Auge liefen die furchtbaren Bilder in Dauerschleife.

Je näher Anselm und Irma der *Wolfswacht* kamen, desto holpriger wurde die Straße. Sofern man diesen Weg überhaupt so nennen konnte. Denn die Landstraße führte nicht komplett bis zum abseits gelegenen Zuhause der Familie Wolf, und man gelangte nur über eine Abzweigung in Richtung *Kaltengrim* zur *Wolfswacht*. Die Strecke war eine Katastrophe, doch niemanden kümmerte es. Wieso sollte die Gemeinde Berg den Feldweg auch für eine einzige Familie ausbauen? Irma und Anselm wurden kräftig durchgeschüttelt, als sie den letzten kleinen Hügel hochfuhren. Fernab jeglicher Straßenbeleuchtung waren die Lampen, die in der *Wolfswacht* brannten, die einzigen Lichter zwischen dem trüben Himmel und dem dunklen Wald, der das Haus zu verschlingen schien. Nachdem sie ihr Fahrrad im Schuppen verstaut hatte, folgte Irma ihrem Cousin nach drinnen. Aus dem Wohnzimmer war dumpf *Elvis Presleys* Stimme zu vernehmen.

»You're the devil in disguise«, hörte sie ihre Mutter mitsingen.

Sobald die Tür hinter ihnen ins Schloss fiel, eilte Selma gut gelaunt in den Flur. Der weite Rock, den sie trug, schwang ihr dabei um die langen Beine. Mit ihrem Poncho und dem üppigen braunen Haar sah Selma wie der Hippie aus, der sie manchmal war. Noch bevor sie Anselm und Irma mit ihrem warmen Lächeln begrüßen konnte, bemerkte sie deren bedrückte Stimmung.

»Was ist denn mit euch passiert? Ihr seht ja aus, als ob ihr einen Geist gesehen hättet!«

Irma und Anselm tauschten niedergeschlagene Blicke. Ohne eine Antwort abzuwarten, eilte Selma zu ihrer Tochter. Überschwänglich drückte sie Irma an sich, die schon befürchtete, von ihrer Mutter zerquetscht zu werden.

»Mein armer Mondhase, Klara-Luise hat mir schon von deinem Sturz berichtet!«, brachte sie zwischen all den Küssen hervor, die sie Irma auf die Stirn drückte.

»Mama … Hilfe!«, versuchte Irma, sich zu wehren und aus dem Griff ihrer Mutter zu befreien. »Mir geht es gut!«

Selma nahm Irmas Kopf zwischen ihre schlanken Hände und zwang sie, ihr direkt ins Gesicht zu sehen. Irma war ein gutes Stück kleiner als ihre Mutter und musste daher den Kopf in den Nacken legen. Sie versuchte, dem prüfenden Blick standzuhalten.

»Du siehst wirklich furchtbar aus. Bist du sicher, dass es dir gut geht?«, bohrte Selma nach.

»Das hat nichts mit meinem Fahrradunfall zu tun, wirklich!«, beteuerte Irma.

Anselm kam ihr glücklicherweise endlich zu Hilfe und sagte: »Irma kam nach der Schule zu mir ins Café. Wir mussten den Notarzt rufen, weil ein Mädchen … na ja, ich weiß nicht genau, was mit ihr passiert ist. Es war wirklich fürchterlich, Tante Selma.«

Irmas Mutter lockerte ihren starken Griff. Bestürzt sah sie zwischen Irma und ihrem Cousin hin und her.

»Sie hatte einen Unfall, oder vielleicht hat sie sich irgendwie vergiftet.

Ich kann es mir nicht erklären.« Bei der Erinnerung an Emmi verzog Anselm sein Gesicht zu einer schmerzvollen Grimasse. »Sie war höchstens eine Viertelstunde vorher noch bei uns im Laden.«

Klara-Luise, die offenbar den wichtigsten Teil der Geschichte mitbekommen hatte, kam die Treppe heruntergepoltert.

Besorgt erkundigte sie sich: »Kanntet ihr das Mädchen denn?«

Anselm nickte. »Die Jüngste von den Jansens. Emmi heißt sie.«

»Emmi? Die habe ich heute noch in der Schule gesehen. Sie ist doch erst dreizehn, was kann ihr denn passiert sein?«, antwortete Klara-Luise bestürzt.

Anselm signalisierte Klara-Luise und Selma, ihm und Irma ins Esszimmer zu folgen. Erst als die Familie am Holztisch Platz genommen hatte, erbarmte sich Irma, von Emmis Zustand zu berichten. Bei der Erinnerung an den Verwesungsgeruch lief ihr eine Gänsehaut über den ganzen Körper.

Als sie ihren grauenvollen Bericht beendet hatte, fragte Klara-Luise: »Du meinst, sie könnte vergiftet worden sein? Dann wäre Emmi das zweite Mädchen dieses Jahr. Wie unheimlich.«

Irma zog die Augenbrauen hoch. »Das zweite?«

»Ich kenne die Details nicht, aber ein anderes Mädchen aus unserer Schule ist im Frühling ebenfalls angeblich vergiftet worden. Sie haben sie gefunden, als es schon zu spät war. Sie war auch erst vierzehn. Es muss am helllichten Tag passiert sein, auf dem Heimweg von der Schule.«

»Wie schrecklich, die armen Mädchen!«, flüsterte Selma entsetzt.

»Daran hatte ich gar nicht mehr gedacht«, seufzte Anselm und rieb sich die Schläfen. »Das wäre wirklich ein seltsamer Zufall.«

Betretenes Schweigen breitete sich am Tisch aus. Leise trällerte Elvis im Wohnzimmer »You were always on my mind«.

»Ach, meine Mäuse … Irma, Anselm, ihr zwei kommt jetzt erst mal richtig an. Wie wäre es, wenn wir nachher gemeinsam ein Abendessen machen, zur Ablenkung? Ich war vorhin einkaufen, was haltet ihr von Ratatouille?«

Als Irma den Rucksack über die Schulter warf und die knarzende Holztreppe zu ihrem Zimmer hochstieg, hörte sie ihre Mutter noch rufen: »Und dann musst du mir unbedingt von deinem ersten Schultag erzählen, Hase! Ich bin schon gespannt, was für nette Leute du heute kennengelernt hast.«

Das hatte Irma gerade noch gefehlt.

Die Sonnenstrahlen kitzelten ihr Stupsnäschen. Es war ein herrlicher Spätsommertag. Die Hummeln und Bläulinge tanzten auf der Lichtung, während die Gräser und Blumen sich sacht im Wind wiegten. Es war ruhig. Verdächtig ruhig. Sie ließ ihren Blick über das satte Grün wandern. Was war es, das ihre Aufmerksamkeit erregt hatte? Sie spitzte angestrengt die langen Ohren, doch außer dem sanften Rascheln der Gräser konnte sie nichts hören. Sie schnupperte mit ihrem Hasennäschen. Der blumige Duft war verschwunden. Ein bestialischer Gestank nach Fäulnis ließ sie zurückweichen. Irgendetwas zwang sie dazu, an sich herabzublicken. Ihre sonst weißen Hasenpfoten waren blauschwarz.

»Hallo, könntest du mir wenigstens zuhören?«

Ivens kratzige Stimme riss Irma aus ihren Gedanken. Als sie ihm das Gesicht zuwandte, sah sie gerade noch, wie er seine Augen rollte. Er ließ die Knöchel seiner Finger knacken, und Irma verzog angewidert das Gesicht.

Sie hasste Gruppenarbeiten. Arbeitete man mit Freunden zusammen, kam man aufgrund des anderweitigen Gesprächsbedarfs nicht voran. Arbeitete man mit Idioten wie Iven zusammen, hatte man schon von vornherein verloren. Für ihre erste Englischstunde in der Oberstufe hatte sich ihr Lehrer Herr Schmidt – oder auch *Mr Smith,* wie er sich im Unterricht nannte – etwas ganz Fürchterliches ausgedacht. Die Schüler sollten sich über Shakespeare austauschen und das Ergebnis ihres Brainstormings am Ende vorstellen.

Shakespeare.

Wieso sind Englischlehrer eigentlich so besessen davon?

Irma verstand weder, was der Typ schrieb, noch hatte sie an diesem Morgen die Muße, sich damit auseinanderzusetzen. Zugegebenermaßen hätte Irma niemals Muße für Englischunterricht gehabt. Doch nach dem schrecklichen Vorfall mit Emmi und einer von Albträumen geplagten Nacht war sie in einer miserablen Verfassung. Ihre Mutter hatte ihr zwar angeboten, sie von der Schule zu befreien, doch Irma hatte sich dagegen entschieden. Die Hoffnung, durch den Unterricht auf andere Gedanken zu kommen, hatte sie jedoch schnell aufgegeben. Denn nachdem Irma und Klara-Luise von Selma an der Schule abgesetzt worden waren, hatte es nur wenige Sekunden gedauert, bis die schrecklichen Neuigkeiten sie erreicht hatten.

Emmi war im Krankenhaus verstorben.

Niemand konnte sich erklären, was mit ihr passiert war. Es handelte sich laut ärztlicher Einschätzung um eine Vergiftung, doch es konnte nicht festgestellt werden, durch welche Substanz die heftige Reaktion ausgelöst worden war. Irma fühlte sich nach dieser Nachricht, als wäre ihr der Boden unter den Füßen weggezogen worden. Es fiel ihr schwer, sich von den Bildern des innerlich verfaulenden Körpers zu lösen.

»Es wäre wirklich bezaubernd, wenn du auch mal dein Gehirn anstrengen könntest«, giftete Iven. »Hast du nicht vorhin noch gemeint, dass ich mir gefälligst was überlegen soll?«

Nun rollte Irma mit den Augen. Er hatte leider recht, und sie musste am besten jetzt schon einen guten Eindruck bei ihrem Lehrer machen. Wer konnte schließlich wissen, wie ihre künftigen Noten aussehen würden.

»*Romeo und Julia, Hamlet, Macbeth* und das mit dem Esel ... *Ein Sommernachtstraum*. Mehr fällt mir nicht ein«, wiederholte er genervt und rieb sich die Schläfen.

Irma machte sich daran, die Titel aufzuschreiben.

»*Viel Lärm um nichts*«, ergänzte sie.

Iven zog seine rötlichen Augenbrauen hoch.

»Na gut, wenn es dir egal ist, dann können wir es auch gerne sein lassen«, sagte er ruppig. »Mir ist der Mist gleichgültig.«

»*Viel Lärm um nichts*. Das ist auch ein Werk von Shakespeare, du Vollpfosten«, entgegnete Irma bissig.

Die Gruppenarbeit sein zu lassen wäre beiden wahrscheinlich nur recht gewesen. Falls das überhaupt möglich war, strahlte ihr Banknachbar an diesem Tag noch weniger Motivation als am Vortag aus. Sein rotes Haar hatte er unordentlich im Nacken zusammengeknotet, und sein viel zu schlabberiger *Iron-Maiden*-Hoodie war so ausgewaschen, dass Irma sich fragte, seit wie vielen Jahrzehnten Iven seine Klamotten schon trug. In ihrem eigenen Kleiderschrank befand sich kein einziges Kleidungsstück, das derart hinüber aussah wie bei Iven. Auch die schwarze Jeans, die er an diesem Tag trug, war ihm viel zu kurz, und so konnte Irma ein Paar Ringelstrümpfe aus seinen Chucks herausschauen sehen. Beim zweiten Blick bemerkte sie, dass diese nicht einmal zueinanderpassten. Er lümmelte, seine Storchenbeine übereinandergeschlagen, auf dem viel zu kleinen Holzstuhl und spielte gelangweilt mit seinem Kugelschreiber. Das Klacken der Kapsel machte Irma beinahe wahnsinnig. Ihr Schlafmangel sowie die Ereignisse des Vortages hatten dunkle Schatten unter ihren Augen hinterlassen, die auch kein Concealer mehr verdecken konnte. Ihr dunkles Haar hatte sie, ähnlich unordentlich wie Iven, auf ihrem Kopf zusammengeknotet. Nach der grässlichen Nacht hatte ihr am Morgen schlichtweg die Energie gefehlt, sich zu frisieren. Zumindest fühlte sie sich in ihrem grauen Pullover und dem karierten Rock wohl.

Irma seufzte und rieb sich die Augen. Als sie die Wimperntusche an ihren Händen sah, fluchte sie leise.

»Entschuldigung, ich kann mich wirklich kaum konzentrieren. Der Vorfall gestern ...«, versuchte Irma sich zu rechtfertigen, »... na ja, das war wirklich nicht ohne.«

»Die Hölle ist leer«, murmelte Iven leise, »und alle Teufel sind hier.«

Dieses Mal war es an Irma, die Augenbrauen hochzuziehen.

»Ich hätte nicht gedacht, dass du so poetisch sein kannst.«

»Das ist ein Zitat von Shakespeare«, erklärte Iven betont langsam. »Du weißt schon. Der Typ, über den wir gerade sprechen.«

Er überkreuzte die Arme, und Irma spürte das Verlangen in sich aufkeimen, dem Mistkerl die Nase zu brechen. Dennoch schrieb sie das Zitat nieder, und ihre Gedanken verweilten bei dieser Zeile. Auch wenn sie nicht wusste, aus welchem Werk die Worte stammten, hatte sie das Gefühl, einen Funken Wahrheit darin zu erkennen. Denn das, was Irma am Vortag mit hatte ansehen müssen, konnte sie sich nicht einmal als Höllenstrafe vorstellen.

Was sie allerdings wütend machte, war die Tatsache, dass sich Iven offenkundig kein Stück für die schreckliche Neuigkeit interessierte. Er hatte keine Miene verzogen, als vor Schulbeginn in der Klasse darüber diskutiert wurde. Im Gegenteil, er wirkte tatsächlich gelangweilt. Und jetzt hielt er es auch noch für angebracht, Irma auf die Palme zu bringen.

»Du bist echt ein Scheißkerl«, platzte es aus ihr heraus.

Iven, der mittlerweile statt mit dem Kugelschreiber mit dem Verschlussring seiner Limonadendose herumspielte, drehte sich überrascht zu Irma.

»Wie bitte?«

»Du hast schon richtig gehört! Wie kann man nur so wenig Mitgefühl haben?«

»Entspann dich mal, Hase«, war alles, was Iven dazu sagte, ehe er sich wieder desinteressiert seiner Dose mit Zitronenlimonade zuwandte.

»Nenn mich nicht so!«

Lediglich die Beendigung der Gruppenarbeit durch Herrn Schmidt — »Say-it-in-English-please-Mr-Smith« – hielt Irma davon ab, Iven eine reinzuhauen.

Beim Stundenwechsel drehte sich Dennis zu Irma um.

»Klara-Luise meinte, du wärst gestern dabei gewesen. Also bei Emmi«, begann er mit gesenkter Stimme.

Irma hatte schon damit gerechnet, die Geschichte mehrmals erzählen zu müssen, und machte sich auf weitere Fragen gefasst.

»Ja, ich war im *Café Haderlump*, bei Anselm«, erklärte sie leise.

Sie wollte vermeiden, dass die ganze Klasse sich an dem Gespräch beteiligte. Insbesondere Iven wollte sie nicht daran teilhaben lassen, denn dem schien es ja sowieso egal zu sein.

»Als ich in den Laden bin, kam Emmi mir noch putzmunter entgegen. Keine Viertelstunde später ist dann aber schon die Frau, die Emmi entdeckt hat, ins Café gestürmt«, flüsterte Irma. »Sie war wirklich nicht weit gekommen.«

»Und glaubst du auch, dass sie vergiftet wurde? So wie Dorothea?«, wollte Dennis wissen.

Irma zerbrach sich seit dem gestrigen Abend den Kopf darüber. Sie hatte keine Ahnung von Vergiftungen, doch bei lebendigem Leib zu verfaulen kam ihr seltsam vor.

Irma zuckte mit den Schultern und sah Dennis entschuldigend an. »Ich kann es dir nicht sagen, tut mir leid. Ich weiß nicht, wodurch so etwas ausgelöst werden kann. Ich hatte ... ich hatte das Gefühl, Emmi würde anfangen zu verrotten. Es hat so bestialisch gestunken, wie Fäulnis. Und sie hat nicht aufgehört, schwarzes, modriges Zeug herauszuwürgen.«

Iven, der Irma bisher gelangweilt ignoriert hatte, hob seinen Kopf. Er warf ihr einen kurzen, aber eindringlichen Blick zu, als ob er sie das erste Mal tatsächlich wahrnahm. Irma versuchte, sich davon nicht aus dem Konzept bringen zu lassen, und führte ihren Bericht fort. Auch wenn Iven rein äußerlich wieder dazu übergegangen war, sie zu ignorieren, wurde sie das Gefühl nicht los, dass er aufmerksam lauschte.

Irma folgte Klara-Luise auf den Schotterparkplatz hinter der Schule. Dabei betrachtete sie anerkennend die langen roten Locken, die wild ihren Rücken hinabfielen und ihr bis zum Po reichten. Genauso beeindruckt betrachtete sie nun auch Klara-Luises Po, der in den engen Lederleggings umwerfend gut aussah. Die langen Beine und femininen Kurven hatte ihre Cousine, genauso wie die rote Lockenpracht, von Tante Brietta geerbt. Irma hingegen hatte den drahtigen Körper von ihrer Mutter Selma, allerdings ohne die langen Beine. Irma war mit Abstand die Kleinste in der Familie, weshalb sie doppelt so viele Schritte machen musste, um mit Klara-Luises strammem Gang mithalten zu können. Wieder einmal fragte sie sich, ob ihr Vater vielleicht ein Zwerg gewesen war. Doch Irma wusste auch, dass sie auf diese Frage keine Antwort bekommen würde. Jedenfalls nicht von Selma.

Als Irma noch kein Jahr alt gewesen war, war ihre Mutter mit ihr fortgezogen. Ob ihre Eltern sich zuvor getrennt hatten – und wenn ja, warum, wusste Irma nicht, denn Selma sprach nicht darüber. Niemals.

Manchmal kam es Irma so vor, als könnte ihre Mutter sich selbst kaum noch an diese Zeit erinnern. Denn auch wenn Irma mittlerweile keinen Sinn mehr darin sah, sich nach ihm zu erkundigen, hatte sie ihre Mutter als Kind regelmäßig damit genervt. Die Gespräche waren allerdings immer nach einem ähnlichen Muster verlaufen.

Zuerst wurden Selmas Augen glasig, dann blinzelte sie in der Regel kurz und bat ihre Tochter: »Lassen wir das Thema sein, Hase. Dein Vater ist nicht mehr bei uns. Das ist alles, was zählt.«

Anselm und Klara-Luise hatten ebenfalls keine Ahnung, weshalb Irma und ihre Mutter damals aus der *Wolfswacht* ausgezogen waren. Und zu allem Überfluss wussten die beiden genauso wenig über ihren eigenen Vater, der angeblich bei einem Autounfall ums Leben gekommen war. Tante Brietta reagierte auf Fragen nämlich ganz ähnlich wie ihre Schwester Selma.

»Huhu, ihr Mäuse!«

Selmas Begrüßung riss Irma aus ihren Gedanken.

Ihre Mutter und Anselm warteten an den Kofferraum ihres Autos gelehnt. Die Familie plante, Brietta im Krankenhaus zu besuchen und bei dieser Gelegenheit auch gleich Irmas Fahrrad in die Werkstatt zu bringen. Selma schnappte sich zuerst Klara-Luise, dann Irma, und drückte beiden einen Kuss auf die Wange.

»Mama!«, zischte Irma leise, in der Hoffnung, ihre Mutter würde von ihnen ablassen.

In diesem Moment stieg nämlich Iven, der ausgerechnet nebenan geparkt hatte, in seinen Golf. Da er ihr schon den ganzen Tag das Gefühl vermittelt hatte, ein kleines Dummchen zu sein, wollte sie sich seinen Spott ersparen. Ein kurzer Blick nach rechts verriet ihr jedoch, dass sie sich umsonst Sorgen gemacht hatte. Er hatte sie überhaupt nicht beachtet.

Als Irma gerade dabei war, sich über sich selbst zu ärgern, blies Anselm lachend Tabakrauch in die Luft und warf hinter Selmas Rücken einen Zigarettenstummel zu Boden.

»Bäääh, wie peinlich … Familie!«, zog er Irma auf, während er die Kippe austrat und unters Auto kickte.

Irma ärgerte sich noch mehr über sich selbst. Warum sollte sie sich jemals für ihre Familie schämen? Klara-Luises Charakter hatte so viel Feuer wie ihr Haar. Anselm war der beste große Cousin, den man sich wünschen konnte. Er spendierte ihr nicht nur regelmäßig

Schoko-Cappuccino, sondern war auch in allen anderen Lebenslagen hilfsbereit. Und auch ihre Mutter war Irma eigentlich nicht peinlich. Im Gegenteil, sie war ihr unendlich dankbar für ihre Geduld und das Verständnis, das sie schon immer für sie aufbrachte. Selma war Irma noch kein einziges Mal böse gewesen, wenn sie mit miserablen Noten nach Hause kam, sondern hatte sie jedes Mal aufgemuntert und ihr geholfen. Es kam nicht oft vor, dass bei ihrer Mutter schlechte Stimmung herrschte. Mit ihrem gelben Poncho und den braunen Lederstiefeln ließ Selma auch an diesem grauen Herbsttag die Sonne scheinen.

Klara-Luise klinkte sich in das Gespräch ein, bevor Irma sich vor Anselm rechtfertigen konnte. »Der Typ neben uns ist übrigens Irmas Banknachbar. Der, der sie gestern zur Schule mitgenommen hat. Ich glaube, deshalb solltet ihr wenigstens so tun, als ob ihr cool wärt. Insbesondere du, Anselm.«

»Ach, das ist also dieser ... *Gentleman?* Dann muss ich mich doch gleich bei dem jungen Mann bedanken!«, rief Selma und marschierte zu Irmas blankem Entsetzen auf die Fahrertür des Golfs zu.

Irma gestikulierte wild, doch schließlich blieb ihr nichts anderes übrig, als ihrer Mutter dabei zuzusehen, wie diese sich zur Scheibe herunterbeugte und daran klopfte.

Gentleman.

Lächerlicher ging es ja kaum, immerhin hätte er sie aus freien Stücken niemals mitgenommen! Irma war sich sicher, Iven hätte sie eiskalt stehen lassen, hätte er die Wahl gehabt. Blöderweise hatte sie den Teil der Geschichte beim Abendessen am Vortag ausgelassen. Die Situation mit Emmi sowie der Fahrradsturz waren nach Irmas Empfinden schon genug schlechte Neuigkeiten für einen Tag gewesen, daher hatte sie ihre Hals-über-Kopf-Aktion lieber verschwiegen. Selma ging deshalb leider davon aus, ihrer Tochter wäre ein richtiger Kavalier zu Hilfe geeilt.

Mit zusammengekniffenen Augenbrauen kurbelte eben dieser Kavalier nun die Scheibe herunter. Auf halber Höhe hielt Iven inne und sah Selma fragend an. Die beugte sich noch tiefer hinunter, als würde sie am liebsten ihren Kopf durch die Scheibe zwängen, um Iven ebenfalls einen Kuss auf die Wange zu drücken. Irmas Gesicht drohte vor Hitze zu explodieren.

»Ich möchte mich bei Ihnen dafür bedanken, dass Sie meine Tochter gestern mitgenommen haben. Das war wirklich sehr freundlich!«, flötete Selma.

Irma hatte ihren Banknachbarn bisher nur gelangweilt, genervt oder wütend erlebt. In dem Moment, als ihre Mutter sich zu ihm herabbeugte, entgleisten ihm jedoch die Gesichtszüge. Fassungslos starrte er Selma an. Für einen kurzen Moment blickte er zu Irma, Anselm und Klara-Luise, dann wandte er sich wieder Irmas Mutter zu. Die Sekunden verstrichen, ohne dass Iven ein Wort herausbrachte. Während Irma die Situation immer peinlicher wurde, schien ihre Mutter völlig immun dagegen zu sein.

»Sie haben auf alle Fälle etwas gut bei uns!«, bekundete sie freudestrahlend.

Seinen Blick auf Selmas Stirn geheftet, schloss Iven endlich den Mund. Er räusperte sich, ehe er stotterte: »Ähm ... gern geschehen ... Frau ...?«

»Wolf«, antwortete Irmas Mutter gut gelaunt.

»Gern geschehen, Frau Wolf«, wiederholte Iven langsam.

Er blinzelte ungläubig mit seinen langen hellroten Wimpern und sah Irma daraufhin noch einmal eindringlich an. Puterrot wich sie seinem Blick aus. Selma klopfte in freundschaftlicher Geste zum Abschied auf Ivens Auto und tänzelte daraufhin zum Rest ihrer Familie zurück. Nachdem Irma den ersten Schock überwunden hatte, fragte sie sich, was Iven so überrumpelt hatte.

Ist es lediglich Selmas überschwänglicher Dank gewesen, oder ist mir etwas entgangen?

Seit Irma mit ihrer Mutter wieder in der *Wolfswacht* wohnte, besuchte Selma ihre Schwester beinahe täglich. Auch Anselm fuhr häufig in die Klinik. Er hatte immer etwas zu erzählen und war gut darin, seine Mutter aufzumuntern. Die optimistischen Gemüter von Irmas Mutter und ihrem Cousin waren Balsam für die Seele, und Irma begleitete die beiden gerne ins Krankenhaus.

Klara-Luise machte Briettas Krankheit jedoch sehr zu schaffen. Sie war nicht der optimistische Typ und verbreitete in der Regel auch keine gute Laune. Und da sich Briettas Zustand seit Jahren stetig verschlechterte, brodelte eine Menge Frust und angestaute Wut in Klara-Luise.

Wenngleich sie versuchte, diese Gefühle tief in sich zu vergraben und eine ausdruckslose Miene aufzusetzen, kannte Irma ihre Cousine gut genug, um hinter ihre Maske blicken zu können. Klara-Luise blieb die Fahrt über still und starrte stur aus dem Fenster. Sie war auch keine große Hilfe, als Irma ihr demoliertes Fahrrad aus dem Kofferraum lud, um es bei der Werkstatt abzuliefern. Je mehr sie sich dem Krankenhaus näherten, desto angespannter wurde Klara-Luise. Während Anselm mit Selma vorne angeregt über seine bevorstehende Geburtstagsfeier sprach, beobachtete Irma ihre Cousine dabei, wie sie ihre Hände so stark knetete, dass die Knöchel weiß wurden.

Die Luft um sie herum schien zu flackern.

Irma streckte ihre Finger nach Klara-Luise aus. Wie erwartet wich diese jedoch der Berührung aus und drehte sich noch weiter zur Autoscheibe auf ihrer Seite. Verständnisvoll zog Irma ihre Hand wieder zurück.

Sie hatte beinahe das Gefühl, ihre Fingerspitzen an Klara-Luise verbrannt zu haben.

»So, ihr Mäuse, aussteigen bitte!«, trällerte Selma, sobald sie die Klinik von Birkenhain erreicht hatten.

Anselm war mit einem Blumenstrauß, Irma mit Schokolade und Selma mit einem Obstkorb bewaffnet. Schon beim Betreten des sterilen weißen Gebäudes stach Irma der unverkennbare Krankenhausgeruch von Reinigungs- und Desinfektionsmittel in die Nase. Das war definitiv kein Ort, an dem man gerne länger blieb. Und Brietta war bereits seit über zwei Monaten hier! Durch ihre Autoimmunerkrankung war ihre Tante schon lange auf die Dialyse angewiesen. Diese konnte die Funktion der Nieren allerdings nicht völlig ersetzen und reinigten das Blut nicht von allen Giftstoffen, sodass die verbliebenen immer weitere Probleme nach sich zogen. Dadurch litt Brietta zusätzlich an einer Herzschwäche, die sie sehr schnell ermüden ließ. Unterm Strich lief ihre Reha also leider alles andere als gut. Es schien für ihre Tante unmöglich zu sein, nach dem Oberschenkelhalsbruch wieder fit zu werden, wenn allein schon die Bewegung vom Bett zum Rollstuhl zu anstrengend war.

Wahrscheinlich würde es Tante Brietta in der Wolfswacht besser ergehen. Es wäre sicherlich leichter, zu Hause bei der Familie gesund zu werden als alleine in diesem trostlosen weißen Klotz. Doch die alte *Wolfswacht* war nicht gerade barrierefrei, und sowohl für die Reha als auch für die Dialyse hätte Brietta sowieso täglich nach Birkenhain kommen müssen. Nach einem kurzen Klopfen öffnete Anselm die Tür zum Krankenhauszimmer. Brietta, die in ihrem Bett lag, richtete sich sofort auf. Ihre Augen funkelten erfreut, und obwohl sie so feurige Locken wie Klara-Luise hatte, war ihre Ähnlichkeit zu Selma unverkennbar. Die beiden teilten das herzliche Lächeln und die tannengrünen Augen, die von wunderbar dichten Wimpern bekränzt waren.

»Oh, wow, wie sollen wir euch denn alle hier unterbringen!«, lachte Brietta, als sie nacheinander durch die Tür traten.

Anselm drückte seiner Mutter einen Kuss auf die Stirn und tauschte anschließend den vertrockneten Blumenstrauß durch den neuen aus, den Selma in Briettas Laden frisch gebunden hatte. Die Chrysanthemen, Dahlien und Herbstastern brachten wenigstens etwas Farbe in den tristen Raum.

»Schwesterherz, du brauchst dringend ein paar Vitamine!«, verkündete Selma, während sie ihrer Schwester den Obstkorb unter die Nase hielt.

»Aber nicht nur«, ergänzte Irma und schwenkte die Schokolade. »Mit Nuss, weiß und mit Keks drinnen.«

Dabei verschwieg sie, dass sie die vierte Tafel mit Joghurt-Erdbeer-Füllung selbst behalten hatte.

»Ihr seid die Besten, wisst ihr das? Im Gegensatz zu den Ärzten bringt ihr mir wenigstens etwas, das hilft!«, rief Brietta und zwinkerte Irma zu.

Danach suchten die Augen ihrer Tante Klara-Luises Blick. Diese war mit versteinerter Miene am Fußende des Bettes stehen geblieben.

»Wie geht es dir, Mama?«, brachte sie zwischen zusammengepressten Lippen hervor.

»Heute geht es mir ausgezeichnet«, beteuerte Brietta.

Irma war sich nicht sicher, ob sie die Wahrheit sagte. Doch Klara-Luise nickte daraufhin kurz, und ihre Schultern schienen sich ein wenig zu entspannen.

»Wie wäre es, wenn wir ins Café gehen?«, schlug Brietta vor. »Ich halte es in diesem Zimmer so langsam nicht mehr aus. Die Decke fällt mir schon auf den Kopf.«

Nachdem Anselm seiner Mutter in den Rollstuhl geholfen hatte, suchten sie die Klinikcafeteria auf. Im Gegensatz zu den übrigen Räumen im Gebäude handelte es sich dabei um einen sehr gemütlichen Ort. Im Sommer konnte man von der Außenterrasse direkt in den großen Garten gelangen, in dem auch ein hübscher Teich lag. Das Innere des Cafés war mit dunklem Holzmobiliar ausgestattet. Versorgt mit Kakao und einem Stück Nusskuchen setzte sich Irma auf die Eckbank. Brietta wirkte so glücklich über den Besuch ihrer Familie, dass man leicht übersah, wie schlecht es ihr im Grunde ging. Doch Irma nahm das ausgezehrte Gesicht ihrer Tante wahr, registrierte, wie schwach sie die Kuchengabel in der Hand hielt und wie dünn ihre einst wilde Lockenmähne war. Brietta hatte sich ebenfalls ein Stück Kuchen bestellt, doch im Gegensatz zu Irma, die ihres förmlich inhaliert hatte, stocherte sie nach der Hälfte nur noch auf dem Teller herum. Schließlich gab sie auf und legte die Gabel weg.

»Jetzt erzählt mal, Klara-Luise und Irma. Wie war euer Schulstart?«, wollte sie wissen.

Irma berichtete von ihrem Fahrradsturz und davon, dass sie mit Klara-Luise in einer Klasse war. Sie erwähnte auch, dass sie Dennis kennenlernen durfte und der Fußweg von der Schule zum *Café Haderlump* durch den Stadtpark führte und total schön war. Als sie mit ihrer Geschichte fertig war, sah sie fragend den Rest der Familie an.

Sie hatte besser nichts von dem Vorfall mit Emmi erzählt, immerhin waren sie ja da, um Brietta aufzuheitern. Doch es zu verschweigen, schien Irma auch nicht richtig zu sein. Zu ihrem Glück sprang Selma ein und schilderte den Vorfall in weniger ausführlichen Details. Dabei stellte sie Anselm und Irma übertrieben heroisch dar, da sie dem Mädchen in größter Not zu Hilfe geeilt waren. Irma hatte ein schlechtes

Gewissen, denn besonders hilfreich hatte sie sich nicht gefühlt. Im Gegenteil, sie hatte machtlos dabei zusehen müssen, wie es Emmi immer schlechter ging. Selbstverständlich war Brietta schockiert, insbesondere, da es der zweite Fall dieser Art war. »Das ist schon sehr verdächtig, findet ihr nicht? Und niemand hat gesehen, ob dem Mädchen außerhalb des Cafés jemand begegnet ist?«

Irma schüttelte den Kopf und beteuerte: »Wir konnten nichts Vernünftiges aus ihr herausbekommen, es ging ihr schon viel zu schlecht.«

»Wobei«, fiel ihr Anselm ins Wort. »Sie hat schon versucht, uns etwas zu sagen.«

»Die Krähe«, murmelte Irma, die sich schaudernd an Emmis letzte Worte erinnerte.

Brietta hob überrascht die Augenbrauen. »Die Krähe? Das klingt gruselig. Ich sage euch ja schon lange, dass man denen nicht über den Weg trauen sollte!«

»Ach, Mama! Nicht schon wieder diese Geschichte …« Anselm rang theatralisch seine Hände.

»Ich mochte es schon früher nicht, dass du die ganzen Krähen bei uns im Garten angefüttert hast«, schimpfte Brietta.

»Du übertreibst maßlos«, verteidigte sich Anselm. »Es war ein einziger Vogel.«

Klara-Luise schien die Erinnerung ein wenig aufzuheitern, und sie grinste spöttisch.

Anselm schüttelte den Kopf. »Hallo, könnt ihr mich bitte ernst nehmen? Immerhin besucht mich die Krähe immer noch!«

»Ganz ehrlich, Anselm, du glaubst doch nicht ernsthaft, dass dich seit über zehn Jahren dieselbe Krähe besucht? Wie alt werden Vögel überhaupt?«, fragte Klara-Luise.

»Ist doch auch egal, wir brauchen jetzt nicht zu streiten!«, beendete Brietta die Diskussion.

5

Irma hatte ihre Laufleggings angezogen und sich das dunkle Haar zu einem hohen Pferdeschwanz gebunden. Sie warf einen Blick in den Wandspiegel ihres Zimmers. Dafür, dass sie bald achtzehn wurde, war sie wirklich klein. Wie gerne wäre sie noch ein paar Zentimeter größer gewesen! Und vielleicht auch ein bisschen kurviger, zumal sie oft jünger geschätzt wurde, als sie war. Das konnte natürlich auch an ihrer Stupsnase liegen und den immer leicht geröteten Wangen, die bei jeder peinlichen Situation gleich feuerrot wurden. An diesem Nachmittag störten sie jedoch hauptsächlich die dunklen Schatten, die unter ihren müden Augen lagen. Die letzten beiden Nächte hatte sie sich erneut als Hase auf der Lichtung wiedergefunden. Ihr wiederkehrender Traum war zu seiner ursprünglichen Version zurückgekehrt und Irma erst aufgewacht, als der Fuchs sie schon mit seinen Fängen gepackt hatte. Doch die vielen Eindrücke an der neuen Schule und nicht zuletzt Emmis Tod hielten Irmas Gedanken die meiste Zeit so beschäftigt, dass sie gar nicht viel über ihren Albtraum nachgrübelte. Sie strich über die Stelle am Hals, wo sie noch den Phantomschmerz spüren konnte, ehe sie sich anschickte, von ihrem Zimmer aus in den Wintergarten zu klettern. Natürlich gab es eine Tür im Flur, die dorthin führte, aber zusätzlich war er auch von ihrem und Anselms Zimmer durch ein Fenster erreichbar, denn es handelte sich dabei eigentlich um den alten Balkon der *Wolfswacht*. Selma und Brietta hatten diesen umgebaut, weil der Garten der Familie Wolf so groß war, dass ihnen ein Balkon überflüssig erschien. Klara-Luise, die ihr Zimmer direkt über der Küche und damit im Türmchen der *Wolfswacht* hatte, war oft neidisch auf den Zugang zum Wintergarten. Dafür hatte ihr Turmzimmer jedoch eine zur Leseecke ausgebaute Fensterbank direkt im Türmchen.

Irma schwang ihr zweites Bein aus dem Fenster, wobei sie erneut ein paar Zentimeter Körpergröße mehr herzlich begrüßt hätte. Klara-Luise saß, versteckt zwischen großen Zierkastanien, Kakteen und Palmen, auf einer Holzbank im Wintergarten. Sie trug einen gemütlichen

Jogginganzug und hatte die wilden Locken in einem großen Knoten auf dem Kopf gebändigt.

Als Irma bemerkte, dass ihre Cousine gerade in eine von Briettas Garten- und Pflanzenzeitschriften vertieft war, sagte sie: »Du wirkst nicht unbedingt so, als ob du noch mitkommen wolltest.«

Klara-Luise hob den Kopf und verzog entschuldigend das Gesicht. »Tut mir leid, ich kann mich gerade wirklich nicht motivieren. Außerdem ist es mir heute zu kalt. Ich wette, du drehst auch ganz schnell wieder um.«

In den letzten beiden Wochen war der September wirklich sehr plötzlich von Spätsommer in einen nasskalten Herbst übergegangen. Irma seufzte, doch sie schüttelte den Kopf. Schlechtes Wetter machte ihr nichts aus, und sie freute sich schon darauf, laufen zu gehen. Außerdem wollte sie die Ereignisse der letzten Tage gerne hinter sich lassen, und das gelang ihr am besten mit Bewegung. Irma bemerkte einmal mehr, wie sehr sie ihre ehemalige Lacrosse-Mannschaft und den Teamsport vermisste. Sie entschloss sich also, ihre Joggingrunde auch ohne ihre Cousine zu laufen, so wie sie es den Sommer über schon regelmäßig getan hatte. Nachdem Irma in ihre Sportschuhe geschlüpft war, trat sie hinaus. Es war kühl, doch die Sonne hatte sich dazu entschieden, hinter den Wolken hervorzuspitzen. Sie sog die frische Luft tief in ihre Lungen ein, hielt kurz den Atem an. Mit einem Seufzen atmete sie wieder aus und machte sich auf den Weg.

Direkt am Rande des Grundstücks gab es einen schmalen Pfad. Dieser verlief nicht in den *Kaltengrim* hinein, sondern schlängelte sich parallel zur Straße am Waldrand entlang. Ein paar Abzweigungen führten zwar in den großen Naturwald, doch Irma blieb am liebsten auf dem äußeren Weg, da sie befürchtete, sich andernfalls zu verirren.

Sie genoss den Geruch der Bäume und der Erde, die vom vielen Regen noch feucht war. Ihre Freude darüber währte allerdings nur so lange, bis sie vor einer riesigen Pfütze stand, die den schmalen Waldweg gänzlich ausfüllte. Kurz überlegte sie zwar, durch den Wald an der Pfütze vorbeizulaufen, doch sie ahnte, dass es im Verlauf des Pfades noch weitere solcher Wasserlachen geben würde. Umkehren kam nicht infrage, Irma wollte Klara-Luise auf keinen Fall die Genugtuung gönnen, mit ihrer Vermutung recht zu behalten. Daher beschloss sie, ausnahmsweise doch eine der Abzweigungen in den Wald zu nehmen. Wenn sie nur dieses eine Mal abbog, würde sie sich schon nicht verlaufen.

Auf dem Weg erwarteten sie nur hin und wieder kleinere Matschpfützen, und Irma lief tiefer und tiefer in den *Kaltengrim* hinein. Sie hatte keine Uhr bei sich, deshalb wusste sie nicht, wie lange sie schon unterwegs war, als der Wald um sie herum lichter wurde. Der Weg, den sie gewählt hatte, verlief sich auf einer kleinen freien Fläche. Die Sonne stand mittlerweile so tief, dass ihre Strahlen zwischen den Baumstämmen hindurchfielen und den Ort in ein warmes Licht tauchten. Es sah zauberhaft aus, und Irma trat ein paar Schritte auf die Lichtung. Sie konnte das Gefühl nicht beschreiben, das sich in ihrer Magengrube ausbreitete, als irgendetwas sie abrupt stehen bleiben ließ. Sie spürte eine Art Grenze vor sich, die sie nicht zu überqueren wagte.

Und sie war nicht alleine.

Mit einem unbehaglichen Gefühl blickte sie sich um. Die Sonnenstrahlen kitzelten auf ihrer Nase, und Irma stellte verdutzt fest, dass ihr plötzlich ganz warm war. Es war doch noch ein herrlicher Spätsommertag geworden, und um sie herum tanzten Hummeln und Bläulinge, während die Gräser und Blumen sich sacht im Wind wiegten. Es war ruhig.

Verdächtig ruhig.

Irma ließ ihren Blick über das satte Grün wandern.

Was ist es, das meine Aufmerksamkeit erregt hat?

Sie spitzte angestrengt ihre Ohren, doch außer dem sanften Rascheln der Gräser im Wind konnte sie nichts hören.

Irma kannte diese Lichtung. Sie bekam eine Gänsehaut, als ihr klar wurde, dass sie in diesem Moment ein Déjà-vu hatte. Und sie kannte den Ausgang ihres Traumes nur zu gut.

Ohne sich noch einmal umzublicken, floh sie von der Lichtung. Sie jagte den Waldweg entlang, der ihr nun wesentlich länger vorkam als zuvor. Ihr Atem ging stoßweise, und Irma bekam Seitenstechen. Dennoch wurde sie nicht langsamer, bis sie endlich das Grundstück der *Wolfswacht* erreichte und in das alte Holzhaus hineinpolterte.

Adrenalin rauschte durch ihre Adern, auf wackeligen Beinen stieg Irma die Treppe hoch. Klara-Luise, die gerade den Wintergarten verließ, kniff die Augenbrauen zusammen.

»Du siehst ja furchtbar aus. Hast du dich so übernommen?«, fragte sie überrascht. »Du bist kalkweiß.«

Irmas unkontrollierter Atem machte es ihr unmöglich zu antworten. Daher schüttelte sie nur den Kopf und hastete zum Bad. Mit zitternden Fingern schloss sie die Tür hinter sich ab und ließ sich auf dem kalten Fliesenboden nieder. Sie umklammerte ihre Beine und legte die Stirn auf die Knie. Die Minuten verstrichen, und allmählich wurde Irmas Atmung langsamer. Das Blut rauschte leiser in ihren Ohren, und ihr Herz drohte nicht mehr zu explodieren.

Irma fragte sich, wie sie von einer Lichtung hatte träumen können, die sie noch nie zuvor gesehen hatte.

Was wäre passiert, wenn ich dortgeblieben wäre?

Irma stieg in die Dusche und brauste sich heiß ab, in der Hoffnung, diese seltsame Angst von sich waschen zu können. Und tatsächlich – bis sie bei ihrer Familie zum Abendbrot am Esstisch saß, hatte Irma die Lichtung mit ihrer unsichtbaren Grenze auf wundersame Weise schon wieder vergessen. Als Klara-Luise wissen wollte, ob es ihr wieder besser ging, konnte Irma sich nicht mehr daran erinnern, was ihr so einen Schrecken eingejagt hatte. Es war, als läge ein dichter Nebel um die Ereignisse des Nachmittags.

Heute würde ein guter Tag werden. Zumindest redete Irma sich das ein. Es war Freitag, das Wochenende zum Greifen nah und sie hatte offiziell ihre ersten Schultage überlebt. Die hätten zwar zweifelsohne besser laufen können, doch Irma freute sich darüber, endlich wieder mit ihrem eigenen Fahrrad zur Schule fahren zu können, anstatt mit Anselms viel zu großem Mountainbike. Und sie freute sich unheimlich auf den Besuch im Planetarium. So sehr, dass sie am Morgen motiviert genug gewesen war, ihr Haar zu zwei Zöpfen zu flechten und sich an einem Lidstrich zu versuchen. Bekleidet mit ihrer Lieblingsjeans und klobigen Stiefeln hatte sie selbstbewusst den Klassenraum betreten. Ihre Vorfreude würde sich Irma auch von ihrem Banknachbarn nicht kaputt machen lassen, der an diesem Tag genauso missmutig wie sonst ins Zimmer schlurfte und sich auf den Stuhl neben ihr fallen ließ. Irma sparte es sich mittlerweile, ihm einen guten Morgen zu wünschen, und war in ein Gespräch mit Dennis vertieft. Der wollte nämlich von ihr wissen, ob er sich sein Haar noch einmal blondieren oder vielleicht doch wieder zu seiner natürlichen Haarfarbe zurückkehren sollte. Als Irma ihm gerade ein Kompliment zu den gebleichten Haaren machte, die ihr wirklich gut gefielen, drehte sich Iven zu ihr.

»Guten Morgen, Hase«, begrüßte er sie mit seiner Raucherstimme. Irma wandte sich ihm verdutzt zu. Es kam ihr so vor, als würde er ihre Reaktion beobachten. Doch Irmas Überraschung über seine Begrüßung hielt nur kurz an. Denn sie störte sich daran, dass Iven nun schon zum zweiten Mal denselben Kosenamen wie ihre Mutter für sie verwendet hatte.

Was bildet er sich bitte ein?

»Nenn mich nicht so« fauchte sie also anstelle einer Begrüßung. Unbeeindruckt wandte er sich von Irma ab.

»Sonst passiert was?«, fragte er und lehnte sich betont gelangweilt auf dem viel zu kleinen Holzstuhl zurück.

Er streckte seine langen Beine aus, die in einer weiten Cargohose steckten, und knackte mit seinen Fingerknöcheln. Irma schoss die Hitze ins Gesicht, und sie überlegte fieberhaft, was sie darauf sagen könnte. Sie war jedoch nicht schlagfertig genug, und so betrat Frau Sommer das Klassenzimmer, bevor Irma etwas erwidert hatte. Die junge Lehrerin sah auch heute wieder umwerfend aus. Ihre Augen glänzten und blickten vergnügt in die Runde. Auf Irma wirkte es so, als ob Frau Sommer sich nichts Schöneres vorstellen konnte, als an dieser Schule zu sein. Davon hätte sie sich gerne eine Scheibe abgeschnitten.

Frau Sommer setzte sich elegant auf das Lehrerpult, überschlug ihre schlanken Beine, die in hübschen hochhackigen Stiefeln steckten, und begrüßte die Klasse. »Guten Morgen, meine Lieben! Ich hoffe, Sie freuen sich genauso auf unseren Ausflug wie ich?«

Ihr Blick wanderte durch die Sitzreihen, und Irma bildete sich ein, dass er kurz bei Iven hängen blieb.

Frau Sommers Lächeln wurde ein wenig schwächer, doch sie fing sich schnell wieder und sagte: »Nun ja, trotzdem müssen wir heute erst mal ein bisschen was schaffen. Sie dürfen dieses Jahr nämlich ein besonderes Projekt bearbeiten.«

Irma graute es vor jeglicher Form von Projektarbeit, aber sie spitzte die Ohren, als die Lehrerin augenzwinkernd verkündete: »Meine letzte elfte Klasse konnte damit die Noten ganz gut aufbessern.«

Das klingt doch gar nicht so schlecht.

»Wir werden neben dem normalen Erdkunde- und Geschichte-Stoff, der uns dieses Jahr erwartet, etwas über unsere Heimat lernen«, erklärte Frau Sommer.

Iven richtete sich schlagartig auf. Im Gegensatz zu seinem üblichen Desinteresse schien er nun ganz Ohr zu sein. Irma warf ihm einen verwunderten Blick von der Seite zu. Sein fuchsrotes Haar war offen und fiel ihm strohig über die Schultern, die verschränkten Arme steckten in einem gestreiften Langarmshirt. Sein Kiefer war angespannt, und Irma stellte belustigt fest, dass eines seiner Augen zuckte.

Frau Sommer schien sich seiner Aufmerksamkeit bewusst zu werden und straffte die Schultern. Dennoch fuhr sie unbeirrt fort.

»Während wir uns in der Schule meistens mit Zahlen und Fakten beschäftigen, die irgendwelche alten Männer in irgendwelchen Ministerien für wichtig erachten, möchte ich euch etwas über unsere Umgebung hier näherbringen«, erklärte sie. »Und damit meine ich den *Kaltengrim* und alle Geheimnisse, die die alten Legenden darüber erzählen.«

Ohne sich die Mühe zu machen, seine Hand zu heben, warf Iven unfreundlich ein: »Vergiss es.«

Alle Köpfe drehten sich zu Irmas Banknachbar. Auch Irma warf ihm einen bestürzten Blick zu.

»Nein, einfach nein«, ergänzte Iven kopfschüttelnd.

Die junge Lehrerin ließ sich von seiner Unverschämtheit nicht aus der Fassung bringen und antwortete ruhig: »Nun, Iven, nur weil es Sie nicht zu interessieren scheint, wird es uns trotzdem bereichern.«

Iven ließ jedoch nicht locker und beugte sich drohend nach vorn. »Vergiss es«, wiederholte er feindselig und fletschte seine Zähne.

Der Typ ist so was von danebem!

Vielleicht hätte sie ihren Mund gehalten, wenn Iven sie nicht vorhin schon auf die Palme gebracht hätte. Mit glühenden Wangen und überraschend starker Stimme zischte Irma: »Jetzt sei mal nicht so respektlos.«

Iven warf Irma einen finsteren Blick zu. Er sah sie dabei so dermaßen von oben herab an, dass sich ihr Magen vor Wut verkrampfte. Trotzig hielt sie dem eisigen Blick seiner grauen Augen stand. Irma konnte im Nachhinein nicht sagen, wie lange sie mit Iven diesen stummen Kampf ausgefochten hatte. Sie war jedenfalls erleichtert, als Frau Sommer dem Ganzen ein Ende bereitete.

»Sie wissen ja alle noch gar nicht, worum es geht!«, sagte sie und legte der Klasse dar, dass es sich beim *Kaltengrim* um einen der ältesten Naturwälder des Kontinents handelte. Er wurde nicht vom Menschen bewirtschaftet, sondern komplett sich selbst überlassen. Seit Jahrhunderten rankten sich daher die abenteuerlichsten Mythen und Legenden um diesen Wald und seine Bewohner. Viele dieser Mythen waren eng mit der Geschichte von Berg und Birkenhain verknüpft, und genau diese sollten die Schüler untersuchen. Frau Sommer stellte Literatur zu unterschiedlichen Themen und Ereignissen zur Verfügung, und die Klasse sollte in Zweierteams anschließend auf die Suche nach Hinweisen gehen, sei es im Stadtarchiv oder direkt an den jeweiligen Schauplätzen. Irma fand diese Aufgabe ausnahmsweise einmal ganz spannend, insbesondere weil sie dafür nichts lernen musste.

»Das ist doch lächerlich«, giftete Iven erneut. »Und klingt nach einer Menge Hokuspokus.«

Die junge Lehrerin war nun sichtlich verärgert, und ihre zuvor freundliche Miene verdüsterte sich.

»Dieser lächerliche Hokuspokus ist Teil meines Unterrichts. Wenn Ihnen das nicht passt, können Sie diesen gerne verlassen«, antwortete sie streng. »Bitte, es steht Ihnen frei zu gehen.«

Dann schlich sich das spöttische Lächeln zurück auf Frau Sommers Lippen, und Iven schien zu resignieren. Er besaß zwar die Dreistigkeit, verächtlich zu schnauben, lehnte sich jedoch missmutig auf seinem Stuhl zurück. Irma kam nicht umhin zu bemerken, dass seine langen Beine nervös auf und ab wippten.

»Ich werde nun die Themen nach dem Zufallsprinzip verteilen«, verkündete die Lehrerin. Sie wich Irmas Blick aus, als sie fortfuhr: »Sie werden jeweils mit Ihrem Banknachbarn einen Fall bearbeiten.« Irma seufzte leise. Sie hätte sich am ersten Tag doch neben ihre Cousine setzen sollen. Frau Sommer fischte ein paar gefaltete Zettel aus ihrer Tasche, und nach und nach zogen die Teams Lose aus ihrer Hand. Als Frau Sommer vor ihrem Tisch stand, schien Iven immer noch zu schmollen.

Irma wählte augenrollend eines der Lose aus, faltete den Zettel auseinander und las ihren Auftrag halblaut vor: »*Hexenverbrennung in Birkenhain – gab es die Hexen wirklich?*«

Ivens Stirn legte sich in Falten, die Flügel seiner Hakennase bebten zornig.

Irma, die nicht verstand, weshalb er so überreagierte, zischte leise: »Was ist denn dein Problem? Es verlangt doch keiner, dass *du* daran glauben musst.«

Iven drehte ihr sein hageres Gesicht zu, die hohen Wangenknochen waren so scharf wie der Ton, den er anschlug: »Weißt du, woran *ich* glaube?«

Irma schüttelte den Kopf, fest entschlossen, sich von Ivens böse funkelnden Augen nicht aus der Fassung bringen zu lassen.

»Ich glaube an *genervt auf den ersten Blick*, Hase.«

Irmas Gesicht musste mittlerweile die Farbe einer Tomate angenommen haben, so wütend und gekränkt war sie.

»Steck dir deine schlechte Laune sonst wohin, ganz ehrlich«, giftete sie ihn an.

»Und du steck deine Stupsnase nicht in Angelegenheiten, die dich nichts angehen. Man sollte den *Kaltengrim* meiden. Das hast du doch gestern gemerkt, oder?«

»Wie meinst du das?«

Irma sah Iven verwirrt an, doch sie erhielt keine Antwort auf ihre Frage. Ihr Zorn wich allmählich dem altbekannten Unbehagen, und ihre Nackenhaare stellten sich auf. Irma hatte das dumpfe Gefühl, irgendetwas Wichtiges übersehen zu haben. Sie suchte in Ivens sturmgrauen Augen nach Antworten, doch sie konnte keine finden.

Die Busfahrt zum Planetarium, bei der sie nicht mehr neben dem unausstehlichen Griesgram sitzen musste, empfand Irma als Entspannung. Gemeinsam mit ihrer Cousine und deren bestem Freund hatte Irma die hinterste Reihe in Beschlag genommen. Dennis hatte theatralisch geseufzt, als er sich auf die Rückbank des Busses fallen ließ. »Rutsch mal!«, sagte Klara-Luise, ehe sie ihn unsanft mit ihrem Rucksack bewarf.

Irmas Wangen glühten ausnahmsweise einmal vor Spaß, mit den beiden war es wirklich lustig. Iven dagegen saß alleine ein paar Reihen weiter vorne, wie sie nach einer Weile feststellte. Er hatte Kopfhörer auf und sah aus dem Fenster. Ihm schien nicht bewusst zu sein, dass er von Irma beobachtet wurde, denn seine Haltung wirkte nicht gelangweilt. Er wirkte unglücklich.

Als der Bus sein Ziel erreicht hatte und anhielt, setzte er wieder seine gewohnte Miene auf, und Irma beschloss, keinen Gedanken mehr an ihn zu verschwenden. Schließlich würdigte auch Iven sie keines Blickes.

Allein schon der Anblick des *Luna-Diana*-Planetariums, eines runden Steingebäudes mit großer Kuppel, war irgendwie magisch. Die Klasse folgte Frau Sommer durch die große Doppeltür in das Foyer. Neugierig sah Irma sich um. An den Wänden des runden Raumes waren zahlreiche Sternkarten und Mondkalender aufgehängt, und es gab eine Vielzahl an Schaukästen, die Geschenkartikel und hübsche Andenken ausstellten. Während die Lehrerin mit der Dame am Ticketschalter sprach, sah sich Irma einen Glaskasten mit Schmuck genauer an. Entzückt zeigte sie auf ein Armband, dessen Perlen die Planeten des Sonnensystems darstellten.

»Falls du nach einem Geburtstagsgeschenk für mich suchst«, rief sie Klara-Luise zu.

»Für so einen Schrott gebe ich kein Geld aus, nicht mal für dich«, lautete die ernüchternde Antwort ihrer Cousine.

Frau Sommer stieß einen lauten Pfiff aus, um der verstreuten Klasse zu signalisieren, ihr zu folgen. Über eine Treppe gelangten sie in den Vorführungssaal. In dem runden Raum sah es zauberhaft aus. Das Licht war gedämpft, und durch den dunkelblauen Teppich mit dem

Sternenmuster schien es, als ob man direkt auf der Milchstraße lief. Irmas Augen wanderten von der dunklen Holzverkleidung an den Wänden über die violett gepolsterten Klappsitze hin zu dem Projektor, der Lichter in schillernden Farben an die Kuppel warf. Sie bewunderte das Farbenspiel, bis Klara-Luise sie am Ärmel zog und sie aufforderte, sich zu setzen. Da ausschließlich Irmas Klasse die Vorführung besuchte, blieben viele der Sitze frei. Ein älterer Herr trat an das Rednerpult. Er hatte eine Halbglatze und trug eine goldene Nickelbrille. Die Lichter im Saal erloschen.

Mit seiner freundlichen tiefen Stimme begrüßte er sein Publikum und entführte sie anschließend in die Welt der Sonnen, Sterne, Planeten und Kometen. Irma vergaß den Ärger des Vormittags und genoss jede Sekunde. Jede neue Projektion des Nachthimmels war noch bezaubernder als die vorherige. Beeindruckt betrachtete sie die Sternbilder, die aktuell über ihnen zu sehen waren, und folgte gespannt der Vorführung über die Ausrichtung des Mondes und der Planeten.

»Unseren Nachthimmel zu beobachten, das ist etwas Magisches, meine lieben Damen und Herren. Denn auch wenn die Astronomen uns taggenau berechnen können, wann welche Konstellation zu erwarten ist, so entdecken wir doch immer wieder neue Phänomene am Himmelszelt«, sagte der Planetarium-Mitarbeiter mit sanfter Stimme.

Die Projektion änderte sich kreisend, und während Irma das Gefühl hatte, durch die Galaxie zu wirbeln, verlangsamte sich das Bild. Einer der Sterne schien besonders hell.

»Erst diesen Sommer hat sich uns völlig Unerwartetes am Firmament gezeigt«, erklärte der Redner. »Und zwar dieser helle Punkt, den sie dort sehen können. Meine Damen und Herren, die Astronomen dieser Welt waren kurzzeitig aus dem Häuschen, das kann ich Ihnen versichern! Es wurde gemutmaßt, dass es sich dabei um einen neuen Stern handelt. Oder einen Planeten, der derzeit gut zu sehen ist. Doch das Rätsel hat sich schnell gelöst, und es war eine gewaltige Überraschung. Dieser helle Fleck am Himmel stammt von einem Kometen ... dem Kometen Belisana.«

Irmas Herz machte einen Satz.

»Entdeckt wurde dieser schon vor über hundert Jahren. Doch noch nie hat er so hell gestrahlt, dass wir ihn mit bloßem Auge erkennen können. Zunächst machten sich natürlich Befürchtungen unter den Sternenbeobachtern breit. Weshalb war der Komet plötzlich so gut zu sehen? Die Wissenschaftler waren umso verwunderter, als ihre Analysen ergaben, dass sich rein gar nichts an seiner Umlaufbahn geändert hatte. Wieso Belisana uns derzeit so klar und deutlich am Himmelszelt erscheint, ist noch nicht geklärt. Deshalb möchte ich Ihnen zum Abschluss empfehlen, bald selbst einmal einen Blick in den Nachthimmel zu werfen, um dieses Ereignis in der Realität zu erleben. Denn wer weiß, vielleicht verschwindet das helle Licht eines Tages genauso schnell vom Firmament, wie es aufgetaucht ist.«

Damit endete die Vorführung, und die Klasse klatschte Beifall. Die Lichter im Saal gingen wieder an, die Schüler erhoben sich von ihren Sitzen. Wie in Trance folgte Irma den anderen aus dem runden Kuppelsaal. Sie beteiligte sich nicht an dem munteren Geplapper, das sie umgab, sondern hatte im Geiste das Leuchten des Kometen Belisana vor sich. Sie grübelte darüber nach, was sie eben in der Vorführung gelernt hatte. Wie verwunderlich, dass ein so kleiner Himmelskörper auf einmal zu leuchten begann! Und das ab dem Zeitpunkt, als sie in die *Wolfswacht* gezogen war …

Irma beschlich das Gefühl, beobachtet zu werden. Im Foyer warf sie verstohlene Blicke in alle Richtungen, konnte jedoch niemanden ausmachen, der sich speziell für sie zu interessieren schien.

Auf der Fahrt zurück nach Birkenhain wandte sich Klara-Luise an Irma. »Sag mal, wusstest du das? Also, dass Belisana ein Komet ist?«

»Nein, davon hatte ich keine Ahnung. Mama hat das auch nie erwähnt. Vielleicht wusste sie es ja selbst nicht«, antwortete Irma leise.

Dennis sah Irma verwirrt an. »Weshalb sollte deine Mutter dir was von dem Kometen erzählt haben?«

Vielleicht wurde sie ja verrückt, doch Irma glaube nicht daran, dass es sich bei diesem Naturphänomen um einen Zufall handelte.

Ihr war mulmig zumute, als sie ihm erklärte: »Weil ich mit vollem Namen Irma Belisana Wolf heiße.«

6

Ach, was würde ich nur ohne euch machen!« Selma hatte soeben ihre geblümte Tasche neben den Esstisch gestellt und gesellte sich zu ihnen in die Küche im Eckturm der *Wolfswacht*.

Da sie an diesem Tag besonders lange bei Brietta im Krankenhaus geblieben war, hatten Irma, Anselm und Klara-Luise beschlossen, schon einmal das Abendessen vorzubereiten. Als Irmas Mutter also das Haus betrat, empfing sie das himmlische Aroma von Kardamom, Kreuzkümmel, Muskat, Zimt, Nelken, Koriander, Knoblauch, Chili und was auch immer Anselm sonst noch in den Topf geworfen hatte. Zugegebenermaßen sah die orangerote Linsenpampe nicht sonderlich appetitlich aus, dafür schmeckte sie umso besser. Irma musste es wissen, sie hatte beim Kochen bereits davon genascht. Zumindest bis Anselm ihr tadelnd auf die Finger gehauen hatte.

»Du kommst gerade recht«, sagte Irma und holte die warmen Fladenbrote aus dem Ofen.

»Hmmmm … das duftet ja fein. Was habt ihr denn da gezaubert?«, wollte Selma wissen, während sie den Deckel vom Topf hob und schnupperte.

»Das ist ein Rezept von Gesa, meiner Arbeitskollegin«, erklärte Anselm.

Er scheuchte Selma vom Herd fort, um die Linsen ein letztes Mal abzuschmecken.

Klara-Luise, die gerade dabei war, den Tisch zu decken, grummelte: »Es wird langsam auch echt Zeit, ich bin total ausgehungert!«

Fast so, als ob ihr Körper die Aussage unterstreichen wollte, begann ihr Magen laut zu knurren. Irma fiel in das Gelächter von Selma und Anselm ein, und ihr wurde warm ums Herz. Selbst Klara-Luise musste schmunzeln.

Als sie kurz darauf das Abendessen löffelten, begann Irmas Cousine gut gelaunt vom Ausflug ins Planetarium zu berichten. Irma war seit der Vorführung mehr als neugierig darauf, weshalb sie ihren Namen mit einem Kometen teilte. Und zwar mit einem, der sich seit ein paar Wochen sonderbar verhielt.

»Na ja, auf alle Fälle haben wir was ziemlich Interessantes erfahren«, nuschelte Klara-Luise, die den Großteil ihrer Linsen noch nicht einmal geschluckt hatte. »Es gibt da einen Kometen, der heißt Belisana. So wie Irma mit zweitem Namen.«

Selma, die gerade einen Löffel zum Mund führte, hielt in ihrer Bewegung inne. Ohne die Hand wieder zu senken, sah sie zwischen Irma und ihrer Cousine hin und her.

»Ja, stimmt«, bestätigte Irma. »Wusstest du das? Also dass es einen Kometen gibt, der so heißt?«

Selma schwieg einen Moment lang.

Sie senkte den Löffel und antwortete: »Was für ein Zufall. Nein, das wusste ich nicht.«

Sie bemühte sich zwar, ein Lächeln aufzusetzen, doch es erreichte ihre Augen nicht.

Irma glaubte ihr nicht.

Seit sie denken konnte, waren Selma und sie ein Team. Sie waren immer ehrlich zueinander gewesen, bis auf die Sache mit Irmas Vater. Daher war sie sich nun sicher, dass ihr Name mit ihm zu tun haben musste.

»Aber wie kamst du dann darauf, mich so zu nennen? Der Name ist ja nicht gerade alltäglich«, bohrte sie nach.

Selmas falsches Lächeln wurde schwächer.

Ihre Augen richteten sich auf einen Punkt in der Ferne, ehe sie antwortete. »Ich weiß es nicht, Hase. Ich glaube, dass er mir einfach gefallen hat.«

Anselm und Klara-Luise hatten beide ihr Besteck beiseitegelegt. Sie schienen zu ahnen, dass das Gespräch eine ungute Wendung nehmen würde.

Tatsächlich konnte sich Irma nicht länger beherrschen und forderte schroff: »Wenn es etwas mit meinem Vater zu tun hat, dann sag es mir! Hat er den Namen ausgesucht?«

Selma vermied es, ihrer Tochter in die Augen zu sehen, und stierte traurig ins Leere. »Lass uns doch bitte das Gespräch beenden, Mondhase. Dein Vater ist nicht mehr bei uns, und das ist alles, was zählt.«

Es ist doch immer dasselbe!

»Ja, aber wieso?«, rief Irma verzweifelt. »Du verschweigst mir etwas, dabei sagen wir uns doch immer die Wahrheit. Das haben wir so ausgemacht.«

Selma erwiderte kein Wort und wandte den Blick ab.

Keine Antworten.

Keine Rechtfertigungen.

Es war genau diese Unwissenheit, die schon so lange an Irma nagte. Wenn sie wüsste, dass ihr Vater ihre Familie verlassen hatte, könnte sie wütend auf ihn sein. Wäre er verstorben, könnte sie um ihn trauern. Doch Selmas Geheimniskrämerei ließ Irma, seit sie denken konnte, mit gemischten Gefühlen zurück. Resigniert stürmte sie aus dem Esszimmer. Ihr war der Appetit vergangen, und sie war wütend. Zornig stampfte sie die knarzende Holztreppe nach oben und ignorierte den Ruf ihrer Mutter. In ihrem Zimmer warf Irma sich bäuchlings auf ihr Bett und vergrub das Gesicht in einem Kissen. Sie konnte die Tränen nicht mehr zurückhalten, die ihr schon seit ihrem ersten Schultag in den Augen brannten.

In dieser Nacht fiel es Irma schwer, Schlaf zu finden. Und das lag nicht nur an ihrem knurrenden Magen. Sie hasste Streit, insbesondere mit ihrer Mutter, und das schlechte Gewissen plagte sie. Sie nahm sich vor, sich sofort am nächsten Morgen zu entschuldigen.

Auch Selma fand in dieser Nacht keine Ruhe. Doch sie würde sich nicht an die bewegten Träume erinnern, die sie heimsuchten.

Das Heft lag warm in ihrer Hand. Mittlerweile hatte Selma sich an das Gefühl gewöhnt, und das silberne Schwert war zu einer Verlängerung ihres Armes geworden. Sie führte erneut ein paar Hiebe aus und spürte das Sirren der Klinge, die so scharf war, dass sie geschmeidig durch Fleisch und Knochen schneiden konnte. Sie würde das Leben, das sie unter dem Herzen trug, verteidigen. Koste es, was es wolle.

Ihre Schwester stieß einen beeindruckten Pfiff aus, und Selma wirbelte herum. Mit Anselm auf dem Arm betrat Brietta den Raum. Ihre wilde rote Mähne loderte wie Feuer. Brietta sah ihre Schwester entschlossen an.

»Wir werden sie beschützen. Alle drei.«

Selma nickte ihrer Schwester zu, und ihr besorgtes Herz machte einen

Satz, als der Mann, der ihr Leben so auf den Kopf gestellt hatte, das Zimmer betrat.

Seine eisblauen Augen funkelten, als er versprach: »Es wird ihnen nichts passieren, dafür werde ich sorgen.«

7

Die Blätter färbten sich allmählich gelb, der Wind blies stärker, und die meisten Tage waren verregnet. Dennoch empfand Irma die vergangenen Wochen als Fortschritt gegenüber ihrer ersten Schulwoche. Sie hatte sich mit ihrer Mutter versöhnt und ihren Vater nicht mehr angesprochen. In der Schule hatte sie neben Klara-Luise nun auch in Dennis einen Freund gefunden und fühlte sich in ihrer Klasse wohl. Zugegeben, der Unterricht hätte besser laufen können, und ihre Leistungen befanden sich wieder einmal im unteren Drittel. Es hatte allerdings auch Vorteile, neben Iven zu sitzen. Neben ihm war Irma ausnahmsweise einmal nicht die Schlechteste, und seine Art brachte ihre Lehrer dermaßen auf die Palme, dass sie Irma für gewöhnlich in Ruhe ließen.

Nachts träumte sie weiterhin regelmäßig von dem Fuchs auf der Lichtung. So kam es, dass Irma auch an diesem Tag wieder dunkle Ringe unter ihren eisblauen Augen hatte. Und was das Verhältnis zu ihrem Gegenüber anging, war ebenfalls noch meilenweit Luft nach oben. Irma hatte es aufgegeben, sich um Konversation mit Iven zu bemühen. Er schien darüber nicht unglücklich zu sein. Von Tag zu Tag erschien er schlechter gelaunt zum Unterricht, verzog sich jede Pause zum Rauchen nach draußen und sprach mit niemandem, sofern es nicht zwingend erforderlich war. Doch Frau Sommer hatte festgelegt, dass Irma und Iven ihr Projekt *Hexenverbrennung in Birkenhain – gab es die Hexen wirklich?* schon in der Woche nach Halloween präsentieren sollten.

Es wurde also höchste Zeit, sich darum zu kümmern. Da Irma dringend eine gute Note gebrauchen konnte, hatte sie sich ein Herz gefasst und Iven darum gebeten, sich mit ihr zur gemeinsamen Vorbereitung zu treffen. Dafür hatte sie das *Café Haderlump* vorgeschlagen, um wenigstens Anselm als mentale Unterstützung in der Nähe zu wissen. Iven hatte wenig begeistert zugestimmt und trank nun auf dem grünen Sessel gegenüber von Irma einen kleinen Schluck von seinem schwarzen Filterkaffee. Auch wenn er versuchte, keine Miene zu verziehen, war Irma sich sicher, dass ihm sein Kaffee zu bitter war. Dabei hatte er sie kurz zuvor noch von oben herab belächelt, als sie sich ihren Cappuccino mit Schokolade bestellt hatte. Er benahm sich, als müsste er ihr beweisen, wie man richtig Kaffee trank.

Was für ein Vollidiot.

Anselm, bei dem sich Irma in den vergangenen Wochen regelmäßig über ihren Banknachbarn beklagt hatte, warf ihr gelegentlich mitleidige Blicke zu. Ihr Cousin hatte Iven skeptisch von oben bis unten gemustert, als dieser gemeinsam mit Irma an der Theke stand. Iven hatte sein langes rotes Haar unter einer Beanie versteckt. Die löchrige Cargohose, die zerfledderten Turnschuhe und das *Rob-Zombie*-Longsleeve hatten Anselm dazu veranlasst, eine Augenbraue zu heben. Nach Irmas Erzählungen hatte er wohl eine einschüchternde Erscheinung erwartet.

»Und wegen *dem* machst du dir solche Gedanken? Irma, der sollte sich darüber freuen, dass du dich überhaupt mit ihm abgibst!«, hatte Anselm gezischt, als Iven mit seiner Tasse auf einen der Tische an der Fensterfront zugesteuert war.

Anselms Worte waren, wie so oft, Balsam für Irmas Seele gewesen, und so fühlte sie sich wieder etwas selbstbewusster, als sie in Ivens Gegenwart eines der Bücher von Frau Sommer durchblätterte. Sie krempelte die Ärmel ihres dunkelblauen Cardigans nach hinten, den sie über einem kurzen Kleid trug, und schlug die Beine übereinander, die in einer gepunkteten Strumpfhose und ihren Chucks steckten.

»Ich schlage vor, ich lese mich in das Werk über Hexen im Allgemeinen ein … und du kannst ja schon mal etwas über die Verfolgungen recherchieren?«

Iven zuckte nur mit den Schultern, ehe er nach einem der anderen Bücher griff. Irma interpretierte das als Zustimmung. Wenigstens hatte er sich ein Augenrollen verkniffen. Die Bücher, die Frau Sommer ihren Schülern geliehen hatte, sahen wirklich kurios aus. Die meisten davon waren in Leder gebunden und per Hand geschrieben. Der Großteil davon hatte richtig braune Seiten, sodass man meinen konnte, sie wären Hunderte Jahre alt.

Nach ein paar Minuten war Irma so vertieft in den Inhalt, dass sie selbst die Waffel, die Gesa ihr an den Platz brachte, vorerst nicht anrührte. Birkenhain hatte viel mehr mit dem Hexenkult zu tun, als sie geahnt hatte. Als Iven sein Buch beiseitelegte und genervt aus dem Fenster sah, hob Irma den Kopf. Wahrscheinlich war es am sinnvollsten, so schnell wie möglich mit der gemeinsamen Arbeit fertig zu werden.

»Also, von mir aus kann ich schon mal ein paar Notizen machen«, schlug sie vor und kramte Block und Stift aus ihrem Rucksack.

Da Iven nicht antwortete, begann Irma zu referieren, was sie soeben in Erfahrung gebracht hatte.

»Na gut«, seufzte sie. »Als Hexen bezeichnet man grob gesagt Frauen mit magischen Fähigkeiten.«

Schon nach dem ersten Satz rieb sich Iven resigniert die Augen und schüttelte kaum merklich den Kopf.

Sie ließ sich davon nicht beirren. »Gemäß dem Glauben hier in der Region erhalten sie ihre Kräfte aus unterschiedlichen magischen Quellen. Sie werden also nicht als Hexe geboren, sondern im richtigen Alter auserwählt.«

Beim Einsetzen der ersten Blutung.

»Erst dann bekommen sie auch die magischen Fähigkeiten. Heilen, Zaubertränke brauen, wahrsagen und so weiter. Und angeblich leben Hexen sehr lange. Und was speziell für unseren Vortrag wichtig ist: Es soll früher in Birkenhain welche gegeben haben. Wobei diese natürlich nicht öffentlich als Hexen gelebt haben, weil sie ja Angst haben mussten, verfolgt zu werden.«

Als Iven nichts dazu sagte, überlegte Irma laut: »Wobei ich mich dann natürlich schon frage, wieso in dem Buch geschrieben steht, dass es welche gab. Wenn sie sich nicht gezeigt haben, dann kann das ja eigentlich keiner wissen, oder? Wer schreibt so etwas dann überhaupt auf? Dafür muss sich der Verfasser ja schon ziemlich gut ausgekannt haben … aber wie kam er zu seinem Wissen? Oder muss man davon ausgehen, dass das Buch von einer Hexe geschrieben wu…«

In diesem Augenblick unterbrach Iven sie, indem er sich zu ihr vorbeugte und sagte: »Bitte denk nicht so angestrengt darüber nach. Dein kleiner Kopf könnte sonst noch explodieren.«

Irma, die eben diesen Kopf nachdenklich über das Blatt Papier auf dem Tischchen zwischen ihnen geneigt hatte, blickte auf. Ivens Gesicht war nur wenige Zentimeter von ihrem entfernt. Sie hätte schwören können, dass seine Mundwinkel belustigt zuckten. Nicht, dass sie es als echtes Lächeln interpretiert hätte. Aber seine sturmgrauen Augen funkelten frech. Mit den Sommersprossen auf seinen Wangen und der markanten Nase sah er in diesem Moment wirklich schelmisch aus.

Irma wunderte sich darüber, dass sie sich durch seine Beleidigung kaum gekränkt fühlte. Vielleicht hatte sie sich in der letzten Zeit schon zu sehr an seine Art gewöhnt? Als ihr bewusst wurde, dass sich ihre Nasenspitzen fast berührten, lehnte sie sich ruckartig zurück.

»Noch so ein Spruch von dir, und ich werfe dir meine Waffel ins Gesicht.«

Iven legte den Kopf schief.

»Die arme Waffel«, gab er amüsiert zurück.

Irma war überrascht, als sich das erste Mal seit Wochen ein Lächeln auf seine Lippen stahl. Auch wenn es ganz schwach war, wirkte sein schmales Gesicht mit den hohen, kantigen Wangenknochen auf einmal viel weicher. Irma war sich sicher, Iven bisher nur mit herabhängenden Mundwinkeln gesehen zu haben. Vielleicht konnte sie ihren Blick deshalb nicht von seinen feinen Lippen abwenden, die ebenfalls von ganz zarten Sommersprossen übersät waren. Sie ertappte sich dabei, wie sie ihn anstarrte.

»Du bist ein Idiot«, knurrte sie und versuchte die Hitze zu ignorieren, die ihr in die Wangen stieg.

Erleichtert, dass Iven sich wieder zurück in seinen Sessel lehnte, räusperte sich Irma und fuhr fort: »Sofern du nichts Hilfreiches beizutragen hast, hätte ich noch ein paar Fakten.«

Iven zuckte mit den Achseln. »Kann ich früher gehen, wenn ich zumindest so tue, als würde mich das interessieren?«

Irma beschloss, nicht darauf einzugehen.

»Ich habe noch etwas entdeckt, das auf Erfahrungsberichten hier aus Birkenhain basiert. Und zwar geht es dabei um die Walpurgisnacht. Sie wird auch ›Hexenbrennen‹ genannt und findet in der Nacht vom dreißigsten April auf den ersten Mai statt.«

Irma wurde verlegen, als sie Ivens Blick auf sich spürte. Jetzt, wo sie seine Aufmerksamkeit hatte, kam sie sich doch ein wenig lächerlich vor, ihm solche Märchen zu erzählen. Nicht, dass es sie interessiert hätte, was er von ihr hielt. Trotzdem.

Sie räusperte sich noch einmal und fuhr fort: »Ich kannte bisher nur Gerüchte, die besagen, dass die Hexen sich in der Walpurgisnacht mit dem Teufel treffen. Davon wird hier aber nichts erwähnt.«

Irma blätterte in dem ledergebundenen Band, bis sie eine Abbildung fand. Sie drehte das Buch um, damit Iven einen Blick auf die filigrane Tuschezeichnung werfen konnte. Diese zeigte eine Lichtung, auf der ein Feuer brannte, dessen Flammen höher als die Baumwipfel in den Himmel stiegen. Davor und darüber konnte man unzählige Silhouetten von Frauen erkennen, die zu fliegen schienen. Vermutlich auf Besen.

Irma deutete auf das Kunstwerk und erklärte: »Was hier beschrieben wird, ist, dass 1573 anscheinend einmal eine Walpurgisnachtfeier im *Kaltengrim* abgehalten wurde. Es gab Augenzeugen, die berichteten, sie hätten Frauen, Eulen und Fledermäuse in Richtung *Kaltengrim* fliegen sehen. Angeblich brannten nachts Feuer auf einer Waldlichtung, doch am nächsten Morgen konnten keine Spuren mehr von dem nächtlichen Treiben gefunden werden. Das klingt doch spannend, oder?«

Iven betrachtete die Zeichnung. Nachdenklich fuhr er sich mit dem Finger über das Kinn.

»Das könnte jeder beliebige Wald sein«, sagte er.

Er hatte natürlich recht. Dennoch fand Irma die Geschichte faszinierend.

»Ich fände es trotzdem total spannend, wenn wir das mit aufnehmen. Ich könnte ja auch ein paar Bilder im *Kaltengrim* machen, dann hätten wir selbst etwas Kreatives zum Projekt beigetragen. Ich kann mir bestimmt die Kamera von meinem Cousin ausleihen.«

Iven sah Irma entgeistert an.

»Die Idee finde ich absolut bescheuert«, blaffte er.

Überrascht über seine harsche Reaktion pampte Irma zurück: »Du musst ja nicht mit, wenn du keinen Bock darauf hast.«

»Alleine solltest du erst recht nicht im *Kaltengrim* herumspazieren.«
Iven hatte sich auf dem dunkelgrünen Sessel erneut nach vorne gebeugt und sah sie eindringlich an.

Eingeschnappt schürzte Irma die Lippen. »Dir ist es wahrscheinlich egal, welche Note wir auf dieses Projekt bekommen werden, oder?«, seufzte sie.

»Ganz ehrlich, Hase, total egal.«

Irma rollte mit den Augen. »Ich will das Schuljahr jedenfalls nicht wiederholen müssen. Dann sammeln wir eben erst noch weitere Informationen. Kannst du mir erzählen, was in deinem Buch stand? Und nenn mich nicht Hase!«

Sie widmete sich nun ihrer mittlerweile eiskalten Waffel und wartete auf Ivens Bericht.

»Das Thema ist doch sinnlos«, seufzte Iven. »Es gibt hier keine Hexen mehr.«

Nicht mehr?

Doch bevor Irma ihn auf diese eigenartige Formulierung ansprechen konnte, fuhr Iven ernst fort: »In dem schmalen Buch sind die Hexenprozesse von Birkenhain aufgelistet. Da stehen unter anderem die Namen der verurteilten Frauen drin, aber … na ja es werden viele gar nicht erwähnt.«

In Ivens Stimme hörte Irma eine Abscheu, die sie von ihm so nicht erwartet hätte.

»Über Jahrhunderte hinweg wurden Tausende von Frauen verbrannt, und das natürlich auch hier in der Gegend. Das Buch geht aber nur bis zum Ende des 18. Jahrhunderts.«

»Gab es denn im 19. Jahrhundert auch noch Prozesse? Man sollte doch meinen, die Leute wären zu dieser Zeit nicht mehr so abergläubisch gewesen«, fragte Irma entsetzt.

Iven betrachtete sie grimmig, ehe er antwortete: »Es gab auch später noch vereinzelt Hinrichtungen. Im Jahre 1807 wurde hier die letzte angebliche Hexe verbrannt.«

Irma hatte so gebannt zugehört, dass sie vergaß, ihre Waffel zu kauen.

Iven griff nach dem anderen Buch, das er durchgeblättert hatte.

»Ansonsten habe ich mir hier drin nur noch etwas über Belisana durchgelesen.«

Belisana.

Es fühlte sich an, als hätte ein Stromschlag Irma durchzuckt. Ihre Fingerspitzen begannen vor Aufregung zu kribbeln.

»Belisana?«, fragte sie alarmiert. »Wie der Komet?«

»Ja, nur dass der Komet nach Belisana benannt wurde.«

»Und wer war das?«, hakte sie ungeduldig nach.

Irma konnte es kaum fassen. Das war nun schon das zweite Mal innerhalb kürzester Zeit, dass ihr der Name begegnete. Das konnte kein Zufall sein!

Iven war sichtlich verwirrt über Irmas drängenden Ton, doch er erklärte: »Belisana ist eine keltische Mondgöttin. Sie ist laut diesem Buch hier die dreigesichtige Göttin der Hexen.«

Dieses Mal war es an Iven, eine Seite mit einer Abbildung aufzuschlagen. Darauf war ein schönes Frauengesicht zu sehen, auf dessen Stirn eine Tätowierung prangte. Irma schnappte sich das Lederbuch und erkannte, dass es sich bei dem Symbol um einen Vollmond handelte, der von zwei Halbmonden flankiert wurde.

Iven beugte sich nach vorne und tippte auf die Stirn der Göttin.

»Jungfrau, Mutter, Greisin. Dafür sollen die Monde stehen«, erklärte er ihr.

Sie konnte den Blick nicht von dem hübschen Antlitz der Göttin abwenden.

Göttin des Mondes und der Hexen.

Bei dem Bild handelte es sich um ein mit Feder und Tusche gezeichnetes Porträt. Belisanas Augen waren groß und hell und von langen Wimpern eingefasst. Ihr helles Haar war lang und glatt, ihre Lippen sinnlich und voll. Irma hatte das Gefühl, sie schon einmal gesehen zu haben.

»Alles gut bei dir?«, riss Iven sie aus ihren Gedanken.

»Hmm? Ach so, ja ... alles gut.«

»Was beschäftigt dich?«, bohrte Iven nach.

Er schien zu wittern, dass Irma ihm nicht alles sagte.

Sie zuckte mit den Achseln. »Ich bin nur verwundert. Ich wusste gar nichts von dieser Mondgöttin, obwohl ich anscheinend nach ihr benannt wurde. Belisana ist mein zweiter Vorname.«

Iven betrachtete sie eindringlich, als ob er direkt in sie hineinsehen wollte. »Das ist wirklich ein ungewöhnlicher Name«, murmelte er.

Irma kratzte sich am Hinterkopf und bestätigte mit einem nervösen Lächeln: »Ja, schon irgendwie eigenartig. Und meine Mutter scheint nicht einmal zu wissen, wie sie darauf gekommen ist.«

»Deine Mutter ist sowieso ein … interessanter Mensch«, bemerkte Iven.

Irma hatte die Begegnung von Selma und Iven erfolgreich verdrängt und verfluchte sich in diesem Moment dafür, dass ihr schon wieder die Röte ins Gesicht schoss.

Iven runzelte nachdenklich die Stirn, doch er schien nichts mehr sagen zu wollen. Die Stille, die sich zwischen ihnen ausbreitete, wurde vom Klingeln der Ladentür unterbrochen. Irma drehte sich um. Ein von oben bis unten durchnässter Besucher trat in das Café. Er blieb an der Tür stehen, wobei sich eine kleine Pfütze zu seinen Füßen bildete, und sah sich langsam um. Sein Blick glitt über die gemütlichen Sitzecken, dunklen Sofas und Sessel hinweg zur Theke und den hohen Bücherregalen und weiter bis hin zu Irmas und Ivens Tisch. Dort verharrte er.

Der Typ sah nicht älter aus als Irma, war nicht besonders groß, sehr schlank und trug eng anliegende Kleidung, die seiner zarten Figur schmeichelte. Langes rabenschwarzes Haar fiel ihm glänzend über die Schultern. Irma beneidete ihn dafür, dass er auch nach dem furchtbaren Regen immer noch aussah, als wäre er einer Werbung für Haarpflegeprodukte entsprungen. Die von langen dunklen Wimpern umrahmten Augen waren pechschwarz und unverwandt auf Iven und Irma gerichtet.

»Scheiße«, fluchte Iven kaum hörbar.

Irma wandte sich ihm zu und musste überrascht feststellen, dass die komplette Farbe aus seinem Gesicht gewichen war. Er hatte seinen Mund halb geöffnet, als ob er etwas hätte sagen wollen, aber währenddessen versteinert war. Als er sich wieder gefangen hatte, erhob er sich schlagartig von seinem Sessel und ging auf den Fremden zu. Die beiden hätten unterschiedlicher nicht aussehen können.

Wo Iven groß und schlaksig war, wirkte der Junge zierlich und grazil. Wo Iven knochige Arme und Beine besaß, die so lang waren, dass er damit immer ein wenig ulkige Bewegungen machte, bewegte sich der andere auffallend anmutig. Ivens strohiges rotes Haar sah noch eine Spur zerzauster aus neben dem seidigen schwarzblauen Haar des anderen, und sein spitzes Kinn, die lange Hakennase, die kantigen Jochbeine und die schmalen Lippen bildeten einen scharfen Kontrast zu dem ansprechenden Äußeren des Dunkelhaarigen. Dieser sah mit seinen großen Augen, hohen Wangenknochen, sinnlich geschwungenen Lippen und der zierlichen Nase aus wie ein Feenprinz. Nur dass seine ernste Miene nicht ins Bild passen wollte. Obwohl Iven den Jungen um mehr als einen Kopf überragte, wirkte er unter dessen Blick erstaunlich klein. Dieser Fremde schien die erste Person zu sein, vor der er tatsächlich Respekt hatte. Irma beobachtete die beiden neugierig.

»Corvus«, begrüßte Iven den Jungen, und die zwei Silben trieften förmlich vor Abscheu.

Angestrengt versuchte Irma, dem Gespräch der beiden zu lauschen.

Mit sanfter, grausamer Stimme sprach Corvus: »Ich soll dich an deinen Auftrag erinnern.«

Iven wurde noch ein wenig kleiner.

Die Situation schien ihm nicht zu behagen, doch er antwortete bestimmt: »Bisher ist nichts vorgefallen. Zumindest nichts, worüber du nicht sowieso Bescheid weißt.«

»Du bist hier nicht zum Vergnügen.«

Iven schnaubte verächtlich. »Was du nicht sagst.«

Gesa räumte daraufhin leider lautstark das Geschirr am Nachbartisch ab, sodass Irma Schwierigkeiten hatte, dem Wortwechsel weiter zu folgen. Sie wurde nicht schlau aus dem, was sie verstanden hatte, doch bevor Irma darüber nachgrübeln konnte, bewegte sich Anselm auf Iven und Corvus zu. Nun sprang Irma ebenfalls neugierig auf und gesellte sich dazu.

»Ihr beide geht doch mit meiner Cousine zur Schule, nicht wahr?«, fragte Anselm in die Runde und verschränkte betont lässig seine Arme.

Irma musste über ihren Cousin schmunzeln. Iven schien jedenfalls erleichtert zu sein, dass sich das Vier-Augen-Gespräch mit Corvus erst einmal erledigt hatte.

»Wir feiern diesen Samstag bei uns zu Hause im Garten. Ihr könnt gerne kommen.«

Irma warf Anselm einen bösen Blick zu und schüttelte leicht den Kopf, doch dieser ignorierte sie eiskalt und wandte sich Corvus zu.

»Ich würde mich freuen, euch zu sehen.«

Euch zu sehen. So ein Blödsinn!

Irma wusste genau, dass Anselm hauptsächlich den hübschen Corvus dabeihaben wollte. Sie konnte es ihrem Cousin eigentlich auch nicht verübeln, denn in seiner schmeichelnden Kleidung, den schwarzen Stiefeln und den Lederhandschuhen sah er wirklich großartig aus. Anselm, der von Natur aus ein Talent dafür besaß, über unangenehme Situationen einfach hinwegzureden, nahm das Schweigen der beiden gar nicht wahr.

»Ich weiß nicht, ob ihr die *Wolfswacht* kennt? Sie liegt direkt am *Kaltengrim*, wenn man der Landstraße nach Berg in Richtung Wald folgt. Da müsst ihr hin, da wohnen wir.«

Bei Anselms Wegbeschreibung hatte Iven überrascht die Augenbrauen gehoben und Irma einen verwunderten Blick zugeworfen. Ihr Cousin wandte sich zum Gehen und zwinkerte Corvus zu, der ihn interessiert musterte. Er wirkte immer noch streng, doch in seinen Augen funkelte etwas, das Irma nicht zuordnen konnte.

Kaum war Anselm ein paar Schritte entfernt, drehte sich Corvus erneut zu Iven. Die beiden starrten sich vielsagend in die Augen. Die Sekunden verstrichen, und Irma hegte den Verdacht, die beiden würden in Gedanken miteinander diskutieren. Oder vielleicht handelte es sich auch um einen Wer-zuerst-blinzelt-Wettkampf. Jedenfalls hatte sie das Gefühl, absolut vergessen worden zu sein. Schließlich ließ Iven resigniert die Schultern fallen.

Er atmete frustriert aus, und mit leidendem Ton wandte er sich an Irma. »Sorg dafür, dass wenigstens gute Musik läuft. Ich bin dabei.«

Iven rieb sich die Schläfen.

Das ist ja alles wieder grandios.

Er hatte zwar keine Ahnung, in was genau er da verwickelt wurde, doch er hätte es sich gerne erspart. Nachdem sich Helias Wachhund endlich wieder verzogen hatte, hatte er das Treffen mit Irma beendet.

Irma Belisana Wolf.

Als sie ihre Sachen in den Rucksack packte, hatte sie seine noch halb volle Kaffeetasse bemerkt und ihm einen spöttischen Blick zugeworfen. Manchmal wurde er das Gefühl nicht los, dass sie ihn mit ihren eisblauen Augen komplett durchschaute. Das gefiel ihm gar nicht. Während er die Befürchtung hatte, Irma könnte ihn irgendwann lesen wie ein Buch, wurde er aus ihr einfach nicht schlau.

Er fragte sich, was es mit ihrem Namen auf sich hatte. Darüber hinaus musste sie ausgerechnet in der *Wolfswacht* leben, dem einzigen Ort, den die *Andersweser* nicht ohne Einladung betreten konnten. Das nächste Rätsel war das *Anam Cara*, das ihre Mutter auf der Stirn trug. Keiner in ihrer Familie besaß auch nur einen Funken *Magikk*, und dennoch hatte Irma beinahe einen der Übergänge passiert.

Iven ärgerte es, die Situation nicht unter Kontrolle zu haben. Irma bereitete ihm Kopfschmerzen, seit sie ihm vor die Motorhaube gelaufen war.

73

8

Es war Anselms zwanzigster Geburtstag, und er hatte halb Birkenhain und Berg eingeladen. Das war für Irma Grund genug, sich richtig hübsch zu machen. Unschlüssig sah sie sich im Spiegel an. Lidschatten, Eyeliner und Wimperntusche hatte sie mit Engelsgeduld aufgetragen, bis sie mit dem Ergebnis zufrieden war. Doch der dunkle Lippenstift verunsicherte sie. Sie sah damit so aufgetakelt aus.

Aber ist das nicht der Plan für heute? Immerhin willst du neben Klara-Luise nicht vollkommen untergehen.

Es klopfte an der Badezimmertür.

»Ist offen«, rief Irma, und gleich darauf trat Anselm ein.

»Wow«, rief er übertrieben.

Irma rollte die Augen, fühlte sich insgeheim aber doch bestätigt und beschloss, den Lippenstift draufzubehalten. Ihr Cousin schnappte sich eine Bürste aus dem Spiegelschrank und kämmte sich durch sein langes Haar, das genauso dunkel war wie Irmas.

»Wie sehe ich aus? Aber du musst ehrlich sein!«

Sie betrachtete kurz sein schwarzes T-Shirt, die eng anliegende Hose und die Vans, ehe sie wahrheitsgemäß antwortete: »Du siehst super aus, versprochen!«

»Da bin ich ja froh!«, lachte Anselm.

Er kämmte sich das Haar asymmetrisch auf eine Seite und sprühte es mit so viel Haarspray fest, dass Irma einen Hustenanfall bekam.

»Gibt es unten noch was zu tun?«, keuchte sie, während sie das Badfenster öffnete.

»Eigentlich nicht, wir müssen später nur noch die Sachen aus dem Kühlschrank mit nach draußen nehmen.«

Den ganzen Tag über war die Familie Wolf schon mit Partyvorbereitungen beschäftigt gewesen. Sie hatten Biertischgarnituren aus dem Schuppen in den Garten gestellt, Lampions und Lichterketten in die Bäume gehängt und die Musikboxen aufgebaut. Auch ein paar Stehtische und einen Pavillon hatten sie organisiert. Irma hatte eine zugegebenermaßen sehr giftig aussehende Kiwi-Bowle vorbereitet und

Anselm, sehr zu Selmas Sorge, darüber hinaus den Getränkeladen in Berg geplündert.

»Und ihr werdet es auch wirklich nicht übertreiben?«, hatte sie skeptisch gefragt.

»Natürlich nicht!«, lautete die einstimmige Antwort.

Irmas Mutter war insgeheim schon damit zufrieden, wenn ihr keiner in die Wohnung kotzte. Trotzdem hatte sie sich mit einer Freundin verabredet und plante so spät wie möglich in die *Wolfswacht* zurückzukehren.

Irmas Vorfreude stieg von Minute zu Minute, und sie wurde ganz hibbelig. Anselm hatte nicht nur seine alten Schulfreunde und ehemaligen Bandmitglieder eingeladen. Da er durch seine Arbeit im *Café Haderlump* bekannt war wie ein bunter Hund, hatte er zig Leuten angeboten, vorbeizukommen. Auch Irmas und Klara-Luises halbe Klasse hatte sich angemeldet. Irma fragte sich, ob Anselm damit die Enttäuschung darüber kompensierte, dass seine Mutter dieses Jahr nicht da sein konnte. Hinter seiner immer lächelnden Maske hätte er das zwar niemals zugegeben, doch als die Familie Brietta am Nachmittag zu Kaffee und Kuchen besucht hatte, hatte Anselm verändert gewirkt. Früher war es seine Mutter gewesen, die zu seinem Geburtstag gebacken hatte, und zwar den weltbesten Bienenstich. Dieses Jahr hatten Irma und Klara-Luise sich daran versucht, doch das Ergebnis kam nicht an das Original heran. Auch das hatte Anselm einfach weggelächelt.

In ihrem Zimmer warf Irma einen letzten prüfenden Blick in den Wandspiegel. Sie hatte sich für ein kurzes, nachtblaues Kleid entschieden. Dazu trug sie eine neue gepunktete Strumpfhose und klobige Stiefel. Sie setzte sich ihr liebstes Béret auf den Kopf, und die Schmetterlingsohrringe, die von ihren Ohrläppchen baumelten, gaben ihrem Outfit den letzten Schliff.

Irmas Herz begann vor Aufregung wild zu klopfen, als sie die laute Musik hörte. Sie konnte die Vibration des Basses bis in ihr Zimmer spüren. Klara-Luise hatte wohl beschlossen, dass es Zeit zum Feiern war.

Na, wenn das so ist …

Sie schnappte sich ihre Lederjacke und polterte die knarzende Treppe hinunter und hinaus in den kühlen Abend. Die Sonne war bereits untergegangen, und die Beleuchtung im Garten sah zauberhaft aus. Klara-Luise stand mit Dennis, der eben erst angekommen sein musste, an der Musikanlage unter dem Pavillon.

»Partyyyy!«, schrie sie schrill, das erste Bier schon in der Hand.

Wie kann man in einer roten Samtschlaghose so verdammt gut aussehen?

»Nicht so laut, sonst beschweren sich noch die Nachbarn!«, zischte Anselm.

Klara-Luise rollte mit den umwerfend schön geschminkten Augen. Schließlich musste es auch Vorteile haben, mitten in der Pampa zu leben.

Mit jedem weiteren Lied, mit jedem neuen Gast und mit jedem Schluck Bowle, den sie aus ihrem Plastikbecher nahm, wurde Irma entspannter. Die fröhliche Stimmung, die im Garten der *Wolfswacht* herrschte, steckte an. Irma unterhielt sich mit ihren Klassenkameraden, spielte Bierpong mit Anselms ehemaligen Bandmitgliedern, schenkte seinen alten Schulfreunden ihre Kiwi-Bowle aus und tanzte ausgelassen.

Es war herrlich!

Die Arme über dem Kopf drehte sie sich gerade um ihre eigene Achse, als ihr Blick auf eine Person am Rande des Pavillons fiel. Auch wenn sein Gesicht noch im Schatten verborgen war, konnte es sich bei dieser schlaksigen Gestalt nur um einen handeln.

Irma hatte überhaupt nicht mehr damit gerechnet, dass Iven sich blicken lassen würde. Wahrscheinlich war es die Kiwi-Bowle, die ihre gesunde Einschätzung der Situation vernebelte, doch sie beschloss, auf ihn zuzugehen.

An seinem Golf lehnend hatte Iven einen letzten verzweifelten Zug an seiner Zigarette gemacht, ehe er die Straße zur *Wolfswacht* hochlief. Auf einer Feier, auf der sich ausschließlich Menschen tummelten, die meisten davon fast noch Kinder, war er schon eine Weile nicht mehr gewesen.

Corvus war im Café demselben Gedankengang gefolgt wie er:

Eine Einladung in die *Wolfswacht* durfte man sich nicht entgehen lassen. Und als Späher war es nun einmal Ivens Pflicht, zu beobachten und Bericht zu erstatten. Da er hart daran arbeiten musste, die Gunst seiner Herrscherin zurückzugewinnen, hatte er keine Wahl. Er würde heute mit wichtigen Informationen nach Hause zurückkehren, und er wusste auch schon, wie Irma ihm dabei behilflich sein konnte.

Die *Wolfswacht* war ein geheimnisvoller Ort. Seit ihrem Bau vor ungefähr siebzig Jahren war es den *Anderswesen* nicht vergönnt gewesen, sie zu betreten. Noch bevor man sich dem alten Holz näherte, spürte man die *Magikk*, die für *Anderswesen* nicht passierbar war. Es sei denn, deren Bewohner gewährten ihnen Eintritt. Solange sie keine Unruhe stifteten, waren die Menschen in der *Wolfswacht* den meisten *Anderswesen* egal. Seine Herrin wurmte dieses einzeln stehende Häuschen allerdings, und jede Information über den Zauber, der die *Wolfswacht* schützte, war wertvolles Wissen. Als Iven das Grundstück betrat, wurden seine Schritte langsamer.

So viele Leute.

Unschlüssig blieb er am Rand des Pavillons stehen. Sein Blick wanderte über die vielen Gesichter, die ihm egal waren, bis er Irma entdeckte. Ihr dunkles Haar peitschte durch die Luft, als sie zur Musik herumwirbelte. Ihr fehlte zwar jegliches Taktgefühl, doch ihre Wangen glühten vor Spaß. Iven musste schmunzeln.

Das dunkle Kleid schwang mit, als sie sich erneut um ihre eigene Achse drehte und ihn entdeckte. Für einen kurzen Augenblick spielte Iven mit dem Gedanken, wieder umzukehren. Er könnte sich auch verwandeln und einfach in den *Kaltengrim* verschwinden. Doch dann kam Irma auf ihn zu. Die Musik war laut, ihre Augen glitzerten, und ihre Wangen waren pink.

»Ich hätte nicht gedacht, dass du kommst!«, rief sie ihm zu.

Ich auch nicht, dachte Iven.

Stattdessen begrüßte er sie, ein spöttisches Grinsen im Gesicht. »Ich hätte nicht gedacht, dass du eine so begnadete Tänzerin bist.«

»Vollidiot«, knurrte Irma und rümpfte wütend ihre Stupsnase.

Sie machte Anstalten, sich umzudrehen, doch das konnte Iven nicht zulassen.

»Halt, warte«, versuchte er sie zurückzuhalten.

Sie zog die Augenbrauen nach oben, nickte jedoch und signalisierte ihm wortlos, ihr zu folgen.

»Du musst meine Kiwi-Bowle probieren, du hast keine Wahl«, teilte sie ihm vor einer Schale mit giftgrüner Flüssigkeit mit.

Ein wenig ungeschickt schöpfte sie das Getränk in zwei Plastikbecher, wobei ein Teil der Flüssigkeit danebenging. Sie reichte Iven einen der klebrigen Becher, nahm sich selbst den anderen, und er war sich mittlerweile sicher, dass es sich dabei nicht um ihren ersten handelte. Bevor die beiden anstoßen konnten, rief allerdings das Mädchen mit den wilden Locken nach Irma. Die wandte sich ihrer Cousine zu und war eine Millisekunde abgelenkt von Iven und ihrem Getränk.

Das war alles, was er brauchte.

Ivens herausragendste Fertigkeit war seine Schnelligkeit. Im Bruchteil einer Sekunde hatte er den Stöpsel der Phiole in seiner Jackentasche geöffnet und zwei Tropfen *Ambrosia* in Irmas Becher fallen lassen. Er versuchte, das schlechte Gewissen auszublenden. Immerhin hatte er einen Auftrag, und der Zweck heiligte ja bekanntlich die Mittel. Corvus erwartete seinen Bericht, seine Herrin war ihm nicht mehr besonders gewogen. Und er hatte keine Lust, noch länger seinen Strafdienst in der Schule absitzen zu müssen.

Irma wandte sich erneut zu ihm, und die beiden prosteten einander zu. Iven beobachtete sie dabei, wie sie einen kräftigen Schluck von der giftgrünen Flüssigkeit nahm. Dann grinste sie ihn an. Ihre blauen Augen funkelten frech, und als *Kiss* aus den Lautsprechern tönte, zog Irma Iven am Ärmel in Richtung der tanzenden Menge.

Irma hatte sich wunderbar gefühlt. Sie war sich sicher gewesen, dass die Bowle in ihrem Becher plötzlich noch besser geschmeckt hatte als zuvor. Ein warmes, wohliges Gefühl hatte sich in ihrer Magengegend ausgebreitet, und sie war so unbeschwert wie schon seit Langem nicht mehr. Als ob es keine Sorgen gäbe.

Zu ihrer Überraschung hatte Iven sich den restlichen Abend mit ihr unterhalten. Worüber genau, wusste sie nicht mehr so ganz, denn er hatte ihr viele seltsame Fragen gestellt. Auf keine davon hatte sie eine Antwort gewusst, dabei hätte sie ihm gerne mehr erzählt.

Er hatte sich über ihre Familie erkundigt und über die *Wolfswacht*. Er war so interessiert an dem alten Haus gewesen, dass sie überlegt hatte, ihn nachher mit hinein zu nehmen.

Doch während Anselm und Iven sich ihrer Nikotinabhängigkeit hingaben und zum Rauchen ein wenig abseits gestellt hatten, kippte das wundervolle Gefühl allmählich. Es begann mit einem leichten Schwindel, der rasend schnell immer größerer Benommenheit wich. Irmas Gesicht fühlte sich taub an, als wäre es eingeschlafen. Das Sprechen fiel ihr schwer. Die Lichter und Laternen brannten ihr in den Augen, sie versuchte sich dagegen mit ihren Händen abzuschirmen. Geblendet verließ sie den Garten und bemühte sich, stolperfrei die Treppe zur Haustür hinaufzusteigen. Doch plötzlich hatte Irma ihre Beine nicht mehr unter Kontrolle.

Ein stechender Schmerz durchzuckte ihre Schläfen. Von der leichtsinnigen Unbeschwertheit war jeglicher Funke erloschen, und als sie die Haustür hinter sich ins Schloss fallen ließ, übermannte sie starke Übelkeit. Irma musste ihre letzten Kräfte zusammennehmen, um sich die restlichen Meter bis zum Badezimmer zu schleppen.

Irmas rothaarige Cousine war zu ihrem Bruder herübergekommen, um ihm Bescheid zu geben. Dennis hatte Irma dabei beobachtet, wie sie torkelnd in Richtung Haustür verschwunden war.

»Da hat wohl jemand zu viel erwischt«, stellte Anselm besorgt fest.

Zu viel Ambrosia, dachte Iven.

Ein Tropfen hätte wahrscheinlich genügt. Und Irma hatte ihm, trotz der erzwungenen Ehrlichkeit, ohnehin keine Antworten auf seine Fragen geben können. Offenkundig war sie sich der *Magikk* ihres Zuhauses wirklich nicht bewusst.

»Denkst du, sie kommt klar? Oder sollen wir nachgucken?« fragte Klara-Luise unschlüssig.

Iven witterte seine Chance und bot an: »Ich kann nach ihr sehen.«

Erleichtert, die Feier nicht vorzeitig verlassen zu müssen, nahm Anselm Ivens Angebot an.

Er gab ihm die Erlaubnis, die *Wolfswacht* zu betreten.

Als Iven daraufhin die Stufen zur Haustür hinaufstieg, spürte er den Zauber der *Wolfswacht* knistern. Jeder einzelne Holzbalken des alten Hauses war durchzogen mit der *Magikk*, die den *Anderswesen* den Eintritt verwehrte. Doch die Einladung eines Bewohners reichte aus, um den Zauber zu brechen. So öffnete Iven nun die Tür, die wie von Anselm versprochen nicht abgeschlossen war. Als er die Schwelle überquerte, durchströmte ein Kribbeln seinen gesamten Körper.

Er trat in den Flur, in dem ein warmes Licht brannte. Unschlüssig, wo er anfangen sollte, öffnete Iven die erste Tür zu seiner Linken. Damit war ihm die Entscheidung, ob er zuerst nach Irma sehen oder sich im Haus umschauen sollte, abgenommen. Denn es handelte sich bei dem Raum hinter der Tür um ein altmodisches Badezimmer mit beigen Fliesen – und vor der Kloschüssel kauerte Irma.

Sie wurde von einem furchtbaren Würgereiz geschüttelt. Ihr zierlicher Körper kämpfte mit aller Kraft gegen das *Ambrosia* an, das Iven ihr viel zu hoch dosiert untergejubelt hatte. Er hatte nicht hinreichend berücksichtigt, wie klein sie war.

Schuldbewusst kniete er neben Irma nieder. Er war sich nicht sicher, ob sie ihn wahrnahm, denn ihre Augen blickten ins Leere, und sie wandte sich nicht von der Schüssel ab. Das Würgen hatte sie so viel Anstrengung gekostet, dass ihr Tränen über die Wangen liefen, vermischt mit ihrer schwarzen Wimperntusche. Die Schatten unter ihren Augen waren so dunkel wie ihre Lippen.

»Sag einfach nichts«, flüsterte Irma nach einigen Augenblicken heiser.

Unschlüssig, was er tun sollte, gehorchte Iven und saß einfach nur da, bis Irma erneut zu würgen begann. Er hielt ihr das dunkle Haar im Nacken zusammen, als sie einen Schwall giftgrünen Mageninhaltes erbrach. Die Minuten verstrichen, und stumm wartete Iven mit Irma, bis diese nur noch Galle hervorwürgte.

»Mach dich bloß nicht über mich lustig«, keuchte sie, als wäre das ihre einzige Sorge.

Hätte er sich nicht so schlecht gefühlt, hätte Iven über diese unangebrachte Eitelkeit wahrscheinlich geschmunzelt. Doch Irma war mittlerweile kaum noch in der Lage, ihren Körper aufrecht zu halten.

»Ich bring dich ins Bett, Hase.«

Zu schwach, um zu protestieren, ließ Irma sich von ihm hochhieven. Sie war allerdings so wackelig auf den Beinen, dass Iven ihr keinen einzigen Schritt mehr zutraute.

»Festhalten«, befahl er, als er sie in seine Arme hob.

Irma lotste ihn mit schwacher Stimme ins Obergeschoss, geräuschlos stieg er die Treppe in den ersten Stock hoch. Ihr Zimmer war leicht zu finden, zumal sie ihren Namen mit gelber Farbe auf die dunkle Holztür gepinselt hatte. Irma musste ihren Kleiderschrank vollständig geplündert haben, denn ihre Klamotten lagen nicht nur achtlos über das verschnörkelte Bettgestell, über Sessel und Schreibtisch verteilt, Iven musste auch um die Kleidungsstücke am Boden herum manövrieren. Er wollte lieber nicht wissen, wie viele Stunden sie damit zugebracht hatte, sich für den Abend fertig zu machen, den er für sie nun vorzeitig beendet hatte.

Das war mal wieder eine grandiose Aktion, Vollidiot.

Vorsichtig verfrachtete er ihren schwachen Körper unter die gestreifte Bettdecke. Irma roch nach Pfirsich und dem Zigarettenrauch der Feier. Sie war eingeschlafen, bevor ihr Kopf das Kissen berührte. Iven löschte das Licht und verließ das Zimmer. Resigniert lehnte er sich an die Wand und raufte sich das rote Haar. In letzter Zeit vermasselte er wirklich alles.

Er schloss die Augen. Vielleicht konnte er ja doch noch etwas in dem alten Haus fühlen, das ungewöhnlich war. Da jede einzelne Holzdiele mit einem eigenen Zauber versehen war, musste Iven sich konzentrieren. Doch schließlich nahm er ein ganz schwaches Pulsieren wahr. Als ob in der *Wolfswacht* noch eine weitere Spur vergessener *Magikk* versteckt war. Das Summen schien aus dem Erdgeschoss zu kommen. Flink stieg Iven die Holztreppe hinab und öffnete die Tür, hinter der er die *Magikk* vermutete. Da seine Augen auch in menschlicher Gestalt eine ausgezeichnete Nachtsicht hatten, sah er davon ab, das Licht einzuschalten, und lehnte die Tür hinter sich an. Er war in der Speisekammer gelandet und konnte die *Magikk* des *Kaltengrim* nun deutlicher spüren. Iven durchforstete die Regale, doch zwischen den Müslipackungen und Konserven wurde er nicht fündig. Er kniete sich hin und erkundete den Boden. Das Gefühl wurde stärker. Vorsichtig schob er die Kartoffelkiste beiseite und tastete die Holzdielen darunter ab. Sein Herz machte einen Satz, denn eine davon fühlte sich locker an.

Ernsthaft?

Aufgeregt löste er sie und griff in das dunkle Loch. Seine Finger ertasteten etwas Längliches, Lederartiges. Iven hob ein Schwert heraus, das in einer ledernen Schwertscheide steckte. Ungläubig betrachtete er den bronzefarbenen Knauf, das Geflecht aus Leder um das Heft herum und die mit Ornamenten verzierte Parierstange.

Er kannte dieses Schwert.

Als hätte er sich die Finger verbrannt, verstaute Iven die Waffe in Windeseile wieder unter der Holzdiele, schob die Kartoffelkiste darüber und stürzte aus der *Wolfswacht.* Das konnte er Corvus beim besten Willen nicht erzählen, und seine Herrin durfte niemals davon erfahren. Überrumpelt von seiner Entdeckung beschloss Iven, die *Eishöhle* aufzusuchen.

Ivonne lag nun schon die halbe Nacht wach. Auch nachdem sie gehört hatte, wie ihre große Schwester von der Feier nach Hause kam, fand sie keinen Schlaf. Die Krämpfe in ihrem Unterleib waren nicht auszuhalten. Sie schlich in die Küche und setzte dort Wasser für eine Wärmflasche auf. Um sich die Zeit zu vertreiben, begann sie ziellos in einem Prospekt zu blättern, bis sie ein Flügelschlagen hörte. Erschrocken bemerkte sie die Krähe, die sich auf die Lehne des Stuhles hockte.

9

Die Sonnenstrahlen kitzelten ihr Stupsnäschen. Es war ein herrlicher Spätsommertag. Die Hummeln und Bläulinge tanzten auf der Lichtung, während die Gräser und Blumen sich sacht im Wind wiegten. Es war ruhig. Verdächtig ruhig. Sie ließ ihren Blick über das satte Grün wandern. Was war es, das ihre Aufmerksamkeit erregt hatte? Sie spitzte angestrengt die langen Ohren, doch außer dem sanften Rascheln der Gräser konnte sie nichts hören. Doch dann sah sie ihn. Den Fuchs. Er lag auf der Lauer, und sie wusste, dass sie schnell handeln musste. Sie rannte und rannte, bis sie als Teil des Nachthimmels auf die Erde herabsah.

Es war einfach lächerlich. Der mit Abstand wichtigste Tag im Jahr für jeden Wächter war gekommen, und Iven musste in die Schule.

In die Schule!

Wütend zerquetschte er die leere Dose Zitronenlimonade und warf sie in den Fußraum seines alten Golfs. Ivens Laune war endgültig am Tiefpunkt angelangt. Er hasste den widerlichen Geschmack des mit *Magikk* versehenen Gesöffs, von dem er heute noch mehr trinken musste als üblich. Er hasste das heruntergekommene Zimmer in Berg, das er seit zwei Monaten bewohnte. Er hasste Montage, an denen er in die Schule musste. Er hasste den Unterricht, von dem er meistens nur Bahnhof verstand, obwohl er viel älter war als die gesamte Klasse.

Er hasste es, dass er Irma zuliebe seinen Mund hielt und den Fund des Schwertes verschwieg, obwohl er es so bitter nötig hatte, die Gunst seiner Herrin zurückzugewinnen.

Doch an diesem Tag hasste er alles noch ein bisschen mehr als sonst. Schließlich war *Samhain*, und die Schleier zwischen den Welten waren durchlässig. Doch anstatt *Daimonen* zu jagen, hatte er heute eine Doppelstunde Sport vor sich. Iven spürte seine *Magikk* aufgewühlt kribbeln, angefeuert von den pulsierenden *Magikkadern* des *Kaltengrims*. Unter anderen Umständen hätte er sich auf die Jagd gefreut, doch sie hatten ihn nicht einmal heute von seiner erbärmlichen Mission abgezogen. Und der Grund dafür war sehr einfach, denn Iven hatte erneut versagt.

Er war als Späher nach Birkenhain ausgesandt worden, um der *abartigen Magikk* auf den Grund zu gehen, und er hatte sie nicht gespürt, obwohl sie sich in einer der Schülerinnen gebildet hatte. Corvus war ihm zuvorgekommen. Vielleicht musste Iven sich glücklich schätzen, dass er dafür nicht noch strenger bestraft worden war.

Irma nahm an diesem Morgen ein wirklich seltsames Kribbeln wahr. Sie spürte es überall. In der Mitte ihrer Brust war es am schlimmsten. Von dort schien das Gefühl direkt in die Fingerspitzen zu pulsieren. Aber auch ihre Zehen waren unter Strom, und dieses Empfinden breitete sich über die Beine bis zum Po aus. Sogar ihre Nasenspitze kribbelte.

Ich brauche dringend mehr Schlaf, dachte Irma, während sie ihr Rad abschloss.

Gedankenverloren folgte sie Klara-Luise an zahlreichen ausgehöhlten Kürbissen vorbei in das heruntergekommene Schulgebäude. Vielleicht handelte es sich bei dem merkwürdigen Gefühl ja noch um Nachwehen vom Wochenende. Es war immerhin erst zwei Tage her, dass Irma sich an Anselms Gartenparty völlig abgeschossen hatte. Sie hatte eindeutig zu viel getrunken, das war ihr klar. Doch dass man dermaßen schnell abstürzen konnte, hatte sie nicht für möglich gehalten. In einem Moment hatte sie sich noch fabelhaft gefühlt, im nächsten hatte sie befürchtet, sie würde vor der Kloschüssel ihren letzten Atemzug tun. Als Irma am Morgen nach der Feier verwirrt in ihrem Bett aufgewacht war, war ihr hundeelend zumute. Ihr ganzer Körper war matt und schwer und ihr Hals ganz rau gewesen. Als sie bemerkt hatte, dass sie noch in ihrem blauen Kleid steckte und das klebrige Make-up auf ihrem Gesicht verteilt spürte, hatte es ihr allmählich gedämmert.

Ausgerechnet Iven musste dazustoßen, während sie sich die Seele aus dem Leib gekotzt hatte. Irma schämte sich in Grund und Boden. Er würde sich sicherlich maßlos über sie lustig machen, und sie hatte rein gar nichts zu ihrer Verteidigung hervorzubringen. Sie wusste nicht einmal genau, was er alles mitbekommen hatte. Irma schob die

Erinnerung daran beiseite, wie er ihr Haar zusammengehalten und sie von den Badezimmerfliesen gehievt hatte. Danach hatte sie einen Filmriss, und wie auch immer er sie ins Bett verfrachtet hatte, sie schuldete Iven Dank und eine Entschuldigung. Vor lauter Scham und Demütigung hätte sie ihn zwar lieber ignoriert, doch am Ende dieser Woche stand ihr gemeinsamer Vortrag über die Hexen an, und sie war auf seine Kooperation angewiesen.

Nervös zuppelte Irma an den Trägern ihrer schwarzen Jeans-Latzhose herum. Sie bildete sich ein, dass das Kribbeln stärker wurde, und konnte sich kaum am Gespräch von Klara-Luise und Dennis beteiligen. Sie begann ungeduldig mit ihren Beinen zu wippen. Überhaupt fragte sie sich, wieso der Unterricht noch nicht angefangen hatte.

Es verstrich eine weitere Viertelstunde, in der Irma hibbelig mit der Kapsel ihres Kugelschreibers herumspielte. Doch keine Lehrkraft erschien. Gerade als ihr der Clip an der Kugelschreiberkappe abbrach, öffnete sich die Tür zum Klassenraum. Das knisternde Gefühl in ihrer Brust wurde stärker, und Ivens lange, hagere Gestalt erschien im Zimmer. Er trug seine schlabberige Jeans, die abgewetzten Chucks und das viel zu weite gestreifte Oberteil.

Seine finstere Miene war zum Davonlaufen.

Er schien nicht einmal erleichtert darüber zu sein, dass seine Verspätung niemandem aufgefallen war. Iven wirkte nicht nur maßlos genervt wie üblich. Irma hatte das Gefühl, sie würde womöglich zu Eis erstarren, sollten seine kalten Augen sie treffen. Er pfefferte eine leere Limonadendose in den Mülleimer.

Klara-Luise drehte sich zu Irma um und spöttelte mit gesenkter Stimme: »Da hätte jemand eine Aggressionsbewältigungstherapie dringend nötig.«

Iven musste wirklich gute Ohren haben, denn er drehte sich mit mörderischem Blick zu Klara-Luise um.

»Ich brauche keine Aggressionsbewältigungstherapie. Es würde ausreichen, wenn die Leute endlich aufhören würden, mich so dermaßen anzukotzen.«

Die letzten beiden Worte hatte er fast geschrien, und Irma wurde ein Stückchen kleiner auf ihrem Sitzplatz, als Iven sich langsam ihrem

Tisch näherte. Sein rotes Haar wirkte matt und strohig, das Gesicht noch schmaler als sonst und seine Hakennase noch kantiger. Die tiefen Schatten unter seinen Augen waren genauso dunkel wie Irmas. Sie beschlich der Verdacht, dass sie beide von Woche zu Woche fertiger aussahen. Mit hängenden Schultern schlängelte Iven sich durch die Sitzreihen hindurch. Irmas Gedanken schweiften erneut zum Wochenende, und sie wäre am liebsten im Erdboden versunken.

Reiß dich zusammen. Wenn du jetzt nicht normal reagierst, machst du es noch unangenehmer!

Irma sah zu ihm hoch, doch kaum hatte Iven sich neben sie gesetzt, war sie mit einer völlig verrückten Wahrnehmung konfrontiert. Das schwache Knistern in ihrem Körper, von dem jeder einzelne Nerv betroffen schien, wurde nicht nur stärker, sie konnte dieses Kribbeln auch bei Iven wahrnehmen, und es hatte fast den Anschein, als ob Iven dieselbe elektrische Energie umgab. Irma hätte an ihrem Verstand gezweifelt, wenn Iven sie nicht plötzlich so entgeistert angesehen hätte.

Fühlt er das auch?

Schweigend musterte er sie. Die Sekunden verstrichen, und Irma hatte das Gefühl, als würde die Energie, die von Iven ausging, sich an ihre herantasten.

»Ist bei dir alles in Ordnung?«, brach Iven schließlich die Stille.

Unsicher, was sie sagen sollte, zuckte Irma mit den Achseln. Von dem Kribbeln wollte sie eigentlich nichts erzählen. Sie konnte aber auch nicht gerade behaupten, dass alles in Ordnung war.

Also schluckte sie den Kloß im Hals hinunter und fasste sich ein Herz. »Ich … ich muss mich bei dir entschuldigen. Es tut mir leid, wie ich mich am Wochenende benommen habe. Und danke, dass du dich um mich gekümmert hast.«

Iven verzog kaum merklich die Mundwinkel nach unten und wandte den Blick ab. »Kannst ja nix dafür«, nuschelte er.

Eigentlich schon, dachte Irma, doch sie ging nicht weiter darauf ein.

Betretenes Schweigen machte sich erneut zwischen ihnen breit, während die Klasse weiterhin auf das Erscheinen einer Lehrkraft wartete. Irma hatte das Gefühl, dass Iven sie aufmerksam aus dem Augenwinkel beobachtete. Sie versuchte gerade, sich nicht mehr auf das kribbelnde Gefühl zu konzentrieren und ihr wippendes Bein zu beruhigen, als die Tür aufging und Frau Sommer den Klassenraum betrat. Die hübsche Lehrerin begrüßte die Klasse jedoch nicht wie üblich mit einem herzlichen Lächeln, und auch das Glänzen in ihren braunen Augen war verschwunden. Sie hatte die Stirn in tiefe Falten gelegt, ihr Haar wirkte matt, und ihre Lippen waren zu einem schmalen Strich aufeinandergepresst. Zum zweiten Mal an diesem Morgen bemerkte Irma, dass das Kribbeln in ihrem Körper aufgeregter wurde.

Liegt das an der Lehrerin oder werde ich verrückt?

Frau Sommer legte ihre Ledertasche auf dem Pult ab, fuhr sich mit den Fingern durchs Haar und seufzte.

»Ihr Lieben«, begann sie, als sie sich nach endlosen Sekunden der Klasse zuwandte, »ich muss euch etwas Schreckliches mitteilen. Ich möchte euch bitten, in der nächsten Zeit ein wenig einfühlsamer mit eurer Klassenkameradin Edith umzugehen. Sie wird vorerst nicht am Unterricht teilnehmen, denn leider ist am Wochenende ihre kleine Schwester verstorben.«

Irmas Herzschlag setzte kurz aus, und sie schlug die Hände vor den Mund. Edith war am Samstagabend noch auf Anselms Feier gewesen, sie hatte sogar von ihrer Schwester erzählt. Ivonne, das Mädchen mit dem kurzen blonden Lockenkopf.

»Vielleicht habt ihr die Neuigkeiten ja schon vor mir gehört«, fuhr Frau Sommer fort.

Ihre Augen wanderten über die sprachlose Klasse, schließlich ließ sie den Blick auf Iven ruhen. Die Neuigkeit schien ihn nicht zu erschüttern. Kalt und gefasst erwiderte er Frau Sommers Starren.

Ohne ihre Augen von Iven abzuwenden, teilte die Lehrerin der Klasse mit: »Ihr werdet die Umstände ohnehin erfahren, es hat keinen Sinn, euch etwas zu verheimlichen. Ivonne muss an derselben Ursache verstorben sein wie Emmi und Dorothea.«

Irma wurde eiskalt, als die Bilder von Emmis Tod wieder vor ihrem inneren Auge abliefen. Wie sie diese bestialisch stinkende Brühe aus sich herauswürgte und ihre Extremitäten sich schwarz verfärbten.

Keines der Mädchen war älter als vierzehn gewesen, keines schwach oder krank. Und dann, von einem Moment auf den nächsten, begannen sie bei lebendigem Leib zu verwesen.

Der Schultag war die reinste Tortur, und bis zum Mittag krochen die Minuten quälend langsam dahin. Niemand hatte sich auf den Unterricht konzentrieren können. Kein Wunder, bei den grauenvollen Nachrichten. In der langen Pause wurde kaum gesprochen, und Irma ließ ihr Frischkäsebrot unangetastet.

Als es zur folgenden Stunde klingelte, trotteten die Mädchen aus ihrer Klasse zur Sporthalle, die direkt an das Schulgebäude anschloss. Da sie im Sportunterricht von den Jungs getrennt waren, verabschiedete sich Dennis in die Halle nebenan.

Sport war nicht nur Irmas liebstes, sondern bedauerlicherweise auch ihr einzig gutes Unterrichtsfach. Sie hatte Spaß an Bewegung, und das lange Sitzen in der Schule machte sie wahnsinnig. Doch nun hätte sie gut und gerne darauf verzichten können. Ihr ganzer Körper kribbelte immer noch, und ihre Stimmung war so trüb, dass sie sich am liebsten im Bett verkrochen hätte. Geknickt folgte sie Klara-Luise in die Mädchenumkleidekabine.

Wie der Rest des Schulgebäudes war auch die Sporthalle einschließlich der Umkleiden baufällig. Keiner war sonderlich erpicht darauf, die heruntergekommenen Duschen zu benutzen. Irma war deshalb wirklich froh darüber, nach dem Sportunterricht nach Hause zu können. Sie zog sich ihre schwarzen Leggings, ein schwarzes Top und die dunkelgrüne Sportjacke an. Es war eiskalt in der Umkleidekabine, und Irma hoffte, dass es ihr durch die Bewegung bald wärmer werden würde. Kopfüber band sie sich ihr dunkelbraunes Haar zu einem hohen Pferdeschwanz zusammen. Klara-Luise, die soeben das Gleiche mit ihren wilden roten Locken veranstaltet hatte, seufzte.

»Ich glaube, ich sage Frau Meier-Hoffmann einfach, ich habe meine Tage. Dann muss ich nicht mitmachen«, grummelte sie, während sie sich in dem großen Spiegel an der Wand der Umkleidekabine betrachtete.

»Wehe, du lässt mich hängen«, drohte Irma.

Doch es war nicht Frau Meier-Hoffmann, die sie in der Halle

erwartete. Zu Irmas Überraschung stand der Sportlehrer der Jungs, Herr Nowak, mit all seinen Schülern dort. Klara-Luise blies die Backen auf. Herr Nowak, der vor einigen Jahren noch die Rekruten der Bundeswehr trainiert hatte, war sicherlich der Letzte, dem sie etwas von Unterleibsschmerzen erzählen wollte. Irma, deren Fingerspitzen fürchterlich kribbelten, spielte nervös mit ihrer Wasserflasche herum, bis die übrigen Klassenkameradinnen aus der Umkleidekabine kamen. Herr Nowak pustete in seine Trillerpfeife, und der schrille Ton ließ Irma zusammenzucken.

Wie unnötig.

Bei ihm traute sich sowieso niemand Faxen zu machen. Er war fast so groß wie Iven, aber dreimal so breit. Mit seinem kurz geschorenen, an den Seiten ergrauten Haar, der breiten Nase und dem eckigen Kiefer hätte er wirklich besser zum Militär als in die Schule gepasst.

»Frau Meier-Hoffmann musste sich kurzfristig krankmelden. Die Damen werden heute also mit uns trainieren.«

Ein entsetztes Schweigen breitete sich unter den *Damen* aus. Irma schaute sich in der Runde um, auch die übrigen Mädchen sahen zutiefst beunruhigt aus. Dagegen wirkten die meisten Jungs fast schon belustigt. Für sie war es sicherlich großartig, zur Abwechslung jemand anderen leiden zu sehen. Dennis grinste schadenfroh in Klara-Luises Richtung.

Der Einzige, der keinerlei Heiterkeit an den Tag legte, war Iven. Er trug ein schlabbriges T-Shirt und eine kurze Sporthose. Im Gegensatz zum Rest der Truppe war er barfuß. Seit sie ihn kennengelernt hatte, hatte er noch mehr Gewicht verloren, auch wenn sie der Meinung gewesen war, das wäre gar nicht möglich. Irma begann tatsächlich, sich Sorgen um ihn zu machen. Weil er das rote Haar zu einem niedrigen Pferdeschwanz gebunden hatte, stachen seine lange Nase und die Knochen seiner eingefallenen Wangen prominent heraus. Seine Arme und Beine waren knochig, seine Ellbogen und Knie im Gegensatz dazu knubbelig und kantig. Neben dem Sportlehrer wirkte Iven wie ein Grashalm.

»Wir werden Völkerball spielen, Mädchen gegen Jungs«, beschloss Herr Nowak.

»Wie bitte? Ich möchte diesen Unterricht eigentlich gerne im Ganzen verlassen«, beschwerte sich Klara-Luise empört.

Ihre Cousine hatte nicht unrecht mit ihren Bedenken. Allein die Vorstellung, von einem der scharf geworfenen Bälle ihrer Klassenkameraden getroffen zu werden, war schmerzhaft.

»Ach ja, haben Sie Gegenvorschläge?«, fragte der Lehrer streng.

Doch Klara-Luise schien spontan keine Alternative einzufallen, und so ratterte Irmas Hirn fast hörbar laut, während sie verzweifelt über möglichst wenig fordernde Spiele oder Aktivitäten nachdachte.

Als Herr Nowak die Trillerpfeife zum Mund hob, um seine Entscheidung zu besiegeln, stammelte Irma panisch: »Fangen. Wir könnten Fangen spielen, da tut sich keiner weh.«

»Fangen? Sind wir im Kindergarten, oder was?«, brummte Herr Nowak, doch er schien ernsthaft darüber nachzudenken.

Als er seine Mundwinkel in einem gemeinen Grinsen nach oben zog, schwante Irma Übles. Er wies ein paar der Schüler an, alle Sprungkästen aus dem Geräteraum zu holen und in der Halle zu verteilen. Daneben sollten Matten ausgelegt werden. Zu ihrer Überraschung ging Iven Irma zur Hand, die gerade ungeschickt versuchte, einen der Kästen zu bewegen.

»Mal sehen, was du uns da eingebrockt hast«, raunte er leise.

»Solange es nicht schlimmer wird als Völkerball«, flüsterte Irma zurück.

Gemeinsam schoben sie den Kasten aus dem Tor des Geräteraums. Der Sportlehrer deutete an die Stelle, wo er ihn haben wollte, und in dem Moment, als Iven die Rollen einklappte, schien sich etwas zu verändern. Sie spürte ein heftiges Knistern von ihm ausgehen. Irma hätte schwören können, dass Ivens Arme und Beine zuvor ganz gewöhnlich ausgesehen hatten. Nun waren sie mit unzähligen Narben und Wundmalen übersät. Wäre sie nicht so überrascht gewesen, hätte sie wenigstens versucht, unauffällig zu gucken. Doch so konnte Irma nicht anders, als auf die vernarbte Haut zu starren. Es sah fürchterlich aus, als ob er von einem wilden Tier zerfleischt worden war. Sogar seine Hände und Finger waren von zahlreichen hellen Stellen gezeichnet. Die Wunden konnten ihm nicht erst kürzlich zugefügt worden sein, denn das Gewebe war vollständig verheilt und beinahe weiß.

Wieso ist mir das zuvor nicht aufgefallen?

Iven bemerkte ihren Blick und zog blitzartig die Hände vom Sprungkasten zurück. Seine sturmgrauen Augen kreuzten für wenige Millisekunden die von Irma. Ein Knistern flackerte durch ihren Körper, und ein Augenblinzeln später hatte Iven sich umgedreht und lief wortlos zu seiner Limonadendose.

Nachdem er einen kräftigen Schluck genommen hatte, drehte er sich wieder zu Irma und fragte ruppig: »Was schaust du so?«

Irma blinzelte. Einmal. Zweimal.

Habe ich mir das eingebildet?

Sie blinzelte ein drittes Mal, doch Ivens Hände, Arme und Beine waren unversehrt. Irma fühlte sich, als würde sie den Verstand verlieren.

Was ist das heute bitte für ein Tag?

Beschämt sah sie zu Boden, und die Röte schoss ihr ins Gesicht. »Nichts. Entschuldige.«

Das schrille Geräusch aus Herrn Nowaks Trillerpfeife rettete Irma aus der peinlichen Situation, und die Klasse versammelte sich vor dem Sportlehrer.

»Ihr wollt Fangen spielen? Tja, dann werdet ihr Fangen spielen. Regel Nummer eins: Jeder, der nicht richtig rennt, macht zehn Liegestütze. Regel Nummer zwei: Ich rufe in die Runde, wer die Fänger sind. Das können alle mit rotem T-Shirt sein, oder alle, deren Nachname ein ›A‹ enthält, und so weiter. Ihr versteht, was ich meine?«

Eingeschüchtert nickten alle.

»Gut. Regel Nummer drei: Jeder, der gefangen wurde, macht ebenfalls zehn Liegestütze. Wer gefangen wurde, ist danach selbst Fänger, bis ich eine neue Regel rufe. Nutzt den Parkour, um euch in Sicherheit zu bringen. Wenn es keine Fragen mehr gibt, dann los.«

Die Klasse gehorchte auf Kommando und verteilte sich in der Halle.

Nervös trat Irma von einem höllisch kribbelnden Bein aufs andere.

Mit einem lauten Trillern ließ Herr Nowak das Spiel beginnen und rief: »Fänger sind die, die blonde Haare haben.«

Sofort kam Bewegung in die Klasse, und Irma, die von Dennis gejagt wurde, versuchte es tunlichst zu vermeiden, Liegestütze machen zu müssen. *Fänger sind alle Mädchen. Fänger sind die, die ein schwarzes T-Shirt tragen. Fänger sind alle mit einem E im Namen.* Sie rannten und rannten, und bis auf eine Strafrunde Liegestütze konnte Irma sich meist rechtzeitig in Sicherheit bringen. Ihr kleiner, drahtiger Körper hatte auch seine Vorteile, und so hatte sie sich mehr als einmal gerade noch rechtzeitig hinter einen Kasten retten oder unter einem ausgestreckten Arm hinwegducken können. Klara-Luise hatte allerdings weniger Glück und wirkte nach kurzer Zeit schon so, als würde sie gleich kollabieren. Ein, zwei Liegestütze mehr, und man würde sie wahrscheinlich vom Hallenboden kratzen können.

Erbarmungslos ließ Herr Nowak erneut seine Trillerpfeife schrillen. »Fänger sind die, die rote Haare haben.«

Mit einem leidenden Stöhnen richtete sich Klara-Luise auf und rannte auf Dennis zu. Irma blickte sich um. Die einzige weitere rothaarige Person war Iven. Als ihre Blicke sich kreuzten, war Irmas Schicksal damit besiegelt. Die Zeit schien stillzustehen, und die Geräusche um Irma herum verstummten. Sie hörte lediglich das Rauschen ihres vor Energie knisternden Blutes in ihren Ohren.

Ist das etwa ein Grinsen?

Ivens Eckzähne blitzen auf wie scharfe Fänge, und seine sturmgrauen Augen funkelten. Irma kannte dieses Funkeln. Sie kannte diese Augen.

Plötzlich war Irma wieder der Hase auf der Lichtung, und Iven war der Fuchs. Ihr Herz überschlug sich beinahe, Stromschläge pulsierten durch jede Faser ihres Körpers. Viel zu schnell stürzte Iven auf sie zu. Doch der Gedanke an Fänge, die sich in ihren Nacken gruben, löste einen Adrenalinrausch in Irma aus.

Ihre Beine bewegten sich wie auf Autopilot. Im Zickzack jagte sie an den Kästen vorbei, und ihre Fingerspitzen zuckten in dieser merkwürdigen neuen Energie. Sie konnte spüren, dass Iven ihr dicht auf den Fersen war. In ihren Ohren toste das Blut wie ein Sturm, und als ihr ein weiterer Kasten in den Weg kam, schien ihr Herz zu zerbersten. Begleitet von einem heftigen Energiepuls sprang Irma über den Kasten und tauchte am Ende der Halle auf.

Wie bin ich so schnell hierher gekommen?
Irmas Kopf war wie leer gefegt, unfähig, einen klaren Gedanken zu fassen. Sie nahm lediglich wahr, dass das sonderbare Gefühl sich verändert hatte. Die starken Energiepulse hatten sich in ein stetiges Sirren verwandelt, und das Kribbeln war ganz gleichmäßig und angenehm. Verwirrt drehte Irma sich um. Niemand in der Halle bewegte sich, und sie spürte, dass etwas nicht stimmte. Alle Blicke waren auf sie gerichtet. Iven war ihr am nächsten und hatte die Augen ungläubig aufgerissen.

Okay, irgendetwas stimmt hier ganz und gar nicht.

»Keine Panik, Irma«, flüsterte er, die Hände in einer besänftigenden Geste gehoben.

Sie bekam es nun endgültig mit der Angst zu tun, und als Iven langsam einen Schritt auf Irma zutrat, wich sie instinktiv zurück.

Ich muss hier weg.

Irma floh in die Umkleidekabine, um sich ihre Sachen zu schnappen und nach draußen zu verschwinden. Sie rang nach Luft, ihr wurde schwindelig. Da erhaschte Irma einen Blick in den Spiegel. Fassungslos hielt sie inne.

Ihr langes Haar war schneeweiß.

Langsam ging sie einen Schritt auf den Spiegel zu, erkannte sich kaum wieder. Ihre Beine schlotterten. Nicht nur ihre Haare, auch ihre Augenbrauen und Wimpern waren weiß geworden. Bis auf die geröteten Wangen wirkte ihre Haut so hell wie Porzellan. Vor Irmas Augen tanzten Lichter, und ihre Ohren begannen zu rauschen. Für einen kurzen Moment sah sie Iven hinter sich im Spiegel auftauchen, dann wurde sie von der Dunkelheit verschluckt.

Irma verlor das Bewusstsein.

TEIL 2

Zauberwald

10

Fühlt es sich so an, wenn man einen Stromschlag bekommen hat?
Irmas gesamter Körper bitzelte und schmerzte. Sie war noch wirr
von dem tiefen Schlaf, aus dem sie gerade erwacht war. Es kostete
sie enorm viel Kraft, ihre schweren Augenlider zu heben. Sie war
eingemummelt in einen riesigen Haufen Decken und konnte kaum
etwas anderes als wabernde Dunkelheit erkennen. Doch nicht weit
von ihrem Kopf entdeckte sie eine Lampe, die in einem sanften türkisfarbenen Licht leuchtete. Irma kniff die Augen zusammen. Das war
gar keine Lampe.

Bei dem leuchtenden Etwas handelte es sich um einen faustgroßen
Kristall. Irma kam es so vor, als ob die Luft um den Kristall herum
knisterte. Erst dann bemerkte sie, dass genau genommen der gesamte
Ort um sie herum von einem leichten Knistern durchwoben war.
Schlagartig setzte Irma sich auf. Ihre Schläfrigkeit war wie weggeblasen, als sie sich an den Vorfall in der Turnhalle erinnerte. Sie hatte
keinen blassen Schimmer, was nach der Sportstunde passiert war.
Aber vielleicht sollte sie sich auch besser fragen, was genau während
der Sportstunde passiert war.

Panik machte sich in Irma breit, als sie versuchte herauszufinden,
wo sie sich befand. Sie griff nach dem leuchtenden Kristall, der eine
wohlige Wärme ausstrahlte, und leuchtete damit in verschiedene
Richtungen. Nach dem seltsamen Schultag wunderte sie sich über
fast gar nichts mehr, doch als sich ihre Augen überraschend schnell an
die Dunkelheit gewöhnt hatten, konnte sie dennoch nicht fassen, was
sie sah. Sie befand sich in einer kleinen Tropfsteinhöhle. Der Raum
war nur wenige Meter groß, und um sie herum herrschte eine feuchte
Kälte. Von der Decke hingen Stalaktiten, oder vielleicht auch Stalag-
miten. Irma hatte sich das noch nie merken können. Trotz der wenig
einladenden Temperatur sah der Raum bewohnt aus. Abgesehen von
dem großen Haufen Decken, in den Irma bis eben noch eingemummelt war, konnte sie einen Holzstuhl und einen Tisch erkennen, der
an der Wand gegenüber stand. Darauf waren achtlos verschiedene

Gegenstände verteilt, darunter ein Kerzenständer ohne die dazugehörigen Stabkerzen. Irma machte einen Wecker aus, dessen Zeiger sich nicht mehr drehten, sowie einen Kassettenspieler. Bis auf eine schwere Holztruhe auf der anderen Seite des Raumes gab es keine weiteren Möbel. Über der Truhe hing ein Poster, das von der Feuchtigkeit des Raumes ganz durchgeweicht war. *Ronnie James Dio* wirkte genauso fehl am Platz in der Höhle, wie Irma sich fühlte. Gleichermaßen verwundert wie beeindruckt von dem Ort strich Irma sich durch das Haar. Eine Strähne löste sich aus dem wilden Zopf und fiel ihr ins Gesicht. Beleuchtet von dem kleinen Kristall sah Irma die helle Farbe, die ganz und gar nichts mit ihrem zuvor dunklen Haar zu tun hatte. Mit klopfendem Herzen erhob sie sich von dem Haufen Decken und sah auf wackeligen Beinen an sich herab. Sie trug ihre Sportleggings und Turnschuhe, doch der *Iron-Maiden*-Hoodie, der ihr bis zu den Kniekehlen reichte, war nicht ihr eigener. Er roch nach Süßholz und Zigaretten, und es fiel Irma nicht allzu schwer zu erahnen, wessen Kleidung sie gerade trug. Sie konnte sich nicht mehr genau daran erinnern, was geschehen war. Dafür war alles zu schnell gegangen. Doch am dringlichsten erschien ihr jetzt eine andere Frage.

Wo bin ich, und wieso hat Iven mich an diesen Ort gebracht?

Irma drückte den Leuchtkristall an sich, in der Hoffnung, seine Wärme würde ihr ein wenig Trost spenden. Sie versuchte, ihren Atem zu beruhigen, und lauschte mit geschlossenen Augen der Stille. Doch so still war es gar nicht. Wasser rann von den feuchten Höhlenwänden, um in den kommenden Tausenden von Jahren neue Tropfsteine zu bilden. Sie spitzte angestrengt die Ohren und vernahm ein leises Rauschen, als ob ganz in der Nähe ein Fluss fließen würde. Entschlossen öffnete Irma ihre Augen wieder. Sie hatte keine Ahnung, ob sie in Sicherheit war, doch Nichtstun würde ihr in dieser Situation bestimmt nicht weiterhelfen. Sie brauchte Antworten. Irma machte sich also daran, die Wände der düsteren Höhle abzusuchen. Irgendwo musste es ja einen Ausgang geben. Und es dauerte nicht lange, bis sie einen Spalt in einem der Felsen fand. Die Öffnung war nur ein bisschen größer als sie selbst, und Irma schüttelte den Kopf bei dem Gedanken, dass Iven sich gemeinsam mit ihr hindurchgequetscht hatte. Obwohl sie nicht wusste, was sie auf der anderen Seite erwartete, schlüpfte Irma durch den Spalt. Sie stand in einem schmalen Korridor. Den Leuchtkristall hielt sie fest umklammert, während sie den Gang entlangschlich. Schon nach wenigen Metern konnte sie an seinem Ende ein schwaches Licht erkennen. Vielleicht war das ja Tageslicht? Je weiter sie sich darauf zubewegte, desto sicherer war sie, nicht allein zu sein. Sie spürte es. Und auch wenn sie nicht verstehen konnte, was gesprochen wurde, hörte sie definitiv Stimmen. Irma war mulmig zumute, doch sie versuchte sich zu beruhigen. Hätte man ihr etwas antun wollen, wäre sie sicherlich nicht in Ivens Pullover und in warme Decken gehüllt aufgewacht. Doch es konnte nicht schaden, mehr zu wissen. Irma drückte sich nah an die Wand des Ganges, bevor sie einen Blick ums Eck wagte.

Ihr verschlug es den Atem. Eine riesige Höhle, deren Decke bestimmt zwanzig Meter hoch war, erstreckte sich vor ihr. Gigantische Tropfsteingebilde an den Wänden formten sich zu Kunstwerken, die seit Hunderttausenden von Jahren existierten. Im Gegensatz zu dem Raum, in dem sie erwacht war, war die große Höhle hell erleuchtet. An allen Ecken und Enden befanden sich Kristalle ähnlich dem, den Irma in ihren Händen hielt. Sie funkelten in blauem und türkisfarbenem Licht, und Irma kam es so vor, als würde die gesamte Höhle glitzern. In der Ferne konnte sie den Fluss erkennen, dessen Rauschen sie gehört hatte und der schillernd das Funkeln der Kristalle reflektierte. Erst als sie erneut die Stimmen vernahm, riss Irma sich von dem Anblick los, und ihre Augen suchten nach der Quelle des Flüsterns. Überwältigt von der Schönheit der riesigen Höhle hatte sie nicht bemerkt, dass es direkt zu ihrer Rechten tatsächlich sehr bewohnt aussah. Ein kleiner, von der Feuchtigkeit verzogener Holztisch mit zwei Bänken stand nahe bei der Felswand. Einer ungewöhnlichen Felswand, wie Irma feststellte. Es wirkte so, als hätte jemand eine Hütte in den Felsen hineingebaut. Diese Hütte hatte sogar Fenster – und eine Holztür, die offen stand. Irma musste sich weit aus dem Gang beugen, um mehr zu erkennen. Ungläubig bemerkte sie die roten Vorhänge mit weißen Punkten, die in den Fenstern hingen, und die wild bepflanzten Blumenkästen davor. Die Hütte sah an dieser Stelle so deplatziert und ulkig aus, dass Irma sich nicht vorstellen konnte, hier jemand Bösartigen anzutreffen. Daher fasste sie sich ein Herz und schlich leise darauf zu. Die Stimmen kamen aus dem Inneren der Hütte. Noch nicht bereit dafür, bemerkt zu werden, duckte sich Irma und kroch unter den Blumenkasten des nächstgelegenen Fensters. Sie hielt den kleinen Wärmekristall umklammert, kauerte da und lauschte. Auch wenn sie davon ausgegangen war, Iven hier vorzufinden, begann ihr Herz wild zu klopfen, als sie seine kratzige Stimme hörte.

»Ich weiß trotzdem nicht, was ich davon halten soll. Du hast es ja auch gespürt! Die *Magikk* ist eindeutig vom *Kaltengrim* ... aber irgendwie auch nicht.«

Eine andere, sehr sanfte Männerstimme antwortete Iven: »Du machst dich zu sehr verrückt. Wir sollten warten, bis die Kleine wieder zu sich kommt. Vielleicht kann sie ja auch etwas dazu sagen.«

Irma, die Kleine, hatte keinen blassen Schimmer, wovon die beiden Männer sprachen. Sie würde ihnen herzlich wenig dazu sagen können.

Eine Frau schaltete sich in das Gespräch ein: »Es ist wirklich ungewöhnlich, dass sich ihre Kraft erst jetzt bemerkbar gemacht hat. Insbesondere durch diese seltsame ... Dissonanz. Und du bist dir sicher, dass es keine, wie pflegt ihr zu sagen ...?«

»*Abartige Magikk* ist? Ziemlich sicher. Immerhin ist da ja *Kaltengrimmagikk*«, warf Iven ungeduldig ein.

»Was für ein Glück«, murmelte die Frauenstimme, und Iven stieß einen frustrierten Seufzer aus.

»Das hätte mir wirklich den Rest gegeben.«

»Hättest du es selbst getan?«, wollte der fremde Mann wissen.

Iven schwieg.

In Irmas Kopf ergab nichts davon einen Sinn. Sie hatte keine Ahnung, was diese *Magikk* sein sollte, was der *Kaltengrim* damit zu tun hatte und was genau Iven *selbst getan* haben könnte.

Irmas zierlicher Körper zitterte vor Aufregung, doch sie zwang sich, ruhig hocken zu bleiben. Sie konnte sowieso nirgends hin. So hatte sie vielleicht die Möglichkeit, noch ein paar Informationen zu erlangen, die ihr unter anderen Umständen vielleicht verschwiegen werden würden.

Eine weitere Frauenstimme, viel höher und aufgeregter als die zuvor, ließ sich vernehmen. »Aber das mit dem Schwert verstehe ich nicht. Also, das würde mich wirklich interessieren, warum du das in der *Wolfswacht* gefunden hast.«

»Glaub mir, Kenna, mich auch«, schnaubte Iven.

Was hat Iven bitte schön bei mir zu Hause gefunden? Ein Schwert? Irma hatte sich bei Anselms Geburtstagsfeier noch gewundert, dass der Griesgram überhaupt aufgetaucht war. Doch anscheinend war er aus anderen Gründen dort gewesen, als sie angenommen hatte. Irma verdrängte den Gedanken daran, dass er sie damals ins Bett verfrachtet hatte. Auch die Vorstellung, dass Iven sie hierher transportiert haben musste, schob sie beiseite. Wahrscheinlich hatte er sie wie einen Sack Kartoffeln über seine Schulter geworfen.

»Ich bin wirklich so gespannt, was sie zu erzählen haben wird«, sagte die aufgeregte zweite Frauenstimme.

Iven schnaubte erneut.

»Sie wird uns gar nichts erzählen können. Die hat doch noch weniger Ahnung als wir.«

Irma stieg die Hitze ins Gesicht. Sie musste sich zwar eingestehen, dass sie wirklich keine Ahnung hatte, worum es eigentlich ging. Aber als dumm darstellen musste Iven sie nun auch nicht.

Die melodische Stimme des anderen Mannes lenkte Irma von ihrem Unmut ab. »Es sollte jemand nach ihr sehen. Das arme Mädchen muss fürchterliche Angst bekommen, wenn sie allein aufwacht. Wir hätten sie hier bei uns lassen sollen.«

»Ich weiß nicht, ob sie nicht noch schockierter wäre, hier bei uns aufzuwachen«, antwortete Iven. »Ich befürchte, Glen, dass sie bei deinem Anblick gleich noch einmal in Ohnmacht fallen könnte.«

»Und ich befürchte, diese Diskussion kommt ein wenig zu spät. Unser Gast ist wach.«

Erst in diesem Moment bemerkte Irma eine Gestalt im Eingang der Hütte.

Wenn Irma nicht so überrumpelt gewesen wäre, wäre sie sich ziemlich lächerlich vorgekommen. Sie saß zusammengekauert unter dem

Blumenkasten, hielt immer noch den Kristall umklammert, verschwand beinahe in dem viel zu großen Pulli, und ihr Haar stand wirr in alle Richtungen ab. Doch darüber machte sie sich keine Gedanken, als sie zu der Person aufsah, die die merkwürdige Hütte inmitten einer Tropfsteinhöhle zu bewohnen schien. Irma konnte das Alter der Frau unmöglich einschätzen. Sie wirkte jung, vielleicht war sie gerade mal dreißig Jahre alt. Doch die Aura, die sie umgab, schien so uralt wie die Höhle selbst. Sie war groß und schlank, hatte ein schmales Gesicht mit freundlichen Augen und einem lächelnden Mund. Ihr Haar war in einem unordentlichen Knoten zusammengebunden, und Beeren und Pflanzen wie die in den Blumenkästen schmückten ihre Frisur. Irma fiel auf, dass ihr Haar dieselbe Farbe wie die Tropfsteine hatte. Und die Augen der Fremden glitzerten so türkis wie die Kristalle der Höhle. Ihre Kleidung sah aus, als ob sie aus einem anderen Jahrhundert stammte. Sie trug einen langen Leinenrock, kombiniert mit einer grauen Tunika, die ihrer Figur sehr schmeichelte.

Die Sekunden verstrichen, in denen Irma nichts weiter tat, als mit offenem Mund die Frau zu betrachten, die ihre Hände in einer beruhigenden Geste hob.

»Hallo, Irma«, sagte sie ruhig zur Begrüßung. »Du brauchst keine Angst vor mir zu haben. Mein Name ist Grada.«

Bevor Irma etwas antworten konnte, vernahm sie Ivens Stimme über sich.

»Guten Morgen, Hase. Seit wann so neugierig?«

Überrascht lugte Irma unter dem Blumenkasten hervor. Iven hatte sich aus dem Fenster gebeugt und sah zu ihr herunter. Ein belustigtes Lächeln umspielte seine schmalen Lippen, und seine Sommersprossen schienen zu tanzen. Irma erwachte aus ihrer Schockstarre und sprang blitzartig auf. Erst als sie ein paar Meter zwischen sich und die Hütte gebracht hatte, drehte sie sich um.

Die Arme in Abwehrhaltung versuchte Irma ihr klopfendes Herz zu ignorieren, und hysterisch sprudelten die Worte aus ihr heraus: »Wieso wurde ich hierhergebracht? Wo bin ich überhaupt? Was ist mit mir passiert, und worin bin ich bitte da verwickelt?«

Iven, dessen hagere Gestalt immer noch halb aus dem Fenster hing, legte den Kopf schief. »Glaub mir, das Gleiche habe ich mich auch schon gefragt«, antwortete er.

Irma bemerkte, dass Iven im Gegensatz zu der fremden Frau noch normale Kleidung trug. Sie erkannte das gestreifte Langarmshirt, das er schon in der Schule getragen hatte und das ihm viel zu weit war. Hinter Iven tauchte nun eine weitere, breit grinsende junge Frau auf.

Sie rammte Iven den Ellenbogen in die Seite und ermahnte ihn: »Also, Iven, ehrlich, jetzt sei doch mal ein bisschen mitfühlender!«

Sie wandte sich Irma zu und strahlte über das ganze Gesicht, als sie sich vorstellte. »Ich bin Kenna, schön, dich kennenzulernen!«

Kennas Gesicht war runder als das von Grada. Sie hatte eine kleine Stupsnase und verströmte nicht diese uralte Aura. Dennoch war die Familienähnlichkeit nicht zu übersehen. Auch Kennas helles Haar hatte die Farbe der Kalksteine der Höhle. Ihre Augen erinnerten jedoch an dunkles Holz. Iven richtete sich auf und schob Kenna augenrollend beiseite. Die beiden verhielten sich wie Geschwister.

»Ich bin froh, dass du zu dir gekommen bist«, sagte er ernsthaft. »Ich hatte mir schon Sorgen gemacht, du könntest nicht mehr aufwachen.«

Irma konnte sich nicht daran erinnern, jemals so nette Worte aus Ivens Mund gehört zu haben. Immer noch wie versteinert starrte sie ihn ungläubig an.

Soll ich mich bei ihm bedanken?

Doch bevor Irma aus ihrer Schockstarre erwachen konnte, tauchte in der Tür der Mann auf, dem die sanfte Stimme gehören musste. Irma hatte an diesem Tag so einiges mitgemacht. Das verrückte Kribbeln, die unerklärliche Verwandlung in der Sporthalle, das Erwachen in der eiskalten Tropfsteinhöhle. Der Anblick des Mannes jedoch gab ihr endgültig den Rest.

Unverwandt betrachtete sie sein langes rosafarbenes Haar, den hellen Vollbart und die dunkelbraunen Augen. Doch was Irma wirklich dazu brachte, scharf die Luft einzusaugen, waren seine Hörner. Diese waren geschwungen wie die eines Widders. Auch seine großen, pelzigen Ohren hatten etwas Animalisches an sich.

Instinktiv stolperte Irma ein paar Schritte zurück.

Vielleicht bin ich im Sportunterricht auf den Kopf gefallen, und all das ist ein Traum?

Irma wusste, dass es sich dabei um eine törichte Hoffnung handelte. Sie rieb sich die Augen.

Der Mann machte eine besänftigende Geste. »Irma, du bist hier sicher. Wir wollen dir nur helfen. Mein Name ist Glen, und ich bin ein Freund von Iven. Er hat dich zu uns gebracht, damit wir uns um dich kümmern können.«

Mit offenem Mund sah Irma zwischen den vier Personen hin und her, bis sie ein untypisches Geräusch vernahm. Iven brach in schallendes Gelächter aus.

»Glen, bei deinem Anblick würde ich wahrscheinlich auch Angst bekommen«, prustete er. Seine Stimme wirkte noch viel kratziger im direkten Vergleich mit der melodischen Stimme des Widdermannes.

Der konnte sich ein Schmunzeln nicht verkneifen, und auch Kenna begann zu kichern.

»Iven! Ich muss schon sehr bitten«, sagte die Frau mit den Beeren im Haar tadelnd, doch die Empörung war keinesfalls ernst gemeint.

Die Vertrautheit, deren Zeugin Irma wurde, erinnerte sie an ihre eigene Familie.

»Ich bin Glens Partnerin. Kenna ist unsere Tochter. Wir möchten dir gerne eine Tasse beruhigenden Tee anbieten«, richtete Grada das Wort an Irma.

Mit einer Willkommensgeste wies sie in ihre Hütte hinein.

»Du hast sicherlich Furchtbares mitgemacht. Du brauchst jetzt ein wenig Stärkung. Und höchstwahrscheinlich auch ein paar Antworten.«

Irma blickte noch einmal in die erwartungsvollen Gesichter und befand, dass sie sowieso keine andere Möglichkeit hatte. Sie nickte und ließ sich in die ulkige Hütte einladen.

11

Die Wände der Hütte waren auch im Inneren aus Stein. Dennoch war die Atmosphäre gemütlich, denn im Gegensatz zu dem bläulichen Glitzern in der Höhle flackerten hier Flammen in mehreren Sturmlaternen und tauchten den Raum in ein warmes Licht. In dem Häuschen war es nicht besonders geräumig, und direkt hinter der Tür befand sich ein Raum, der wohl als Küche, Esszimmer und Wohnzimmer zugleich diente. Eine Vielzahl an bunten Teppichen war über den Boden verteilt, und es befand sich allerlei Kurioses in den Regalen an den Wänden. Neugierig inspizierte Irma alles und wunderte sich dabei über die vielen Flaschen, Phiolen und Gefäße in allen Größen und Formen, die hier standen. In manchen davon waren Flüssigkeiten oder Kräuter, in anderen wurden jedoch Käfer, Blindschleichen und Knochen aufbewahrt.

Hätte ich den Tee doch lieber ausschlagen sollen?

Irma saß auf einer der hölzernen Bänke, die mit weichen Kissen gepolstert waren und um einen schiefen Esstisch herumstanden. Nachdenklich hielt sie einen Becher aus Ton in den Händen, der sie nun statt des kleinen Kristalls wärmte. Sie hatte sich jedoch dafür entschieden, Iven und seinen merkwürdigen Freunden zu vertrauen. Daher nahm sie einen kräftigen Schluck von dem Kräutertee. Sofort breitete sich eine wohlige Wärme in ihrem Körper aus. Grada hatte zuvor angedeutet, dass es sich dabei um einen Beruhigungstee handelte. Die Wirkung grenzte allerdings an Zauberei, denn Irmas Anspannung löste sich innerhalb von Sekunden in Luft auf. Ihr Blick wanderte neugierig über die Bündel getrockneter Kräuter, die von der Decke hingen, blieb kurz an den unterschiedlich großen Mörsern hängen, die sich in der Kochnische stapelten, bis sie schließlich Iven ansah, der ihr gegenübersaß. Er hatte die langen Beine angewinkelt und war in eine kuschelige Decke eingewickelt. Der Wärmekristall, den Irma gegen den Tee getauscht hatte, war nun in Ivens Händen. Ihm schien kalt zu sein, obwohl es in dem Hüttchen erstaunlich warm war – wenn man bedachte, dass sie sich in einer eiskalten Tropfsteinhöhle befanden.

Kenna saß neben ihm und starrte sie interessiert an. Als ob sie Irma für etwas ganz und gar Außergewöhnliches hielt. Dabei war Irma der Meinung, dass es genau andersherum war. Kenna schien jedenfalls nicht zu frieren und war, wie ihre Mutter, mit einer leichten Tunika bekleidet. Darunter trug sie eng anliegende Stoffleggings. Glen, der Irmas Gedanken gelesen zu haben schien, kam behutsam näher.

Mit seiner schönen Stimme erklärte er: »Diese Höhle ist keine gewöhnliche Tropfsteinhöhle, weißt du? Grada kann uns mit ihrer *Magikk* warm halten.«

Irma sah ihn verständnislos an. *Magikk*, schon wieder dieses Wort.

Glen lachte leise. »Du hast recht, ich sollte vielleicht am Anfang beginnen.«

Grada, die in diesem Moment an einem großen Kessel stand, warf ein: »Wir sind an Kälte gewöhnt, aber wenn Iven uns besucht, müssen wir es hier doch immer ein bisschen kuscheliger machen.«

»Hier drin wird man sonst zum Eiszapfen«, moserte dieser und zog die Decke noch ein wenig enger um sich.

Grada drehte sich vom Kessel um und bedachte Iven mit einem strengen Blick. Sie deutete mit einem großen Holzlöffel auf ihn und sagte: »Kein Wunder, dass du frierst! Du bist mittlerweile nur noch Haut und Knochen. Du solltest öfter mal zu Besuch kommen, damit wir dich wieder aufpäppeln können.«

Irma warf Iven einen verstohlenen Blick zu. Ihr war es ja auch nicht entgangen, dass der sowieso schon hagere Kerl in den letzten Wochen an Gewicht verloren hatte.

Iven rollte seine von dunklen Rändern umgebenen Augen. »Dieser Trank von Sander bekommt mir nicht gut.«

Daraufhin sah er zu Irma. »Ich würde sagen, wir erklären dir alles in der richtigen Reihenfolge. Wir wollen ja nicht, dass dein kleiner Kopf platzt.«

Obwohl Wut in Irmas Bauch aufbrodelte, biss sie sich auf die Zunge. Sie wollte Antworten und hatte keine Lust, ihre Energie auf Streitereien mit Iven zu verschwenden. Darüber hinaus trugen Grada und Glen in diesem Moment Schüsseln mit dem Inhalt des Kessels an den krummen Holztisch. Es duftete herrlich, und Grada streckte Irma einen antik aussehenden Metalllöffel entgegen.

»So, mein Kind, damit du wieder zu Kräften kommst.«

Irma bedankte sich für ihre Freundlichkeit, während Kenna sich schon gierig über ihre eigene Schüssel hermachte. Das Pilzragout wäre sicherlich köstlich gewesen, doch angesichts der befremdlichen Situation, in der sie sich befand, konnte Irma es nicht richtig genießen. Unauffällig warf sie Glen einen Blick zu. Anfangs waren ihr vor allem das rosafarbene Haar und die Widderhörner ins Auge gefallen. Bei genauerer Betrachtung fanden sich allerdings noch weitere animalische Gesichtszüge. Seine Nase war breit und flach, und seine Augen lagen etwas schräger, als man es von gewöhnlichen Menschen kannte. Seine Pupillen waren groß und eckig und seine Wimpern und Augenbrauen rosa. Er war nicht besonders groß, vielleicht sogar kleiner als seine Frau Grada, doch seine eng anliegende graue Tunika ließ erahnen, dass er sehr kräftig sein musste. Als Irma sich ihrer Manieren besann und aufhörte, Glen zu fixieren, bemerkte sie, dass auch Kenna wieder ins Starren verfallen war. Sie hatte ihre Schüssel in Windeseile leer gegessen und betrachtete Irma nun mit funkelnden Augen.

Als könnte sie es nicht länger aushalten, platzte sie heraus: »Iven behauptet, du weißt rein gar nichts von der *Anderswelt?*«

Anderswelt.

Leider klingelte da bei Irma tatsächlich nichts, und sie zwirbelte verlegen eine Haarsträhne zwischen den Fingern. Grada sah Kenna vorwurfsvoll an, als wollte sie ihre Tochter für ihre Taktlosigkeit zurechtweisen. Sie sagte jedoch nichts und schaute dann erwartungsvoll zu Irma. Auch Glen und Iven schienen auf ihre Antwort zu warten.

Irma zuckte mit den Schultern und gab leise zu: »Ich habe wirklich keine Ahnung, wovon ihr sprecht.«

Aufgeregt sog Kenna Luft ein. »Obwohl du *Magikk* besitzt? Das ist total abgefahren! Aber dann weißt du ja gar nicht, was das bedeutet.«

Ach was, dachte Irma verzweifelt, *dann klärt mich doch endlich auf.*

»Du kannst mir schon glauben, Kenna. Wir wären ja nicht hier, wenn es nicht so verdammt komisch wäre«, schaltete Iven sich ein.

Glen räusperte sich, dann brachte er Irmas Weltbild ein für alle

Mal zum Einsturz. »Die Welt der Menschen, Irma, ist nicht die einzige. Wir *Anderswesen* sprechen von der sogenannten Dreifaltigkeit der Welt. Drei verschiedene Welten, die getrennt sind, aber doch zusammen existieren. Die Realität, die du kennst, ist nur ein Teil vom großen Ganzen.«

Glen machte eine Pause, um Irmas Reaktion abzuwarten. Da ihr dazu beim besten Willen nichts einfiel, schwieg sie.

»Neben der Welt der Menschen gibt es die verborgene *Geisterwelt*«, fuhr er fort. »Diese Welt kann kein irdisches Wesen betreten, auch wir nicht. Wie es dort aussieht und wer diesen Ort bewohnt, wissen wir nicht. Doch es gibt Wesenheiten, die aus dieser Welt zu uns kommen. Wir nennen sie Götter, wenn sie Gutes für uns tun. Es gibt aber auch solche, die in unsere Welt eindringen, um uns zu schaden. Monster, die wir *Daimonen* nennen.«

Glen sprach langsam, als ob er sichergehen wollte, dass Irma auch wirklich jedes Wort verstand. Theoretisch hatte sie jedes Wort verstanden. Ob sie auch jedes Wort glauben wollte, stand auf einem anderen Blatt.

»Zwischen diesen Welten, sozusagen als Bindeglied, gibt es die *Anderswelt*. Sie liegt verborgen in der menschlichen Welt und ist nur durch bestimmte Pforten passierbar. Durch diese Übergänge kommen nur *Anderswesen*, also Lebewesen, die *Magikk* besitzen.«

Irma versuchte, die Fassung zu bewahren, denn Grada, Iven und Kenna beobachteten sie eindringlich.

»Und *Magikk*«, das Wort hörte sich seltsam aus Irmas Mund an, »klingt wahrscheinlich nicht zufällig wie Magie?«

»›Magie‹, ein Wort, das die Menschen für unerklärliche Dinge benutzen«, nickte Glen lächelnd. »*Magikk* beschreibt ein Element, für das wir *Anderswesen* einen Sinn haben, der den Menschen fehlt. Sie äußert sich in den unterschiedlichsten Formen. Nicht nur von Art zu Art gibt es Unterschiede, sondern auch geografisch gesehen. Der Grund dafür sind *Magikkadern*, die die Erde durchziehen. An Orten, an denen die *Magikkadern* stark sind, haben sich Kulturen und daraufhin auch schnell lokale Mythen gebildet. Viele Religionen, Irma, haben einen wahren Ursprung. Menschen brauchen es, sich die Welt zu erklären. Sie sehen *Anderwesen, Daimonen* oder vielleicht sogar Götter und weben daraus ihre Geschichten.«

Irma schluckte. Das Wissen um diese Zusammenhänge würde sie erst einmal verdauen müssen.

Vermutlich sah sie in diesem Moment aus wie ein verschrecktes Reh mitten auf der Landstraße, durch Autoscheinwerfer so geblendet, dass es regungslos dastand, bis es zu spät war.

Sie atmete tief ein und fragte dann: »Und was ist das hier für ein Ort?« »Wir sind hier in der *Eishöhle*«, antwortete Kenna. »Zugegeben, es ist ein bisschen übertrieben, sie so zu nennen. Wir haben hier eigentlich gar nicht so viel Eis, es ist eher nasskalt. *Eishöhle* klingt aber besser als *nasskalte dunkle langweilige stinkige muffeln*...«

»Kenna!«, unterbrach Grada empört.

Bevor Kenna noch ein weiteres böses Wort über ihr Zuhause verlieren konnte, übernahm Grada: »Die *Eishöhle* liegt an einer schwachen *Magikkader*. Nur dieser Berg und unsere Höhle darin sind Teil der *Anderswelt*. Vielleicht spürst du das Kribbeln der *Magikk* hier an diesem Ort? Glen, unsere Kenna und ich tragen diese *Magikk* in uns, es gibt allerdings nur wenige unserer Art.«

Irmas Blick wanderte von Grada über Glen zu Kenna und wieder zurück.

»Ihr seht so jung aus«, stellte Irma unsicher fest. »Also, als Menschen könntet ihr niemals eine fast erwachsene Tochter haben.«

»Wir sind aber keine Menschen«, lächelte Glen.

»Wie alt werden denn *Anderswesen*?«, wollte Irma wissen.

Glen legte den Kopf schief, ehe er Irma antwortete. »Das kann man nicht so einfach beantworten, denn das hängt von der *Magikk* ab, und es gibt so viele verschiedene *Anderswesen*. Die meisten haben eine sterbliche Lebenserwartung wie die Menschen, aber nicht alle. Manche altern sehr langsam und haben dadurch eine höhere Lebenserwartung. Wieder andere altern nur bis zu einem gewissen Punkt und sind dann unsterblich. Zu Letzteren zählen wir uns.«

Irma riss die Augen auf. »Und wie alt seid ihr dann wirklich?«

»Sagen wir es mal so: Grada gibt es schon so lange wie diese Tropfsteinhöhle«, lachte Glen.

Irma staunte. Die größten Tropfsteine, die sie einmal bei einem Ausflug mit ihrer früheren Schulklasse gesehen hatte, waren mindestens fünfhunderttausend Jahre alt. Diejenigen in der Eishöhle waren größer. Verstört richtete Irma ihren Blick auf Iven, der die wärmende Decke bis zu seiner Hakennase hochgezogen hatte.

»Und du?«, wollte Irma wissen.

Iven nahm die Decke ein Stück herunter und antwortete zynisch: »Ich hoffe mal nicht, dass du gedacht hast, ich wäre ein Elftklässler. Aber so alt wie Grada bin ich dann auch wieder nicht.«

»Wie hätte ich das nicht glauben sollen? Du siehst nicht älter aus als ich!«, verteidigte sich Irma aufgebracht.

»Nicht mehr lange. Nur für meine Zeit in Birkenhain, da habe ich einen Auftrag.«

»Bei uns in der Schule?«

Iven zuckte mit den Schultern. »Eins nach dem anderen.«

Erneut ergriff Glen das Wort. »Der *Kaltengrim* ist einer der Orte, an dem sich eine Hochkultur gebildet hat. Unter ihm liegt das weit und breit größte Netz an starken *Magikkadern*.«

»Du sagst also, dass sich direkt in dem Wald neben meinem Zuhause eine versteckte Welt befindet, die voll mit Magie ist und von der kein Mensch etwas weiß«, wiederholte Irma Glens absurde Behauptung.

Dieser nickte geduldig.

Sie blies die Backen auf. »Und wie genau passt das, was mir heute passiert ist, damit zusammen?«

»Das fragen wir uns auch, Hase«, brummte Iven und rieb sich die Schläfen.

»Nenn mich nicht so!«, zischte Irma.

Bevor er mit einem dummen Spruch reagieren konnte, griff Grada ein: »Du scheinst ein *Anderswesen* zu sein, Irma. Du trägst eindeutig die *Magikk* des *Kaltengrim* in dir. Auch wenn da noch etwas anderes ist, das wir bisher nicht so recht zuordnen können.«

»Du hast heute ein Kribbeln gespürt, stimmt's?«, hakte Iven nach.

Irma nickte.

»Nur manche *Anderswesen* spüren die *Magikk* als Kribbeln, oder Knistern. Nicht alle können das«, erklärte er. »Ich bin darin ziemlich gut, und bisher war bei dir nichts zu merken. Aber heute hat die *Magikk* förmlich pulsiert. Und ich war mir sicher, dass du das auch gefühlt hast. Und nicht nur bei dir selbst, oder?«

Irma zwirbelte nachdenklich eine Haarsträhne. »Stimmt, nicht nur bei mir. In der Schule habe ich das gleiche Knistern auch bei dir bemerkt, und kurz darauf bei Frau Sommer. Moment ... ist Frau Sommer auch eine von euch?«

Iven rollte genervt mit den Augen. »Ja, Mandra – oder Frau Sommer, wie sie sich nennt – ist auch eine *von uns*. Jedenfalls ist es nicht selbstverständlich, dass *Anderswesen* einen so guten Sinn für *Magikk* haben und sie sofort in anderen erkennen können.«

»Stimmt«, schaltete sich Kenna ein. »Vater und ich spüren gar nichts bei anderen. Mutter dafür schon.«

»Und ist das dann etwas Gutes oder Schlechtes?«, wollte Irma wissen.

»Es kann sehr nützlich sein«, befand Grada. »Schließ mal deine Augen und spüre bewusst nach.«

Auch wenn es Irma unangenehm war, so beäugt zu werden, gehorchte sie. Den ganzen Tag über hatte sie versucht, das Kribbeln zu unterdrücken. Nun ließ sie sich vollkommen darauf ein. Sie fühlte es in ihrem eigenen Blut knistern.

»Was nimmst du wahr?«, fragte Grada vorsichtig.

»Das Kribbeln geht durch meinen ganzen Körper. Die Pulse haben ihren Ursprung in meinem Herzen. Bei euch fühle ich auch ein Knistern, allerdings in einem ganz anderen Rhythmus als bei mir. In demselben Rhythmus, in dem auch eure Höhle zu pulsieren scheint.« Mit immer noch geschlossenen Augen tastete sich Irma weiter voran. »Bei Iven fühlt sich die *Magikk* wie meine an. Aber nicht ganz gleich. Als ob es bei mir noch ein bisschen hektischer knistert, etwas ... unstimmiger.«

Als keiner antwortete, öffnete Irma verunsichert die Augen.

»Was du bei mir spüren kannst, ist schlicht und ergreifend *Kaltengrimmagikk*«, klärte Iven sie auf. »Was bei dir sonst noch los ist, können wir uns auch nicht erklären. Und weshalb du auf einmal deine ganze Farbe verloren hast. Das war wirklich gruselig.«

Irma fasste sich ins schneeweiße Haar.

»Diese Dissonanz zur *Kaltengrimmagikk* könnte auf alle Fälle etwas damit zu tun haben, dass deine *Magikk* erst jetzt bei dir aufgetreten ist«, mutmaßte Glen. »Wie alt bist du?«

»Siebzehn. Ist das wohl ungewöhnlich, dass es erst so spät passiert?«

»Die *Magikk* ist ein Teil von uns *Anderswesen*. Man wird damit geboren. Es ist unmöglich, dass ein gewöhnlicher Mensch zu einem *Anderswesen* wird«, antwortete Iven müde.

»Und was ist dann eure Theorie?«, fragte Irma, nicht sicher, ob sie diese wirklich hören wollte.

Iven sah zu Glen und Grada, doch die beiden bedachten ihn mit einem Erzähl-du-es-ihr-Blick.

»Deine Mutter scheint eine ferne Nachfahrin eines *Kaltengrim*-Bewohners zu sein. So etwas gibt es in der Gegend häufiger. Ich konnte einen Hauch von *Magikk* an ihr erahnen, allerdings so schwach, dass sie als Mensch zählt. Viel interessanter ist, dass sie ein Zeichen auf der Stirn trägt, das niemand in deiner Familie zu sehen scheint.«

Irma schaute ihn verdutzt an. »Was für ein Zeichen denn?«

»So etwas wie eine Tätowierung, nur magisch. Wir nennen es *Anam Cara*, einen Seelenbund.«

»Bitte was?«

»Es ist wirklich nicht so kompliziert. So was wie Eheringe bei Menschen, nur dass nicht jeder einen Seelenbund eingehen kann. Ich vermute, dass dein Vater ein *Anderswesen* ist, das nicht aus dem *Kaltengrim* stammt. Das würde die Dissonanz in deiner *Magikk* erklären. Weshalb deine gesamte Familie nichts davon zu wissen scheint, bleibt ein Rätsel.«

Ihr Vater war ein *Anderswesen*. Es klang unglaublich, doch Irma wusste, dass es sich dabei um die Wahrheit handelte.

»Halb-*Anderswesen* sind selten, und man weiß meistens nicht genau, wie viel *Magikk* an sie weitervererbt wurde«, fuhr Iven fort. »Ich vermute, dass deine schwache *Magikk* durch die Nähe zum *Kaltengrim* aufgeflammt ist. Als hätten die *Magikkadern* dort als Katalysator gedient.«

»Und wieso ist das dann erst heute passiert und nicht in all den Jahren zuvor? Ich war ja als Kind auch manchmal zu Besuch hier.«

Er zuckte mit den Schultern. »Heute ist *Samhain*.«

Genervt sah Irma Iven an. Sie hatte keine Lust, dass er ihr ein weiteres Mal das Gefühl gab, sie würde nichts verstehen. Doch sie hatte wirklich keine Ahnung.

Bissig hakte sie nach: »Und das bedeutet?«

Mit beschwichtigendem Ton ergriff Glen das Wort. »An *Samhain* – oder auch Halloween – sind die *Magikkadern* in Bewegung. Auch die eigene *Magikk* hat an diesem Tag so ihre Tücken.«

Irma kam daraufhin ein weiterer seltsamer Moment in den Sinn, den sie in der Turnhalle erlebt hatte. Ivens Narben. Sie sah ihn prüfend an. Er schien ihrem Gedankengang zu folgen, und seine Miene wurde eisig.

»Um nicht aufzufallen, nehme ich einen Trank. Wegen *Samhain* hattest du das Vergnügen, einen kurzen Einblick in die Realität zu bekommen.« In Ivens Worten schwang Verbitterung mit.

Glens animalische Augen bedachten ihn mit einem milden Blick, ehe er Irma erklärte: »Auch *Daimonen* gelangen an diesem Tag vermehrt aus der Geisterwelt zu uns.«

Sie schauderte.

»Keine Sorge, die *Anderswesen* haben sich dazu verpflichtet, die Welt vor diesen hungrigen Monstern zu schützen. Im *Kaltengrim* gibt es dafür die Wächter. Iven ist einer von ihnen.«

Skeptisch betrachtete Irma seine ausgezehrte Gestalt.

»Und wieso hing Iven dann den ganzen Tag in der Schule herum, anstatt auf Monsterjagd zu sein?«

Damit hatte sie offenbar einen wunden Punkt getroffen.

»Ich sagte ja schon, ich habe dort einen Auftrag«, antwortete er zähneknirschend. »Ich bin *magikksensitiv* und deshalb ein Späher. Späher halten Ausschau nach Gefahren und beseitigen sie entweder selbst oder leiten es zumindest in die Wege. Es gibt zurzeit ein … ein Problem. Um diesem auf den Grund zu gehen, bin ich bei euch in der Schule eingesetzt.«

»Ich würde es eher Strafdienst nennen«, gluckste Kenna. »Immerhin hast du deine vorherige Mission verkorkst. Und jeder wusste, dass du dir dabei lächerlich vorkommen wirst.«

Wenn Blicke töten könnten, hätte Kenna schlechte Karten gehabt. Iven wirkte in diesem Moment so furchteinflößend wie damals an Irmas ersten Schultag.

»Das erklärt jedenfalls deine gruselige Laune, als du mich mit zur Schule genommen hast«, brummte Irma.

»Dass du dich vor die Motorhaube geworfen hast, hat jedenfalls nicht geholfen«, giftete Iven. »Und anschließend auf Mandra als Lehrerin zu treffen, war auch total grandios.«

»Frau Sommer?«

Iven schnaubte. »Mandra hat sich in den letzten hundert Jahren schon häufiger in der menschlichen Welt niedergelassen. Zumindest so lange, bis aufgefallen wäre, dass sie nicht altert. Leider hat sie sich zur Aufgabe gemacht, ihren Schülern die Geschichten der *Anderswelt* näherzubringen. Damit setzt sie die Jugendlichen gefährlichen Situationen aus, das finde ich verantwortungslos. Die meisten *Daimonen* fallen schließlich immer noch in der Nähe von *Magikkadern* in die Welt ein.«

Er schüttelte verärgert den Kopf. Dass die beiden sich nicht ganz grün waren, hatte Irma ja von Anfang an bemerkt.

»*Frau Sommer* hat sie sich übrigens ausgedacht. Im *Kaltengrim* gibt es keine Nachnamen, außer man hat sie aus der menschlichen Welt.«

»Ist *Faber* dann auch erfunden?«, wollte Irma wissen.

»Nein, das ist der Name meines Vaters.«

Oh.

Anscheinend war Iven ebenfalls bloß zum Teil ein *Anderswesen.* Irma fuhr sich mit den Fingern durch das zerzauste Haar. Sie wollte jetzt nichts mehr von der *Anderswelt* hören. Alles was sie wollte, war, in die tröstenden Arme ihrer Mutter zu fallen und anschließend mit ihrer Familie zusammen zu sein.

»Ich möchte nach Hause«, flüsterte Irma erschöpft.

12

Das kannst du erst mal vergessen.«

Empört sah Irma zu Iven auf.

Er hatte sich, die Decke immer noch fest um sich geschlungen, von der Bank erhoben. »Bevor wir uns nicht einen Plan überlegt haben, wie wir jetzt vorgehen, kannst du nirgendwohin.«

»Seit wann entscheidest du darüber, wo ich hingehen darf?« Irma sah Iven kampflustig in die sturmgrauen Augen.

»Seit ich das Vergnügen hatte, dich ohnmächtig hier hoch zu schleppen, Hase.«

Touché.

Irmas Wangen glühten, doch sie würde nicht nachgeben oder sich gar entschuldigen.

»Was Iven sagen will«, versuchte Grada die Situation zu retten. »Es ist gerade zu gefährlich für dich, in dein Zuhause zurückzukehren.«

Auch Glen versuchte sie zu besänftigen: »Es ist sicherlich ratsam, dass du dich zunächst an deine neue *Magikk* gewöhnst und verarbeitest, was du gerade erfahren hast.«

»Aber meine Familie sorgt sich bestimmt fürchterlich!«, rief Irma aus.

Die Vorstellung, nicht bald nach Hause zurückzukehren, zerriss ihr das Herz. Sie wollte sich gar nicht ausmalen, was Klara-Luise durchgestanden haben musste, nachdem Irma im Anschluss an ihre kuriose Verwandlung mit Iven verschwunden war.

Suchen die drei gerade nach mir oder warten sie verzweifelt auf meine Rückkehr?

Iven schienen ihre Sorgen kaltzulassen. Nachdenklich lief er hinter der Bank, auf der Kenna noch saß, auf und ab.

»Außerdem bist du zweifelsohne ein *Anderswesen* des *Kaltengrims*. Helia, unsere Herrscherin, muss von dir erfahren. Ich werde dich erst einmal zu ihr in den *Feuerberg* bringen, das ist meine Pflicht als Späher. Dann sehen wir weiter.«

Irma hatte das Gefühl, Iven wollte nicht nur sie, sondern auch sich selbst von seinem Plan überzeugen.

»Ich werde mit dir ganz sicher nicht in irgendeinen *Feuerberg* gehen, Iven.« Ihre Stimme hatte mittlerweile einen hysterischen Unterton.

»*Feuerberg, Eishöhle* ... *Anderswesen* haben einen Sinn für dramatische Namen. Es ist nichts weiter als eine Festung in einer Höhle. Sie wurde zur Zeit der Festlandkelten errichtet.«

Irma fühlte sich dadurch keineswegs beruhigt, zumal Iven sie mit einem Jetzt-reiß-dich-zusammen-Blick bedachte. Energisch stand sie auf und kratzte den letzten Rest Würde zusammen, den sie besaß. Bei ihrer geringen Körpergröße und in Ivens riesigem *Iron-Maiden*-Hoodie war das kein leichtes Unterfangen, doch Irmas eisblaue Augen funkelten ihn zornig an. Ein paar Atemzüge lang hielt Iven ihren Blick, und niemand in der Hütte sprach ein Wort. Dann drehte sich Irma abrupt um und stapfte aus der Hütte hinaus in die *Eishöhle*.

»Gib ihr Zeit«, hörte sie Gradas sanftmütige Stimme in ihrem Rücken.

Als Irma die gigantischen Tropfsteingebilde um sich herum betrachtete, fragte sie sich, wie sie alleine nach Hause gelangen sollte. Sie hatte keine Ahnung, wo sie war und in welche Richtung sie musste. Doch sie würde definitiv nicht mit Iven kommen. Sie wollte zu ihrer Familie.

Entweder schien niemand zu glauben, dass Irma einen Ausgang aus der *Eishöhle* finden würde, oder man wollte sie ein wenig für sich sein lassen, um alles zu verdauen. Jedenfalls folgte ihr niemand, als sie sich immer weiter von der kleinen Hütte entfernte. Dabei ließ Irma die *Magikk* des wundersamen Ortes auf sich wirken. Ein angenehmes Kribbeln ging von den Kristallen aus, als ob sie mit ihr sprechen wollten. Mit geschlossenen Augen versuchte Irma zu verstehen, was sie sagten. Die Kristalle mussten ja schließlich wissen, wie sie aus dieser Höhle herausfinden konnte.

Mit fest zugekniffenen Augen folgte Irma dem lebendigen Gefühl von *Magikk*. Sie konnte nicht genau erklären, weshalb sie wusste, dass sie auf dem Weg hinaus war. Sie spürte es einfach. Ihr Weg wurde steiler und dann wieder flacher. Sie bog nach links ab, dann nach rechts. Die Minuten verstrichen, und Irma folgte ihrem Instinkt. Die *Magikk* der *Eishöhle* schien sie förmlich anzufeuern. Erst als sie frische Luft atmete, wagte sie es, ihre Augen zu öffnen. Sie hatte tatsächlich den

Ausgang der Höhle gefunden. Ohne weiter darüber nachzudenken, stürzte sie los.

Nach allem, was passiert war, hatte Irma jedes Zeitgefühl verloren. Sie hatte keine Ahnung, wie spät es war. Es war mittlerweile jedoch finster. Der Ausgang der *Eishöhle* führte sie direkt in einen Wald, doch sie zögerte nicht und rannte los. Ob sie auf dem richtigen Weg war, wusste Irma nicht. Abwärts war ihr einziger Anhaltspunkt. Sie kämpfte sich den dicht bewachsenen Abhang hinab. Es grenzte an ein Wunder, dass sie nicht über einen der umgekippten Bäume oder eine Wurzel stolperte. Vielleicht war es auch gar kein Wunder, sondern Irmas *Magikk*. Denn obwohl in dem dichten Wald nicht einmal der Sternenhimmel zu erkennen war, konnte Irma sehen. Die Umrisse der Bäume grenzten sich scharf von der wabernden Dunkelheit ab. Entschlossen eilte sie weiter, doch ihr war auch klar, sie würde nicht ewig laufen können. Der Tag hatte seinen Tribut gefordert, Irma spürte ihre Kräfte schwinden.

Nicht stehen bleiben.

Wie damals, als sie vor Ivens Auto gelaufen war, hatte sie gehandelt, ohne an mögliche Konsequenzen zu denken. Als sie gerade anfing, sich über sich selbst zu ärgern, veränderte sich etwas.

Irma konnte plötzlich *Magikk* spüren.

Nicht das angenehme Kribbeln, das den Berg, die *Eishöhle* und seine Bewohner umgab. Was Irma in diesem Moment wahrnahm, fühlte sich verkehrt an. So, wie wenn jemand mit den Fingernägeln über eine Tafel kratzte. Irmas Nackenhaare stellten sich auf, und sie blieb wie angewurzelt stehen. Angestrengt lauschte sie in die Stille, aber bis auf ihr eigenes wild pochendes Herz konnte sie nichts hören. Die Quelle der *Magikk* musste dennoch ganz in der Nähe sein.

Beruhige dich.

Doch sie konnte sich nicht beruhigen. Sie hatte eben erst erfahren, dass an *Samhain Daimonen* in die Welt gelangten. Diese fürchterliche *Magikk* konnte von nichts anderem stammen, das wusste Irma. Keuchend blickte sie sich um, in ihren Ohren rauschte das Blut.

Knack.

Irma drehte sich ruckartig in die Richtung, aus der das Geräusch gekommen war. Etwas musste auf einen Ast gestiegen sein. Irma schluckte. Angestrengt blickte sie in die Dunkelheit und wog ihre Möglichkeiten ab. Entweder blieb sie mucksmäuschenstill stehen und hoffte darauf, dass der *Daimon* sie nicht bemerkte, oder sie rannte. Und das sehr schnell. Nicht weit von ihr gab das noch immer verborgene Monster einen kehligen Laut von sich, und Irma gefror das Blut in den Adern. Die Kreatur musste riesig sein.

So fiel Irmas Entscheidung für Option Nummer zwei. Sie zwang ihre müden Beine, sich zu bewegen, und raste in die entgegengesetzte Richtung zu der, in der sie den *Daimon* vermutete. Unter ihren Füßen raschelte der Waldboden, es gab keine Chance, dass sie unentdeckt geblieben war. Doch Irma wagte es nicht, sich umzudrehen. Blindlings rannte sie weiter, ihre Lunge war mittlerweile kurz vorm Zerbersten. Irmas Haar verfing sich in den Zweigen eines niedrig hängenden Astes, und der Schmerz trieb ihr Tränen in die Augen, doch stolpernd kämpfte sie sich weiter durch den nicht enden wollenden Wald. Zumindest so lange, bis sie über eine Wurzel fiel.

Irma stürzte hart zu Boden. Sie flog mit den Knien voraus und fing sich gerade noch mit den Handballen ab. Den brennenden Schmerz nahm sie in ihrer Panik kaum wahr. Sie wollte sich aufrappeln, aber ihre Muskeln waren erschöpft. Ihre Beine gehorchten ihr nicht mehr, und die Panik lähmte sie. Schwer atmend drehte Irma sich um.

Das kann nicht das Ende sein.

Gemächlich, als hätte er die ganze Zeit nur mit seiner Beute gespielt, schlich der *Daimon* aus dem Dickicht. Allein seine *Magikk* war furchteinflößend, doch noch viel schlimmer war die Kreatur selbst. Sie hatte den Körper eines riesigen Hundes, der Irma im Stehen bis zu den Schultern reichen musste. Seine Haut war ledrig und schwarz, er hatte kein Haar an seinem muskulösen Körper. Der Kopf glich weniger einem Hund als vielmehr einer Kreatur aus Irmas schlimmsten Albträumen. Die Fratze des *Daimons* ähnelte einer gigantischen Fledermaus. Seine feuchte Schnauze war platt gedrückt, und mit seinen großen Ohren musste er in der Lage sein, Irmas rasenden Herzschlag zu hören. Aus seinem Maul ertönte erneut der kehlige Laut, und er zeigte seine langen grauen Fänge. Verzweifelt rutschte Irma weg von dem *Daimon*. Sie wagte nicht, die Augen von ihm zu lösen. Langsam schlich das Monster näher. Wenn sie in diesem Augenblick gewusst hätte, wie sie es am Nachmittag angestellt hatte, so schnell vor Iven zu flüchten, hätte sie dem *Daimon* vielleicht entkommen können. Doch sie hatte keine Ahnung, wie und was sie in der Sporthalle überhaupt gemacht hatte, und so blickte sie ängstlich in die pechschwarzen Augen der tödlichen Kreatur. Als sie das bösartige Funkeln darin sah, bestand kein Zweifel mehr, dass das Monster bereit zum Angriff war. Der *Daimon* setzte zum Sprung an. Als sein muskulöser Körper nur noch wenige Meter von ihr entfernt war, stürzte allerdings ein weiteres Wesen mit rasender Geschwindigkeit an ihr vorbei. Der rote Fuchs wirkte winzig neben dem riesigen *Daimon*. Dennoch sprang er.

Es geschah alles viel zu schnell, bereits im nächsten Augenblick riss *Iven* den *Daimon* zu Boden. Vor Wut heulend rappelte sich die Kreatur auf, doch Iven war schneller. Mit wehendem, wild zerzaustem Haar rammte er ihr zuerst einen Dolch in den Rücken und blitzschnell einen zweiten in den Schädel. Winselnd ging die Kreatur zu Boden. Ein Pfeil, der hinter Irma abgefeuert worden sein musste, traf die Bestie in den Kopf. Der *Daimon* blieb reglos liegen. Ivens schlaksige Gestalt erhob sich von dem Monster, und begleitet von einem widerlichen Geräusch zog er die blutigen Dolche heraus. Fassungslos starrte Irma ihn an.

Iven ist der Fuchs aus meinen Träumen.

Sie fühlte sich benommen und reagierte kaum, als Glen, der den Pfeil abgefeuert hatte, sie auf die Beine zog. Mit schlotternden Knien stand sie verloren in dem finsteren Wald, und Tränen brannten ihr in den Augen. Glen sprach beruhigend auf sie ein, doch Irma verstand seine Worte nicht. Ihre Aufmerksamkeit war ausschließlich auf Iven gerichtet, der mit vor Wut verzerrtem Gesicht auf sie zukam. Grob packte er sie an den Schultern und schüttelte sie.

Er beugte sich zu ihr herunter, sodass seine Hakennase beinahe ihre Stupsnase berührte, und brüllte ihr ins Gesicht: »Sag mal, bist du bescheuert? Was genau hast du an bösartigen, menschenfressenden Monstern aus der *Geisterwelt* bitte nicht verstanden?«

Irma schniefte, und Tränen liefen ihr die Wangen hinab. Dennoch stieß sie Iven energisch von sich.

»Genau deshalb kommst du erst mal mit in den *Feuerberg*!«, bestimmte er.

Irma war unendlich wütend. Nicht auf Iven. Sie verfluchte die gesamte Situation, denn der Vollidiot hatte recht behalten. Wie sollte sie allein nach Hause in die *Wolfswacht* zurückkehren? Es war unmöglich, so zu tun, als ob nichts geschehen wäre. Resigniert und mit hängenden Schultern nickte sie.

13

Von dem stummen Abstieg zu Ivens Auto hatte Irma kaum etwas wahrgenommen. Fröstelnd war sie ihm gefolgt und hatte sich auf dem Beifahrersitz seines Golfs fallen lassen. Der Fußraum war wie beim letzten Mal übersät mit Limodosen. Damals hatte sie Iven kennengelernt, und ihr größtes Problem war gewesen, dass sie ohne ihn zu spät zur Schule gekommen wäre. Heute wäre sie ohne ihn beinahe von einem Monster aus einer Parallelwelt zerfleischt worden. Irma zog die Knie zu sich hoch und umklammerte ihre schmerzenden Beine. Verzweifelt legte sie ihre Stirn darauf ab und wartete. Iven hatte den Kofferraum geöffnet und suchte nach etwas. Es dauerte ein paar Minuten, bis er die Fahrertür öffnete und einstieg. Irma registrierte, dass er sich umgezogen hatte. Seine eng anliegende schwarze Hose, die Lederstiefel und eine dunkle Tunika wirkten wie aus einer anderen Zeit. Oder aus einer anderen Welt. Wortlos legte er eine Kassette ein, deren Titel Irma ganz bewusst nicht las, und schweigend machten sie sich auf den Weg in Richtung *Kaltengrim*. Iven lenkte den Wagen so grob durch den Wald, dass Irma sich nun nicht mehr fragte, woher die ganzen Schrammen an dem Auto stammten. Während sie aus dem Fenster sah, liefen die Ereignisse des Tages noch einmal vor ihrem inneren Auge ab. Tränen kullerten ihre Wangen hinunter. Zu allem Überfluss schämte sie sich schrecklich dafür, aus der *Eishöhle* abgehauen zu sein. Es war ein sinnloses Unterfangen gewesen, bei dem sie nicht nur sich, sondern auch Glen und Iven in schreckliche Gefahr gebracht hatte. Sie konnte immer noch spüren, wo Iven sie wutentbrannt an den Schultern gepackt hatte. Der Strom der Tränen wurde stärker, und Irmas Unterlippe bebte. Angestrengt versuchte sie, ein Schluchzen zu vermeiden. Sie wollte sich einen kläglichen Rest Würde bewahren.

»Tut mir leid, dass ich dich angeschrien habe.«

Überrascht sah Irma zu Iven auf. Aus dem Fach unter seinem Autoradio zog er eine Packung Taschentücher und hielt sie ihr wortlos hin. Dankbar griff Irma danach.

»Ich will dir nichts Böses.«

Sie glaubte ihm. Glen und Grada waren ebenfalls um ihr Wohl besorgt gewesen. Bevor sie mit Iven zum Auto zurückgekehrt war, hatte Glen ihr eingeschärft, sich vor Helia in Acht zu nehmen. Die Herrscherin des *Kaltengrim* schien ihm nicht geheuer zu sein, denn er hatte mehrmals eindringlich wiederholt, Irma solle sich unauffällig benehmen und möglichst an Iven halten.

»Auch wenn ich mir die Tragödie heute gerne erspart hätte, bin ich froh, dass ich dabei war. Wie hättest du *Samhain* andernfalls überleben sollen?«, setzte Iven hinterher.

Irma grübelte über diese Aussage nach. Sie hatte das Gefühl, ohne Iven wäre *Samhain* ereignisloser verlaufen. Das Kribbeln hatte sie zwar den ganzen Tag gespürt, doch ohne die Verfolgungsjagd im Sportunterricht wäre ihre *Magikk* vielleicht gar nicht vollständig freigesetzt worden. Sie behielt ihre Gedanken jedoch für sich. Und sie würde ihm definitiv nicht auf die Nase binden, dass er sie seit Monaten in ihren Träumen verfolgte.

Irma trocknete sich die feuchten Wangen ab. Die Fahrt wurde angenehmer, als sie endlich den Wald hinter sich gelassen hatten und Iven auf eine Landstraße fuhr. Sie musste sich eingestehen, dass sie niemals zu Fuß nach Hause gefunden hätte.

»Glen, Grada und Kenna sind so was wie meine Familie. Bevor ich in den *Kaltengrim* gekommen bin, habe ich bei ihnen gelebt. Ich verstehe, dass du dich fürchtest.«

Irma war überrascht. So viel Verständnis hatte sie von Iven nicht erwartet. Sie schielte zu ihm hinüber.

»Wie bist du dann in den *Kaltengrim* gekommen?«

»Ich wurde auch gefunden. Sozusagen. Eine Wächterin hat mich mit dorthin genommen.«

Irgendetwas an dieser Erinnerung brachte ihn kurz zum Schweigen. Dann ergänzte er: »Ich habe die Wächterausbildung absolviert und bin Späher geblieben.«

Die Art und Weise, wie er gegen den *Daimon* gekämpft hatte, hätte Irma nicht für möglich gehalten. Doch Iven war kein normaler Mensch. Auch wenn er ganz und gar nicht kräftig aussah, hatte er dieses grauenvolle Monster binnen weniger Sekunden erlegt. Irma beäugte ihn neugierig, denn langsam, aber stetig veränderte sich sein Äußeres. Er ließ sich nicht anmerken, ob er es selbst bemerkte, doch seine reale Gestalt kam zum Vorschein. Iven sah allmählich wirklich nicht mehr aus wie ein Elftklässler. Irma schätzte ihn, zumindest äußerlich, ungefähr zehn Jahre älter. Doch das Gravierendste an seiner Verwandlung waren die Narben, die Irma in der Sporthalle für einen kurzen Augenblick schon einmal gesehen hatte. Von den Fingern bis zu den Handgelenken waren seine Hände davon gezeichnet, und Irma wusste vom Nachmittag, dass es an seinen Armen und Beinen genauso aussah. Auf seiner rechten, ihr zugewandten Seite erstreckte sich das Narbengewebe vom Hals über den Kiefer bis hin zu seinem Ohr. Es sah grauenvoll aus, als wäre er von einem wilden Tier angefallen worden.

Ob Daimonen Iven so zugerichtet haben?

Irma fühlte sich augenblicklich noch schuldiger, ihn vorhin in solche Gefahr gebracht zu haben.

Ohne sein Gesicht zu ihr zu drehen, flackerten Ivens Augen kurz zu Irma herüber. Mit einer gleichgültigen Geste deutete er auf den Fußraum am Beifahrersitz.

»In den Dosen ist das widerliche Gesöff, das die letzten Monate mein Aussehen verändert hat.«

Die Limodosen klapperten, als Irma ihre Füße bewegte. Es waren wirklich viele.

»Und von dem mir einfach nur schlecht wird«, ergänzte Iven und verzog das Gesicht.

Dabei stachen Irma seine spitzen Eckzähne ins Auge. Die waren auch neu. Sie vergegenwärtigte sich erneut seinen Kampf mit dem *Daimon*. Ivens Eckzähne sahen nicht umsonst aus wie Fänge.

Irma fuhr sich durch das weiße Haar und stellte dann geradeheraus fest: »Du kannst dich in einen Fuchs verwandeln.«

Iven nickte. »Sozusagen.«

»Was heißt ›sozusagen‹? Ich habe es doch gesehen.«

»Ich bin ein Gestaltwandler. Ich kann mich nicht in einen Fuchs verwandeln, ich bin ein Fuchs. Zumindest ein Teil von mir. Deshalb kostet es mich auch keine Kraft, zwischen den Formen zu wechseln.

Gestaltwandler haben eben einfach zwei Gestalten, und viele präferieren keine davon.«

»Und du? Hast du eine Präferenz?«

»Du bist echt neugierig, so was fragt man nicht.«

Dann entschied er sich dennoch, Irma zu antworten. »Ich bin nur zur Hälfte *Anderswesen* und als Mensch aufgewachsen. Ich glaube, deshalb fühle ich mich in meiner menschlichen Form wohler. Wobei ich auch schon sehr lange Zeiten in meiner anderen Form gelebt habe.«

»Was bedeutet *lange Zeiten* für jemanden wie dich?«, fragte Irma vorsichtig.

Bei Grada konnte das ja immerhin Hunderttausende von Jahren bedeuten. Iven zog eine verdrießliche Grimasse, bei der seine Fänge aufblitzten.

»Jemand wie ich ... das ist eine ausgezeichnete Frage. Gestaltwandler gehören zu den *Anderswesen*, die aufhören zu altern und arretieren. Also unsterblich werden.«

»Demnach bist du auch unsterblich?«, fragte Irma leise.

Iven knirschte mit den Zähnen, als er antwortete: »Da ich halb Mensch bin, ist das komplizierter. Wie schon gesagt, es ist nicht ganz klar, wie viel *Magikk* weitervererbt wird. Unsterbliche *Anderswesen* bemerken in der Regel den Moment, an dem sie arretieren. Ich bin mir mittlerweile ziemlich sicher, dass ich diesen Punkt noch nicht erreicht habe und wahrscheinlich niemals erreichen werde.«

Das war eine sehr persönliche Frage gewesen, und Irma schämte sich, so unbedarft danach gefragt zu haben. Doch sie konnte sich die nächste Frage nicht verkneifen, dafür war sie einfach zu neugierig: »Und wie alt bist du dann wirklich?«

»Älter, als ich aussehe, aber ich werde irgendwann alt und sterben.«

»Entschuldigung, das geht mich eigentlich gar nichts an«, seufzte Irma.

»Schon gut. Wir wissen bei dir ja auch noch nicht genau, *was* du bist. Vielleicht siehst du in fünfzig Jahren noch genauso aus wie jetzt.«

Irma verzog das Gesicht. »Bloß nicht«, murmelte sie, »Ich hätte eigentlich gerne ein ganz normales Leben.«

Iven hob die Augenbrauen und musterte sie von der Seite. »Sag das mal lieber nicht im *Feuerberg*. Solltest du nicht altern, könntest du zu den *Seraphim* gehören. Damit wärst du sehr hochrangig.«

»Und wenn nicht?«

»Dann bist du ein genauso armer Schlucker wie der Rest«, antwortete Iven.

Irma wurde ein wenig kleiner und sagte leise: »Das klingt ja nicht besonders einladend.«

»Du wirst es selbst sehen. Wir sind bald da.«

Ohne Vorwarnung und viel zu schnell bog Iven scharf nach rechts ab. Er lenkte seinen Golf auf holpriges Terrain in Richtung *Kaltengrim*, der dunkel neben der Landstraße lag, und Irma wurde regelrecht hin und her geschleudert.

Nachdem sie den ersten Schrecken überwunden hatte, schnauzte sie Iven an: »Geht's noch?«

»Ich bin froh, dass du langsam wieder die Alte wirst, Hase«, gab dieser spöttisch zurück.

Irma stieg die Hitze in das Gesicht, und sie funkelte ihn bitterböse an.

Kurz darauf hielt Iven an. »Den Rest müssen wir zu Fuß gehen. Reich mir mal die Schachtel Zigaretten aus dem Handschuhfach.«

Augenrollend tat Irma, wie ihr geheißen. Dabei fiel ihr *Ivens Soundtrack gegen nervige Konversationen (Teil 2)* in die Hände.

Was für ein Mistkerl.

Irma, deren Beine nicht nur viel kürzer waren als Ivens, sondern auch schwer und taub, hatte Not, mit ihm Schritt zu halten, als sie durch den dichten Wald eilten. Sie mussten schon eine halbe Stunde unterwegs sein, seitdem Iven am Auto eine Zigarette geraucht hatte. Der Aschenbecher in seinem Golf war randvoll gewesen, und Irma hatte die Nase gerümpft. Seiner kaputten Stimme nach zu urteilen musste Iven rauchen, seit es Zigaretten gab.

Er hatte mit den Schultern gezuckt und gemeint: »Für mich eines der Dinge, die die Menschenwelt der *Anderswelt* voraushat.«

»Und was sonst noch?«, hatte Irma wissen wollen.

»Musik zum Beispiel. Außer natürlich, man steht auf lobpreisenden

Chorgesang oder mystische Waldmusik. Dann ist man im *Kaltengrim* ganz gut aufgehoben.«

Musik hätte Irma in diesem Moment gut gebrauchen können. Nach dem Angriff des *Daimons* kam ihr die Dunkelheit bedrohlich vor, und jedes noch so leise Rascheln ließ sie zusammenzucken. Dafür pulsierte die *Magikk* in ihren Adern stärker als zuvor, und sie nahm wahr, wie mächtig die *Magikkadern* unter dem *Kaltengrim* waren. Mit jedem Meter, den sie zurücklegten, wurde das Gefühl deutlicher. So, als würden sie sich der Quelle nähern.

»Und die *Daimonen* könnten auch im *Kaltengrim* auftauchen?«, flüsterte Irma beunruhigt.

Iven sah sich zu ihr um und nickte. »Deshalb beeilen wir uns.«

Mit pochendem Herzen folgte Irma ihm weiter durch die Finsternis, bis er endlich seine Schritte verlangsamte.

»Wir erreichen gleich den nördlichen Übergang«, erklärte er leise. »Dort wird sicherlich ein Wächter postiert sein. Überlass das Reden mir.«

Irma nickte.

Nach wenigen Metern spürte Irma eine schlagartige Veränderung in der *Magikk* um sie herum. Als ob die Luft immer dichter wurde und sie vom Weitergehen abzuhalten versuchte. Irma kannte dieses Gefühl und blieb abrupt stehen.

Wann habe ich das schon einmal gefühlt?

Als sie versuchte, sich zu erinnern, fand sie allerdings nichts als dichten Nebel in ihrem Kopf.

»Was?«, fragte Iven ungeduldig.

»Ich weiß nicht. Ich habe den Eindruck, schon mal an einem dieser Übergänge gewesen zu sein«, murmelte sie.

»Das warst du auch. Du bist vor ein paar Wochen fast in die *Anderswelt* hineingejoggt. Aber dann hast du mich bemerkt und bist davongelaufen. Das war übrigens echt seltsam, du hast auch heute so stark auf mich reagiert. Fast schon überreagiert.«

Verdutzt starrte sie Iven an. Dank ihrer neuen Fähigkeit der Nachtsicht konnte Irma ihn ziemlich gut erkennen.

»Daran kann ich mich nicht erinnern«, gab sie zu.

Sie war sich sicher, etwas Wichtiges vergessen zu haben. Etwas, das man nicht so einfach vergessen konnte.

»Merkwürdig«, antwortete Iven.

Wortlos sahen sich die beiden für einen Moment in die Augen.

»Na komm«, seufzte er und stapfte weiter in Richtung des Übergangs.

Irma folgte ihm nervös und achtete dabei auf das Gefühl, das dieser Ort in ihr auslöste. Langsam, aber sicher veränderte es sich. Es schien so, als ob die *Magikk* sie akzeptierte und einladender wurde. Irmas ganzer Körper kribbelte angenehm, bis das Gefühl plötzlich verschwunden war. Nichts als ein angenehmes Sirren der *Kaltergrimmagikk* blieb.

Sie hatten die *Anderswelt* betreten.

Auf den ersten Blick erkannte Irma keinen Unterschied zur menschlichen Welt. Doch als sie genauer hinsah, schien der Wald lebendiger zu sein. Obwohl es finsterste Nacht war, kam es ihr hier grüner und dichter bewachsen vor. Die Bäume waren höher, und schwache Lichter schimmerten in der Luft. Irma fragte sich, welche Fabelwesen erfunden und welche real waren. Ob es wohl Feen gab? Sie hoffte es jedenfalls. Iven blieb stehen, und Irma, die zu sehr damit beschäftigt war, sich umzusehen, stieß unsanft gegen ihn.

»Entschuldigung«, flüsterte sie.

Er ignorierte sie und sah an einer riesigen Eiche hoch. Irma tat es ihm gleich und konnte einen Uhu auf einem der starken Äste ausmachen. Es überraschte sie nicht, als sie ein starkes Pulsieren von ihm wahrnahm.

»Hallo, Minna«, begrüßte Iven den Uhu.

Seine kratzige Stimme war freundlicher, als Irma sie jemals zuvor vernommen hatte.

Wer diese Minna wohl ist?

Die Wächterin flatterte einen Ast weiter nach unten und sah Irma prüfend an. Dann richtete Minna ihre klugen Augen wieder auf Iven und schien eine Erklärung zu fordern.

»Das ist Irma. Sie hat schwache Wurzeln im *Kaltengrim*. Wir wurden von einem *Daimon* angegriffen. Ich bringe sie in den

Feuerberg, damit sie in Sicherheit ist und sich bei Helia vorstellen kann.«

Ivens schlichte Darstellung der wesentlich komplizierteren Zusammenhänge schien dem Uhu zu genügen. Die beiden mussten sich gut kennen. Minna nickte und flatterte geräuschlos ein paar Äste nach oben.

Zügig setzten die beiden ihren Weg fort. Iven nahm keine Rücksicht auf Irmas Tempo, und sie bekam Seitenstechen. Sie konzentrierte sich auf ihre Atmung und hörte Iven stumm zu, als er erklärte: »Ich schließe mich Glens Warnung von vorhin an. Ich bringe dich zu Helia, wir sollten allerdings versuchen, dich für sie nicht allzu interessant wirken zu lassen Sie mag es nicht sonderlich gerne, wenn in *ihrem* Wald seltsame Dinge passieren.«

Irma registrierte einen bissigen Unterton bei dem Wort »ihrem«. Offenbar sah Iven das anders …

»Deshalb überlass das Reden besser mir. Am liebsten würde ich behaupten, du wärst erst seit Kurzem in den *Kaltengrim* zurückgekehrt. Leider hat dich Helias Wachhund schon gesehen.«

Irma schaute ihn verwirrt an.

»Als wir im *Café Haderlump* waren, kam so ein dunkelhaariger Typ rein«, half Iven ihr auf die Sprünge. »Er kennt dich also und weiß dank deines aufdringlichen Cousins sogar, dass du in der *Wolfswacht* lebst. Auch ihm könnte das Ganze merkwürdig vorkommen.«

Irma erinnerte sich an den hübschen Jungen, den Anselm vergeblich zu seiner Geburtstagsfeier eingeladen hatte. Er hatte Iven damals ziemlichen Respekt eingeflößt.

»Und mein Zuhause ist wichtig, weil?«, hakte Irma nach.

»Ist es nicht, da keiner in deiner Familie derzeit etwas von der *Anderswelt* zu wissen scheint. Es gibt trotzdem ein paar Dinge, die wir vorerst nicht erzählen werden. Vor allem, dass deine *Magikk* erst jetzt erwacht ist. Wir versuchen Corvus und dem Rest zu verkaufen, dass sie einfach so schwach ist, dass man sie bisher kaum bemerkt hat. Wir erzählen aber die Wahrheit darüber, dass du erst seit dem Sommer hier wohnst und deshalb nichts vom *Kaltengrim* wusstest. Wenn er sich wundern sollte, warum du nun anders aussiehst, sagen wir, du hättest deine Haare bisher dunkel gefärbt. *Anderswesen* haben sowieso keine Ahnung von den Haarpflegeprodukten der Menschen, er wird es also glauben müssen. Wir behalten ebenfalls für uns, dass du *Belisara* heißt, bis wir wissen, wie das ins Bild passt.«

Irma hob überrascht die Augenbrauen. Ihren zweiten Namen hatte sie mit der Situation noch gar nicht in Verbindung gebracht. Doch Iven hatte natürlich recht, es wäre töricht, an Zufälle zu glauben. In ihrer Vergangenheit gab es sicherlich allerlei Hinweise auf das, was heute geschehen war. Vielleicht würde sie in einer ruhigen Minute das Rätsel lösen können. Nun allerdings musste Irma sich erst einmal auf die Stolperfallen des dichten Waldbodens konzentrieren, damit Iven sie nicht abhängte. Hoffentlich ergab sich bald die Möglichkeit, den *Kaltengrim* auch bei Tag zu erkunden, denn der uralte Wald weckte ein seltsames Gefühl von Heimat in ihr.

Der *Feuerberg* war viel höher als der, in dem die *Eishöhle* lag. So hoch, dass man ihn von der *Wolfswacht* aus hätte sehen müssen, stünde er nicht verborgen in der *Anderswelt*. Der obere Teil war nicht bewaldet, und Irmas Knie wurden weich bei dem Gedanken, den *Feuerberg* besteigen zu müssen.

Verunsichert sah sie Iven an. »Und da müssen wir hoch?«

»Wie schon erwähnt liegt die Festung *im* Berg, nicht darauf«, gab er zurück. »Der Eingang befindet sich am Fuß des Berges.«

Irma ignorierte Ivens Hör-richtig-zu-Tonfall und atmete erleichtert auf. Dann wurde der Wald allmählich lichter, und ihre Nervosität stieg.

»Und was erwartet mich in dieser unterirdischen Festung?«, fragte sie.

Iven kratzte sich am Kopf. »Wir sind auf dem Weg zum großen Haupteingang auf der südöstlichen Seite des Berges. Der kleinere Eingang auf der westlichen Seite ist ausschließlich für die Bediensteten und ihre Arbeit da. Es gibt da drin kein richtiges Tageslicht, dennoch erhellt Sonnenlicht die Festung. Dafür ist die *Magikk* unserer Herrscherin verantwortlich. Ganz ehrlich, man wird trotzdem wahnsinnig, wenn man nicht ab und zu da rauskommt.« Iven zuckte mit den

Schultern, ehe er fortfuhr: »Da sich unter dem *Feuerberg* die *Magikk-adern* kreuzen, strahlt der Berg sehr viel *Magikk* aus. Das kommt uns zugute, wenn wir behaupten, dass man deine *Magikk* bisher kaum spüren konnte. Sie wird sich im Inneren des *Feuerbergs* hoffentlich nicht so stark von der des *Kaltengrims* abheben.«

»Das ist ja schon mal beruhigend. Ich kann nämlich gar nicht gut lügen«, gab Irma zu. »Die Frage ist vielleicht doof, aber gibt es da drin so was wie Strom? Oder ist es dort vergleichbar mit der *Eishöhle?*«

Iven schnaubte, dann musste er lachen. Das war schon das zweite Mal an diesem Tag, und Irma dachte, dass sie sich daran gewöhnen könnte. Seine Sommersprossen schienen zu funkeln, und sie konnte seine spitzen Eckzähne sehen.

»Glaub mir, Strom versuche ich schon seit Jahren im *Feuerberg* zu etablieren. Aus irgendeinem Grund haben die *Anderswesen* allerdings kein Bedürfnis danach. Im Gegensatz zur menschlichen Welt verändert sich die *Anderswelt* elendig langsam. Das liegt wahrscheinlich an den vielen Unsterblichen, die sie schon seit Jahrhunderten – oder noch länger – bewohnen.«

Irma konnte sich ein Leben ohne Strom gar nicht vorstellen.

Iven schien ihre Gedanken zu erahnen. »Na ja, es ist schon so, dass die *Anderswelt* für viele Probleme einfach andere Lösungen hat. Wir brauchen kein elektrisches Licht, weil das Sonnenlicht von Helia den Berg erhellt. Es fließt ein Fluss durch den Berg, dessen Wasser von Undinen erhitzt werden kann. Dadurch braucht man auch für die Küche oder die Bäder keinen Strom. *Magikk* erleichtert das Leben der *Anderswesen* schon enorm.«

Irma machte sich eine gedankliche Notiz, sich später zu erkundigen, wer oder was Undinen waren. Sie fand Ivens Erklärung jedenfalls einleuchtend, und der Gedanke an heißes Wasser hob ihre Laune ein bisschen. Ihre Muskeln waren mittlerweile vor Anstrengung und Kälte schmerzlich verkrampft, und die Vorstellung eines heißen Bades war herrlich. Sie hoffte inständig, dass sie bald eines würde nehmen können.

»Wenn man von einer Handvoll Bewohnern des *Feuerbergs* absieht, ist es eigentlich ganz gemütlich. Der Wächtertrakt zumindest«, versicherte Iven.

»Wie viele Bewohner gibt es denn dort?«

»Insgesamt um die dreitausend, schätze ich mal.«

Irma klappte die Kinnlade herunter. »So viele?«

»Es gibt im *Kaltengrim* noch viel mehr *Anderswesen* in den verschiedensten Formen und Größen. Da ist dreitausend erstaunlich wenig. Den Großteil davon machen die Wächter aus. Ich erkläre dir ein andermal mehr, wir sind nämlich da.«

Tatsächlich hatten Irma und Iven die Bäume soeben hinter sich gelassen, und eine Lichtung am Fuße des Berges kam zum Vorschein. Schnellen Schrittes überquerten sie diese und näherten sich einem gigantischen Holztor. Irma war sich sicher, nie bei einem alten Schloss oder einer mittelalterlichen Burg je so ein hohes Tor gesehen zu haben. Sie fühlte sich winzig vor dem gewaltigen *Feuerberg*.

Als sie direkt davorstanden, rief Iven: »Ich bin Iven Faber, und die Sonne ist mein Zuhause. Treu erbitte ich Einlass in ihre heiligen Hallen.«

Irma zog fragend die Augenbrauen hoch, und Iven flüsterte augenrollend: »Hinterfrag am besten nicht die ganzen dämlichen Protokolle. Das hat keinen Wert. Wir befinden uns hier praktisch noch im Mittelalter.«

Knarzend und furchtbar langsam öffneten sich die beiden Türen. Irma schluckte schwer, und Iven legte seine Hand auf ihren Rücken. Er schob sie behutsam vorwärts, und dort, wo seine knochigen Finger sie berührten, wurde ihr ganz warm. Nachdem sie über die Schwelle getreten waren, standen sie vier Gestalten gegenüber. Die beiden Männer waren ähnlich gekleidet wie Iven, und auch die zwei Frauen trugen gedeckte Kleidung. Sie schienen den Eingang zu bewachen. Ein bulliger, dunkelhaariger Mann nickte Iven zu, und die dunkelblonde Wächterin verschränkte die Arme.

Sie fragte freundlich, aber überrascht: »Was machst du denn hier?«

Iven, der seine Hand immer noch auf Irmas Rücken hatte, schob sie einen weiteren Schritt nach vorn.

Wie bei einem einstudierten Gedicht wiederholte er die Worte, die er auch zu Minna gesagt hatte. »Das ist Irma. Sie hat schwache Wurzeln im *Kaltengrim*. Wir wurden von einem *Daimon* angegriffen. Ich

133

habe sie mitgebracht, damit sie in Sicherheit ist und sich bei Helia vorstellen kann.«

Der bullige Mann antwortete: »In Ordnung. Der Erzengel ist heute alleine, ihr solltet sie im Thronsaal antreffen können.«

»Danke.«

Iven nickte bestimmt und gab Irma erneut einen Stups. Nach ein paar Schritten ließ er sie los, und an die Stelle, an der zuvor seine Hand lag, kroch ein Gefühl von Kälte. Sie folgte ihm den langen Korridor entlang. Dieser war von Kronleuchtern erleuchtet, die etliche Meter von den unfassbar hohen Decken hingen. Irma sah sich neugierig um. Die Wände waren aus Felsgestein, und der Boden war mit verzierten sandbraunen Fliesen ausgelegt.

Der Gang war hell, doch in den Kronleuchtern brannte kein normales Kerzenlicht. Es waren überhaupt keine Kerzen darin. Es musste sich dabei um das Sonnenlicht handeln, von dem Iven vorhin gesprochen hatte. Irma konnte spüren, dass *Magikk* davon ausging, die nicht so ganz zu der des *Kaltengrim* selbst passte.

»Es gibt drei Ebenen im *Feuerberg*«, erklärte Iven. »Wir befinden uns gerade in der mittleren, der Thronsaal ist in der Ebene über uns, und das Wächterquartier ist in der untersten.«

Am Ende des Ganges gelangten sie in eine riesige Halle, die durch ihre hohen Decken einschüchternd wirkte. Auch hier schien Sonnenlicht in den Kronleuchtern, und die Atmosphäre war warm. Irma hätte gerne mehr Zeit gehabt, um alles genau zu betrachten, doch Iven bog sofort nach rechts ab und machte keinerlei Anstalten, stehen zu bleiben.

Inmitten der Halle stand ein kleineres Gebäude, das Irma an eine Kirche ohne Kirchturm erinnerte.

»Was ist das denn? Das sieht ein bisschen aus wie ein Gotteshaus«, sagte sie.

»Ist es irgendwie auch. Dort finden die Gottesdienste für Helia statt.«

»Ihr betet eure Herrscherin an?«, fragte Irma verwundert.

Iven schwieg, ihm schien es schwerzufallen, die richtigen Worte für seine Antwort zu finden.

»Sie ist sehr mächtig.«

Irma wusste nicht recht, was sie mit dieser Antwort anfangen sollte. Ihr wurde etwas mulmig bei dem Gedanken, diese gottgleiche Herrscherin gleich persönlich zu treffen, zumal sie nun an einem großen Steintisch vorbeikamen. Dieser war mit Kerzen und allerlei Blumen geschmückt, darüber hing das Gemälde einer goldenen Frau. Ihr Kopf war von einem Heiligenschein umgeben, der die Form einer Sonne hatte. Es musste sich um einen Altar handeln.

»Da Samhain ist, ist heute nicht viel los. Normalerweise herrscht ein bisschen mehr Gewusel«, riss Iven Irma aus ihren Gedanken. »Wenn wir Glück haben, treffen wir heute weder auf Corvus noch auf Falk oder Anwyn«, setzte er im Flüsterton hinzu. »Die drei solltest du meiden. Sie sind die mit Abstand strengsten Untergebenen von Helia und haben ihre eigene Vorstellung von Treue und Gerechtigkeit.«

Na super.

Sie erreichten ein Treppenhaus, das Irma an die Wendeltreppen in mittelalterlichen Burgtürmen erinnerte. Es war allerdings viel geräumiger, und die Stufen wanden sich scheinbar endlos nach oben und unten. An den Wänden hingen in regelmäßigen Abständen Messingschalen, in denen Kugeln aus Licht flackerten. Es sah nur auf den ersten Blick so aus, als würde es sich dabei um Flammen handeln. Das Sonnenlicht war ruhiger als Feuer – und auch heller. Wortlos erklommen Irma und Iven die Stufen, bis sie wieder in einer Halle standen, die der im Stockwerk darunter ähnlich war. Jedoch waren die Wände hier mit gigantischen dunkelroten Wandteppichen behangen, und man schritt über helle Fliesen. Es sah edler aus als im unteren Stockwerk.

»Wir gehen in den Thronsaal«, erklärte Iven. »Der große Saal liegt direkt gegenüber, aber dort finden hauptsächlich Feste statt.«

Sie bogen nach rechts ab und standen vor einem zweiflügeligen Tor aus dunklem Holz, das mit hübschen Ornamenten verziert war. Zu beiden Seiten war eine Wache postiert. Iven nickte den Wächtern zu, und Irma versuchte, sich nicht komplett fehl am Platz zu fühlen. Kein leichtes Unterfangen, wenn man bedachte, dass sie gerade in Sportleggings und Hoodie in einer Märchenwelt gelandet war. Die

135

beiden männlichen Wachen waren groß und breit, und es ging kein Funken Freundlichkeit von ihnen aus. Im Gegensatz zu den Wachen am Haupttor grüßten sie Iven auch nicht zurück. Einer von ihnen hatte einen dichten dunklen Bart und einen kahl geschorenen Kopf, der andere kinnlanges strohfarbenes Haar. Sie hätten nicht unterschiedlicher aussehen können, doch ihre grimmige Miene verband sie. Ungerührt präsentierte Iven den Wachen seine einstudierte Geschichte. Sie warfen Irma einen prüfenden Blick zu. Dann nickten sie, und der glatzköpfige Wächter trat durch das Tor. Irma sah Iven fragend an.

»Wir warten erst mal, ob wir überhaupt empfangen werden«, erklärte er ihr.

Nach ein paar elendig langen Minuten der Stille kam der Griesgram zurück und öffnete wortlos das Tor. Iven ließ seine Halswirbel knacken, dann betraten sie den Thronsaal.

Irma hatte noch niemals zuvor in einem derart beeindruckenden Raum gestanden. Die großen beigen Bodenfliesen waren in der Mitte des Saals golden verziert und bildeten ein Mosaik in der Form einer Sonne. Diese Sonne am Boden wirkte wie das Spiegelbild des sonnenförmigen Kronleuchters, der von der hohen Decke herabhing und den Raum in helles Licht hüllte. An den Wänden waren nachtblaue Wandteppiche mit Darstellungen unterschiedlicher Gestirne angebracht.

Das mit Abstand Beeindruckendste im Thronsaal war jedoch die Person, die auf dem goldenen Thron saß.

Mit wild pochendem Herzen durchquerte Irma den Raum, wobei sie unbewusst ein Stück näher an Iven heranrückte. Als sie vor das Podest der Herrscherin traten, kniete dieser nieder. Irma tat es ihm nach und kam sich in diesem Moment kleiner vor als jemals zuvor. Als die Herrscherin sich von ihrem Thron erhob, musste Irma enorm viel Mut zusammennehmen, sie überhaupt anzusehen. Überrascht stellte sie fest, dass Helia keinen Tag älter aussah als sie selbst. Eher im Gegenteil, unter anderen Umständen hätte Irma Helia für ein fünfzehnjähriges Mädchen gehalten. Darüber hinaus war sie genauso klein wie Irma. Helias Körper war allerdings weniger kantig, vielmehr zart geformt und weiblich, und goldenes Haar fiel ihr in eleganten Wellen über den Rücken. Auch wenn ihr Äußeres auf den ersten Blick täuschte, umgab Helia eine ähnliche Aura wie Grada.

Sie musste schon sehr lange leben.

Erhaben stand sie über ihnen, und Irma konnte ihre starke *Magikk* förmlich knistern hören. Es war dieselbe *Magikk*, die den gesamten *Feuerberg* erfüllte. Helia schien sehr mächtig zu sein. Irma spürte jedoch eine leichte Dissonanz, wie sie sie schon bei den Kronleuchtern bemerkt hatte. Ein Teil von Helias *Magikk* stammte nicht vom *Kaltengrim*. Irma würde Iven später danach fragen. Auf dem Kopf trug Helia eine goldene Krone, deren Zacken mit roten Edelsteinen besetzt waren. Der vordere Teil des massiven Kopfschmucks war weit nach unten gezogen und wie ein Visier verbreitert, sodass er Helias Augen vollständig verdeckte. Dennoch war Irma sich sicher, dass die Sonnenkönigin sie problemlos sehen konnte.

»Ich hoffe, du hast einen guten Grund, dich hier blicken zu lassen.«

Unter Helias augenlosem Blick straffte Iven die Schultern. Verglichen mit ihrer glockenhellen Stimme hörten sich seine Worte rau an.

»Wir sind hier, um deine Gnade zu ersuchen, Erzengel.«

Auch wenn Ivens Worte ehrerbietend daherkamen, konnte Irma hinter seine Maske blicken. Er war zweifellos ehrfürchtig, doch Helia hatte diese Ehrfurcht nicht durch Anerkennung gewonnen.

Er deutete auf Irma und lieferte einen kurzen Bericht. »Ich habe Irma in der Menschenwelt gefunden. Sie hat Wurzeln im *Kaltengrim*. Ihre *Magikk* ist schwach, doch wir wurden heute an *Samhain* von einem *Daimon* angegriffen. Sie ist *magikksensitiv*.«

Irma wunderte sich darüber, dass Iven dieses Detail erwähnte.

»Ich habe sie mitgebracht, damit du entscheiden kannst, was ihr Platz in der *Anderswelt* ist.«

Helia nickte zufrieden, und Irma dämmerte, weshalb Iven sie so dringend mit hierherbringen wollte. Er schien weniger um Irma besorgt gewesen zu sein, als vielmehr auf die Gunst seiner Herrscherin zu hoffen.

Mistkerl.

Die Sonnenkönigin betrachtete sie eindringlich.

»Wieso hast du sie mir jetzt erst gebracht?«, fragte sie streng.

Irma kam sich neben der schönen Herrscherin außerordentlich lächerlich vor. Während Helias goldverzierte Robe ihren schönen Körper anmutig schmückte, hing Ivens Pullover wie ein Sack an Irma herab. Ihre Sportleggings waren verdreckt und zerrissen, und Irmas Haar glich einem Vogelnest. Dennoch versuchte sie, ihre Würde zu bewahren, und blickte Helia entschlossen in die Augen. Oder zumindest dorthin, wo ihre Augen zu vermuten waren.

»Irma lebt erst seit Kurzem hier. Sie hat verwaschene Wurzeln im *Kaltengrim* sowie in einem anderen Teil der *Anderswelt*. Ihre Familie ist sich dessen nicht bewusst.«

Irma war beeindruckt, wie sicher Iven seine Theorie als Tatsache verkaufte. Immerhin wusste er selbst nicht genau, wie viel davon der Wahrheit entsprach. Sie schielte zu ihm hinüber. Unter dem Sonnenlicht des Kronleuchters loderte sein fuchsrotes Haar wie Feuer. Auch wenn er eine undurchsichtige Miene aufgesetzt hatte, konnte Irma seine Anspannung fühlen.

Helias Gesichtsausdruck verzog sich zu einer angewiderten Grimasse, und Irma bekam eine Gänsehaut, als die Herrscherin des *Feuerbergs* sich ihr zuwandte.

»Dann stammst du wahrscheinlich von einem niederen, untreuen *Anderswesen* ab. Sich außerhalb des *Kaltengrims* fortzupflanzen ist eine Schande«, spuckte sie aus. »Um das wiedergutzumachen, wirst du dich hier nützlich machen. Du kannst in der Küche beginnen.«

Irma, die nicht genau wusste, was sie überhaupt erwartet hatte, nickte verdattert. Kochen konnte sie, es hätte schlimmer kommen können. Doch Iven räusperte sich. Helia bedachte ihn mit einem Blick, der Irma vor Furcht in die Knie gezwungen hätte, wenn sie nicht sowieso schon auf den Knien gelegen hätte. Aber Iven sah Helia entschlossen an.

»Sprich.«

»Irma ist *magikksensitiv*«, wiederholte er. »Wir könnten sie bei den Wächtern gebrauchen.«

Helia sah von Iven zu Irma. Dann nickte sie.

»Sie arbeitet abends in der Küche. Tagsüber kann sie die

Wächterausbildung absolvieren. Deine Dienste in der Menschenwelt sind beendet, Fuchs. Du wirst dich ihrer annehmen. Sorge dafür, dass sie keinen Ärger macht.«

Kaum merklich sackten Ivens Schultern vor Erleichterung nach unten. Dann fasste er sich schnell wieder und verbeugte sich tief vor Helia. Irma nahm es als Signal, sich ebenfalls zu verbeugen. Erst als sie sich erhoben, fiel ihr eine weitere Gestalt im Raum auf. Schräg hinter dem goldenen Thron stand regungslos eine Frau, die in ihren Dreißigern zu sein schien. Sie war schlicht gekleidet, ihr dunkelrotes Haar war zu Dreadlocks gefilzt und mit bunten Perlen geschmückt. Ihre freundlichen Augen waren auf Irma geheftet. Die stellte erstaunt fest, dass ein Auge der Frau grün und das andere braun war. Sie sah aus wie der *Kaltengrim* in Person. Eine große Brandnarbe überzog die Wange der Rothaarigen, doch die Asymmetrie entstellte sie nicht. Im Gegenteil, Irma hatte selten eine so besondere Schönheit gesehen.

Helia ergriff ein letztes Mal das Wort: »Es ist eine Schande, in diesem Aufzug vor mich zu treten. Besorge ihr anständige Kleidung. Eine weitere Verfehlung dieser Art werde ich nicht dulden.«

Mit ihren schlanken Händen bedeutete die Herrscherin ihnen, dass sie entlassen waren und nun gehen konnten. Dabei erhaschte Irma einen Blick auf Helias kohlschwarze Fingerspitzen, die in langen, ebenso dunklen Fingernägeln endeten. Als sie den Thronsaal verließen, hatte Irma den Geruch von verbranntem Fleisch in der Nase.

14

Irmas Knie schlotterten, als sie gemeinsam mit Iven zurück zum Treppenhaus eilte.

»Helia kann ganz schön …«, begann Irma, doch sie war sich nicht sicher, was sie sagen wollte oder durfte.

»… furchteinflößend sein?«, beendete Iven ihren Satz.

Irma gab einen zustimmenden Laut von sich. Sie stiegen die Treppen hinab, verließen das Treppenhaus jedoch nicht auf der mittleren Ebene.

»Wir gehen jetzt also ins Wächterquartier?«, hakte Irma nach, die nicht so recht fassen konnte, was gerade über ihren Kopf hinweg beschlossen worden war.

Iven blieb mitten im Treppenhaus stehen, fuhr sich mit seinen knochigen Händen durchs rote Haar und seufzte: »Mir hat wirklich noch niemand so viele Fragen an einem Tag gestellt wie du heute.«

»Ja, und was kann ich bitte dafür?«, verteidigte sich Irma und verschränkte trotzig die Arme vor der Brust.

Iven schnaubte. »Ich weiß, ich weiß. Ich werde nur schon ganz blöd im Kopf von dem ganzen Erklären.«

Er rieb sich mit seinen Händen über die Augen, die von tiefen Schatten umrandet waren. Iven sah genauso fertig aus, wie Irma sich fühlte. Er stieg weiter die Treppen hinab, und Irma folgte ihm seufzend, denn er war ihr immer noch eine Antwort schuldig.

»Ich verspreche, morgen erkläre ich dir noch viel mehr. Jetzt zeige ich dir erst mal dein Zimmer, und du ruhst dich aus. Und ich mich auch.«

»Mein Zimmer? Ich soll hierbleiben?«

»Hast du nicht zugehört?«, erwiderte Iven ungeduldig.

Irma wurde wütend.

»Für wie lange?«, wollte sie wissen. »Ich muss meiner Familie Bescheid sagen, sie machen sich sicherlich furchtbare Sorgen.«

»Morgen«, antwortete Iven leicht genervt. »Wir kümmern uns morgen darum.«

»Versprochen?«

Iven ging nicht darauf ein. Stattdessen erklärte er Irma: »Nach dem, was heute passiert ist, bist du ein Teil dieser Welt. Ob du das willst oder nicht. Und Helia entscheidet nun mal darüber, was das zu bedeuten hat.«

»Dass ich hier bin, habe ich einzig und allein dir zu verdanken«, zischte Irma bissig.

»Das war das einzig Vernünftige!«, verteidigte sich Iven und spielte dann eine Karte aus, die Irma halbwegs milde stimmte. »Wenn du bei den Wächtern lernst, wie du gegen *Daimonen* kämpfst, wirst du in Zukunft auch deine Familie beschützen können.«

Obwohl es Irma widerstrebte, hatte Iven wahrscheinlich recht. Mittlerweile fühlte sich ihr Gehirn wie Zuckerwatte an. Resigniert folgte sie Iven aus dem Treppenhaus und einen kurzen Korridor entlang. Die unterste Ebene des *Feuerbergs* sah deutlich anders aus als die beiden darüber. Die Decke war nicht ganz so hoch, dadurch fühlte sich Irma zumindest nicht so mickrig. Außerdem war der Boden nicht mit Fliesen, sondern mit dunklen Holzdielen ausgelegt. An den Wänden waren zur Dekoration Speere und Äxte angebracht. Anstelle von Kronleuchtern erhellten Fackeln den Gang, wobei Irma erkannte, dass auch diese mit Helias Sonnenlicht brannten. Der Wächtertrakt wirkte insgesamt gemütlicher und trotz der Waffen an den Wänden weniger angsteinflößend als der Rest des *Feuerbergs*. Dennoch gab es auch hier einen Altar für Helia.

»Links sind die Trainingshallen und die Schmiede, geradeaus die Küche und der Speisesaal. Zumindest der für uns Wächter. Es gibt noch eine weitere Küche. Da wir keine Anweisung bekommen haben, in welcher du deinen Dienst tun sollst, fangen wir morgen einfach mit der hier an. Die Schlafquartiere sind auf der rechten Seite. Wir sind gerade schon an denen der Wächter vorbeigegangen. In der Mitte befinden sich die der Aszendanten, und ganz hinten wirst du dein Quartier haben. Es gibt zurzeit nicht viele Lehrlinge.«

Am Ende des Flurs, kurz vor der Küche, aus der es noch würzig duftete, bogen die beiden durch eine dunkle Holztür ab. Dahinter befand sich ein schmaler Korridor mit einer Reihe von Türen links und rechts. Der Abstand zwischen ihnen war gering, und der Großteil stand offen.

»Du hast die freie Wahl«, sagte Iven.

Unsicher sah Irma sich um.

»Eigentlich sehen alle gleich aus. Wenn du eines am Ende nimmst, bist du zumindest näher am Bad«, warf Iven ein.

»Okay, Bad klingt doch super«, murmelte Irma und ging auf die letzte offene Tür zu ihrer Rechten zu.

Iven folgte ihr, und langsam betrat sie den kleinen Raum, der nur durch das hereinfallende Licht des Flurs beleuchtet wurde. Hinter der schmalen Tür war nichts weiter vorhanden als ein Holzbett und eine Kommode. Beide Möbelstücke waren aus dunklem Holz und sahen so aus, als hätten sie ihre besten Tage schon hinter sich.

»Gibt es auch Licht?«, wollte Irma wissen. Iven ging auf die Kommode zu und öffnete die unterste Schublade.

»Hab ich's mir doch gedacht«, murmelte er erfreut, und mit einem Grinsen zog er eine Sturmlaterne hervor.

Behutsam stellte er sie auf die Kommode und drehte an dem Rädchen, das am Sockel der Laterne angebracht war. Sofort wurde der Raum in ein angenehmes Licht getaucht.

»Das ist keine normale Laterne«, erklärte Iven. »Sie funktioniert ebenfalls mit Helias *Sonnenmagikk*.«

Irma blickte sich in dem nun erleuchteten Raum um. Falls man das überhaupt einen Raum nennen konnte. Es war gerade so Platz für die Möbel, Iven und Irma. Die Wände waren aus hellem Gestein und der Boden wie der Rest des Traktes aus dunklem Holz. Alles in allem war ihr neues Zimmer ziemlich spartanisch.

Iven wedelte mit der Sturmlaterne und meinte: »An- und Ausschalten funktioniert aber nicht magisch, das solltest du hinkriegen.«

»Vollidiot«, brummte Irma.

Sie strich sich durch das verfilzte Haar und fragte sich, ob es hier irgendwo einen Spiegel gab. Vielleicht war es besser, wenn nicht.

»Ich muss mich dringend waschen. Und ich brauche saubere Kleidung.«

»Die Bäder sind direkt gegenüber, da findest du alles, was du brauchst. Um Kleidung kümmern wir uns morgen früh. Dann kannst du deine schmutzigen Sachen auch zur Wäscherei bringen.«

Irma nickte.

Es herrschte kurz Stille, ehe Iven wieder das Wort ergriff. »Also, wenn du mich nicht mehr brauchst, dann lasse ich dich jetzt alleine.« Seit sie den Thronsaal verlassen hatten, schwirrte Irma eine weitere Frage im Kopf herum. Sie musste sie einfach noch stellen. »Die rothaarige Frau im Thronsaal …«, begann sie zaghaft.

Überrascht hob Iven die Augenbrauen. »Fia, sie ist so etwas wie Helias Zofe. Was ist mit ihr?«

»Hat Helia ihr das Gesicht verbrannt?«

Iven zögerte einen Augenblick. »Ja, aber das ist schon viele Jahre her«, antwortete er schließlich. Seine Worte klangen aufrichtig und unglücklich.

Irma wusste nicht, was sie darauf antworten sollte, und so erwiderte sie einfach den Blick seiner Augen. Nach ein paar Augenblicken des Schweigens riss sich Iven los und ging langsam zur Tür. Im Türrahmen blieb er noch einmal stehen. Unschlüssig sah er Irma an. Vielleicht befürchtete Iven, dass Irma auch hier einen unüberlegten Fluchtversuch wagen würde, wie in der *Eishöhle*. Doch aus dem streng bewachten *Feuerberg* zu fliehen, sich durch den vermutlich vor *Daimonen* nur so wimmelnden *Kaltengrim* zu schlagen und zurück zur *Wolfswacht* zu finden, kam Irma in dieser Nacht unmöglich vor. Sie würde vorerst hierbleiben müssen.

»Du kommst klar?«, fragte er noch mal.

Eigentlich nicht.

Irma musste sich anstrengen, das Beben ihrer Unterlippe zu kontrollieren.

Nicht weinen.

Es war doch zu seltsam. Die letzten Wochen hätte sie alles dafür gegeben, Iven loszuwerden. Nun hätte sie ihn trotzdem am liebsten darum gebeten, bei ihr zu bleiben.

Dennoch nickte sie und flüsterte: »Ich komme klar.«

Irma hatte sich noch nie so einsam gefühlt wie in dem Moment, als die Holztür hinter Iven zugefallen war. Sie schlang die Arme um ihren Oberkörper und begann hysterisch zu schluchzen. Doch es lag nicht in

Irmas Natur, lange in einem Zustand der Verzweiflung zu verharren. Sie zwang sich zum Durchatmen.

Iven würde sie morgen nach Hause bringen, sagte sie sich. Ob er wollte oder nicht.

Eins nach dem anderen.

Irma machte sich daran, die Schubladen zu durchsuchen. Darin fand sie neben einem kleinen Spiegel, den sie lieber unangetastet ließ, auch ein Kästchen mit nützlichen Utensilien wie einem Kamm und einer Schere. Es war auch ein Handtuch dabei, das sie sich schnappte, um sich damit zum Badezimmer aufzumachen. Irma war sich nicht sicher gewesen, was sie erwarten würde. Daher war sie positiv überrascht, als sie Gemeinschaftsduschen und sogar Badewannen mit gewöhnlichen Wasserhähnen vorfand. In einem Regal entdeckte sie diverse Seifen und ließ sich ein heißes Bad ein. Ihre schmerzenden Muskeln konnten sich ein wenig entspannen, und Irma war froh, ihren unterkühlten Körper aufzuwärmen. Sie hatte gehofft, den Schock über die Ereignisse ebenso von sich waschen zu können wie den Schmutz. Doch auch nach ihrem Bad war das unwirkliche Gefühl noch da. In ihr Handtuch gewickelt schlich sie zurück in ihr Zimmer.

Sie war dankbar dafür, die ganze Zeit über niemandem zu begegnen. Nicht weil sie sich schämte, mit anderen Personen ein Bad zu teilen. Als sie noch in ihrer Lacrosse-Mannschaft gewesen war, gehörte das zum Teamsport mit dazu. Sie hätte heute nur einfach nicht mehr die Energie gehabt, sich jemandem zu erklären.

Irma widerstrebte es, wieder in ihre verschmutzten Kleider zu schlüpfen, und ließ es deshalb bleiben. Erschöpft fiel sie ins Bett und verkroch sich unter der warmen Decke. Binnen weniger Atemzüge wurde sie von einem traumlosen Schlaf übermannt.

Verwirrt blinzelte Irma.

Ist es schon Tag?

Sie setzte sich auf und rieb sich die Augen. Vor ihr stand Iven mit einem riesigen Bündel Kleidung in der Hand.

Entgeistert sah er sie an. Es dauerte ein paar verschlafene Sekunden, bis Irma dämmerte, weshalb. Schlagartig war sie hellwach und zog sich die Decke bis zum Kinn. Ihr Gesicht wurde puterrot. Iven war die Situation nicht weniger peinlich. Mit roten Ohren drehte er sich hastig um, ließ die Ladung Klamotten auf die Kommode fallen und eilte aus dem Zimmer.

»Kannst du nicht wenigstens vorher klopfen, bevor du reinkommst?«, rief Irma ihm aufgebracht nach.

»Habe ich. Du hast geschlafen wie ein Stein!«, verteidigte sich Iven, der jetzt vor der Tür wartete.

Entnervt atmete Irma aus. »Spanner.«

»Geht's noch? Das war definitiv nicht freiwillig!«

Mit glühendem Kopf stand Irma auf, die Decke behielt sie vorsichtshalber um sich gewickelt, und inspizierte die Kleidung auf der Kommode genauer. Neben einem Sammelsurium nicht zusammenpassender Strümpfe und Unterwäsche handelte es sich um Kleidungsstücke, die älter sein mussten als sie selbst. Prüfend strich sie über die hellen Leinenblusen, die Tuniken in Brauntönen, eine seltsame Pluderhose sowie schwarze Leggings aus einem dicken Stoff. Irma wählte die Leggings und eine Tunika, da sie annahm, dass es sich dabei um Wächterkleidung handeln musste. Iven hatte ihr auch ein Paar braune Lederstiefel gebracht, in das sie hineinschlüpfte.

Irma kämmte fix ihr Haar und wollte es zu einem hohen Zopf zusammenbinden. Sie fluchte leise, als ihr Zopfgummi zerriss.

So einen werde ich so schnell nicht mehr herbekommen.

Vorsichtig warf sie einen Blick in den Spiegel, den sie am Abend in der Kommode gefunden hatte. Bei ihrem Anblick zuckte sie zusammen. Nur die eisblauen Augen erkannte Irma wieder. Na gut, und die geröteten Wangen. Das weiße Haar und die schneefarbenen Wimpern jedoch, die ihre Augen umrahmten, wirkten fremd. Seufzend wünschte sie sich ihre Wimperntusche und einen Concealer gegen die dunklen Schatten unter den Augen herbei. Doch die Eitelkeit musste sich angesichts ihrer Situation hinten anstellen. Deshalb straffte Irma die Schultern, löschte das Licht in ihrer Sturmlaterne und trat zu Iven hinaus. Mit Genugtuung bemerkte Irma, dass auch seine Wangen noch ein bisschen rosa waren.

»Was?«, krächzte er genervt, als er ihr Schmunzeln bemerkte.

Sie schüttelte lediglich den Kopf und folgte ihm an den vielen offen stehenden Türen vorbei zurück zum Gang. Iven war ähnlich gekleidet wie sie und hatte sein Haar zu einem niedrigen Zopf zusammengebunden.

Ob ich ihn nach einem Zopfgummi fragen soll?

Bevor Irma dazu kam, räusperte er sich und erklärte:»Wir sind ein bisschen früher da, damit ich noch mit Moira sprechen kann. Sie weiß ja noch nichts von dir. Moira trainiert im Moment die Wächterlehrlinge in den ersten drei Jahren.«

Iven zog einen Apfel aus der Seitentasche seines Oberteils und hielt ihn Irma hin.»Ich habe dich schlafen lassen, deshalb hast du das Frühstück verpennt.«

Er sah sie nicht an, und Irma nahm den Apfel ohne ein Dankeschön entgegen.

»Und danach bringst du mich zu meiner Familie?«, fragte sie stattdessen.

Ohne darauf einzugehen, setzte Iven seine Erklärung fort:»Normalerweise kannst du morgens vor dem Training, mittags und abends im Speisesaal essen.«

Irma nickte. Ihr behagte die Situation ganz und gar nicht. Zu allem Übel fühlte sie sich ein wenig so wie an ihrem ersten Schultag in Birkenhain. Hoffentlich würde sie wenigstens nette Menschen, oder besser gesagt *Anderswesen*, bei den Wächtern kennenlernen. Iven und Irma durchquerten den Gang, der mit den Waffen geschmückt war.

»Die Wächterausbildung darf und sollte eigentlich jedes *Anderswesen* des *Kaltengrim* absolvieren«, erklärte Iven.

»Wieso musstest du Helia dann gestern davon überzeugen, dass ich die Ausbildung zur Wächterin machen darf? Ich habe ja nicht gerade darum gebeten«, wunderte sich Irma.

»Man muss sie manchmal daran erinnern, dass es so ist. Helia bevorzugt die ...«, Iven zögerte,»... die unsterblichen *Anderswesen*. Dabei vergisst sie, dass der viel größere sterbliche Teil ebenfalls Wächter sein kann.«

Irma rümpfte die Nase. Es wunderte sie nicht unbedingt, dass Helia auf die sterblichen *Anderswesen* herabsah und sie überging.

»Wie du vielleicht anhand der vielen leeren Zimmer im Lehrlingsquartier erahnen kannst, ist der aktuelle Zustrom an Nachwuchs nicht sonderlich hoch. Die meisten der *Anderswesen*, die im *Kaltengrim* leben, halten sich seit einigen Jahren vom *Feuerberg* fern.«

»Wieso das denn?«, fragte Irma.

»Das wirst du schon noch mitbekommen«, murmelte Iven. »Jedenfalls werden derzeit nur sechs Lehrlinge trainiert. Aszendanten gibt es aktuell gar keine.«

»Was meinst du damit?«

»Um Wächter zu werden, muss man erst eine Grundausbildung absolvieren. Die dauert ungefähr drei Jahre, und in dieser Zeit ist man Lehrling. In den ersten beiden Jahren wird man übrigens unabhängig von *Magikk* ausgebildet, da ja nicht jeder über besondere Kräfte verfügt. Erst ab dem dritten Jahr bezieht man die *Magikk* mit ein. Um ein Wächter zu werden, muss man dann noch weitere drei Jahre trainieren. In dieser Zeit ist man Aszendant. Dafür muss man sich allerdings erst qualifizieren, indem man beweist, dass man in der Lage ist, alleine einen mittelklassigen *Daimon* zu besiegen.«

»Ist das nicht total gefährlich?«

»Natürlich. Aber eigentlich sollte man nur Wächter werden wollen, wenn man das nach der Grundausbildung auch kann. Sonst hat man sowieso keine allzu hohe Lebenserwartung.«

»Aha«, sagte Irma.

Sie konnte sich aktuell noch nicht unbedingt vorstellen, einmal tatsächlich *Daimonen* gegenüberzutreten. Doch vielleicht würde es ihr gerade deshalb nicht schaden, sich darauf vorzubereiten. Irma wollte sich nie wieder so hilflos fühlen müssen wie am Abend zuvor.

»Wird erwartet, dass man auch schon während der Grundausbildung gegen *Daimonen* kämpft?«, fragte Irma leise.

Bei der Erinnerung an den *Daimon* vom Vorabend liefen ihr kalte Schauer über den Rücken.

Iven schüttelte den Kopf. »Zumindest nicht alleine«, sagte er. »Aber es kann schon sein, dass ihr andere Wächter auf Missionen begleiten werdet.«

»Super«, murmelte Irma.

Iven öffnete die hölzernen Flügeltüren zu einer noch leeren Trainingshalle.

»Es gibt zwei Hallen, die nebenan ist nur für die ausgebildeten Wächter gedacht. Die hier wird für das Training der Lehrlinge genutzt.«

Irma sah sich neugierig um. Der Boden der Trainingshalle war aus poliertem Holz. Hier und da lagen Matten auf dem Boden, und an den Wänden erkannte Irma Holzleitern und Gerüste, die sie stark an die Sprossenwände in der Turnhalle des Gymnasiums erinnerten. An den Seiten standen Wagen mit verschiedenen Waffen. Irma erkannte, dass neben Holzstöcken und Holzschwertern auch echte Klingen dabei waren. Von der Trainingshalle aus schien es in einen Nebenraum zu gehen, und Irma vermutete, dass es sich dabei um einen weiteren Lagerraum handeln musste.

»Iven, du bist zurück«, riss eine strenge Frauenstimme Irma aus ihren Gedanken.

Sie drehte sich zu der Wächterin um, die die Halle betreten hatte.

»Warte hier«, wies Iven Irma an und wandte sich zu der Frau.

Er hatte Irma den Rücken zugedreht, gestikulierte jedoch immer wieder in ihre Richtung. Irma betrachtete die Wächterin, Moira hatte Iven sie vorhin genannt, neugierig. Sie war groß, hatte eine aufrechte Körperhaltung und strahlte ein starkes Selbstbewusstsein aus. Ihr strohblondes Haar war buschig und fiel ihr über den Rücken. Sie hatte einen kurz geschnittenen, geraden Pony und bernsteinfarbene Augen, die Irma zwischendurch skeptische Blicke zuwarfen. Auf ihrer Stirn prangte eine Tätowierung, sie zeigte ein Dreieck in einem Kreis. Irma hätte zu gerne gewusst, was Iven der Wächterin zu sagen hatte, doch der wollte sie anscheinend nicht dabeihaben.

Ein wenig genervt war sie schon, von dem Gespräch ausgeschlossen worden zu sein. Irma sah sich weiter im Raum um. Ihr Blick wanderte an den mit *Sonnenmagikk* beleuchteten Wänden hinauf zur Decke, und für einen kurzen Augenblick verschlug es Irma die Sprache. Dort war ein prächtiges Mosaik angebracht, die bunt funkelnden Kristalle bildeten einen starken Kontrast zu der sonst so funktionalen und kargen Einrichtung im Wächtertrakt. Es stellte zwei eindrucksvolle

Personen dar, die lächelnd zu Irma heruntersahen. Der dunkelhaarige Mann trug eine glänzende Rüstung, und seine Augen schillerten grün. In seinen Armen hielt er eine wunderschöne Frau, deren honigblondes Haar in langen Wellen über ihre Schultern fiel. Sie schien Irma mit ihren eisblauen Augen etwas mitteilen zu wollen.

»Es sieht total beeindruckend aus, nicht wahr? Ich kann es nicht oft genug ansehen, auch wenn es schon so alt ist.«

Überrascht wirbelte Irma zu dem Jungen herum, dem die warme helle Stimme gehörte. Sie war so in den Anblick des Mosaiks versunken gewesen, dass sie gar nicht mitbekommen hatte, wie er hereingekommen war. Er sah aus, als könnte er in Irmas Alter sein. Er hatte hellblondes Haar, das ihm ein wenig ins Gesicht fiel, und war nur einen halben Kopf größer als Irma. Er wirkte schmal, aber sportlich und trug ähnlich simple Kleidung wie sie selbst. Seine beinahe schwarzen Augen funkelten sie an. Er hatte ein freundliches Grinsen im Gesicht, und Irma fand, dass er mit seinen hohen Wangenknochen und der schmalen Nase aussah wie ein Märchenprinz.

Irma blickte erneut zu dem Mosaik hinauf. »Wie alt ist es denn schon?«

Der Junge überlegte. »Ich würde mal sagen, irgendetwas um die zweitausenddreihundert Jahre. So alt wie der *Feuerberg* eben ist.«

»Wahnsinn«, hauchte Irma. »Wer sind die beiden?«

Überrascht zog der Junge die Augenbrauen hoch. Ungläubig fragte er: »Das weißt du nicht?«

Irma spürte, wie sie rot wurde.

»Ich bin neu hier«, nuschelte sie verlegen.

Ihrem Gegenüber schien das nichts auszumachen. »Das da oben sind die ersten Wächter des *Kaltengrims*, Darion und Selene. Sie haben den *Feuerberg* erbaut, auch wenn der erst seit Helia so heißt, und sind sozusagen die Gründer der Gemeinschaft der Wächter«, erklärte er.

»Was ist mit ihnen passiert? Oder waren sie nicht unsterblich?«

»Doch, die beiden waren *Seraphim*. Sie sind jedoch von Hexen getötet worden«, sagte er traurig.

»Sie wurden getötet? Und das, obwohl sie *unsterblich* waren?«

»Nun ja, ohne den Hexenangriff wären sie womöglich heute noch unter uns. Aber *Seraphim* und Gestaltwandler leben nicht zwangsläufig ewig. Nur weil sie das Alter nicht einholt, bedeutet das nicht, dass ihnen nicht das Leben genommen werden kann. Nur Götter sterben nie.«

Die Stimmung des Jungen blieb nicht lange gedämpft, schnell wechselte er das Thema. »Leider sind wir aktuell nur sechs Lehrlinge. Oder bist du jetzt mit dabei?«

Aufgeregt betrachtete er sie, und Irma kratzte sich am Kopf. »Sieht so aus.«

»Oh, super! Ich heiße übrigens Kian. Und du?«

Mit einem Lächeln auf den Lippen streckte sie Kian ihre Hand entgegen. »Ich bin Irma.«

»Freut mich! Wieso willst du Wächterin werden?«

Darüber musste Irma kurz nachdenken. Sie war sich nicht sicher, ob und wie sie Kian ihre Situation erklären sollte, also antwortete sie ehrlich: »Iven hat mich hergebracht.«

Dabei deutete sie auf den rothaarigen Griesgram, der sich immer noch mit Moira unterhielt. Irma entging die Grimasse nicht, die Kian zog, als er ihrer Geste folgte.

»So übel ist er gar nicht«, verteidigte sie Iven. »Na ja, zumindest nicht immer.«

»Ach, so war das auch nicht gemeint«, sagte Kian entschuldigend. »Er ist nur meistens mies gelaunt und ein echt komischer Kauz.«

»Wem sagst du das!«, lachte Irma.

»Aber er ist ein wirklich guter Wächter. Es gibt niemanden, der so schnell ist wie er.« In Kians Stimme schwang ehrliche Anerkennung mit. Dann kniff er die Augenbrauen zusammen und fügte hinzu: »Solange er nicht noch mal das Training hält, ist alles gut. Er ist wirklich ein ungeduldiger Lehrer.«

Die Erinnerung an das offenbar grauenhafte Training ließ Kian kurz erschaudern, und Irma kicherte. Sie warf Iven einen Blick zu. Er war nach wie vor in das Gespräch mit der Wächterin vertieft, bei dem es sicherlich schon lange nicht mehr um sie ging. Gedankenverloren fuhr er dabei über das Narbengeflecht an seinem Kiefer.

Allmählich betraten noch weitere Personen den Raum. Neugierig betrachtete Irma eine Frau mit einem langen dunklen Flechtzopf, die auf Moira und Iven zuging. Obwohl Irma sich sicher war, sie noch nie gesehen zu haben, empfand sie ein seltsames Gefühl von Wiedererkennen.

»Wer ist das?«, fragte sie Kian.

»Das ist Minna, sie ist eine Späherin.«

In Irmas Kopf machte es Klick. Die hübsche Wächterin war die Eulengestaltwandlerin, die gestern den Übergang in den *Kaltengrim* bewacht hatte. Minna schien Irmas Blick zu spüren, und ihre braunen Augen flackerten kurz zu ihr herüber. Kaum merklich verzog die Späherin das Gesicht, ehe sie sich wieder den anderen beiden Wächtern zuwandte. Irma hätte gerne gewusst, weshalb. Leider konnte sie nicht hören, was Minna sagte, doch Iven folgte ihr kurz darauf durch die zweiflügelige Tür nach draußen. Er hatte sich beim Verlassen der Trainingshalle nicht mehr zu Irma umgedreht, sie einfach wortlos in der Halle stehen lassen.

Sie versuchte, sich davon nicht entmutigen zu lassen, und folgte Kian zu der kleinen Gruppe, die sich mittlerweile in der Mitte der Halle versammelt hatte. Irma musterte die anderen Lehrlinge. Sie trugen ähnlich schmucklose Kleidung wie sie und schienen im gleichen Alter zu sein. Natürlich wusste Irma mittlerweile, dass das nichts zu bedeuten hatte. Es waren außer Irma noch zwei weitere Mädchen dabei. Die beiden glichen einander aufs Haar, waren groß und kurvig und hatten freche Himmelfahrtsnasen. Die hellbraunen Haare trugen sie in geflochtenen Zöpfen. Sie hätten hübsch sein können, wenn sie nicht eine derart säuerliche Miene zur Schau getragen hätten. Die drei anderen Lehrlinge hätten unterschiedlicher nicht aussehen können. Einer davon war klein und hatte dunkelbraune Locken, die ihm ins Gesicht fielen. Er stand neben einem größeren Jungen, der sein fast schwarzes Haar in einem Zopf trug. Die beiden nickten Irma freundlich zu. Der dritte Lehrling betrachtete sie allerdings mit einem eiskalten Gesichtsausdruck. Er war groß und breitschultrig und hatte kurz geschorenes Haar. Unsicher, weshalb er sie so böse ansah, rückte Irma ein Stück näher zu Kian. Bevor sie herausfinden konnte, was sein Problem war, trat Moira zu dem kleinen Grüppchen.

Mit strenger, starker Stimme begann sie ihre wenig herzliche Begrüßung: »Wir haben einen Neuzugang. Irma wird ab heute mit euch zur Wächterin ausgebildet.«

Irma fühlte sich an ihren ersten Schultag in Birkenhain zurückversetzt und sah verlegen in die Runde.

»Ich leite die dreijährige Grundausbildung. Kian ist ebenfalls im ersten Jahr, Irma. Halte dich an ihn. Die anderen Lehrlinge werden dieses Jahr fertig und beschäftigen sich deshalb nachmittags auch mit anderen Disziplinen.«

Irma nickte. Sich an Kian halten, das klang doch schon mal gut.

»Weshalb willst du Wächterin werden, Irma?«, fragte Moira nun ganz direkt. Ihre Bernsteinaugen scannten Irma von oben bis unten.

Zum zweiten Mal innerhalb einer Viertelstunde dachte Irma über die passende Antwort auf dieselbe Frage nach. »Weil Iven mich hergebracht hat« kam ihr als Erwiderung für Moira jedoch reichlich dumm vor. Deshalb antwortete sie nervös, aber ehrlich: »Um in Zukunft in der Lage zu sein, mich selbst und andere vor *Daimonen* zu beschützen.«

Moira betrachtete sie nachdenklich. Irma atmete erleichtert auf, als ihre leuchtenden Augen endlich von ihr abließen und Moira sich an die gesamte Gruppe der Lehrlinge wandte.

»Wächter zu sein hat nichts mit Ruhm und Ehre zu tun«, sagte sie. »Irma hat die Essenz dessen, was wir tun, gut erkannt. Wir Wächter beschützen unsere Welt. Das bedeutet auch, dass wir hier nicht stumpfsinnig Kampfsport betreiben. Ich bilde keine Soldaten aus. Wir eliminieren nur diejenigen Wesen, die nicht mehr zu retten sind.«

Dabei zeigte Moira mit dem Zeigefinger zuerst auf ihren Kopf, dann auf ihr Herz. Den bulligen Lehrling mit dem kurz geschorenen Haar bedachte sie mit einem strengen Blick.

»Ihr sollt kämpfen, ihr sollt aber auch erfinderisch sein. Dafür braucht ihr mehr als nur Muskelkraft. Auch Theorie ist deshalb Teil der Ausbildung. Nur wer Wissen hat, kann die richtigen Entscheidungen treffen.«

Auweia.

Theorie war noch nie Irmas Stärke gewesen, doch Moiras bernsteinfarbene Augen richteten sich wieder auf sie.

»Du wirst lernen, dich mit und ohne Waffen zu verteidigen. Du wirst auch lernen, wie man Verletzte heilt, Waffen schmiedet, Spuren liest und sich die *Magikk* unserer Welt zunutze macht. Wir sind nur dann Krieger, wenn wir es sein müssen.«

Obschon Irma das Gefühl hatte, die anderen hätten Moiras Vortrag bereits mehrmals gehört, nickten auch die übrigen Lehrlinge eifrig.

»Was wäre das Erste, das du tust, wenn du einem *Daimon* begegnen solltest?«, fragte sie Irma.

Die brauchte nicht lange zu überlegen. »Weglaufen«, gab sie zu.

Moira lächelte zustimmend.

»Sehr gut«, nickte sie, und damit begann Irmas erstes Wächtertraining. Den Vormittag über wurden sie ausnahmslos mit Dauerlauf gequält. Denn, so schärfte ihnen Moira ein, Kondition entschied in den meisten Fällen über Leben und Tod. Irma war heilfroh, dass sie trotz des Mangels an Lacrosse-Training in den letzten Wochen regelmäßig laufen gewesen war. Andernfalls hätte ihre Lunge womöglich schon längst Feierabend gemacht. Die anderen Wächter schienen den Rundenlauf in der großen Halle jedenfalls gewöhnt zu sein, und Irma musste sich anstrengen, die Geschwindigkeit zu halten. Doch sie wollte sich nicht die Blöße geben zurückzufallen.

Irma musste unwillkürlich an ihre Sportstunde bei Herrn Nowak denken. Kaum zu glauben, dass diese erst einen Tag her sein sollte! Da war es kein Wunder, dass ihre Beine vor Schmerzen schrien. Dennoch biss sie die Zähne zusammen. Nachdem Moira den »lahmen Enten«, wie sie sie nannte, endlich erlaubte, eine Pause zu machen, rang Irma nach Luft.

Kian, der sich wesentlich besser gehalten hatte als Irma, fragte: »Wollen wir zusammen zu Mittag essen?«

Unfähig, auch nur ein Wort herauszubringen, streckte sie Kian keuchend einen Daumen nach oben entgegen.

Verschwitzt und ausgepowert, folgte Irma Kian in den Speisesaal. Die anderen Lehrlinge hatten sich ebenfalls auf den Weg dorthin gemacht, wobei der grobschlächtige Typ mit den Zwillingen schon vorgegangen war. Die beiden anderen hatten sich Irma allerdings kameradschaftlich vorgestellt, und so ging sie mit Kian nun auf den Tisch zu, an dem Konstantin, der Kleine mit dem lockigen Haar, und Ansgar, der Wächterlehrling mit dem langen schwarzen Haar, auf sie warteten. Der Speisesaal war nicht besonders groß, kleiner als Irmas alte Schulmensa, deshalb herrschte ein ziemliches Gewusel darin. Am Kopfende war eine Theke aufgebaut. Erleichtert darüber, dass niemand in der Halle großartig Notiz von ihr nahm, stellte Irma sich hinter Kian an und holte sich ebenfalls Linsen und Brot. Als sie zum Tisch zurückkehrten, waren Konstantin und Ansgar bereits in ihr eigenes Gespräch vertieft.

Kian fragte Irma neugierig: »Wo im *Kaltengrim* hast du denn vorher gelebt?«

»Ich habe gar nicht im *Kaltengrim* gelebt. Meine Mutter ist mehr Mensch als *Anderswesen*«, antwortete sie wahrheitsgemäß.

»Wirklich? Das kann ich mir gar nicht vorstellen. Ich war noch nie in der menschlichen Welt.«

Kian klang ehrlich traurig darüber, und Irma musste lächeln. »Ich bin dafür gestern das erste Mal in der *Anderswelt* gewesen. Und weiß auch erst seit gestern, dass es die Wächter gibt.«

Ungläubig fuchtelte Kian mit seinem Löffel herum. »Das ist ja verrückt. Ich träume schon mein ganzes Leben davon, Wächter zu werden, und du wusstest bis gestern nichts darüber!«

»Wieso willst du denn unbedingt Wächter werden?«

»Mein Vater ist ein Hochwächter. Ich habe lange darauf hingefiebert, dass ich endlich sechzehn werde und die Ausbildung anfangen darf. Ich bin jetzt seit fünf Monaten dabei.«

»Bin ich dann nicht schon ein bisschen zu alt, ich werde in zwei Monaten achtzehn?«, fragte Irma unsicher.

»Neeee«, lachte Kian, und seine schwarzen Augen funkelten. »Viele von den Gestaltwandlern oder *Seraphim* fangen später an. Wir altern ja sowieso nicht alle gleich schnell. Ich konnte es nur nicht erwarten! Die anderen sind alle schon älter. Ich glaube, Arthur ist eigentlich schon dreißig. Man sieht und merkt es ihm nur nicht an.«

Arthur musste der bullige Typ sein, der sie so angewidert angesehen hatte.

»Dann bin ich ja erleichtert. Ist deine Mutter ebenfalls Wächterin?«, fragte Irma.

Kian schüttelte den Kopf. »Sie war es. Sie ist aber kurz nach meiner Geburt gestorben.«

»Das tut mir leid«, murmelte Irma. Kurz verfluchte sie sich dafür, nachgefragt zu haben.

Doch Kian schüttelte den Kopf und lächelte. »Es ist zwar traurig, aber sie war ein *Seraph*. Unsterblichkeit und Kinder bekommen geht einfach nicht so gut zusammen.«

»Und du bist dann auch ein *Seraph*?«, fragte Irma.

»Zumindest halb. Ich bin aber auch Gestaltwandler. Willst du etwas Geniales sehen?«

Kians Augen blitzten verschmitzt, und Irma nickte eifrig. Er streckte die Arme nach links und rechts aus und schloss für einen Moment die Augen. Im nächsten Augenblick hatten kraftvolle weiße Flügel seine Arme ersetzt, und Irma sog scharf die Luft ein.

»Abgefahren!«, rief sie und streckte die Hände nach den Federn aus. Kian grinste, und Irma strich andächtig über sein Federkleid.

»Ich bin eigentlich ein Falkengestaltwandler, wie mein Vater. Im Gegensatz zu anderen Gestaltwandlern kann ich die Flügel aber auch in meiner menschlichen Form nutzen. Sicherlich, weil meine Mutter *Seraph* war.«

»Kannst du damit auch wirklich fliegen?«, fragte Irma.

Kian nickte stolz.

Konstantin, der von Kians Verwandlung ein paar Federn ins Gesicht bekommen hatte, stupste ihn lachend an. »Pack mal deine Schwanenfedern wieder ein.«

Im nächsten Moment hatten Kians Arme seine Flügel wieder ersetzt, und er verzog den Mund ein wenig: »Warum ich ein weißer Falke bin, weiß ich nicht. Ich glaube, auch das kommt davon, dass ich zur Hälfte *Seraph* bin. Mein Vater hat nämlich braune Federn.«

Irma war glücklich darüber, so schnell Anschluss gefunden zu haben, und die Pause verging wie im Flug. Ihre gute Laune verpuffte allerdings schnell, als sie in die Trainingshalle zurückkamen. Moira erwartete ihre Schützlinge bereits. Wären Irmas Beine von dem Dauerlauf am Vormittag nicht so erschöpft gewesen, hätte sie bei dem Wort »Krafttraining« womöglich die Flucht ergriffen.

15

Wie Irma es schaffte, nach dem Training zum Gemeinschaftsbad zu gelangen, war ihr selbst ein Rätsel. Jeder einzelne Muskel ihres Körpers zitterte, als sie Kian folgte. Sie war verwundert darüber, mit welcher Selbstverständlichkeit die Zwillingsmädchen Merle und Fiona sich die verschwitzten Kleider vom Leib rissen, um sich zeitgleich mit den Männern zu duschen.

»Was ist los?«, fragte Kian, dem die Situation ebenfalls kein bisschen seltsam vorzukommen schien. Er schälte sich aus seinem Oberteil.

»Nichts. Na ja doch. In meiner Welt duschen Männer und Frauen nicht zusammen«, gab Irma zu.

»Das ist ja merkwürdig. Dann braucht man ja immer zwei separate Räume«, sagte Kian verdutzt.

»Stimmt. Das ist eigentlich wirklich merkwürdig«, lachte Irma, die noch nie ernsthaft darüber nachgedacht hatte und sich nun auch unter die Dusche stellte und abbrauste.

Trotzdem musste sie an den Morgen denken. Genauer gesagt an Ivens Blick, als er in ihrem Zimmer stand. Irmas Kopf wurde rot, und sie wusch sich so energisch das Gesicht, als wollte sie damit die Erinnerung abschrubben. Ihr Handtuch um den Körper geschlungen und das Bündel verschwitzter Kleidung unterm Arm verließen sie und Kian das Bad. Sein blondes Haar klebte ihm noch nass am Kopf.

Er drehte sich zu Irma um. »Mach dir keinen Kopf wegen Arthur. Der ist einfach ein Idiot.«

Auf dem Weg aus der Trainingshalle hatte dieser Irma im Vorbeigehen einen »Schwächling« genannt, was ihrem Selbstbewusstsein nicht sonderlich gutgetan hatte. Sie war froh, dass er sich nach dem Training von den anderen Lehrlingen abgesondert hatte, denn er hatte gewirkt, als ob er Irma bei der nächsten Gelegenheit zerfleischen wollte.

»Ich weiß nicht so ganz, was er für ein Problem mit mir hat.«

»Denk nicht zu viel drüber nach, das ist er nicht wert«, sagte Kian, um dann mit entschuldigendem Tonfall fortzufahren: »Ich esse abends immer mit meinem Vater in dem anderen Speisesaal, und vorher muss ich noch etwas erledigen.«

»Kein Problem, ich habe sowieso Küchendienst.«

»Ich bin froh, dich als neue Freundin zu haben, Irma! Und es ist total super, dass wir unsere Zimmer so nah beieinander haben.«

Irma wurde ganz warm ums Herz. »Finde ich auch«, antwortete sie. Mit einem Lächeln auf den Lippen kehrte sie in ihr Zimmerchen zurück. Noch ins Handtuch gewickelt ließ sie sich aufs Bett fallen. Ihre Beine wollten sie keine Sekunde länger tragen.

Was für ein Tag.

Kopfschüttelnd ließ sie das Wächtertraining Revue passieren. Während Kian und sie am Nachmittag noch mal ein höllisch anstrengendes Sportprogramm absolviert hatten, waren die Übrigen in einer anderen Disziplin geschult worden. Irma hatte feststellen müssen, dass der Großteil von ihnen Gestaltwandler waren. Merle und Fiona waren in Eichhörnchenform flinke Kletterer und konnten sich blitzschnell an den Seilen hocharbeiten, die nach der Pause von der Decke hingen. Konstantin nutzte seine Igel-Form, um sich durch kleine Öffnungen hindurchzuquetschen, anstatt zu klettern. Am meisten hatte es Irma allerdings überrumpelt, als plötzlich ein großer Braunbär durch die Halle gejagt war. Irma hatte gar nicht gewusst, dass Bären so schnell waren, doch Ansgar hatte sie eines Besseren belehrt.

Wie soll ich ohne besondere Fähigkeiten jemals mit den anderen Lehrlingen mithalten?

Sie rieb sich die Augen. Iven und Kian waren zwar der Ansicht, jeder könne ein Wächter werden, doch Irma war davon nicht sonderlich überzeugt. Sie hätte sich gerne von ihrer Mutter trösten lassen. Selma hatte ihr schon immer das Gefühl gegeben, gut genug zu sein. Irma vermisste ihre Familie schrecklich und schlang sich die Hände um ihre stechende Brust.

Mit einem Seufzen richtete sie sich auf.

Grübeln und sich in ihrem Elend suhlen würde ihr nicht weiterhelfen. Sie wollte Iven nachher davon überzeugen, sie schnellstmöglich zu ihrer Familie zu bringen.

Energisch ging sie zur Kommode, auf der sich noch die Kleidung vom Morgen stapelte. Irma wusste zwar nicht, was sich für den Küchendienst am besten eignete, doch ihre Auswahl war sowieso begrenzt. Sie griff zu der hellen Pluderhose, der grobe Leinenstoff fühlte sich angenehm auf ihrer Haut an. Mit der langen beigen Bluse, der dunkelbraunen Tunika darüber sowie den braunen Lederstiefeln hätte Irma gut und gerne auf einen Mittelaltermarkt gehen können. Sie klemmte ihr noch feuchtes Haar hinter die Ohren und betrachtete sich zum zweiten Mal an diesem Tag in dem kleinen Spiegel. Irma hatte sich gewundert, dass niemand im Training sie auf ihr Haar angesprochen hatte. Dann war ihr allerdings in den Sinn gekommen, dass es in der *Anderswelt* Bizarreres gab als ein Mädchen mit schneeweißem Haar. Außerdem wusste ja niemand, dass sie am Vortag noch brünett gewesen war.

Irma verließ ihr kleines Zimmer. Unschlüssig darüber, ob sie Iven vorher suchen oder besser doch allein zur Küche gehen sollte, schlenderte sie erst einmal ziellos umher und landete vor dem Altar, der für Helia errichtet worden war. Auf dem schmalen Steintisch standen aufwendig verzierte Vasen, in denen wunderschöne, herrlich duftende Blumen drapiert waren. Daneben flackerte echtes Feuer auf zahlreichen Kerzen, und Irma fragte sich, wer sich um die Dekoration kümmerte. Im Gegensatz zu dem Altar im Stockwerk darüber hing über diesem hier kein Gemälde. Stattdessen befand sich in der Mitte des Altars eine Holzfigur, die offenbar die Herrscherin des *Feuerbergs* darstellen sollte. Die Figur war wunderschön gefertigt, doch Irma fand, dass sie nicht sonderlich viel Ähnlichkeit mit Helia hatte. Die Holzfigur sah älter aus als die jugendlich wirkende Sonnenkönigin. Außerdem waren die Augen der Statue nicht verdeckt, sondern in leuchtendem Gold bemalt. Die Holz-Helia lächelte mild und freundlich, ganz anders als Irma die Herrscherin im echten Leben kennengelernt hatte. Bei der Erinnerung an den Abend zuvor bekam Irma eine Gänsehaut. Das stetige Knistern der *Sonnenmagikk*, das von den vielen Lichtquellen im Raum ausging, erinnerte Irma ununterbrochen daran, dass Helia allgegenwärtig war. Ihre *Magikk* war so stark, dass Irma ihre Präsenz im Stockwerk über sich wahrnehmen konnte.

»Du kannst ja noch stehen. Das hätte ich nicht erwartet«, wurde Irma aus ihren Gedanken gerissen.

Irma drehte sich überrascht zu Iven um, der gerade aus den Quartieren der Wächter zu ihr herüberlief. Auch er hatte seine Kleidung seit dem Morgen gewechselt und war ähnlich angezogen wie sie. Die Spitzen seines langen Haares umspielten seine markanten Schlüsselbeine, die aus der dunkelgrauen Tunika herausragten. Irma riss ihren Blick davon los und zwang sich, ihm in die Augen zu sehen. Irgendetwas an ihm schien anders zu sein, doch Irma konnte es nicht so recht benennen. Etwas, das nichts mit seinen Narben zu tun hatte oder damit, dass er zehn Jahre älter aussah als davor.

»Ich wollte dich gerade holen, damit ich dich zu deinem Küchendienst bringen kann. Komm mit, ich stelle dich Enya vor.« Er nickte mit seinem Kopf in Richtung des Speisesaals.

Als die beiden den Gang entlangschritten, sprach Iven das Wächtertraining an: »Ich habe gehört, du hast dich heute ganz gut geschlagen.«

»Wirklich?«, fragte Irma erleichtert.

Hätte Moira Gegenteiliges von ihr berichtet, wäre sie wahrscheinlich vor Scham im Erdboden versunken. Dass Iven ihr allerdings freiwillig so etwas wie ein Kompliment gemacht hatte, ließ Irma stutzen. Endlich realisierte sie, was ihr so merkwürdig an Iven vorkam.

»Du bist heute echt gut gelaunt«, sagte sie verdutzt.

Ivens Blick nach zu urteilen schien er selbst überrascht zu sein.

»Hmm, kann sein«, gab er grinsend zu, wobei Irma seine Fänge aufblitzen sah. »Wahrscheinlich, weil ich endlich wieder etwas Sinnvolleres tun kann, als im Matheunterricht zu sitzen. Außerdem ist mir nicht mehr schlecht, jetzt, wo ich den Trank nicht mehr nehmen muss.«

Nachdenklich folgte Irma ihm durch den Speisesaal. Hinter der langen Tafel, auf der mittags noch das Essen angerichtet gewesen war, passierten die beiden eine weitere Tür. Sie gelangten in eine große Küche, und Irma war nicht überrascht, dort kein einziges elektrisches Gerät zu entdecken. In und um die Spüle herum türmte sich dreckiges Geschirr. Herd und Ofen waren noch von der alten Sorte und mussten mit Holz angeschürt werden. Auf der Kücheninsel in der Mitte lag bergeweise Gemüse, und Irma wurde in diesem Moment bewusst, dass sie noch niemals für mehr als eine Familie gekocht hatte. Neugierig betrachtete sie die Utensilien, die von der Halterung über der Kücheninsel baumelten. Einige der Pfannen sahen aus wie antike Sammlerstücke. Doch viel interessanter als die Küche fand Irma die Köchin, die von einer riesigen Schale geschälter Kartoffeln aufsah. Spätestens jetzt war Irma klar, dass ihr weißes Haar niemandem in *Feuerberg* auch nur ansatzweise seltsam vorkommen würde. Die Frau vor ihr hatte ebenfalls weißes Haar, doch im Gegensatz zu der von Irma war ihre Haut türkis, und ihre schräg gestellten Augen funkelten in einem hellen Gelb. Große Eckzähne ragten aus ihrem Unterkiefer hervor, und ihre Ohren waren lang und spitz.

Trotz allem – oder vielleicht gerade deshalb – war die Köchin eine der schönsten Frauen, die Irma je gesehen hatte. Sie war nur wenig größer als Irma, und ihre Figur war geschwungen wie eine Sanduhr. Irma schätzte sie auf Anfang dreißig. Die Köchin zog die weißen Augenbrauen hoch, als sie ihre Besucher erblickte, und kam schnurstracks auf Irma zu.

»Wen haben wir denn da? Dich habe ich hier ja noch nie gesehen«, flötete sie gut gelaunt.

»Enya, das ist Irma. Sie ist neu hier und wird dir ab sofort jeden Abend helfen«, erklärte Iven, und Irma streckte der türkisen Frau ihre Hand entgegen.

Enya nahm sie und schüttelte sie schwungvoll.

»Irma, schön, dich kennenzulernen! Ich bin Enya, ich bin aktuell ganz alleine hier in der Küche, bis auf Elodie natürlich. Es kommt mir sehr gelegen, dass du mich unterstützt.«

Danach wandte sie sich zu Iven. »Wenn du nicht auch Lust hast, Kartoffeln zu schälen, kannst du dich gerne vom Acker machen. Wir haben eine Menge zu tun.«

Iven hob in gespielter Abwehr seine Hände und verabschiedete sich von den beiden.

»Kannst du überhaupt kochen?«, fragte Enya, als er draußen war. Irma nickte.

»Gut. Du glaubst gar nicht, was für Küchenhilfen ich hier schon hatte. Eine hat doch tatsächlich einmal Nachtröhrlinge gesammelt und gekocht!«, rief sie aus. »Der halbe Wächtertrakt lag mit Krämpfen und Lähmungserscheinungen im Bett!«

Irma behielt für sich, dass sie noch nie etwas von einem Nachtröhrling gehört hatte. Sie traute es sich auch nicht zu, giftige Pilze zu erkennen, abgesehen von einem Fliegenpilz vielleicht.

»Du kannst du mir gerne erst mal beim Kartoffelpellen helfen«, fuhr Enya munter fort.

Irma war erleichtert über diese einfache, alltägliche Aufgabe, die ihr ein wenig Normalität an einem absolut nicht normalen Tag vermittelte. Enya erklärte ihr währenddessen etwas über ihre Arbeit. Früher hatte sie die Köche in der großen Küche unterstützt, in der das Essen für die Priesterinnen, Hochwächter und Helia höchstpersönlich zubereitet wurde. Doch seit einiger Zeit war sie für die Wächter im Stockwerk darunter zuständig. Sie klagte darüber, wie viele Stunden sie täglich mit dem Schneiden von Gemüse verbrachte, und wirkte ehrlich begeistert, dass Irma ihr von nun an zur Hand gehen würde. Sie lobte ihre Fingerfertigkeit, und in Windeseile würfelten sie Zwiebeln und schnitten Lauch und Möhren klein. Als Irma sich gerade um den Fenchel kümmerte, betrat ein Mädchen die Küche. Die schwach türkisfarbene Haut der Kleinen verriet ihr sofort, dass es sich dabei um Enyas Tochter handeln musste. Die nickte Irma schüchtern zu, ehe sie zu ihrer Mutter eilte und ihr eine Kiste überreichte.

»Ich habe die Gewürze aufgefüllt. Sander hat mir etwas von seinem Spezialgewürz mitgegeben«, piepste sie.

Enya drückte ihrer Tochter einen Kuss auf die Stirn.

»Danke, meine Perle. Wir bekommen ab heute übrigens Hilfe von Irma. Willst du nicht Hallo sagen?«

Schüchtern stellte sich das Mädchen ihr als Elodie vor.

»Das ist aber ein schöner Name, der passt zu dir«, sagte Irma, und Elodie lächelte stolz.

Sie musste um die zehn Jahre alt sein, auch wenn sie sehr klein und zierlich war. Im Gegensatz zu ihrer Mutter hatte das Mädchen dunkelbraunes Haar, das ihr in einem geflochtenen Zopf über den Rücken fiel. Ihre Ohren waren genauso spitz wie die von Enya, doch ihre Gesichtszüge waren menschlicher. Ihre Augen leuchteten tannengrün, und es standen keine Zähne aus ihrem Unterkiefer hervor.

Ganz selbstverständlich machte sich Elodie daran, das dreckige

Geschirr abzuspülen. Irma fand, dass ein Kind eigentlich nicht in der Küche arbeiten sollte. Doch was wusste sie schon von den Gepflogenheiten der *Anderswelt?* Daher setzte sie ihre Arbeit still fort und brachte anschließend die Schüsseln mit dem Gemüse zu Enya, die bereits Töpfe und Pfannen auf dem Herd platziert hatte. Die Köchin bewegte ihre Hände in kreisenden Bewegungen über dem großen Topf, und von einer Sekunde auf die nächste kochte das Wasser darin. Verdutzt starrte Irma darauf und blickte anschließend zu Enya auf.

»Hast du das gerade gemacht?«

Enya zuckte mit den Achseln. »Genau für so was werden wir Undinen ja auch in der Küche oder der Wäscherei eingesetzt«, erklärte sie.

Irma beschloss, ihre Unwissenheit nicht vor Enya zu verstecken, und fragte nach, was das zu bedeuten hatte. Überrascht zog Enya die Augenbrauen hoch.

»Du bist nicht von hier«, stellte sie fest.

Irma schüttelte den Kopf und erzählte, dass sie erst am Vortag von der Existenz der *Anderswelt* erfahren hatte. Ihre Verwandlung ließ sie allerdings auch diesmal unerwähnt, und sie hielt sich an die Erklärung, die Iven sich ausgedacht hatte. Elodie sah sie an, als wäre sie eine Außerirdische. Das Mädchen hatte wahrscheinlich noch nie einen Menschen gesehen. Irma musste bei dem Gedanken schmunzeln, dass sie für die türkisfarbene Enya und Elodie wirken musste, als ob sie von einem anderen Planeten stammte.

»Dann willkommen in der *Anderswelt*, meine Liebe«, lachte Enya, ergänzte jedoch ernsthaft: »Der *Feuerberg* ist sicherlich eine maßlose Verschlechterung zu deinem alten Zuhause.«

Irma war verwundert, mit welcher Abneigung Enya das Wort »*Feuerberg*« aussprach.

»Ich vermisse mein Zuhause jedenfalls sehr«, gab Irma zu.

»Wenn du dich an die richtigen Leute hältst, dann kann man es hier schon aushalten«, sagte Enya und deutete dabei auf sich und ihre Tochter, die gerade mit dem Abtrocknen des Geschirrs beschäftigt war.

»Wieso seid ihr denn dann im *Feuerberg*, wenn es euch hier gar nicht gefällt?«, wollte Irma wissen. »Kann man nicht überall im *Kaltengrim* leben?«

»So einfach war es leider nicht. Wir Undinen sind Wassernymphen. Ich stamme aus dem *Dunkelsee* im *Kaltengrim*. Wenn wir uns jedoch in einen Sterblichen verlieben, verwandeln wir uns in menschliche Wesen und können unser angestammtes Gewässer verlassen.«

Enya nahm Elodie in den Arm, als sie Irma ihre Geschichte erzählte.

»Wir dürfen allerdings nicht mehr zurückkehren, wenn wir einmal dem Wasser entstiegen sind«, fuhr sie fort. »Elodies Vater war ein Waldwanderer. Er ist leider schon vor vielen Jahren von uns gegangen, deshalb hatten wir kein richtiges Zuhause mehr im *Kaltengrim*. Weil wir Undinen *Wassermagikk* ausüben können, wurden wir zum Arbeiten in den *Feuerberg* geholt. Uns blieb im Grunde keine andere Wahl.«

»Das tut mir leid«, sagte Irma.

Enya gab ihrer Tochter einen kleinen Schubs und schnappte sich dann die Kartoffeln, um sie ins kochende Wasser zu kippen.

»Das muss es nicht, du kannst ja nichts dafür«, erwiderte sie an Irma gewandt. »Du solltest aber im Hinterkopf behalten, wie gleichgültig du den unsterblichen Hoheiten hier im *Feuerberg* bist. Der Großteil von uns *Kaltengrim*-Bewohnern ist sterblich und wird von den Ranghöheren in der Hierarchie einfach vergessen. Es ist kein Wunder, dass der Wächtertrakt so leer ist. Seit Jahren möchte niemand mehr die Ausbildung machen, und die versnobten Herrschaften tun nichts dafür, um etwas daran zu ändern. Die werden schon noch merken, was sie davon haben, spätestens wenn wir von *Daimonen* oder Hexen überrannt werden. Irgendwann brauchen sie sicherlich die Hilfe der einfachen Bewohner des *Kaltengrims*, dann werden sie schon sehen, wie schwach die Verteidigung geworden ist.«

Auch wenn die Verhältnisse im *Kaltengrim* ziemlich miserabel zu sein schienen, war Irma erleichtert zu erfahren, dass der Großteil der *Anderswesen* normalsterblich war. Ihre Sorge, bei den Wächtern falsch aufgehoben zu sein, wurde ein wenig kleiner.

»Ich habe schon bemerkt, dass die meisten Zimmer im Lehrlingstrakt leer sind«, sagte sie.

»Früher, noch vor meiner Zeit, war hier anscheinend die Hölle los. Da gab es allerdings auch mehr Küchenkräfte, um die ganzen hungrigen Mäuler zu stopfen. Seit der Rebellion ist alles anders.«

»Es gab eine Rebellion? Gegen Helia?«, rief Irma aus.

»Sch, nicht so laut!«, flüsterte Enya erschrocken und gestikulierte wild. »Es ist eigentlich verboten, darüber zu sprechen. Ich war damals auch noch im *Dunkelsee* zu Hause und habe es nicht miterlebt. Eine Gruppe Rebellen wollte Helia und das Klassensystem, das sie aufrechterhält, stürzen. Die Kurzfassung ist, dass die Rebellen gescheitert sind. Seitdem ist es viel schlimmer als davor. Man kann natürlich nicht alle über einen Kamm scheren, die unsterblich sind oder in der Rangordnung weiter oben stehen. Doch hätten sie damals die Rebellion unterstützt, stünden wir nicht da, wo wir jetzt sind.«

Irma kratzte sich nachdenklich am Kopf und erinnerte sich an Ivers Worte vom Vortag. Nämlich, dass sie sehr hochrangig wäre, sollte sie ein *Seraph* sein – und ein genauso armer Schlucker wie der Rest, wenn nicht. Er schien mit dieser Ungleichheit ebenfalls nicht einverstanden zu sein. Irma befürchtete allerdings, dass ihre Herkunft sie eher ans Ende der Nahrungskette im *Feuerberg* stellte. Wenn sie die Wächterausbildung nicht schaffte, würde man sie wahrscheinlich einfach im *Kaltengrim* aussetzen.

»Kannst du mir dann vielleicht ein paar Tipps geben, wie ich hier durchkomme? Wenn ich ehrlich bin, fühle ich mich in der *Andersweit* ziemlich fehl am Platz.«

»Ach, meine Süße, du bist doch nicht fehl am Platz. Bei uns bist du immer willkommen«, lächelte Enya warm.

Irma atmete erleichtert aus. Sie hatte die hübsche Wassernymphe schon jetzt in ihr Herz geschlossen.

»Ich kann dir allerdings sagen, von wem du dich am besten fernhalten solltest«, fuhr Enya fort. »Sieh zu, dass du nichts mit den Priesterinnen zu tun hast. Sie sind ein Haufen Fanatikerinnen und überprüfen gerne, ob man Helia genug Ehrerbietung darbringt. Mit denen möchtest du dich nicht anlegen.«

Auf Enyas Gesicht zeichnete sich starke Abscheu ab, und ihre Eckzähne blitzten bedrohlich.

»Schmücken die Priesterinnen die Altäre?«, wollte Irma wissen.

Enya nickte. »Und es gibt Pflichtgottesdienste für alle, aber bis zum nächsten ist es noch ein bisschen hin. Geleitet werden sie von der

Hohepriesterin, du wirst sie erkennen. Sie gehört zu Helias liebsten Lakaien. Schlimmer ist allerdings noch der Hochwächter Falk, ihm wirst du sicher bald begegnen.«

Elodie brachte Irma zum Lachen, indem sie theatralische Würgegeräusche machte.

»Was ist denn mit ihm?«, fragte sie das Mädchen.

»Er kommt ständig in die Küche, weil er in Mama verliebt ist«, antwortete Elodie und verzog das Gesicht.

Enya lachte ebenfalls und meinte zu ihrer Tochter gewandt: »So einen Hornochsen können wir hier nicht gebrauchen!«

Etwas ernster erklärte sie Irma: »Falk nimmt sich gerne, was er möchte. Bei uns ist er aber an der falschen Adresse. Du solltest vorsichtig sein, er kann sehr grausam werden. Genauso wie Corvus, der Dritte im Bunde.«

»Den kenne ich schon«, gab Irma zurück.

»Er sagt nicht viel. Es wirkt fast, als hätte er keine eigene Persönlichkeit, sondern wäre ausschließlich Helias Handlanger.« Leiser, damit Elodie es nicht hörte, fügte sie hinzu: »Er ist auch ihr Henker.«

Irma lief ein eiskalter Schauer über den Rücken. Welche Bestrafungen wohl im *Feuerberg* üblich waren? Sie wollte es lieber gar nicht so genau wissen. Zur Beruhigung schloss Enya Irma in die Arme und sagte: »Halte dich einfach an uns, wir helfen dir jederzeit gerne aus der Patsche.«

Dankbar erwiderte Irma die Umarmung, und sie arbeiteten unverdrossen weiter, bis es in der Küche herrlich duftete. Elodie sang ein ulkiges Kinderlied über Waldgeister, das Irma noch nie gehört hatte, und ein Lächeln umspielte ihre Lippen, als sie sich an die vielen Kochabende mit ihrer Mutter Selma erinnerte. Gemeinsam mit dem Mädchen trug sie Geschirr in den Speisesaal, und als die ersten Wächter eintraten, brachten sie die Töpfe an die lange Tafel.

Zurück in der Küche sah Irma Enya fragend an. »Gehen wir drei auch in den Speisesaal?«

»Es gehört sich anscheinend nicht, dass Elodie und ich mit den Wächtern essen. Anweisung von oben«, erklärte die Undine.

»Dann esse ich mit euch zusammen«, beschloss Irma und nahm

bei den beiden an einem kleinen Tisch in der Küche Platz. Geschirr klapperte, und ein Stimmengewirr surrte aus dem Speisesaal zu ihnen herüber. Als die Wächter fertig waren, räumten Irma und Enya gemeinsam ab. Zuvor schickte die Köchin Elodie allerdings ins Bett, das, wie Irma erfuhr, im Bedienstetentrakt lag. Die beiden Frauen spülten gerade bergeweise Geschirr, als Iven den Kopf in die Küche steckte. Irmas Herz machte einen Satz, warum auch immer.

»Du willst uns unterstützen? Das ist aber reizend«, flötete Enya und warf ihm ein Geschirrtuch zu.

Er fing es auf, und obwohl sich Irma sicher war, dass das nicht sein Plan gewesen war, half er ihnen wortlos beim Abtrocknen. Nachdem sie die letzten Suppenschüsseln in die Schränke verfrachtet hatten, kündigte Iven an, dass er Irma die Wäscherei zeigen wollte. Irma verabschiedete sich von Enya und eilte zu ihrem Zimmer, aus dem sie die verlotterte Kleidung vom Vortag holte. Sie folgte Iven zu einer Treppe, die in den Bedienstetentrakt und zur Wäscherei führte. Letztere war um diese Zeit schon verlassen. Irma stellte erneut fest, dass man im *Feuerberg* nicht gerade viel von technischem Fortschritt hielt. Mehrere Waschkessel und Waschbretter waren im Raum verteilt, und auch eine Wringmaschine, wie Irma sie bisher nur in einem Museum gesehen hatte, gab es dort. Sie legte ihre Kleidung in einen der großen Körbe am Eingang und folgte Iven wieder hinaus, der ihr erklärte, sie könne ihre Wäsche meist schon am nächsten Tag abholen. Die Undinen in der Waschküche ersetzten sozusagen die Wäschetrockner in der menschlichen Welt.

Auf dem Weg zurück war Iven äußerst wortkarg, und seine gute Laune von vorher schien wie weggeblasen zu sein.

»Ist irgendwas?«, wollte Irma wissen.

Als sie vor der Tür zum Lehrlingstrakt ankamen, räusperte er sich. Dann verkündete er ihr die furchtbaren Neuigkeiten: »Du wirst deine Familie nicht mehr besuchen dürfen.«

»Wie bitte?«, krächzte Irma hysterisch.

Iven sah ihr nicht in die Augen, während er sie informierte: »Es wurde entschieden, dass es zu riskant ist. Deine Familie weiß nichts von der *Anderswelt*, und das soll so bleiben. Helia hat verfügt, dass du den *Kaltengrim* nicht verlassen darfst.« Den letzten Satz hatte er ganz schnell und leise hervorgebracht, als hätte er Angst davor, dass Irma in die Luft gehen würde.

Diese Angst war durchaus berechtigt, denn aufgebracht schrie sie ihn an: »Das kann doch nicht dein Ernst sein, ihr könnt mich hier doch nicht einsperren!«

»Ich kann es auch nicht ändern«, verteidigte sich Iven schwach.

»Du bist schuld daran, dass ich überhaupt hier bin! Ich habe nicht darum gebeten.«

Iven schnaubte. »Dich herzubringen war das Vernünftigste, was ich in der Situation tun konnte. Hier kannst du wenigstens lernen, wie du dich selbst verteidigst, und eine gute Wächterin werden.«

»Tu nicht so, als wäre es dir um mein Wohlergehen gegangen. Du hast dich lediglich bei Helia eingeschmeichelt, um deinen eigenen Hintern zu retten.« Irma spuckte die Worte förmlich aus. »Danke für nichts.«

Sie ließ Iven stehen und stapfte blind vor Wut in den Lehrlingstrakt. In ihrem kleinen Zimmer angekommen schmiss sie sich frustriert aufs Bett und vergrub das Gesicht im Kissen. Es war so ungerecht, dass einfach andere über sie entschieden. Als Irma anfing, über diverse absurde Fluchtpläne nachzugrübeln, klopfte es an ihrer Zimmertür.

»Irma, bist du da?«, hörte sie Kians fröhliche Stimme.

Sie richtete sich auf und rief ihm zu, dass er reinkommen könne. Grinsend betrat er ihr Zimmer, die Hände hinter dem Rücken verschränkt, als ob er etwas vor ihr verbarg.

»Was hast du da?«, fragte Irma neugierig.

»Ich habe mir beim Essen vorhin überlegt: Was die anderen können, können wir auch.«

Stolz präsentierte er Irma eine Flasche mit dunkelrotem Inhalt.

»Ist das Wein?«, lachte Irma.

»Na ja, ich dachte, wir könnten feiern, dass du jetzt bei uns bist.«

Irma konnte zwar nicht gerade behaupten, dass das für sie ein Grund zum Feiern war, doch sie verschwieg Kian, wie es sich in Wahrheit verhielt: dass sie eigentlich gar keine andere Wahl hatte, als hier zu sein. Seine Begeisterung war ansteckend, und sie deutete auf den freien Platz am Fußende ihres Bettes. Freudestrahlend ließ er sich neben ihr nieder und öffnete die Flasche.

16

Am nächsten Morgen dröhnte Irmas Kopf gewaltig. Als sie sich ihre Trainingsklamotten in Zeitlupe überzog, bereute sie beinahe den feuchtfröhlichen Ausklang ihres gestrigen Abends. Doch sie hatte mit Kian wirklich viel Spaß gehabt. Irma hatte das Gefühl, an gerade mal einem Tag mehr Worte mit ihm gewechselt zu haben, als sie es mit Iven in den letzten Wochen getan hatte. Er war ebenso fasziniert von ihrem Zuhause, wie Irma es von der *Anderswelt* war. Neidisch hatte Kian festgestellt, wie viel lieber er mit Irma zur Schule gegangen wäre. Er hatte eine Grimasse gezogen, als er ihr berichtete, wie langweilig seine Unterrichtsstunden mit den Priesterinnen im *Feuerberg* gewesen waren. Er ließ sich von Irma Lacrosse erklären und hatte ihr wiederum von einem Spiel erzählt, das Irma stark an Fahnenraub erinnerte. Auf ihren Wunsch hin hatte Kian sich irgendwann in einen weißen Falken verwandelt und war, etwas benommen von dem Wein, in Irmas kleinem Zimmer herumgeflattert. Die beiden waren Stunden später auf Irmas Bett eingeschlafen, und Kian war erst am Morgen in sein eigenes Zimmer geschlichen, um sich für das Training fertig zu machen. Nun klopfte Irma an seiner Tür, und mit gequältem Gesichtsausdruck trat Kian heraus. Sein blondes Haar stand ihm wirr vom Kopf ab, seine Augenringe spiegelten die von Irma wider.

»Was haben wir uns eigentlich dabei gedacht?«, stöhnte er.

»Ich habe keinen blassen Schimmer.«

Sie machten sich gemeinsam auf den Weg zum Wächtertraining und schleppten sich den Gang eher entlang, als sie gingen.

»Lass dir vor Moira nichts anmerken, sonst werden wir zu allem Überfluss auch noch bestraft«, flüsterte Kian ihr zu, als die Trainerin die Halle betrat.

Die Lehrlinge begannen erneut mit dem Dauerlauf. Irma hätte beinahe laut geschluchzt, ihre Muskeln waren von den letzten beiden Tagen noch ausgelaugt, und bei jedem Schritt pochten ihre Schläfen. Fast blind vor Kopfschmerzen quälte sie sich voran. Im Gegensatz zum Vortag schaffte Irma es nicht, ihre Geschwindigkeit zu halten, und

Runde für Runde wurde sie langsamer. Auch Kians Schritte waren schleppend, und so eierten die beiden am Hallenrand entlang, bis sie zur Mittagszeit endlich von Moira entlassen wurden. Irma hatte die wütenden Rufe ihrer Trainerin, dass sie es bei ihrem Schneckentempo verdient hätte, von einem *Daimon* zerfleischt zu werden, irgendwann ausgeblendet. Das lag allerdings weniger daran, dass es ihr egal gewesen wäre. Vielmehr klingelten ihr die Ohren irgendwann so stark, dass sie nichts anderes mehr als ihr eigenes Elend wahrnahm.

Auch Arthur, der sich nach dem Lauf seine Tunika vom Leib gerissen hatte, um seine Muskeln zu präsentieren, hatte Irma einen blöden Spruch reingedrückt: »Das merkst du doch selbst, dass du hier nichts verloren hast.«

Irma konnte nicht leugnen, dass Arthur womöglich recht hatte. Er weckte damit jedoch einen Ehrgeiz in Irma, wie sie ihn zuvor nicht von sich gekannt hatte. Iven hatte ihr gesagt, jedes *Anderswesen* könne ein Wächter werden. Sie würde sich von Arthur nichts Gegenteiliges einreden lassen.

Da Irma allerdings in diesem Moment ganz schrecklich übel war und sie befürchtete, sich auf seine Füße übergeben zu müssen, stürzte sie wortlos aus der Halle und rannte zu den Bädern. Keuchend hing sie noch über der Kloschüssel, als Kian hereintrat.

»Sag mal, was ist eigentlich Arthurs Problem?«, nuschelte Irma und wischte sich über den Mund.

Kian legte tröstend eine Hand auf Irmas Schulter. Nach ein paar Sekunden antwortete er: »Arthur meint, nur weil er zu den *Seraphim* gehört, stünde er über dem Rest. Wie man hört, verhält er sich den sterblichen *Anderswesen*, insbesondere den Waldnymphen und Waldwanderern, gegenüber widerlich. Genauso herablassend soll er auch zu den unteren Klassen von Gestaltwandlern sein.«

Irma zog die Augenbrauen hoch. »Es gibt also auch Klassenunterschiede innerhalb der Gestaltwandler? Das klingt ja wirklich total bescheuert.«

»Ich weiß, dass das total bescheuert ist«, seufzte Kian. »Und eine totale Verschwendung für die Wächter. Marder, Mäuse, Kröten, Molche, Salamander, Blindschleichen oder auch Wildschweine: Es gibt so viele Arten von Gestaltwandlern, die den *Feuerberg* deshalb vehement meiden.«

»Die wären alle sicherlich besser hier aufgehoben als ich«, jammerte Irma.

»Ach, jetzt lass dich mal nicht von Arthur unterkriegen. Nur weil er stark und ein *Seraph* ist, heißt das noch lange nicht, dass er ein guter Wächter wird.«

Mit diesen Worten griff Kian Irma unter die Arme und hievte sie zurück auf die Beine.

»Kian, ich glaube, ich überlebe das Krafttraining heute nicht«, klagte sie ein wenig weinerlich.

»Dann habe ich super Neuigkeiten für dich. Ich konnte Moira davon überzeugen, dass du eine riesige Bildungslücke bezüglich der *Anderswelt* hast und dir dringend ein paar Hintergrundinformationen aneignen müsstest. Wir dürfen den Nachmittag über in die Bibliothek.«

Stolz stemmte Kian die Arme in Hüften, und Irma seufzte erleichtert auf. Dann fiel sie ihm dankbar um den Hals. »Du bist ein Engel.«

»Mittagessen, duschen und dann lernen?«, schlug er vor.

»Einverstanden.«

Das feuchte Haar hinter ihre Ohren geklemmt und bekleidet mit der bequemen Leinenhose und ihrer Tunika stapfte Irma gemeinsam mit Kian die schier endlos erscheinende Treppe hinauf.

»Jeder einzelne Schritt ist eine Tortur«, moserte sie, als Kian sich über sie lustig machte, indem er ihren steifen Gang nachäffte. Sie schlug ihm sanft mit der Faust auf den Arm, murmelte dann allerdings: »Danke nochmals, dass du uns das Krafttraining vom Leib gehalten hast.«

»Ach, da brauchst du dich nicht zu bedanken. Es gehört ja auch dazu, dass wir uns Wissen aneignen oder von den Alchemisten oder Heilern etwas lernen. Ich wurde schon oft alleine in die Bibliothek geschickt, wenn die anderen ihr *Magikk*-Training hatten. Außerdem hat auch Moira erkannt, dass du heute zu nichts mehr zu gebrauchen bist.«

»Hey, du warst mindestens genauso lahm wie ich!«, rief Irma mit gespielter Entrüstung. »Tu mal nicht so, als ob du heute noch mehr hartes Training durchgehalten hättest!«

Sie gelangten in die riesige Halle, die Irma am Tag ihrer Ankunft gemeinsam mit Iven durchquert hatte. Jetzt, wo sie Helia kennengelernt hatte, kam ihr das Gebetshaus inmitten der Halle noch einschüchternder vor. Und Irma fiel erneut auf, wie viel edler diese Ebene im Vergleich zum Wächtertrakt war. Andächtig folgte sie Kian über die hellen Fliesen hinüber zur Bibliothek, die dem kirchenartigen Gebäude gegenüberlag. Durch eine dunkle Holzflügeltür betraten die beiden Lehrlinge den Raum, und Irma machte große Augen.

Die hohen Wände, die ihr in der Halle noch einschüchternd und leer vorgekommen waren, waren nun hinter riesigen Bücherregalen verborgen. Über Leitern gelangte man auf eine zweite Ebene aus dunklem Holz, die sich rings um den Raum zog. Ein Labyrinth aus Bücherregalen befand sich auch in der Mitte des Raumes, und hier und dort standen Gruppen von Holztischen und Bänken. Der dunkle Holzboden war mit Teppichen in einem satten Smaragdgrün ausgelegt. Neben den Kronleuchtern erhellten Sturmlaternen auf den Tischen die Leseplätze.

»Ziemlich beeindruckend, oder?« Kian stupste Irma an, die mit offenem Mund den Raum betrachtete.

»Es ist wunderschön hier«, brachte sie heraus, die Augen auf die mit Tausenden von Büchern gefüllten Wandregale gerichtet.

Kian ergriff Irmas Arm und zog sie sanft zu einem Tresen auf der rechten Seite des Raumes. »Komm, ich stell dich zuerst einmal Sander vor.«

Diesen Namen hatte Irma bereits mehrmals gehört. Nicht nur hatte Elodie ihrer Mutter Gewürze von ihm gebracht, auch Iven hatte diesen Namen schon einmal erwähnt. Sander war zuständig für den Trank gewesen, den er eingenommen hatte.

Der Bibliothekar saß versteckt hinter der Holztheke und war ganz vertieft in seine Lektüre. Irma erkannte, dass er die anatomische Skizze eines menschlichen Wesens mit Libellenflügeln studierte. Kian räusperte sich, und der Mann sah von seinem Buch auf. Sein braunes Haar stand ihm unordentlich vom Kopf ab, und er hatte einen strubbeligen Bart. Auf seiner Stirn erkannte Irma eine Tätowierung, die sie schon einmal gesehen hatte. Es dauerte einen Moment, bis sie das Dreieck in dem Kreis zuordnen konnte. Moira trug das gleiche Symbol auf ihrer Stirn. Als Sanders Blick auf Irma fiel, funkelten seine braunen Augen neugierig hinter der eckigen Hornbrille, durch deren Gläser sie unnatürlich vergrößert wurden.

»Bringst du heute etwa unseren neuen Lehrling mit, Kian?«, fragte der Mann gut gelaunt.

»Genau, das ist Irma.«

Irma lächelte, und Sander sagte: »Ich habe schon von dir gehört. Wir können dich hier wirklich gut gebrauchen. Ich bin Sander. Grundsätzlich bin ich auch ein Wächter, meine Spezialität ist allerdings eher die geistige Arbeit. Ich leite schon seit fast zweihundert Jahren die Bibliothek und die Laboratorien dahinter.«

»Freut mich, dich kennenzulernen. Was arbeitet ihr denn in den Laboratorien?«, erkundigte sich Irma interessiert.

»Wir versuchen, die *Magikk* des *Kaltengrims* zu nutzen. Zum Beispiel, um Tränke zu brauen, die wir für verschiedene Zwecke wie beispielsweise zur verbesserten Wundheilung anfertigen. Wir stellen aber auch Apparate her, die mit *Magikk* funktionieren. Die Sonnenlichtlaternen waren damals meine Idee. Ich habe Helias *Magikk* dafür genutzt und neu geformt.«

Irma staunte. »Das klingt total spannend. Aber auch ziemlich kompliziert.«

Sander nickte. »Nicht jeder kann *Magikk* fühlen, deshalb fällt es manchen *Anderswesen* leichter als anderen. Wenn man sich allerdings an meine Rezepte hält, kriegt auch der unsensitivste Wächter etwas hin«, lachte er. »Ihr werdet bei mir natürlich auch noch ein paar Lehrstunden haben. Jetzt seid ihr wahrscheinlich hier, um zu lesen. Was sucht ihr?«

Irma kratzte sich am Kopf, während sie laut überlegte: »Ich denke, ich muss ganz am Anfang beginnen. Am besten irgendetwas über *Magikk* ganz allgemein, den *Kaltengrim* und vielleicht auch über den *Feuerberg*. Und vielleicht noch etwas über Helia und … wie hießen die ersten Wächter noch gleich?«

»Darion und Selene«, antwortete Sander geduldig. »Da habe ich einiges im Angebot.«

Er deutete auf eines der Wandregale, und nachdem sie sich bedankt hatte, stiegen Irma und Kian die Leiter hinauf. Irma wollte ungern zugeben, dass sie unter Höhenangst litt, doch ihre Knie begannen zu schlottern. Stur vermied sie es, einen Blick nach unten zu werfen. Mit noch pochendem Herzen und zitternden Händen griff sie zwischen Dutzenden von Wälzern wahllos nach einem Buch in dunkelrotem Leder, warf einen kurzen Blick hinein, kletterte damit hinunter und steuerte einen der Holztische in der Raummitte an. Kian, der sich für ein Buch über das Gestaltwandeln entschieden hatte, folgte ihr. Vertieft in ihre Lektüren saßen sie sich schweigend gegenüber. Irma stellte fasziniert fest, dass die ersten Seiten des dicken Buches von Hand geschrieben waren. Die hinteren schienen allerdings gedruckt zu sein. Sie hatte anfangs Schwierigkeiten damit, die schnörkelige Schrift zu entziffern, doch das Buch musste magisch sein, denn nach ein paar Sätzen liefen die Bilder vor Irmas innerem Auge ab, als ob sie vor Tausenden von Jahren dabei gewesen wäre. Wie in Trance blätterte sie die vergilbten Seiten um und sog das Wissen über die Vergangenheit in sich auf.

Göttliche Wesen, die niemand beschreiben konnte, hatten die Welt erschaffen. Sonne, Mond und Sterne, das Leben und den Tod. Nichts war dem Zufall überlassen worden, und die Welt war durchzogen von den pulsierenden Adern ihrer Kräfte. Die Götter hatten der Welt ihre *Magikk* geschenkt, doch sie waren auch verantwortlich für die *Daimonen*. Der Legende nach hatte die Göttin Ker sie geschaffen, um die Welt, die ihren Göttern nicht dankbar genug war, zu bestrafen. Niemand wusste, wo die Götter und die *Daimonen* lebten, doch sie waren in der Lage, an den *Magikkadern* ins Diesseits einzubrechen. Irma sah die *Anderswelt*, die im Laufe der Jahrtausende an den *magikkstarken* Orten zu existieren begann. Getrennt von der menschlichen Welt und dennoch direkt neben ihr, nahm Irma den *Kaltengrim* wahr, wie er vor Urzeiten gewesen war. Die unberührte Natur wurde von unzähligen *Anderswesen* bewohnt, die Irma nun zu benennen lernte. Feenartige Waldgeister lebten in den Baumkronen, und die

Gestaltwandler streiften durch ihre Territorien. Magische Wesen aus dem *Dunkelsee* ließen sich nur bei Nacht blicken, da sie die Sonne fürchteten. Irma sah die unterschiedlichen Clans von Waldnymphen und Waldwanderern mit tannengrünen Augen, braunem Haar und ihren animalischen Eigenschaften vor sich. Über die Generationen hinweg vereinten einige von ihnen so viel *Magikk* in sich, dass sie sogar die Sterblichkeit hinter sich ließen. Diese *Anderswesen*, Gestaltwandler und *Seraphim*, gesegnet mit übermenschlicher Stärke, herrschten über den *Kaltengrim*.

Irma sah die *Seraphim* Darion und Selene, die alles in ihrer Macht Stehende taten, um die Menschen vor den grauenvollen *Daimonen* zu beschützen, denen sie weit unterlegen waren. Die *Anderswesen* sahen zu dem Paar auf, sie krönten Selenes honigblondes Haupt mit einem Blumenkranz, und ihre eisblauen Augen funkelten, als sie die Wächter ins Leben riefen. Jahre später erbauten die beiden Liebenden die Festung, die man heute den *Feuerberg* nennt. Unsterbliche *Anderswesen* waren selten gesegnet mit Kindern, umso größer war die Freude im *Kaltengrim*, als Darion und Selenes Tochter Grian das Licht der Welt erblickte. Die schöne Frau, zu der das dunkelhaarige Mädchen mit den waldgrünen Augen heranwuchs, war stark und gutherzig wie ihre Eltern. Doch sie verliebte sich in die Sonne und bezahlte den Preis dafür. Als sie ihre Tochter gebar, wurde sie mit Haut und Haar von deren Sonnenfeuer verbrannt. In großer Trauer, doch mit noch größerer Liebe zogen Darion und Selene ihre Enkeltochter auf. Ihre *Magikk* war stärker als die aller *Anderswesen* vor ihr. Irma sah, wie die kleine Helia mit ihren leuchtend goldenen Augen die Hallen des *Feuerbergs* durchquerte. Es verging ein Jahrtausend, bis Darion und Selene erneut mit einem Kind gesegnet wurden. Irma erblickte den jungen Torin, der das Ebenbild seines Vaters war. Er nutzte jeden Moment der es ihm erlaubte, den *Feuerberg* zu verlassen, als ob ihn der Wald zu sich rief. Die *Magikk* des *Kaltengrim* wirkte unfassbar stark in ihm. Er beeinflusste die Elemente, als würde ihm die Welt gehorchen.

Doch etwas durchbrach die Harmonie: der grausame Tod von Darion und Selene. Auf der Trauerfeier für ihre Großeltern setzte Helia die Körper des Paares in Brand, die mit Blumen geschmückt auf einem

Scheiterhaufen lagen, errichtet auf einer Waldlichtung. Die *Anderswelt* war am Boden zerstört, doch aus der Asche erhob sich Helia. In goldene Roben gekleidet stand sie in dem mächtigen Thronsaal. Auf ihrem Haupt trug sie eine Krone, die an einen Heiligenschein aus Sonnenstrahlen erinnerte. Vor ihr knieten Tausende *Anderswesen* nieder.

»Habt ihr etwas lernen können?«, fragte Sander, als Kian und Irma über seinen Tresen lugten.

Irma nickte, immer noch benommen von der Vergangenheit, in die sie so plötzlich eingetaucht war.

Und vielleicht von dem Wein am Vorabend.

»Kann ich mir das Buch ausleihen? Dann kann ich auch vor dem Schlafengehen noch ein bisschen lesen.« Sie hielt Sander ein Buch entgegen, das die unterschiedlichen *Anderswesen* im *Kaltengrim* behandelte.

Sander nickte und vermerkte den Buchtitel sowie das Datum. Irma sah verdutzt auf die Jahreszahl: 1525.

»Wann beginnt eure Zeitrechnung?«, fragte sie, obwohl sie die Antwort bereits ahnte.

»Mit Helias Geburt.«

»Ich habe Helia an meinem ersten Tag hier getroffen. Ich konnte bei ihr noch mehr spüren als die *Magikk* des *Kaltengrims*. Als ob noch etwas anderes den Rhythmus ihrer *Magikk* bestimmt. Liegt das an ihrer Sonnenmagie?«

Sander zog die Augenbrauen hoch, dann nickte er.

»Ja, das ist richtig. In den Legenden heißt es, Helias Mutter Grian hätte sich in die Sonne verliebt. Um es konkreter auszudrücken: Helia könnte die Tochter des Sonnengottes Ra sein. Sie selbst ist sich dessen jedenfalls sicher.«

»Gibt es das öfter? Also Kinder von … Göttern?«

Noch vor ein paar Tagen hätte Irma es sich nicht träumen lassen, dass sie jemals so eine Frage stellen würde.

»Nein, unsere Herrscherin ist ein ganz einzigartiges *Anderswesen*. Jedenfalls hier im *Kaltengrim*. Daher nennen sie viele auch unseren Erzengel«, antwortete Sander. »Ich bin beeindruckt, dass du das bemerkt hast. Du scheinst sehr *magikksensitiv* zu sein. Deine *Magikk* ist allerdings auch ungewöhnlich. Da ist noch etwas anderes, das ich nicht ganz zuordnen kann.«

»Meine Familie hat Wurzeln im *Kaltengrim*, wir leben in der *Wolfswacht* direkt am Waldrand. Mein Vater stammt allerdings nicht aus dem *Kaltengrim*, deshalb auch die spürbare Dissonanz«, erklärte Irma.

»Aus der *Wolfswacht* ... das ist ja höchst interessant«, murmelte Sander mehr zu sich selbst. »Vermutlich hast du recht.«

Irma beschlich das Gefühl, er wäre von ihrer Theorie nicht sonderlich überzeugt.

»Du kannst also auch die *Magikk* fühlen?«, hakte sie nach.

»Natürlich, ich bin sozusagen Profi!« Sander warf sich mit gespielter Arroganz in die Brust. »Ich nutze die *Magikk* schließlich für meine Erfindungen und Tränke. Sie ist das wichtigste Element meiner Alchemie, und mit meiner Brille hier kann ich sogar Spuren von ihr sehen. Habe ich natürlich selbst entworfen.«

Er tippte auf das Gestell seiner Hornbrille.

»Das ist ja genial!«, sagte Irma beeindruckt. »Hast du auch etwas mit Helias Krone gemacht? Ich hatte das Gefühl, dass sie mich sehen konnte, obwohl ihre Augen verdeckt waren.«

»Ich hatte schon vergessen, wie anstrengend deine ganze Fragerei ist«, ließ sich eine kratzige Stimme in ihrem Rücken vernehmen.

Überrascht zuckte Irma zusammen. Sie hatte Iven gar nicht kommen hören. Trotzig vermied sie es, ihn anzusehen, denn sie war immer noch wütend. Auch wenn er vielleicht nicht selbst entschieden hatte, dass sie im *Kaltengrim* zu bleiben hatte, hätte er sich mehr für sie einsetzen können. Kian, der kein großer Freund von Iven zu sein schien, trat einen Schritt hinter Irma.

»Besser Fragen stellen, als unwissend bleiben«, schlug sich Sander auf Irmas Seite.

»Das könnte aus der *Sesamstraße* stammen«, murmelte sie und entlockte Iven damit ein Lächeln.

Doch sie ignorierte ihn. Sander und Kian hatten ihre Anspielung freilich nicht verstanden, und Irma kam auch nicht dazu, sie ihnen zu erklären, da Iven in diesem Moment einen Beutel über den Tresen reichte.

»Blätter von Wasserschierling und Seidelbast. Außerdem noch die Knochen, die du wolltest. Sie sollten vollständig sein. Viel Spaß damit.«

Sander bedankte sich mit einem Nicken bei Iven und wandte sich erneut Irma zu.

»Um deine Frage zu beantworten: Unsere Herrin hat selbst gelernt, mithilfe ihrer *Magikk* wieder sehen zu können. Sie hat meine Hilfe dafür überhaupt nicht benötigt.«

»Danke, Sander«, verabschiedete sich Irma, die es plötzlich eilig hatte, die Bibliothek zu verlassen.

Noch vor der hölzernen Flügeltür versperrte Iven ihr den Weg nach draußen. Warum musste er auch so schnell sein? Zum ersten Mal an diesem Tag legte sie den Kopf in den Nacken, um in seine hell blitzenden Augen zu sehen. Ehe sie ihn wütend anfunkeln konnte, drückte er ihr einen Zettel in die Hand. »Damit kannst du dir noch einen Schwung Kleidung in der Näherei abholen.«

Verdutzt schaute Irma auf das Stück Pergament. Noch überraschter war sie, als Iven ihr eine Handvoll Haarnadeln und Zopfgummis, die eindeutig aus der menschlichen Welt stammten, entgegenstreckte.

»Und die kannst du bestimmt auch gebrauchen.«

Ist ihm aufgefallen, wie genervt ich von meinem offenen Haar gewesen bin?

Wollte Iven sich mit dieser Geste bei ihr entschuldigen? Sie kannte niemanden, der so böse dreinblickte, wenn er gerade etwas Nettes tat.

»Entschuldigung angenommen«, sagte sie, als Iven die Haarnadeln in ihre Hände fallen ließ.

»Gewöhn dich nicht dran, Hase.« Er drehte Irma den Rücken zu und verschwand aus der Bibliothek.

Kopfschüttelnd sah Irma auf die Haargummis, und Kian murmelte: »Was für ein komischer Kauz.«

Mit einem merkwürdigen Kribbeln im Bauch machte sich Irma auf den Weg zum Küchendienst. Während ihrer Arbeit grübelte sie lange über das nach, was sie in der Bibliothek über den *Kaltengrim* gelernt hatte. Erst als sie mit Enya darüber sprach, erfuhr Irma, dass Helias Augen während der Rebellion von ihrem eigenen Sonnenfeuer verbrannt worden waren.

17

Innerhalb des *Feuerbergs* gab es keine Bezahlung wie in der menschlichen Welt, doch man verdiente sich Waren und Dienstleistungen mit seiner Arbeit. Enya hatte Irma erklärt, dass der engste Kreis um Helia natürlich am meisten erhielt. Danach kamen in der Rangordnung die Priesterinnen, und auch die Wächter wurden wesentlich besser entlohnt als die Bediensteten. Lehrlinge wie Irma erhielten nichts. Im Gegenteil, Irma arbeitete noch jeden Abend dafür, überhaupt im *Feuerberg* wohnen zu dürfen und nicht verhungern zu müssen. Und das, obwohl sie niemals darum gebeten hatte, in der *Anderswelt* zu bleiben. Die Ironie des Ganzen stieß Irma sauer auf, doch sie war dankbar für die zusätzliche Kleidung, die sie sich dank Iven besorgen konnte. Sie suchte sich die am wenigsten mittelalterlich aussehenden Klamotten aus, und in den dunklen Hosen mit den eng anliegenden schwarzen Oberteilen kam sie sich fast wieder so vor wie sie selbst. Abgesehen vom schneeweißen Haar. Sie war jetzt sogar im Besitz von Mütze, Schal und Handschuhen, denn Moira hatte zu Irmas Freude angekündigt, dass das Training bald draußen stattfinden würde. Obwohl sie sich sehr über die zusätzliche Kleidung freute, hatte Irma sich nicht noch einmal bei Iven bedankt. Er war immerhin verantwortlich dafür, dass sie von ihrem alten Leben wie abgeschnitten war und keinerlei Möglichkeit hatte, ihrer Familie ein Lebenszeichen aus der streng bewachten Festung zu senden.

Die letzte Woche war vergangen, ohne dass sie miteinander gesprochen hatten. Sie hatte ihn nur wenige Male in der Trainingshalle gesehen, als sie gerade Runde um Runde lief oder sich durch andere Übungen quälte. Wenn sie sich auf dem Gang über den Weg liefen, schien keiner von beiden zu wissen, was er sagen sollte. Vielleicht hatte Iven aber auch schlichtweg kein Interesse mehr, mit Irma zu sprechen. Zum Glück war sie nun nicht mehr auf seine Hilfe angewiesen.

Irma schob diese Gedanken beiseite, sobald sie aufkeimten. Es konnte ihr herzlich egal sein, was Iven machte. Denn auch wenn sie ihre Familie schrecklich vermisste, hatte Irma mit Kian und Enya

Freunde gefunden und war keinesfalls einsam. Sie erklärten Irma mit Engelsgeduld die Gepflogenheiten in der *Anderswelt*, wie beispielsweise den Gottesdienst, der alle zehn Tage stattfand und an dem Helia selbst teilnahm. Der gesamte *Feuerberg* hatte anwesend zu sein, und auch nach dem Gottesdienst gab es eine Besonderheit: Um den Dienst der Wächter zu würdigen, durften diese im Anschluss ausnahmsweise im oberen Speisesaal essen. Für Kian, dessen Vater Hochwächter war, war das nichts Außergewöhnliches. Irma war jedoch nervös, allein der Gedanke an Helia bereitete ihr Unbehagen. Sie hatte die Sonnenkönigin seit ihrer Ankunft nicht mehr gesehen. Aber bereits das Wissen, dass sie immer in ihrer Nähe war, erzeugte ein mulmiges Gefühl in Irma. Helias *Magikk* war einfach überall.

»Das wird schon«, hatte Kian versucht sie zu beruhigen. »Da passiert gar nichts Schlimmes, nur das Übliche.«

Doch Irma hatte das Gefühl, dass Kian aufgrund seiner Herkunft und der Stellung seines Vaters grundsätzlich optimistischer war als Enya. Die Undine hatte Irma nämlich ausdrücklich vor dem Gottesdienst gewarnt. Sie hatte ihr beispielsweise eingebläut, den Mund zu bewegen, auch wenn sie die Gebete und Lieder nicht kannte. Damit sollte sie vermeiden, dass man ihr nachsagen konnte, sie würde nicht genug Ehrerbietung zeigen.

Darüber hinaus hielt Enya nicht damit hinterm Berg, wie sehr es sie graute, in der großen Küche zu arbeiten. »Alle sind so fürchterlich gestresst und hektisch. Alles muss perfekt sein, das ist so furchtbar«, hatte sie gejammert. »Ich wünschte, du könntest mir Gesellschaft leisten.«

Da Irma ihr Wächtertraining am Nachmittag nicht entfallen lassen durfte, konnte sie Enyas Wunsch nicht nachkommen. Stattdessen machte sie sich nach dem Training sofort für die Pflichtveranstaltung fertig. Kian hatte ihr ans Herz gelegt, sich schicker als gewöhnlich anzuziehen. Kopfschüttelnd betrachtete Irma ihre Kleiderauswahl und fragte sich, wie sie sich damit bitte schön schick anziehen sollte. Sie griff nach einem der neuen Oberteile und der dunklen Hose. Damit sie etwas festlicher aussah, flocht Irma daraufhin jedoch ihr Haar, verließ das Zimmer und klopfte an Kians Tür.

»Komm rein«, rief er von innen.

Kians Zimmer war genauso klein wie das von Irma und mit dem gleichen Mobiliar ausgestattet. Er hatte allerdings wesentlich mehr Krempel herumstehen. Im Gegensatz zu ihr hatte Kian ja auch nicht sein ganzes bisheriges Leben zurücklassen müssen. Daher besaß er nicht nur mehr Kleidung, sondern auch eine hübsche Holztruhe, in der er ein Kartendeck und Brettspiele aufbewahrte, mit denen Irma und er sich schon an ein paar Abenden die Zeit vertrieben hatten. Irma warf sich auf Kians Bett, da dieser noch in seiner Kommode kramte. Er zog zwei beige Tuniken heraus, die jeweils mit hübschen Borten verziert waren. Als er Irma beide mit fragendem Blick entgegenstreckte, tippte sie auf das mit den dunkelroten Borten, die mit goldenen keltischen Knoten bestickt waren. Irma musste bei dem Gedanken lächeln, dass auch Anselm sie oft in seine Kleiderwahl einbezogen hatte.

Nachdem sich Kian die Tunika übergeworfen hatte, machten sich die beiden auf den Weg zum Gottesdienst. Sie stiegen die Treppen in die große Halle hinauf, und zum ersten Mal seit ihrer Ankunft im *Feuerberg* betrat Irma das kirchenartige Gebäude, das dort so deplatziert lag. Sie fragte sich, wie sehr sich Helia und ihre Priesterinnen wohl von der katholischen Kirche hatten inspirieren lassen, angefangen von den Reihen mit Holzbänken über die Kronleuchter, die von der Decke hingen, bis hin zu den kunstvollen, mit Gold veredelten Gemälden an den Wänden. Auf jedem einzelnen davon war Helia zu sehen. An der Stirnseite des Raums stand ein Altar, zu dessen linker und rechter Seite ebenfalls Bänke standen. Diese waren besetzt mit Dutzenden von Frauen, die in weiße Roben mit goldener Sonne gehüllt waren. Es war das erste Mal, dass Irma so viele Priesterinnen auf einmal sah. Zugegebenermaßen verließ sie den Wächtertrakt kaum, und in den letzten Tagen waren ihr lediglich zwei der weiß gekleideten Frauen in der Bibliothek begegnet.

Kian deutete auf eine der Reihen, in der bereits Konstantin und Ansgar saßen, und Irma nickte. Sie winkte Enya und Elodie zu, die hinter der letzten Holzbank standen und ihr zulächelten.

»Wieso stehen so viele Leute hinten in der Kirche? Es ist doch noch Platz auf den Bänken?«, fragte Irma Kian im Flüsterton.

Es war so still, dass sie sich nicht traute, lauter zu sprechen.

»Die Bänke sind für die Wächter, die Bediensteten stehen immer hinten«, erklärte Kian.

»Aber die Bänke werden doch niemals voll!« In Irmas Stimme schwang Empörung mit. Es gab ja kaum noch Wächter …

Kian schwieg betreten, und Irma ließ das Thema fallen, denn Kian konnte schließlich nichts für seine privilegierte Herkunft. Als sie neben den anderen beiden Lehrlingen Platz nahmen, warf Irma einen Blick zurück in die Kirche. Viele der Bediensteten des *Feuerbergs* hatte Irma noch nie gesehen, doch sie erkannte neben Enya und ihrer Tochter auch die Frauen, die die Näherei betrieben und von denen Irma ihre Kleider erhalten hatte. Irma entdeckte auch Fia, Helias Zofe, die ein schlichtes tannengrünes Kleid trug. Ihre dunkelroten Dreadlocks waren in einem Knoten hochgebunden, und sie hatte ein zu ihrem Kleid passendes grünes Tuch um den Kopf geschlungen. Ihre verschiedenfarbigen Augen waren auf den Altar gerichtet und ihr Mund zu einer angespannten Linie zusammengepresst. Dicht neben ihr stand ein Mann, den Irma schon einmal auf dem Gang im Wächtertrakt gesehen hatte. Er wirkte wie Ende dreißig und hatte tannengrüne Augen sowie dunkelbraunes Haar, wie es für die Waldwanderer typisch war. Sein langes Haar trug er in einem tiefen Zopf, und ein dunkler Vollbart überspielte seine markanten Wangenknochen. Er hatte spitze Ziegenhörner, und trotz seines grimmigen Blickes hatte er Fia in einer liebevollen Geste einen Arm um die Hüfte gelegt. Irma riss ihren Blick von dem Paar los und drehte sich wieder nach vorne um.

Sie warteten in Stille darauf, dass der Gottesdienst losging. Nach und nach traten immer mehr Wächter ein, und Irma erkannte Corvus, den dunkelhaarigen Jungen, der Iven damals im *Café Haderlump* aufgesucht hatte. Er war komplett in Schwarz gekleidet und setzte sich in die erste Reihe. Sein Haar hatte er hinter spitze Elfenohren geklemmt. Irma fiel auf, dass seine *Magikk* ganz anders war als die der übrigen *Anderswesen*. Sie schien überhaupt nicht vom *Kaltengrim* zu sein. Kurz nach ihm ging eine weitere Person auf die erste Reihe zu. Der Mann war groß und muskulös, hatte ein bildschönes Gesicht, und ihn umgab die Ausstrahlung eines unsterblichen *Anderswesens*. Sein hellblondes Haar war nach hinten gegelt, und seine beinahe schwarzen Augen kamen Irma bekannt vor.

»Ist das dein Vater?«, fragte sie Kian, der mit einem Nicken antwortete.

Irma kam nicht mehr dazu, Kian weiter auszufragen, denn in diesem Augenblick erhoben sich die Priesterinnen synchron. Irma musste gegen ihren Willen schmunzeln, als sie bemerkte, wie Iven mit übermenschlicher Geschwindigkeit gerade noch rechtzeitig die Bank vor ihnen erreichte, ehe der Gottesdienst eröffnet wurde. Die Besucher der Kirche standen allesamt auf, und ein lobpreisendes Lied erklang. Der Gesang wurde glücklicherweise nicht von einer Orgel begleitet, was Irma schon in der Menschenwelt schrecklich gefunden hatte. Einige der Priesterinnen spielten Flöte oder Violine, und eine Trommel gab den Rhythmus vor. Wie Enya ihr empfohlen hatte, bewegte Irma die Lippen dazu. Sie kam sich zwar ein bisschen albern vor, doch die Priesterinnen hatten tatsächlich ihre Argusaugen auf die Menge gerichtet. Noch bevor sie sie sah, spürte Irma, dass Helia sich näherte. Ihre *Magikk* knisterte, und Irma konnte die einzigartige *Sonnenmagikk* herausfühlen. Die Herrscherin des *Kaltengrims* hatte den Raum betreten, alle wandten sich ihr zu. Sie erinnerte Irma auf eine gewisse Art an eine Braut, die unter der ungeteilten Aufmerksamkeit aller Anwesenden zum Altar schritt. Nur dass Helia nicht in Weiß gekleidet war, sondern eine über und über goldene Robe trug. Die roten Edelsteine in ihrer Sonnenkrone funkelten und erinnerten Irma an frisches Blut. Helia war wunderschön, ihr goldenes Haar war mit glitzernden Perlen geschmückt, und erhaben schwebte sie durch den Raum. Ehrfürchtig bewunderte Irma, wie eine so kleine und jung aussehende Person eine derart starke Ausstrahlung haben konnte. Helia schritt um den Altar herum und setzte sich auf einen vergoldeten Stuhl. Kurz darauf kam eine Priesterin den Gang entlang. Dabei musste es sich um die Hohepriesterin handeln, vor der Enya sie gewarnt hatte. Im Gegensatz zu den anderen Frauen trug diese eine schwarze Robe, deren Kapuze ihr Gesicht in Schatten tauchte. Auf ihrer Brust prangte ebenfalls die goldene Sonne, und Irma registrierte, dass das Innere der Kapuze aus goldener Seide war. Die Frau trug einen glänzenden Gürtel, der ihre zierliche Taille betonte, und ging zielstrebig auf den Platz zu Helias Rechter zu. Sie setzte sich, und Irma beschlich das Gefühl, dass die Priesterin insgeheim der Überzeugung war, der Lobgesang gälte auch ihr. Sie schlug die Kapuze zurück. Irma blickte in das spitze Gesicht einer Unsterblichen, die mit ihrem streng nach hinten gebundenen hellbraunen Haar zwar schön, aber auch furchteinflößend aussah. Auf ihrer Stirn prangte die Tätowierung einer Sonne. Ihre hellblauen Augen wanderten über die Reihen, und ein zufriedenes Lächeln umspielte ihren wohlgeformten Mund. Als der Gesang endete, stand die Hohepriesterin auf und bedeutete den Gottesdienstbesuchern mit gnädigem Gesichtsausdruck, dass sie sich setzen durften. Dann richtete sie das Wort an die versammelten *Anderswesen*.

»Die Herrin der Herrlichkeit und Spenderin aller Gnade sei mit euch«, begann sie feierlich.

Ach herrje.

Irma fühlte sich unmittelbar zurückversetzt in die Schulgottesdienste, die sie früher am Gymnasium besuchen musste und todlangweilig fand. Sie fragte Kian im Flüsterton, wie die Hohepriesterin hieß.

»Anwyn«, antwortete er ihr ebenso leise.

Irma fiel ein, dass auch Iven sie schon vor ihr gewarnt hatte. Sie ließ ihren Blick zu ihm wandern und beobachtete ihn dabei, wie seine Lippen sich zu den Worten der Priesterin bewegten. Seinem Gesichtsausdruck nach zu urteilen äffte er sie allerdings gerade nach. Irma fragte sich, wie lange es diese Gottesdienste schon gab. Sicherlich schon sehr lange, eingedenk der Tatsache, dass Iven den Text auswendig konnte.

Irma folgte seiner Blickrichtung und stellte überrascht fest, dass in der hinteren Reihe der Priesterinnen Minna saß. In ihrer weißen Robe sah sie mit glänzenden Augen zur Hohepriesterin hinüber. Irma war neu, dass man gleichzeitig Wächterin und Priesterin sein konnte. Sie nahm sich vor, Kian anschließend dazu zu befragen, und ignorierte das merkwürdige Gefühl, das sich in ihrer Brust breitmachte. Iven schien Minnas Gesellschaft ihrer vorzuziehen.

Fein, ich kann gut auf ihn verzichten.

Irma schob diese Gedanken energisch beiseite und versuchte sich auf

Anwyn zu konzentrieren. Doch sie war genauso gelangweilt vom Sermon der Hohepriesterin, wie sie es vom Gelaber des Priesters in den Schulgottesdiensten gewesen war. Irma ließ den Gesang, die Gebete und die Fürbitten an sich vorbeiziehen. Brav versuchte sie mitzusingen und rechnete beinahe damit, dass die Priesterinnen irgendwann noch anfangen würden, das Brot zu brechen und Wein zu teilen. Doch dann geschah etwas Unerwartetes. Helia erhob sich und trat vor den Altar. Langsam breitete sie die Arme aus, die weiten Ärmel ihrer goldenen Robe fielen dabei wie Flügel von ihren schlanken Armen herab. Mit hartem Blick sah sie in die Menge, und von einem Augenblick auf den nächsten verschwand alles Licht aus dem zuvor strahlend hellen Saal. Irma sog scharf die Luft ein. Sie saßen im Stockfinsteren. Irma hatte sich mittlerweile daran gewöhnt, dass es im *Feuerberg* kein echtes Tageslicht gab. Nun aber waren sie in einem riesigen Felsen in schwärzester Finsternis eingesperrt. Irmas Herzschlag beschleunigte sich, und sie versuchte, nicht in Panik zu geraten. Die Dunkelheit um sie herum war so umfassend, dass sich die Augen nicht daran gewöhnen konnten, und Irma sehnte sich nach einem kleinen Funken Licht.

Zum Rhythmus ihres pochenden Herzens begann Irmas *Magikk* aufgeregt zu pulsieren. Auch ihre Fingerspitzen begannen zu kribbeln, und Irma fühlte sich an *Samhain* zurückversetzt, als ihre *Magikk* erwacht war. So heftig wie damals hatte sich diese Kraft seither nicht mehr gerührt. Irma gab sich alle Mühe, sich zu beruhigen und die Empfindungen zu unterdrücken.

In der tiefsten Dunkelheit begann Helia zu ihnen zu sprechen. Ihre Worte passten nicht zum hellen Klang ihrer Stimme: »Ich bin eure Sonne, ich bin euer Leben. Ohne mich gäbe es für euch nur Finsternis und Tod.«

Erleichtert atmete Irma aus, als der Raum erneut in helles Sonnenlicht getaucht wurde. Mit einem grausamen Lächeln auf den geschwungenen Lippen ließ die Sonnenkönigin ihre Arme sinken, und nach und nach fielen alle, auch die Hohepriesterin, auf die Knie. Irma war froh, nicht mehr auf ihren schlotternden Beinen stehen zu müssen, und glücklicherweise beruhigte sich auch das aufgeregte Knistern ihrer *Magikk*.

Irmas Erleichterung hielt jedoch nur kurz an. Sie hatte es vorher nicht bemerkt, doch hinter den Bänken der Priesterinnen schien noch ein kleiner Nebenraum zu sein. Gerade als sie dachte, der Gottesdienst könne nicht noch schlimmer werden, führte eine der Priesterinnen ein Reh herein. Als sie in die verschreckten braunen Augen des Tieres blickte, wurde Irma schlagartig klar, dass es niemals wieder das Tageslicht sehen würde. Während drei weitere Priesterinnen halfen, das panische Tier auf den Altar zu legen, ergriff Anwyn das Wort.

»Brüder und Schwestern, mit unserem Opfer wollen wir unsere Herrin um die Vergebung unserer Sünden bitten. Oh Helia, unsere Sonne. Spenderin von Licht und Leben. Nimm unser Opfer an und sei uns gnädig«, rief sie theatralisch, und Irma hoffte, dass man ihr die Abscheu nicht anmerkte.

»Sei uns gnädig«, antworteten die Anwesenden gedämpft. Irma wartete darauf, dass die Hohepriesterin einen Dolch ziehen würde, um dem Reh den Garaus zu machen.

Doch entsetzt musste sie mitansehen, wie Helia ihre Hand auf den Körper des hektisch atmenden Tiers legte und es in Flammen aufging. Die wild um sich schlagenden Beine des Rehs brannten sich in Irmas Gedächtnis ein, sie war erleichtert, als das Reh sich nicht mehr regte und von seinen Schmerzen befreit war. Sie sah sich in den Reihen um, doch niemand außer ihr hatte eine Miene verzogen. Derartige Tieropfer mussten ein fester Bestandteil der Gottesdienste sein.

Die fürchterliche Tat, der Geruch nach verbranntem Fleisch und der dichte Rauch trieben Irma Tränen in die Augen. Sie konnte ihren Blick nicht von dem leblosen Körper abwenden und nahm den Lobgesang kaum wahr, der zum Ende des Gottesdienstes ertönte. Helia schritt, gefolgt von allen Priesterinnen, in einer Prozession aus dem Gebetshaus.

Völlig überrumpelt von diesem Finale des Gottesdienstes war Irma unfähig gewesen, auch nur einen zusammenhängenden Satz zu bilden. Sie folgte den anderen Lehrlingen stumm aus der Kirche, und gemeinsam mit den Wächtern stiegen sie die Treppen hinauf. Den Geruch von verkohltem Fleisch noch in der Nase gingen sie am Thronsaal vorbei und bogen zu einem Speisesaal ab, der nicht nur viel größer, sondern auch wesentlich edler war als der im Wächtertrakt. Der Boden war mit Marmor gefliest, und an den Wänden hingen Gemälde, auf denen ausnahmsweise nicht die Königin verherrlicht wurde, sondern Szenen aus dem *Kaltengrim* zu sehen waren. Im Saal waren lange Tafeln aufgebaut, und Irma setzte sich neben Kian und Ansgar. Im Gegensatz zu der andächtigen Stille, die in der Kirche geherrscht hatte, erfüllten nun Gespräche und Gelächter den Raum. Irma war noch nicht in der Lage, sich daran zu beteiligen, und ließ ihren Blick über die Tische wandern. Die Priesterinnen saßen gesammelt an ihren Tafeln und hatten sich nicht unter die Wächter gemischt. Irma verstand den Sinn dahinter nicht: Warum mussten sie überhaupt gemeinsam essen, wenn sich die Gruppen nicht untereinander austauschten? Helia saß am Kopfende des benachbarten Tisches und hatte neben Anwyn, Corvus und Falk auch Sander und Moira neben sich. Bei ihnen musste es sich um die Hochwächter handeln, diejenigen, die das Sagen hatten. An Helias Tafel saßen grundsätzlich wohl die wichtigsten Wächter, und Irma erkannte, dass auch Minna unter ihnen war. Sie fiel mit ihrer weißen Priesterinnenrobe auf, und ein weiteres Mal wunderte sich Irma darüber, wie sie beiden Professionen gerecht werden konnte.

Am anderen Ende der Tafel entdeckte Irma Iven, der einen missmutigen Gesichtsausdruck aufgesetzt hatte. Das überraschte Irma nicht weiter, doch als sie ihn genauer betrachtete, fiel ihr seine mit einer edlen Borte verzierte Tunika auf. Verwundert stellte sie fest, dass zwei schmale geflochtene Zöpfe sein Gesicht umrahmten. Die Schatten unter seinen Augen waren heller geworden, sein Gesicht hatte mehr Farbe als zuvor, und trotz seiner von Narben durchfurchten Haut sah er gesund aus. Er war auf seine eigene Art hübsch. Zu Irmas Pech schien Iven ihren Blick zu bemerken und richtete seine grauen Augen auf sie. Fragend zog er eine Augenbraue hoch, und Irma wandte die Augen von ihm ab.

»Alles gut bei dir?«, fragte Kian, dem nicht entging, dass sie rot wie ein Feuermelder wurde.

»Frag nicht«, antwortete sie und rieb sich die Schläfen.

Sie versuchte vergebens, sich an dem Gespräch übers Bogenschießen zu beteiligen, das Kian mit Konstantin und Ansgar führte. Das Essen, das ein paar Bedienstete, unter denen auch Enya war, kurz darauf am Tisch servierten, rührte sie kaum an. Sie lehnte auch den Wein aus der Karaffe ab, denn so ein Training wie das nach ihrem ersten Abend mit Kian wollte sie nicht noch einmal erleben.

Irma fühlte sich beobachtet und bemerkte schnell, dass Kians Vater die Quelle ihres Unbehagens war. Der attraktive Mann mit dem blonden Haar und den dunklen Augen sah finster zu ihr herüber. Sie versuchte so zu tun, als würde sie seinen Blick nicht bemerken, war jedoch nicht besonders erfolgreich. Nervös schaute sie auf ihren Teller, in der Hoffnung, der Hochwächter würde das Interesse an ihr verlieren. Für Irma war es eine wahre Erlösung, als das Abendessen endlich beendet war und sie sich auf den Weg hinaus machen konnte. Doch bevor sie mit Kian durch die Tür treten konnte, holte sein Vater sie ein.

»Du bist der neue Lehrling«, stellte er mit kalter Stimme fest und musterte sie von oben bis unten.

Irma hätte sich gerne hinter Kian versteckt, riss sich jedoch am Riemen und sah ihm mutig ins Gesicht.

»Ja, ich bin Irma«, stellte sie sich vor.

Der Wächter dachte nicht daran, Irmas ausgestreckte Hand zu ergreifen.

»Du bist also dieser Halbmensch, mit dem mein Sohn sich abgibt«, sagte er stattdessen. »Du hättest dir vorher überlegen sollen, ob du wirklich Wächter werden willst. Du bist nicht dafür geeignet, und das wird dir noch sonnenklar werden. Spätestens in meinem Training.«

Ohne auf eine Antwort zu warten, drehte er sich um und stiefelte mit hoch erhobenem Haupt davon. Irma sah ihm mit offenem Mund hinterher.

Dieser furchteinflößende Typ ist Kians Vater?

Betreten stand ihr Freund neben ihr, unschlüssig, was er sagen sollte. Irma versuchte die Situation, für die er ja nichts konnte, zu überspielen.

»Wie heißt dein Vater eigentlich?«

»Falk. Ich weiß, nicht besonders einfallsreich für einen Falkenge-staltwandler«, antwortete Kian mit belegter Stimme.

Falk.

Der Wächter, der Enya auf unangenehme Art und Weise nachstellte und vor dem Iven sie auch schon gewarnt hatte.

Was für ein abscheulicher Mann.

Doch Irma kam nicht dazu, über Kians Vater nachzugrübeln. Als sie auf den Gang traten, stellte sich ihr Minna in den Weg.

»Ich erwarte, dass ich dich beim nächsten Gottesdienst bis zum Ende mitsingen sehe. Andernfalls wirst du Probleme bekommen.«

Wer hätte geahnt, dass Irmas Abend mit zwei Drohungen enden würde.

18

Die Tage vergingen, und Irma erholte sich allmählich von dem Schock, den der Gottesdienst für Helia ihr versetzt hatte. Trotz der stetigen *Sonnenmagikk*, die sie umgab, versuchte sie die Gedanken an die selbst ernannte Sonnenkönigin zu verdrängen und konzentrierte sich auf das Wächtertraining. Das half ihr auch dabei, sich von dem fürchterlichen Heimweh abzulenken.

Endlich hatten Kian und Irma neben dem endlosen Rundlauf mit Kampftraining begonnen. Da Irma keine Erfahrung mit Kampfsport hatte, begannen sie ihr Training ohne Waffen. Kian störte es nicht, mit Irma wieder von vorne anzufangen. Er hatte höllisch Spaß daran, sich mit ihr zu messen, zumal sie zu Beginn alle paar Minuten auf der Matte landete. Moira rügte sie zwar häufig, doch lehrte sie Irma effektiv, wie sie sich trotz ihrer geringen Körpergröße gegen ihren Angreifer zur Wehr setzen konnte. Irma eignete sich die Kampftechniken rasch an, und ihr stetiger Fortschritt spornte sie so sehr an, dass sie nach einer Weile ihre Zeit viel lieber auf der Matte verbrachte als in der Bibliothek. Morgens freute sich Irma schon auf das Training, ihr Körper wurde fitter und gehorchte ihr besser als je zuvor. Sie hatte sich sogar an die strenge Hochwächterin gewöhnt, die sie weiterhin regelmäßig anbrüllte und ihr für jede missglückte Aktion einen Klaps auf den Hinterkopf verpasste.

Deshalb ließ sie sich auch nicht unterkriegen, als eines Nachmittags Falk das Training halten sollte. Wie er ihr angedroht hatte, machte er beim Training mehr als deutlich, wie wenig er von ihr hielt. Ohne zu berücksichtigen, dass ihre Ausbildung erst kürzlich begonnen hatte, ließ er sie gegen die älteren Lehrlinge im Stockkampf antreten. Unfähig, den Holzstock sinnvoll zu ihrer Verteidigung zu nutzen, wurde Irma an diesem Tag munter von Arthur verdroschen und trug zahlreiche Blutergüsse an ihren Armen davon. Bevor sie jedoch wirklich zu Schaden kam, schaltete sich Kian ein. Irma wurde von Falk dazu verdonnert, bis zum Ende des Trainings Runden zu laufen. Genervt und gedemütigt joggte sie am Hallenrand entlang.

Wie erleichtert war sie, als am folgenden Tag wieder Moira das Training übernahm. Falk hatte sie einen dürren Zwerg geschimpft, und seither verwendete auch Arthur diesen wenig schmeichelhaften Spitznamen. Irma ließ sich allerdings nicht anmerken, wie sehr sie das störte, und versuchte, den *Seraph* weitestgehend zu ignorieren.

Während ihres Küchendienstes brachte sie ihren Frust darüber jedoch zum Ausdruck und genoss es, mit Enya über Falk und Arthur zu schimpfen. Glücklicherweise war die schöne Undine auf Irmas Seite, und Elodies Imitationen von Falk brachten Irma zum Lachen.

An ihren Abenden leistete meist Kian Irma Gesellschaft. Die beiden erklärten sich gegenseitig Kartenspiele, erzählten sich Geschichten oder saßen einfach nur nebeneinander, während sie Bücher lasen. Kian war hochinteressiert an der menschlichen Welt, und Irma musste ihm ganz viele Dinge erklären. Begriffe wie »Fernseher« oder »Telefon« waren ihm fremd, daher hing er an Irmas Lippen, wenn sie von ihrem Alltag in Schule und Familie berichtete. Sie konnte allerdings auch viel von Kian lernen, und so fragte sie ihn über die Tätowierung auf Moiras und Sanders Stirn aus. Wie erwartet handelte es sich dabei um ein *Anam Cara*, das Zeichen eines Seelenbundes. Irma war verwundert, dass die strenge Kämpferin und der ulkige Bibliothekar ein Paar waren, doch vielleicht ergänzten sie sich gerade deshalb so gut. Kian erklärte ihr darüber hinaus, dass das *Anam Cara* mit einem magischen Ritual verbunden war, das nur durchgeführt wurde, wenn es sich bei den Partnern auch wirklich um Seelenverwandte handelte. Manchmal, so erläuterte er, brauchte es gar kein Ritual, und die Seelen verknüpften sich von selbst. Allerdings war, wie Kian betonte, nicht jedem das Glück vergönnt, einen Seelenverwandten zu finden.

Umso schöner fand Irma die Vorstellung, dass ihre Mutter und ihr Vater füreinander bestimmt gewesen waren, und ihr wurde ganz warm ums Herz. Sicherlich waren ihre Eltern einmal glücklich gewesen, auch wenn sie nicht wusste, was dann vorgefallen war. Wenn Irma zu lange an ihre Familie dachte, wurde ihr Herz allerdings schwer, und in ihren Träumen floh sie aus dem *Feuerberg* und rannte mit brennenden Lungen durch den *Kaltengrim*, bis die *Wolfswacht* in Sicht war. Doch sie erreichte sie niemals rechtzeitig, denn in diesen Träumen stand ihr Zuhause in Flammen, sobald sie aus dem Wald trat.

Eines Abends quälte Irma ihr Heimweh so stark, dass sie sich bis an den Eingang des *Feuerberges* wagte. Doch die Wächter, die das große Tor bewachten, sorgten dafür, dass Irma der Mut verließ. Sie hatte die Anweisung, nicht ohne Grund den *Feuerberg* zu verlassen. Trotz allem fasste sie den Plan, Enya früher oder später nach dem Bedienstetenausgang zu fragen. Auch wenn sie die bewachten Übergänge zurück in die menschliche Welt nicht passieren könnte, träumte Irma davon, zumindest einmal wieder das Tageslicht zu sehen und frische Luft zu schnappen.

Bis dahin stürzte sie sich mit Leib und Seele in die Wächterausbildung. Allmählich musste Irma sich nämlich eingestehen, dass diese ihr wesentlich mehr lag als der Unterricht in der Menschenwelt. Je mehr sie über die *Daimonen* lernte, desto wichtiger fand sie es, diese erfolgreich bekämpfen zu können.

Als Irma mit Kian wieder einmal die Kampftechniken durchspielte, die sie gelernt hatte, nahm sie sich vor, ausnahmsweise ihren Freund zu Boden zu bringen. Sie schlichen raubtierartig umeinander herum, und Moira brüllte ihnen etwas zu, das Irma ausblendete. Sie grinste Kian herausfordernd an, der Falkengestaltwandler ging in die Offensive. Er machte einen Schritt nach vorn, den Irma vorhergesehen hatte. Sie wich ihm gekonnt aus und wirbelte elegant um ihn herum. Kian drehte sich schlagartig zu ihr, doch auch darauf war sie vorbereitet. Irma hatte die Faust bereits zum Schlag erhoben, den Kian nicht erwartet hatte, und so traf sie ihn mit voller Wucht im Gesicht. Kian taumelte einen Schritt nach hinten, fiel auf den Hintern und hielt sich die Hände vor den Mund. Bestürzt darüber, Kian tatsächlich erwischt zu haben, eilte Irma zu ihm. Entsetzt stellte sie fest, dass seine Lippe heftig blutete.

»Oh Gott, es tut mir so leid. Ich wollte dir nicht wehtun«, sagte sie aufgeregt.

Kian grinste breit und zeigte seine roten Zähne.

»Du wirst langsam zu einer gefährlichen Gegnerin«, lachte er und ließ sich von Irma von der Matte aufhelfen.

»Gut gemacht, Irma«, lobte Moira, und Irma traute ihren Ohren kaum. Trotzdem fühlte sie sich schuldig, Kian dermaßen eine verpasst zu haben.

»Irma, begleite Kian zu den Heilern. Ich will nicht, dass meine Matten Blutflecken bekommen«, wies die Wächterin sie an.

Irma gehorchte und betrat daraufhin zum ersten Mal seit ihrer Ankunft im *Feuerberg* das Zimmer der Heiler. Es lag hinter den Trainingshallen und war recht geräumig. Einige Liegen, die mit Vorhängen voneinander getrennt waren, befanden sich darin, und an den Wänden standen verschiedene Schränke und Regale, in denen neben seltsamen Apparaturen allerlei Gefäße mit Tinkturen und Salben gestapelt waren.

Hinter einem der Vorhänge hörte Irma eine entrüstete weibliche Stimme. »Nächstes Mal kommst du früher zu uns. Schau mich nicht so an, es ist mir egal, dass das nur ein *Malakari-Daimon* war. Wenn du nach dem nächsten Kampf wieder erst nach Tagen mit einer derart entzündeten Wunde kommst, behandle ich dich nicht mehr!«

Irma hätte zu gerne hinter den Vorhang geblickt, so neugierig war sie, doch in diesem Moment kam ein junger Heiler auf sie zu. Er war schmal und klein und trug sein hellbraunes Haar in einer strubbeligen Kurzhaarfrisur.

»Kann ich euch helfen?«, fragte er, und Kian nahm die Hand von seiner blutenden Lippe, um ihm sein rotes Grinsen zu zeigen.

Der Heiler nickte professionell und warf Irma einen Blick zu. Als sie sich ihm vorstellte, wurden seine Wangen rot, und er richtete seine braunen Augen erneut auf Kians Verletzung.

»Das ist nichts Schlimmes, ich hole dir eine Salbe«, befand er und eilte davon.

»Ich glaube, Jonah hat sich gerade in dich verguckt. Hast du gesehen, wie ihm das Blut ins Gesicht geschossen ist?«, lachte Kian.

»Pssssssst, sag doch nicht so was!«, ermahnte ihn Irma, deren Wangen nun ebenfalls Farbe bekamen.

In diesem Moment wurde der Vorhang an der benachbarten Liege zur Seite gezogen, und eine kurvige kleine Frau mit kurzem schwarzen Haar blickte dahinter hervor. Ihre beinahe schwarzen Augen richteten sich neugierig auf Irma, und sie grinste vergnügt. Anscheinend hatte sie gehört, was Kian gesagt hatte. Irma wurde nun richtig rot, denn zu allem Überfluss saß ausgerechnet Iven auf der Liege hinter dem Vorhang und blickte sie freudlos an. Er hatte einen Bluterguss unterm Auge, der bereits grün-gelb verfärbt war, und seine Rippen waren verbunden. Ivens schlanker Oberkörper war von alten Narben übersät, und Irma fiel auf, dass er nicht mehr so hager aussah wie noch vor ein paar Wochen. Im Gegenteil, er war zwar immer noch schmal und schlaksig, doch seine Muskeln waren definiert und traten hervor, als er sich aufsetzte und nach seinem Oberteil griff. Ohne es sich überzuziehen, stürmte er wortlos aus dem Raum.

Die Heilerin, die ihn zuvor zurechtgewiesen hatte, war mit ihm wohl noch nicht ganz fertig gewesen. »So ein unmöglicher Kerl!«, schimpfte sie laut.

Irma ertappte sich dabei, dass ihr Blick an der Tür hängen blieb, durch die Iven gestürmt war. Verlegen wandte sie sich Jonah zu, der mit einem Tiegel zurückkehrte, in dem eine seltsam grünliche Salbe war. Mit einem Tuch säuberte er Kians Wunde und gab behutsam etwas von der Salbe auf seine offene Lippe. Binnen Sekunden gerann das Blut.

Auf dem Rückweg zur Trainingshalle trafen sie auf Minna und Iven, der gerade auf seine Verletzung deutete, die zu Irmas Enttäuschung wieder unter seiner Tunika versteckt war. Minna schien von einer Mission zurückgekehrt zu sein, denn Irma hatte sie in den letzten Tagen nicht im *Feuerberg* gesehen, und sie trug schmutzige Wächterkleidung. Kian hatte Irma erklärt, dass Minna eine begnadete Späherin war. Obwohl sie gerne ausschließlich Priesterin sein wollte, war sie für die unterbesetzten Wächter zu wichtig, um den Dienst zu quittieren. Unter anderen Umständen hätte Irma Minna sicherlich für ihr Talent bewundert. Doch es wollte ihr einfach nicht gelingen.

Mit gemischten Gefühlen setzte Irma ihr Training mit Kian fort.

Ihr unerwarteter Erfolg im Training, die seltsame Situation mit Jonah und Iven im Krankenzimmer und die Begegnung mit Minna hatten Irma dermaßen aufgewühlt, dass sie an diesem Abend zu nichts mehr zu gebrauchen war. Sie schnitt sich nicht nur beim Kartoffelschäler in den Finger und verbrannte sich beim Abschmecken der Soße die Zunge, sondern warf versehentlich auch eine große Keramikschüssel zu Boden. Nachdem sie die Scherben aufgelesen hatte, war Enya kurz davor, Irma aus der Küche zu scheuchen. Die war heilfroh, als sie endlich auf dem Weg in ihr Zimmer war.

Was für ein Tag.

Dort angekommen, ging es allerdings mit ihrer Schusseligkeit ungebremst weiter. Irma ließ die Tür versehentlich mit einem lauten Krachen ins Schloss fallen. Der Windstoß fegte ein paar der Notizen, die Irma auf Pergament gemacht hatte, von ihrer Kommode unters Bett. Mit einem resignierten Seufzer krabbelte sie hinterher und sammelte die Zettel ein. Bevor sie sich wieder aufrichtete, fiel ihr Blick auf die Holzbeine ihres Bettes, in die eine Menge Buchstaben und Ziffern eingeritzt waren. Neugierig holte Irma ihre Sturmlaterne und warf erneut einen Blick unters Bett. Es handelte es sich um Dutzende von Namen und Jahreszahlen, die wohl allesamt von Lehrlingen vor ihr stammen mussten. Irma fühlte sich an ihre Aufenthalte im Schullandheim erinnert, bei denen sich die Schüler ebenfalls verewigt hatten. Ihr Herz machte einen aufgeregten Hüpfer. Denn einer der Namen auf dem alten Holz war ihr sehr bekannt.

Iven F. - 1823

Kein Wunder, dass Iven so erfreut gewirkt hatte, als er an ihrem ersten Abend hier gemeinsam mit Irma dieses Zimmer betreten hatte! Kopfschüttelnd fragte sie sich, wie groß die Wahrscheinlichkeit gewesen war, dass sie sich ausgerechnet sein altes Zimmer aussuchte. Erst dann fiel ihr auf, dass Iven die menschliche Zeitrechnung verwendet hatte.

Hatte auch er damals Schwierigkeiten gehabt, sich an die Gepflogenheiten im Feuerberg zu gewöhnen? Oder war es eine trotzige Aktion von ihm gewesen?

1823 war wirklich lange her. Bei dem Gedanken daran, wie alt Iven tatsächlich war, kam sich Irma wieder einmal reichlich dumm vor. Sie hatte ihn für einen Elftklässler gehalten, wenn auch für einen sehr merkwürdigen Elftklässler.

Es klopfte an der Tür, und Irma rief, während sie unter dem Bett hervorrobbte: »Kannst reinkommen.«

Die Tür öffnete sich jedoch nicht, und Irma wunderte sich über Kians ungewohnte Zurückhaltung. Als sie die Tür aufmachte, blickte sie in das Gesicht des ehemaligen Bewohners ihres Zimmers.

»Iven«, begrüßte sie ihn überrascht.

Seit Wochen hatte er sich nicht mehr im Lehrlingsquartier blicken lassen.

»Kann ich reinkommen ... also hast du gerade Zeit?«, fragte er verlegen.

Irma war so überrumpelt, dass sie wortlos nickte und zur Seite trat. Er musste seinen Kopf einziehen, um durch die Tür zu kommen, und stand etwas verloren in ihrem kleinen Zimmer. Sie bot ihm an, sich auf ihr Bett zu setzen. Er streckte seine langen Beine aus, und Irma nahm am anderen Ende des Bettes Platz. Sie lehnte sich an die Wand, zog die Beine zu sich heran und schaute ihn erwartungsvoll an. Iven schien etwas sagen zu wollen, wusste aber offenbar nicht, wie er anfangen sollte. Neben seinem Duft nach Süßholz hatte er Rauchgeruch mit hereingebracht.

»Du riechst nach Zigaretten«, stellte Irma fest.

Erst als die Worte raus waren, realisierte sie, dass sie auch gleich hätte sagen können, er würde stinken.

Er kratzte sich verlegen am Kopf. »Manche Gewohnheiten lassen sich schwer ablegen«, sagte er.

Danach herrschte erneut Stille. Irma suchte fieberhaft nach einem geistreichen Gesprächsthema, ihr Kopf war wie leer gefegt. Sie betrachtete Iven, der an die Wand starrte und schwieg, von der Seite. Sein grünlicher Bluterguss hob sich stark von seinen rötlichen Sommersprossen und dem fuchsroten Haar ab, das ihm offen über die Schultern fiel.

Nach einer Weile wandte er Irma seine sturmgrauen Augen zu und brach endlich das Schweigen: »Moira ist heute sehr zufrieden mit dir gewesen.«

»Ich habe Kian volle Kanne eine reingehauen. Wenn sie damit zufrieden war, dann weiß ich auch nicht«, antwortete Irma, unfähig, das Kompliment anzunehmen.

Iven verzog seine schmalen Lippen zu einem schadenfrohen Grinsen, und Irma warf das Kissen nach ihm.

Er fing es unbeeindruckt auf, und sie gestand: »Ich habe trotzdem manchmal das Gefühl, dass ich nicht sonderlich gut als Wächterin geeignet bin. Falk und Arthur sind sich dessen jedenfalls sicher.«

Iven schnaubte und verzog angewidert das Gesicht.

»Lass dir von denen bloß nichts einreden. Arthur ist meiner Meinung nach eine Schande für die Wächter, und Falk war schon immer voreingenommen. Er war zu mir nicht anders.«

Irma konnte die Abscheu in seiner kratzigen Stimme hören.

»Ich weiß, ich werde mich von den beiden schon nicht unterkriegen lassen.«

Iven kaute auf seiner Unterlippe herum, und Irma hatte das Gefühl, sein nächster Satz kostete ihn viel Überwindung: »Mich wundert, dass du dich so gut mit Falks Sohn verstehst.«

»Er ist ganz anders als sein Vater. Ich glaube, das liegt daran, dass er nicht von ihm aufgezogen wurde. Er hatte eine Waldnymphe als Kindermädchen. Kian hat keine Vorurteile«, erklärte sie.

»Dann bin ich ja froh, dass du hier jemanden gefunden hast«, sagte Iven tonlos.

»Warum bist du hier?«, wollte Irma wissen. Sie wurde irgendwie nicht schlau aus dem Fuchsgestaltwandler.

Iven griff in die Tasche seiner weiten Leinenhose und reichte ihr einen faustgroßen Kristall, der ihr sehr bekannt vorkam.

»Der ist aus der *Eishöhle*!«, hauchte Irma, als der Stein in türkisfarbenem Licht zu flackern begann und sich Wärme in ihren Händen ausbreitete.

»Grada schickt ihn dir. Damit du ein wenig Wärme und Licht bei dir hast und weißt, dass sie an dich denken«, murmelte Iven.

Irma war so gerührt von dieser Geste, dass ihr die Tränen in die Augen stiegen.

Sie drückte den Kristall an sich und flüsterte: »Ich würde die drei gerne einmal wieder treffen und mich bedanken. Ich habe mich damals unmöglich benommen. Jetzt wäre ich definitiv gefasster.«

»Dazu wirst du bestimmt noch Gelegenheit haben. Mit diesem Kristall kannst du Grada übrigens auch herbeirufen. In den *Feuerberg* wird sie allerdings nicht kommen, das kann ich dir sicher sagen. Aber falls du sie außerhalb mal brauchen solltest.«

Irma nutzte die Chance, um Iven um einen Gefallen zu bitten. »Ich verstehe nicht, wieso ich den *Feuerberg* nicht verlassen darf. Kannst du nicht doch ein gutes Wort für mich einlegen?«

»Sei ehrlich, du würdest sofort zu deiner Familie gehen, sobald du die Möglichkeit dazu hättest«, antwortete er.

Irma schwieg. Es wäre eine Lüge gewesen, hätte sie Iven widersprochen.

»Wenn du eine Wächterin bist, wirst du noch oft genug außerhalb des *Kaltengrims* eingesetzt werden. Dann hast du auch die Gelegenheit, deine Familie wiederzusehen. Natürlich nicht offiziell, aber das kümmert dich dann wahrscheinlich herzlich wenig.«

Irma schnaubte. »Das ist in fünf Jahren!«

»Vielleicht wirst du ja schon während der Ausbildung die eine oder andere Mission haben.«

Vielleicht.

Irma wurde wütend.

Versteht er nicht, wie lange sich fünf Jahre für mich anfühlen müssen?

»Wenn du mir sowieso nicht helfen willst, was willst du dann eigentlich noch hier?«, giftete sie ihn an.

Der Beschluss war von Helia persönlich getroffen worden, und ihre Wut traf mit Iven den Falschen, doch Irma konnte die Gefühle nicht zurückhalten.

»Ich weiß, dass du Heimweh hast«, antwortete er.

Ach was.

Trotzig hielt sie den kleinen Kristall fest an sich gedrückt. Zu ihrer Überraschung zog Iven daraufhin einen *Walkman* aus seiner anderen Hosentasche und reichte ihn Irma. Unsicher griff sie nach dem kleinen Kassettenrekorder und blickte Iven fragend an.

»Hier im *Feuerberg* vergisst man schnell, dass es da draußen noch eine andere Welt gibt. Mir hilft Musik, vielleicht dir ja auch. Du kannst ihn haben.«

Verdutzt sah Irma abwechselnd zwischen dem *Walkman* und Iven hin und her.

»Ich weiß gar nicht, was ich sagen soll«, stammelte sie.

»Wie wäre es mit ›danke‹?«, schlug Iven vor und gab ihr ein Zeichen, die Kopfhörer aufzusetzen.

Als sie auf Play drückte, ertönte *Freddie Mercurys* Stimme. Irma musste grinsen. Mit *Don't Stop Me Now* im Ohr rief sie viel zu laut: »Danke.«

Iven zuckte zusammen und musste lachen. Ein Geräusch, das Irma in diesem Moment beinahe noch schöner fand als die Musik. Er stand auf und wünschte ihr eine gute Nacht. Bevor sie ihm antworten konnte, war er fort. In dieser Nacht schlief Irma mit einem Lächeln auf den Lippen zu der Kassette ein, auf der mit rotem Edding in krakeliger Schrift »Für Irma« geschrieben stand.

19

Irma hatte die Tage gezählt, die sie nun schon von ihrer Familie getrennt war. Es war mittlerweile Mitte Dezember, und sie fragte sich, ob draußen womöglich Schnee lag, ob die Wohnung in der *Wolfswacht* schon weihnachtlich dekoriert war und ob sie den Christbaum auch ohne sie schmücken würden. Irma wollte sich gar nicht vorstellen, wie ihre Mutter sich fühlen musste, wenn Irmas Platz am Heiligen Abend frei war. Während ihre Familie nur wenige Kilometer entfernt ihrem Alltag in der Menschenwelt nachging, war Irma nach wie vor in der *Anderswelt* eingesperrt und widmete sich mit Hingabe dem Erlernen diverser Kampftechniken. Kurz nachdem sie Kian das erste Mal auf die Matte befördert hatte, war Moira zu dem Entschluss gekommen, Irma könne nun auch mit Waffen trainieren. Die letzten Trainingseinheiten hatten größtenteils aus Stockkämpfen zwischen den Lehrlingen bestanden. Zu Irmas Genugtuung ließ sie sich nicht mehr annähernd so leicht von Arthur verprügeln wie damals beim Training mit Falk. Im Gegenteil, Irma wurde immer geschickter und zeigte für ihre Körpergröße auch erstaunlich viel Kraft. Das erste Mal in ihrem Leben wurde sie richtig gut in etwas. An den Nachmittagen beobachtete sie beeindruckt die anderen Lehrlinge, wenn sie ihre Gestalt wandelten oder magische Waffen in ihr Training einbauten. Irma selbst hatte seit dem ersten Gottesdienstbesuch ihre *Magikk* kein weiteres Mal derartig aufgewühlt gespürt. Auch wenn sie die Gottesdienste weiterhin gruselig fand, war sie mittlerweile auf die Rituale vorbereitet. Weder die Dunkelheit noch das Tieropfer brachten sie noch einmal so aus der Fassung wie beim ersten Mal.

Die Tage verliefen klar strukturiert und ohne besondere Vorkommnisse, bis an einem Nachmittag im Dezember Falk beim Wächtertraining erschien. Er wies die Lehrlinge an, mit ihren Übungen zu pausieren und ihm zuzuhören. Alle waren mucksmäuschenstill und warteten mit angehaltenem Atem auf das, was der furchteinflößende Hochwächter ihnen mitzuteilen hatte.

»Die Wintersonnenwende ist nur noch wenige Tage entfernt. Wie jedes Jahr führen wir die Tradition fort, dass die Lehrlinge bei den Feierlichkeiten Wache stehen«, verkündete er. Er warf einen bösen Blick auf Irma. »Erklärt unserem Halbmenschen, was es damit auf sich hat, damit sie keine größere Schande darstellt, als sie sowieso schon ist.«

Mit diesen abfälligen Worten verließ er die Halle, und Irma brodelte innerlich vor Wut.

Was für eine sadistische Freude kann man daran haben, jemanden so zu erniedrigen?

Irma war froh gewesen, als Moira direkt im Anschluss die Lehrlinge schroff dazu aufforderte, sich erneut ihren Übungen zuzuwenden und nicht so faul herumzustehen. Kian war derart betreten, dass Irma versuchte, sich nicht anmerken zu lassen, wie sehr sie die Bloßstellung durch Falk tatsächlich gekränkt hatte. Daher sprach sie die Wintersonnenwende nicht mehr an, sondern wartete ab, bis sie abends Enya dazu befragen konnte.

»Oh diese Wintersonnenwende ...«, jammerte die Undine übertrieben theatralisch, was Elodie und Irma zum Kichern brachte.

»Die ist wirklich fast genauso fürchterlich wie die Sommersonnenwende. Ein elendiges Tamtam für die ganzen arroganten Snobs«, erklärte sie, während sie die Zwiebeln klein hackte.

»Es soll irgendwelche Feierlichkeiten geben, bei denen wir Wache stehen müssen. Was wird denn überhaupt gefeiert?«, wollte Irma wissen.

»Das kommt alles von Helias Sonnenhokuspokus«, erklärte die Wassernymphe. »Sie hat ihre Macht ja von der Sonne. An der Sommersonnenwende wird gefeiert, dass Helias Macht an diesem Tag am stärksten ist. Bei der Wintersonnenwende feiern wir dann immer, dass die Tage bald wieder länger werden und ihre Macht wieder stärker.«

Irma dachte an die grausamen Tieropfer, die ein fester Bestandteil von Helias Gottesdiensten waren, und fragte unsicher: »Und wie genau läuft so eine Feier dann ab?«

»Es wird einen Maskenball im großen Saal geben. Mit Musik, schönen Kleidern und einer Menge berauschender Getränke.«

»Großer Saal? Der ist gegenüber vom Thronsaal, oder?«, fragte

Irma, verwundert darüber, wie viel Platz im obersten Stockwerk nur für Helia existierte.

»Ja genau«, bestätigte Enya. »Seit einigen Jahren wird er kaum noch genutzt.«

»Und wer kommt zu dem Ball?«

»Die ganzen angesehenen Gestaltwandler-Clans und *Seraphim* aus dem *Kaltengrim* werden da sein. Die Näherinnen sitzen schon seit Wochen vor einem Riesenberg an Arbeit. Für den Großteil der Gäste müssen sie jedes Jahr neue Kleider anfertigen, eine absolute Verschwendung!«, wetterte Enya.

Elodie piepste von der Spüle herüber: »Ich würde auch so gerne dorthin gehen. Die Kleider sehen zauberhaft aus.«

»Wir können uns die Kleider ansehen, wenn die Gäste ankommen, meine Perle.«

Irma hörte die unausgesprochene Wahrheit hinter Enyas Worten. Sie würden niemals zu diesem Ball gehen können.

»Du hast etwas von einem Maskenball gesagt«, hakte Irma nach. Enya schnaubte. »Das ist ja sowieso das Kurioseste an der ganzen Sache. Wie viel Sinn hat es, sich zu maskieren, wenn man erkennt, wer unter der Maske steckt? Die Fuchsgestaltwandler kommen mit Fuchsmasken, die Eulengestaltwandler mit Eulenmasken und so weiter. Wenn du mir auch nur eine Person zeigen kannst, die man unter ihrer Maske nicht erkennt, dann bin ich wirklich beeindruckt, Irma!«

Irma musste lachen, doch dann dachte sie daran, wie Falk sie im Training bloßgestellt hatte.

»Falk hat gesagt, ich würde eine Schande darstellen, wenn ich mit den anderen Lehrlingen Wache stehe«, sagte sie leise.

Enya schüttelte empört den Kopf. »Hör nicht darauf! Beim Ball Wache zu stehen ist sowieso nur eine Tradition ohne praktischen Wert. Die Übergänge zum *Kaltengrim* werden von Wächtern bewacht, genauso wie die Tore des *Feuerbergs*. Ihr Lehrlinge steht nur symbolisch dafür, dass stets neue Wächter ausgebildet werden, die Helia dienen.«

»Ich dachte, Wächter werden ausgebildet, um die Welt vor *Daimonen* zu schützen«, murmelte Irma.

Eine kalte Stimme antwortete Irma: »Schön, dass dein sterbliches Gehirn so langsam lernt, wofür du eigentlich trainierst.«

Als ob sie ihn heraufbeschworen hätten, betrat Falk die Küche. Enya und Irma wurden stocksteif, und Elodie eilte zu ihrer Mutter, die ihr beschützend die Hände auf die kleinen Schultern legte.

Falk richtete seine herzlosen Augen auf Irma und sprach mit einem spöttischen Lächeln auf den Lippen: »In der Küche bist du ganz gut aufgehoben.«

»Du nicht, Falk. Es sei denn, du möchtest uns beim Abwasch helfen«, gab Enya mit Eiseskälte in der Stimme zurück.

Irma war beeindruckt, wie selbstbewusst die Undine dem furchteinflößenden Wächter gegenüber auftrat. Ein abstoßendes Grinsen, dass trotz der Ähnlichkeit von Vater und Sohn so gar nichts mit Kians freudestrahlendem Lachen gemein hatte, machte sich auf Falks Gesicht breit.

»Du bist wirklich eine Herausforderung, das gefällt mir. Du weißt, wo du mich finden kannst. Du musst einsam sein.«

Ohne eine Antwort abzuwarten, verließ der Hochwächter die Küche. Irma wurde speiübel bei dem Gedanken, dass Falk Enya schon seit Monaten nachstellte. Es war offensichtlich, dass er von ihr genauso wenig hielt wie von Irma, doch er schien von ihrer Schönheit wie besessen zu sein.

Ob Kian das weiß?

Irma beschloss, es für sich zu behalten. Er hatte schon genug damit zu kämpfen, dass sein Vater so grausam zu ihr war, sie wollte ihm nicht noch mehr Sorgen bereiten. Es brauchte nach Falks Besuch eine ganze Weile, bis Enya und Irma ihre übliche gute Laune wieder zurückhatten und sich in gewohnt herzlicher Atmosphäre ihrer Arbeit widmeten.

Irma verließ, wie meistens nach ihrem Dienst, vollgekleckert und in Essensdunst gehüllt die Küche durch den mittlerweile verlassenen und aufgeräumten Speisesaal. An diesem Abend wartete jedoch eine Überraschung auf sie: Als sie die Tür öffnete, stand Iven davor.

»Hey. Was machst du denn hier?«, begrüßte sie ihn verwundert.

»Ich habe auf dich gewartet«, antwortete er in dem für ihn typischen gelangweilten Ton.

»Oh.« Irma wusste nicht, was sie sonst darauf sagen sollte.

»Wieso isst du eigentlich abends nicht mit den anderen Wächtern?«, fragte er.

Irma zuckte mit den Achseln. »Ich mag Enyas und Elodies Gesellschaft. Kian isst ja am Abend auch immer im oberen Speisesaal, deshalb hat mich noch keiner großartig vermisst.«

Das war nicht ganz ehrlich, denn Konstantin und Ansgar hatten Irma schon häufig gefragt, weshalb sie abends nicht mit dabei war.

»Ich hab dich vermisst«, entgegnete Iven, und Irmas Herz setzte kurzzeitig aus. Ihr stieg die Hitze ins Gesicht, und sie blickte ungläubig zu ihm hoch.

»Also, ich meine, mir ist aufgefallen, dass du nie da bist«, korrigierte er sich, und Irma nickte energisch.

»Ich würde dir heute gerne einen Ort zeigen, den du noch nicht kennst. Also, falls du Zeit hast. Hast du Zeit? Wenn du keine Zeit hast, ist auch nicht schlimm. Oder wenn du keine Lust hast. Vielleicht machst du ja auch lieber etwas anderes, ich weiß ja nicht, was du sonst so ...«

»Langsam, Iven. Alles gut, ich habe Zeit«, unterbrach Irma Ivens plötzlichen Redeschwall.

Verlegen blickte sie an sich herab. »Kann ich mich vorher noch kurz umziehen?«, fragte sie.

Iven nickte.

Es war das erste Mal, seit Iven ihr den *Walkman* geschenkt hatte, dass sie Zeit mit ihm alleine verbringen würde. Sie waren sich seitdem zwar einige Male auf dem Gang und natürlich in den Gottesdiensten begegnet, doch bis auf ein Kopfnicken zur Begrüßung hatten sie nicht miteinander kommuniziert.

Irma eilte in ihr Zimmer, unsicher, weshalb ihr Herz auf einmal so aufgeregt flatterte. Sie wühlte trotz ihrer beschränkten Möglichkeiten eine Ewigkeit in ihrer Kommode herum, wünschte sich ihren Kleiderschrank aus der *Wolfswacht* in den *Feuerberg* und entschied sich schließlich für ein eng anliegendes schwarzes Oberteil zu der dunklen Hose. Sie bürstete ihr zerzaustes Haar, betrachtete ihr rotbackiges Gesicht im Spiegel und ärgerte sich ein bisschen über ihre Eitelkeit.

Reiß dich zusammen, befahl sie ihrem Spiegelbild. Energisch blickte sie sich in die eisblauen Augen.

Als Irma die Tür zum Lehrlingstrakt hinter sich schloss, wartete Iven mit einem schelmischen Grinsen, bei dem Irma seine Fänge hervorblitzen sehen konnte, auf sie.

»Da hat jemand aber lange gebraucht«, stellte er fest.

Irma versuchte, sich nicht von ihm ärgern zu lassen. Zumal ihr auffiel, dass Iven sogar sein Haar geflochten hatte wie sonst bei den Gottesdiensten. Gespannt folgte sie ihm zu der Treppe, die in den Bedienstetentrakt führte. Sie gingen an der Wäscherei und der Näherei vorbei, ein paar der angestellten *Anderswesen* wuselten auf dem Gang herum. Irma hatte Schwierigkeiten, mit Iven Schritt zu halten. Mit seinen langen Beinen kam er wesentlich schneller voran als sie, weshalb sie ihm praktisch hinterherrennen musste. Ob er das nicht bemerkte oder ob es ihm einfach egal war, war Irma nicht ganz klar. Sie war jedenfalls erleichtert, als Iven endlich vor einer schmalen, ziemlich niedrigen Holztür haltmachte. Verwundert betrachtete Irma den Eingang, der aussah, als würde er zu einer Besenkammer führen, und der ganz und gar nicht zu der für den *Feuerberg* typischen großzügigen Bauweise passte.

Iven klopfte an das Türchen und sagte: »Die Sonne ist hinter den Wolken.«

Irma zog die Augenbrauen hoch, doch bevor sie Iven fragen konnte, was in Gottes Namen er vorhatte, öffnete sich die Tür, und er bedeutete Irma, ihm zu folgen. Iven musste den Kopf einziehen, um sich nicht am Türrahmen zu stoßen. Irma ging nach ihm durch die Tür und stieg ein paar Stufen hinab.

Sie riss die Augen auf: Sie befanden sich inmitten einer Kneipe! Hier im *Feuerberg*! Der Raum war nicht besonders groß und vollgestellt mit hohen Holztischen und Hockern, an einer Wand stand außerdem eine Bar. Das Mobiliar sah so aus, als hätte es schon etliche Jahrzehnte auf dem Buckel. Vielleicht auch Jahrhunderte, wer konnte das in der *Anderswelt* schon genau sagen. Irma war sich jedenfalls sicher, dass dieser Raum ursprünglich nicht als Kneipe gedacht gewesen sein konnte, sondern womöglich als etwas geräumigere Besenkammer angelegt worden war. Sie ließ ihren Blick über die Gäste schweifen und stellte fest, dass sich sowohl Wächter als auch Bedienstete in der Kneipe aufhielten. Ein reges Geplapper erfüllte den kleinen Raum. An den Wänden hingen abgewetzte Teppiche und Sturmlaternen mit echtem Feuer, die für eine gemütliche Atmosphäre sorgten. Irma folgte Iven zu einem freien Tisch. Sie versuchte umständlich, auf den für ihre Körpergröße viel zu hohen Barhocker zu klettern, und beneidete Iven für einen Moment um seine langen Beine.

»Wie offiziell ist dieser Ort hier?«, fragte sie, als sie es endlich geschafft hatte, auf dem Hocker Platz zu nehmen.

Natürlich saß sie jetzt viel zu weit entfernt von dem Tisch, sodass sie versuchte, sich und den Hocker mit Schwung weiter nach vorne zu rücken.

Iven beobachtete das Trauerspiel mit einem amüsierten Grinsen und antwortete: »Helia ist dieser Ort zwar ein Dorn im Auge, sie hat allerdings eingesehen, dass es nichts bringt, ihn zu verbieten. In den letzten Hunderten von Jahren gab es immer wieder Verstecke und Orte dieser Art, egal, wie oft sie dagegen vorgegangen ist.«

Neugierig blickte sich Irma um, und ein aufgeregtes Kribbeln machte sich in ihrem Bauch breit.

»Niemand hält es aus, in einem Felsen eingesperrt zu sein. Nicht ohne ein bisschen Ablenkung«, ergänzte Iven.

»Was kann ich euch bringen, Fuchs?«, ertönte eine tiefe Frauenstimme.

Die Besitzerin der Stimme tauchte hinter Irma auf und sah die beiden abwartend an. Sie war kurvig und groß und trug eine eng geschnittene Bluse, die sehr viel von ihrem Dekolleté preisgab. Ihr dunkelbraunes Haar, das perfekt zu ihrer karamellfarbenen Haut passte, fiel ihr in langen Wellen über den Rücken. Von ihr ging eine starke Ausstrahlung aus, sodass Irma annahm, sie könnte eine Gestaltwandlerin sein.

»Wie immer. Zweimal«, antwortete Iven, und die Frau nickte.

Als sie hinter der Bar verschwand, um die Getränke zuzubereiten, erklärte Iven: »Das war Imelda, die Besitzerin. Sie wirkt härter, als sie ist.«

»Ist sie eine Gestaltwandlerin?«

»Eine Dachsgestaltwandlerin. Imelda hat nur ein paar Jahre vor mir mit der Wächterausbildung angefangen«, lachte er. »Wie man sieht, hat ihr das nicht so getaugt.« Irma betrachtete die Barbesitzerin, die mit zwei Gläsern zurückkehrte, mit Respekt. Es war wirklich erstaunlich, dass sie ihr eigenes Ding gegen Helias Willen durchzog.

»Zweimal mein Spezial. Zum Wohl«, sagte sie und stellte die Gläser ab.

In ihnen war eine bernsteinfarbene Flüssigkeit. Irma roch vorsichtig an ihrem Getränk, woraufhin Iven mit den Augen rollte.

»Was?«, fragte Irma schnippisch.

»Ich vergifte dich schon ni...«, begann er. »Egal. Vertrau mir.«

Irma zog die Augenbrauen hoch, nahm dann einen kleinen Schluck und musste sich beherrschen, um nicht direkt zu husten.

Nachdem das erste Brennen in ihrem Rachen nachgelassen hatte, schmeckte das Getränk gleichzeitig süß und würzig, und eine wohlige Wärme breitete sich in Irmas Bauch aus. Sie trank noch einen Schluck und warf dabei einen verstohlenen Blick über den Glasrand auf Iven. Er hatte sein vorn geflochtenes Haar auf einer Seite hinters Ohr geklemmt, und Irma betrachtete das Narbengewebe, das von seinem Ohr über seinen Kiefer hinweg verlief. Obwohl sie anfangs darüber schockiert gewesen war, nahm sie es mittlerweile kaum noch wahr. Seine Narben gehörten zu Iven, genauso wie seine Sommersprossen und sein mies gelaunter Blick. Irma ließ die Augen über seine hohen Wangenknochen, die markante Nase und die grauen Augen wandern, die von langen rötlichen Wimpern umrahmt wurden. Die Schatten unter seinen Augen waren in den letzten Wochen beinahe verschwunden.

Sie stellte ihr Glas ab und spielte mit einer Haarsträhne herum, ehe sie zu ihm sagte: »Darf ich dich was fragen?«

Iven richtete seine sturmgrauen Augen auf Irma, und ihr Herz machte einen kleinen Satz.

»Schieß los.«

»Bist du ... seid ihr, du und Minna, ein Paar oder so etwas in der Art?«

Iven sah Irma verblüfft an.

»Wie kommst du denn auf so was?«

»Ich sehe euch oft zusammen, und du siehst sie so an, als ob sie dir viel bedeutet.«

»Ich weiß nicht, ob du dich noch daran erinnerst, aber ich habe dir doch an *Samhain* erzählt, dass ich von einer Späherin entdeckt wurde. Das war Minna. Ich habe die Wächterausbildung nur wegen ihr angefangen.«

»Und mehr war da nicht?«, fragte Irma skeptisch, unfähig, ihre Neugierde zurückzuhalten.

Ivens Wangen wurden rot, und er richtete seinen Blick auf den Inhalt seines Glases. Schnell antwortete er: »Na ja, nichts mit Zukunft jedenfalls.«

»Keine Zukunft? Haben Gestaltwandler nicht alle Zeit der Welt?«, fragte Irma, wobei sie versuchte, sich nichts von der seltsamen Eifersucht anmerken zu lassen, die in ihr aufkeimte.

»Ich ja nicht, weil ich halb Mensch bin«, gab er zurück. »Außerdem spielt das sowieso keine Rolle, Minna will Priesterin sein.«

»Und damit hat sich das dann erledigt?«

»Offiziell jedenfalls«, spottete Iven.

Irma hatte dennoch das Gefühl, dass er gekränkt war, weil Minna lieber ein Leben als Priesterin führen wollte, als mit ihm zusammen zu sein.

»Wie bescheuert«, murmelte Irma.

»Absolut.«

Die beiden schwiegen sich verlegen an, und Irma nahm einen kräftigen Schluck von Imeldas Spezial.

Iven brach als Erster das Schweigen. »Du scheinst in der Hinsicht jedenfalls ganz erfolgreich zu sein.«

Nun war es an Irma zu fragen: »Wie kommst du denn auf so was?«

»Na ja, Kian. Und Jonah«, zählte er auf, als wäre es das Offensichtlichste der Welt, und nur sie könnte das nicht sehen.

Irma musste lachen. »Spinnst du?«, prustete sie. »Kian ist toll, aber ich bin mir sicher, er hat weniger Interesse an mir als weiblichem Wesen als daran, dass ich mit ihm Karten spiele. Und mit Jonah habe ich ein einziges Mal gesprochen. Den Floh hat Kian dir ins Ohr gesetzt!«

Iven kratzte sich am Kopf, und ein Grinsen brachte sein Gesicht zum Leuchten. Irma freute sich, als seine Sommersprossen zu tanzen schienen. Obwohl er nicht danach gefragt hatte, erzählte ihm Irma von ihrem Sommer.

»Bevor wir in die *Wolfswacht* gezogen sind, hatte ich in der Stadt einen Freund. Sonderlich lange ging es nicht, weil meine damals beste Freundin hinter meinem Rücken ebenfalls was mit ihm hatte. Mir ist der Abschied von beiden dementsprechend ziemlich leichtgefallen.«

Unfähig, Iven in die Augen zu sehen, beobachtete sie wie gebannt einen Wassertropfen, der an ihrem Glas herablief.

»Wie bescheuert«, sagte er.

»Absolut«, antwortete Irma und musste lächeln. »Schon verrückt, dass das mal meine Probleme waren!«

Iven lächelte zurück.

»Wer hätte gedacht, dass du dich stattdessen mit einem Fuchsgestaltwandler rumschlagen musst?«

»Gibt es eigentlich noch mehr Fuchsgestaltwandler außer dir?«

»Klar, es gibt im *Kaltengrim* einen ganzen Clan. Zu dem gehören auch meine neun Halbschwestern, die allesamt arrogant und kaltherzig sind. Du kannst sie bei der Feier zur Wintersonnenwende kennenlernen, wobei ich an deiner Stelle lieber Abstand von ihnen nehmen würde.«

»Bist du dann ohne sie aufgewachsen?«

»Ja, zum Glück. Ich bin in Berg aufgewachsen, wie ein normaler Mensch.«

»Wieso bist du nicht bei den Menschen geblieben?«, fragte Irma, die ihre Familie jederzeit dem *Feuerberg* vorgezogen hätte.

»Meine Mutter ist schon sehr früh gestorben, danach war ich alleine mit meinem Vater. Er war Schmied und hat mir das Handwerk beigebracht. Als ich vierzehn war, bekamen wir beide das Nervenfieber. Mein Vater hat es nicht überlebt, und ich wollte und konnte die Schmiede nicht alleine führen, also bin ich abgehauen.«

Iven schüttelte die Traurigkeit, die sich auf sein Gesicht geschlichen hatte, schnell ab und beendete seine Geschichte: »Den Rest kennst du ja. Ich bin erst mal jahrelang in der *Eishöhle* geblieben, bis Minna mich gefunden hat. Seitdem bin ich Wächter.«

Irma hätte gerne noch ein paar Details aus Ivens zweihundertjährigem Leben erfahren. Sie kam allerdings nicht dazu weitere Fragen zu stellen, denn hinter ihr brach ein Tumult aus. Irma drehte sich zu dem Geschehen um und beobachtete, wie ein grobschlächtiger Wächter, den Irma nur vom Sehen kannte, einen zerbrochenen Krug vom Boden aufzuheben versuchte. Er schwankte jedoch so stark, dass ihm zwei Bedienstete helfen mussten. Anstatt sich zu bedanken, beschimpfte er die beiden und versuchte sich loszureißen.

»Jorik!«, brüllte Imelda.

Obwohl Jorik viel größer und breiter war als die Barbesitzerin, wurde er angesichts ihres strengen Tons immer kleiner. Sie packte ihn am Ohr und zerrte ihn zum Ausgang. Mit einem Tritt in den Hintern beförderte sie ihn die Treppen hinauf. So etwas hatte Irma bisher nur in Cartoons gesehen!

»Du hast Hausverbot, bis ich es mir anders überlege!«, schrie die temperamentvolle Gestaltwandlerin ihm hinterher.

»Das war wirklich schon lange nötig«, murmelte Iven. »Sein Pech, dass er jetzt auf der schwarzen Liste steht.«

»Schwarze Liste?«, erkundigte sich Irma. »Ich habe gar nicht mitbekommen, dass Imelda überprüft, wer hier reinkommt.«

»Sander hat das Holz ihres Türrahmens mit *Magikk* versehen. Imelda entscheidet, wer eintreten darf und wer nicht. Falk, Corvus oder Anwyn kämen hier zum Beispiel nicht rein.«

Irma staunte. »Das klingt ja genial.«

Iven überlegte kurz, rieb sich dabei über die Hakennase und sagte dann langsam: »Aus irgendeinem mir unbekannten Grund verhält sich die *Wolfswacht* ähnlich. Kein *Anderswesen* kann dein Zuhause betreten. Deshalb seid ihr auch so unberührt von der *Anderswelt*, obwohl ihr direkt nebenan lebt.«

Irma konnte kaum glauben, was sie da hörte. »Echt jetzt? Mein Zuhause?«

»Man muss von euch explizit aufgefordert oder eingeladen werden, damit man hineingehen kann«, erklärte Iven.

»Aber du warst schon mal im Haus. An Anselms Geburtstagsfeier«, überlegte Irma laut.

»Ja, aber da hat mir dein Cousin auch erlaubt einzutreten.«

»Ich habe mich schon gewundert, weshalb du damals überhaupt gekommen bist. Du warst dort, weil du herausfinden wolltest, warum die *Wolfswacht* verzaubert ist!«

Iven nickte, und Irma ärgerte sich darüber, dass sie das enttäuschte.

»Und hast du die erhofften Antworten bekommen?«, nuschelte sie in ihr Glas.

»Kein bisschen. Dafür konnte ich mich aber um dich kümmern.«

Irma erinnerte sich an den schlimmsten Absturz ihres Lebens und vergrub ihr Gesicht in den Händen. Ihr wurde heiß, sie spürte, dass sie feuerrot sein musste.

»Erinnere mich bitte nie wieder an diesen Abend!«, stöhnte sie.

Am nächsten Vormittag verlief das Wächtertraining besser als jemals zuvor. Leichtfüßig absolvierte Irma den Parkour, den Moira die Lehrlinge hatte aufbauen lassen.

»Was ist denn heute mit dir los?«, wollte Kian wissen. »Du bist ja in Bestform!«

Irma hatte kurz überlegt, Kian von Imeldas Kneipe zu erzählen, sich dann jedoch dagegen entschieden. Das sollte ihr Geheimnis bleiben. Da Kian allerdings weiterfragte, was sie am Vorabend gemacht hätte, erzählte Irma zumindest die halbe Wahrheit: »Ich habe Iven nach dem Küchendienst getroffen.«

»Und das bereitet dir gute Laune? Ich weiß ja nicht, ich bin ganz froh, wenn ich ihm aus dem Weg gehen kann.«

Irma dachte darüber nach. Obwohl sie es lange nicht für möglich gehalten hatte, war Iven, so kauzig er auch war, zu einem Freund geworden. Er brachte sie zweifellos immer noch oft auf die Palme, doch spätestens seit er ihr den Kassettenplayer gebracht hatte, hatte sich etwas verändert.

Am Nachmittag bekamen Irma und Kian den Auftrag, in die Bibliothek zu gehen. Moira erwartete von ihnen, dass sie sich über unterschiedliche *Daimonen*-Arten informierten. Irma kam das gelegen, denn seit dem gestrigen Abend wollte sie unbedingt mit Sander sprechen. Deshalb sah sie erwartungsvoll über den Tresen, hinter dem er in ein Buch vertieft war. Er trug eine Schürze mit zahlreichen Flecken und hatte sein wirres Haar mit Haarnadeln am Kopf fixiert. Anscheinend hatte er zuvor im Labor gearbeitet und hatte sich noch nicht die Zeit genommen, die Kleidung zu wechseln. Er richtete seine durch die Hornbrille vergrößerten Augen auf Irma.

»Irma, was kann ich für dich tun?«, fragte er, erfreut, sie zu sehen.

»Wieso fandest du es neulich so interessant, dass ich aus der *Wolfswacht* bin?«, fiel sie mit der Tür ins Haus.

Sander hob die Augenbrauen, seine Antwort war wenig hilfreich. »Es ist ein kurioses Haus.«

»Du hast einen Zauber daraufgelegt, hab ich recht? So wie bei Imeldas Türrahmen! Sag mir nicht, dass du nichts damit zu tun hast. Alle sagen, du bist der beste Alchemist. Du bist der Einzige, der so was kann.«

Sander betrachtete Irma einen Augenblick lang stumm.

»Ich fühle mich auf alle Fälle geschmeichelt, dass du mir so etwas zutraust.«

Irma atmete verzweifelt aus und verschränkte die Arme. »Ich bin aus der *Wolfswacht*, Sander«, setzte sie neu an. »Wenn du was damit zu tun hast, habe ich das Recht darauf, es zu wissen. Ich hasse es übrigens, wenn man mir Dinge verschweigt.«

Sander lächelte mild. »Was mich wundert, Irma, ist, dass du aus der *Wolfswacht* bist und trotzdem nichts von der *Anderswelt* wusstest. Sagen dir die Namen Edmund und Cornelia Wolf etwas?«

»Das sind meine Großeltern, sie sind aber schon vor meiner Geburt gestorben. Halt, warte. Kanntest du sie etwa?« Irma war so aufgeregt, dass Sander eine beschwichtigende Geste machte.

»Deine Familie stammt von einem Waldwanderer ab, der vor Jahrhunderten den *Kaltengrim* verlassen hat. Natürlich hat sich über die Generationen die *Magikk* verwaschen, und in deiner Familie waren alle menschlich. Dennoch hat dein Großvater eine starke Verbindung zum *Kaltengrim* gespürt. Als junger Mann war er wie besessen davon, und allmählich ist er hinter das Geheimnis der *Anderswelt* gekommen.

Ich habe Edmund bei einer seiner Erkundungen getroffen, und seine Abstammung vom *Kaltengrim* war unverkennbar. Er hatte dieselben Augen wie alle Waldwanderer.«

»Außer mir haben alle in meiner Familie grüne Augen«, stellte Irma fest. Sander nickte. »Natürlich hatte sich schon herumgesprochen, dass ein Mensch wie verrückt nach den Übergängen suchte. Die Wächter waren sich einig. Wir sollten dafür sorgen, dass er und seine Frau Cornelia die Suche endlich aufgeben.«

»Du warst anderer Meinung«, folgerte Irma.

Sander lächelte erneut, und seine durch das Brillenglas vergrößerten Augen ließen ihn ein wenig wahnsinnig aussehen. »Korrekt. Dein Großvater glaubte nicht nur irgendwie daran, dass es die *Anderswelt* gab, er hatte auch Beweise. Wieso sollte man ihm dann verwehren, die Wahrheit zu kennen?«

»Und hast du ihm die Wahrheit erzählt?«, hakte Irma nach.

»Noch besser! Ich habe ihn mitgenommen. Selbstverständlich nicht in den *Feuerberg*. Ich habe die Wachen des Übergangs ausgetrickst und ihm einen kleinen Teil des *Kaltengrims* gezeigt. Ich dachte, danach wäre seine Neugierde gestillt, und er könnte wieder ein friedlicheres Leben führen.«

Anhand seines Tonfalls ging Irma davon aus, dass er falsch gedacht haben musste.

»Edmund und Cornelia konnten sich jedoch innerlich nicht von der *Anderswelt* lösen, und so beschlossen sie, in den *Kaltengrim* zu ziehen, um der *Magikk* möglichst nahe zu sein. Das ist nicht nur gefährlich, weil an Orten mit starker *Magikk* vermehrt gefährliche *Anderswesen* oder *Daimonen* auftauchen. Auch die Wächter waren natürlich alles andere als glücklich drüber, und ich habe mich dafür verantwortlich gefühlt«, räumte Sander ein.

»Und du konntest sie nicht überzeugen, ihren Plan aufzugeben?«, fragte Irma.

Sander schnaubte: »Nichts auf dieser Welt hätte die beiden Starrköpfe davon abbringen können. Also habe ich ihnen vorgeschlagen, dass ich zumindest ihr Haus schützen kann. Verglichen mit Imeldas Türschwelle habe ich mich bei der *Wolfswacht* selbst übertroffen. Jede einzelne Holzdiele ist mit *Magikk* versehen, und ausschließlich die Bewohner können darüber entscheiden, welche *Anderswesen* die *Wolfswacht* betreten oder verlassen dürfen.«

Irma schmunzelte. »Gib's zu. Die *Wolfswacht* zu verzaubern war für dich eine Herausforderung, die du einfach annehmen musstest.«

»Und ich habe sie gemeistert!«, grinste Sander. Dann wurde er wieder ernst. »Mich wundert allerdings, dass du nichts von der *Anderswelt* wusstest. Ich kann mir nicht vorstellen, dass Edmund und Cornelia ihren Kindern die Wahrheit verschwiegen haben.«

»Meine Mutter weiß, soweit ich das beurteilen kann, jedenfalls von nichts«, murmelte Irma unsicher.

»Das ist wirklich mysteriös. Genau wie das Geheimnis um die *Wolfswacht*. Du würdest mir einen großen Gefallen tun, wenn das auch wirklich ein Geheimnis bliebe. Ich möchte nicht wissen, in welche Schwierigkeiten ich gerate, wenn sich diese Geschichte herumspricht.« Sander wirkte ein wenig nervös.

»Meine Lippen sind versiegelt«, versicherte Irma und tat so, als würde sie ihren Mund mit einem Schlüssel verschließen, den sie anschließend über die Schulter warf.

»Übrigens habe ich etwas äußerst Amüsantes gehört«, wechselte Sander das Thema.

»Ach ja?«

»Moira hat mir verraten, dass Falk der Meinung ist, du wärst ohne Aufsicht nicht in der Lage, beim Ball zur Wintersonnenwende Wache zu stehen.«

»Und was genau ist daran so amüsant?«, fragte Irma.

»Dass Falk Iven dazu verdonnert hat, die Lehrlinge zu beaufsichtigen. Anscheinend, weil er es war, der dich zu uns gebracht hat. Du kannst dir vorstellen, mit was für einer Laune Iven vorhin bei mir war«, lachte Sander.

»Oh nein. Dann wird er ja wegen mir bestraft!«

Sander lachte nur noch lauter. »Du hättest seinen Blick sehen müssen! Ausgerechnet Iven. Wenn es zwei Dinge gibt, die er hasst, dann sind es die Gesellschaft vom Ball und das Beaufsichtigen von Lehrlingen. Ich habe ihm einen Beruhigungstrank mitgegeben.«

Das brachte Irma zum Kichern.

Am Abend fand sie ein Bündel Kleidung und eine weiße Hasenmaske vor ihrer Tür. Es lag ein Zettel dabei, auf dem in Ivens krakeliger Handschrift stand: »Sieht so aus, als ob du die Schicht mit mir übernimmst, Hase.«

20

Irma betrachtete sich im Spiegel. Sie trug die Kleidung, die alle Lehrlinge bei der heutigen Wintersonnenwende zu tragen hatten: eine enge, hoch geschnittene schwarze Hose, die mit dekorativen Knöpfen verziert war, und dazu ein weißes Seidenhemd, das weite Ärmel hatte und in die Hose gesteckt wurde. Das Highlight ihres Outfits war allerdings das fast durchsichtige Jäckchen, das mit goldenen Stickereien verziert war und über ihrer Bluse schillerte. Es erinnerte Irma ein wenig an Libellenflügel. Sie hatte außerdem ein elegantes Paar schwarzer Stiefel an, die ihr bis zu den Knien reichten.

Enya hatte Irma darüber hinaus davon überzeugen können, sich für den Anlass ganz besonders hübsch zu machen.

»Wenn man sich schön fühlt, fühlt man sich auch selbstbewusst«, hatte die Köchin erklärt. »Und wenn dann die aufgetakelte Gesellschaft eintritt, brauchst du dich nicht zu verstecken!«

Also hatte Irma sich von der Wassernymphe das schneeweiße Haar frisieren lassen. Sie war beeindruckt gewesen, wie schnell und professionell Enya die Strähnen gezwirbelt und ihr eine wunderschöne Hochsteckfrisur gezaubert hatte.

»Das ist das Schöne daran, eine Tochter zu haben. Man kann sie in den ersten Jahren ganz nach dem eigenen Geschmack frisieren«, hatte Enya gelacht. »Ich weiß, du trägst eine Maske. Lass mich dich trotzdem ein wenig schminken.«

»Bist du sicher? So was wie Rouge brauche ich aber nicht. Ich habe sowieso immer rote Wangen«, hatte Irma entgegnet.

»Keine Sorge, wir tragen ohnehin nicht gerade denselben Farbton.«

Irma hatte über sich selbst lachen müssen, denn mittlerweile nahm sie gar nicht mehr wahr, dass die Undine eine türkisfarbene Haut hatte. Sie hatte gehorcht und sich von Enya die Lippen rot anmalen lassen.

Mit einem aufgeregten Flattern in der Magengrube setzte Irma nun zu guter Letzt die Halbmaske auf, die Iven vor ihrer Tür abgelegt hatte. Die Maske war so schneeweiß wie ihr Haar, stellte einen Hasen dar und war kunstvoll gefertigt. Filigrane Ornamente und Muster waren in das Material eingearbeitet, und Irma fragte sich, wie Iven an dieses Schmuckstück gekommen war. Ohne ihn hätte sie sich eine der schmucklosen Lederhalbmasken besorgen müssen, die die Bediensteten an diesem Tag trugen. Zufrieden warf Irma einen letzten Blick in den Spiegel und machte sich herzklopfend auf den Weg zum Treffpunkt vor der Trainingshalle. Obwohl sie an diesem Abend nur als dekoratives Element dienen, sich die Beine in den Bauch stehen und keinen Zutritt zum eigentlichen Ball haben würde, war sie so aufgeregt, als wäre sie als Gast zum Fest geladen. Vielleicht war diese Aufregung der Grund dafür, dass sie als Allererste an der Wächterhalle stand. Nervös spielte sie mit einer der Haarsträhnen, die nach Enyas Profiwerk ihr Gesicht anmutig umrahmten.

»Wow … du siehst …«, hörte Irma eine kratzige Stimme hinter sich. Sie wirbelte zu Iven herum, dem es allen Anschein nach die Sprache verschlagen hatte. Wie nicht anders zu erwarten, wurde Irma feuerrot.

»Gleichfalls«, antwortete sie ehrlich.

Iven war ähnlich gekleidet wie sie. Die schwarze Hose mit dem hohen Bund betonte vorteilhaft seine schlanken Beine, die in schwarzen Stiefeln steckten. Das weiße Seidenhemd saß locker an seinem schmalen Oberkörper, und er hatte es nur leger zugeknöpft. So konnte Irma seine markanten Schlüsselbeine sehen, die bei genauerer Betrachtung nicht nur mit Narben, sondern auch mit Sommersprossen übersät waren. Die edlen Goldverzierungen auf dem Überwurf schillerten im Licht der Halle, und Ivens sturmgraue Augen, die durch eine Fuchsmaske blickten, funkelten. Sie konnte ihren Blick nicht von ihm abwenden. Für einen Augenblick, der eine Sekunde und hundert Jahre zugleich währte, standen die beiden nur da und sahen einander an.

Erst das Eintrudeln der anderen Wächter riss Irma aus ihrer Trance. Wie Enya ihr prophezeit hatte, trugen alle Gestaltwandler eine zu ihrer Tierform passende Maske. Kian sah mit seinem Schnabel so ulkig aus, dass Irma leise kichern musste. Er grinste dämlich zurück. Nur Arthur trug eine Maske, die kein Tier darstellte. Sie umrahmte lediglich die Augen und war schwarz mit dunklen Mustern. Irma musste ihm zugestehen, dass er ziemlich eindrucksvoll aussah.

Iven blickte sich leicht gequält in der Gruppe um, und Irma konnte regelrecht spüren, wie wenig Lust er darauf hatte, seinen Abend als Babysitter zu verbringen.

Er seufzte und erklärte ihnen dann, dass der Ballsaal fünf Eingänge hatte. Alle davon würden benutzt werden, also teilte er alle Anwesenden auf die Türen auf. Konstantin und Ansgar würden jeweils alleine an einer der hinteren Türen postiert sein. Merle und Fiona teilten sich einen Eingang, und Iven beschloss, dass Arthur und Kian gemeinsam eine Tür bewachen sollten. Kian sah Iven entsetzt an, traute sich allerdings nicht, sich zu beschweren. Das hämische Funkeln in Ivens Augen ließ Irma vermuten, dass es sich um reine Absicht handelte. Iven selbst würde auf Anweisung von Falk mit Irma Wache stehen. Er kündigte ihnen an, dass sie die Posten und Paarungen um Mitternacht tauschen könnten, und Kian sah sehr erleichtert aus.

»Eure Aufgabe heute ist nicht besonders schwierig. Ihr müsst nichts weiter tun, als den ganzen Abend über repräsentabel dazustehen. Begrüßt die Gäste mit einem Nicken und beantwortet Fragen, sollte es welche geben. Das Wichtigste ist, dass ihr euren Posten nicht verlasst. Keine Tür darf unbewacht sein, sonst bekommt ihr gewaltigen Ärger.«

Irma fragte sich unwillkürlich, was wäre, sollte sie zur Toilette müssen. Sie traute sich allerdings nicht, ihre Frage laut zu stellen.

Die Gruppe machte sich auf den Weg ins oberste Stockwerk, in dem der Ballsaal lag. Keiner sprach ein Wort, und Irma musste über Ivens Fähigkeit schmunzeln, allen um sich herum ein unangenehmes Gefühl zu bereiten. Die Eingänge zum Ballsaal verteilten sich auf drei Seiten des Raumes. Konstantin und die Zwillinge wurden auf der Rückseite postiert, Ansgar sowie Arthur und der frustriert dreinblickende Kian an der Wand gegenüber. Iven bedeutete Irma, dass sie am Haupteingang Stellung beziehen würden. Die großen, schweren Holztore zum Ballsaal waren geöffnet, und Irma warf einen Blick in den riesigen Raum. Alles darin war mindestens so edel wie in Helias Thronsaal, doch noch viel größer. Den Boden schmückten reich verzierte Fliesen, und die purpurfarbenen Wandteppiche waren mit goldenen Fäden durchwebt. Sie schillerten in dem Sonnenlicht, das von den pompösen Kronleuchtern strahlte. Irma wollte sich gar nicht vorstellen, was passieren würde, sollte sich einer von ihnen von der Decke lösen. Sie erkannte eine Bühne, auf der Musiker gerade noch ihre Musikinstrumente stimmten oder schon ungeduldig auf das Zeichen warteten, dass es losging. Zahlreiche Bedienstete hatten, komplett in Schwarz gekleidet, in der Halle Aufstellung genommen und warteten genauso angespannt wie Irma auf den Startschuss.

»Wenn der Trubel beginnt, solltest du damit aufhören«, sagte Iven. Erst in diesem Moment fiel Irma auf, dass sie vor Aufregung von einem Bein auf das andere trat. Sie stoppte ihre Bewegung, verlagerte ihren nervösen Tick allerdings nur und zwirbelte eine der losen Haarsträhnen zwischen ihren Fingern. Zu ihrer Überraschung kam Iven näher und griff nach ihrer Hand. Behutsam nahm er sie von der Haarsträhne weg.

»Ruinier nicht deine Frisur«, murmelte er, und als er ihre Hand losließ, war Irma für einen kurzen Augenblick enttäuscht.

Ihre Wangen wurden warm, und auch Iven schien verlegen zu sein. Er wich einen Schritt zurück und richtete sein Haar, das er in einem tiefen Pferdeschwanz trug. Irma war heilfroh, als endlich die Musik zu spielen begann und die ersten Gäste eintrafen. Hatte sie bis gerade eben ihre eigene Kleidung schon extravagant gefunden, wurde sie nun eines Besseren belehrt. Die Kleider der Gäste stellten sie weit in den Schatten. Die Näherinnen hatten zauberhafte Arbeit geleistet, und Irma blickte in ein Meer aus bunter Seide, schillernden Pailletten, edlen Stickereien und kunstvoll gefertigten Masken. Enya hatte recht behalten, die meisten Gäste waren Gestaltwandler, deren Tiermasken ihren Clan repräsentierten. Sie erkannte Wölfe und Luchse, Rehe und Hirsche sowie Habichte und Eulen aller Art. Während die Masken der Schleiereulen Irma einen kalten Schauer über den Rücken jagten, musste sie über die ulkigen Uhus schmunzeln. Zwei Mädchen mit Waldkauzmasken und kurzen grünen Kleidchen sahen so allerliebst aus, dass Irma ihre Augen gar nicht von ihnen abwenden wollte. Sie beobachtete, wie sie in die allmählich volle Halle sprangen und ausgelassen zu der Musik tanzten.

»Du sollst das Geschehen außerhalb bewachen und deine neugierige Nase nicht in den Ballsaal stecken«, hörte Irma eine eiskalte Stimme hinter sich.

Ertappt drehte sie sich um und sah in das Gesicht von Falk, der mit strenger Miene vor ihr stand. Er trug ein blutrotes Hemd, das seine helle Haut und das blonde Haar fast weiß wirken ließ. Irma musste unwillkürlich an einen Vampir denken und warf einen hilfesuchenden Blick zu Iven. Der sah sie entschuldigend an, weil er sie nicht gewarnt hatte.

»Wird nicht wieder vorkommen«, beteuerte Irma und stellte sich stocksteif hin.

»Das will ich hoffen, denn ich werde es bemerken«, drohte Falk leise und schritt erhaben an ihr vorbei in den Ballsaal.

Auch Corvus, Helias hübscher Handlanger, und Anwyn betraten die Halle. Ihnen folgte eine Schar Priesterinnen in extravaganten Roben, unter denen Irma auch Minna erkannte. Diese ignorierte sie vollkommen, nickte allerdings Iven zu.

Blöde Ziege, dachte sich Irma.

Sie hatte aber gar nicht die Zeit, sich zu ärgern, denn eine weitere Gruppe von Gästen erregte Irmas Aufmerksamkeit. Neun Frauen mit langem roten Haar und Fuchsmasken kamen den Gang entlang. Irma bemerkte, dass Ivens Haltung ein wenig steifer und aufrechter wurde, er sagte allerdings nichts. Die Fuchsgestaltwandlerinnen näherten sich, und Irma bewunderte die unverkennbare Ähnlichkeit zu Iven. Sie waren groß und dünn, mit schier endlos langen Beinen, und ragten einen Kopf über Irma auf. Ihre schmalen Gesichter waren mit Sommersprossen übersät, und sie hatten dieselben ausgeprägten Wangenknochen und großen Augen wie Iven. Soweit Irma das unter den Halbmasken erkennen konnte, teilten sie auch die markante Nase. Dennoch fiel Irma auf, dass die Frauen von der Ausstrahlung her älter wirkten. Obwohl Iven ein Meister darin war, Leute mit seinem mies gelaunten Blick in die Flucht zu schlagen, konnte er nicht mit den Füchsinnen mithalten. Sie blickten entweder säuerlich drein oder lächelten grausam. Keine von ihnen strahlte auch nur einen Funken Herzlichkeit aus. Ohne Irma und Iven eines Blickes zu würdigen, marschierten sie hochnäsig an ihnen vorbei. Sie hatten sich dafür entschieden, einen der anderen Eingänge zu benutzen. Irma sah ihnen fassungslos nach. Eine von ihnen drehte sich zu ihnen um und betrachtete Iven mit einem angewiderten Gesichtsausdruck. Irmas Wangen glühten. Ausnahmsweise vor Wut. Sie warf Iven, der die Situation stoisch ertragen hatte, einen prüfenden Blick zu.

Er hatte die Zähne fest zusammengebissen, löste nun aber seinen verkrampften Unterkiefer, um sarkastisch auszurufen: »Darf ich vorstellen? Meine bezaubernden Schwestern.«

»Was für arrogante Schnepfen«, sagte Irma ehrlich.

Hatte sie sich zuvor gewundert, warum Iven nach dem Tod seines Vaters lieber in die *Eishöhle* statt zu seinen Schwestern gegangen war, hatte sie nun die Antwort.

Nach und nach trudelten die letzten Nachzügler ein, und Irma betrachtete fasziniert ein paar Frauen, die mit fast durchsichtiger Haut, milchigen Augen und Schwimmhäuten zwischen den Fingern aussahen, als könnten sie aus dem *Dunkelsee* stammen. Das Treiben in der großen Halle war lebhaft, es wurde zur Musik getanzt, und Irma hörte reges Geplauder. Plötzlich spürte sie die *Sonnenmagikk* um sich herum aufgeregt knistern, und noch bevor sie sie sah, wusste Irma, dass Helia im Anmarsch war.

»Helia wird gleich da sein«, sagte sie warnend zu Iven, der überrascht die Augenbrauen hob.

Ein paar Atemzüge später nickte er jedoch und murmelte: »Du hast sie vor mir gespürt. Respekt. Du solltest wirklich Späherin werden.«

Bevor Irma sich für das Kompliment bedanken konnte, betrat die selbst ernannte Sonnenkönigin den Korridor. Irma stellte sich so würdevoll wie nur möglich hin. Sie hoffte insgeheim, Helia würde einen anderen Eingang wählen, doch sie näherte sich den beiden unaufhaltsam. Noch bevor Irma ihr Gesicht erkennen konnte, fiel ihr der riesige Sonnenkopfschmuck auf, den Helia trug. Er erinnerte Irma an die Bilder auf den Altären und ging in eine Maske über, die ihr halbes Gesicht verdeckte. Wie bei ihrer üblichen Krone war kein Schlitz für ihre Augen freigelassen worden. Ihre Lippen waren dunkelrot geschminkt, und sie trug ein Gewand, das aussah wie das Himmelszelt. Der dunkelblaue Stoff glänzte edel, und auf der meterlangen Schleppe war eine goldene Sonne eingestickt. Ihre Kleidung war mit zahlreichen goldenen Ornamenten, Borten, Knöpfen und Perlen verziert, und anlässlich des Balls trug Helia goldene Ohrringe und Ketten. Sie sah so wunderschön aus, dass es Irma den Atem verschlug. Iven und Irma verbeugten sich tief vor ihr, als sie den Eingang passierte. Sie wagten erst, sich wieder aufzurichten, als auch das letzte bisschen Stoff von Helias Schleppe durch die Tür verschwunden war. Erleichtert atmete Irma aus. Erst dann fiel ihr Fia auf, Helias Zofe, die ihrer Herrin in einigen Metern Abstand folgte. Überrascht stellte Irma fest, dass Fia ebenfalls festlich gekleidet war. Die roten Dreadlocks waren mit verzierten Spangen geschmückt, und sie trug ein sehr hübsches dunkelgrünes Kleid. Sie lächelte Irma und Iven zur Begrüßung zu.

Als sie im Ballsaal verschwunden war, sagte Irma leise: »Ich dachte, Fia wäre Helias Zofe. Aber sie begleitet sie trotzdem mit zum Ball?«

»Sie ist auch Helias Hofdame, wenn man das so nennen kann. Ich schätze, selbst jemand wie Helia wird mit der Zeit einsam«, flüsterte Iven zurück.

»Aber hat Helia Fia nicht das Gesicht verbrannt? Ich hätte nicht geglaubt, dass ihr etwas an ihr liegt«, überlegte Irma laut.

Iven zuckte mit den Achseln. »Ich weiß nicht, ob Helia an irgendjemandem etwas liegt. Zumindest scheint sie Fias Gesellschaft zu schätzen.«

Irma grübelte noch eine Weile darüber nach und lauschte den Geräuschen im Ballsaal. Sie hätte gerne einen Blick hineingeworfen, doch sie traute sich nicht für den Fall, dass Falk sie dabei erwischte. Iven schien ihren inneren Kampf zu spüren und spitzte um die Ecke.

Mit angewidert verzogenen Lippen sagte er zu Irma: »Falk scheint beschäftigt zu sein, du kannst gern auch mal gucken.«

Neugierig spähte Irma in die Halle, die nun brechend voll war. Während die *Anderswesen* tanzten, schillerten ihre Kleider in Helias Sonnenlicht, und die Bediensteten wuselten mit Tabletts, auf denen Gläser mit Flüssigkeiten in allen Farben glitzerten, durch die Menge. Irma entdeckte Helia, die neben Corvus am Rande des Geschehens stand und in die Menge blickte. Corvus wirkte so teilnahmslos wie eh und je. Seine eng anliegende schwarze Kleidung harmonierte mit seinen pechschwarzen Augen und Haaren. Irma wunderte es nicht, dass er Helias Henker genannt wurde. Sie entdeckte auch Anwyn, die zu ihrer dunklen Priesterinnenrobe eine schwarze Maske trug, die Irma irgendwoher bekannt vorkam. Sie kramte eine Weile in ihrem Gedächtnis, bis ihr einfiel, dass die Maske ähnlich aussah wie der ägyptische Gott Anubis. Die schmale Hundeschnauze wirkte so streng wie Anwyn selbst. Erst jetzt begriff Irma, weshalb Iven so angewidert geguckt hatte. Anwyn strich mit einer ihrer zarten Hände über Falks Oberarm. Falk selbst sah sie mit einem schmierigen Lächeln an, und sein Körper schien von der Hohepriesterin wie von einem Magneten angezogen zu werden.

»Ich dachte, das wäre verboten?«, fragte Irma verdutzt.

Iven stieß ein kehliges Lachen aus, in dem eine ordentliche Portion Frust mitschwang.

»Du glaubst doch nicht, dass die Regeln hier für alle gleichermaßen gelten.«

Irma beschloss, dass sie genug gesehen hatte, und drehte sich wieder um. Sie konnte darauf verzichten, Falk und Anwyn zu beobachten und dabei auch noch zu riskieren, von ihnen entdeckt zu werden.

»Tut mir leid, dass du wegen mir hier sein musst«, sagte sie zu Iven.

»Wie kommst du darauf?«

»Sander hat es mir verraten.«

Iven schwieg für einen Augenblick und betrachtete seine Stiefelspitzen. Dann richtete er die sturmgrauen Augen auf Irma. »Ich bin eigentlich ganz froh, heute mit dir hie…«

»Es ist Mitternacht!«, ertönte eine freudige Stimme hinter Irma.

Sie wirbelte herum und sah Kian auf sich zukommen.

»Du hast gesagt, wir dürfen jetzt die Posten tauschen«, wandte er sich grinsend an Iven.

Der erwiderte Kians Blick zähnefletschend, und Irma konnte seine spitzen Fänge funkeln sehen.

»Fein. Macht, was ihr wollt, ich suche mir einen anderen Posten.« Iven stapfte in die Richtung davon, aus der der Falkengestaltwandler gekommen war. Über die Schulter rief er Irma noch zu: »Bring mich nicht in Schwierigkeiten, Hase!«

Sie sah ihm verdattert nach. Leider war er so schnell weg, dass sie nicht mehr reagieren konnte.

Sollte er nicht eigentlich meinen Babysitter spielen?

Außerdem hätte Irma wirklich gerne gehört, was Iven ihr sagen wollte. Ihr Herz flatterte noch ein wenig, und sie überlegte, weshalb Kians Erscheinen Iven so ganz und gar nicht in den Kram gepasst hatte.

»Wie hast du es überhaupt bis jetzt mit dem Griesgram ausgehalten?«, fragte Kian verwundert.

»Bis du aufgetaucht bist, war er eigentlich ganz normal«, murmelte Irma.

Ivens Blut kochte.

Was zur Hölle ist los mit mir?

Er rieb sich die Schläfen hinter seiner Fuchsmaske und zwang sich, sich zu beruhigen. Er hatte die Aufgabe, Irma den Abend über zu beaufsichtigen, und war gerade Hals über Kopf davongestürmt. Wenn Falk das mitbekam, würde nicht nur er, sondern höchstwahrscheinlich auch Irma Ärger kriegen. Daher zwang er sich, den Weg zurückzustiefeln. Doch als er um die Ecke bog, versetzte ihm der Anblick einen Stich ins Herz. Er sah, wie vertraut Irma und Falks Sohn miteinander umgingen. Kian alberte trotz seiner strikten Anweisungen herum. Irma lachte herzhaft, und Iven war zu feige, den beiden wieder gegenüberzutreten.

Wein. Wein würde es einfacher machen.

Wohl wissend, dass er schnell genug war, um unentdeckt zu bleiben, betrat er den Ballsaal und schnappte sich ein Glas mit roter Flüssigkeit. Ohne nachzudenken, kippte er es in einem Zug hinunter. Als er den süßen Geschmack erkannte und sich ein wohliges Gefühl in seinem Bauch breitmachte, wurde Iven für einen Moment klar, welch gravierenden Fehler er gerade begangen hatte. Doch dann war sein Kopf schon in den Wolken, und alle seine Sorgen hatten sich in Luft aufgelöst.

Irma wollte ihren Augen nicht trauen, als Iven tänzelnden Schrittes den Gang entlang auf sie zukam. Noch überraschter war sie, als er vor ihr stehen blieb, sich zu ihr herunterbeugte und ihr mit dem Zeigefinger auf die Nase tippte.

»So schnell wirst du mich dann doch nicht los, Mondhase«, säuselte er.

Mondhase?

Er richtete sich auf und drehte sich einmal um die eigene Achse, als würde er zu der Musik tanzen, die aus dem Ballsaal tönte. Irma warf Kian einen hilfesuchenden Blick zu. Der beobachtete Iven mit offenem Mund und wirkte genauso überrumpelt wie Irma. Als Iven zu schwanken begann, griffen Irma und Kian gleichzeitig nach seinen Armen, um ihn zu stützen. Iven schien sich dessen jedoch gar nicht bewusst zu sein und kicherte leise.

»Oh oh«, sagte Kian beunruhigt.

»Was ist los?«, fragte Irma panisch unter der Hälfte von Ivens Gewicht.

Kian sah zu Iven hoch, der dümmlich grinsend die Wand betrachtete. »Ich glaube, wir haben ein Problem«, zischte er. »Hast du *Ambrosia* getrunken?«, fragte er Iven.

Der Fuchsgestaltwandler kicherte erneut. »War keine Absicht«, lallte er.

»Verdammt!«, rief Kian.

»Was ist los?«, fragte Irma noch einmal mit Nachdruck, und Angst griff nach ihr.

»Wir müssen jetzt schnell handeln«, presste Kian erstaunlich ernst hervor. »Iven hat *Ambrosia* erwischt. Das ist ein Getränk, das *Seraphim* und Gestaltwandler anstelle von Alkohol trinken. Es lässt einen jeden Kummer vergessen, und man fühlt sich so glücklich wie nie zuvor. Sterbliche Wesen vertragen es dummerweise nicht.«

Irma sah Iven besorgt an und zog die richtigen Schlüsse. »Iven ist sterblich. Was passiert jetzt mit ihm?«, fragte sie nervös.

»Wenn wir Pech haben, wird er schon in fünf Minuten ohnmächtig«, erklärte Kian hastig.

»Oh nein, er kriegt riesigen Ärger, wenn dein Vater das mitbekommt! Was machen wir denn jetzt?«

Verdammt!

»Wir müssen ihn wegbringen, am besten auf sein Zimmer«, beschloss Kian, und Irma nickte.

»Ich übernehme das. Wenn dein Vater fragt, wo wir sind, dann sag ihm, dass es mir schlecht ging. Sag, Iven hat mich aufs Zimmer gebracht und kann nichts dafür.«

Kian sah Irma unschlüssig an.

»Bitte«, flehte sie.

»In Ordnung«, nickte er schließlich und machte sich von Ivens Griff frei.

Dieser sackte ein wenig zusammen und drohte Irma mit umzureißen. Mit Kians Hilfe richtete sie ihn wieder auf, und Irma begann mit dem schwankenden Iven vorsichtig zur Treppe zu schleichen.

»Bitte versuch wenigstens, dich selbst zu halten«, flehte sie, denn sein Körpergewicht und seine Größe wurden allmählich zum Problem. Bis sie die Treppe erreicht hatten, war Ivens verstrahltes Lächeln aus seinem Gesicht gewichen, und er war kreidebleich.

»Okay. Iven, ich brauche jetzt deine volle Konzentration und Körperspannung«, presste Irma zwischen zusammengebissenen Zähnen hervor.

Ihr Körper war kurz davor, unter seinem Gewicht zusammenzubrechen, doch sie kämpften sich die schier endlos erscheinende Treppe hinab.

»Wieso hast du dich denn so abgeschossen?«, fragte sie verzweifelt.

Sie hatte nicht mit einer Antwort gerechnet, doch Iven nuschelte undeutlich: »Du magst mich eigentlich gar nicht, oder?«

Irma glaubte nicht richtig gehört zu haben.

»Du machst es einem jedenfalls nicht gerade leicht!«, zischte sie ihm zwischen zwei angestrengten Atemzügen zu.

Gerade als sie am Fuß der Treppe ankamen, hörte Iven auf, seine Beine zu bewegen.

»Komm schon, wir haben es nicht mehr weit!«, redete Irma ihm zu, doch ihre Worte drangen nicht zu ihm durch.

Seine Augen drehten sich nach oben, und Irma war nicht mehr in der Lage, ihn zu stützen. Er segelte mit einem dumpfen Schlag zu Boden. Irma fluchte. Sie musste Iven unbedingt hier wegbringen, bevor jemand sie entdeckte. Sie überlegte nicht lange und griff nach seinen Beinen. Wie einen Sack Kartoffeln schleifte sie Iven zu den

Wächterquartieren. Irmas Arme brannten, doch sie beeilte sich und öffnete die schwere Holztür, hinter der die Zimmer der Wächter lagen. Sie zog Iven hindurch, sein Kopf schlug mit einem dumpfen Knall gegen den Türrahmen.

Mist.

»Iven, welches ist dein Zimmer?«, fragte sie verzweifelt.

Er hatte seine Augen geschlossen, und Irma befürchtete, dass die Kollision mit dem Türstock ihm den Rest gegeben hatte. Sie beugte sich über ihn und verpasste ihm eine Ohrfeige, das hatte sie schon häufiger in Filmen gesehen.

Zu ihrer Erleichterung öffnete er hinter seiner Maske tatsächlich die Augen, und sie wiederholte mit Nachdruck: »Welches Zimmer?«

Iven deutete auf einen Raum zu ihrer Rechten. Irma klopfte an die Tür, unsicher, ob sie Iven Glauben schenken konnte. Als keine Antwort kam, spitzte sie hinein und schaltete die Sturmlaterne an, die auf der Kommode stand. Der unachtsam auf den Boden geworfene *Misfits*-Hoodie in der Mitte des Zimmers ließ Irmas Zweifel schwinden, und sie eilte zurück zu Iven, der immer noch auf dem Rücken lag und teilnahmslos die Decke anstarrte. Sie zog ihn die letzten Meter in sein Zimmer, schloss die Tür und versuchte, Iven in sein Bett zu verfrachten.

»Kannst du wenigstens ein bisschen mithelfen?«

Iven gehorchte, wenn auch ungeschickt. Er ließ sich auf das Bett fallen, und Irma nahm ihm die Fuchsmaske ab. Sein Haar hatte sich aus dem Zopf gelöst. Unter seinen Augen hatten sich dunkle Ringe gebildet, und er sah ein wenig grün im Gesicht aus.

»Mir ist so schlecht«, stöhnte er und versuchte sich aufzurichten.

Irma griff gerade noch rechtzeitig nach dem Papierkorb, der neben einem schweren Holzschreibtisch stand, und drückte ihn Iven in die Hand. Irma hielt ihm das lange Haar zurück, während er von Krämpfen geschüttelt seinen Mageninhalt in den Mülleimer entleerte.

»Du kannst einem echt Sorgen machen«, murmelte sie, unfähig, Iven, der noch eine halbe Ewigkeit von Würgekrämpfen geschüttelt wurde, wirklich zu helfen.

Sie sah sich in seinem Zimmer um, das viel geräumiger war als ihres.

Abgesehen von der Kommode und dem Schreibtisch stand auch ein Schrank in dem Raum, doch Ivens Kleidung lag überall herum. Sonderlich ordentlich schien er nicht zu sein, und Irma entdeckte seine abgeranzten Chucks, die er damals in der Schule getragen hatte, und die zerfledderte Umhängetasche. Zahlreiche Bücher waren auf dem Boden gestapelt, und sie konnte einen Digitalwecker, schachtelweise Zigaretten sowie einen Kassettenplayer erkennen. Als Ivens Krämpfe allmählich nachließen, schubste Irma ihn in die Kissen und deckte ihn behutsam zu. Er sah so mitgenommen aus, dass sie dem Drang nicht widerstehen konnte, mit dem Handrücken über seine eingefallenen Wangen zu streichen.

»Ich sehe morgen früh noch mal nach dir«, flüsterte sie. Sie wandte sich um und ging ein paar Schritte, um sein Zimmer zu verlassen.

Ihr Blick blieb an einer Sammlung von Konzertkarten hängen, die Iven unordentlich an seine Zimmertür geklebt hatte. Kopfschüttelnd stellte sie fest, dass die meisten Konzerte schon vor ihrer Geburt stattgefunden hatten. Sie löschte die Sturmlaterne und schlich sich aus dem Wächterquartier. Erst als sie ihr eigenes Zimmer erreichte, erinnerte sie sich an Anselms Geburtstagsfeier.

Habe ich mich da nicht genauso elend gefühlt wie Iven heute?

Endlich fiel der Groschen. Iven hatte ihr *Ambrosia* verabreicht.

21

Ivens Kopf dröhnte, und es schmerzte ihn, seine Augen zu öffnen.
Was ist passiert?
Er fühlte sich, als ob ein dichter Nebel seine Erinnerung verschleierte. Als er sich auf seine Unterarme stützte und den Kopf vom Kissen hob, traf ihn ein harter Schlag ins Gesicht. Er fiel zurück und hielt eine Hand über sein linkes Auge.

»Au, verdammt! Was soll das?«, rief er, ziemlich sicher, von dem Schlag ein blaues Auge zu behalten.

Eine wütende Stimme schrie zurück: »Das könnte ich dich auch fragen! Wieso hast du mich an Anselms Feier mit *Ambrosia* vergiftet?«

Iven öffnete vorsichtig die Augen und sah Irmas wutverzerrtes Gesicht über sich. Sie trug ihr typisches Trainingsoutfit, und Iven fragte sich, wie viel Zeit seit dem Maskenball vergangen war.

Er wagte einen neuen Versuch, sich aufzurichten, und antwortete Irma beschämt: »*Ambrosia* lässt einen die Wahrheit sagen. Ich dachte, so komme ich schneller an Informationen über die *Wolfswacht*. Ich wollte dich nicht vergiften, ich habe mich in der Dosis vertan. Du bist so klein.«

»Du hättest auch einfach nett fragen können«, sagte sie zornig.

»Ich weiß. Nur stand ich nicht mehr sonderlich hoch in der Gunst unserer Herrscherin. Ich habe im Sommer eine Mission verbockt und brauchte dringend ein Erfolgserlebnis«, erklärte er mit schlechtem Gewissen.

»Und was hat es dir gebracht?«, fragte sie barsch.

Iven schwieg, denn bis auf Torins Schwert hatte er nichts gefunden. Er war auf rein gar nichts gestoßen, das er Helia hätte übermitteln wollen. Für eine Weile herrschte Stille, und Iven bemerkte, dass er noch in der Kleidung vom Vortag steckte.

»Was ist gestern passiert?«, fragte er Irma, ahnend, dass ihm die Antwort nicht gefallen würde.

»Du hast dich selbst mit *Ambrosia* außer Gefecht gesetzt, und ich habe dich hergebracht«, erklärte sie knapp.

»Verdammt«, murmelte Iven, der sich an das Weinglas erinnerte und gar nicht wissen wollte, wie er sich anschließend verhalten hatte.

»Ich hoffe nur, dass wir keinen Ärger mit Falk bekommen«, sagte Irma und wandte sich zur Tür. »Ich muss jetzt zum Training.«

»Es tut mir leid«, krächzte Iven. Sein Rachen brannte schmerzhaft.

»Du bist so ein Vollidiot. Ich bin froh, dass es dir wieder besser geht«, murmelte sie und schloss die Tür hinter sich.

»Wie geht es ihm? Und wie geht es dir?«, wollte Kian wissen, als Irma in der Trainingshalle neben ihn trat.

»Wie zu erwarten. Aber viel wichtiger wäre es herauszufinden, ob deinem Vater etwas aufgefallen ist. Hat er etwas gesagt?«

Kian sah betreten auf seine Füße und nuschelte: »Er hat gemeint, dass ihr mächtig in Schwierigkeiten steckt. Irgendjemand hat euch wohl auf dem Weg in die Wächterquartiere gesehen. Warum hast du mich gebeten, Iven zu decken?«

»Weil er nur wegen mir überhaupt dort war. Ich hatte das Gefühl, dass ich ihm das schuldig bin.«.

Sie war sich sicher, die richtige Entscheidung getroffen zu haben, auch wenn sie wegen ihres Absturzes an Anselms Geburtstag immer noch ein wenig sauer auf ihn war. Irmas Entschlossenheit geriet allerdings ins Wanken, als Moira gemeinsam mit Falk die Trainingshalle betrat.

Der Hochwächter richtete seine dunklen Augen auf Irma und befahl: »Folge mir.«

Nach einem letzten Blick zu Kian schickte sich Irma an, den großen Schritten von Falk nachzueilen. Das Herz klopfte ihr bis zum Hals, und als er auf die Treppe zusteuerte, schwante ihr Übles. Kian hatte recht, Irma steckte tatsächlich mächtig in Schwierigkeiten, denn Falk führte sie in Helias Thronsaal. Zu ihrem Entsetzen war auch Iven dort und kniete vor dem Podest mit Helias Thron. Neben ihm stand Corvus, und sie reimte sich zusammen, dass er Iven aus seinem Zimmer geholt haben musste. Erleichtert bemerkte sie, dass Iven seine übliche Wächterkleidung trug. Das machte ihre Geschichte zumindest glaubhafter. Irma kniete sich neben ihn und registrierte, dass sich um sein linkes Auge herum ein Bluterguss bildete. Sie wagte kaum, zu der Herrscherin aufzusehen, als diese sich erhob und das Wort an die beiden richtete.

»Ihr habt gestern gegen meinen Willen eure Posten verlassen. Als Wächter habt ihr Anweisungen zu befolgen, und ich dulde keine Ausnahmen«, sagte sie ohne Erbarmen. »Erklärt euch.«

Iven setzte zu einer Erklärung an, doch Irma war schneller.

»Ich habe mich krank gefühlt, und Iven hat mich zurück ins Quartier gebracht. Hätte er das nicht getan, wäre ich womöglich vor dem Ballsaal umgekippt«, log sie. »Er hat dafür gesorgt, dass ich keinen schlechten Eindruck vermittle.«

Iven wandte sich ihr zu, die Augen vor Entsetzen geweitet. Irma hielt ihre Augen strikt auf Helia gerichtet. Sie musste ihr einfach glauben.

»Du siehst nicht gerade krank aus«, stellte Falk fest und näherte sich Irma. »Ich glaube dir kein Wort.«

Auch wenn es sie unendlich viel Mut kostete, sah sie Falk in die Augen. Ihr wurde bewusst, wie machtlos sie in dieser Situation war, kniend denen ausgeliefert, die ihr alles andere als wohlgesinnt waren.

»Lass das Mädchen die volle Strafe annehmen, wenn sie das möchte. Schaff sie mir aus den Augen«, befahl Helia kalt.

Falk sah abwechselnd zwischen Iven und Irma hin und her. Er war sich sicher, dass sie log. Ohne Vorwarnung holte er aus und schlug Irma ins Gesicht. Sie schwankte und sah Sternchen.

»Loyalität ist eine gute Eigenschaft, Halbmensch. Du solltest dir jedoch überlegen, wem du sie schuldest.«

Er schlug ein zweites Mal zu, und Irma spürte, wie ihre Unterlippe aufplatzte.

»Du wirst vorerst Strafdienste leisten, bis mir eine gerechte Strafe einfällt. Verschwindet, ich werde mich mit neuen Anweisungen melden.«

Irma war immer noch ein wenig benommen, als Iven sie auf die Beine hievte und aus dem Thronsaal brachte. Wortlos stützte er sie bis zur Treppe, dann blieb er stehen und sah sie entgeistert an.

»Bist du okay? Wieso um alles in der Welt hast du das gemacht? Bist du bescheuert?«

»Ein einfaches Danke würde reichen«, antwortete Irma. Der Satz kam etwas gurgelnd heraus, und das Blut schmeckte metallisch in ihrem Mund. Ihre Lippe pulsierte schmerzhaft, und sie würde wohl ein ähnliches Veilchen wie Iven davontragen.

»Ich bringe dich zu den Heilern«, beschloss er und führte sie die Treppe hinunter.

Die Situation erinnerte Irma an den Vorabend, und sie hätte beinahe darüber geschmunzelt, wenn ihr Gesicht nicht so wehgetan hätte.

Im Krankenzimmer fragte Nadia, die Heilerin, die damals mit Iven geschimpft hatte, belustigt: »Habt ihr euch gestritten, oder wieso seid ihr so fürchterlich zugerichtet?«

Iven ging nicht darauf ein und bat sie, sich um Irma zu kümmern. Nadia reinigte ihre Wunde und wusch ihr das Blut vom Gesicht, das mittlerweile in Strömen an ihrem Kinn herabgelaufen war und Irmas Tunika ruiniert hatte. Als sie sich entfernte, um die verschmierten Tücher zu entsorgen, kam Jonah mit einem Gefäß zurück, das Irma von dem Besuch mit Kian bekannt vorkam.

Doch bevor Jonah sie verarzten konnte, streckte Iven die Hand nach der Salbe aus und sagte: »Zieh Leine.«

Jonah war zu schüchtern, um sich über Ivens Unhöflichkeit zu beschweren, und verschwand schnell ans andere Ende des Krankenzimmers.

Iven setzte sich neben Irma auf die Krankenliege und murmelte: »Guck mal her.«

Irmas Herz klopfte wild, als er behutsam die Salbe auf ihre Unterlippe auftrug.

Dort, wo seine Finger sie berührten, begann es zu kribbeln, und eine wohlige Wärme breitete sich aus. Der Schmerz wurde weniger, Irma spürte ihr Blut gerinnen und die Wunde verheilen. Langsam zog Iven seine Hand zurück.

»Wieso hast du mir gestern aus der Patsche geholfen? Und wieso hast du die Schuld auf dich genommen?«, fragte er leise, und seine sturmgrauen Augen sahen sie eindringlich an.

»Weil es meine Schuld ist, dass du überhaupt dort warst«, antwortete Irma, wohl wissend, dass das nicht der einzige Grund war.

»So ein Blödsinn. Das ist ganz und gar Falks Schuld. Er ist ein mieses Arschloch und hatte schon immer Freude daran, mich zu bestrafen. Er hat einfach nur die Gelegenheit genutzt.«

Irma nickte, und eine Weile saßen sie einfach nur nebeneinander, jeder von ihnen in seine eigenen Gedanken versunken.

»Danke«, brach Iven die Stille, stand auf und reichte Irma seine Hand.

Sie griff danach und ließ sich von ihm von der Liege ziehen. Gemeinsam verließen sie das Krankenzimmer und machten sich auf den Weg zur Trainingshalle. Für Moira gab es keinen Grund, weshalb Irma das Training ausfallen lassen sollte.

22

Irma hatte mit einer harten Bestrafung gerechnet, dennoch überraschte Falk sie mit seiner Grausamkeit. Sie verbrachte den Jahreswechsel größtenteils mit diversen Strafdiensten und versuchte, sich dabei von dem Gedanken abzulenken, dass sie ihre Familie schon zwei Monate lang nicht mehr gesehen hatte. Seit der Wintersonnenwende hatte Irma kaum noch Freizeit, da sie früh vor dem Training die Bäder der Wächter schrubbte, das Nachmittagstraining durch Arbeit in der Wäscherei ersetzen musste und nach ihrem Küchendienst weitere anstehende Arbeiten wie das Reinigen des Gebetshauses oder der Gemächer der höheren *Anderswesen* in den oberen Stockwerken unterstützen sollte. Jeden Abend fiel sie völlig ausgelaugt ins Bett, nur um dann wenige Stunden später von Ivens digitalem Wecker, den er ihr netterweise geliehen hatte, aus dem Schlaf gerissen zu werden. Iven plagte sein schlechtes Gewissen, und er half Irma morgens bei ihren Aufgaben, ehe er den *Feuerberg* zum Dienst verließ. Sie war heilfroh, dass er nicht für mehrere Tage am Stück verschwinden musste. Irma hätte gar nicht gewusst, wie sie ohne seine rasende Geschwindigkeit jeden Morgen pünktlich zum Training kommen sollte. Weil sie nur noch den Vormittag zum Trainieren nutzen konnte, erwartete Moira die doppelte Leistung von Irma, die nicht wusste, wie lange sie der Belastung noch würde standhalten können. Sie hatte dennoch Freude daran, endlich mit den Holzschwertern und Schilden zu üben, und genoss die kurze Zeit, die sie täglich mit Kian verbringen konnte. Auch die Nachmittage waren nicht übel, denn obwohl die Arbeit in der Wäscherei körperlich anstrengend war, war sie dort in netter Gesellschaft. Die beiden Undinen Struana und Vika waren die lustigsten Tratschtanten, die Irma je kennengelernt hatte. Sie hatten die gleichen gelben Augen wie Enya. Struana war ein bisschen älter als Enya, hatte im Gegensatz zu ihr eine grüne Hautfarbe und Haare in der Farbe von Algen. Vika war so alt wie Irmas Mutter, und ihr dunkelrotes Haar bildete einen starken Kontrast zu ihrer hellblauen Haut. Da die Männer der beiden ebenfalls als Bedienstete im *Feuerberg* arbeiteten, gab es allerlei Redestoff, und Irma wurde das erste Mal bewusst, wie viele Lebewesen der *Feuerberg* eigentlich beherbergte. Sie klagten über die viele Arbeit und die wenigen Wächter. Diese fehlten an allen Ecken und Enden, da mehr *Daimonen* als jemals zuvor in die Welt einfielen.

»So etwas hätte es unter Torin nicht gegeben«, hatte Vika gesagt, und Struana hatte sie mit einem eindringlichen Blick zum Schweigen gebracht.

Irma hätte gerne gewusst, welche Rolle der Sohn der ersten Herrscher Darion und Selene gespielt hatte, ihre Nachfrage wurde allerdings von Struana unterbunden.

»Über die Rebellion spricht man nicht«, flüsterte sie und sah sich unruhig in der Wäscherei um, als ob sie befürchtete, dass Helia höchstpersönlich hinter einem Wäschestapel auf sie wartete.

Weniger gesprächig, aber dafür umso warmherziger, war Fia. Irma hatte Helias Zofe im Rahmen ihrer Strafdienste persönlich kennengelernt und einige Abende gemeinsam mit ihr und weiteren Bediensteten die Gemächer von Helias innerem Zirkel geputzt. Genervt hatte Irma feststellen müssen, dass Falks Gemächer größer waren als der gesamte Lehrlingstrakt.

»Seit wann arbeitest du für Helia?«, hatte Irma Fia gefragt.

»Schon seit ich ein ganz kleines Mädchen war«, hatte sie erzählt und sich dabei mit den Fingern über das Brandmal in ihrem Gesicht gestrichen. »Helia hat mich damals verbrannt, als ich beim Abstauben aus Versehen eine Vase zertrümmert hatte. Daraufhin hat sie beschlossen, mich als ihre Zofe zu sich zu nehmen.«

»Wieso das denn?«, hatte Irma gefragt, da ihr das nicht unbedingt die logische Konsequenz zu sein schien.

»Weil sie sich so wenigstens an mein Gesicht erinnern konnte. In den Tausenden von Jahren, die sie bereits lebt, hatte sie unzählige Bedienstete.«

Diese Antwort hatte Irma sprachlos gemacht. Noch mehr erstaunte sie allerdings Fias Gleichmut.

Die Zofe hatte ihr daraufhin schlicht erklärt, dass sie Mitleid mit Helia hatte: »Als sie geboren wurde, hat sie ihre eigene Mutter zu nichts weiter als einem Häufchen Asche verbrannt. Ich glaube nicht, dass jemand so einen Kummer jemals verarbeiten kann. Sie ist sehr einsam.«

»Sie hat niemanden mehr von ihrer Familie, nicht wahr?«

Fia hatte traurig verneint.

»Grian ist bei ihrer Geburt ums Leben gekommen, und Darion und Selene wurden von Hexen getötet. Aber was ist mit Torin passiert, ihrem Onkel?«, hatte Irma nachgefragt. Doch auch Fia hatte nur den Kopf geschüttelt und ihr keine Antwort geben wollen.

Der Einzige, von dem Irma vermutete, er könnte rebellisch genug sein, um ihr die Wahrheit zu verraten, war Iven. Sie machte sich nach dem Dienst mit Fia eine gedankliche Notiz, ihn bei der nächsten Gelegenheit auszufragen. Doch Irma hielt es nicht aus, so lange zu warten. Sie lag stundenlang wach und starrte an ihre Zimmerdecke. Unsicher, weshalb ihre Gedanken plötzlich um die Rebellen und Torin kreisten, richtete sie sich auf und kroch aus dem Bett. Leise schlich Irma ins Wächterquartier und öffnete vorsichtig Ivens Tür. Sie trat an sein Bett und wollte ihn wecken, doch Iven war schneller. Blitzschnell fuhr er aus dem Schlaf hoch, und ehe Irma auch nur *Piep* sagen konnte, packte er sie unsanft am Kragen und warf sie auf sein Bett. Mit einem Dolch an der Kehle und seinem Knie auf ihrer Brust konnte Irma sich keinen Millimeter rühren.

»Ich bin's doch nur«, flüsterte sie heiser, und Iven nahm die Waffe runter.

Irma war so erschrocken, dass die *Magikk* in ihr aufgewühlt zu pulsieren begann.

»Oh mein Gott, Irma. Es ist mitten in der Nacht!«, zischte Iven und rollte sich zur Seite.

Er rieb sich die Augen, und Irma warf ihm einen verstohlenen Blick zu. Dank ihrer Nachtsicht konnte sie sehen, wie zerzaust sein langes Haar war und dass er lediglich mit kurzen Shorts bekleidet war. Sein Süßholzduft hüllte sie ein, und als ihr Blick über seinen nackten Oberkörper wanderte, fragte sich Irma, ob sie nicht vielleicht doch bis zum Morgen hätte warten sollen.

»Was willst d… Halt mal. Ich habe mich schon gefragt, was aus dem geworden ist!«, rief Iven aus und zog an einem der Bändel seines *Iron-Maiden*-Hoodies, den Irma seit zwei Monaten zum Schlafen trug.

Sie hatte sich so daran gewöhnt, dass sie sich keine Gedanken darüber gemacht hatte, wie das womöglich auf Iven wirken könnte. Irma war die Situation in diesem Moment derart peinlich, dass die *Magikk* in ihrem Blut wild knisterte. So stark hatte Irma sie seit dem ersten Gottesdienst für Helia nicht mehr wahrgenommen, und sie sprang eilig von Ivens Bett auf.

»Ich gehe jetzt besser«, murmelte sie.

Sie hielt jedoch inne, als sie die silbrig blauen Funken sah, die aus ihren kribbelnden Fingerspitzen sprühten.

»Was zur Hölle?«, hauchte sie und hob die Hände vor ihr Gesicht.

Auch Iven hatte sich aufgerichtet und schaute Irma mit großen Augen an. Sein Gesicht wurde von dem blauen Licht erhellt, und er blickte abwechselnd zwischen Irmas Händen und ihrem Gesicht hin und her.

»Seit wann kannst du das?«, flüsterte er ehrfürchtig.

Irma starrte auf ihre Fingerspitzen und schüttelte ungläubig den Kopf. »Seit gerade eben«, antwortete sie, und ihre Stimme klang eine Oktave höher.

Iven kratzte sich über den Nasenrücken, ehe er mit schief gelegtem Kopf sagte: »Ich glaube, in dir steckt noch viel mehr, als wir bisher gedacht haben. Erinnerst du dich an *Samhain*, als du plötzlich am anderen Ende der Sporthalle aufgetaucht bist?«

Irma nickte, die Augen immer noch auf die stetig pulsierenden silberblauen Lichtblitze gerichtet. Sie konzentrierte sich darauf, ihre *Magikk* zu beruhigen, und allmählich erloschen die Funken.

»Ich glaube, ich sollte schlafen gehen«, verabschiedete sie sich eilig und stürmte aus seiner Tür.

Wie habe ich das gemacht? Und kann ich es wiederholen?

Irma war die restliche Nacht so beschäftigt damit, kleine Mondlichtfunken zu erschaffen, dass sie gar nicht mehr an Torin und die Rebellion dachte.

Am folgenden Morgen verfluchte Irma sich dafür, die ganze Nacht kein Auge zugetan zu haben. Ihre Augenlider waren schwer, und während sie gemeinsam mit Iven das Bad der Wächter putzte, drohte sie im Stehen einzuschlafen. Sie wurde jedoch schlagartig wach, als Moira verkündete, sie würden ab sofort ihr Training draußen im *Kaltengrim* fortsetzen. Während die älteren Lehrlinge den Umgang mit Pfeil und Bogen üben sollten, erhielt Kian von Moira die Anweisung, Irma durch den Wald zu führen. Das erste Mal seit ihrer Ankunft im *Feuerberg* trug Irma ihren schwarzen Mantel und die Mütze. Aufgeregt folgte sie den übrigen Lehrlingen bis zum großen Eingangstor, das sie seit *Samhain* nicht mehr passiert hatte. Sie glaubte es kaum, als die Tore sich öffneten und sie den Wald sah. Während sie endlich wieder frische Luft atmete, spürte sie eine Last von sich fallen, die so viel wog wie der ganze *Feuerberg*. Ihr war egal, dass es eiskalt war und ein widerlicher Nieselregen ihren Mantel zu durchweichen drohte. Irma fühlte sich so frei wie seit Wochen nicht mehr. Gemeinsam mit Kian streifte sie durch den *Kaltengrim*. Auch diesmal kam ihr der Wald wieder lebendiger vor als in der Menschenwelt, wo es kaum noch Urwälder gab. Die Bäume der *Anderswelt* waren viel höher und älter. Verzaubert sog Irma die Eindrücke der unberührten Natur in sich auf. In den Baumkronen wimmelte es von kleinen Wesen, die neugierig zu ihnen herunterblickten.

»Naturgeister«, erklärte Kian und winkte ihnen zu.

Irma tat es ihm nach, und zu zweit entfernten sie sich immer weiter vom *Feuerberg*. Kian gab ihr Tipps, wie sie sich im Wald orientieren konnte, führte sie zum *Eichenmeer* und begleitete sie zu guter Letzt zum *Dunkelsee*. Ehrfürchtig blickte Irma auf das riesige Gewässer, das seinen Namen nicht umsonst trug. Der See glitzerte beinahe schwarz inmitten des *Kaltengrims*, und soweit Irma es beurteilen konnte, musste er sehr tief sein. Immerhin beherbergte er eine Vielzahl von *Anderswesen*. Irma war froh, schwimmen zu können. Die Vorstellung, im unheimlichen Wasser des *Dunkelsees* zu landen, jagte ihr trotzdem eine Gänsehaut über den Körper, und am Ende war sie erleichtert, mit Kian zur Gruppe zurückzukehren.

23

Als Winterkind war Irma es gewohnt, dass ihre Geburtstagsfeiern unspektakulärer verliefen als die ihres Cousins und ihrer Cousine. Sie hatte nie so schön im Garten feiern können wie Anselm und Klara-Luise, und in der kleinen Stadtwohnung, in der Irma mit ihrer Mutter gelebt hatte, waren sie sehr limitiert gewesen. Erst jetzt wurde Irma bewusst, wie glücklich sie sich hatte schätzen können. Denn als sie an diesem elften Januar erwachte, wartete niemand mit einem selbst gebackenen Kuchen auf sie. Ihr Zimmer war nicht mit Luftschlangen geschmückt, und keiner sang »Happy Birthday«. Genau genommen wusste in der *Anderswelt* nicht einmal jemand, dass Irma an diesem Tag volljährig wurde. Sie hatte es auch Kian verschwiegen, der sicherlich mehr als willig gewesen wäre, diesen Tag mit ihr zu feiern. Doch Irma war nicht bereit dazu. Sie vermisste ihre Familie so wahnsinnig, dass es sich nicht richtig anfühlte, den Übergang ins nächste Lebensjahr ohne sie zu begehen. Außerdem machte Irma sich schreckliche Sorgen um Brietta. Sie hatte ihre schwer kranke Tante nun schon seit Monaten nicht mehr gesehen und fürchtete, ihr Verschwinden könnte ihren Zustand noch verschlimmert haben. Geknickt und völlig übermüdet machte sich Irma daran, ihren morgendlichen Strafdienst zu absolvieren.

Toller Geburtstag.

Sie wartete vergebens auf Iven, der nicht auftauchte, daher schrubbte sie sich alleine die Knie wund. Irma war enttäuscht, denn ohne es zu bemerken, hatte sie sich daran gewöhnt, ihn jeden Tag zu sehen. Mit hängenden Schultern stapfte sie zum Wächtertraining und fühlte sich dabei noch einsamer als in den Wochen davor. Gerade als Irma dachte, der Tag könnte nicht noch schlimmer werden, betrat neben Moira auch Falk die Trainingshalle.

»Mitkommen«, blaffte er sie an.

Irma folgte dem Hochwächter hinaus. Er steuerte auf die Treppe zu, und Irmas Herz begann zu rasen.

Was habe ich nun schon wieder angestellt?

Sie betete, dass Falk sie nicht zu Helia bringen würde, und knibbelte nervös an ihren Fingernägeln herum, während sie ihn ins obere Stockwerk begleitete.

Zu ihrer Überraschung führte Kians Vater sie in die Bibliothek, die zu dieser Uhrzeit noch verlassen war. Auch Sander saß nicht wie gewöhnlich hinter seinem Tresen. Irma konnte allerdings hören und riechen, dass in den Laboratorien eifrig gearbeitet wurde. Als Falk stehen blieb, sah sie ihn fragend an. Er hatte sie absichtlich an einen ungestörten Ort gebracht, und sie wollte wissen, weshalb.

»Du wirst deinen Fehltritt von der Wintersonnenwende heute wieder korrigieren können«, sagte er.

Seine schwarzen Augen funkelten bösartig, und Irma wurde noch mulmiger zumute.

»Und wie?«, fragte sie leise, da Falk auf eine Antwort von ihr zu warten schien.

»Es ist ein Nöck im *Dunkelsee* aufgetaucht. Du wirst ihn beseitigen. Wenn dir das gelingt, hast du deine Schuld beglichen, und ich werde dir deine weiteren Strafdienste erlassen.«

Und wenn nicht, hat sich das Problem von selbst erledigt, dachte Irma.

Doch sie wusste überhaupt nicht, was ein Nöck war und wie zur Hölle man ihn beseitigte. Bevor sie diese Fragen stellen konnte, fuhr Falk fort: »Du wirst niemandem etwas davon verraten. Jeder, der dir hilft, wird noch härter bestraft als du.«

Irma sackte das Herz in die Hose. Falk hatte sie natürlich durchschaut, denn das Erste, was Irma getan hätte, wäre gewesen, Kian, Sander und Moira um Rat zu fragen. Der Hochwächter lächelte hämisch, drehte sich um und ließ Irma mit rasendem Puls und wachsender Panik in der Bibliothek stehen. Für ein paar Sekunden war Irma wie gelähmt, unfähig, einen klaren Gedanken zu fassen.

Wie soll ich jetzt vorgehen? Erst einmal beruhigen.

Ihre Mutter hatte ihr beigebracht, dass man auch in den stressigsten Situationen allein durch seine Atmung wieder gelassener werden konnte. Irma zwang sich zu ein paar tiefen Atemzügen. Als sich der erste Nebel, der ihre Gedanken verschleiert hatte, verzogen hatte, schmiedete Irma einen Plan. Zuerst musste sie herausfinden, worum es sich bei einem Nöck handelte und wie man ihn effektiv bekämpfte. Sie kletterte mit schlotternden Knien zu den Büchern hinauf, in denen die unterschiedlichen *Daimonen* behandelt wurden. Falk hatte gesagt, der Nöck war im *Dunkelsee* aufgetaucht, und so suchte Irma nach Werken, in denen es um *Wasserdaimonen* ging. Sie wurde fündig und schnappte sich so viel Material, wie sie auf der bedenklich hohen Leiter zu tragen wagte. In Gedanken entschuldigte sie sich bei Sander, als sie den Stapel einfach aus der Bibliothek entwendete und damit zu ihrem Zimmer eilte.

Irma überlief ein eiskalter Schauer, als sie die Bücher durchblätterte. Unzählige grauenvolle Kreaturen, die Irma sich in ihren kühnsten Albträumen nicht hätte vorstellen können, blickten ihr entgegen, und sie sog die Luft ein, als sie bei der Zeichnung eines Nöcks angelangt war.

Dieses Wesen soll ich erlegen? Falk hätte mir auch gleich mitteilen kön-
nen, dass er mich hinrichten lassen will!

Mit zitternden Fingern fuhr Irma über die grässliche Fratze des *Daimons*. Im Gegensatz zu vielen anderen *Daimonen* hatte der Nöck eine menschliche Gestalt. Er war groß und hager, seine Gliedmaßen waren unnatürlich lang gestreckt, und die Zeichnung stellte ihn in gebückter Haltung dar. Sein Brustkorb stand hervor, und die Rippen zeichneten sich scharf ab. Er hatte einen seltsam geformten Bauch, den Irma unter seinem zerfetzten Leibchen erkennen konnte. Seine Arme endeten in langfingrigen Händen mit Schwimmhäuten. Sie schauderte, als sie die langen Krallen sah, mit denen der Nöck wohl seine Beute riss. Am furchteinflößendsten war allerdings sein großes Maul, in dem unzählige spitze Fischzähne glitzerten.

Irma schluckte und widmete sich dem Text, der neben der grauenerregenden Zeichnung stand: »Als einer der klügsten *Daimonen* in unseren Gewässern ist der Nöck gefürchtet. Er wird vielerorts fälschlicherweise als Wassergeist bezeichnet, doch er entstammt nicht unserer Seite der Welt. Ihn in einem Gewässer aufzuspüren ist unmöglich. Dass er sich zeigt, erkennt man an den für ihn typischen Harfenklängen, mit denen er seine Opfer hypnotisiert und ins Verderben lockt. Der Nöck kann nur mit Stahl besiegt werden. Gerüchten zufolge vermag er durch einen Spruch besänftigt zu werden: ›Neck, Neck, Nadeldieb, du bist im Wasser, ich bin am Land.‹ Wird der Vers jedoch verkehrt herum gesprochen, lockt man den Nöck damit an.«

Irma schauderte, als sie den letzten Satz las: »Der *Daimon* Nöck sollte niemals alleine gestellt werden.«

Falk wollte sie tot sehen, dessen war sich Irma sicher. Doch sie hatte keine Wahl. Sollte sie sich weigern, den Nöck zu jagen, würde Falk sich etwas noch Schrecklicheres für sie ausdenken. Bei näherer Betrachtung war Irma der Nöck lieber als Falk und der gesamte innere Zirkel um Helia. Vielleicht war der Tag, an dem sie volljährig wurde, nicht zufällig auch ihr Todestag.

Nein, so darfst du gar nicht erst denken, ermahnte Irma sich.

Sie gurtete ihre kleine Ledertasche um ihren Oberschenkel, warf sich den schwarzen Mantel um und zog ihre Mütze auf. Mit entschlossenen Schritten eilte sie zur Wächterhalle, froh darüber, dass die Lehrlinge außerhalb des *Feuerbergs* trainierten und ihr keine Fragen stellen konnten. Neben der Trainingshalle, die den Wächtern vorbehalten war, lag die Schmiede. Irma hatte sie zuvor noch nie betreten, und so klopfte sie an der dunklen Holztür, bevor sie eintrat. In dem Raum war es warm und stickig, und Irma erkannte auch sofort, weshalb. In der Esse glühte Steinkohle. Irma fragte sich, wohin der Rauchfang darüber führte, die Architektur des *Feuerbergs* blieb ihr manchmal ein Rätsel. An den Wänden der Schmiede hingen zahlreiche Zangen und Hämmer in unterschiedlichen Größen. An einem Amboss arbeitete der Waldwanderer mit den Ziegenhörnern, der den Gottesdienst für gewöhnlich gemeinsam mit Fia besuchte. Er hatte sich eine Schürze umgebunden, und durch die schwere körperliche Arbeit waren sein Kreuz breit und seine Oberarme muskulös. Seine tannengrünen Augen sahen Irma überrascht an, und obwohl er in den Gottesdiensten meist grimmig dreinsah, lächelte er sie an.

»Kann ich dir helfen?«, fragte er Irma mit seiner tiefen Stimme.

Sie nickte. »Ich benötige eine Waffe aus Stahl. Aber ich habe nichts, was ich dir dafür geben könnte.«

Er strich sich sein langes dunkles Haar hinter die Ohren und betrachtete Irma prüfend. »Wofür brauchst du sie?«

Irma sah ihn verzweifelt an. »Das darf ich dir nicht sagen.«

»Wie heißt du?«, fragte er und strich sich nachdenklich über den Vollbart.

»Irma.«

»Irma. Ich bin Brios. Meine Schmiede ist mein Reich, und ich entscheide selbst, was ich für meine Waffen bekomme.«

Irma schluckte, unsicher, worauf der Schmied hinauswollte. Er ging zu einer Holztruhe und öffnete den schweren Deckel. Heraus zog er ein Beil und ein Lederbündel. Er trat vor Irma und reichte ihr zuerst das Beil.

»Es ist keine edle Waffe, und ich werde sie nicht vermissen. Sie erfüllt ihren Zweck.«

Irma wog die Waffe in ihrer Hand, nicht wissend, wie sie damit umzugehen hatte.

Der Schmied reichte ihr daraufhin das Lederbündel und erklärte: »Darin findest du einen Dolch. Du kannst meine Waffen haben, solange du keinem *Anderswesen* damit schadest.«

Dankbar fiel Irma Brios um den Hals.

»Ich stehe in deiner Schuld«, hauchte sie erleichtert, löste sich von ihm und eilte zur Tür.

»Ich weiß nicht, was du damit vorhast. Aber ich wünsche dir viel Erfolg bei deinem Vorhaben«, sagte der Schmied zum Abschied.

Irma verließ die Schmiede, und um möglichst unentdeckt zu bleiben, zog sie sich ihre Kapuze tief ins Gesicht. Sie hatte ihn zuvor noch nie genutzt, hatte von Enya aber mittlerweile erfahren, wo sie den Bedienstetenausgang finden konnte. Auf dem Weg dorthin machte sie kurz an einem der Altäre für Hella halt. Mit einem Blick nach links und rechts vergewisserte sie sich, dass sie unbeobachtet war, und schnappte sich eine der Kerzen. Sie blies die Flamme aus, kippte das noch flüssige Wachs auf den Boden und verstaute die Kerze in der Ledertasche an ihrem Oberschenkel. Mit klopfendem Herzen eilte sie zum Ausgang.

Irma war erstaunt, mit welcher Leichtigkeit es ihr gelang, durch den Bedienstetenausgang zu schlüpfen. Die schmale Flügeltür war zwar verschlossen, doch dank Enya wusste sie, dass der Schlüssel unter dem Teppich davor versteckt war. Man konnte es den Bediensteten nicht übelnehmen, dass sie sich das Leben manchmal einfach machten. Sollte sie den Tag überleben, würde sie in Zukunft häufiger den *Feuerberg* verlassen, das nahm sich Irma fest vor.

Da sie jedoch nicht genau wusste, wo der Bedienstetenausgang in den *Kaltengrim* führte, erwies es sich zunächst als schwierig, sich im Wald zu orientieren. Sie irrte eine Weile umher und hoffte, bald einen Anhaltspunkt zu haben, wo sie sich befand. Durch Zufall gelangte Irma ans *Eichenmeer*, und von hier aus konnte sie den Weg zum *Dunkelsee* rekonstruieren. Kian hatte ihr beigebracht, sich im *Kaltengrim* zurechtzufinden, und sie erreichte das Gewässer nach nur wenigen Extrarunden. Je näher sie dem See kam, desto mulmiger wurde Irma zumute. Erst als sie das beinahe schwarze Wasser schon durch die Bäume glitzern sah, fiel ihr auf, dass etwas merkwürdig war. In dem Dickicht um den See herum war es totenstill, so, als hätten alle Waldgeister die Flucht ergriffen. Bevor sie durch die letzte Baumreihe trat, tastete Irma nach den Waffen, die sie an ihrem Gürtel befestigt hatte. Sie öffnete die Ledertasche an ihrem Bein und zog die Kerze heraus. Irma brach ein Stück Wachs ab und knetete es, bis es warm wurde und sich verformen ließ. Sie versiegelte ihre Ohren damit, auch wenn es ihr unheimlich war, dem *Daimon* ohne ihren Gehörsinn gegenüberzutreten zu müssen. Sie konnte jedoch nicht riskieren, von den Harfenklängen des Nöck hypnotisiert zu werden. Sie musste sich vollkommen auf ihre Augen verlassen.

Und auf deine Magikk, erinnerte sie sich. *Du kannst Magikk spüren. Deine Fähigkeiten musst du jetzt zu deinem Vorteil nutzen.*

Mit einem letzten Stoßgebet an alle, die es hören mochten, stieg Irma durch das Dickicht ans Ufer.

Der *Dunkelsee* lag ruhig da, und der wolkenverhangene Himmel spiegelte sich düster auf seiner Oberfläche. Irma hatte das Gefühl, dass der See nur darauf wartete, *Anderswesen* wie sie in die Tiefe zu ziehen. Sie hielt nach der Kreatur Ausschau, die sie in dem Buch gesehen hatte, doch sie entdeckte kein einziges Lebewesen in und um den See. Sie würde den Nöck rufen müssen. Sollte der *Wasserdaimon* versuchen, sie zu sich in den *Dunkelsee* zu zerren, wollte sie nicht sofort den Boden unter den Füßen verlieren, daher suchte sich Irma eine Stelle, an der es sanft tiefer wurde. Als sie einen geeigneten Ort fand, legte sie ihren Mantel ab. Sie griff nach dem Beil, das schwer in ihren Händen wog. Irma dachte an ihre Mutter, an Brietta, Anselm und Klara-Luise. An Kian, der in nur wenigen Wochen zu ihrem besten Freund geworden war. Und sie dachte an Iven und seine Finger auf ihren Lippen, als er sie verarztet hatte. Sie würde sie alle wiedersehen, etwas anderes kam nicht infrage.

»Neck, Neck, Nadeldieb, ich bin im Wasser, du bist am Land!«, schrie Irma in die Stille, und ihre Stimme hallte in ihrem Kopf wider.

Sie wartete angespannt. Hatte sie laut genug gerufen? Durch das Wachs in ihren Ohren konnte sie es nicht richtig beurteilen. Sie nahm all ihren Mut zusammen und rief ein weiteres Mal, dieses Mal noch lauter. Doch es regte sich noch immer nichts. Panisch ließ sie ihre Augen über die glatte Wasseroberfläche wandern.

Einatmen und ausatmen, befahl sie sich.

Sie spürte die *Magikk des Kaltengrim* um sich herum knistern, und ihre Fingerspitzen begannen zu kribbeln.

Du bist ein Teil dieser Welt, nicht dieses Monster. Das hier ist dein Zuhause. Du kannst den Daimon besiegen.

»Neck, Neck, Nadeldieb, ich bin im Wasser, du bist am Land!«, brüllte Irma mit fester Stimme, das Beil zum Angriff erhoben. »Neck, Neck, Nadeldieb, ich bin im Wasser, du bist am Land!«

Sie machte einen Schritt in das eiskalte Gewässer hinein, in der Hoffnung, den Nöck damit zu provozieren. Immer und immer wieder schrie sie, wütend darüber, dass der *Daimon* sich nicht zeigen wollte.

»Neck, Neck, Nadeldieb, ich bin im Wasser, du bist …«

Irma spürte es, bevor sie etwas sah. Sie kannte das Gefühl. *Magikk*, die nicht von dieser Welt stammte. Sie fühlte sich so verkehrt an, dass Irmas Eingeweide zu Eis gefroren.

Der Nöck hatte ihren Ruf gehört.

Irmas Nackenhaare stellten sich auf, und sie blickte angestrengt auf die Oberfläche des Sees. Die Sekunden verstrichen, und ihr Herz drohte vor Anspannung zu zerbersten. Endlich sah sie die kleinen Wellen wenige Meter vom Ufer entfernt, und eine Kreatur erhob sich daraus. Irma hatte sich die Dimensionen des Grauens anhand der Zeichnung nicht annähernd so ausmalen können, wie sie in Wirklichkeit waren. Der *Daimon* war riesig, und jeder seiner Arme war so lang, wie Irma hoch war. Dennoch hatte die Kreatur etwas Menschliches an sich. Der Nöck aus dem *Dunkelsee* trug zerrissene Lumpen. Sein Schädel war fast kahl, nur ein paar lange Haarsträhnen hingen nass herab. Er öffnete sein Maul, das mit grünen Fischzähnen gefüllt war, und ein bestialischer Gestank wehte Irma entgegen. Der *Daimon* schob seine milchigen Augenlider zurück in seinen Schädel und fixierte Irma mit großen, orange leuchtenden Augen. Für einen kurzen Augenblick sahen sie sich an. Keiner von beiden regte sich, und Irma spielte mit dem Gedanken, direkt in die Offensive zu gehen. Doch der Nöck ging vor ihr zum Angriff über. Blitzschnell sprang der *Daimon* auf Irma zu, bevor sie mit dem Beil zuschlagen konnte. Er hätte selbst Iven weit überragt, und sie war neben der Kreatur geradezu winzig. Irma konnte gerade noch einen Schritt zur Seite machen, sodass die langen Arme des Nöcks ins Leere griffen. Irma wirbelte herum und schlug dem riesigen Wesen mit dem Beil in den Oberschenkel. Wütend versuchte die Kreatur erneut, Irma zu packen. Der Nöck riss ihr das Beil aus der Hand, und panisch sah Irma ihre Waffe im Wasser versinken. Die Krallen des *Daimons* bohrten sich erbarmungslos durch ihre Kleidung hindurch in ihren Unterarm. Mit dem Wachs in den Ohren hörte sich ihr eigener Schmerzensschrei dumpf an. Mit ihrer freien Hand versuchte Irma, sich aus der Umklammerung des Ungeheuers zu befreien, doch sein Griff war zu stark für sie. Intuitiv ließ sie die *Magikk* in ihren Fingerspitzen pulsieren und schoss die silbrig blauen Funken auf das Monster. Zu ihrer Überraschung schien die Haut des Nöcks dort zu verbrennen, wo das Licht ihn traf. Er ließ von ihr ab, und Irma rettete sich mit einem Schritt nach hinten, bevor sie erneut mit den Lichtfunken auf ihn losging. Der *Daimon* war so überrumpelt, dass es ihr gelang, ihre Hände nach oben zu strecken und auf seinen mageren Bauch zu legen. Irma schoss so viel *Magikk*, wie sie in ihren Fingern nur konzentrieren konnte, in gleißendem Licht auf seinen Körper. Dort, wo ihre Hände die gräuliche, nasse Haut des *Wasserdaimons* berührten, hinterließen sie schwere Verbrennungen, und er taumelte rückwärts. Dann aber packten die langen Arme des Nöcks ihre Schultern und zogen Irma mit sich. Gemeinsam mit dem Ungeheuer wurde sie unter die Wasseroberfläche gerissen. Das Wasser war eisig, und der stechende Schmerz in Schultern und Oberarmen, in denen die langen Krallen des Nöcks steckten, machte sie beinahe blind. Sie bemerkte gerade noch rechtzeitig, wie die spitzen Zähne des *Daimons* auf ihren Hals herabsausten. Irma ließ ihren Instinkt übernehmen und ihre *Magikk*, ausgehend von ihrem Herzen, in jede Faser ihres Körpers dringen. Als das Surren am stärksten war, ließ sie der *Magikk* freien Lauf: In einem Moment war Irma noch unter dem Nöck gefangen, im nächsten schwamm sie wie von Zauberhand wenige Zentimeter neben ihm, und seine Zähne bohrten sich in ihre Schulter statt ihren Hals. Langsam wurde Irma die Luft knapp, doch der Daimon packte sie erneut. Sie strampelte hilflos, unfähig ihn abzuschütteln. Gerade als die Verzweiflung Irma zu überwältigen drohte, lockerte sich der Griff des Ungeheuers. Libellenartige Wesen schwirrten im Wasser um den Kopf des Nöcks herum, und ihr silbernes Licht blendete die Kreatur. Das war Irmas letzte Chance! Schnell zog sie den Dolch aus ihrem Gürtel und stach zu, dem *Daimon* zwischen die Rippen. Wieder und wieder zog sie den Dolch heraus und bohrte ihn in den Körper des Monsters. Endlich hörte der Nöck auf zu zappeln, und seine Hände, die versucht hatten, die silbernen Libellen wegzuschlagen, sackten nach unten. Irma tauchte auf, spuckte Wasser und schnappte röchelnd nach Luft. Sie hätte keine weitere Minute unter Wasser überstanden, das wusste sie. Obwohl ihre Lunge in Flammen stand, nahm sie ihre letzte Kraft zusammen und zog den zuckenden Nöck an Land. Schwarzes Blut lief ihm aus dem Mund, und seine Fischzähne waren widerlich verfärbt. Ein letztes Mal hob Irma ihren Dolch und durchbohrte damit das Herz des *Daimons*. Seine Gliedmaßen wurden schlaff, und seine orangen Augen starrten ins Leere. Irma sackte neben ihm zusammen.

»Danke«, flüsterte sie schwer atmend den silbrig leuchtenden Feen zu, während sie sich das Wachs aus den Ohren nahm. »Wer seid ihr?«

»Wir sind die *Asrai*«, hörte sie die kleinen Wesen, die ihr gefolgt waren und nun um sie herumflatterten, summen. »Wir haben schon so lange auf dich gewartet, Irma.«

Ohne ein weiteres Wort verschwanden die *Asrai* wieder im *Dunkelsee*. Irma wandte sich dem Nöck zu, dessen lebloser Körper über der Uferböschung des *Dunkelsees* hing. Sie fischte ihr Beil aus dem Wasser, das an einer seichten Stelle mit dem Griff aus dem See ragte, und machte sich mit schlotternden Knien und zitternden Fingern an die Arbeit.

24

Es war schon eine ganze Weile nicht mehr vorgekommen, dass alle Wächter gleichzeitig versammelt wurden. Iven war heilfroh, dass er nach seinem eher privaten Ausflug in die menschliche Welt gerade noch rechtzeitig davon erfahren hatte. Es schien wirklich wichtig zu sein, denn im großen Saal waren etliche Bänke aufgestellt worden, und Falk wartete gemeinsam mit Corvus darauf, dass die Plätze sich füllten. Iven entdeckte Moira und ihre kleine Schar von Lehrlingen, von Irma fehlte allerdings jede Spur. Die Trainerin ließ ihren Blick über die bisher Eingetroffenen schweifen, und als sie Iven sah, winkte sie ihn herbei.

»Wo ist Irma abgeblieben?«, fragte sie.

Verwundert sah er Moira in die bernsteinfarbenen Augen. Hinter ihrer unnahbaren Miene ahnte er ihre Sorge.

»Woher soll ich das wissen? War sie denn nicht beim Training?«, fragte Iven, nun ebenfalls besorgt.

Die Wächterin schüttelte den Kopf, und ihr strohblondes Haar folgte der Bewegung.

»Falk hat sie heute früh direkt aus dem Training geholt. Das letzte Mal hatte es etwas mit dir zu tun, deshalb dachte ich, du wüsstest vielleicht Bescheid.«

Iven verneinte beunruhigt.

Was hat Falk von Irma gewollt? Sie ist sowieso schon hoffnungslos mit Arbeit überhäuft, hat er sie nun noch härter bestraft?

Er wurde aus seinen Gedanken gerissen, als Falk den anwesenden Wächtern befahl, sich hinzusetzen und ruhig zu sein. Iven ließ sich neben Moira in der Reihe hinter den Lehrlingen nieder und wartete darauf, den Grund für die Versammlung zu erfahren. Und darauf, dass Irma vielleicht doch noch auftauchte. Wenn sie ohne Falks Einverständnis abwesend war, würde sie Schwierigkeiten bekommen. Wenn sie allerdings mit seinem Wissen die Versammlung versäumte, steckte sie hundertprozentig in Schwierigkeiten.

Falk richtete das Wort an die versammelten *Anderswesen*: »Wir haben die heutige Versammlung einberufen, weil ... Moira, kann das nicht warten?«

Es gab nicht viele Wächter, die Falk die Stirn boten. Doch Moira war nicht umsonst Hochwächterin und ließ sich nichts von dem Falkengestaltwandler sagen. Sie erhob sich von der Bank.

»Es ist wichtig. Ich war heute mit meinen Lehrlingen im *Kaltengrim* trainieren. Ein Waldwanderer kam zu mir und teilte mir mit, dass in den letzten beiden Tagen zwei Waldnymphen verschwunden sind«, erklärte sie bestimmt. »Gerüchten zufolge ist ein höherer *Wasserdaimon* im *Dunkelsee* aufgetaucht. Wir müssen eine Wächter-Patrouille dorthin schicken, Falk. Und das am besten sofort.«

»Das ist nicht nötig, Moira«, erwiderte Falk kalt. »Corvus hat mir bereits zugetragen, dass im *Dunkelsee* ein Nöck gesichtet wurde.«

»Und wer kümmert sich darum?«, beharrte sie.

Als Iven das bösartige Grinsen auf Falks Gesicht sah, stieg eine Vermutung in ihm auf, die ihm das Blut in den Adern gefrieren ließ.

»Hochmut wird hart bestraft«, sagte Falk leise und sah sich in der Runde der versammelten Wächter um. »Deshalb hat sich unser neuester Lehrling des Nöcks angenommen. Sollte sie bis morgen nicht zurückkehren, kannst du eine Patrouille aufstellen, Moira.«

Die Welt blieb stehen, und Iven wusste nicht, ob sein Herz noch schlug. In den Rängen der Wächter machte sich Gemurmel breit, Falks Sohn war bestürzt aufgesprungen. Er rief seinem Vater etwas zu, und auch Moira schrie empört. Doch Iven bekam nichts mehr mit, in seinen Ohren rauschte das Blut.

Einzig und allein er war schuld daran. Niemals konnte sie alleine einen so starken *Daimon* besiegen, und Falk wusste das. Er hatte Irma in den sicheren Tod geschickt, um damit nicht nur sie, sondern auch ihn zu bestrafen. Iven wurde bewusst, dass er ebenfalls von der Bank aufgesprungen war.

Ich bin schnell. Wenn ich in Höchstgeschwindigkeit zum Dunkelsee eile, könnte ich sie vielleicht vor dem Schlimmsten bewahren.

»Wir kommen nun zum eigentlichen Anlass der Versammlung«, rief Falk zornig. »Der Nöck ist wahrlich nicht unser größtes Problem.«

Corvus trat einen Schritt nach vorne und hob die filigranen Hände.

Sie verfärbten sich pechschwarz, und der Tumult in der Wächterhalle erlosch. Die schwarzen Augen von Helias Henker fixierten Iven, der aggressiv die Zähne fletschte. Moira legte ihm besänftigend eine Hand auf den Arm, und Ivens rasende Wut schlug in panische Angst um. Er konnte nichts tun. Resigniert ließ er sich von Moira zurück auf die Bank ziehen. Falks Worte rauschten an Iven vorbei, wie in Trance drang zu ihm durch, dass Hexen sich im Osten versammelten, wie Corvus beobachtet hatte. Es hatte weitere Anzeichen von *abartiger Magikk* in der Nähe des *Kaltengrims* gegeben. Mehr Späher sollten ausgesandt werden. Nichts davon drang zu Iven durch. Doch all das interessierte Iven gerade nicht, seine Gedanken schweiften immer wieder zu Irma ab. Sie wusste gerade einmal seit etwas mehr als zwei Monaten von der *Anderswelt*, hatte kaum Training und war seit Wochen so überarbeitet, dass ihr kleiner Körper schon längst in den Streik hätte gehen müssen. Er schloss die Augen und ärgerte sich darüber, dass er den *Kaltengrim* in der Früh verlassen hatte und sich damit womöglich die letzte Chance genommen hatte, sie lebendig zu sehen.

Ich muss zu Irma, jetzt sofort, auch wenn es fürchterliche Konsequenzen für mich haben wird.

Ein lautes Knarren riss Iven aus seinen verzweifelten Gedanken. Von den hinteren Reihen ging ein leises Raunen aus, und nach und nach wandten alle ihre Köpfe zu der Person, die wortlos den großen Saal betreten hatte. Sie war in einen schwarzen Mantel gehüllt, das weiße Haar nass und verfilzt. Die Kleidung unter ihrem Umhang war völlig durchnässt und matschig. Ihre Tunika hing in Fetzen. Irmas eisblaue Augen waren stur nach vorn gerichtet, und sie schritt langsam, aber entschlossen an den Bänken der Wächter vorbei. Morast und getrocknetes Blut bedeckten ihr Gesicht, und Iven konnte nicht erkennen, ob es ihr gut ging. Doch sie war am Leben.

Iven fiel ein zentnerschwerer Stein vom Herzen. Er war so erleichtert, dass er nicht darauf achtete, was sie unter dem Arm trug. Furchtlos trat Irma vor Falk und warf ihm den Kopf des Nöck vor die Füße. Anschließend drehte sie sich schweigend um und steuerte auf die Reihe der Lehrlinge zu. Irma ließ sich neben Kian nieder und heftete ihren Blick erwartungsvoll auf Falk. Doch dem Hochwächter hatte es die Sprache verschlagen. Er starrte auf das abgeschlagene Haupt des *Daimons*. In der Halle herrschte angespanntes Schweigen, während er offenkundig nach den richtigen Worten suchte.

»Falk, ich ersuche darum, dass Irma die Versammlung verlassen kann«, durchbrach Moira die Stille. »Sie muss dringend medizinisch versorgt werden.«

Der Hochwächter würdigte sie keines Blickes. Mit nunmehr unverhohlenem Zorn stieg er über den Kopf des Nöcks hinweg.

»Das Treffen ist hiermit beendet.«

Ohne sich ein einziges Mal umzudrehen, verließ er die Halle. Irma hatte entgegen seiner Erwartung überlebt. Sie hatte entgegen *aller* Erwartung überlebt.

Iven konnte sich nicht daran erinnern, jemals zuvor so starkes Herzklopfen gehabt zu haben.

Im Anschluss war Irma von Moira direkt zu den Heilern gebracht worden. Kian hatte sie zwar belagert, und auch Iven war stur an ihrer Seite geblieben, doch Nadia hatte die beiden verscheucht. Irma war ohnehin außerstande gewesen, mit ihnen zu sprechen, und hatte nur teilnahmslos an die Wand gestarrt. Die Schmerzen in ihren Armen und Schultern drohten sie zu überwältigen. Erst als sie im Krankenzimmer ihre zerfetzte Tunika ausgezogen hatte, die Jonah direkt entsorgt hatte, war das ganze Ausmaß ihrer Verletzungen sichtbar geworden. Tief klaffende Wunden überzogen ihre Arme, und ihre eine Schulter war ein einziger blutiger Fleischklumpen. Allem Anschein nach hatte der Nöck tatsächlich einen Happen von ihr erwischt. Ihre Augen tränten, als Jonah die Wunden säuberte. Erst als er eine seltsam orangefarbene Flüssigkeit darauf verteilte, ließ der Schmerz nach, und Irma konnte durchatmen.

»Manche der Schnitte werden von alleine ausheilen«, erklärte ihr der Heiler ruhig. »Die meisten muss ich allerdings nähen. Die Fäden sind mit *Magikk* versehen, und ich gebe dir eine Salbe mit. Du wirst allerdings trotzdem Narben davontragen, es tut mir leid.«

Irma biss die Zähne zusammen, doch dank der orangefarbenen Tinktur spürte sie die Nadel kaum. Ob Narben zurückblieben oder nicht, war ihr in diesem Moment egal.

»Du hättest direkt hierherkommen sollen«, schimpfte Jonah. »Das war sehr unvernünftig von dir, erst noch zu der Versammlung zu gehen.«

Moira, die die ganze Zeit bei Irma ausgeharrt hatte, lachte. »Dann hätte Irma aber nicht diesen sagenhaften Auftritt hinlegen können.« Trotz ihrer Schmerzen und der furchtbaren Ereignisse des Tages musste Irma grinsen. Es war wirklich eine Genugtuung gewesen, Falk sprachlos zu sehen.

Dieser Meinung waren auch Enya und Fia. Die Geschichte hatte sich im *Feuerberg* in Windeseile verbreitet, und so hatten die beiden Bediensteten schon kurz nach Beendigung der Wächterversammlung von Irmas Kampf gegen den Nöck erfahren. Gemeinsam stürmten sie zu Nadias Empörung das Krankenzimmer. Enya hatte Tränen in den Augen, wieder und wieder küsste sie Irmas blutverschmierte Stirn. Während Jonah sie weiter verarztete, wollte Moira wissen, wie es Irma gelungen war, den Nöck zu besiegen. Sie berichtete von ihren Waffen, dem Wachs und dem Spruch, mit dem sie den *Daimon* an eine seichte Gewässerstelle gelockt hatte. Ihre eigene *Magikk* und die *Asrai* verschwieg sie allerdings, da sie selbst nicht recht schlau daraus wurde.

Moira sah Irma stolz an und verließ das Krankenzimmer mit den Worten: »Du wirst eine gute Wächterin werden, Irma.«

Nachdem Jonah Irmas Wunden verbunden hatte, kehrte sie in den Lehrlingstrakt zurück. Sie suchte das Badezimmer auf, um sich den Dreck von ihrem Körper und aus den Haaren zu waschen. Als sie endlich das Gefühl hatte, dass das stinkende Blut des Nöck nicht mehr an ihr klebte, schlich sie in ihr Zimmer. Mit einem Seufzen ließ sie sich auf ihr Bett fallen.

Sie war gerade dabei wegzudämmern, da klopfte es. Irma stand ächzend auf, ihre Beine wollten sie kaum noch tragen. Sie öffnete langsam die Tür und blickte zu Iven auf.

»Hey«, begrüßte er sie leise, und seine Augen wanderten über ihren Körper, als ob er sie nach Verletzungen abscannte.

»Hey«, flüsterte Irma zurück.

Sie ging einen Schritt zur Seite, damit Iven eintreten konnte.

»Wie geht es dir?«, erkundigte er sich.

»Ich hatte einen ziemlichen Scheißtag«, murmelte Irma.

»Brauchst du irgendetwas?«

Sie schüttelte den Kopf, antwortete dann allerdings scherzhaft: »Vielleicht könnte ich tatsächlich eine Tafel Schokolade, Imeldas Spezial oder eine Umarmung gebrauchen.«

Irmas Augen weiteten sich überrascht, als Iven sie zu sich zog. Zuerst war er zaghaft, dann schloss er sie so fest in seine Arme, als hätte er Angst, sie könnte verschwinden. Obwohl ihre verletzte Schulter in seinem Griff schmerzte, ließ sie ihn gewähren. Er war warm, und Irma sog seinen Duft nach Süßholz und Zigaretten ein. Fix und fertig mit der Welt schloss sie die Augen und legte ihren Kopf an seine Brust.

Sie lauschte seinem schnellen Herzschlag, und er flüsterte, eine Hand in ihrem Haar: »Ich hatte solche Angst um dich.«

Immer noch in seinen Armen hob Irma den Kopf, um ihn anzusehen. »So schnell wirst du mich nicht los«, sagte sie.

Iven lachte ein heiseres Lachen, wurde jedoch schnell wieder ernst. »Es tut mir leid. Das ist alles meine Schuld.«

Irma schüttelte den Kopf.

»Ist es nicht. Falk wollte mich tot sehen, er hätte irgendwann eine andere Gelegenheit gefunden«, murmelte sie, das Gesicht wieder in Ivens Tunika vergraben.

Iven strich ihr über das noch feuchte Haar, und Irmas Herz flatterte.

»Alles Gute zum Geburtstag, Irma.«

Überrascht bewegte sie ihren Oberkörper ein kleines Stück zurück und blickte in seine sturmgrauen Augen. Er legte den Kopf schief und lächelte ein schiefes Lächeln, bei dem sie einen Fangzahn hervorblitzen sehen konnte.

»Woher weißt du das?«

Iven löste seine Arme von ihr und zog etwas aus der Hosentasche. »Ich habe ein Auge auf deine Familie. Deine Cousine hat dir ein Geschenk besorgt, in der Hoffnung, es dir irgendwann geben zu können. Ich habe es heute Morgen ... *geholt*. Ich hatte Angst, es dir nicht mehr überreichen zu können.«

Fassungslos starrte Irma auf das Armband, das Iven in seiner Handfläche hielt. Die Perlen des Schmuckstücks stellten die Planeten des

Sonnensystems dar. Es war dasselbe Armband, das Irma auf ihrem Ausflug ins Planetarium gesehen hatte. Tränen brannten in ihren Augen, als sie es entgegennahm. Aus Furcht, ihre Stimme würde versagen, nickte sie Iven dankbar zu. Ihre Unterlippe zitterte, und als er seine Hand an ihre Wange legte und mit seinem Daumen eine entwischte Träne trocknete, konnte Irma sich nicht mehr zusammenreißen. Sie brach in heftiges Schluchzen aus, und die Tränen wollten einfach nicht aufhören zu fließen. Iven hielt sie in seinen Armen, und Irma weinte, bis sie von Müdigkeit übermannt wurde. Sie konnte sich am nächsten Morgen noch daran erinnern, wie Iven sie in ihr Bett gehoben und zugedeckt hatte. Während er ihre Wange sanft mit seinem Handrücken streichelte, war sie in einen tiefen und traumlosen Schlaf gesunken.

25

Irma war nicht überrascht gewesen, dass sie die Woche nach dem Kampf gegen den Nöck krank im Bett gelegen hatte. Sie hatte sich zusätzlich zu den Verwundungen, die sie davongetragen hatte, in dem eiskalten Wasser verkühlt und war am Tag darauf stark erkältet aufgewacht. Als ihr Körper von Fieberschüben geschüttelt wurde, hatte Moira sie zur Bettruhe verdonnert, und in den ersten Tagen wurde Irma abwechselnd von Jonah und Nadia aufgepäppelt. Sie schlief den Großteil der Zeit und freute sich dazwischen über die Krankenbesuche, die Enya, Fia und Kian ihr abstatteten. Irma war ganz heiß geworden, als auch Iven gekommen war und ihr eine neue Kassette für ihren *Walkman* vorbeigebracht hatte. Ein neuer Fieberschub? Es musste sich eher um Verlegenheit gehandelt haben, wie sich rasch herauskristallisierte. Iven hatte ihr mit einem verschmitzten Grinsen mitgeteilt, dass ihr Kampf gegen den Nöck das neue Lieblingsgespräch unter den Wächtern geworden war. Als Irma nach einer Woche endlich wieder am Training teilnehmen konnte, liefen tatsächlich erstaunlich viele Wächter an der Halle vorbei und wollten einen Blick auf sie werfen. Sie wurde regelmäßig auf dem Gang gegrüßt, und beim Mittagessen bot man ihr an fast jedem Tisch ein Platz an. Irma war angesichts der ungewohnten Aufmerksamkeit ganz befangen und hatte ein schlechtes Gewissen. Denn die Wächter dachten ja, sie hätte den Nöck alleine mit Gerissenheit, Geschick und Kraft erlegt. Sie hatte niemandem von ihrer *Magikk* und den *Asrai* erzählt und war der Meinung, den ganzen Respekt gar nicht verdient zu haben. Irma hatte es trotzdem spannend gefunden, ein paar der älteren Wächter kennenzulernen, mit denen sie bisher noch nichts zu tun gehabt hatte.

Nachdem ihre Gesundheit wiederhergestellt war, war Irma dazu übergegangen, an ihren nunmehr wieder freien Abenden ihre *Magikk* auszutesten. Die Mondlichtfunken, die ihr glücklicherweise das Leben gerettet hatten, konnte Irma irgendwann mit Leichtigkeit erzeugen. Sie ging dazu über, das Licht in definierte Formen zu bringen. Zuerst war es ihr gelungen, die Funken zu einer kleinen Lichtkugel zu vereinen, die mit einem sanften Schimmern über ihren Handflächen schwebte. Mit ein wenig Übung hatte Irma es irgendwann geschafft, mehrere Kugeln auf einmal zu formen, die sie im Raum herumsausen ließ. Sie hatte sich vorgenommen, die Sturmlaterne überhaupt nicht mehr zu benutzen und sich nur noch auf ihr eigenes Leuchten zu verlassen. Es war ein herrliches Gefühl gewesen, als sie begriffen hatte, dass sie im *Feuerberg* niemals wieder im Dunkeln würde sein müssen.

Allerdings hatte Irma es noch nicht hinbekommen, sich wie in der Sportstunde mit Herrn Nowak erneut von einem Ort an einen anderen zu teleportieren, wenn man das überhaupt so nennen konnte. Auch bei ihrem Kampf gegen den Nöck war es ihr ja geglückt, sich magischerweise aus seinen Fängen zu befreien. Irma hatte keine Ahnung, was genau sie in diesen Situationen gemacht hatte, doch beide Male war die *Magikk* in ihrem ganzen Körper verteilt gewesen und hatte stark pulsiert. Aber Irma konnte das in ihrem Zimmer nicht nachstellen.

Dann stand *Imbolc* an, und im *Feuerberg* brach Trubel aus. Für den ersten Februar war ein besonderer Gottesdienst mit anschließendem Festessen geplant, an dem auch die Wächter teilnehmen sollten. Irma war froh darüber, dass die Feierlichkeiten wesentlich kleiner als bei der Wintersonnenwende ausfielen, und begann ihren Tag damit, schmutzige Wäsche in die Wäscherei zu bringen. Sie war gerade dabei gewesen, mit Struana zu quatschen, die sich wie immer über zu viel Arbeit beklagte, als sie jemand an ihrem Zopf zog.

»Guten Morgen, Hase«, sagte Iven.

Irma wirbelte zu ihm herum und musste lächeln, als sie sein schelmisches Grinsen sah. Es freute Irma, dass Iven in letzter Zeit viel häufiger lachte. Als wäre eine Last von seinen Schultern genommen worden.

Gemeinsam machten sie sich auf den Weg zur Trainingshalle. »Hast du eigentlich in letzter Zeit mal wieder Funken geschlagen, so wie damals, als du mich nachts überfallen hast?«, erkundigte sich Iven beiläufig.

»Ich habe dich doch überhaupt nicht überfallen!«, verteidigte sich Irma mit glühenden Wangen. »Aber ich muss dir was erzählen. Das wollte ich mir schon eine ganze Weile von der Seele reden.«

Iven hob gespannt eine Augenbraue. »Schieß los.«

»Ohne diese seltsamen Funken hätte ich den Nöck gar nicht besiegt. Ich konnte ihn damit verletzen, nachdem er mich entwaffnet hatte. Das hat mir das Leben gerettet«, gab Irma zu. »Alle glauben, ich hätte das einfach so geschafft, weil ich mich wegen Helia nicht traue, von dieser *Magikk* zu erzählen. Aber ich verdiene die ganze Aufmerksamkeit gar nicht! Ich fühle mich so, als ob ich gemogelt hätte.« Verzweiflung lag in ihrer Stimme.

»So ein Quatsch, du bist mit und ohne deine besondere *Magikk* eine gute Wächterin, Irma«, versicherte Iven. »Es war eine herausragende Leistung, den Nöck zu besiegen, ganz egal mit welchen Mitteln.« Irmas Herz wurde leichter. Fast ein wenig stolz fuhr sie fort: »Ich kann mittlerweile das Licht sogar richtig formen. Und im Kampf hat es mir außerdem das Leben gerettet, dass ich mich ein paar Zentimeter zur Seite teleportiert habe. Ähnlich wie an *Samhain*. Das konnte ich aber seitdem nicht wiederholen. Keine Ahnung, wie ich das gemacht habe.«

Iven nickte und kratzte sich nachdenklich an seiner mit Sommersprossen übersäten Nase.

»Vielleicht können wir ja zusammen herausfinden, wie du das machst.«

»Das fände ich schön«, antwortete Irma lächelnd.

Als sie das Treppenhaus zum Wächtertrakt verließen, rückte sie ein wenig näher zu ihm auf. »Mir haben aber auch ein paar Feen geholfen«, beichtete Irma leise und erinnerte sich an die libellenartigen Wesen. »Die *Asrai*.«

Iven blieb abrupt stehen. »Die *Asrai*?«, fragte er ungläubig. »Bist du dir da sicher?«

Verwirrt hielt nun auch Irma inne und sah in Ivens überrascht geweitete Augen.

»Ja, hundertprozentig. Sie haben mir ja selbst gesagt, dass sie die *Asrai* sind.«

»Du bist wirklich eine kuriose Person«, murmelte er und musterte Irma von oben bis unten.

Verunsichert umklammerte Irma ihre Arme. »Was ist denn so kurios daran?«, fragte sie.

»*Asrai* leben für gewöhnlich am Grund von Gewässern. Sie tauchen nur alle einhundert Jahre auf. Und das übrigens auch nur im Mondlicht. Du hast den Nöck doch am helllichten Tag erlegt«, erklärte Iven mit schief gelegtem Kopf.

Irmas Mund klappte auf. »Nur einmal in hundert Jahren?«

Wir haben schon so lange auf dich gewartet, Irma.

Weshalb waren die Feen ihretwegen aufgetaucht?

»Vielleicht haben sie gedacht, meine Funken wären Mondlicht?«, mutmaßte Irma.

Iven sah sie eindringlich an. »Vielleicht ist dein Licht ja auch Mondlicht, Irma.«

»Aber wieso sollte ich so was können?«

Darauf hatte auch Iven keine Antwort. »Bestimmt finden wir bald mehr darüber heraus«, sagte er optimistischer, als Irma ihn für gewöhnlich kannte. »Jetzt musst du erst mal zum Training.«

Iven begleitete Irma zur Halle, in der die übrigen Lehrlinge schon versammelt waren.

»Moira kommt heute nicht, sie ist wegen *Imbolc* anderweitig beschäftigt«, verkündete er in die Runde. »Ich halte heute euer Training.«

Die Lehrlinge waren Iven tief in den nasskalten *Kaltengrim* gefolgt, unsicher, was sie erwartete. Es war düster, graue Wolken bedeckten den Himmel, den Irma sowieso kaum zwischen den schier endlos hohen Baumkronen erkennen konnte. Immerhin schützten die Blätter sie vor dem Nieselregen, der kurz davor war, zu Schnee überzugehen. Während Irma sich über die unverhoffte Wendung des Tages freute, sah Kian eher missmutig drein.

Irma knuffte ihren Freund aufmunternd in die Seite, doch der flüsterte ihr ins Ohr: »Du hast keinen Plan davon, wie schlimm er sein kann.«

»Ich habe da so eine Ahnung«, murmelte sie zurück, als die Gruppe haltmachte.

Die Stelle, die Iven sich ausgesucht hatte, hätte nicht unübersichtlicher sein können. Die altertümlich wirkenden Bäume standen nah beisammen, und ihre Wurzeln waren riesig und ragten teilweise aus dem Boden heraus. Kleinere Bäume und Sträucher bedeckten den Waldboden. Es wimmelte nur so vor Stolperfallen. Iven, der sich eine Tasche aus der Trainingshalle über die Schulter geworfen hatte, drehte sich zu seinen Schützlingen um. Er zog zwei Holzstäbe heraus, einen mit einer roten und einen mit einer blauen Flagge.

»Ihr übt heute eure Geschicklichkeit auf unebenem Terrain«, erklärte er. »Die Regeln sind einfach. Zwei Teams treten gegeneinander an, eines links, eines rechts. Auf jeder Seite gibt es eine Flagge. Das Ziel ist es, sich die Flagge des Gegners zu schnappen und zu der eigenen zu bringen. Wenn das einem der Teams gelingt, endet das Spiel. Kapiert?«

Die Lehrlinge nickten, und Iven machte sich daran, die Flaggen zu platzieren. Irma wurde mulmig zumute, denn man konnte in dem dichten Wald nicht weit sehen. Außerdem hatte Iven das Spielfeld viel größer bemessen, als es Irma von ›Fahnenraub‹, das sie häufiger im Sportunterricht gespielt hatten, kannte. Als er zurückkam, war ein verschlagenes Funkeln in seine sturmgrauen Augen getreten. Er band sich das fuchsrote Haar zu einem hohen Pferdeschwanz zurück, und das Grinsen in seinem Gesicht erinnerte Irma nun an ein Zähnefletschen.

»Drei Dinge noch. Erstens: Ihr seid das eine Team, ich bin das andere«, erklärte er. »Zweitens gehen wir erst zurück zum *Feuerberg*, wenn ihr es geschafft habt, meine Flagge zu erobern. Wenn ihr zu spät zum *Imbolc*-Gottesdienst kommt, ist das nicht meine Schuld.«

Er war sich offenbar sicher, ihnen maßlos überlegen zu sein.

»Drittens: Es gibt tatsächlich keine weiteren Regeln.«

Bei diesem letzten Satz stürzte Iven blitzschnell nach vorne und schubste Irma, die keine Zeit hatte zu reagieren und sofort auf dem Po landete.

Was zur Hölle?

Kian hatte eine Hand nach ihr ausgestreckt, und verdattert ließ Irma sich von ihm auf die Beine ziehen. Die anderen Lehrlinge sahen ebenso überrascht drein, doch allmählich versuchte sich der Haufen zu sortieren. Die Aufgabe war ja grundsätzlich nicht allzu schwer, und Arthur hatte sich ganz selbstverständlich zum Bestimmer auserkoren. Er legte

271

fest, dass Irma, Kian und Konstantin die eigene Flagge bewachen sollten. Er selbst würde mit Ansgar, Merle und Fiona die Flagge von Ivens Seite holen. Doch Iven hatte sich ihre eigene Flagge schon längst geschnappt und zu seiner eigenen gestellt. Bevor die Lehrlinge überhaupt ausschwärmen konnten, stand er betont gelangweilt in ihrer Mitte.

»Wenn ihr so weitermacht, kann das ein langer Tag werden«, verkündete er provozierend, und Irma spürte, wie das Blut in ihr zu brodeln begann.

Iven hatte ihren Ehrgeiz angestachelt, sie würde sich nicht noch einmal so von ihm überrumpeln lassen. Er wies Konstantin an, die Flagge zurückzuholen, und war immerhin so gnädig, den Lehrlingen bei der zweiten Runde mit einem Pfiff durch die Finger zu signalisieren, dass es losging. Allerdings verlief auch die zweite Runde nicht viel besser für die angehenden Wächter. Während Irma in dem dichten Wald kaum einen Fuß vor den anderen setzen konnte, ohne über Wurzeln oder Ähnliches zu stolpern, sprang Iven in rasender Geschwindigkeit zwischen den Bäumen hindurch. Irma und die anderen Lehrlinge hatten keinerlei Gelegenheit, ihm die Flagge abzuluchsen. Auch machte sich Iven einen Spaß daraus, Irma erneut anzurempeln und sie auf ihren Allerwertesten zu befördern. Am Boden sitzend fluchte sie laut, als der Fuchsgestaltwandler mit der roten Flagge bewaffnet zurück auf seine Hälfte des Spielfelds rannte. Kian und Konstantin hatten nicht den Hauch einer Chance, ihn einzuholen. Es war Iven außerdem ein Leichtes, Arthur die blaue Flagge aus den Händen zu stehlen und beide auf seiner Seite an den dafür vorgesehenen Platz zu stellen. Zu Irmas Ärger verliefen die nächsten Runden alle ähnlich, und obwohl sie, Kian und Konstantin versuchten, ihre Taktik zu ändern und die Flagge besser zu bewachen, war Iven schlichtweg zu schnell. Andererseits waren die übrigen Lehrlinge nicht in der Lage, die eroberte Flagge bis in ihre Spielfeldhälfte zu bringen oder sie überhaupt länger als ein paar Sekunden bei sich zu behalten. Mit der Stimmung in Irmas Team ging es rasch bergab, und bald waren die Lehrlinge allesamt gereizt und frustriert. Arthur, dessen Gesicht mittlerweile eine tiefrote Farbe angenommen hatte, schien die Situation am meisten zu belasten.

»Ich lasse mich doch nicht von einem Halbmenschen demütigen«, knurrte er. Damit beleidigte er gleich auch noch Irma, die genervt mit den Augen rollte.

Zu den anderen Lehrlingen war er ebenfalls nicht gerade freundlich und gab ihnen die Schuld für ihr miserables Spiel. Er warf ihnen entweder vor, keine Hilfe beim Ergattern von Ivens Flagge zu sein, oder aber die eigene Fahne nicht anständig zu bewachen.

»Vielleicht solltest du selbst mal versuchen, die Flagge zu bewachen, Arthur«, schlug Fiona vor, die sichtlich keine Lust hatte, den kompletten Tag mit dem Spiel zu verbringen.

»Wir sollten generell die Positionen wechseln, so hat das Ganze doch keinen Wert«, beschloss Ansgar, und selbst Arthur widersprach dem sonst so ruhigen Bärengestaltwandler nicht.

In der folgenden Runde waren daher Konstantin, Kian und Irma für den Raub von Ivens Fahne verantwortlich. Irma hatte lange genug Lacrosse gespielt, um Niederlagen wegstecken zu können. Sie blieb motiviert, doch die nächste Runde lief genauso mies ab. Auch Arthurs Gruppe gelang es nicht, Iven zu schnappen, als er sich mit ihrer Flagge aus dem Staub machte und kurz darauf auch noch Kian zu Boden warf, um sich seine eigene Flagge zurückzuerobern.

Es war zum Verrücktwerden.

Kian, dessen Hose nur an den Knien zerfetzt war, war das erste Mal seit Irmas Ankunft im *Feuerberg* schlecht gelaunt. Und zwar gewaltig. »Ich hasse diesen Kerl«, wetterte er, als sie sich auf ihrer Spielfeldseite neu aufstellten. »Irma, in der nächsten Runde kannst du die Flagge klauen. Ich mache das nicht noch mal.«

Konstantin war einverstanden, und als Iven den Startpfiff hören ließ, stürmten sie ins gegnerische Feld. Irma schnappte sich die Flagge, wohl wissend, dass Iven längst auf dem Weg zurück sein musste. Niemals würde sie es schaffen, seine Flagge rechtzeitig ins Ziel bekommen, geschweige denn, ihre eigene zurückzuerobern. Zumindest nicht, wenn sie keine andere Taktik verfolgte. Doch Irma hatte einen Vorteil gegenüber Arthur und Kian, die nicht besonders *magikksensitiv* waren: Irma konnte Iven spüren.

Sie jagte nun also an der Grenze zwischen den Teamfeldern entlang, teils konzentriert darauf, auf dem unebenen Boden keine Stolperfalle zu übersehen, teils konzentriert auf Ivens *Magikk*, die sich ihr viel zu schnell näherte. Je deutlicher sie den Rhythmus seiner *Magikk* spüren konnte, desto ehrgeiziger wurde sie. Immer noch angefressen, von ihm zweimal in den Dreck geschubst worden zu sein, gab sie alles, um Iven abzuhängen. Irma spürte das Adrenalin durch ihre Adern rauschen. Seine *Magikk* verriet ihr, wie dicht Iven ihr bereits auf den Fersen war. Sie sprang zwischen den Bäumen hindurch, ihre eigene *Magikk* surrte wild durch ihren Körper.

Soll ich es wagen?

In einem Moment sah Irma noch zwei Birken vor sich, im nächsten hatte sie die Bäume wie durch Zauberhand schon hinter sich gebracht. Ivens *Magikk* war jetzt ein paar Meter weiter hinten spürbar, doch er holte rasch auf. Mit neuem Selbstbewusstsein setzte Irma zum nächsten Sprung an. Als das Kribbeln in ihrem Körper am größten war, ließ sie los, und dieses Mal überwand sie eine Entfernung von zehn Metern. Begeistert wiederholte Irma ihre Sprungtechnik, wohl wissend, dass sie Iven damit langsam, aber sicher abhängte. Doch das würde ihr alles nichts bringen, wenn er nach wie vor die Flagge ihres Teams in Händen hatte. Sie musste beide Fahnen zurück ins eigene Spielfeld bringen. Irma fasste einen Plan.

Sie ließ die *Magikk* in ihren Adern knistern und wartete darauf, dass Iven sie einholte. Im letztmöglichen Moment löste sie sich auf und teleportierte sich einige Meter hinter ihn. Er hatte die Hand noch nach vorne ausgestreckt, als er sich überrascht zu ihr umdrehte. Iven musste ihre *Magikk* plötzlich hinter sich gespürt haben, hatte jedoch keine Gelegenheit mehr zu reagieren. Irma krachte ungebremst in ihn hinein und riss ihn zu Boden. Unsanft stürzten sie ins Dickicht, und blitzschnell setzte Irma sich auf seine Brust. Sie griff nach der roten Flagge, die Iven in seiner über dem Kopf ausgestreckten Hand hielt. Als sie sich vorbeugte, ließ Iven die Fahne los und ergriff stattdessen Irmas Oberarme. Sie bemerkte erst in diesem Augenblick, wie nah sich ihre Gesichter waren.

Ungläubig sah Iven ihr in die Augen und murmelte: »Du machst mich echt fertig, Hase.«

Sein Blick wanderte langsam hinunter zu ihren Lippen und verharrte dort. Irma betrachtete seine hohen Wangenknochen, die großen Augen und die langen roten Wimpern, die sie umrahmten. Seine feinen Lippen waren leicht geöffnet, und er zog sie sanft zu sich. Als sich ihre Nasenspitzen berührten, begann Irmas Herz wild zu pochen. Sie schloss die Augen und sog Ivens Duft nach Süßholz ein. Doch Irma kam nicht dazu, die letzten Millimeter zwischen ihren Lippen zu schließen.

Schlagartig, als hätten mehrere Wesen gleichzeitig die Grenze zu Irmas Wahrnehmung übertreten, fühlte sie *Magikk*, die keinesfalls vom *Kaltengrim* stammen konnte. Dutzende verschiedener Rhythmen hämmerten wild auf sie ein. Sie waren fremd und diffus, doch sie fühlten sich ganz anders an als die *Daimonen*, denen Irma bisher begegnet war.

Irma setzte sich abrupt auf. Ivens verwirrter und auch ein wenig verletzter Gesichtsausdruck veränderte sich rasch, als er wenige Augenblicke nach ihr ebenfalls die *Magikk* spürte. Der Horror, der sich auf seiner zuvor so sanften Miene abzeichnete, löste in Irma eine Gänsehaut aus. Die beiden sprangen auf, und fest entschlossen lotste Iven sie zurück zu den anderen Lehrlingen, die sie zuvor abgehängt hatten. Auch wenn diese die fremden Eindringlinge noch nicht bemerkt hatten, hatten sie doch den Rauch gerochen, der vom westlichen Teil des Waldes zu kommen schien.

»Was ist los?«, fragte Irma panisch, beeindruckt, wie schnell Iven in den Wächtermodus gewechselt hatte.

Ihre eigenen Beine waren immer noch ganz wackelig von dem Moment, der fast in einem Kuss geendet hätte.

»Hexen. Hexen greifen den *Kaltengrim* an.«

Hexen.

Iven befahl den Lehrlingen, zum *Feuerberg* zurückzukehren, doch keiner von ihnen rührte sich.

»Werden wir nicht genau dafür ausgebildet, den *Kaltengrim* zu verteidigen?«, fragte Ansgar, und die Lehrlinge stimmten ihm entschlossen zu.

Irma vermutete, dass Iven vor allem sie in Sicherheit wissen wollte.

»Wir bleiben«, beschloss sie also, und Iven ersparte ihnen weitere Diskussion.

Er nickte kurz und wies die Lehrlinge an: »Wir müssen zu den westlichen Übergängen.«

Sie stürmten los, und Irma war Iven dankbar, dass er Rücksicht auf die Gruppe nahm und trotz der akuten Gefahr seine Geschwindigkeit drosselte. Je näher sie gen Westen kamen, desto stärker wurde der Geruch nach Rauch. Irma konnte mittlerweile die Rauchfahnen sehen und die Hitze spüren, auch wenn sie noch ein ganzes Stück vom Brand entfernt sein mussten. Der *Kaltengrim* stand in Flammen, doch noch beunruhigender fand Irma den Wirrwarr an *Magikk*, der mittlerweile ganz deutlich wahrnehmbar war.

»Wir müssen die Hexen aufhalten, bevor sie noch mehr Schaden anrichten«, rief Iven. »Irma, hör auf deine *Magikk*. Du spürst die Hexen am besten. Du warnst die anderen, wenn du etwas Seltsames bemerkst, verstanden?«

Irma nickte nervös, unschlüssig, was Iven genau damit meinte. Die ganze *Magikk* der Hexen kam ihr reichlich seltsam vor, und keine davon glich der anderen. Es waren bestimmt um die fünfzig verschiedene Rhythmen, die bei Irma zu einer Reizüberflutung zu führen drohten.

»Ich gehe vor.«

Iven warf Irma einen letzten Blick zu und verwandelte sich dann in seine Fuchsform. Einen Atemzug später war er fort. Erleichtert stellte sie fest, dass nun weitere Wächter herbeiströmten, und sie folgten ihnen in die Richtung, in die Iven verschwunden war. Irgendetwas stimmte dort nicht mit dem Wald. Je näher sie dem brennenden Waldstück kamen, desto kränklicher sahen die Bäume aus. Ein Gestank von Fäulnis, von dem sie fast würgen musste, umgab Irma. Die *Hexenmagikk* pulsierte wild, und dann konnte sie sie endlich sehen. Trotz der akuten Gefahr konnte Irma nicht anders, als die Frauen zu bewundern, die tatsächlich auf Reisigbesen flogen! Der Großteil von ihnen musste sich über den Baumkronen bewegen, doch ein paar der Hexen kurvten in geschicktem Slalom zwischen den massiven Baumstämmen im *Kaltengrim* herum. Die Hexen waren so unterschiedlich, wie ihre *Magikk* es hatte vermuten lassen. Manche sahen uralt aus, andere wiederum schienen nicht älter als Irma. Und während einige von ihnen in lange Kleider gehüllt waren und Hexenhüte auf dem Kopf hatten, trugen andere Jeans und Turnschuhe. Einige warfen Pulver auf die Baumkronen oder kippten Phiolen mit Flüssigkeiten aus. Ein paar von ihnen schienen Beschwörungen zu murmeln, andere warfen brennende Feuerbälle in das Geäst. Sie hatten ein gemeinsames Ziel: dem *Kaltengrim* zu schaden. Irma fühlte sich machtlos, zu Fuß auf dem Waldboden, und sie konnte nichts weiter tun, als sich mit Kian vor den Angriffen der Hexen in Sicherheit zu bringen. Sie hatten weder Waffen, noch wussten sie, wie sie den Wächtern behilflich sein konnten, die bald in der Überzahl waren und mit vereinten Kräften kämpften. Nach und nach rissen sie die Hexen aus der Luft. Eulengestaltwandler pickten auf die Frauen ein, und Kian deutete auf seinen Vater, der in seiner Falkenform ebenfalls eine Hexe attackierte. Sie konnte ihm allerdings entwischen, und Falk verwandelte sich zurück in seine menschliche Gestalt. Er wies zwischen die Baumkronen, in denen die Hexe verschwunden war, und Iven tauchte neben ihm auf. Er war mittlerweile mit Pfeil und Bogen bewaffnet, nickte dem Hochwächter zu und zielte direkt auf die anvisierte Stelle. Sein Blick war kalt und berechnend.

Irmas Herz verkrampfte sich in ihrer Brust, als sie den Hass in Ivens Augen sah. Ihr wurde bewusst, mit welcher Selbstverständlichkeit Iven und Falk zusammenarbeiteten, und sie erstarrte innerlich. Auch wenn sich die beiden zu hassen schienen, kämpften sie doch auf derselben Seite. Iven schoss den Pfeil ab, und wenige Augenblicke später stürzte die Hexe vom Besen. Irma atmete erleichtert aus, als sie sah, dass der Pfeil lediglich in ihrem Bein steckte. Doch Falk packte sie grob, und Irma schluckte schwer. Sie betrachtete die Hexe genauer: Sie war groß und schlank, hatte braune Locken in einen hohen Zopf gebunden und trug moderne Kleidung, die ganz und gar nicht in den *Kaltengrim* passte. Ihr verwundetes Bein steckte in schwarzen Leggings, und rotes Blut durchtränkte ihre weißen Tennissocken, die aus ihren weißen Sneakern heraussahen. Den beigen Hoodie, den das Mädchen trug, hatte Irma in ihrem eigenen Kleiderschrank zu Hause in der *Wolfswacht* hängen. Wären da nicht die starke *Magikk* und der fliegende Besen gewesen, hätte die Hexe wie ein ganz gewöhnlicher Mensch gewirkt.

Irma konnte den Blick nicht von dem verwundeten Mädchen abwenden, das nun in Falks Fängen war und die Augen hilfesuchend in die Baumkronen richtete.

Mehr und mehr Frauen fielen vom Himmel. Iven trug seinen Teil dazu bei, dass die Wächter allmählich die Oberhand gewannen. Irma spürte zwar, dass noch etliche Hexen über den Baumwipfeln lauerten, doch das Getümmel nahm ab. Ihnen musste klar sein, dass sie gegen die Wächter keine Chance mehr hatten.

»Edda, verschwindet von hier!«, brüllte die junge Hexe mit den dunklen Locken, die mittlerweile gefesselt am Boden lag. Brutal trat Falk ihr ins Gesicht, und Irma konnte hören, wie die Nase der Hexe brach.

Blut strömte über ihr Gesicht, doch gurgelnd rief sie erneut: »Edda, ihr müsst euch in Sicherheit bringen!«

Wieder trat der Hochwächter auf sie ein, und das Mädchen krümmte sich, nachdem ein harter Tritt sie in den Bauch getroffen hatte. Irma, die selbst schon einmal Falks Brutalität zu spüren bekommen hatte, wurde wütend. Wächter hin oder her, er war ein grausames Arschloch.

Die *Anderswesen* holten zwei weitere Frauen aus der Luft, ehe ein Teil der *Hexenmagikk* verschwand. Der kleine Rest der Hexenschar hatte den Rückzug angetreten, der Großteil der Angreiferinnen lag besiegt auf der Erde. Nicht alle von ihnen hatten den Waldboden lebendig erreicht. Ein Schauer überkam Irma, als sie die zerbrochenen Körper liegen sah. Eine ältere Hexe war beim Sturz von einem Ast aufgespießt worden. Manche der Angreiferinnen waren bereits hoch in der Luft getötet worden, und Pfeile ragten aus ihren leblosen Körpern.

Wie viele von ihnen hat Iven auf dem Gewissen?

Eiseskälte durchdrang jede Faser von Irmas Körper, als die Wächter mit den noch lebenden Hexen den Rückweg zum *Feuerberg* antraten. Falk hatte die junge Hexe mit dem blutverschmierten Gesicht brutal am Hals gepackt, und Irma konnte nicht anders, als sich vorzustellen, sie wäre an der Stelle des Mädchens. Sie fragte sich, was die Hexe dazu bewegt hatte, den *Kaltengrim* zu vergiften.

Gemeinsam mit Kian folgte sie der Menge mit einigem Abstand. Kurz darauf stieß Iven zu ihnen. Mit einem kurzen Blick über seinen Körper versicherte sie sich, dass er unverletzt war.

»Was passiert jetzt?«, fragte sie leise.

»Der *Kaltengrim* wird sichtbare Spuren davontragen«, sagte er grimmig. »Ich denke, ein paar von Sanders Alchemisten werden sich darum kümmern, die größten Schäden einzudämmen.«

»Und mit den Hexen?«, wollte Irma wissen.

Iven verzog angewidert sein Gesicht. »Die werden jetzt vor Helia gebracht.«

»Wie konnten sie denn überhaupt die Übergänge passieren, die werden doch bewacht?«

»Es ist *Imbolc*, eines der vier Jahresfeste, an denen die Hexen am stärksten sind. Und wir Wächter waren wohl zu sehr abgelenkt. Aus diesem Fehler sollten wir lernen.«

In ihre eigenen Gedanken versunken folgte Irma Iven und Kian durch den *Kaltengrim*, bis sie die Tore des *Feuerbergs* erreichten. Sie hatte es, so gut es ging, vermieden, die Hexen anzusehen, die gefesselt, verletzt und teils sogar bewusstlos von den Wächtern durch den Wald gezerrt worden waren. Auch wenn sie dem *Kaltengrim* und seinen Bewohnern Schaden zufügen wollten, konnte Irma nicht ertragen, wie brutal mit ihnen umgegangen wurde.

Als sie jedoch in den Thronsaal gebracht und vor Helia auf die Knie geworfen wurden, konnte Irma den Blick nicht mehr abwenden. Die vielleicht dreißig Frauen sahen nicht aus wie Monster, mochten sie auch zerstörerische Kräfte in sich tragen. Der bunte Haufen für Irma auch nichts mit einer Armee gemeinsam. Sie wirkten eher wie ganz gewöhnliche Menschen. Helia, die hasserfüllt auf die Hexen herabsah, kam Irma weitaus furchteinflößender vor. Ihre Augen waren hinter der Sonnenkrone zwar nicht zu sehen, doch Irma war sich sicher, dass sie vor Zorn loderten.

Im Thronsaal wurde es immer voller, und neben den Wächtern wurden auch die Bediensteten zusammengetrommelt. Die öffentliche Bestrafung der Hexen schien von höchster Wichtigkeit zu sein. Irma stand gemeinsam mit den anderen Lehrlingen nah bei den Gefangenen und war gezwungen, dem Prozess aus nächster Nähe beizuwohnen. Angespannt wartete sie darauf, dass etwas passierte, doch Helia ließ sich Zeit.

Ob sie das tat, weil sie das größtmögliche Publikum haben wollte oder weil sie die Hexen auf die Folter spannen wollte, wusste Irma nicht. Wahrscheinlich beides. Falk, Anwyn und Corvus traten an die Seite der Herrscherin, und ein eiskalter Schauer lief Irma über den Rücken. Auf Gnade brauchten die Hexen bei diesen vier *Anderswesen* nicht zu hoffen. Als die Sonnenkönigin entschied, dass es an der Zeit war, trat sie vor das in der Mitte kniende Mädchen mit den dunklen Locken, deren Absturz Irma beobachtet hatte. Irma sog scharf die Luft ein, und empörte Schreie hallten durch den Saal, als das blutverschmierte Mädchen Helia vor die Füße spuckte. Wutentbrannt packte Helia die Hexe am Haar und riss sie brutal daran.

»Du Missgeburt hast den Tod verdient«, schrie sie. »Es ist ein Jammer, dass keine von euch Kreaturen übrig bleiben wird, um euren Schwestern zu schildern, wie ihr in die ewige Dunkelheit zurückgekehrt seid. Ihr habt es nicht verdient, unter meinem Licht auf dieser Welt zu wandeln.«

Irma konnte das Gesicht des Mädchens nicht sehen, doch ihre Körperhaltung war entschlossen, ja sogar stolz. Sie würde sich nicht von Helia demütigen lassen, und Irma hatte Hochachtung vor ihr.

Mit einer betont theatralischen Bewegung legte die Herrscherin des *Kaltengrims* ihre Hand, die in schwarz verkohlten Fingern endete, auf die Brust der Hexe. Plötzlich fasste sich diese panisch an Brust und Hals. Ihr Schmerzensschrei verwandelte sich in ein heiseres Röcheln. Der Körper der Hexe zuckte, ehe sie mit einem dumpfen Schlag zu Boden ging. Ihre braunen Augen waren vor Schreck geweitet und starrten leblos in die versammelte Menge. Aus ihrem geöffneten Mund stieg schwarzer Rauch, und Irma sah, dass ihr gesamter Gaumen verkohlt war. Helia hatte die junge Hexe von innen heraus verbrannt.

Ist das die Art, wie Helia alle Gefangenen bestrafen wird? Soll das hier eine Massenhinrichtung werden?

Irma starrte entsetzt auf den reglosen Körper des Mädchens, das ohne Iven vielleicht noch am Leben gewesen wäre. Da riss ein wahnsinniges Kichern Irma aus ihren Gedanken.

Eine ältere Hexe mit grauem Haar, die ein zerfetztes nachtblaues Kleid trug, gackerte: »Ihr werdet uns niemals auslöschen können.«

»Niemals«, fielen die übrigen Hexen ein.

»Für jeden Kopf, den ihr abschlagt, werden zwei nachwachsen«, kreischte die Alte. »Für Brigid und Edith. Für Hilda und Vivienne. Greta, Jasmin und Cordelia.«

Nun begannen auch die anderen Hexen, die Namen ihrer Gefallenen zu rufen.

Gwen, Pepina und Astra. Sophie und Indra. Jara, Daphne und Isabel. Rita und Trixi.

Sie hörten nicht auf, wurden lauter und lauter.

Luzia, Matilda, Shakti.

Irma wurde schlecht bei dem Gedanken an die vielen Namen, die bald zu der Liste hinzugefügt werden würden. Helia ging von Frau zu Frau und legte ihre Hand auf den Körper jeder einzelnen. Sie verbrannten sofort, eine nach der anderen.

Als Irma glaubte, es könnte nicht schlimmer werden, schickte auch Corvus sich an, seiner Aufgabe als Helias Henker nachzukommen. Anmutig schob er die Ärmel seines schwarzen Oberteils zurück, und Irma beobachtete, wie seine filigranen Finger schwarz wurden. Die Verfärbung wanderte an seinen Adern entlang bis zu seinem Hals, und seine Augen waren tiefschwarz. Kein Licht wurde von ihnen reflektiert. Irma spürte seine ungewöhnliche *Magikk* kraftvoll pulsieren. Er berührte eine blonde Hexe mittleren Alters, die immer noch die Namen ihrer verstorbenen Schwestern rief, am Unterarm. Dort, wo seine Finger ihre Haut streiften, verfärbten auch ihre Adern sich schwarz. Nach und nach wurden ihre Extremitäten bläulich, ihre Lippen verloren die rosige Farbe. Krämpfe schüttelten den Körper der Frau, und sie würgte schwarzen Schlamm hervor, der abstoßend nach Fäulnis stank. In Irmas Augen brannten Tränen. Ob wegen des bestialischen Gestanks oder der Erinnerung an Emmi, die nach ihrem Besuch im *Café Haderlump* ebenfalls bei lebendigem Leib verfault war, konnte Irma nicht sagen.

Die Krähe, hatte sie damals noch hervorgebracht.

Corvus hatte Emmi getötet.

26

Erst als die letzten Rufe der Hexen verstummt waren, durften die versammelten *Anderswesen* den Thronsaal verlassen. Die *Imbolc*-Feierlichkeiten waren zu Irmas Erleichterung abgesagt worden. Ihre Knie schlotterten, während sie zum Badezimmer der Lehrlinge eilte, um sich die Seele aus dem Leib zu kotzen. Die Gedanken rasten in ihrem Kopf. Viele der Hexen hätten als gewöhnliche Menschen durchgehen können, und ihre *Magikk* hatte sich zwar fremd, jedoch in keiner Weise so verkehrt wie die von *Daimonen* angefühlt. Wieder und wieder sah Irma vor ihrem geistigen Auge, wie Iven die dunkellockige Hexe vom Himmel geschossen, Falk sie geschlagen und in den *Feuerberg* gezerrt und Helia sie schlussendlich von innen heraus verbrannt hatte. Es konnte an ihrem Alter oder der Kleidung liegen, oder auch daran, dass ihre wilde *Magikk* sie ein wenig an ihre eigene erinnert hatte. Irma vermochte es nicht zu erklären, doch sie identifizierte sich mit dem verstorbenen Mädchen. Auch wenn sie es nicht recht greifen konnte, hatte sie das Gefühl, dass ihr eigenes Schicksal mit dem der Hexen verwoben war. Auch Emmi wollte ihr nicht mehr aus dem Kopf gehen. Genauer gesagt: Emmi, Ivonne und Dorothea. Die drei Mädchen aus Birkenhain, deren Tod nicht aufgeklärt werden konnte. Was in Anbetracht der Tatsache, dass sie auf magische Art und Weise von einem *Anderswesen* getötet worden waren, natürlich kein Wunder war.

Irma sollte eine Wächterin werden und die Welt vor *Daimonen* schützen. Doch sie wusste nicht, ob sie die Welt vor Hexen schützen wollte, wenn diese menschlicher waren als die *Anderswesen* selbst.

Nachdem Irma sich in ihr Zimmer verkrochen hatte, versank sie in grauenvollen Gedanken. Sie war erleichtert, als ein Klopfen sie aus ihren düsteren Grübeleien riss.

Sie öffnete die Tür, und da stand Iven. Irmas Herz machte einen kleinen Sprung.

»Wie wäre es mit ein wenig Ablenkung?«

Keine fünfzehn Minuten später saß Irma mit Iven in Imeldas gemütlicher Kneipe und nippte an Imeldas Spezial.

»Du siehst ganz schön blass aus«, stellte Iven fest. Sein Blick glitt besorgt über Irma, die versuchte, das Bild von ihm mit Pfeil und Bogen zu verdrängen. Hätte er die Hexe vorhin nicht erwischt, wäre sie möglicherweise noch am Leben.

»Um ehrlich zu sein, habe ich das Ganze noch nicht annähernd verarbeitet«, murmelte Irma. »Kannst du mir bitte etwas über die Hexen erzählen?«

»Den Großteil weißt du sogar schon«, antwortete Iven langsam.

»Du meinst von unserem Vortrag, den wir nie gehalten haben?«, fragte sie verblüfft. Es kam ihr vor, als stammte diese Erinnerung aus einem anderen Leben.

Iven nickte, begann dann aber trotzdem mit seiner Erklärung: »Hexen erhalten, im Gegensatz zu *Anderswesen*, erst im Laufe ihres Lebens ihre Fähigkeiten.«

»Wenn sie alt genug sind und erwählt werden«, erinnerte sich Irma.

»Wir nennen diese *Magikk* abartig, da sie nicht von den natürlichen *Magikkadern* abstammt«, fuhr Iven fort. »Sie verlängert das Leben von Hexen um Jahrhunderte. Wie du bestimmt bemerkt hast, altern sie im Gegensatz zu den Gestaltwandlern und *Seraphim* allerdings trotzdem.«

Abartige Magikk.

Irma wunderte sich über diesen Begriff. Sie fragte sich, wer definierte, welche *Magikk* normal war und welche nicht. Sie hatte bis vor ein paar Monaten überhaupt nichts von der *Anderswelt* gewusst, für sie war jede Form von *Magikk* reichlich unnormal.

»Hexen zählen zu den *Daimonen*, Irma. Sie haben die Absicht, die *Anderswesen* auszulöschen. Sie sind brutal, grausam und heimtückisch, und sie haben keinen moralischen Kodex im Umgang mit den Menschen.«

Irma schluckte schwer. »Und das, obwohl sie früher einmal gewöhnliche Menschen waren?«

Iven nickte. »Du wirst dich vielleicht wundern, aber es existiert neben den Hexen noch eine weitere Form von *Magikk*, die sich erst im

Laufe eines Lebens bei gewöhnlichen Menschen zeigt. Es gab früher auch Drachen.«

»Drachen?«, rief Irma aus. »So richtig mit Flügeln und Feuer?«

Iven schüttelte den Kopf. »Nicht ganz. Eher so, wie man sie aus der asiatischen Mythologie kennt. Hier bei uns haben auch nie Feuerdrachen gelebt, und seit Jahrtausenden auch schon keine Wasserdrachen mehr. Allerdings ist man sich sicher, dass es den Lóng noch gibt. Auch er war früher mal ein gewöhnlicher Mensch, und im Gegensatz zu den Hexen sind Drachen sogar unsterblich.«

Irma zwirbelte eine Haarsträhne zwischen ihren Fingern. »Sind Drachen dann auch *Daimonen*?«, fragte sie.

Der Fuchsgestaltwandler nickte. »Ihre *Magikk* gilt auch als *abartig*.«

»Ich verstehe nicht so ganz, was ihr damit meint«, wandte Irma ein. »Wieso glaubt ihr zu wissen, dass sie schlechter ist als unsere *Magikk*, nur weil sie anders ist?«

Iven schwieg kurz, und Irma beobachtete, wie sein Kiefer sich anspannte. »Aus Erfahrung«, gab er kalt zurück.

Irma kaute an ihrer Unterlippe.

»Emmi ist von Corvus getötet worden.« Es war eher eine Feststellung als eine Frage.

»Es gab Anzeichen von *Hexenmagikk*«, erklärte Iven schlicht.

Irma wurde kalt, als sie realisierte, dass Iven jegliches Mitleid mit dem Mädchen fehlte. »Sie hat etwas von einer Krähe gesagt. Was hat sie damit gemeint?«

»Corvus ist zwar kein gewöhnlicher Gestaltwandler, da er aus dem *Seelie Court* in Schottland abstammt, er kann sich aber in eine Krähe verwandeln. Wahrscheinlich hat er Emmi in dieser Form nachgestellt.«

Irma bekam Gänsehaut, als sie an Anselm dachte, der die Krähen im Garten der *Wolfswacht* fütterte. Sie schob den Gedanken weg und musterte Iven eindringlich. Etwas an ihm hatte sich verändert. Seine Gesichtszüge waren hart und seine Augen eisig. Sie kannte seinen mies gelaunten Blick, seine genervte Art, und sie wusste, wie selten er lachte. Doch so kalt und unnahbar hatte sie ihn noch nie erlebt. Er schien die Hexen wirklich zu hassen.

Irma schluckte schwer und fragte leise: »Du warst in Birkenhain, um Hexen aufzuspüren?«

Iven schnaubte. »Nicht ganz. Ich war in Birkenhain, weil ich gedemütigt wurde. Ich hätte auch nach *Hexenmagikk* suchen können, ohne die Schulbank zu drücken.«

»Wieso warst du dann bei uns?«

»Ich wurde bestraft, weil ich im Sommer ein Hexenmädchen zu spät erkannt habe. Corvus ist der beste Späher, niemand ist so *magikksensitiv* wie er. Als er sie aufgespürt hatte, hielt er es für nötig, Helia von meiner Unfähigkeit zu überzeugen.«

Das Mädchen, um das es ging, musste Dorothea gewesen sein. Irma rieb sich die Augen. Sie dachte an das Gespräch zwischen Iven, Glen und Grada, das sie unter dem Fenster kauernd belauscht hatte. Sie war damals nicht schlau daraus geworden, doch nun nagte Glens Frage an ihr. *Hättest du es selbst getan?*

Sie nahm all ihren Mut zusammen, um Iven in die sturmgrauen Augen zu sehen. »Wenn du dir nicht sicher gewesen wärst, dass meine *Magikk* zum Teil auch aus dem *Kaltengrim* stammt, was hättest du dann getan?«

Ein Teil von Irma wusste, dass die Frage unfair war. Iven hatte sie in die *Eishöhle* gebracht, weil er Bedenken gehabt hatte, sie Helia auszuliefern. Er hatte sich zuerst Rat bei Glen und Grada holen wollen, damit er Irma nicht in Gefahr brachte. Doch als er schwieg, begann sie zu zittern.

»Jetzt sag schon! Hättest du mich Corvus ausgeliefert?«, fragte sie mit belegter Stimme. »Oder hättest du das Problem dann selbstständig erledigt?«

Ivens Kiefer war angespannt, er presste die Lippen aufeinander. »Welche Wahl hätte ich gehabt?«, erwiderte er schließlich leise.

Irma schnaubte. »Das ist keine Antwort.«

Ivens sturmgraue Augen trafen die eisblauen Augen von Irma. »Ich hätte dich selbst getötet.«

Wenn Irma ehrlich zu sich war, musste sie sich eingestehen, dass sie seine Antwort bereits gekannt hatte. Dennoch fühlte sie sich, als hätte ihr jemand einen Schlag in die Magengrube verpasst.

»Ich glaube, ich sollte besser gehen«, murmelte sie und stieg von dem viel zu hohen Hocker.

»Irma, warte«, bat Iven, der sich ebenfalls erhob.

Irma kehrte ihm den Rücken zu, ohne ihn ein weiteres Mal anzusehen. »Tut mir leid«, flüsterte sie heiser und stürmte aus Imeldas geheimer Kneipe. Sie hoffte, Iven hatte die verdammten Tränen nicht gesehen, die ihr über die Wangen liefen.

27

Als sie die Treppen in den Wächtertrakt hinabgeeilt war, hatte Irma sich über sich selbst geärgert.

Du bist so eine Heulsuse.

Sie hatte nicht weinen wollen, und ihr war bewusst, dass es nie eine gute Idee war, vor Konflikten davonzulaufen. Aber sie war einfach zu aufgewühlt gewesen, um sich vernünftig zu verhalten. Der Tag war eine Achterbahnfahrt der Gefühle gewesen. Ihr Herz klopfte wild, als sie sich in ihre Bettdecke einkuschelte und darüber nachdachte, wie sie nur einen Atemzug davon entfernt gewesen war, Iven zu küssen. Doch dann hatten der Angriff, die Hinrichtungen und die Wahrheit über Emmis Tod ihr flüchtiges Glück beendet.

Es ist wahrscheinlich besser so.

Sie lag die ganze Nacht wach und dachte an die Hexen, ihre *Magikk* und die Mission der Wächter, die Hexen wie *Daimonen* zu jagen. Irma konnte verstehen, dass Iven nur seinen Pflichten nachgegangen war. Dennoch verfolgte sie die Erinnerung daran, wie er die Hexen vom Himmel geholt hatte. Er hatte Hand in Hand mit Falk gearbeitet und kein Mitgefühl gezeigt, als es um Emmi ging.

Irma wollte nicht wahrhaben, dass er genauso grausam war wie die anderen. Doch zu hören, dass er bereit gewesen wäre, sie zu töten, nagte die ganze Nacht an ihr. Irma wäre gerne die Ausnahme gewesen. Sie hätte gerne gehört, dass er sie niemals ausgeliefert hätte, auch wenn sich *Hexenmagikk* anstelle von *Kaltengrimmagikk* in ihr manifestiert hätte. Sie wäre schließlich trotzdem dieselbe Person.

Nachdem Irma die Augen geschlossen hatte, fand sie sich das erste Mal seit Wochen auf der Lichtung wieder. Als der Fuchs seine Fänge in ihren Hals grub, begriff sie endlich, dass es sich bei dem wiederkehrenden Traum um eine Warnung gehandelt hatte.

Am folgenden Tag wartete Irma ungeduldig darauf, Sander befragen zu können.

Ihr werdet uns niemals auslöschen können. Für jeden Kopf, den ihr abschlagt, werden zwei nachwachsen.

In diesem Jahr waren drei Mädchen in Birkenhain ermordet worden. Alle drei waren zu Hexen geworden.

Hat es einen Grund, dass vermehrt Hexen um den Kaltengrim herum erwählt werden?

Nach ihrem Training eilte Irma in die Bibliothek, wo sie Sander auf einer Leiter balancierend antraf. Er versuchte gerade, einen großen Stapel Bücher herunterzuheben.

»Lass mich dir helfen«, rief Irma zu ihm hinauf und streckte ihre Hände nach den Büchern aus.

»Irma, was für ein Glück«, sagte der Bibliothekar erleichtert und reichte ihr ein paar der Bücher. »Da habe ich mich wohl ein bisschen übernommen.«

Irma half ihm dabei, den Stapel zu seinem Platz hinter dem Tresen zu tragen. Sander hatte dunkle Schatten unter den freundlichen Augen, und sein Haar war noch strubbeliger als sonst. Irma warf einen Blick auf die Bücher und zählte eins und eins zusammen.

»Du versuchst, den zerstörten Teil des Waldes zu heilen«, stellte sie fest.

Sander nickte ernst. »Es waren nicht viele Hexen, die uns angegriffen haben. Und dennoch haben sie wirklich erheblichen Schaden hinterlassen. Ihre *Magikk* ist stark und breitet sich im Wald aus. Wir haben die ganze Nacht daran gearbeitet, ihr zerstörerisches Gift einzudämmen.« Er rieb sich die Schläfen. »Wir haben noch einiges zu tun.«

»Das tut mir wirklich leid«, murmelte Irma, die nicht wusste, was sie sonst sagen sollte.

Der kluge Bibliothekar legte den Kopf schief und lächelte ein wenig verrückt. »Dennoch ist der Alchemist in mir beeindruckt. Hexen sind wahrhaftige Meisterinnen darin, ihre *Magikk* in Form von Tränken oder Pulvern nutzbar zu machen. Aber deshalb bist du wahrscheinlich nicht hier. Kann ich dir helfen, Irma?«

Sie nickte und redete nicht lange um den heißen Brei herum. »Es wurden in der letzten Zeit sehr viele Hexen erwählt. Wieso werden es mehr?«

»Hmmm«, brummte Sander, der seine eckige Hornbrille absetzte und die Brillengläser nachdenklich an seiner Tunika abputzte. Seine braunen Augen musterten Irma eindringlich. »Diese Frage habe ich mir auch schon gestellt. Das ist gar nicht so einfach zu beantworten«, erwiderte er schließlich und setzte die Brille zurück auf seine Nase. »Die Natur strebt nach Gleichgewicht, und auch wenn du häufig etwas anderes hören wirst, Irma, beziehen auch Hexen ihre *Magikk* aus der Natur. Ich habe die Befürchtung, dass mehr von ihnen erwählt werden, weil so viele von ihnen ausgelöscht wurden.«

Irma sog die Luft ein. »Das klingt nach einem ziemlichen Teufelskreis.«

»Das hast du gut erkannt. Es gab Zeiten, in denen es in Birkenhain höchstens eine Hexe im Jahrhundert gab. Allein letztes Jahr sind schon vier Mädchen erwählt worden.«

»Vier?«, fragte Irma schockiert.

Eingesperrt im *Feuerberg* hatte sie natürlich nicht mitbekommen, was sich in der menschlichen Welt abgespielt hatte. Ob sie das vierte Mädchen kannte?

»Kann es sein, dass man neben der *Kaltengrimmagikk* auch *Hexenmagikk* vererbt bekommen hat?«, wollte sie wissen.

»Du meinst, weil deine *Magikk* ein bisschen anders ist als die der meisten *Anderswesen* im *Kaltengrim*?«, mutmaßte Sander.

Irma nickte. Sie erzählte ihm allerdings nichts von den Fähigkeiten, die mit ihrer *Magikk* einhergingen. Es reichte schon, dass *magikksensitive Anderswesen* spüren konnten, dass sie nicht ganz normal war. Was auch immer *normal* bedeutete.

»Ich kann dich beruhigen. *Hexenmagikk* ist nicht vererbbar, denn Hexen können keine Kinder bekommen«, sagte Sander.

»Und väterlicherseits?«, hakte sie nach.

Irma war sich sicher, dass ihre Mutter nichts mit den Hexen zu tun gehabt hatte. Doch was ihren Vater anging, hatte sie keinen blassen Schimmer.

»Unmöglich«, schmunzelte Sander. »Hexen sind ausschließlich weiblich.«

»Es gibt da noch etwas, das ich nicht verstehe«, fuhr Irma fort.

»Wer entscheidet, welche *Magikk* gut und welche schlecht ist? Corvus stammt von einer anderen *Magikkader* ab und gehört sogar zu Helias engstem Zirkel. Und ich werde hier ebenfalls geduldet, obwohl da diese seltsame Dissonanz ist. Wieso werden die Hexen dann wie *Daimonen* behandelt? Du hast selbst gesagt, dass ihre *Magikk* aus der Natur stammt.«

Sander musterte Irma eindringlich. »Ich finde es gut, dass du Dinge hinterfragst, Irma. Unsere Jagd auf Hexen ist historisch bedingt. Wir führen diesen Krieg seit Jahrhunderten, denn sie schaden uns genauso sehr, wie die *Daimonen* uns schaden.«

Die gesamte Woche über redete Irma sich ein, dass es ihr nichts ausmachte, Iven nicht zu sehen. Insgeheim wartete sie darauf, dass er abends an ihrer Tür klopfte und alles wieder war wie vorher. Irma fragte sich, ob Iven sie mit Absicht mied. Gleichzeitig fühlte sie sich schuldig.

Wenn ich nicht einfach so aus Imeldas Kneipe gestürmt wäre, dann ... ja, was dann?

Er hätte seine Meinung sowieso nicht geändert. Und Irma wusste auch gar nicht, ob sie das von ihm verlangen konnte. Einige Male war sie kurz davor gewesen, ihn aufzusuchen. Obwohl sie es nicht zugeben wollte, fehlte er ihr schrecklich.

Doch als sie am nächsten Morgen aufwachte, vermisste sie eine andere Person noch viel mehr. Selma hatte heute Geburtstag, und Irma hätte ihre Mutter so gerne in die Arme geschlossen. Sie hätte ihr einen Geburtstagskuchen gebacken und früh für alle Kaffee gekocht. Nachmittags wäre die ganze Familie zu Brietta gefahren, und sie hätten dort noch mal gefeiert. Sie hätten den ganzen Tag *Elvis Presley* gehört und gelacht. Irmas Brust schmerzte bei der Vorstellung. Ihr altes Leben war vorbei, und egal, wie sehr sie sich in der *Anderswelt* auch abzulenken versuchte, sie hatte furchtbares Heimweh nach ihrer Familie.

Frustriert und ziemlich traurig sammelte sie Kian in seinem Zimmer auf, und gemeinsam schlurften sie zur Trainingshalle. Wie schon seit Tagen herrschte auch heute reger Betrieb, und die Halle für die Wächter, die neben der für die Lehrlinge lag, war voll. Der Angriff

auf den *Kaltengrim* hatte dazu geführt, dass alle in größter Alarmbereitschaft waren. Das Training wurde intensiviert, und soweit Irma
wusste, wurde im Hintergrund auch geplant, wie man dem Hexen-
problem entgegentreten würde.

Zu ihrer Überraschung war auch die Halle der Lehrlinge voll.

»Was ist denn heute los?«, fragte Kian Ansgar, der wie immer über-
pünktlich dort wartete.

»Es wurde entschieden, dass unser Training aktuell nicht ausreichend ist. Die Gefahr durch die Hexen ist zu groß, und wir sollen
schnell einsatzbereit sein«, antwortete der Gestaltwandler leise. »Ich
vermute, deshalb werden wir jetzt nicht mehr separat von den Wächtern trainiert.«

Während Ansgar sprach, hatte Iven die Halle betreten. Das Erste,
was Irma auffiel, waren die dunklen Schatten unter seinen Augen.
Das zweite, was ihr ins Auge stach, war Minna. Mit der Eulengestaltwandlerin war Irma immer noch nicht sonderlich warm geworden. Sie
kritisierte Irma regelmäßig nach den Gottesdiensten und hatte ihr
auch nicht gratuliert, als sie den Nöck erlegt hatte. Irma hatte sich
darüber keine großen Sorgen gemacht. Sie musste ja nicht mit jedem
befreundet sein, und solange Minna ihr nichts Böses wollte, konnte sie
ihr Gezicke akzeptieren. Als sie jedoch sah, wie Iven über etwas lachte,
das sie zu ihm gesagt hatte, gab das Irma einen Stich. Plötzlich war ihr
Minna doch nicht mehr so egal. Zu allem Überfluss wurde sie auch
noch von Iven ignoriert, der an der Gruppe der Lehrlinge vorbeiging,
ohne sie eines Blickes zu würdigen.

»Ehekrach?«, fragte Kian leise und musterte Irma mit einer hochgezogenen Augenbraue.

»Bist du verrückt?«, antwortete Irma. Ihre Wangen wurden rot.

Da betrat Moira die Halle, und die Gespräche erstarben. Ansgar
hatte recht gehabt, die Lehrlinge sollten zukünftig gemeinsam mit
den Wächtern trainieren. Dadurch sollte ihr Training noch effektiver
werden und schneller vorangehen. Die Wächter würden sich natürlich
abwechseln, je nachdem, wer gerade verfügbar war.

Moira wies die versammelte Truppe an, sich im Schwertkampf zu
üben. Nach einigen Minuten sollten sich jeweils neue Paare bilden.

damit eine Art Zirkeltraining entstand. Irmas Ohren wurden rot, als die Trainerin der versammelten Menge erklärte, dass Irma noch nie zuvor mit einem richtigen Schwert geübt hatte. Irma war die Situation zwar peinlich, doch sie war auch erleichtert, dass Moira sie zuerst gesondert mit Kian einwies. Die Hochwächterin reichte Irma ein Trainingsschwert, das sie andächtig entgegennahm und in ihren Händen wog. Sie hatte sich in den letzten Wochen so sehr an das Gefühl des Holzschwertes gewöhnt, dass sich die Waffe zwar wesentlich schwerer, doch andererseits gar nicht so fremd anfühlte. Unter Moiras Anweisung begann sie das Training mit Kian und war froh, nicht alles Gelernte wieder vergessen zu haben, nur weil sie befürchtete, man könnte ihr zusehen. Irma kannte mittlerweile viele der versammelten Wächter, und als Moira der Truppe zurief, den Trainingspartner zu wechseln, war ihre Nervosität verflogen. Sie trainierte zuerst mit einem dunkelhaarigen Rehgestaltwandler, der damals nach ihrem Kampf mit dem Nöck auf sie zugekommen war. Sein Name war Vinzenz, und er hatte sich damals beeindruckt von ihrem Erfolg gezeigt. Irma war feuerrot geworden, als der hübsche Wächter ihr auf die Schulter geklopft hatte. Vinzenz war nun sehr erfreut, Irma ein paar Tipps und Tricks beibringen zu können. Sie ertappte sich dabei, wie sie darauf hoffte, Iven würde ihnen Beachtung schenken. Er sollte sich genauso durch jemand anderen ersetzt fühlen wie sie.

Das Training heiterte Irma tatsächlich ein wenig auf. Das änderte sich allerdings schlagartig, als nach dem nächsten Partnertausch Minna vor Irma stand. Die schöne Wächterin musterte sie mit einem derart herablassenden Blick, dass es schien, sie hätte statt Irma eine Kakerlake vor sich. Sie wandte sich wortlos um, und Irma wollte ihren Augen nicht trauen, als sie zu Iven stiefelte, der sich mit dem unglücklich dreinblickenden Kian zusammengefunden hatte.

»Nimmst du mir das bitte ab? Ich kann mich heute wirklich nicht mit so einer Anfängerin abgeben«, fragte sie ihn in einer Lautstärke, die nicht nur für Irma ausgezeichnet hörbar war.

Diese blöde Schnepfe.

Irma war inzwischen fast so gut wie Kian, das wusste auch Minna. Sie wollte sie lediglich lächerlich machen. Irma umklammerte das Heft ihres Schwertes und spielte eine Sekunde mit dem Gedanken, damit auf Minna loszugehen. Noch schlimmer wurde es, als Iven lediglich nickte. Er war gar nicht auf die Idee gekommen, sie vor Minna zu verteidigen. Angestrengt versuchte Irma, den Stich in ihrem Herzen zu ignorieren. Moira brüllte ihnen zu, dass sie sich gefälligst wieder dem Training widmen sollten, und Iven machte sich vor Irma kampfbereit. Sie ahmte seine Körperhaltung nach. Das Funkeln in seinen Augen, das Irma bei ihrem letzten Training im Wald wahrgenommen hatte, als er sie beinahe geküsst hätte, fehlte.

»Bereit?«, fragte er emotionslos.

»Schön, dass du wieder mit mir sprichst«, giftete Irma.

Wirklich fabelhaft, Irma. So löst man Konflikte.

Blitzschnell stach Iven zu, und Irma hatte alle Not, seinen Hieb zu parieren. Sie hatte Glück, dass er nicht seine volle Kraft in den Schlag gelegt hatte.

»Hast du mich wohl vermisst?«, antwortete er spöttisch.

Iven verhielt sich so wie damals, als Irma ihn kennengelernt hatte. Als ob in den letzten Wochen nichts zwischen ihnen passiert wäre. Wütend setzte sie zu einem Hieb an, den Vinzenz ihr zuvor gezeigt hatte.

Iven parierte problemlos, und aus Irma sprudelte es heraus: »Wenn du deine Freunde einfach so ignorierst und austauschst, wundert es mich nicht, dass ...«

Unsanft hielt Iven Irmas Arm fest und hob seine Schwertspitze an ihre Kehle. Er brachte sie damit in eine Situation, die in einem echten Kampf ihren Tod besiegelt hätte.

»Dass mich keiner leiden kann?«, vollendete er leise ihren Satz.

Irma riss sich los. »Das habe ich nicht gesagt.«

Iven wog seine Klinge in den Händen und trat auf Irma zu. Sie nahm automatisch Abstand von ihm, denn seine Fänge blitzten mittlerweile aggressiv, und seine Teilnahmslosigkeit von vorhin war wie weggeblasen. Irmas *Magikk* begann aufgeregt zu knistern.

»Aber gemeint«, sagte er und schwang sein Schwert erneut in ihre Richtung.

Irmas Arme schmerzten, als sie den Schlag parierte, und zwischen zusammengepressten Zähnen stieß sie hervor: »Du scheinst ja nicht gerade einsam zu sein.«

Sie konnte nicht anders, als einen kurzen Blick auf Minna zu werfen. Ivens Mund verzog sich zu einem Grinsen, das seine Augen nicht erreichte und eher bedrohlich wirkte.

»Eifersüchtig, Hase?«

»Ich?«, rief Irma empört. »Eifersüchtig?«

Wütend hob sie ihr Schwert mit beiden Händen und fauchte: »Ich glaube, du spinnst. Warum sollte ich jemanden vermissen, der es in Ordnung findet, Kinder zu ermorden?«

Bevor sie die Chance hatte, ihn zu treffen, knallte Iven ihr den Knauf seines Schwertes auf die Stirn. Für einen kurzen Augenblick sah Irma Sternchen. Das würde eine gewaltige Beule geben. Sie schwankte und spürte Ivens Gesicht auf einmal ganz nah bei sich.

Seine Nasenflügel bebten, und er flüsterte zornig: »Woher nimmst du dir das Recht, so zu urteilen? Du weißt noch kein halbes Jahr von der Existenz der *Anderswelt*. Du hast keine Ahnung, wie es hier läuft.«

Irma ging einen Schritt zurück und bemerkte, dass Iven sie langsam, aber sicher in Richtung Hallenwand drängte. In ihrem Blut pulsierte die *Magikk* immer aufgeregter, und Irma musste sich konzentrieren, sie zu beruhigen.

»Dann erkläre es mir!«, forderte sie laut.

Irma nahm nur am Rande wahr, wie Moira ihnen zurief, dass sie gefälligst mit dem Streiten aufhören sollten.

Iven schnaubte: »Ich glaube kaum, dass das in deinen kleinen Kopf passen würde. Das verstehst du nicht.«

Er stach blitzschnell zu, und als sie den Schlag abwehrte, trat er einen weiteren Schritt auf sie zu. Seine Beleidigung hatte Irma stärker getroffen als der Schwerthieb.

»Vielleicht will ich es einfach nicht verstehen!«, spuckte sie wütend aus und versuchte, endlich wieder selbst einen Angriff auszuführen.

Aber Iven ließ sie nicht. Er verdrehte ihr den Arm und rempelte sie unsanft an, und Irma wurde einen weiteren Schritt nach hinten abgedrängt. Iven schien ihr beweisen zu wollen, dass er der Wächter war, und sie nur der Lehrling. Als würde er ihr damit auch vermitteln wollen, dass er wusste, was richtig und was falsch war, und sie noch viel zu lernen hatte. Sie dachte an die junge Hexe mit den dunklen Locken, die sich sicherlich nicht ausgesucht hatte, erwählt worden zu sein.

»Du solltest doch wissen, dass man nichts dafürkann, wer man ist«, zischte sie ihn an. »Du bist wirklich *erbärmlich*.«

Als wäre ein Schalter in ihm umgelegt worden, wechselte Ivens Zorn zu loderndem Hass. Sein Gesicht war wutverzerrt, ein animalischer Laut entfuhr seiner Kehle, und er schlug Irma das Schwert aus der Hand. Er packte sie am Kragen ihrer Tunika, und ehe sie sich versah, wurde sie nach hinten geschleudert. Genauer gesagt, gegen den vor der Wand stehenden Wagen mit den Holzwaffen. Es schepperte laut, als Irma in ihn hineinkrachte und die Waffen auf den Boden polterten. Sie landete auf ihrem Hintern und brauchte eine Sekunde, um zu verarbeiten, was gerade passiert war. Blind vor Wut sprang sie auf. Adrenalin rauschte durch ihre Adern, und sie spürte den Schmerz nicht, den der Sturz verursacht hatte. Sie stürzte auf Iven zu, der entsetzt auf seine noch ausgestreckten Hände starrte. Irma grub ihre Fingernägel in sein Gesicht. Die *Magikk* drohte aus ihr hervorzubrechen, doch bevor sie ernsthaften Schaden anrichten konnte, packte Moira sie am Arm.

Die Trainerin zog Irma unsanft von Iven fort. »Hört auf! Was zur Hölle ist in euch gefahren? Raus, alle beide! Ihr könnt wiederkommen, wenn ihr in der Lage seid, euch zusammenzureißen«, brüllte sie wutentbrannt.

Irma blendete aus, dass die gesamte Halle sie anstarrte. Egal, was ihre Träume sie bisher glauben lassen wollten, sie war nicht der Hase, der dem Fuchs unterlegen war. Sie würde sich nicht von Iven einschüchtern lassen.

»Du bist wirklich *erbärmlich*, Iven«, fauchte Irma noch einmal und stapfte mit wehendem Haar aus der Halle.

Erst als sie durch den Bedienstetenausgang in den *Kaltengrim* hinausschlüpfte und die kühle Februarluft in ihre Lungen sog, konnte Irma sich halbwegs beruhigen. Sie jagte durch den Wald und ließ ihren angestauten Mondlichtfunken freien Lauf, denn die *Magikk* in ihren

Adern pulsierte im selben Rhythmus wie ihre Wut. Erst als jeder Atemzug schmerzte und ihre Beine sie kaum noch tragen wollten, machte sie sich auf den Weg zurück. Irma war dankbar für die Ablenkung, die der Küchendienst mit Enya ihr brachte. Doch der Undine war natürlich aufgefallen, dass mit Irma etwas nicht stimmte. »Liebeskummer?«, fragte sie.

Irma beschlich allmählich das Gefühl, Kian und Enya hätten schon viel früher bemerkt, was eigentlich los war. Sie hingegen war dem Ganzen gegenüber recht blind gewesen. Mit einem Kopfschütteln erklärte sie Enya nun jedoch, was im Training vorgefallen war.

»Ich bringe diesen Mistkerl eigenhändig um!«, schimpfte die Köchin und fuchtelte dabei mit dem Kochlöffel herum.

Zugegebenermaßen hätte Irma nur zu gerne gesehen, wie Enya Iven damit eins über die Rübe zog. Doch nichts konnte sie aufmuntern, und egal wie sehr sie darüber nachgrübelte, Irma verstand nicht, was passiert war. Wieder und wieder spielte sich jener Augenblick in ihrem Kopf ab, als er sie am Kragen gepackt und weggeschleudert hatte. Er hatte sich beim Schwertkampf zurückgehalten, um sie nicht ernsthaft zu verwunden. Doch von einem Moment auf den anderen war diese Zurückhaltung verschwunden. Er hatte sie verletzen wollen, und das erfolgreich. Nachdem das Adrenalin in ihrem Blut verebbt war, spürte Irma, wie lädiert ihr Körper war.

Als sie am Abend in ihrem Zimmer aus ihrer Kleidung schlüpfte, schnappte sie sich den Spiegel, um ihren Zustand zu begutachten. Nicht nur hatte sich auf ihrer Stirn eine schmerzhafte Beule gebildet, die allmählich blau wurde. Auch über ihren gesamten Rücken verteilt entstanden blaue Flecken. Frustriert blickte sie auf Ivens Hoodie, den sie für gewöhnlich zum Schlafen trug, und kickte ihn unter ihr Bett. Sie schlüpfte stattdessen in eine nicht annähernd so weiche Tunika und setzte sich. Mit angewinkelten Beinen starrte sie an ihre kahle Zimmerwand. Sie ließ helle Lichtkugeln durch den Raum sausen und verlor sich in Gedanken. Zuvor hatte sie Kian, der natürlich besorgt um sie gewesen war, abgewiesen und ihm mitgeteilt, sie wolle alleine sein. Gerade als sie beschloss, dass ihr seine Gesellschaft doch ganz lieb wäre, klopfte es an ihrer Tür. Irma löschte ihre Lichter und blieb stumm. Den leuchtenden Kristall aus der *Eishöhle*, dessen Wärme sie getröstet hatte, versteckte sie unter ihrem Oberteil. Wenn sie mucksmäuschenstill war, würde er sich vielleicht wieder verziehen.

»Irma, ich weiß, dass du da bist. Ich kann deine *Magikk* spüren«, hörte sie Ivens kratzige Stimme durch die Tür.

Er klang ein wenig genervt. Irma ignorierte ihn und spielte unruhig an ihrem Planetenarmband herum. Iven klopfte erneut, dieses Mal mit mehr Wucht.

»Komm schon, mach auf.«

Sie schwieg weiterhin.

»Schließ mich nicht aus. Nicht jetzt.«

Den letzten Teil hatte er beinahe geflüstert, doch Irma ließ sich nicht beirren. Sie wollte nicht mit ihm sprechen. Auch wenn es an ihr nagte, wollte sie sich nicht anhören, weshalb er sie so verletzt hatte. Sie wollte keine Rechtfertigung, und sie wollte keine Entschuldigung. Eiseskälte machte sich in ihrer Magengrube breit und Irma wusste, sie würde es bereuen, sich nicht mit ihm zu versöhnen. Doch sie konnte jetzt einfach nicht. Sie legte den Kopf auf ihre angewinkelten Knie und stellte sich weiterhin tot.

»Ernsthaft? Du ignorierst mich? Na gut, wenn du mich ignorierst, dann ignoriere ich dich eben auch.«

Ob er frustriert, genervt, wütend oder alles drei war, konnte Irma nicht genau sagen. Sie spürte, dass Iven weiterhin auf eine Reaktion von ihr wartete, doch sie regte sich nicht.

»Bitte«, hörte sie ihn flüstern, und sie kämpfte mit den Tränen.

Zitternd schnappte Irma nach Luft, als Iven endlich aufgab. Sie hörte, wie sich seine Schritte aus dem Lehrlingstrakt entfernten. Irma wischte sich energisch die Augenwinkel trocken. Sie würde seinetwegen keine Tränen vergießen. Um sich abzulenken, formte sie eine Lichtkugel zwischen ihren Fingern, die immer größer und größer wurde. Fasziniert beobachtete sie, wie sich die Kugel in einen hell leuchtenden Hasen verwandelte. Es war ihr gar nicht schwergefallen, und aufgeregt ließ sie den Mondhasen durch ihr Zimmer hüpfen. Sie erschuf einen weiteren, und das Pärchen hüpfte um sie herum. Irma sprang auf und wirbelte um die eigene Achse. Sie erschuf noch einen und noch einen, so lange, bis ihre Trauer sie nicht mehr in ein tiefes Loch zu stürzen drohte.

28

Im *Feuerberg* gab es keine Wochenenden im klassischen Sinne. Irma arbeitete tagtäglich mit Enya in der Küche, die sozusagen ihr zweites Zuhause geworden war. Allerdings räumte Moira den Lehrlingen hin und wieder einen freien Tag ein, damit sie ihre Kräfte regenerieren konnten. Irma hatte diese Tage bisher meist mit Kian in der Bibliothek verbracht, dort mit Sander gequatscht und die Zeit sehr genossen. Doch als Moira ihnen diesmal das Training erließ, bat sie Kian, sie in den *Kaltengrim* zu begleiten. Sie konnte nicht aufhören, an den Tag zu denken, an dem alles den Bach runtergegangen war. Seit dem Hexenangriff an *Imbolc* fand Irma keine Ruhe mehr. Ihre Gedanken kreisten konstant um die Hexen, und, fast noch anstrengender, um Iven. Der war seit über einer Woche spurlos verschwunden. Hatte sie das vor ein paar Tagen noch erleichtert, begann Irma dummerweise wieder damit, den Mistkerl zu vermissen. Trotz allem. Sie sehnte sich nach einer Aussprache, denn eigentlich hasste Irma Streit, und eines Abends hatte sie all ihren Mut zusammengenommen und jeden Funken Stolz begraben, um an seiner Zimmertür zu klopfen. Er war allerdings nicht da gewesen.

Irma erhoffte sich nun, im *Kaltengrim* mit dem Hexenangriff abschließen zu können. Vielleicht würde ihr das helfen, ihre Gedanken zu sortieren. Gemeinsam mit Kian machte sie sich auf den Weg zu der Stelle, an der die Hexen den Wald verbrannt oder vergiftet hatten. Irma konnte den Himmel über den hohen Baumkronen nicht sehen, doch es war immer noch kühl und winterlich. Zumindest wurden die Tage allmählich länger, und auch Kians unbeschwerte Art hob Irmas Laune. Sie wusste gar nicht, wie sie die letzten Tage ohne ihn hätte überstehen sollen. Ihr bester Freund verwandelte sich in einen weißen Falken und flog voraus, als Irma sich durch das Gestrüpp kämpfte, in dem sie an *Imbolc* trainiert hatten. Irmas Herz begann aufgeregt zu pochen, als sie sich dem Schauplatz des Angriffs näherten. Die Bäume wurden allmählich lichter, und ein unangenehmer Geruch breitete sich aus. Irma trat auf eine freie Fläche, die keine natürliche Lichtung war. Dort, wo die Hexen den Wald niedergebrannt hatten, war ein gigantischer kahler Fleck zurückgeblieben. Kian umkreiste diesen in Vogelform, und Irmas Herz wurde schwer, als sie sah, wie viele der wunderschönen uralten Bäume zerstört worden waren. Unzählige von ihnen lagen am Rand der Fläche. Sie hatten allesamt schwarz verfärbte Stämme. Angewidert verzog Irma das Gesicht, denn der Geruch nach Fäulnis und Tod ging noch immer von ihnen aus. Irma musste an Corvus' grausame *Magikk* denken und stellte fest, dass die Hexen und die *Anderswesen* ähnlich zerstörerisch waren. Traurig betrachtete sie die verlorenen Bäume, deren Baumstämme Durchmesser von mehreren Metern hatten. Sie würde in ihrem Leben vielleicht gar nicht mehr erfahren, ob sich der Wald regenerierte. Kian landete neben Irma und verwandelte sich in seine menschliche Form zurück. Sein freudestrahlender Blick war verschwunden, und er blickte niedergeschlagen auf den dunkel verfärbten Waldboden. Irma wusste, dass ihr bester Freund ebenfalls mit den Geschehnissen an *Imbolc* kämpfte. Sein Vater mochte ein grausamer *Seraph* und Kian privilegiert aufgewachsen sein, dennoch hatten ihn die Hinrichtungen sehr mitgenommen. Er hatte ihr anvertraut, dass er nachts schweißgebadet aus dem Schlaf schreckte und Mitleid mit den ermordeten Frauen empfand. Kian hatte ein reines Herz, und Irma war froh, dass er ihr Freund war. Sie griff nach seiner Hand, und schweigend betrauerten sie den zerstörten *Kaltengrim*.

Die Minuten vergingen in Stille, bis Irma es hinter sich rascheln hörte. Ein Mann mittleren Alters trat aus dem Dickicht. Er war ein Waldwanderer, unschwer zu erkennen an seinem geflochtenen braunen Haar, den tannengrünen Augen und den Widderhörnern auf seinem Kopf. Seine Ohren sahen animalisch aus, und eine Tätowierung schmückte seinen Hals. In seiner Nase trug er einen Ring.

»Der *Kaltengrim* wird hier eine Narbe zurückbehalten. Er wird heilen, jedoch nie wieder so werden wie zuvor«, sagte er mit melancholischer Stimme. »Viele *Anderswesen* haben ihr Leben oder ihre Heimat verloren.«

Irma ging einen Schritt auf ihn zu.

»Wo sind sie jetzt?«, fragte sie leise.

»Wir haben die Feen und Waldgeister bei uns aufgenommen«, erklärte er. »Für die Gestaltwandler haben wir ebenfalls eine Übergangslösung geschaffen.«

Irma kam sich sehr unwissend vor, als sie den Mann fragte, wo er denn überhaupt lebte. »Ich habe bisher nur Waldwanderer und Waldnymphen getroffen, die im *Feuerberg* arbeiten«, gab sie zu.

Der Mann sah sie überrascht an.

»Und du?«, fragte er Kian.

Der Falkengestaltwandler wurde verlegen, doch auch er räumte ein: »Ich bin im *Feuerberg* groß geworden. Mein Kindermädchen war aber eine Waldnymphe. Ich weiß leider nicht, wo sie jetzt lebt. Mein Vater hat es mir nicht erzählt.«

»Wenn das so ist«, antwortete der Mann freundlich, »dann zeige ich euch gerne unsere Siedlung.«

Irma und Kian folgten dem Waldwanderer, der sich ihnen als Emil vorgestellt hatte und sich flink und erfahren seinen Weg durch den *Kaltengrim* bahnte. Er führte sie in den südwestlichen Teil des Waldes, den Irma noch nie betreten hatte. Die Bäume ragten wie Riesen in den Himmel und strahlten Ruhe und Altehrwürdigkeit aus. Der Wald war grün und belebt, trotz des kalten Wetters.

»So weit entfernt vom *Feuerberg* war ich noch nicht im *Kaltengrim*«, murmelte Irma.

»Wir sind wirklich froh darüber, dass wir uns aus den Geschehnissen im *Feuerberg* heraushalten können«, sagte Emil.

»Früher war das aber anders, nicht wahr?«, bohrte Irma nach. »Früher waren viele Waldwanderer auch Wächter.«

Emil nickte und bedachte Irma mit einem neugierigen Blick.

»Das stimmt. Auch ich habe das Training absolviert, müsst ihr wissen«, erklärte er, und Stolz schwang in seiner Stimme mit. »Ich war allerdings nur wenige Jahre Wächter, bis sich die … Atmosphäre im *Feuerberg* endgültig geändert hatte.«

Irma hätte Emil gerne darüber ausgefragt. Im *Feuerberg* waren alle übermäßig vorsichtig, wenn dieses Thema angeschnitten wurde. Wenn es um die Rebellion ging, nach der für die weniger angesehenen *Anderswesen* alles schlimmer geworden war. Doch der Anblick, der sich

303

Irma bot, verschlug ihr die Sprache. Als Emil von einer Siedlung gesprochen hatte, hatte Irma mit ein paar Holzhütten gerechnet, die im Wald verteilt waren. Niemals hätte sie sich vorstellen können, was sie gerade mit eigenen Augen sah. Die Waldwanderer hatten den gesamten ihnen verfügbaren Wald genutzt, um dort ihr Zuhause aufzubauen. In den Felsen und Hügeln konnte Irma Holztüren erkennen, und an den Bäumen hingen Baumhäuser in den verschiedensten Größen und Formen, alle über Leitern oder Treppen erreichbar. Manche der Hütten waren mit großen oder kleinen Brücken verbunden. In ihrem Inneren flackerte Licht, und es herrschte reger Betrieb. Zahlreiche Waldwanderer und Waldnymphen in den unverkennbaren Farben des *Kaltengrims* wuselten durch die Siedlung. Sie teilten das dunkle Haar und die tannengrünen Augen, aber sonst waren sie so vielfältig wie das Waldleben selbst. Irma sah die unterschiedlichsten Hörner, Federn oder Tierohren. Manche lächelten sie freundlich an, wobei sich große Fänge entblößten, andere schüttelten ihr zur Begrüßung die Hand, und Irma registrierte, dass ihre Finger in Krallen endeten.

Emil schien sehr angesehen zu sein, denn niemand begegnete Irma und Kian argwöhnisch. Sie folgten dem Waldwanderer über eine Brücke, die an beiden Seiten von Laternen beleuchtet wurde. Dabei handelte es sich um gewöhnliches Kerzenlicht, Helias Sonnenlicht war wohl dem *Feuerberg* vorbehalten. Irma wurde mulmig zumute, während sie hinter Emil und Kian eine Leiter hinaufstieg, die zu einer hölzernen Plattform führte. Als sie über den Rand nach unten sah, erfasste sie leichter Schwindel. Doch der Anblick war so atemberaubend schön und zauberhaft, dass sie sich nach Kräften bemühte, ihre Höhenangst zu beruhigen. In den Baumkronen funkelte es, und Irma winkte den Feen zu, die sie dort vermutete.

»Willkommen in meinem Zuhause«, sagte Emil und öffnete die Tür zu einem der drei Baumhäuser, die auf der großen Plattform standen.

Irma riss sich von dem Anblick der Siedlung los und folgte ihm in das geräumige Holzhäuschen hinein. Sie fanden sich in einem gemütlichen Wohnzimmer wieder, in dem ein Sofa und ein Schaukelstuhl standen. Auch eine Küchenzeile gab es, und von der Decke baumelten getrocknete Kräuter, ähnlich wie in Glens und Gradas Küche.

Aus einem Nachbarzimmer eilte eine Waldnymphe herein. Sie war so klein wie Irma und rundlich, hatte ein hübsches Gesicht und große Fledermausohren, die mit zahlreichen Ringen geschmückt waren. Ihre Nase hatte etwas Animalisches an sich, und sie trug eine ähnliche Tätowierung am Hals wie Emil und die anderen Siedlungsbewohner.

»Maren, mein Stern«, begrüßte Emil seine Frau. »Das sind Irma und ihr Freund Kian. Sie sind Lehrlinge und wollen unsere Siedlung kennenlernen.«

Die hübsche Waldnymphe begrüßte sie überschwänglich und drückte Irma und Kian abwechselnd an sich. Sie bedeutete ihnen, auf dem Sofa Platz zu nehmen, und setzte derweil Teewasser auf. Bevor Irma es sich jedoch neben Kian gemütlich machen konnte, bemerkte sie ein misstrauisches Paar Augen, das sie aus dem Nachbarraum musterte. Sie legte den Kopf schief und lächelte den kleinen Jungen an. Schüchtern trat er näher. Emil schnappte sich sein Kind und hob es in seine Arme.

»Das ist Jaron«, erklärte er und drückte seine Nase an die seines Sohnes, der zu kichern begann.

Jaron hatte die Widderhörner seines Vaters geerbt. Irma schätzte ihn auf höchstens fünf Jahre. Sie musste lachen, denn nun sah er sie wieder beeindruckend argwöhnisch an. Irma ließ sich neben Kian nieder. Mit Jaron im Arm machte Emil es sich im Schaukelstuhl gemütlich.

»Nachdem sie die Infektion des Waldes eingedämmt hatten, haben die meisten Wächter sich wieder der Hexenjagd gewidmet«, begann er zu erzählen. »Natürlich auf Anweisung ihrer Herrin. Sie haben sich nicht darum geschert, den *Anderswesen* zu helfen, die ihre Familien oder ihr Zuhause verloren haben. Es ist, als ob wir vergessen werden. Aus dem *Feuerberg* kam kaum Hilfe, es waren hauptsächlich bedienstete Waldwanderer und Waldnymphen, die nach der Arbeit noch zu uns kamen.«

Traurig streichelte er über die Widderhörner seines Sohnes.

»Es hätte mich allerdings auch gewundert, wenn die *Herrscherin des Kaltengrims* sich tatsächlich für dessen Bewohner interessiert hätte«, murmelte er leise.

Irma hörte die Abscheu, die er in das Wort »Herrscherin« legte. Sie konnte es ihm nicht verübeln.

Von der Küchenzeile aus schaltete sich nun auch Maren ein: »Das ist nicht ganz gerecht, Emil. Es gibt auch eine Handvoll Wächter, die uns stets unterstützen. Der Fuchsgestaltwandler zum Beispiel.«

Irmas Herz machte einen Satz.

»Iven? Wirklich?«

Maren kam um das Sofa herum und drückte ihr und Kian je eine Tasse duftenden Tee in die Hand.

»Ja. Nach dem Angriff hat er jeden Abend geholfen, die Verletzten zu bergen. Und er hat uns dabei unterstützt, die Hütten für die Vertriebenen zu bauen«, erklärte sie und deutete aus dem Fenster.

Irma starrte in ihre Teetasse. Vielleicht hatte Iven sie nach *Imbolc* gar nicht absichtlich gemieden. Sie hatte seine Abwesenheit persönlich genommen und aus Eifersucht den furchtbaren Streit vom Zaun gebrochen. Ihre Wangen wurden rot.

»Die Naturgeister und Feen werden mit der Zeit ein neues Zuhause finden. Wir haben ihnen natürlich angeboten, so lange bei uns in den Baumwipfeln zu leben«, fuhr Emil fort.

Maren schüttelte den Kopf, und ihre Ohrringe klimperten.

»Sie sind so schrecklich schüchtern, die Kleinen. Sie hätten sich gar nicht zu uns getraut, wenn wir sie nicht eingeladen hätten«, seufzte sie.

»Allerdings hatten auch einige Mausgestaltwandler in dem verbrannten Teil des Waldes ihre Siedlung. Viele von ihnen konnten dem Feuer nicht rechtzeitig entkommen.«

Trotz des warmen Kräutertees in ihren Händen wurde Irma bei Emils Worten kalt.

»Und etliche von denen, die wir bergen konnten, sind krank geworden. In der ersten Woche haben wir eine große Anzahl verloren.«

»Wieso sind sie krank geworden?«, flüsterte Irma.

»Das Gift der Hexen hat nicht nur den Bäumen geschadet.«

Betreten sah Irma aus dem Fenster. Am Fuße des Nachbarbaumes konnte sie die provisorisch zusammengezimmerten Hütten erkennen.

»Umso dankbarer sind wir für die Hilfe der Wächter!«, beendete Maren den traurigen Bericht ihres Mannes und legte Irma eine Hand auf den Arm.

»Können wir denn etwas für euch tun?«, erkundigte sie sich, und auch Kian nickte eifrig.

Maren lächelte. »Das ist sehr freundlich von euch. Ihr seid immer willkommen bei uns, und wir freuen uns darüber, wenn ihr uns zur Hand geht.«

»Insbesondere jetzt, wo so viele Wächter fort sind«, ergänzte Emil, und Jaron, der seinen Kopf auf der Brust seines Vaters abgelegt hatte, zog eine Schnute.

»Iven hat versprochen, dass er noch mal mit mir Fangen spielt«, beschwerte sich der Kleine.

»Das Versprechen wird er nach seiner Mission einlösen«, versicherte ihm seine Mutter.

Eine furchtbare Ahnung stieg in Irma auf.

»Was meint ihr damit? Welche Mission?«, fragte sie.

Ihr Versuch, gelassen zu klingen, scheiterte. Sie hatte ihn seit Tagen nicht gesehen.

»Die Späher wurden ausgeschickt, um dem Ursprung der *Hexenmagikk* auf den Grund zu gehen«, erklärte Emil. »Ich kann dir nicht sagen, wo er sich rumtreibt. Er meinte jedoch, dass er für ein paar Monate fort sein wird.«

Sie sah in die wunderschönen Augen ihrer Mutter. Es war, als blickte sie in den Kaltengrim selbst. Mit einem Lächeln auf den Lippen ging ihre Mutter mit Haut und Haar in Flammen auf.

Das kleine Mädchen schrie. Schrie sich die Seele aus dem Leib, doch sie konnte das Feuer nicht eindämmen.

»Vater, hilf mir! Wie kann ich es stoppen?«

Sie hörte eine Frau lachen.

»Dein Vater wird dir nicht helfen. Er hat sich von der Welt abgewendet. Anders als ich.«

Als Helia aus ihrem Traum erwachte, stand ihr Bett in Flammen. Ihr Nachtgewand hatte sich in Asche aufgelöst, doch das Feuer fügte ihrer Haut keinen Schaden zu.

Sie war eine Sonnengöttin.

Ihre Zofe eilte herein. Helia schlug ihre helfende Hand beiseite. Hinter ihr folgten weitere, für Helia gesichtslose Bedienstete, die Wassereimer trugen und versuchten, die Flammen zu löschen. Helia kümmerte nicht, was sie taten.

Belisanas Lachen echote in ihrem Kopf.

Die Göttin würde niemals aufhören, Kinder zu erwählen.

29

Die Leere in Irmas Brust war unerträglich. Der Februar verging, und Iven tauchte nicht auf. Auch der März kam und ging, und *Ostara*, die Tagundnachtgleiche des Frühjahrs, verlief in seiner Abwesenheit. Er war nicht für die Feierlichkeiten zurückgekehrt. Mit dem April hatte der Frühling endgültig den Winter aus dem *Kaltengrim* vertrieben. Die Temperaturen wurden milder, und dort, wo Sonnenstrahlen durch die Baumkronen des magischen Waldes brachen, schien die Luft zu glitzern. Die Frühblüher schossen aus dem Boden, und Irma entdeckte Buschwindröschen und Scharbockskraut, hörte das Zwitschern der Vögel und ließ sich von den ersten Sonnenstrahlen auf ihrer Haut wärmen. Nichts davon konnte ihr schweres Herz leichter machen. Iven hatte sie von ihrer Familie weggebracht und im *Kaltengrim* eingesperrt. Und nun hatte er sie einfach zurückgelassen.

Nach ein paar Wochen hatte Irma das schwarze Loch in ihrer Brust dann doch stopfen können. Die Leere in ihr füllte sich mit einer Erbitterung, wie sie ihr Herz bisher nicht gekannt hatte. Diese wiederum schürte den Ehrgeiz, mit dem sie das Training bestritt. Die Wächter waren voll des Lobes für Irmas Fähigkeiten mit dem Langschwert, Kurzschwert, Dolch und Messer. Sie verriet niemandem, dass es ihr so gut gelang, weil sie sich regelmäßig Ivens Gesicht beim Training vorstellte. Sie übte sich im Umgang mit Pfeil und Bogen, konnte eine Lanze führen, und der fürchterlich anmutende Morgenstern sowie der Streitflegel waren ihr willkommen. Irmas Waffe der Wahl blieb allerdings das Kriegsbeil. Kleiner und wendiger als eine Streitaxt, fühlte es sich an wie eine tödliche Verlängerung ihres Armes. Ihr durch das Training gestählter Körper war selbst zu einer Waffe geworden, und wenn Irma abends in den Spiegel sah, erkannte sie sich selbst kaum noch. Die Falte zwischen ihren wütend zusammengezogenen Augenbrauen und der ausdruckslose Blick waren ihr fremd. Sie war auf dem besten Weg, sich selbst zu verlieren. Ohne Kian und Enya wäre ihr das vielleicht schon längst passiert.

Da die Wächter in höchster Alarmbereitschaft waren, hatte man die Lehrstunden in der Bibliothek gekürzt. Irma hätte sich gerne in der Alchemie geübt, doch auch die Unterrichtseinheiten in den Laboratorien wurden aus dem Plan genommen. Dafür wurden sie von den Heilern eingewiesen, und Irma lernte Wunden zu verbinden, konnte Heilkräuter erkennen und war in der Lage, simple Tinkturen und Salben herzustellen. Als Kian überraschend auch seine *Magikk* ins Training einbringen sollte, vermutete Irma, dass sie bald für Missionen hinzugezogen werden würden. Sie selbst verheimlichte ihre Kräfte weiterhin, denn sie fürchtete sich vor Helia. Sie fühlte allerdings, dass deren *Sonnenmagikk* manchmal vorübergehend schwächer wurde. Als hätte die Herrscherin den *Feuerberg* verlassen, und nur ihr Licht wäre zurückgeblieben. Dennoch wollte Irma keine schlafenden Hunde wecken, auch wenn das bedeutete, dass sie ihre Fähigkeiten nur für sich alleine verbessern konnte. Deshalb schlüpfte Irma regelmäßig heimlich durch den Bedienstetenausgang in den *Kaltengrim*. Es tat ihr weh, Kian abends anlügen und abwimmeln zu müssen, doch sie fürchtete, sein Vater würde andernfalls davon erfahren. Sooft sie konnte, formte Irma Kugeln, Blitze und Hasen aus silberblauem Mondlicht. Die Hasen bereiteten ihr die meiste Freude.

Eines Nachts fiel ihr etwas Besonderes auf. Sie ließ einen Hasen aus ihrem Sichtfeld hoppeln, konnte ihn allerdings immer noch spüren. Als sie ihre Augen schloss und sich auf das kleine Tier aus Mondlicht konzentrierte, konnte sie durch dessen Augen sehen. Aufgeregt ließ sie den Hasen zu sich zurückkehren, um dann fasziniert festzustellen, dass sie sich selbst durch seine Augen beobachten konnte: Die Hände erhoben und die Augen fest zusammengekniffen, gab sie wirklich einen ulkigen Anblick ab. Irma horchte in sich hinein und verstand, dass das Licht einen Teil von ihr darstellte, den sie gezielt herauslösen und umformen konnte. Das Licht war nichts Fremdes, Externes, sondern sie bestand daraus. Als ihr das bewusst wurde, widmete sie sich dem Teleportieren. Sie war sich nun sicher, dass sie nichts anderes getan hatte, als sich vollkommen in Licht aufzulösen und an einer anderen Stelle wieder zusammenzusetzen. Es gelang Irma trotzdem nicht, es zu wiederholen. Doch sie konnte die *Magikk* bis in ihre Fingerspitzen zum Pulsieren bringen und damit ihren gesamten Körper kribbeln lassen. Wenn sie weiter fleißig übte, würde sie es irgendwann schaffen, da war sie sich sicher.

Rückblickend betrachtet hatte sich Irma in den Monaten von Ivens Abwesenheit wirklich als Meisterin der Ablenkung erwiesen. Sie hatte Angst, in ein tiefes Loch zu fallen, wenn sie ihren Kopf und Körper nicht beschäftigte. Jede einzelne Minute ihrer Tage war gefüllt, damit sie nicht zu viel nachdenken konnte.

Neben Wächtertraining, Küchendienst und ihrem nächtlichen *Magikktraining* nutzte Irma ihre freien Tage, um mit Kian zusammen Maren und Emil zu besuchen. Sie hatten ihr Versprechen gehalten, den Flüchtigen in der Waldwanderersiedlung zu helfen. Sie zimmerten neue Bleiben für die nunmehr Obdachlosen, mischten Tränke für die vom Gift Erkrankten und spielten mit den Kindern. Im *Feuerberg* lebten so viele kinderlose unsterbliche Wesen, dass Irma ganz entzückt davon gewesen war, wie viel Nachwuchs es bei den Waldwanderern und Waldnymphen gab. Irma schmuggelte Süßspeisen für Jaron und seine Freunde aus dem *Feuerberg*. Enya packte Irma auch heimlich Brot für die Siedlung ein, denn Irma hatte erfahren, dass Elodies Vater aus dem gleichen Clan wie Emil gestammt hatte. Er hatte dasselbe Halstattoo getragen wie Emil und Maren. Irma verstand nun, dass die Tätowierungen die Clanzugehörigkeit symbolisierten, und sie hatte weitere Waldwanderer und Gestaltwandler kennengelernt, die mit den unterschiedlichsten Tätowierungen und Piercings geschmückt waren.

An einem ihrer freien Tage im April waren Kian und Irma wieder einmal in die Siedlung hinausgewandert. Das Wetter war angenehm. Sonnenstrahlen kämpften sich durch die dichten Baumkronen, und sie kamen an unzähligen violetten Waldveilchen vorbei, die den beiden den Weg zu weisen schienen. Die Bewohner der Siedlung begrüßten sie herzlich, und sie stiegen die Leiter zur Hütte von Maren und Emil hinauf. Die Waldnymphe drückte sie fest an sich, und der kleine Jaron, der in Kian mittlerweile so etwas wie ein Vorbild zu sehen schien, klammerte sich an den Falkengestaltwandler. Sie tranken Holunderblütenlimonade und aßen Kekse, die Maren gebacken hatte. An diesem schönen Frühlingstag schien der Hexenangriff ganz fern zu sein.

Es gab keine Arbeiten zu erledigen, und Irma befürchtete fast schon, sie würden bald nicht mehr gebraucht werden.

Da durchbrach plötzlich ein hektisches Klopfen die Idylle, und ein Mann rief aufgeregt nach Emil. Dieser öffnete die Tür, davor stand aufgelöst der Mausgestaltwandler, den Irma unter dem Namen Leonhard kennengelernt hatte. Der hagere Mann mit dem braunen Strubbelhaar sah aus, als hätte er einen Geist gesehen – und das, obwohl er schon mehrere Hundert Jahre alt war und viele fürchterliche Dinge gesehen haben musste, nicht nur in den letzten Wochen. Maren zog den kreidebleichen Mann in den Wohnraum hinein und bedeutete ihm, auf dem Schaukelstuhl Platz zu nehmen.

»Sie sind wirklich fort«, keuchte er. »Wir haben alles durchsucht.«

Er fuhr sich durch sein Haar, dann vergrub er das Gesicht in seinen schmalen Händen. Emil legte ihm beruhigend eine Hand auf die Schulter. Leonhard schluckte, hob seinen Kopf, und seine dunkelbraunen Augen sahen verzweifelt in die Runde. Seine Hilflosigkeit ließ ihn unglaublich jung erscheinen.

»Die ganze Familie?«, fragte Maren leise.

Leonhard nickte, und weil Irma und Kian ihn fragend ansahen, erklärte Emil: »Nicht weit von hier lebt ein Clan von Mardergestaltwandlern. Sie sind verschwunden.«

»Ihnen ist etwas zugestoßen«, korrigierte ihn Leonhard. »Es hat sicherlich etwas mit diesen Wolfsmännern zu tun.«

»Wolfsmänner?«, fragte Irma und blendete das Unbehagen aus, das das Wort in ihr ausgelöst hatte. »So etwas wie Werwölfe?«

Leonhard nickte, während Emil den Kopf schüttelte.

»Es gibt keine Werwölfe«, sagte er. »Und Gestaltwandler können es auch nicht gewesen sein. Es muss sich um einen *Daimon* gehandelt haben.«

Der Mausgestaltwandler wirkte alles andere als überzeugt und widersprach energisch. »Du weißt, dass ich *Magikk* spüren kann, Emil. Es gibt keine Spur von einem *Daimon*. Ich fühle nichts, gar nichts.«

»Dann ist da vielleicht auch nichts«, versuchte Emil es erneut.

»Wieso glaubst du mir nicht? Auch die Waldgeister waren ganz außer sich, sie haben ebenfalls etwas gesehen«, rief Leonhard empört.

Emil hatte immer noch Zweifel im Blick.

Maren nagte an ihrer Unterlippe, ehe sie flüsterte: »Ich glaube, wir wollen es einfach noch nicht wahrhaben. Welches Übel könnte das sein, wenn es kein *Daimon* ist?«

»Ich weiß es auch nicht. Aber wir können doch nicht hinnehmen, dass einfach *Anderswesen* verschwinden!«, sagte Leonhard.

»Wissen die Wächter etwas davon?«, schaltete Kian sich ein.

Der Mausgestaltwandler verneinte, und Emil seufzte: »Wenn es kein *Daimon* ist, haben die Späher bisher auch nichts fühlen können. Aber wir sollten sie um Hilfe bitten.«

Irma und Kian nickten pflichtbewusst.

Sie suchten Moira im Wächterquartier auf. Die Hochwächterin hörte sich Irmas und Kians Bericht geduldig an. Sie versprach ihnen, sich der Sache anzunehmen, und scheuchte ihre Lehrlinge anschließend fort. Irma ahnte zu diesem Zeitpunkt nicht, welche Konsequenzen das nach sich ziehen würde, doch am nächsten Morgen stand Falk in der Wächterhalle vor ihr und verpasste ihr eine saftige Ohrfeige.

»*Daimonen*, die keine *Daimonen* sind. Wenn ich so einen Unsinn schon höre! In diesem Wald treibt sich aktuell gar nichts herum. Hebt euch eure Energie für echte Probleme auf!«, hatte er gefaucht, und zur Strafe musste Irma den Vormittag mit Dauerlauf verbringen, während der Rest sich dem Waffentraining widmete. Kian war natürlich nicht bestraft worden.

Brios, der Schmied, hatte sich während des Vorfalls mit Falk ebenfalls in der Halle aufgehalten und das Gespräch mitverfolgt. Er hatte Irma einen Blick zugeworfen, den sie nicht deuten konnte, ihr dann zugenickt und war aus der Halle verschwunden. Missmutig drehte Irma bis zum Mittag ihre Runden und ärgerte sich darüber, dass Moira zu Falk gegangen war. Sie hätte selbst ein paar Wächter anweisen sollen, denn nach der Reaktion des Falkengestaltwandlers würde nun sicherlich nichts passieren. Irma hatte Leonhard geglaubt. Und ihrer Meinung nach war es egal, ob ein *Daimon* oder irgendetwas anderes die *Anderswesen* bedrohte. Die Wächter mussten so oder so für die Sicherheit im *Kaltengrim* sorgen.

Zur Mittagszeit folgte Irma Kian aus der Halle und rammte ihm spielerisch einen Ellenbogen in die Seite. »Du könntest ruhig auch mal mit bestraft werden«, grummelte sie.

Ihr bester Freund sah schuldbewusst drein, und sie ließ das Thema wieder fallen. Kian konnte nichts dafür, dass sein Vater ein mieses Arschloch war. Doch bevor die beiden den Speisesaal erreichten, wurden sie von Brios abgefangen. Der Schmied schien tatsächlich im Gang auf sie gewartet zu haben. Misstrauisch sah er Kian an, und Irma vermutete, dass der Waldwanderer kein besonders großer Freund seines Vaters war. Sie schlug Kian daher vor, schon mal mit Ansgar und Konstantin vorzugehen. Brios wartete, bis alle außer Hörweite waren, bevor er sich an Irma wandte.

»Ich glaube dir«, sagte er bestimmt.

»Die Sache mit den Werwölfen?«, fragte sie unsicher.

»Werwölfe, Wolfsmänner, Hundsmonster oder Anubis. Für das, was sich im *Kaltengrim* herumtreibt, gibt es noch keinen Namen. Ich weiß nicht, wer oder was diese Wesen sind, und habe selbst noch keines gesehen, doch Falk verheimlicht etwas. Und diesem Etwas fallen die *Anderswesen* zum Opfer«, flüsterte er.

»Du meinst also, den Mardergestaltwandlern ist wirklich etwas zugestoßen?«

Brios nickte grimmig, und eine tiefe Furche bildete sich zwischen seinen dunklen Augenbrauen.

»Im engsten Kreis um Helia gibt es ganz eigene Machenschaften, die über das Wissen der normalen Wächter hinausgehen, Irma. Ich kann dir nicht sagen, was genau vor sich geht. Ich glaube jedoch, die Angriffe auf *Anderswesen* sind Kollateralschäden, die vertuscht werden. Deshalb will Falk auch keine Wächter schicken.«

Ungläubig sah Irma dem Schmied in die tannengrünen Augen.

»Und die Wolfsmänner gibt es, weil …?«

Brios erwiderte ihren Blick. »Fia vermutet, dass Anwyn und Helia eine Waffe gegen die Hexen erschaffen haben.«

Die Wächter würden keine Hilfe in den *Kaltengrim* schicken, so viel stand fest. In Irma tobte die Wut darüber, doch sie war machtlos.

Solange Falks Wort gegen ihres stand, konnte sie nichts unternehmen. Sie würde Emil und Maren beim nächsten Besuch nur schlechte Neuigkeiten überbringen können. Wie gerne hätte sie jetzt Iven von dem Gespräch mit Brios erzählt! Er wäre auf ihrer Seite gewesen, das wusste sie. Er hätte auf der Seite der *Anderswesen* im *Kaltengrim* gestanden und sie vielleicht sogar beschützen können. Doch er war seit fast zehn Wochen fort, und das heizte ihre Wut nur noch mehr an. Ebenso wie die Tatsache, dass sie nun schon monatelang im *Kaltengrim* eingesperrt war und ihre Familie nicht mehr gesehen hatte. Der Zorn war ihr treuer Begleiter geworden. Am Nachmittag im Kampftraining hatte Irma all ihren Frust herausgelassen. Kurz nachdem sie aus dem Badezimmer in ihr Zimmer geschlüpft war und sich für den Küchendienst fertig gemacht hatte, klopfte es an ihrer Tür. Ihr klappte die Kinnlade herunter, als sie in Falks schönes Gesicht blickte, das dem von Kian so ähnlich war. Doch im Gegensatz zum fröhlichen Ausdruck seines Sohnes zeichnete sich Grausamkeit in Falks Zügen ab. Und in diesem Moment sah er aus, als hätte er in eine Zitrone gebissen.

»Mitkommen«, befahl er Irma knapp.

Was habe ich jetzt schon wieder angestellt?

Wortlos folgte sie ihm aus ihrem Zimmer, und ein mulmiges Gefühl machte sich in ihrer Magengrube breit. Die letzten Male, als er sie abgeholt hatte, war sie hart bestraft worden. Der Hochwächter führte Irma schweigend in die Bibliothek. Dort steuerte er auf einen der Tische in der Mitte des Raumes zu, auf dem einige Bücher und Schriften lagen.

»Setz dich, wir haben nicht viel Zeit«, wies er Irma an.

Überrascht gehorchte sie ihm. Falk nahm ihr gegenüber Platz, und Irma bot sich zum ersten Mal die Gelegenheit, auf Augenhöhe mit ihm zu sprechen.

»Die älteren Lehrlinge werden ihr Training bald abschließen«, begann er. »Sie möchten alle anschließend Aszendanten werden.«

Irma nickte langsam, unschlüssig, worauf Falk hinauswollte.

»Weißt du, was man tun muss, um Aszendant zu werden?«, fragte er.

»Man muss in der Lage sein, alleine einen mittelklassigen *Daimon* zu besiegen«, antwortete Irma.

Diese Prüfung hatte sie mit dem Sieg über den Nöck sowieso schon bestanden.

Der Hochwächter nickte. Obwohl niemand in der Nähe war, dämpfte er seine Stimme. »Was ich dir jetzt erzähle, wirst du für dich behalten. Niemand darf davon erfahren.«

Irmas Verblüffung wuchs mit jedem Satz, den er sprach.

Falk räusperte sich, und Irma hatte das Gefühl, dass ihm das Gespräch mindestens genauso unangenehm war wie ihr.

»Wie du vielleicht weißt, ist Arthur nicht *magikksensitiv*. Wir dachten, dass er das mit seiner Kraft, Kampfkunst und Geschicklichkeit ausgleichen könnte, wie viele Wächter es tun. Allerdings hat er seine Mission nicht erfolgreich erledigt.«

Verdutzt sah Irma in die dunklen Augen des Hochwächters. Ihr war aufgefallen, dass Arthur vorhin gefehlt hatte, und es hatte sie gewundert, dass Moira nicht darauf eingegangen war. Sie duldete normalerweise keine Unpünktlichkeit, und schon gar nicht, dass jemand schwänzte.

»Ist ihm etwas zugestoßen?«, fragte sie besorgt, denn auch wenn sie Arthur beim besten Willen nicht leiden konnte, hatte keiner es verdient, einem *Daimon* zum Opfer zu fallen.

Zu ihrer Erleichterung schüttelte Falk den Kopf. »Er konnte dem *Daimon* entkommen, allerdings hat er damit die Prüfung nicht bestanden.«

»Kann man die Mission denn nicht wiederholen?«, wollte Irma wissen, und Falk setzte einen leidenden Gesichtsausdruck auf.

»Doch, grundsätzlich schon. Die Idee hatten wir auch schon, doch das Problem liegt tiefer. Arthur weigert sich. Aus Angst, ihm könnte etwas zustoßen.«

Dann sollte er vielleicht kein Wächter werden, dachte Irma.

»Und was genau hat das mit mir zu tun?«

»Wir können nicht darauf verzichten, ihn als *Seraph* bei den Wächtern aufzunehmen«, erklärte Falk.

Irma musste sich zusammennehmen. Es war doch herzlich egal, welcher Abstammung Arthur war, wenn er für den Dienst als Wächter ungeeignet war. Doch das sahen die hohen Herrschaften wohl anders.

»Ich soll ihm bei seiner Mission helfen«, schlussfolgerte sie.

»Ich mache dir ein Angebot«, nickte Falk, und Irma wurde hellhörig. »Du wirst Arthur dabei helfen, einen Topielec zu erlegen. Einer unserer Späher hat ihn heute Morgen in Birkenhain entdeckt. Und du wirst es für dich behalten. Im Gegenzug werde ich nicht kontrollieren, wann genau du in den *Kaltengrim* zurückkehrst.«

Irma konnte es nicht fassen. Sie bekam die Möglichkeit, den *Kaltengrim* zu verlassen! Und wenn sie die Mission mit Arthur absolvierte, würde sie ihre Familie besuchen können.

»Deal«, antwortete sie wie aus der Pistole geschossen.

Falk zog die Augenbrauen hoch.

»Abgemacht«, korrigierte sie sich und hielt dem Wächter die Hand hin.

Er schlug ein, und Irma vertraute darauf, dass er sein Wort hielt.

»Was ist ein Topielec, und wo genau finde ich ihn?«

Irma hatte es nun eilig, denn sie wollte diese Aufgabe schnellstmöglich hinter sich bringen. Falk griff nach einem der Bücher, die auf dem Tisch lagen. Im Gegensatz zu damals, als Irma von ihm losgeschickt worden war, um den Nöck zu jagen, war ihm wohl nun daran gelegen, dass ihr die Mission glückte. Er öffnete eine Seite, die eine Kreatur zeigte, die dem Nöck nicht unähnlich sah. Irma bekam eine Gänsehaut.

»Der Topielec ist ein Vodník«, erklärte Falk. »Das sind *Wasserdaimonen*, die mit dem Nöck verwandt sind. Sie sind allerdings kleiner und weniger kräftig. Sie hypnotisieren ihre Opfer nicht, und man kann sie mit jeder Waffe töten.«

Irma inspizierte die Zeichnung des *Daimons* genau. Die Arme und Beine des Topielec waren tatsächlich nicht so lang wie die des Nöcks. Generell wirkte der Körperbau des Topielec gedrungener. Sein Kopf ähnelte dem eines Fisches, und spitze Zähne ragten aus seinem Maul.

Falk sah Irma eindringlich an, während er ihr weitere Instruktionen gab. »Die halbe Wahrheit ist besser als eine Lüge. Deshalb soll Arthur die Kreatur selbst erlegen. Da du jedoch die *Magikk* spüren kannst, solltest du den *Daimon* anlocken. Sobald du merkst, dass der Topielec sich aus dem Wasser nähert, lässt du Arthur den Rest erledigen.«

»Arthur weiß Bescheid, dass ich ihm bei der Mission helfen werde?«, erkundigte sich Irma.

Was für eine Genugtuung, dass der arrogante Idiot nun auf ihre Hilfe angewiesen war.

»Ich habe ihn vorhin in Kenntnis gesetzt und ihn davon überzeugt, dass die Mission mit deiner Hilfe gelingen wird«, versicherte Falk.

Das war das größte Kompliment, das Irma sich aus Falks Mund vorstellen konnte. Er griff nach einer modernen Karte von Birkenhain und deutete auf das Krankenhaus, in dem Irma noch vor ein paar Monaten ihre Tante Brietta besucht hatte.

»Dort gibt es einen großen Teich. Ihr solltet euch sofort auf den Weg machen. Der *Daimon* ist nachtaktiv und hat bisher noch keinen Schaden angerichtet. Das soll auch so bleiben.«

Irma erinnerte sich an den Teich vor dem Klinikcafé. Voller Tatendrang griff sie nach der Karte und stand auf. Die Menschen im Krankenhaus waren in Gefahr, wenn sie trödelte.

»Kann ich einfach so die Übergänge passieren? Wissen die Wachen Bescheid?«

»Ich habe die Wache am südöstlichen Übergang darüber informiert, dass ich dich auf eine Mission schicke. Arthur wartet hinter diesem Übergang in der menschlichen Welt auf dich. Er wird vorher den nordöstlichen Übergang nehmen. Ihr dürft im *Kaltengrim* auf keinen Fall gemeinsam gesehen werden.«

»Verstanden«, nickte Irma. »Ich halte meinen Teil der Abmachung, wenn du deinen hältst.«

Sie eilte aus der Bibliothek und hastete in ihr Zimmer, wo sie sich ihre Ledertasche um den Oberschenkel schnürte und die Landkarte darin verstaute. Sie befestigte ihren Dolch und das Beil, das Brios ihr mittlerweile ganz offiziell geschenkt hatte, an ihrem Gürtel. Als Glücksbringer trug sie das Planetenarmband von Klara-Luise. Aufgeregt knisterte Irmas *Magikk*. Sie machte sich auf den Weg zum südöstlichen Übergang.

30

Es begann allmählich zu dämmern, als Irma den Übergang erreichte. Die frühlingshaften Temperaturen sanken, doch kaum hatte sie die Grenze wahrgenommen, wurden ihre Wangen vor Aufregung ganz warm. Es war ein seltsames Gefühl zu wissen, dass ihr altes Leben nur wenige Schritte entfernt auf sie wartete. Sie sah sich nach dem Wächter um, der am Übergang stationiert war, und der bullige, dunkelhaarige Mann, der an Irmas erstem Tag im *Feuerberg* das große Eingangstor bewacht hatte, tauchte hinter einem Baum auf.

Sie nickte ihm zur Begrüßung zu und erklärte: »Ich wurde auf eine Mission geschickt und habe von Falk die Erlaubnis, den *Kaltengrim* zu verlassen.«

Der Mann machte eine Geste, dass sie den Übergang passieren konnte.

»Viel Erfolg«, sagte der Wächter, als Irma die Grenze überschritt.

Zu ihrer Ernüchterung war es dahinter erst einmal genauso waldig wie davor – mit dem Unterschied, dass nach nur wenigen Metern der Wald weniger belebt aussah, die Bäume niedriger waren und die *Magikk* fehlte, die hinter der Grenze jedes einzelne Blatt im *Kaltengrim* durchzogen hatte. Sie ließ ihren Blick schweifen und fokussierte dann das *Anderswesen*, dessen *Magikk* sie nun ohne das Kribbeln des *Kaltengrims* glasklar spüren konnte.

Missmutig blickte Arthur sie an.

»Lass uns losgehen.« Irma wollte so wenig Zeit wie nötig mit dem *Seraph* verbringen.

Ihm schien es nicht anders zu gehen, und wortlos machten sie sich auf den Weg aus dem Wald hinaus.

»Du hast nicht zufällig ein Auto?«, fragte Irma nach einer Weile.

Arthur sah sie verwirrt an.

»Vergiss es«, seufzte Irma.

Na super, wir müssen wirklich den ganzen Weg bis nach Birkenhain laufen!

Irma wünschte sich Kians Flügel, Ivens Geschwindigkeit oder

schlichtweg ihr Fahrrad, mit dem sie früher zur Schule gefahren war. Die Wächter mochten vieles sein, aber effizient in der Fortbewegung waren sie eher nicht. Die meisten von ihnen waren in der *Anderswelt* aufgewachsen, und die menschliche Welt mit ihrem rasanten technischen Fortschritt war ihnen nicht geheuer. Iven schien als Einziger einen starken Draht zur menschlichen Welt zu haben. Und das, obwohl er selbst schon so lange in der *Anderswelt* lebte. Sie hatte es bisher nicht hinterfragt, doch nun dachte sie darüber nach, wie Iven Kassetten zusammenstellte oder Zigaretten kaufen ging. Sie dachte daran, dass er Konzerte besuchte und dass er irgendwann das Autofahren gelernt haben musste. Sie dachte daran, wie er als Schüler einer elften Klasse im Matheunterricht gelitten und ihr das Leben schwer gemacht hatte. Und dann dachte sie daran, dass sie eigentlich nicht mehr an ihn denken wollte.

Irma zwang sich dazu, sich auf ihre bevorstehende Mission zu konzentrieren. Gemeinsam mit Arthur durchquerte sie den Wald, der allmählich lichter wurde und eindeutig Spuren menschlichen Einflusses aufwies. Nach einer Weile gelangten sie auf einen schmalen Waldweg, und in Irmas Bauch begann es zu kribbeln. So nah war sie ihrem Zuhause seit einem halben Jahr nicht mehr gewesen. Doch die *Wolfswacht* musste warten. Stillschweigend marschierten sie in die entgegengesetzte Richtung, und der Weg über die Felder und Wiesen fühlte sich nach einer halben Ewigkeit an. Neben Arthur zog sich die Zeit wirklich wie Kaugummi. Nachdem sie ein paar Kilometer gegangen waren, konnte Irma in der Ferne die Landstraße erkennen, die sie früher mit dem Fahrrad zur Schule entlanggefahren war.

Irma wurde schlagartig bewusst, wie ulkig sie aussehen mussten, so schwer bewaffnet und in mittelalterlicher Kleidung. Womöglich würden die Leute in Birkenhain vermuten, sie wären Schauspieler in einem historischen Film oder auf dem Weg zu einer Convention. Glücklicherweise erreichten sie die Kleinstadt erst, als es völlig dunkel geworden war. Solange sie sich von Straßenlaternen fernhielten, würde schon alles gut gehen.

Als Irma das Ortsschild erkennen konnte, durchzuckte sie die Erkenntnis, dass das Leben auch ohne sie weitergegangen war. Sie fragte sich, ob Anselm noch im *Café Haderlump* arbeitete, wie Klara-Luises Schuljahr weiter verlaufen war, ob sich Brietta erholt hatte und Selma immer noch im Blumenladen aushalf.

Irmas Schritte wurden schneller, und mithilfe der Karte von Falk navigierte sie sich und Arthur durch die wenig frequentierten Seitenstraßen Birkenhains. Dank ihrer ausgeklügelten Route begegneten sie nur wenigen Spaziergängern. Arthurs Langbogen war nicht so leicht zu verstecken, und sobald ein Mensch in Sichtweite war, lehnte er sich, die Waffe hinter dem Rücken verborgen, so unauffällig wie möglich an die Wand. Irma befand, dass er kein besonders guter Schauspieler war.

Dennoch schafften sie es, das Birkenhainer Krankenhaus zu erreichen, ohne dass jemand die Polizei alarmierte. Irma musste sich nicht anstrengen, um die *daimonische Magikk* zu fühlen.

»Ich kann den Topieler spüren, er ist ganz in der Nähe«, flüsterte sie Arthur zu.

Panisch flackerten seine Augen in alle Richtungen, als könnte der *Daimon* jeden Moment auf ihn zuspringen. Er war kreidebleich geworden. Was auch immer er bei seiner vorherigen Mission erlebt hatte, es hatte ihm wirklich zugesetzt. Irma hob beruhigend die Hände und bedeutete Arthur, ihr zu folgen. Sie konnte sich daran erinnern, dass sie das weiße Gebäude gar nicht betreten mussten, um zu dem Teich zu gelangen, und führte Arthur durch die Grünanlage, die sich um die Klinik zog. Auch wenn Irma der kleine, künstlich angelegte Park nach einem halben Jahr im Wald lächerlich vorkam, boten die Bäume und Sträucher darin genug Möglichkeiten, sich unentdeckt fortzubewegen. Als sie die Terrasse des Klinikcafés erreichten, deutete sie auf die idyllisch anmutende Teichanlage.

»Er ist wirklich dort drin«, murmelte sie. »Ich kann ihn spüren. Am besten, du bleibst direkt hier stehen.«

Entschlossen krempelte sie ihre Ärmel zurück und griff nach dem Beil an ihrem Gürtel.

»Ich locke ihn zu mir aus dem Wasser, der Rest ist dann deine Aufgabe.«

Arthur antwortete nicht, sondern starrte verbissen auf die Wasseroberfläche und kratzte sich nervös am geschorenen Kopf. Bis vor wenigen Augenblicken war Irma ganz selbstverständlich davon ausgegangen, dass Arthur den *Daimon* binnen Sekunden mit einem Pfeil ins Jenseits befördern würde. Immerhin hatte er sein Können im Training oft genug unter Beweis gestellt. Jetzt wirkte der große, breitschultrige *Seraph* allerdings ziemlich ängstlich und mit der Situation überfordert.

»Das wird schon«, sagte sie aufmunternd.

In Zeitlupe griff der Lehrling nach seinem Bogen und holte mit zittrigen Fingern einen Pfeil aus dem Köcher.

»Du könntest eine Fliege auf zweihundert Meter Entfernung treffen, Arthur«, versuchte sie es erneut. »Da wird der Topielec ein Klacks sein.«

Arthur nickte stumm und legte den Pfeil auf der Sehne des Langbogens an. Für Irma war das das Zeichen, dass er bereit war. Leise näherte sie sich dem ruhigen Gewässer und konzentrierte sich auf die *Magikk* des *Daimons*. Sie biss die Zähne zusammen und machte einen Schnitt in ihre Handfläche. Um den Topielec anzulocken, ließ sie ein paar Tropfen Blut in den Teich fallen. Die grauenvolle *Magikk*, die von einer anderen Welt stammte, näherte sich rasch, und Irmas Magengegend verkrampfte sich.

»Jetzt!«, rief sie Arthur zu und entfernte sich einige Meter vom Ufer.

Viel schneller, als sie erwartet hatte, sprang der Topielec aus dem seichten Gewässer. Während der Nöck noch den Anstand besessen hatte, ihr vorher ins Gesicht zu sehen, packte sie dieser *Wasserdaimon* ohne Umschweife am Bein und zog sie am Knöchel zu sich. Seine Krallen bohrten sich erbarmungslos in Irmas Fleisch, sie landete hart auf dem Boden und keuchte erschrocken auf. Der Topielec war tatsächlich deutlich kleiner, als es der Nöck gewesen war, doch er war wesentlich kräftiger als Irma. Er hatte das Maul in seinem gruselig aussehenden Fischkopf zu einer Fratze verzogen, die seine spitzen Zähne präsentierte. Irma griff nach ihrem Beil und hackte auf den Arm des Monsters ein. Zu ihrer Erleichterung lockerte der Topielec seinen Griff, und Irma konnte sich losreißen und aufrappeln. Sie spurtete um den Teich herum, weg vom Klinikcafé, um den Vodník nicht auf dumme Ideen zu bringen.

»Schieß!«, schrie sie, doch Arthur stand wie versteinert da.

Verdammt.

Arthurs Furcht hatte ihn vollkommen blockiert. Der *Daimon* sprang über den Rand des Teichs und folgte Irma, einen hungrigen Ausdruck in seinen schlammgrünen Augen.

»Tu was!«, brüllte sie, und Arthur schoss tatsächlich einen Pfeil ab. Der verfehlte den Topielec allerdings um Längen und landete im Teich.

Das kann doch nicht wahr sein!

In diesem Moment setzte der *Daimon* zum Sprung an, und Irma konnte gerade noch zur Seite ausweichen. Auch wenn Falk verlangt hatte, dass Arthur ihm den Todesstoß geben sollte, ging sie nun zum Angriff über. Sie würde ihr Leben nicht riskieren, indem sie darauf wartete, dass Arthur sich irgendwann vielleicht wieder einkriegte. Geschickt schwang sie ihr Kriegsbeil und traf den Topielec in seiner Flanke. Mit einem unmenschlichen Schmerzensschrei stürzte er, und Irma raste in die entgegengesetzte Richtung auf Arthur zu.

»Gib mir deinen Bogen!«, schrie sie und riss Arthur die Waffe aus den Händen.

»Pfeil!«, befahl sie. Der *Seraph* gehorchte, immer noch nicht ganz aus seiner Trance erwacht.

Irma legte den Pfeil an und spannte die Sehne. Der *Daimon* hatte die Jagd erneut aufgenommen und kam in riesigen Schritten auf sie zu. Im letztmöglichen Moment ließ Irma los, und der Pfeil sauste mit gewaltiger Kraft in den Schädel des Topielecs. Irma hatte zwar eigentlich auf seine Brust gezielt, das Ergebnis war jedoch das Gleiche: Der *Daimon* ging zu Boden und rührte sich nicht mehr. Mit einem erleichterten Seufzer ließ sie den Bogen sinken. Sie warf Arthur einen fassungslosen Blick zu. Obwohl er mehr als einen Kopf größer und doppelt so breit war wie Irma, wirkte er plötzlich ganz klein. Sie hielt ihm seine Waffe hin, doch er nahm sie nicht.

»Sag einfach, dass du den Pfeil abgefeuert hast«, murmelte Irma.

»Ich weiß nicht, wie ich mit dieser Schande leben soll. Du bist doch nur ein Halbmensch«, flüsterte Arthur verzweifelt.

Irma überhörte die altbekannte Beleidigung und hatte Mitleid mit dem sonst so hochmütigen Kotzbrocken.

»Ich werde meinen Mund halten, versprochen.«

Arthur nickte, und zu ihrer Überraschung antwortete er: »Ich werde mich revanchieren.«

Irma wandte sich wieder dem toten *Daimon* zu.

Mit gedämpfter Stimme sagte sie: »Wir müssen schauen, dass wir hier wegkommen! Man hat uns bestimmt gehört. Schaffst du es, den Topielec alleine in den *Kaltengrim* zurückzubringen?«

Arthur schien sich zu beruhigen und war endlich aus seiner Schockstarre erwacht. Er schnappte sich die Beine des *Daimons*. »Ich kümmere mich darum«, versicherte er Irma.

Über die Schulter warf sie ihm einen letzten Blick zu, dann eilte sie auf die entgegengesetzte Seite der Klinik. Sie fragte sich, ob Brietta noch dort drin war. Auch wenn sie das nicht hoffte, verspürte Irma den Impuls, rasch einmal nachzuschauen. Mit klopfendem Herzen schlich sie sich durch einen der Mitarbeiterausgänge, vor dem sie bei ihren Besuchen im Sommer einige Krankenpfleger eine Raucherpause hatte machen sehen. Vorsichtig bewegte sie sich durch die vielen identisch aussehenden Gänge der Krankenstationen. Die Tür des Zimmers, in dem ihre Tante damals gelegen hatte, stand offen. Es war leer. Irma war sich nicht sicher, ob das ein gutes Zeichen war. Sie wusste zwar von Iven, dass ihre Familie keinen Funken *Magikk* ausstrahlte, dennoch versuchte sie fieberhaft, irgendein Zeichen von Briettas Anwesenheit zu erspüren. Vergeblich. Frustriert schlug Irma den Weg zum Haupteingang der Klinik ein. Sollte ihre Tante noch hier sein, konnte sie dort vielleicht Akten finden, in denen Briettas Name verzeichnet war. Glücklicherweise begegnete Irma auf ihrer Nacht-und-Nebel-Aktion niemand vom Klinikpersonal, und sie erreichte unentdeckt die Eingangshalle. Bei der automatischen Schiebetür, die um diese Uhrzeit nur noch von innen aktiviert werden konnte, befand sich ein verlassener Empfangsschalter, an dem sich tagsüber die Besucher anmelden und nach dem Weg fragen konnten. Irma ging darauf zu, als ihr Blick auf das schwarze Brett direkt daneben fiel. Ein ganz bestimmter Aushang hatte ihre Aufmerksamkeit erregt. Sie erstarrte, und ihr Herz hämmerte wild in ihrer Brust. Von einem Foto lächelte sie ein Mädchen in grünem Top und schwarzer Latzhose an, ein glückliches Funkeln in den eisblauen Augen. Ihr dunkelbraunes Haar war zu einem unordentlichen Zopf nach hinten gebunden. Das Bild hatte Anselm im letzten Sommer geschossen, kurz nachdem Irma mit ihrer Mutter in die *Wolfswacht* gezogen war. Sie hätte sich fast nicht wiedererkannt. Dieses unbeschwerte, unwissende Mädchen von damals war sie schon lange nicht mehr. Mit ihren Fingerspitzen strich sie behutsam über das Bild. In großen roten Buchstaben stand »Vermisst« darüber.

Wie sehr muss sich meine Familie in den letzten Monaten gesorgt haben!
Sie musste zur *Wolfswacht*, und zwar sofort. Irma stürmte durch die Schiebetür hinaus und jagte auf der Straße in die Richtung, in der sie ihr Zuhause vermutete. Sie war so aufgewühlt, dass die *Magikk* in ihr ganz aufgeregt kribbelte. Irma konzentrierte sich auf das Gefühl und ließ es vom Herzen aus bis in ihre Fingerspitzen pulsieren. Sie rannte weiter, doch vor ihrem inneren Auge konnte sie deutlich die *Wolfswacht* sehen. Sie setzte zum Sprung an. Im nächsten Moment gab es in Birkenhain keine Spur mehr von ihr.

31

So weit war Irma zuvor noch nie durch Zeit und Raum gesprungen, doch sie verschwendete keinen Augenblick darauf, sich darüber Gedanken zu machen. Sie war mit irrwitziger Geschwindigkeit auf der Straße aufgetaucht, die direkt zur *Wolfswacht* führte, und rannte wie verrückt auf das Haus zu. Es sah alles genauso aus, wie sie es verlassen hatte. Der Mond stand hoch über dem Türmchen, in dem Klara-Luises Zimmer lag, und auch der Komet Belisana funkelte hell am Himmelszelt. Es brannte kein Licht mehr, Irma würde ihre Familie wohl aus dem Schlaf reißen müssen. Atemlos stürzte sie die Stufen zur Haustür hinauf. Es war ihr unbegreiflich, dass sie die *Magikk*, die in jedem einzelnen Holzbalken der *Wolfswacht* knisterte, vorher nie gespürt hatte. Sander hatte ganze Arbeit geleistet, dieses Haus war mit einem wirklich starken Zauber belegt. Wie verrückt hämmerte Irma gegen die Tür, dann klingelte sie Sturm. Wahrscheinlich würde ihre Familie den Schock ihres Lebens bekommen, doch Irma hatte keine Zeit zu verlieren. Endlich flackerte Licht in der *Wolfswacht* auf. Irma schlug das Herz bis zum Hals, als sie Schritte auf der höllisch knarzenden Treppe hörte.

Ein aufgeregtes Schluchzen entfuhr ihr, als sie ihre Cousine rufen hörte: »Wer zur Hölle schlägt uns da bitte die Bude ein?«

»Ich sehe nach«, antwortete Anselm.

Endlich öffnete ihr Cousin die Tür.

Stumm sahen sie sich an, Irmas Blick war von Tränen ganz verschwommen. Anselm riss fassungslos den Mund auf, doch kein Wort wollte herauskommen.

»Wer ist es denn?«

Der rote Lockenkopf von Klara-Luise schob sich ungeduldig neben ihren Cousin. Sie sog scharf die Luft ein, doch dann stürzte sie los.

»Du bist zurück!«, schrie sie und warf sich mit so viel Wucht auf Irma, dass deren wackelige Beine beinahe nachgegeben hätten.

Auch Anselm war aus seiner Schockstarre erwacht und schloss Irma und seine Schwester nun in seine Arme. Irma bekam kaum Luft in der innigen Umarmung der beiden, doch sie beschwerte sich nicht. Die Tränen flossen weiter, als hätten sich alle Schleusen geöffnet, und sie überkam ein so glückliches Lachen, wie sie es seit Monaten nicht mehr von sich selbst gehört hatte.

»Was ist denn hier los?«

Anselm und Klara-Luise ließen von Irma ab, die endlich in die ungläubigen Augen ihrer Mutter sehen konnte.

»Mama!«, flüsterte sie.

Selma schlug die Hände vor den Mund und sah ihre Tochter an. Irma konnte nun klar und deutlich das *Anam Cara* auf Selmas Stirn erkennen, von dem Iven ihr berichtet hatte. Langsam, als ob sie Angst hätte, Irma könnte sich sonst womöglich in Luft auflösen, ging ihre Mutter auf sie zu. Irma schloss die letzten Zentimeter, und dann drückte Selma sie an ihr Herz.

Selma streichelte ihr das Haar und schluchzte: »Mein kleiner Mondhase, wo hast du denn gesteckt?«

Sie löste sich ein paar Zentimeter und sah Irma zwischen Tränen an. »Und wie siehst du eigentlich aus? Was ist denn passiert?«, wollte sie wissen.

»Ich kann euch alles erklären.« Freudentränen kullerten über Irmas Wangen.

»Du bist uns definitiv eine Erklärung schuldig!«, rief Klara-Luise, die sich energisch die Tränen vom Gesicht wischte.

»Lass uns reingehen«, beschloss Selma, und Irma betrat mit ihrer Familie die *Wolfswacht*.

Im letzten halben Jahr, das sich für Irma wie ein ganzes Jahrhundert angefühlt hatte, hatte sich kaum etwas in dem Familienhaus verändert. Sie atmete den typischen Duft nach Holz, Honig und Heimat ein, der in der *Wolfswacht* herrschte. Anselm setzte Wasser auf und kramte nach Tee für die große Kanne. Gemeinsam mit ihrer Cousine und Mutter setzte sich Irma an den Esstisch. Sie hatte ihre Familie wirklich mitten aus dem Schlaf geklingelt, denn alle trugen Pyjamas und hatten verstrubbeltes Haar. Irma fiel auf, dass das braune Haar ihrer Mutter mittlerweile von einigen grauen Strähnen durchzogen war. Auch ihr Gesicht wirkte eingefallen, und unter ihren liebevollen

Augen lagen dunkle Schatten. Irma fühlte sich schuldig. Über den Tisch hinweg griff ihre Mutter nach ihren Händen, und Irma genoss die Fürsorglichkeit.

»Wo ist Tante Brietta?«, flüsterte sie, und für einige Augenblicke herrschte betretenes Schweigen.

Anselm füllte das heiße Wasser in die Teekanne und brachte sie zusammen mit vier Tassen zum Tisch. Irma verdrängte energisch die schmerzlichen Gedanken an Iven, als ihr der Geruch von Süßholz in die Nase stieg.

»Ihr Zustand hat sich sehr verschlechtert. Sie wurde ins künstliche Koma versetzt«, erklärte er, während er sich auf den Stuhl neben Selma niederließ.

Irma war nicht nur traurig, sie fühlte sich nun noch viel schuldiger. Sie hatte die ganze Zeit nur daran gedacht, wie schlimm ihr Verschwinden für ihre Lieben sein musste, und hatte keinen Gedanken daran verschwendet, dass sich noch eine weitere Tragödie in der Familie Wolf abgespielt haben könnte.

»Es tut mir so leid, ich habe absolut nichts davon mitbekommen. Ich war so lange fort«, sprudelte es aus ihr heraus.

»Du warst ein halbes Jahr weg, Irma«, flüsterte Selma heiser. »Wir hatten solche Angst, dir könnte etwas zugestoßen sein!«

Irma schluchzte auf. »Na ja, das ist es ja auch irgendwie. Ich weiß gar nicht, wo ich anfangen soll.«

»Ich schon«, bestimmte Klara-Luise. »An dem Tag, an dem du verschwunden bist. Alle haben mich für verrückt gehalten, wegen der Sache mit deinen Haaren und diesem rothaarigen Typen.«

»Aber du warst doch nicht die Einzige, die in der Sporthalle mit dabei war«, sagte Irma verwundert.

Frustriert griff sich Klara-Luise in die wilden Locken. »Aus irgendeinem Grund konnte sich am Tag darauf sonst keiner mehr an die Situation erinnern. Nur noch daran, dass du und dieser Typ verschwunden seid.«

Irma vermutete, dass Iven und Sander ihre Finger im Spiel gehabt hatten. Irma hatte von Sander gelernt, dass es genug Möglichkeiten gab, mit *Magikk* das Gedächtnis der Menschen zu beeinflussen.

»Es gab sogar Gerüchte darüber, dass ihr zusammen durchgebrannt wärt. Kannst du dir das vorstellen!«, fuhr Klara-Luise empört fort.

Irmas Wangen begannen zu glühen. »Ernsthaft? Wer kommt denn auf so einen Blödsinn?«

Ihre Cousine begann die Teetassen zu füllen. In ihrer Aufregung bemerkte sie gar nicht, wie viele Tropfen danebengingen.

»Die meisten dachten aber, er hätte dich gekidnappt«, erzählte sie. »Ich übrigens auch. Besonders, als man dann feststellte, dass er mehr oder weniger ein Phantom war. Den letzten Iven Faber gab es in Birkenhain wohl vor zweihundert Jahren!«

Irma zwirbelte eine Haarsträhne.

»Um genau zu sein, handelt es sich dabei um ein und dieselbe Person. In gewisser Weise hat er mich schon irgendwie gekidnappt, aber das war nicht unbedingt böse gemeint«, murmelte sie.

Klara-Luise, die gerade dabei war, Selmas Tasse zu füllen, hielt in ihrer Bewegung inne. Der Tee schwappte über den Tassenrand. Ihre Familie sah Irma so an, als hätte sie den Verstand verloren.

»Ich glaube, ich sollte besser ganz von vorne anfangen«, seufzte Irma.

Vor gerade einmal sechs Monaten hatte sie selbst in der *Eishöhle* gesessen und sich von Glen, Grada, Kenna und Iven die Welt erklären lassen müssen. Nun war sie an der Reihe, ihrer Familie die Augen zu öffnen, und erläuterte ihnen die Dreifaltigkeit der Welt, berichtete von den *Anderswesen* und der *Magikk*. Irma kam sich reichlich seltsam vor, als sie in die verdatterten Gesichter blickte. Insbesondere Klara-Luise, die nicht empfänglich für wenig rationale Dinge war, sah Irma fassungslos an. Ihr Mund öffnete und schloss sich wieder, wie bei einem Fisch. Anselm legte behutsam eine Hand auf Irmas Arm. Er musste glauben, sie wäre verrückt geworden.

»Bei mir ist keine Schraube locker, ich erzähle euch die Wahrheit! An dem Tag, an dem ich verschwunden bin, ist in mir irgendeine Barriere aufgebrochen, und die *Magikk* ist frei geworden. Die einzige Erklärung ist, dass mein Vater ein *Anderswesen* sein muss. Iven hat das erkannt, er ist ein Wächter und hat mich in den *Kaltengrim* mitgenommen. Genauer gesagt in den *Feuerberg*.«

»Halt. Stopp, schalt bitte mal einen Gang runter, Irma«, warf

Klara-Luise ein und fuchtelte mit ihren Händen in Richtung *Kaltengrim.*

»Was sind Wächter? Was ist der *Feuerberg,* und willst du etwa damit sagen, dass du in dem Wald da drüben warst? Ein verdammtes halbes Jahr lang?«

Irma versuchte sich verständlich zu machen und erzählte von den *Magikkadern* unter dem *Kaltengrim,* von der Festung im *Feuerberg* und den Wächtern, die die Welt vor *Daimonen* schützten.

»Ich war ein halbes Jahr dort als Lehrling und durfte die Übergänge zurück in die menschliche Welt nicht passieren, damit ich euch nichts davon erzähle. Ich hatte heute das erste Mal die Möglichkeit, zu euch zu kommen. Und das alles andere als offiziell!«

Anselm rieb sich die Schläfen und schien ihre Geschichte erst einmal verarbeiten zu müssen. Er schüttelte den Kopf.

»Diese Geschichte klingt so absurd, aber sie erklärt auf alle Fälle deine Klamotten«, stellte er mit einem fast belustigten Lächeln fest. »Sieht aus, als ob du auf einem Mittelaltermarkt unterwegs warst.«

»Versteckte Welt hin oder her. Was ich nicht so ganz kapiere, ist, was dieser Iven jetzt damit zu tun hat«, spuckte Klara-Luise leicht verächtlich aus. Ihre Abneigung gegen ihn hatte sich in den vergangenen Monaten wohl noch gesteigert.

Zu Recht.

»Er war in Birkenhain mehr oder weniger auf Hexenjagd«, erklärte Irma mit zusammengebissenen Zähnen.

Selma, die dem Gespräch wortlos gefolgt war, rieb sich angestrengt die Augen und zitterte heftig. Sie sah verzweifelt in die Runde.

»Es ist doch kurios, dass niemand von uns etwas von der *Anderswelt* wusste«, stellte Anselm fest.

Irma nickte.

»Ich habe von einem Freund im *Feuerberg* erfahren, dass unsere Großeltern sehr wohl von der *Anderswelt* wussten und deshalb sogar die *Wolfswacht* an dieser Stelle gebaut haben. Ich glaube, irgendetwas blockiert eure Affinität für *Magikk* und eure Erinnerungen.«

Selma raufte sich das lange, vom Schlaf verwuschelte Haar.

»Es ist, als würde mein eigener Geist gegen mich arbeiten«, sagte sie.

»Ich versuche seit einem halben Jahr fieberhaft, mich an irgendetwas Wichtiges zu erinnern. Auch jetzt kann ich mich kaum konzentrieren. Es ist beinahe so, als ob ich alles vergessen *muss*. Es fühlt sich genauso an wie mein heftiger Drang, diesen Ort zu verlassen. Deshalb sind wir ja weggezogen, als du klein warst, Irma. Wir sind nur wegen Brietta wieder hier.«

»Ich glaube ich weiß, wie du dich fühlst. Aber seit *Samhain*, als plötzlich die ganze *Magikk* in mir frei geworden ist, ist diese Blockade weg. Vielleicht können wir das ja auch bei euch hinbekommen«, überlegte Irma aufgeregt. »Mama, du musst dich unbedingt erinnern! Ich glaube, du könntest uns so viel erklären.«

Selma stöhnte. »Aber wie denn, mein Schatz? Ich schaffe es einfach nicht.«

»Denk an den *Kaltengrim* und an Oma und Opa, die euch bestimmt schon ganz viel von der *Anderswelt* erzählt haben«, schlug Irma vor.

Selma schüttelte nur den Kopf und presste sich die Finger auf die Schläfen.

»Denk an dein *Anam Cara*, das Zeichen für den Seelenbund. Es hat die Form von einem Drachenviereck, und es ist ein Dreieck darin, verziert mit ein paar anderen Ornamenten. Es ist mitten auf deiner Stirn!«, nahm Irma einen neuen Anlauf. »Oder versuch dich an meinen Vater zu erinnern. Er hatte bestimmt blaue Augen, und er kann nicht sonderlich groß gewesen sein.«

Auf Selmas Gesicht lag nun ein so angestrengter Ausdruck, dass Irma befürchtete, ihrer Mutter würde gleich der Kopf platzen. Es schien hoffnungslos zu sein, doch sie hatte noch einen Trumpf im Ärmel. Irma stand auf und ließ ihre *Magikk* knistern. Sie schickte einen Puls in ihre Fingerspitzen und formte eine gleißend helle Lichtkugel. Ihre Familienmitglieder rissen allesamt die Augen auf und beobachteten staunend, wie Irma aus dem silbrig-blauen Licht einen Mondhasen formte. Sie ließ ihn durch die Luft hoppeln, und nicht nur Anselm und Klara-Luise schrien überrascht auf, auch Selma reagierte jäh. Sie sprang so abrupt auf, dass der Stuhl hinter ihr umfiel, und stützte sich am Esstisch ab. Irma konnte die unverkennbare *Magikk* des *Kaltengrims* knistern spüren. Selma keuchte und sah Irma mit einem so klaren Blick an, dass es keine Zweifel mehr gab.

Ihr Ton war ernst, als sie flüsterte: »Irma, mein Mondhase, du schwebst in allergrößter Gefahr.«

»Du kannst dich erinnern!«, rief Irma.

Selma nickte langsam und warf ihrer Tochter dabei einen Blick zu, als würde sie sie das erste Mal in ihrem Leben wirklich sehen.

»Abgefahren«, murmelte Anselm, der immer wieder zwischen Irma und Selma hin und her blickte. »Ich kann dieses Tattoo auf deiner Stirn sehen. Wieso erst jetzt?«

Klara-Luise nickte verdattert.

»Es hat anscheinend wirklich was gebracht, dass ich euch meine *Magikk* gezeigt habe.« Irma war glücklich darüber, nicht mehr für verrückt gehalten zu werden.

»Und alles, was Irma uns gerade erzählt hat, ist wahr?«, richtete sich Klara-Luise nun an Selma.

Irmas Mutter nickte zur Bestätigung, dann verließ sie eilig die Küche und hastete in die Speisekammer. Sie schien eine Kiste beiseitezuschieben, und es klapperte im Nebenraum.

»Es war die ganze Zeit hier!«, hörten sie sie rufen. Mit einem Schwert in der Hand kam Selma zurück.

Irma konnte spüren, dass es aus dem *Kaltengrim* stammte. Es war mit *Magikk* versehen, wie auch viele der Waffen, die Brios schmiedete. Die *Magikk* machte die Waffen langlebiger, zielsicherer und verlieh ihnen teilweise auch den Charakter ihrer Besitzer.

Selma legte die Waffe auf den Tisch und sprach langsam: »Es gibt noch so viel mehr, das ihr wissen müsst. Ich kann es nicht fassen, dass Brietta und ich alles vergessen hatten, was einmal wichtig war.«

Irma betrachtete ihre Mutter, deren liebevolle Augen nun eine neue Entschlossenheit ausstrahlten.

»Unsere Familie stammt von einem Waldwanderer ab, der den *Kaltengrim* verlassen hatte«, begann Selma.

»Ihr habt die gleichen grünen Augen wie die Waldwanderer und Waldnymphen«, warf Irma ein.

»Mein Vater hat die Verbundenheit zum *Kaltengrim* immer noch so stark gespürt, dass er die *Wolfswacht* gebaut hat. Und dank eines Freundes aus dem *Kaltengrim* liegt auf ihr ein Schutzzauber. *Daimonen* können ihn nicht durchbrechen, und die Bewohner können außerdem entscheiden, welche *Anderswesen* hereinkommen und hinausgehen dürfen.«

Selma ließ den Blick durch die urige Wohnküche schweifen, die gar nicht so magisch aussah, wie sie es tatsächlich war.

»Brietta und ich sind mit dem Wissen aufgewachsen, dass es die *Anderswelt* gibt. Nicht nur das, wir haben als Kinder sogar oft Besuch von Feen und Naturgeistern bekommen, die mit uns gespielt haben. Wir hatten es gut, doch als wir schon etwas älter waren, fiel ein *Daimon* im *Kaltengrim* in diese Welt ein und machte sich auf den Weg zur *Wolfswacht*. Eure Großeltern waren schutzlos im Garten, als der *Schiachpercht* angriff. Mit der Unterstützung eines Wächters konnten wir den *Daimon* zwar erlegen, aber für eure Großeltern war es zu spät.«

Anselm schlug sich die Hände vor den Mund.

»Wir mussten unsere Eltern im Garten begraben. Wie hätten wir irgendwem erklären sollen, wer oder was sie so zugerichtet hatte, ohne eine Massenpanik in Berg oder Birkenhain auszulösen?«, erinnerte sich Selma traurig. »Diese Tragödie war auf der anderen Seite aber auch ein Geschenk. Der Wächter, ein Waldwanderer namens Dorran, ist nämlich euer Vater.«

»Wie bitte?«, kreischte Klara-Luise, und auch Anselm riss die Augen auf.

»Kein Wunder, dass Mama nie was von ihm erzählt hat. Sie hat ja wahrscheinlich auch alles vergessen, was mit dieser *Anderswelt* zu tun hat«, schlussfolgerte Anselm.

Jetzt verstand Irma, weshalb bei ihm und seiner Schwester mehr *Magikk* spürbar war als bei Selma.

»In den folgenden Jahren kam Dorran häufig zu uns in die *Wolfswacht*. Er sprach immer davon, Brietta mit zu seinem Clan zu nehmen, doch sie wollte die menschliche Welt nicht verlassen, auch nicht, als sie dich bekommen hat, Anselm. Brietta war früher so stur wie du, Klara-Luise.«

Wie zum Beweis verschränkte Irmas Cousine die Arme.

»Dorran besuchte uns dafür umso öfter in der *Wolfswacht*, und ich hatte allmählich das Gefühl, ein wenig überflüssig zu sein«, fuhr Selma fort. »Ich hatte schon lange überlegt, unser Zuhause zu verlassen, doch dazu kam es nicht. Am Abend der Wintersonnenwende hatten wir ein Lagerfeuer im Garten angezündet. An dem Tag fand auch ein großes Fest für die Herrscherin des *Kaltengrims* statt, sein eigener Clan feierte allerdings mit einem Feuer, das das Ende der Winterdunkelheit symbolisieren sollte. Wir wollten diesen Brauch mit ihm begehen, und ich bin so dankbar dafür, dass wir dieses Feuer entzündet haben!«

Selma richtete ihren Blick nun prüfend auf Irma. »Was weißt du über die Rebellion?«, wollte sie von ihrer Tochter wissen.

»Nicht viel«, gab Irma zu. »Im *Feuerberg* ist es verboten, darüber zu reden. Die Rebellion konnte niedergeschlagen werden, und seitdem verschlechtern sich die Bedingungen für viele *Anderswesen*. Waldwanderer und Waldnymphen gibt es bei den Wächtern eigentlich gar keine mehr.«

Selma schüttelte resigniert den Kopf und seufzte: »Es musste ja so kommen. Torin war sozusagen der Kopf einer Rebellion, die leider alles andere als erfolgreich war. Weißt du, Torin wäre von der Rangfolge her sogar der eigentliche Thronfolger gewesen. Die Tatsache, dass er ungefähr eintausendzweihundert Jahre nach Helia geboren wurde, hat das allerdings etwas verkompliziert.«

Irmas Mutter lächelte, als sie sich erinnerte. »Außerdem muss man sagen, dass Torin sowieso niemals ein Interesse daran hatte zu regieren. Im Gegenteil, er war durch und durch Wächter. Seine Mission war die Jagd nach *Daimonen*, und er widmete sich der Ausbildung von Lehrlingen, darunter auch derjenigen, um die sich Helia nach dem Tod von Darion und Selene nicht mehr scherte. Dorran zum Beispiel.«

Und Iven, dachte Irma.

»Torin war im Gegensatz zur Tochter seiner Schwester gutherzig und gerecht«, fuhr Selma fort. »Er hat sich zeit seines Lebens für alle *Anderswesen* eingesetzt und trug sogar die Piercings und Tätowierungen von Waldwanderer-Clans, mit denen er zeitweise zusammengelebt hatte. Und das alles, obwohl er einer der mächtigsten *Seraphim* war, die jemals im *Kaltengrim* geboren wurden.«

Irma erinnerte sich an die Geschichte des *Kaltengrims*, die sie in einem der magischen Bücher der Bibliothek gelesen hatte. Sie hatte förmlich vor Augen, wie der junge Torin mit seinem struppigen dunklen Haar, das er in einem unordentlichen Knoten trug, durch den *Kaltengrim* jagte.

»Er konnte die Elemente beeinflussen«, fiel ihr ein, und Selma nickte. »Du kannst dir vorstellen, wie sehr sich Helia und ihr Sonnenfeuer davon bedroht gefühlt hatten.«

»Wenn er den Thron doch gar nicht haben wollte, wieso fühlte sie sich dann bedroht?«, murmelte Irma.

Selma zuckte mit den Achseln.

»Helia sieht in jedem eine Gefahr für sich, das ist Teil ihrer Natur. Auch in denjenigen, die ihr am nächsten standen. Selbst Darion und Selene, die sie großgezogen haben, waren ihr ein Dorn im Auge. Sie waren gegen den Kult, den sie um sich herum aufgebaut hatte.«

Irma rieb sich die Oberarme, als sie an die vielen Gottesdienste dachte, die sie in den letzten Monaten miterlebt hatte.

»Sie muss wohl auch ausgesehen haben wie ein Engel«, ergänzte Selma. »Damit hatte sie es umso leichter, sich als einer zu verkaufen.«

Irma nickte. »Sie sieht bezaubernd aus.«

»Das hat sie umso gefährlicher gemacht. Nachdem Darion und Selene verstorben waren, schürte Helia erfolgreich den Hass auf die Hexen, die sie als *Daimonen* darstellte. Als Feinde der menschlichen und der *Anderswelt*«, erklärte Irmas Mutter bitter. »Sie wurden zum Sündenbock, und die Wächter waren auf der Jagd nach ihnen. Auch Torin hatte Jahrhunderte damit verbracht, Krieg zwischen den Hexen und den *Anderswesen* zu betreiben. Die *Anderswesen* wollten den Hexen niemals vergeben, dass sie ihre Herrscher umgebracht hatten.«

»Du klingst nicht so, als ob du das gut fändest«, warf Klara-Luise ein. Sie hatte ihrer Tante gebannt an den Lippen gehangen.

Selma schnaubte und schüttelte energisch den Kopf.

»Dorothea, Emmi und Ivonne«, warf Irma ein. »Sie wären alle drei zu Hexen geworden und wurden deshalb von den Wächtern getötet.«

»Das ist ja furchtbar«, stieß Anselm aus und wurde bleich.

Irma wusste, dass er gerade Emmi vor Augen hatte, wie sie von

Krämpfen geschüttelt wurde und von innen heraus zu verwesen begann.

»Es gab genug Opfer auf beiden Seiten. Das ist ja das Problem, Krieg kennt keine Sieger, nur Verlierer. Aber das eigentliche Übel ist, dass jahrhundertelang niemand die Wahrheit kannte.«

»Jetzt spann uns nicht so auf die Folter!« Klara-Luise zwirbelte vor Aufregung eine ihrer langen Locken.

»Torin fand heraus, dass Darion und Selene nicht von Hexen getötet worden waren. Es war Helia selbst.«

Irma sprang von ihrem Stuhl und schlug die Hände über dem Kopf zusammen.

»Ja, aber wieso hat sie das denn getan?«, rief sie empört.

Selma rieb sich die Augen und erklärte: »Aus Machtgier. Sie strebte danach, zu einer gottgleichen Herrscherin zu werden, und Darion und Selene wollten sie davon abhalten.«

»Ich wusste es«, murmelte Irma mehr zu sich selbst. »Ich wusste, dass die Hexen keine durch und durch bösartigen Wesen sind.«

»Sie sind keine *Daimonen*, Irma. Sie beziehen ihre *Magikk* aus der Natur. Und Torin hat das nach viel zu langer Zeit endlich verstanden, denn er ist Baba Jaga begegnet.«

»Baba Jaga?«, fragte Klara-Luise mit hochgezogenen Augenbrauen. »Das ist ja mal ein Name.«

»Baba Jaga ist die Hexenälteste, und sie hat Torin die Wahrheit über den Mord an Darion und Selene sehen lassen«, sagte Selma.

»Deshalb hat Torin eine Rebellion gegen Helia gewagt«, schlussfolgerte Irma, und Selma nickte traurig.

»Das Tragische an seiner Entdeckung war, dass nach Hunderten Jahren von Hass, Hetze und Krieg kaum jemand bereit war, ihm zu glauben.«

Es war nicht verwunderlich, dass es den *Anderswesen* so ging. Nicht nach dem grauenvollen Angriff an *Imbolc*.

»Torin behielt diese Information daher für sich. Viele der *Anderswesen* folgten ihm schon allein deshalb, weil er gegen das Klassensystem im *Kaltengrim* kämpfte. Sein Plan war es, zwei Fliegen mit einer Klappe zu schlagen. Wenn er Helias Herrschaft beendet hätte, könnte er sowohl für Gerechtigkeit im *Kaltengrim* als auch für ein Ende des Konfliktes mit den Hexen sorgen.«

»Aber es gab kein Happy End«, stellte Irma fest.

»Das gab es nicht«, bestätigte Selma. »Ein kleine Gruppe Rebellen wollte Helia während der Wintersonnenwende angreifen, da Helias Kräfte an diesem Tag am schwächsten sind. Sie waren am Maskenball verkleidet eingedrungen. Doch sie flogen auf, und Helia hat die Rebellen mit ihrer grauenvollen *Magikk* noch an Ort und Stelle innerlich verbrannt. Alle, einschließlich Torin.«

Anselm schlug zum zweiten Mal an diesem Abend die Hände vor dem Mund zusammen.

Irma sog scharf die Luft ein. »Das ist ja fürchterlich!«

»Torin hatte allerdings Glück«, fuhr Selma fort. »Seine *Magikk* hat ihn vor dem Sonnenfeuer geschützt, das sie auf ihn gerichtet hatte. Seine letzte Tat im *Feuerberg* war es, einen Teil ihrer Kraft auf sie zurückzulenken. Sie hat in diesem Kampf ihre Augen verloren.«

Irma sackte auf ihrem Stuhl zusammen. Was für eine Schande, dass die einzige Person, die die Wahrheit über Helia kannte, von ihr getötet worden war!

Aber Moment mal ...

»Woher weißt du das alles?«, flüsterte Irma.

»Weil Torin überlebt hat, Irma«, flüsterte nun auch Selma und deutete auf das Schwert, das immer noch zwischen ihnen lag. »Er konnte das Feuer, das ihn von innen zu zerfressen drohte, mit seiner *Magikk* in Schach halten. Unbemerkt. Helia hat seine vermeintliche Leiche in den Fluss werfen lassen, der dem *Feuerberg* als Wasserquelle dient.«

Zittrig atmete Irma auf. »So konnte er entkommen.«

»Das Sonnenfeuer hatte schweren Schaden angerichtet, doch er konnte sich aus dem *Kaltengrim* schleppen«, erinnerte sich Selma, dann umspielte ein Lächeln ihre Lippen. »Er hat das Lagerfeuer gesehen, das Brietta, Dorran und ich entzündet hatten. Torin hat sich zu uns in die *Wolfswacht* geflüchtet. Sein Körper war von Helias Sonnenfeuer so zerfressen, dass es nur eine Frage der Zeit war, bis er ihm endgültig zum Opfer fallen würde. Doch wir konnten ihn ein ganzes Jahr in der *Wolfswacht* verstecken.«

Irma hatte die Augen ungläubig aufgerissen.

»Ich fasse es nicht! Torin, der Anführer der Rebellen, war hier in der *Wolfswacht*. Und ihr habt ihn versteckt«, rief sie. »Das ist doch absurd! Wenn Helia das gewusst hätte, als ich in den *Feuerberg* kam, dann … Aber halt, sie weiß ja gar nicht, dass Torin überlebt hat! Das ist echt krass.«

Anselm hatte seinen Kopf schief gelegt und einen nachdenklichen Blick auf Selma gerichtet. Er hob eine Augenbraue, als er fragte: »Wann ist das gewesen?«

Selma sah wortlos zu Irma, dann wieder zu deren Cousin.

»Wow«, sagte Klara-Luise. »Das wird ja immer komplizierter.«

»Was ist wow? Was wird komplizierter?«, fragte Irma.

»Du stehst gerade echt ein bisschen auf der Leitung«, sagte Anselm, er schmunzelte trotz des ernsten Themas.

Irma sah von einem Gesicht zum anderen. Es dauerte eine Weile, bis der Knoten platzte.

»Unmöglich«, keuchte sie. »Sagt jetzt nicht, dass … Mama?«

Selmas Blick ließ keinen Zweifel daran. Irma betrachtete das *Anam Cara* auf der Stirn ihrer Mutter.

Wieso habe ich die Wahrheit nicht schon früher erkannt?

Irma erinnerte sich an die Bilder, die sie beim Lesen des magischen Buches in der Bibliothek des *Feuerbergs* gesehen hatte. Torin, der klein und drahtig war, muskulös und flink. Seine eisblauen Augen. Die gleichen Augen, mit denen Selene von dem wunderschönen Mosaik in der Wächterhalle auf sie herabblickte und die ihr jeden Tag im Spiegel entgegensahen. Sie hatte diese unverkennbare Ähnlichkeit einfach ausgeblendet. Irma war Torins Tochter. Sie war die Enkeltochter von Darion und Selene. Und noch viel schlimmer: Sie war Helias Cousine und hatte damit den gleichen Anspruch auf den Thron wie die Sonnenkönigin selbst.

Irma war völlig fertig mit den Nerven. »Heilige Scheiße«, murmelte sie.

»Es ist ein Wunder, dass diese Helia dich nicht sofort gegrillt hat, als du zu den Wächtern gegangen bist«, sagte Anselm.

»Es ist kein Wunder«, erklärte Selma. »Es ist Hybris. Irma ist trotzdem immer noch ein Halbmensch und damit für die Herrscherin uninteressant. Ich glaube, ihr Hochmut hat dir das Leben gerettet, Mondhase.«

Irma nickte gedankenverloren.

»Was ist danach geschehen?«, fragte sie leise. »Was ist mit ihm und Dorran passiert, und weshalb sind so viele Jahre vergangen, in denen wir nichts von alledem wussten?«

»Wir haben versucht, Torin gesund zu pflegen, doch das war unmöglich. Die Zeit, die wir zusammen hatten, war geborgt«, erklärte Selma gefasst. »Unser Glück war so kurz und fragil, und trotzdem konnte man nicht leugnen, dass Torin nicht zufällig zu uns, zu mir, gefunden hat.«

Irmas Mutter strich sich über die Tätowierung auf ihrer Stirn.

So was wie Eheringe bei Menschen, nur dass nicht jeder einen Seelenbund eingehen kann.

»Dorran ging nicht mehr zurück zu den Wächtern. Gemeinsam wollten wir etwas ändern, doch was hätten wir tun sollen? Die *Anderswesen* hassen die Hexen, und das in vielen Fällen auch zu Recht«, sagte Selma. »Wir fassten den Plan, die Hexen aufzusuchen. Wir wollten den Konflikt von der anderen Seite lösen. Aber dann bist du passiert, Irma.«

»Oh Mann«, stieß Irma aus. »Was für ein mieser Zeitpunkt.«

»Es hätte keinen besseren geben können, mein kleiner Hase. Du warst das größte Geschenk, das man sich vorstellen kann!«, versicherte Selma. »Du hattest schneeweißes Haar, als du zur Welt gekommen bist. So wie jetzt auch.«

Irma deutete auf ihr Haar und fragte: »Und das kam euch nicht seltsam vor?«

Selma nickte. »Wir haben uns natürlich gewundert, Irma. Aber wir hatten keine Zeit, nach Antworten zu suchen. Du warst noch so klein, als Späher Torin nach über einem Jahr in der *Wolfswacht* entdeckten. Es kam zum Kampf. Dorran hat sein Leben dafür gegeben, dass keiner von ihnen die Information an Helia weitertragen konnte. Und dass du, Klara-Luise, überhaupt noch das Licht der Welt erblicken konntest.«

»Das tut mir leid«, flüsterte Irma, die das Gefühl hatte, Klara-Luise und Anselm hätten gerade zum zweiten Mal in ihrem Leben ihren Vater verloren.

Es herrschte ein betretenes Schweigen am Tisch, bis Klara-Luise die Stille brach und Selma fragte, wie die Geschichte weiterging.

»Hier hören meine Erinnerungen auf«, murmelte Selma und wandte sich an Irma. »Wir haben die *Anderswelt* vergessen, ich wollte die *Wolfswacht* verlassen, und du warst ein gewöhnliches Menschenmädchen geworden.«

Irma kaute unruhig auf ihrer Unterlippe. Sie wusste jetzt so viel mehr, aber es gab trotz allem noch eine Menge offene Fragen. Eine davon erschien Irma ganz besonders wichtig zu sein. »Weshalb habt ihr mich mit zweitem Namen Belisana genannt?«

Selma rieb sich gedankenverloren über den Nasenrücken, als sie Irma erklärte: »Der Name war einfach da, in unseren Köpfen. Torin glaubte, dass Belisana über dich gewacht hat, Mondhase.«

Irma fuhr sich mit den Fingern durch das schneeweiße Haar.

»Ich glaube, das tut sie immer noch«, erklärte sie und dachte an die Träume, in denen sie vor Iven gewarnt worden war. Irgendeine Kraft, irgendeine Präsenz hatte gespürt, dass sie in Gefahr gewesen war. Nachdenklich sah Irma aus dem Fenster und musste feststellen, dass die Nacht beinahe vorüber war und es allmählich dämmerte. Wenn ihre Mission außerhalb des *Kaltengrims* unentdeckt bleiben sollte, durfte sie das Wächtertraining nicht verpassen. Doch Irma widerstrebte es, in den *Feuerberg* zurückkehren. Dass sie Torins Tochter war, machte sie zu Helias größter Feindin. Doch die Konsequenzen, die ihr drohten, wenn sie nicht zurückkehrte, wollte Irma sich gar nicht ausmalen. Ihr war es verboten, den *Kaltengrim* zu verlassen. Es würden möglicherweise Wächter geschickt werden, um sie zu suchen und zu bestrafen. Helia wusste, dass Irma aus der *Wolfswacht* stammte. Womöglich würde Irma dann auch noch ihre Familie mit hineinziehen.

»Ich sollte jetzt gehen«, verkündete sie mit zittriger Stimme.

»Das kannst du vergessen!«, rief Anselm empört, und auch Klara-Luise sah Irma an, als hätte sie den Verstand verloren.

Selma betrachtete ihre Tochter voller Wehmut und flüsterte heiser:

»Ich kann dich doch nicht zu diesem Monster zurückkehren lassen, Irma.«

Irma wollte nicht weg von ihrer Familie. Sie wollte nicht zurück in den *Feuerberg*, in dem sie sich trotz ihrer Freunde einsam fühlte. Doch sie hatte keine Wahl.

Irma schluckte schwer, ihre Entscheidung stand fest: »Wenn ich hierbleibe, können wir nur darauf warten, dass unser Geheimnis früher oder später auffliegt. Es ist besser, wenn alles erst einmal so weitergeht wie bisher.«

»Wie bisher? Irma, du warst ein halbes Jahr weg!«, rief Klara-Luise hysterisch.

»Ich weiß«, schluchzte Irma. »Aber ich kann Helia doch nicht geradewegs zu euch führen! Wir hätten doch keine Chance!«

Ihre Familie schwieg. Sie wussten, dass Irma recht hatte.

»Wenn ich jetzt zurückkehre, fällt vielleicht niemandem auf, dass ich überhaupt fort war«, versuchte sie noch einmal, ihre Entscheidung zu rechtfertigen.

Ob vor ihrer Familie oder sich selbst, wusste sie in diesem Moment nicht.

Mit Tränen in den Augen drückte Selma sie an sich. »Du hast wirklich so viel von deinem Vater. Danke, dass du mir die Augen geöffnet hast. Versprich mir, dass du auf dich aufpasst!«, flüsterte sie Irma ins Ohr.

»Ich komme zurück, versprochen.«

Sie würde alles dafür tun, um ihr Versprechen zu halten, und hob den Arm, an dem das Planetenarmband glitzerte.

»Das Armband!«, keuchte Klara-Luise. »Ich dachte, ich hätte es verloren! Wo hast du es her?«

»Nicht so wichtig«, murmelte Irma und schob die schmerzliche Erinnerung an Iven beiseite. Die Erinnerung daran, wie er sie nach dem Kampf gegen den Nöck in seinen Armen gehalten hatte.

»Wichtig ist nur, dass ich niemals aufhören werde, an euch zu denken.«

TEIL 3

Hexenjagd

32

Gnadenlos übermüdet und mit einem zum Zerbersten vollen Kopf hatte Irma sich auf den Weg gemacht. Zu ihrem Ärger war sie nicht in der Lage gewesen, sich zum *Feuerberg* zurück zu teleportieren, denn sie war so erschöpft, dass ihre *Magikk* ihr kaum gehorchen wollte. Auch wenn es sich dabei um einen Umweg handelte, war sie zu dem Übergang zurückgekehrt, durch den sie am Abend zuvor den *Kaltengrim* verlassen hatte. Denn die Wache wusste ja von ihrer Mission und hatte sie ohne weitere Fragen durchgelassen. Irmas Knie zitterten vor Anstrengung, als sie durch den magischen Wald hechtete, in der Hoffnung, den *Feuerberg* rechtzeitig zum Training zu erreichen. Sie war seit vierundzwanzig Stunden wach, hatte einen anstrengenden Trainingstag mit anschließendem Kampf gegen einen Topielec hinter sich, und die Erkenntnisse, die sich nun bei ihrer Familie aufgetan hatten, waren alles andere als leichte Kost. Irma war kurz davor, Sternchen zu sehen, als sie am großen Haupttor des *Feuerbergs* ankam. Sie hatte kurzzeitig überlegt, sich durch den westlich gelegenen Bediensteteneingang hineinzuschleichen, doch ihre Beine wollten sie kaum noch tragen.

Die Worte, die unabdingbar waren, damit die Wächter sie einließen, schmeckten bitter auf ihrer Zunge: »Mein Name ist Irma Wolf, und die Sonne ist mein Zuhause. Treu erbitte ich Einlass in ihre heiligen Hallen.«

Falk hatte die richtigen Wächter informiert, denn auch die Wachen am Haupttor waren nicht überrascht darüber, dass Irma die Nacht über nicht im *Feuerberg* gewesen war. Irma bereute es dennoch, nicht durch den Bediensteteneingang geschlüpft zu sein, als sie einem Wächter begegnete, der nichts von ihrer nächtlichen Mission gewusst hatte. Am Ende des Ganges traf sie ausgerechnet auf Corvus, Helias Henker. Irma beschlich das Gefühl, er hätte dort auf sie gewartet.

»Halbmensch«, richtete er das Wort an sie, bevor sie die Möglichkeit hatte, sich zur Treppe zu schleichen.

Corvus' Stimme war jungenhaft, sein Ton grausam und kalt, und Irma befürchtete das Schlimmste, als er sagte: »Du hast den

Kaltengrim verlassen, ich habe es bemerkt.« Irma lief ein eiskalter Schauer über den Rücken.

Verdammt.

Sie hatte die Rechnung ohne Corvus gemacht, den angeblich besten Späher des *Kaltengrims.*

»Du wusstest hoffentlich, dass das Konsequenzen hat. Ich bringe dich zu Falk.«

Irma atmete zittrig aus, ausnahmsweise einmal erleichtert darüber, dass Falk sich die Strafe für sie ausdenken sollte. Sie folgte Corvus in den Wächtertrakt. Seine im *Kaltengrim* einzigartige *Magikk* knisterte stark, und Irma betrachtete ihn verstohlen. Sein rabenschwarzes Haar hatte er hinter seine in geschwungenen Spitzen endenden Ohren geklemmt. So delikat wie seine Feenohren waren auch seine Gesichtszüge. Seine großen, von dunklen Wimpern umrahmten Augen hätten wunderschön sein können, wäre da nicht immer diese Eiseskälte darin gewesen. Corvus bewegte sich so anmutig, dass Irma sich neben ihm wie ein Trampel vorkam. Die Tatsache, dass sie ihre schweren Beine kaum noch anheben konnte, war nicht gerade hilfreich. Irma fragte sich, wie alt Corvus war. Er sah kein bisschen älter aus als sie selbst, doch ihn umgab diese Aura der Unsterblichen.

Gemeinsam mit dem Hochwächter stieg sie die Treppen hinab, trotz allem mit einem mulmigen Gefühl in der Magengegend. Er führte sie in die Wächterhalle. Frustriert stellte Irma fest, dass sie es sogar noch pünktlich zum Training geschafft hätte, wenn Corvus sie nicht abgepasst hätte. Als sie durch die Tür in die Trainingshalle traten, sah sie zu ihrer Überraschung, dass nicht nur Falk dort wartete. Der Raum war umfunktioniert worden, und ein Holztisch stand in seiner Mitte. Darauf lagen ein paar Landkarten verstreut. Neben Sander, der wirklich selten in den Trainingshallen anzutreffen war, waren noch Moira und eine Handvoll anderer Wächter anwesend. Irma wusste zwar nicht, worum es ging, doch sie schienen in einer Besprechung zu sein.

»Corvus, da bist du ja endlich wieder«, murrte Moira, die über eine der Karten gebeugt war.

»Ich habe eine Ausreißerin am Eingangstor abgepasst«, erklärte er.

Na super, da bin ich ja wieder in eine tolle Situation ge...

Irmas Herz blieb für einen Augenblick stehen. Hätten ihre Knie nicht sowieso schon gewackelt, wäre sie spätestens jetzt ins Wanken geraten, denn hinter Moira richtete sich Iven auf, mit der Hand noch auf eine der Landkarten deutend. Er sah genauso hager aus wie damals in Birkenhain, dunkle Schatten lagen unter seinen Augen, und seine Gesichtszüge waren scharf und hart. Rötliche Bartstoppeln überzogen sein spitzes Gesicht. Er konnte noch nicht lange zurück sein, denn er trug seine ausgewaschene Cargohose und die abgeranzten Chucks. Sein rotes Haar hatte er unter einer Beanie versteckt. Die Tunika, die er darüber trug, musste sein kläglicher Versuch gewesen sein, in angemessener Kleidung im *Feuerberg* zu erscheinen.

Hatte Irmas Herz kurzzeitig vergessen zu schlagen, so polterte es nun umso stärker los. Sie fürchtete, es könnte zerspringen. Tausend unterschiedliche Emotionen brachen über sie herein. Sie hatte gewusst, dass sie Iven irgendwann wiedersehen würde. Doch nach diesem Tag war sie in keiner Weise darauf gefasst.

Ihr Blick kreuzte sich endlich, und Ivens sturmgraue Augen weiteten sich ein wenig, als er »die Ausreißerin«, wie Corvus sie genannt hatte, erkannte. Er öffnete den Mund, um etwas zu sagen, doch es kam kein Ton heraus.

Endlich löste sich das Gefühlschaos in Irmas Brust, und es kristallisierte sich eine bekannte Emotion heraus. Zornig funkelte sie Iven an. Er hatte sie verletzt und sich daraufhin zehn verdammte Wochen nicht blicken lassen.

»Bleib nicht einfach stehen«, herrschte Corvus Irma an.

Ihr war gar nicht aufgefallen, dass sie in ihrer Bewegung innegehalten hatte. In ihren Ohren rauschte das Blut. Corvus wies nun Falk an, sich eine angemessene Bestrafung für Irma zu überlegen. Iven sah sie besorgt an, doch sie mied seinen Blick. Seine Sorge konnte er sich sparen.

Was kümmert es ihn schon, ob ich in Schwierigkeiten bin?

Irma schaute stattdessen zu Falk, der mit harter Miene Corvus' Bericht gefolgt war. Die dunklen Augen des Hochwächters kreuzten ihre, es war wie eine wechselseitige Erinnerung an ihre Abmachung.

»Irma war in meinem Auftrag unterwegs, Corvus. Ihr einziges

Vergehen besteht darin, dass sie so lange für ihre Mission gebraucht hat«, erklärte er.

Moira hob überrascht die Augenbrauen, und Iven klappte die Kinnlade herunter. Corvus verzog missmutig den Mund, sichtlich verstimmt darüber, nicht in Falks Pläne eingeweiht gewesen zu sein.

»Du schickst den Halbmenschen erstaunlich häufig auf Mission, Falk«, stellte er kühl fest.

Irmas Herz klopfte aufgeregt. Niemand durfte Verdacht schöpfen, dass sie mehr als ein gewöhnlicher Lehrling war.

»Ganze zwei Mal, Corvus. Und du darfst nicht vergessen, dass die erste Mission, wie du es nennst, eine Bestrafung war«, antwortete Falk angespannt.

Corvus schien alles andere als besänftigt. Irma spürte förmlich, dass er sie gerne bestraft hätte. Er sah auf die Landkarten am Tisch und verschränkte nachdenklich die Arme vor der Brust.

»Suchen wir immer noch nach einer Freiwilligen?«, richtete er sich an Moira.

Die Trainerin nickte, und ihr Blick flackerte zwischen Corvus und Irma hin und her.

»Schlägst du gerade Irma vor?«, erkundigte sie sich langsam.

Corvus nickte.

Wofür suchen sie eine Freiwillige? Ist das Corvus' Versuch einer Bestrafung?

Nun wurde auch Moira nachdenklich. Falk nickte langsam und betrachtete Irma von oben bis unten. Die übrigen Wächter um den Tisch herum taten es ihm nach. Irma wäre angesichts dieser unangenehmen Musterung am liebsten im Erdboden versunken.

Iven schüttelte energisch den Kopf. »Das kann nicht euer Ernst sein. Das kann sie doch niemals alleine schaffen.«

Irma spürte, dass die Wut, die in ihr brodelte, kurz davor war überzuschwappen. Sie hatte keine Ahnung, worum es ging, doch sie war sich sicher, dass Iven sich täuschte. Sie würde sich nicht von ihm kleinmachen lassen. Doch bevor sie Iven angiften konnte, richtete Moira das Wort an ihn.

»Irma hat ausgezeichnete Fortschritte gemacht«, teilte sie ihm zu

Irmas Stolz mit. »Ihr mag die Erfahrung im Feld fehlen, aber dafür ist sie eine ausgezeichnete Späherin. Ich bin der Meinung, Corvus hat recht.«

»Ihr könnt doch keinen Lehrling auf so eine Mission schicken!«, rief Iven fassungslos.

Obwohl er wesentlich kleiner war, sah Corvus Iven von oben herab an. Er wusste, dass er die Gruppe der Wächter überzeugt hatte. Irma war unschlüssig, ob sie darüber beunruhigt oder zufrieden sein sollte. Corvus' Lippen kräuselten sich zu einem grausamen Lächeln.

»Das stimmt. Diese Mission sollte sie nicht alleine durchführen«, entgegnete er langsam. »Ich denke, du solltest sie begleiten.«

»Wie bitte?«, rief Irma empört.

»Ich?«, rief Iven zur selben Zeit und deutete mit dem Zeigefinger auf seine Brust. »Ich glaube, dafür bin ich der Falsche.«

Er fuchtelte mit seinen Händen, wie um zu verdeutlichen, dass sein Aussehen ein Problem für die Mission darstellte. In diesem Moment begann es Irma zu dämmern.

Falk lachte herzlos und richtete das Wort an Sander: »Da fällt dir bestimmt was ein.«

Sander nickte und warf Iven einen entschuldigenden Blick zu.

»Nicht euer Ernst«, wiederholte Iven und sah verzweifelt zwischen den versammelten Wächtern und Irma hin und her.

»Du kennst dich dort vor Ort aus, und ihr seid beide *magikksensitiv*«, schien Moira mit ihrer pragmatischen Art die Situation zu entschärfen zu wollen. »Wenn ich recht darüber nachdenke, seid ihr eine ausgezeichnete Wahl für diese Mission. Ihr sollt ja sowieso nur auskundschaften und jeglichen Kampf vermeiden. Also hör auf zu jammern, Iven.«

»Dann ist die Sache beschlossen«, nickte Falk und drehte sich zu Irma.

»Erhol dich, das Training kannst du heute ausfallen lassen. Du bereitest dich später mit dem Fuchsgestaltwandler auf die Mission vor«, befahl er. »Du bist entlassen.«

»Eine Sache noch«, erwiderte sie. »Könntet ihr mich vorher bitte noch darüber aufklären, worum es eigentlich geht?«

Iven verzog leidend das Gesicht, dann sah er sie wütend an. Irma hatte das ungute Gefühl, dass er ihr die Schuld an dem Schlamassel gab. »Ich habe eine Vermutung, wo die Walpurgisnacht stattfinden wird. Sieht so aus, als würden wir beide uns dort einschmuggeln, um uns nach dem Aufenthaltsort von Baba Jaga umzuhören«, erklärte er ihr mit kratziger Stimme.

Ohne weiter über die Ereignisse der letzten vierundzwanzig Stunden nachzudenken, fiel Irma ins Bett. Sie fühlte sich völlig ausgelaugt, hatte den Schlaf bitter nötig, und die Erleichterung darüber, dass noch niemand von ihrer Herkunft zu wissen schien und Falk sich an seinen Teil der Abmachung gehalten hatte, ließ sie sofort einschlummern. Als sie am frühen Nachmittag erwachte, schlüpfte sie in ihre weite Leinenpluderhose, knotete das weiße Haar hoch und machte sich auf den Weg zur Bibliothek. Sie wollte anfangen, sich für die Walpurgisnacht vorzubereiten. Irma hatte die ungute Vorahnung, durch diese Mission viel schneller in den Hexenkonflikt hineingezogen zu werden, als ihr lieb war. Sie hatte gerade eben erst davon erfahren, dass Torin ihr Vater war und einst Baba Jaga getroffen hatte. Nun sollte sie selbst nach der berüchtigten Hexe suchen. Im Auftrag der Wächter. Im Auftrag von Helia.

Ob Irma das mit ihrem Gewissen vereinbaren konnte, wusste sie nicht. Doch die Anweisung hatte lediglich gelautet, dort zu spitzeln. Sie würde keine Gewalt anwenden müssen. Irma dachte an Belisana, die Mutter der Hexen.

»Bitte pass auf mich auf«, flüsterte sie. »Und bitte pass auf deine Kinder auf.«

Ist es Einbildung, dass mir plötzlich ganz warm wird?

Irmas aufgeregtes Herz beruhigte sich allmählich wieder, als sie durch die schweren Holztore der Bibliothek trat. Sie war nicht überrascht, Iven an Sanders Theke warten zu sehen. Auch wenn es ihr widerstrebte, ging sie auf ihn zu. Sie waren aufeinander angewiesen, ob ihr das nun gefiel oder nicht. Er war nun wieder in der vollen Wächtermontur und hatte sein rotes Haar zu einem hohen Pferdeschwanz gebunden. Ohne die Bartstoppeln wirkte er zwar wieder gepflegter, doch es fiel umso mehr auf, wie ungesund er aussah. Sein Gesicht wirkte ausgezehrt, und obwohl es in letzter Zeit sonnig gewesen war, war seine Haut fahl. Selbst seine Sommersprossen funkelten nicht mehr. Irma fragte sich, was ihm wohl auf seiner Mission widerfahren war. Iven begrüßte sie nicht, also sah Irma ebenfalls keinen Grund, es zu tun.

»Du siehst gar nicht gut aus«, stellte sie stattdessen fest.

Iven warf ihr einen Blick von der Seite zu. »Und du bist so charmant wie eh und je«, presste er zwischen zusammengebissenen Zähnen hervor.

»So war das nicht gemeint, und das weißt du«, rechtfertigte sich Irma genervt.

Iven ließ sich nicht zu einer Antwort herab, und Irma ließ das Thema seiner besorgniserregenden Verfassung fallen. Wenn er nicht reden wollte, war das seine Sache.

Sander tauchte grinsend aus den Laboratorien auf, und Irma registrierte, dass sein strubbeliger Bart ein wenig verkohlt war. Er richtete seine Brille und nickte Irma zu.

»Der Trank köchelt nun erst mal noch eine Weile«, teilte er Iven mit. »Er ist ähnlich wie der alte und wird dich nicht vollkommen verändern, nur das Nötigste. Dadurch hält die Wirkung länger an.«

»Kannst du ihn diesmal wenigstens nicht so furchtbar widerlich machen?«, bat Iven mit vor Ekel verzogener Miene.

Sander hob überrascht seine Augenbrauen. »Der Trank sollte eigentlich keinen Eigengeschmack haben«, gluckste er. »Das muss an deinem säuerlichen Charakter liegen, Iven.«

Iven sah so verdattert aus, dass Irma losprustete. Sander fiel in ihr Gelächter ein. Mit einem bitterbösen Gesichtsausdruck brachte Iven die beiden zum Schweigen.

Noch mit einem Grinsen im Gesicht erkundigte sich Irma: »Können die Hexen unsere *Magikk* nicht trotzdem spüren? Also auch, wenn Iven sein Aussehen verändert?«

Sander schüttelte den Kopf und erklärte Irma, dass *Hexenmagikk* anders funktionierte als die von *Anderswesen*. »Sie können nur diejenige *Magikk* spüren und sich zunutze machen, aus der sie ihre eigene

Kraft ziehen. Jede Hexe bezieht ihre *Magikk* aus einer anderen Quelle, und auch nur die kann sie wahrnehmen. Das ist der Vorteil, den wir ihnen gegenüber haben. Unsere Späher können die Hexen aufspüren, aber nicht andersherum.«

Irma sah zu Iven, der einer dieser Späher war.

»Wo, denkst du, wird die Walpurgisnacht stattfinden?«, erkundigte sie sich.

»Schon seit geraumer Zeit gehen wir davon aus, dass wir im östlichen Teil von Europa suchen müssen«, antwortete Iven. »Nicht mehr so wie vor ein paar Jahrhunderten. Da haben die Hexen wohl noch ganz in der Nähe ihre Feierlichkeiten abgehalten.«

Irma erinnerte sich an die Abbildung in einem der Bücher, das sie vor einer gefühlten Ewigkeit im *Café Haderlump* gelesen hatte.

»Was hat es mit dem Gerücht auf sich, dass die Walpurgisnacht einst auch im *Kaltengrim* stattgefunden hat?«

»Das war einer der schlimmsten Hexenangriffe, die wir je erlebt haben«, erklärte Sander. Sein Gesichtsausdruck war düster geworden. »Sogar die Menschen haben etwas davon mitbekommen, und das will etwas heißen. Sie haben es allerdings fehlinterpretiert.«

Es herrschte kurzes Schweigen, dann sagte Iven: »Ich habe einen Urwald ausfindig gemacht. Ich bin mir sicher, dass ich den richtigen Ort entdeckt habe. Sobald das Spektakel losgeht, sollten wir in der Lage sein, den genauen Standort auszuloten.« Er verzog missmutig das Gesicht und wies Irma an: »Wir werden eine Weile in der menschlichen Welt sein, also pack dir was Passendes zum Anziehen ein. Wir sollten morgen schon ganz früh losfahren, wir werden an die dreiundzwanzig Stunden im Auto sitzen. Das schaffen wir gar nicht an einem Tag.«

»Wir fahren?«, fragte Irma überrascht.

»Willst du laufen?«, fragte Iven zurück, und es kostete Irma viel Willenskraft, ihm nicht beide Mittelfinger zu zeigen.

Sie drehte sich wortlos um, suchte sich Literatur zum Thema Hexen, Walpurgisnacht und Baba Jaga zusammen und verschwand eingeschnappt in ihr Zimmer.

Die Walpurgisnacht, der Hexentanz. Was wird mich dort erwarten?

Die Überlieferungen dazu ähnelten eher Märchen als tatsächlichen

Fakten. Früher hatten die Hexen sich auf dem Blocksberg, dem Brocken, getroffen, um in den Mai zu tanzen. Dass sie sich dort mit dem Teufel trafen, war allerdings ein Aberglaube des Christentums. Was sie stattdessen genau taten, war allerdings unklar. Für Irma klang das, was vom Tanz in den Mai bekannt war, ähnlich wie die Bräuche zum Jahreskreisfest *Beltane*, das auch im *Kaltengrim* begangen werden würde. *Beltane*, das Hochfest des Frühlings, der Sieg der Sonne über die Finsternis, die Feier von Wärme, Licht, Fruchtbarkeit und Leben. Die Gepflogenheiten der Hexen waren unbekannt, denn kein *Anderswesen* hatte der Walpurgisnacht in den letzten Jahrhunderten beigewohnt. Man vermutete jedoch, dass die Maifeuer der dreifaltigen Göttin Belisana galten.

Sich vorher den Kopf zu zermartern würde nichts bringen. Also schlüpfte Irma am Abend noch zu Kian ins Zimmer.

»Wo hast du gesteckt?«, fragte er zur Begrüßung. »Und was soll das heißen, du wirst auf eine Mission geschickt?«

Er schmollte ein bisschen, als er bemerkte, dass Irma ihm nicht die ganze Wahrheit sagen durfte. Nicht über Arthur, nicht über den Besuch bei ihrer Familie. Sie versprach ihm, dass es eine Zeit geben würde, wo sie ihm alles erklären konnte. Jetzt erzählte sie ihm lediglich von ihrem bevorstehenden Abenteuer.

Bevor sie sein Zimmer verließ, schloss sie ihren besten Freund noch einmal in die Arme. Für einige Augenblicke verharrten sie in dieser Umarmung, und Kian nahm ihr das Versprechen ab, so bald wie möglich wieder beim Training dabei zu sein.

»Du fehlst mir jetzt schon«, verabschiedete er sich und gab Irma einen Kuss auf die Stirn.

»Und du mir erst«, flüsterte Irma, unsicher, weshalb ihr Tränen in den Augen brannten.

Ich werde in wenigen Tagen wieder zurück sein, wieso fällt mir der Abschied so schwer?

Es war unmöglich gewesen, in dieser Nacht einen ruhigen Schlaf zu finden, und als Irma am nächsten Morgen wie gerädert aufstand, graute ihr schon vor dem bevorstehenden Tag. Mit einem Seufzen begann sie ihre Tasche zu packen. Irma besaß nicht viel, das sie hätte mitnehmen können. Neben ihren Waffen steckte sie den Kristall aus der *Eishöhle* in den Beutel und suchte sich Kleidung zusammen. Da sie menschliche Klamotten brauchen würde, war ihre Auswahl ziemlich beschränkt. Irma schlüpfte in ihre mittlerweile geflickten schwarzen Sportleggings und zog die Turnschuhe an, die sie an ihrem ersten Tag in der *Anderswelt* getragen hatte. Weiterhin konnte sie sich zwischen ihrem viel zu knappen Sporttop und dem *Iron-Maiden*-Hoodie von Iven entscheiden. Letzterer lag seit zehn Wochen unter ihrem Bett. Sie hatte zwar keinerlei Lust, ihn anzuziehen, doch sie steckte ihn für alle Fälle in die Tasche. Stattdessen zog sie sich eines der langärmligen schwarzen Oberteile aus dem *Feuerberg* über. Das Planetenarmband baumelte als Talisman an ihrem Handgelenk. Sie warf sich ihren Beutel über die Schulter und schlich hinaus auf den Gang. Iven wartete bereits bei den Trainingshallen.

»Na endlich«, begrüßte er sie mürrisch.

Irma sah von einer Antwort ab und musterte ihn. Mit seinem schlabberigen *Slayer*-Oberteil, der weiten Cargohose und den Chucks sah er beinahe so aus wie damals, als sie sich kennengelernt hatten. Er trug die zerfledderte Umhängetasche und hatte eine weitere bei sich, aus der ein Sammelsurium aus Waffen herausragte. Er wirkte jedenfalls vorbereitet. Schweigend verließen sie den *Feuerberg* durch das große Haupttor und durchquerten den noch finsteren *Kaltengrim* in Richtung des nordöstlichen Übergangs. Irma war das angespannte Schweigen zwischen ihnen noch unangenehmer als die Stimmung auf ihrer Mission mit Arthur. Irma hätte nie geglaubt, dass es ihr mit Iven noch einmal so gehen könnte.

Iven hatte seinen verdellten, zerkratzten Golf am Waldrand geparkt, und Irma rollte genervt mit den Augen, als sie den zugemüllten Fußraum auf der Beifahrerseite sah. Sie schob haufenweise leere Zigarettenschachteln beiseite, und die Limodosen gaben ein metallisches Knacken von sich, als sie darauf trat. Iven ließ sich auf den Fahrersitz fallen, kurbelte das Fenster herunter und zündete sich eine Zigarette an. Die kühle Morgenluft wirbelte Irmas Haar durcheinander, während sie sich auf den Weg in Richtung Osten machten. Begleitet von *Ivens Soundtrack gegen nervige Konversationen (Teil 2)* fuhren sie der aufgehenden Sonne entgegen.

33

Gegen Mittag begann Irmas Magen laut zu knurren, ihre Beine wurden allmählich steif, und die Stille zwischen ihr und Iven machte sie fast verrückt. Sie bat ihn daher um eine Pause. Iven wirkte ganz dankbar dafür, auch wenn er es nie zugegeben hätte. Irma fragte sich, wie er es überhaupt schaffte, diese fürchterlich lange Strecke nun schon zum zweiten Mal innerhalb kürzester Zeit zu fahren. Sie hätte ihm gerne einen Fahrerwechsel angeboten, hatte allerdings wegen ihrer Zeit in der *Anderswelt* ja noch keinen Führerschein. Und nachdem sie ein ganzes halbes Jahr in eben dieser *Anderswelt* verbracht hatte, kam ihr die Situation reichlich unwirklich vor, als Iven an einem gut besuchten Autobahnrasthof anhielt. Es war eine dieser großen Raststätten, die neben einer Tankstelle noch Gastronomie und einen Spielplatz für Kinder hatten. Während Iven also tankte, stattete Irma sich mit all den Schokoriegeln aus, die sie in den letzten Monaten vermisst hatte. Da sie selbst keinen Cent mehr besaß, bezahlte sie mit Ivens Geld; sie wollte lieber gar nicht wissen, woher er es hatte. Immerhin war sie so vernünftig, auch nach etwas Sättigendem für sie beide Ausschau zu halten. Iven hingegen hatte nichts weiter getan, als sich an der Tankstelle einen Zigarettenvorrat zu besorgen. Rauchend lehnte er an der Autotür, als sie zurückkam.

»Du solltest besser auch etwas essen.« schlug sie ihm vor. »Lass uns bitte noch kurz Pause machen.«

Doch Iven musste ihre Brezel nur ansehen, damit seine Haut einen grünlichen Schimmer bekam. Irma machte sich zwar Sorgen um ihn, doch er verhielt sich weiterhin so abweisend, dass sie es nicht ansprach. Irgendetwas stimmte nicht mit ihm, aber offenbar wollte er nicht darüber sprechen, er schwieg beharrlich. Daher versank Irma auf der stundenlangen Fahrt in ihren Gedanken und versuchte zu verarbeiten, was sie wenige Stunden zuvor von ihrer Mutter erfahren hatte. Sie war Torins Tochter, direkte Nachfahrin der ersten Wächter Darion und Selene, Helias Cousine, und womöglich wachte Belisana, die Göttin der Hexen, über sie. Kaum zu glauben, dass bis vor ein paar Monaten

Mathehausaufgaben ihre größte Sorge gewesen waren. Aber vielleicht war sie gerade wegen ihrer ungewöhnlichen Herkunft auch eine wesentlich bessere Wächterin als Schülerin.

Die Kilometer flogen dahin, und irgendwann konnte Irma die Schrift auf den Verkehrsschildern nicht mehr lesen. Hätte sie mehr Zeit gehabt, sich auf die Mission vorzubereiten, hätte sie sich vielleicht noch das kyrillische Alphabet einprägen können. So musste sie sich voll und ganz darauf verlassen, dass Iven sich zurechtfand.

Die Nacht an einem abgelegenen Rastplatz wurde noch fürchterlicher als die Autofahrt. Iven gab ihr knapp zu verstehen, dass sie die Wahl zwischen Auto und Zelt hatte. Sie entschied sich für die Übernachtung im Wagen, woraufhin Iven ohne Abschiedsworte in seiner Fuchsform verschwand. Irma erkundigte sich am nächsten Morgen nicht, wo er die Nacht verbracht hatte. Das Zelt hatte er jedenfalls nicht aufgestellt. Ihr Körper war steif und schmerzte, sie verzichtete jedoch darauf, deswegen zu jammern. Es grenzte an ein Wunder, dass sie den zweiten Teil der Reise unbeschadet überstanden, denn Iven sah hundemüde aus. Seine Augenringe waren noch dunkler als am Vortag, er gähnte ununterbrochen, und sie mussten mehrmals haltmachen, damit er sich Kaffee besorgen konnte. Als sie Stunden später die Autobahn verließen und tiefer in eine waldige, kaum von Menschen bevölkerte Gegend fuhren, wurden die Straßen immer schlechter, sie bogen auf Feldwege ab, und zu guter Letzt hielt Iven am Rand eines Waldes an.

»Sind wir da?«, fragte Irma angespannt.

Sie konnte eine leichte *Urmagikk* spüren, die von dem Wald auszugehen schien. Diese *Magikk* fühlte sich anders an als die des *Kaltengrims* und war wesentlich schwächer. Von Hexen nahm Irma nichts wahr.

Iven schüttelte den Kopf. »Nicht ganz. Der Urwald hier ist tatsächlich um einiges größer als der *Kaltengrim*. Wir haben noch einen langen Fußweg vor uns. Wir müssen heute einiges schaffen, damit wir morgen nicht mehr so viel zu gehen haben, da sollten wir unsere Kräfte für die Walpurgisnacht schonen.«

Beladen mit ihrem Krimskrams folgte Irma Iven durch den Wald, der allmählich immer dichter wurde. Die Walpurgisnacht würde schon am nächsten Tag sein, und sie fühlte sich nicht sonderlich gut darauf vorbereitet. Sie musste wohl oder übel darauf bauen, dass Iven wusste, was er tat. Der stapfte wortlos vor ihr durch das Dickicht und sammelte hier und da Blumen und Kräuter, die er in seine zerfledderte Tasche stopfte. Auch wenn sie sich darüber wunderte, vermied Irma es, ihn danach zu fragen.

Nach einer Weile wurde es in dem dichten Urwald dunkel, und ohne ihre Nachtsichtigkeit wäre Irma heillos aufgeschmissen gewesen, denn sie traute sich nicht, den Leuchtkristall aus ihrer Tasche zu holen. Ununterbrochen fühlte sie nach, ob sich nicht doch eine Hexe in ihrer Nähe aufhielt. Doch glücklicherweise konnte sie keine weitere *Magikk* wahrnehmen.

»Wenn hier morgen die Walpurgisnacht stattfinden soll, wieso tummeln sich dann heute noch keine Hexen in diesem Wald?«, fragte Irma verwundert.

»Brauchtum«, antwortete Iven knapp. »Die Hexen werden direkt zur Walpurgisnacht kommen, sich schon vorher zu treffen ist nicht üblich.«

Dennoch warf auch er unruhige Blicke in den mittlerweile düsteren Wald. »In der Nähe sind sie wahrscheinlich trotzdem schon«, sagte er.

Irmas Beine wurden langsam müde, und sie war heilfroh, als Iven nach dem stundenlangen Marsch eine Stelle für ihr Nachtlager auserkor. Erleichtert ließ sie ihre Taschen zu Boden fallen. Iven begann derweil das Zelt aufzubauen, von dem er am Vortag zwar gesprochen hatte, das aber dann doch im Kofferraum geblieben war. Irma ging ihm schweigend zur Hand.

»Wir werden abwechselnd schlafen, so kann immer einer Wache halten«, erklärte Iven, als er den letzten Hering in den Boden rammte.

Irma nahm das kleine Zelt genauer in Augenschein und war dankbar für diese Lösung. Sie ließ sich auf dem Waldboden nieder und beobachtete, wie Iven ohne ein Wort in den Wald verschwand. Nach einiger Zeit kam er mit Birkenreisig zurück, und sie sah ihm neugierig dabei zu, wie er daraus mehrere Bündel band, die er um ihr Zelt herum verstreute. Auch einen Ast Kreuzdorn hatte er aufgetrieben, den er nun vor den Zelteingang legte. Irma machte sich eine gedankliche

Notiz, später keinesfalls barfuß das Zelt zu verlassen. Anschließend holte er die vorher gepflückten Pflanzen aus seiner Tasche und breitete Holunder vor dem Zelt aus. Mit großen Augen verfolgte sie, wie er Baldrian, Wermut und Zweige von Hagebutten in das Zelt brachte.

Als er schließlich eine Großpackung Speisesalz aus der Tasche zog und damit einen Kreis um sich, Irma und das Zelt zog, fragte Irma verdutzt: »Was für einen Hokuspokus betreibst du da bitte?«

Als wäre sie schwer von Begriff, erklärte Iven gereizt: »Schutz- und Abwehrzauber gegen Hexen.«

»Was du nicht sagst. Das meine ich gar nicht. Worauf ich hinauswill, ist, dass ich bei diesen ganzen Maßnahmen überhaupt keine *Magikk* spüren kann. Wie sollen sie dann die Hexen abschrecken?«

Iven zuckte mit den Achseln. »Ich bin lieber vorbereitet.«

Wer hätte gedacht, dass Iven abergläubisch ist.

»Bei den Geschichten, die man von Baba Jaga hört, kann man nicht vorsichtig genug sein«, verteidigte er sich eingeschnappt, als er Irmas belustigte Miene sah.

»Was weißt du über sie?« Irma wurde wieder ernst. »Was weißt du über Baba Jaga?«

»Mein Vater hat mir schon als Kind Geschichten von ihr erzählt. Von Ježibaba, der ältesten und mächtigsten Hexe der Welt.«

Irma konnte nicht anders, als sich vorzustellen, wie Iven gespannt seine großen sturmgrauen Augen aufgerissen hatte, während sein Vater ihm Gruselgeschichten erzählte, die ihn noch zweihundert Jahre später verfolgten.

»Im Gegensatz zu den anderen Hexen fliegt sie nicht auf einem Besen. Sie fliegt auf einem riesigen Mörser, in dem sie die Knochen von Menschen und *Anderswesen* zermahlt.«

Hätte Iven nicht so todernst dreingeschaut, hätte Irma die Geschichte als albern abgetan und darüber gelacht. Stattdessen stellte sie sich die armen Seelen vor, die der Hexe möglicherweise zum Opfer gefallen waren.

»Sie hat allerdings einen Besen, um ihre Spuren zu verwischen. So kann sie nicht gefunden werden, auch nicht von den besten Spähern«, fuhr Iven mit seinem Schauermärchen fort. »Sie aufzuspüren wird dadurch noch schwieriger, dass auch ihr Haus den Ort wechseln kann. Sie lebt in einer Hütte ohne Eingang, die auf Hühnerbeinen steht. Man kann sie nicht finden, wenn sie das nicht will.«

»Aber sie ist schon gefunden worden?«, fragte Irma.

Iven nickte. »Daher stammen ja die Geschichten. Ihren Garten dekoriert sie mit den Schädeln der Menschen, die sie vorher gefressen hat. Außerdem hat sie eiserne Zähne. Ihr zu begegnen war bis dato alles andere als mein Wunsch.«

Irma dachte darüber nach. Ihr Vater hatte die Begegnung mit Baba Jaga überstanden, und ihre Mutter hatte keine derartig schauerliche Geschichte von ihr erzählt.

»Gibt es auch etwas schmeichelhaftere Überlieferungen?«, wollte Irma wissen.

»Es heißt, dass Baba Jaga Besuchern mit reinem Herzen gegenüber nicht nur gnädig ist, sondern sie auch mit Ratschlägen und magischen Geschenken ausstatten kann.«

»Na bitte«, antwortete Irma optimistisch. »Das klingt doch gut für uns.«

Iven sah wenig überzeugt aus und kehrte Irma den Rücken zu. »Sprich da besser nur für dich«, antwortete er leise.

Er schien das Gespräch für beendet zu erachten.

Wie vereinbart wechselten sie sich mit dem Schlafen ab. Irma träumte in dieser Nacht davon, dass sie in Baba Jagas gigantischem Mörser gefangen war. Sie konnte nicht an dessen glatten Wänden hinaufklettern, egal wie sehr sie sich anstrengte.

Geweckt vom Vogelgezwitscher erwachte Irma aus ihrem unruhigen Schlaf und kroch aus dem Zelt. Ein paar warme Sonnenstrahlen brachen durch das Geäst der Bäume und tauchten den Wald in ein goldenes Licht. Es war noch ein wenig neblig, als Irma ihre nackten Füße auf den feuchten Waldboden stellte. Sie streckte sich, sog die morgendliche Frühlingsluft ein und seufzte. Es hätte ein herrlicher Tag für einen Campingausflug sein können. Doch dafür waren sie nicht hier.

»Vorsicht, Kreuzdorn«, hörte sie Iven, der neben dem Zelt saß und über ein paar Notizblättern brütete, auf denen Irma seine krakelige Schrift erkennen konnte.

Sie stieg über den dornigen Zweig, den sie tatsächlich schon wieder vergessen hatte, schnappte sich etwas von dem Proviant aus einer der Taschen und ließ sich gegenüber von Iven nieder.

»Was ist der Plan für heute?«, fragte sie.

»Wir warten. Dann bereiten wir uns vor, danach gehen wir los«, antwortete Iven knapp.

Danke fürs Gespräch.

Irma rollte mit den Augen. Sie biss in ihren Apfel und ließ den Blick über den Wald wandern. Sich aufzuregen brachte sowieso nichts, Iven würde ihr schon rechtzeitig mitteilen, was er vorhatte. Auch wenn Irma nach wie vor keine *Hexenmagikk* spüren konnte, strahlte der Wald an diesem Morgen dennoch eine stärkere *Magikk* aus. Ein leichtes Surren umgab jeden Stein, jedes Blatt, jedes kleinste Blümchen. Das Hochfest des Frühlings stand vor der Tür, und die Natur schien bereit dafür zu sein. Fehlten nur noch die Partygäste.

Um Ivens missmutiger Aura zu entgehen, stand Irma irgendwann auf und schlenderte durch den Wald. Sie dehnte ihre schmerzenden Muskeln und ließ heimlich ein paar Mondhasen zwischen den Bäumen hindurchhoppeln. Als sie zum Zelt zurückkehrte, war Iven fort. Irma wartete, doch da er nach einer gefühlten Ewigkeit immer noch nicht aufgetaucht war, schloss sie die Augen und streckte die Fühler nach seiner *Magikk* aus. Er war nicht weit weg, und sie beschloss, ihn aufzusuchen. Sie fand Iven auf einer kleinen Lichtung, die von den warmen Sonnenstrahlen in ein glitzerndes Licht getaucht wurde. Irma blieb zwischen den Bäumen stehen und betrachtete den Fuchsgestaltwandler. Sein Haar glänzte feuerrot in der Sonne, und er hatte seinen Blick auf etwas in der Ferne gerichtet. Auch wenn sie sein Gesicht nicht sehen konnte, traute Irma sich keinen Schritt weiter. Irgendetwas stimmte nicht mit ihm.

»Ich kann spüren, dass du da bist.«

Verdammt.

Irma fühlte sich ertappt, als sie zwischen den Bäumen hinaustrat.

»Was machst du hier?«, fragte sie leise.

»Ich habe Gundelreben für heute Abend gesucht«, erklärte er und deutete auf den Boden vor sich. »Die kleinen mit den lila Blüten.«

Irma musterte die kleinen Gundermann-Blümchen, die sie als Kind oft mit ihrer Mutter gepflückt hatte. »Wofür brauchen wir die?«

Er fuhr sich mit den Fingern durch sein offenes Haar und richtete seine grauen Augen auf Irma. »Gundelreben schreibt man eine starke Zauberkraft zu. Sie sollen das Böse fernhalten und die eigenen Kräfte verstärken«, erläuterte er ungewöhnlich geduldig. »Hexen tragen solche Haarkränze aus Gundermann in der Walpurgisnacht.«

»Und wir binden uns auch welche?«, schlussfolgerte Irma.

Er nickte.

Es herrschte einen Augenblick lang Stille, dann kniete Iven sich zu den Blümchen. Er zog ein Messer aus der großen Tasche seiner Cargohose und säbelte die Stängel der Gundelreben durch. Er reichte Irma einen Teil der Blumen. Schweigend folgte sie ihm zurück zu ihrem Zeltplatz. Sie legten die kleinen Blumen auf einen Haufen, und Iven kramte Aluminiumdraht, eine Zange und Floristen-Kreppband, wie Irma es aus Briettas Blumenladen kannte, aus seiner Umhängetasche. Sie freute sich tatsächlich darauf, ihren Kranz zu flechten. Kindheitserinnerungen an Sommerferien in der *Wolfswacht* stiegen auf, und Irma wurde ganz warm.

Dann griff Iven erneut in seine Tasche und zog ein Fläschchen mit einer Flüssigkeit heraus. Er stieß einen tiefen, leidenden Seufzer aus, verzog das Gesicht, löste den Stöpsel und kippte sich den Inhalt in den Mund. Er schauderte, dann setzte er sich neben Irma und griff nach Draht und Zange. Irma beobachtete, wie er aus dem Draht zwei Haarreifen formte. Er hielt Irma einen davon hin, und sie machte sich daran, das Metall mit dem Floristen-Kreppband zu umwickeln.

»Wie lange dauert es, bis der Trank wirkt?«, fragte sie neugierig.

»Laut Sander dauert es weniger als eine Stunde. Man sollte so einen Trank aber rechtzeitig nehmen, für den Fall, dass einem davon schlecht wird. Ich will mich nicht auf der Walpurgisnacht übergeben müssen. Die Wirkung soll wohl einen ganzen Tag andauern.«

Die beiden begannen daraufhin, ihre Blümchen an den Kränzen zu befestigen.

»Du kannst ruhig mehr Blumen nehmen, damit der Kranz wirklich voll wird«, sagte Iven. »Ich glaube, wir haben genug davon.«

Irma sah von ihrem Kranz auf, und ihr fiel die Kinnlade herunter. Der Trank fing an, seine Wirkung zu entfalten.

Wie Sander angekündigt hatte, diente sein Zaubertrank dazu, nur das Nötigste zu verändern. Deshalb war es unverkennbar Iven, der vor Irma saß und den Blumenkranz flocht. Er wirkte immer noch groß und dünn, war allerdings um dreißig Zentimeter geschrumpft und weniger kantig. Seine Schultern waren schmaler geworden, und das sowieso schon zu große Oberteil hing nun wie ein Kleid an ihm herab. Er versank förmlich in seiner Cargohose. Angesichts seiner schlabberigen Klamotten konnte Irma nicht beurteilen, was sich sonst noch verändert hatte. Was ihr allerdings die Sprache verschlug, war die Veränderung in seinem Gesicht. Die Wimpern um seine großen grauen Augen waren beneidenswert lang und geschwungen, die harten Gesichtszüge wirkten sanfter und seine Lippen voller. Ivens Narben hatte Sanders Trank vollkommen verschwinden lassen, die Haut an seinem Hals und Kiefer war makellos, genau wie an seinen Armen und Händen. Er sah beinahe aus wie seine Schwestern, die Irma an der Wintersonnenwende gesehen hatte. Lediglich die Grausamkeit in seinem Blick fehlte.

»Was?«, fragte Iven, der bemerkt hatte, dass Irma ihn anstarrte.

Selbst überrascht von seiner deutlich helleren, weniger kratzigen Stimme sah er an sich herunter. Seine Ohren wurden rot, und Irma fing an zu lachen.

»Was?«, blaffte er ein weiteres Mal genervt.

»Du solltest deinen Blick sehen«, sagte sie belustigt. »Du guckst ja so was von überfordert aus.«

Iven fuhr demonstrativ fort, seinen Gundelrebenkranz zu binden.

Irma konnte ihren Blick nicht von ihm abwenden. Von ihr. »Die weibliche Gestalt steht dir. Ich bin echt ein bisschen neidisch auf deine langen Beine. Du könntest gut an einer dieser menschenverachtenden Model-Casting-Shows teilnehmen.«

»Ich verzichte«, gab Iven zurück.

Irma nahm allerdings wahr, dass seine Wangen ein wenig rot wurden. Sie musste grinsen.

Zum dritten Mal seit seiner Verwandlung fragte Iven ungeduldig: »Was? Jetzt rück schon raus mit der Sprache.«

»Hat sich alles verändert, also alles alles?«, fragte Irma, ahnend, dass Iven ihr das nicht verraten würde.

»Das wirst du nie erfahren«, antwortete er. »Nur über meine Leiche.«

»In Anbetracht der bevorstehenden Mission ist das gar nicht so unwahrscheinlich«, gab Irma zu bedenken.

Iven warf ihr einen bitterbösen Blick zu. »Ich bitte dich inständig darum, dass du das niemals nachprüfst. Auch nicht im Fall der Fälle.«

Irma nickte. Es herrschte kurz Stille, doch sie sah, wie sich für einen klitzekleinen Augenblick ein belustigtes Lächeln auf Ivens Lippen stahl. Irmas Herz begann zu flattern. Am liebsten hätte sie Iven Löcher in den Bauch gefragt, so fasziniert war sie von Sanders Trank.

»Kann man so eine Verwandlung auch permanent vollziehen?«, wollte sie wissen.

Iven nickte langsam. »Einigermaßen, ja. Im Gegensatz zur menschlichen Welt ist das in der *Anderswelt* auch gar kein großes Thema. Selbst im *Kaltengrim*.«

»Wirklich? Das ist ja genial«, rief Irma aus.

Iven zuckte mit den Achseln. »Das sollte doch eigentlich selbstverständlich sein, oder? Genau wie die Tatsache, dass man lieben dürfen sollte, wen man will. Das funktioniert im *Kaltengrim* auch besser als in der menschlichen Welt. So ein Seelenbund ist wichtiger als gesellschaftliche Normen.«

»Wer hätte gedacht, dass die *Anderswelt* fortschrittlicher ist als die der Menschen«, murmelte Irma kopfschüttelnd. Sie dachte an Anselm und seine Neigungen – und die vielen ignoranten Menschen, die es gab.

»Wenn man mal von der Tatsache absieht, dass es im *Kaltengrim* keinen Strom gibt, dass keiner dort je das Wort ›Demokratie‹ gehört hat und dass die *Anderswesen* Teil eines grauenvollen Klassensystems sind«, entgegnete Iven frustriert.

Es breitete sich ein betretenes Schweigen zwischen den beiden aus, und sie flochten wortlos weiter ihre Kränze. Irma warf einen verstohlenen Blick auf Iven, der auch in seiner weiblichen Form müde und traurig aussah. Was ihm Sanders Trank nicht genommen hatte, waren die dunklen Schatten unter seinen sturmgrauen Augen. Irma legte ihren Haarkranz nieder und richtete sich auf.

»Ich weiß, dass du es mir nicht erzählen willst«, begann sie. »Ich frage dich aber trotzdem. Was ist los mit dir? Weshalb geht es dir so schlecht?«

Iven hob nicht einmal den Blick zu Irma.

Sie beschloss, trotzdem nicht aufgeben. »Du isst fast nichts mehr, und du kannst nicht schlafen. Tu ja nicht so, als wäre alles in Ordnung! Ich bin nicht so dumm, wie du mich immer hinstellst. Ist auf deiner Mission etwas Schlimmes passiert?«

Endlich legte Iven den Kranz nieder. Er mied allerdings weiterhin Irmas Blick und fixierte einen Punkt in der Ferne.

»Damit hat das nichts zu tun«, murmelte er.

Irma fuchtelte verzweifelt mit den Armen. »Sondern? Jetzt rede endlich mit mir, das ganze Schweigen zwischen uns macht mich wahnsinnig!« Sie spürte, dass ihre Wangen von diesem Gefühlsausbruch rot geworden waren.

Iven biss auf seiner Unterlippe herum und sah zwischen Irma und seinen Händen hin und her. Die Sekunden verstrichen, doch Irma wartete geduldig. Seine Antwort schien ihn unendlich viel Kraft zu kosten. Ivens Stimme war heiser, als er endlich flüsterte: »Es tut mir leid, dass ich dir wehgetan habe.«

Irma fiel es wie Schuppen von den Augen. Nicht nur für sie waren die letzten Wochen eine Tortur gewesen. Nicht nur sie hatte sich den Kopf über den Streit zermartert und sich gewünscht, dass nichts davon geschehen wäre.

Wie konnte ich nur so blind sein?

Iven sah ihr nicht in die Augen, als er noch leiser sagte: »Ich hoffe, du verabscheust mich nicht so sehr, wie ich es selbst tue.«

Endlich schob Irma den Zorn beiseite, hinter dem sie so lange ihre Trauer und Einsamkeit vor sich selbst versteckt hatte.

»Das ist ja das Problem«, antwortete sie ihm mit zitternder Stimme. »Ich könnte es gar nicht, selbst wenn ich es wollte.«

Nun sah auch Iven sie an, seine sturmgrauen Augen flackerten, und er wirkte so verzweifelt, wie Irma ihn noch nie gesehen hatte.

»Ich weiß nicht mehr, was ich denken und fühlen soll«, murmelte er. »Ich habe Dorothea, das Mädchen aus Birkenhain, damals entdeckt und es nicht über mich gebracht, sie zu töten. Deshalb wurde ich ja überhaupt mit dieser lächerlichen Mission bestraft, durch die wir uns kennen. Ich will nicht, dass du denkst, ich würde solche Gräueltaten mit Freude unterstützen. Aber ich glaube, dass das Leben im *Feuerberg* mein Herz noch mehr vergiftet hat, als es das sowieso schon war. Ich hasse die Hexen schon mein ganzes Leben lang, Irma.«

Irma schluckte schwer. »Wieso glaubst du, dass dein Herz schon vorher vergiftet war?«, fragte sie leise.

Iven atmete lange aus, rieb sich die Augen und sah sie schließlich bestimmt an. »Ich möchte dir etwas erzählen.«

Unfähig, einen Seelenbund mit dem Vater ihrer neun Töchter einzugehen, war Amalia aus dem *Kaltengrim* geflohen. Sie wollte weit fort, doch das Schicksal hatte etwas anderes mit ihr im Sinn. Denn sie traf stattdessen auf Ludwig Faber, den wortkargen Schmied des kleinen Dörfchens Berg. Er bedeutete ihr mehr als die gesamte Welt, und sie bauten ein kleines Häuschen in dem Menschendorf, das zur Heimat ihres Herzens wurde. Es dauerte nicht lange, bis ihr gemeinsames Glück einen Namen bekam. Doch Iven Faber war kein einfaches Kind. Zum Ärger seiner Eltern büxte er regelmäßig aus, was ihm aufgrund seiner Schnelligkeit ganz ausgezeichnet gelang. Dass seine Mutter mit Argusaugen über ihn wachte, schien ihn nur anzustacheln. Er war noch zu jung, um zu verstehen, in welche Gefahr er sie bringen könnte. Iven war neugierig und eigensinnig. Wenn er nicht gerade dabei war, das Weite zu suchen, kletterte er überall hinauf, wo er hinkam. Eines Tages fand Amalia ihren Sohn auf dem Dach ihres Häuschens sitzend.

Sie hob die schlanken Arme nach ihm und drückte ihn an sich, als sie ihn wieder vom Dach herunterbekommen hatte.

»Was steht da?«, fragte Iven seine Mutter und deutete auf die in den Türrahmen eingravierte Zahl.

Liebevoll strich sie ihm über das rote Haar, das die gleiche Farbe hatte wie ihr eigenes.

»1799. Da bist du geboren, mein Schatz«, antwortete sie. »Da hast du mein Leben komplett gemacht.« Sie rieb ihre Nase an Ivens, und der kleine Fuchsgestaltwandler kicherte.

»Und meines«, ertönte die tiefe Stimme seines Vaters.

Die Familie war glücklich, doch dieses Glück war brüchig und nicht von Dauer. Wenige Jahre später wurden die Kinder im Dorf krank. Amalia verbot Iven, mit ihnen zu spielen, und behielt ihn im Haus.

»Wieso werden sie alle so krank?«, wollte er wissen. »Stimmt es, dass eine Hexe sie verzaubert hat.«

Iven lag mit seiner Vermutung richtig. Amalia suchte die Hexe auf, eine grausame Frau, die durch die Dörfer pilgerte, um sich an dem Unheil zu ergötzen, das sie verbreitete. Es gelang ihr, die Hexe zu vertreiben, doch diese hatte schon einen immensen Schaden angerichtet.

Die Leute im Dorf suchten indes nach einem Sündenbock.

»Amalias Sohn ist das einzige Kind, das noch lebt«, murmelten die Menschen. »Und diese Frau kann sich in einen Fuchs verwandeln. Das hat ihr Sohn meinem Jungen erzählt.«

Im Jahr 1807 wurde in dem kleinen Örtchen Berg die erste und letzte Hexe verbrannt, eine vermeintliche Hexe, die einfach nur anders war als die Menschen im Dorf. Amalia lächelte bis zum bitteren Ende, um ihrem Sohn die Angst und seine Schuldgefühle zu nehmen. Iven war noch so jung, als er sich am Scheiterhaufen ewigen Hass sich selbst und der Hexe gegenüber schwor, der dieses Unglück zuzuschreiben war.

Die folgenden Jahre waren für den Witwer Ludwig und seinen Sohn hart. Amalias Tod hatte ein Loch in ihr Leben gerissen, und das Geschäft in der Schmiede lief schlecht. Das Dorf traute ihnen nicht mehr. Kein Arzt wollte sich dem Häuschen nähern, als Ludwig und Iven Jahre später an Nervenfieber erkrankten. Iven war vierzehn, als er seinen Vater begrub.

Amalia hatte ihn bewusst von den anderen Fuchsgestaltwandlern ferngehalten, doch sie waren alles, was von seiner Familie noch übrig war. So machte er sich das erste Mal in seinem Leben auf den Weg in den *Kaltengrim*. Ein Wächter gewährte ihm Eintritt in die *Anderswelt* und wies ihm den Weg zur *Fuchshöhe*, zu seinen neun Schwestern. Alle waren sie seiner Mutter wie aus dem Gesicht geschnitten, so wie er auch. Doch ihren Augen fehlte das liebevolle Funkeln, und sie grinsten höhnisch, als sie vom Tod der Mutter erfuhren.

»Das hat sie nun davon«, lachten sie. »Das geschieht ihr recht.« Die Nachricht von Amalias Ende erfüllte sie mit Genugtuung, Ivens Rückkehr zu seinen Wurzeln im *Kaltengrim* war ihnen dagegen ein Dorn im Auge.

»Du bist eine Missgeburt, Halbmensch«, zeterten sie. »Du bist *erbärmlich.*«

Iven war völlig wehrlos, als sie sich alle gleichzeitig in Füchse verwandelten und ihn mit ihren scharfen Fängen zerfleischten. Er erinnerte sich nur noch dumpf an den Albtraum von Schmerz und Blut. Seine Schwestern ließen ihn zum Sterben liegen, doch Iven tat ihnen diesen Gefallen nicht. Einzig und allein seine Sturheit und sein eiserner Wille gaben ihm die nötige Kraft, sich aus dem Wald und in Richtung Norden zu schleppen.

Glen fand ihn gerade noch rechtzeitig und brachte ihn zu seiner Frau Grada. Die begnadete Heilerin pflegte den Fuchsgestaltwandler gesund. Sie nahmen ihn bei sich und ihrer kleinen Tochter Kenna auf. Erst mehr als ein Jahrzehnt später sollte Iven zurück in den *Kaltengrim* geholt werden.

Irma schlug die Hände vor den Mund. Auch wenn sie durch den Zaubertrank verschwunden waren, sah sie die grauenvollen Narben vor sich, die Ivens gesamten Körper überzogen. Die Narben, von denen sie geglaubt hatte, sie würden von *Daimonen* stammen. Die Narben, die Iven tagtäglich daran erinnerten, dass seine Schwestern ihn verstoßen hatten. Irma sog scharf die Luft ein, als sie sich daran erinnerte, weshalb ihr Streit damals eskaliert war.

Du bist wirklich erbärmlich.

»Es tut mir so leid, was ich zu dir gesagt habe«, entschuldigte sie sich, ihre Wangen brannten vor Scham. »Ich wusste nicht, welche Vergangenheit du mit den Hexen hast. Danke, dass du dich mir anvertraut hast.«

Iven nickte.

»Es war nicht deine Schuld, was deiner Mutter widerfahren ist«, sagte Irma mit fester Stimme.

Sie konnte sehen, dass Iven ihr nicht glaubte. Überhaupt konnte sie das erste Mal den Selbsthass wahrnehmen, der ihn zu der abweisenden und schwierigen Person machte, die er war.

Wie kann es sein, dass ich bisher nicht in der Lage war, hinter diese doch so brüchige Fassade zu blicken?

»Kannst du mir jemals verzeihen, wie ich dich behandelt habe?«, wollte er wissen.

Irma musste nicht überlegen. Sie nickte, und mit zittriger Stimme gab sie zu: »Du hast mir sehr gefehlt.«

Ivens Schultern schienen sich zu entspannen, und er lächelte eines seiner seltenen Lächeln, die sein ganzes Gesicht zu erhellen schienen und seine Sommersprossen zum Funkeln brachten. »Du mir auch.«

Irma wurde warm ums Herz. Sie sah den Gestaltwandler an, der trotz seiner ruppigen Art immer für sie da gewesen war. Der sich gegen Helias Klassensystem auflehnte und den *Anderswesen* half, die durch das Raster fielen.

»Ich möchte dir auch etwas erzählen«, begann sie langsam.

Irma erzählte Iven alles. Davon, dass sie Torins Tochter und Helias Cousine war. Und wie ihr Vater der berüchtigten Hexe Baba Jaga, tatsächlich begegnet war und von ihr erfahren hatte, dass Helia selbst die Mörderin von Darion und Selene war. Dass sie vermutete, Belisana würde über sie wachen. Als sie geendet hatte, sah sie Iven erwartungsvoll an.

»Ich wusste es!«, rief Iven aus. Zu Irmas Verwunderung wirkte er geradezu glücklich über ihre Enthüllungen.

»Ach ja?«, fragte sie verdutzt.

»Na ja, vielleicht nicht ganz«, lachte er. »Aber das erklärt so viel! Ich habe mich schon immer gefragt, weshalb deine *Magikk* so seltsam und stark ist. Und weshalb keiner von euch einen blassen Schimmer von dem Seelenbund deiner Mutter hatte. Und als ich bei euch in der *Wolfswacht* Torins Schwert gefunden habe, war mir klar, dass du nicht einfach nur irgendwer sein kannst!«

»Wann hast du denn das Schwert gefunden?«, fragte Irma verwundert.

»Ähm ... bei der Geburtstagsfeier deines Cousins«, nuschelte Iven und wandte beschämt den Blick ab.

»Als du mich mit *Ambrosia* vergiftet hast! Dafür bin ich dir übrigens immer noch böse!«

»Tut mir leid«, entschuldigte sich Iven kleinlaut.

Irma winkte ab und stand auf.

»Ich kann meine *Magikk* mittlerweile übrigens besser kontrollieren«, sagte sie mit ein wenig Stolz in der Stimme.

Sie ließ die Zauberkraft in ihren Adern pulsieren und von ihrem Herzen bis zu den Händen strömen. Iven machte große Augen, als sie einen ihrer Hasen aus weißblauem Licht um ihn herum hoppeln ließ.

»Ich glaube, du könntest vielleicht doch die Richtige für unsere Mission sein, Mondhase«, sagte er ehrfürchtig.

34

Es dämmerte bereits, als Irma und Iven durch den dichten Wald schlichen. Doch allmählich näherten sie sich ihrem Ziel, und das Surren der fremdartigen *Magikk* wurde immer stärker. Über ihren Köpfen und hoch über den Baumwipfeln hatte Irma zahlreiche der Frauen auf ihren Besen gespürt, und der Komet Belisana schien bereits so hell wie der Mond. Iven hatte sich nicht getäuscht, was den Ort anging. Irma hielt ihren Blick auf seinen Rücken geheftet. Beide steckten sie nun in einem weißen, knielangen Gewand mit langen Ärmeln und einer Kordel um die Taille. Iven hatte die Kleider vor ihrer Abreise bei den Näherinnen in Auftrag gegeben. Irma fragte sich, ob sie in diesem komplett weißen Aufzug möglicherweise aussah wie ein Geist. Der einzige Farbfleck an ihr waren die kleinen lila Blüten, die sie als Kranz auf ihrem schneeweißen Haar trug. Auch Iven trug den Gundermannkranz in seinem offenen Haar, und genau wie sie war er barfuß. Obwohl der Tag warm und mild war, wurden Irmas Zehen allmählich kalt, und sie konnte es kaum erwarten, endlich das Maifeuer zu erreichen. Sie hatte mit Iven vereinbart, dass sie sich zunächst bedeckt halten würden und möglichst erst dazustießen, wenn die Feierlichkeiten schon in vollem Gange waren. Da Iven und Irma ihre Informationen nur vom Hörensagen hatten, konnten sie sich nicht sicher sein, dass ihre Verkleidung authentisch war. Zur Not mussten sie einen Rückzieher machen. Langsam, aber sicher konnte Irma wahrnehmen, wie viele unterschiedliche Hexen an der Walpurgisnacht auf sie warteten. Eine wesentliche größere Zahl noch als bei dem Angriff auf den *Kaltengrim*, den sie an *Imbolc* miterlebt hatte. Es war, als hörte sie Hunderte verschiedene Herzen schlagen. Der Weg wurde steiler, und die *Hexenmagikk* surrte so wild und nah, dass Irma nicht verwundert war, als sie zu einer großen Lichtung gelangten. Zwischen den Bäumen konnte Irma einen Steinkreis erkennen. In dessen Mitte brannte ein riesiges Maifeuer, und Irmas mittlerweile vor Kälte schon gefühllosen Arme und Beine sehnten sich danach, sich daran zu wärmen. Sie warf Iven einen fragenden Blick zu. Er nickte entschlossen, und gemeinsam betraten sie die Lichtung. Irma wusste gar nicht, wo sie zuerst hinschauen sollte. Um das Feuer herum wimmelte es nur so vor gut gelaunten Hexen. Ihre Besen hatten sie am Waldrand abgelegt, und Irma, deren Fußsohlen vom Waldboden in Mitleidenschaft gezogen worden waren, beneidete die Hexen um ihre Gaben. Erleichtert stellte sie jedoch fest, dass Iven und sie die richtige Kleiderwahl getroffen hatten, denn die Hexen waren ebenfalls barfuß und hatten allesamt weiße Kleider an. Manche davon sahen so altbacken aus wie die Hexen, die sie trugen. Andere wiederum bedeckten kaum die Körper der Frauen. Sie und Iven würden optisch jedenfalls nicht auffallen. Fasziniert stellte Irma fest, was für eine spaßige Feier die berühmt-berüchtigte Walpurgisnacht war. Viele der Hexen musizierten, und es wurde ausgiebig getanzt. Andere Frauen standen in Grüppchen zusammen, unterhielten sich und lachten. Obwohl sie in den unterschiedlichsten Sprachen redeten, lag ein Zauber in der Luft, der dafür sorgte, dass sie sich problemlos verstanden. Irma war so sehr damit beschäftigt, alles zu bestaunen, dass sie erst nach ein paar Minuten daran dachte, nach Baba Jaga Ausschau zu halten. Doch obwohl viele betagte Hexen anwesend waren, wirkte keine davon auf Irma wie die Hexenälteste.

Manche der Frauen hatten Kessel mitgebracht und brauten über eigenen kleinen Feuerstellen Tränke oder fertigten Salben. Manche verkauften Kristalle, und wieder andere räucherten mit brennenden Kräuterfackeln.

Irma wippte zu den magischen Klängen, die die Hexen den Trommeln, Geigen, Flöten und ihr unbekannten Instrumenten entlockten. Die Musik war fröhlicher, als sie es erwartet hatte, und die Frauen tanzten ausgelassen. Gleichzeitig konnte Irma nun verstehen, woher die Gerüchte über den anzüglichen Hexentanz stammten, die die christliche Kirche verbreitet hatte. Hemmungen kannten insbesondere die leicht bekleideten Hexen jedenfalls keine.

»Was steht ihr hier denn so schüchtern herum?«, rief eine lachende Stimme Irma und Iven zu. Sie gehörte einer Hexe, die sich nicht weit von ihnen auf der Lichtung aufgehalten hatte. Sie sah aus, als wäre sie um die fünfzig Jahre alt. Irma ging jedoch davon aus, dass sie schon seit Jahrhunderten lebte.

»Traut euch!« Die Hexe winkte die beiden zu sich.

Nach einem flüchtigen Blick zu Iven, der kaum merklich nickte, folgte Irma der Aufforderung der Hexe und trat in das wilde Getümmel.

»Ihr seid bestimmt das erste Mal hier«, sagte die Hexe und knuffte Irma aufmunternd in den Oberarm.

»War das so auffällig?«, fragte Irma nervös.

Die sympathische Dame nickte glucksend und deutete auf eine Gruppe Hexen, die sich um einen Kessel geschart hatten.

»Ich gebe euch einen Geheimtipp. Geht zu Yara, sie macht die besten Tränke!«

Sie klopfte Iven so stark auf die Schulter, dass er einen Ausfallschritt nach vorn machte. Dann war sie fort.

»Und jetzt?«, zischte Iven nervös.

»Wir gehen zu Yara, sie macht die besten Tränke«, beschloss Irma. Die Neugier hatte sie gepackt, und sie schlängelte sich in Richtung Hexenkessel durch. Iven folgte ihr angespannt, und Irma befahl ihm, sich gefälligst ein bisschen locker zu machen. »Wegen dir fliegen wir am Ende noch auf«, flüsterte sie. »Wir sollten zumindest so tun, als ob wir zum Feiern hier wären.«

Die unterschiedlichsten Aromen und Düfte stiegen Irma in die Nase, als sie sich mit Iven im Schlepptau dem Trank näherte. Die kleine Hexe, bei der es sich um Yara handeln musste, hatte langes braunes Haar und trug ein kurzes Kleid. Ihre Beine waren tätowiert.

Sie ging breit grinsend auf Irma und Iven zu, deutete auf den Kessel und rief schon von Weitem: »Zweimal für euch?«

Iven schüttelte energisch den Kopf, und das Grinsen der Hexe geriet kurz ins Wanken. Sie hob eine Augenbraue, und auch die übrigen versammelten Frauen sahen ihn so verwirrt an, dass Irma Iven einen bösen Blick zuwarf.

Reiß dich zusammen, wir dürfen nicht auffallen, schickte sie ihm in Gedanken.

»Entschuldigung«, lachte Irma verlegen. »Wir sind das erste Mal hier.«

»Na, wenn das so ist, umso besser!«, rief Yara erfreut. »Dann seid ihr bei mir doch genau richtig.«

Sie zwinkerte frech und schnappte sich zwei Tonkrüge, in die sie ihren Trank schöpfte.

Iven warf Irma einen grimmigen Blick zu, doch Irma ignorierte ihn, und Yara reichte ihr das erste Getränk. Sie schnupperte daran. »Süßholz«, stellte sie fest.

Als Yara Iven seinen Krug in die Hand drückte, sah er Irma verwirrt an. »Meinst du? Das riecht doch nach Pfirsich!«

Die Hexe kicherte und ermunterte die beiden, einen Schluck von ihrem Trank zu nehmen. Als die Flüssigkeit Irmas Mund berührte, machte sie große Augen. Bis auf die Kiwi-*Ambrosia*-Bowle bei Anselms Geburtstagsfeier hatte sie noch nie etwas so Magisches geschmeckt. Auf ihrer Zunge kribbelte die *Hexenmagikk*, und ihr wurde warm und wohlig zumute. Ihre Anspannung löste sich in Luft auf. Iven schien es ähnlich zu gehen, denn er blickte ausnahmsweise mal nicht mehr ganz so verkrampft drein.

»Na also«, kicherte Irma leise, als Yara sich ein paar weiteren Hexen zuwandte, die sich ihrem Kessel genähert hatten. »Wie schlimm kann es schon sein, wenn die anderen es auch trinken.«

Iven rollte mit den Augen, doch er nahm ebenso wie Irma noch einen Schluck. Und noch einen. Es war fast so, als ob der Zaubertrank getrunken werden wollte.

»Yara, wie machst du das bloß?«, rief eine junge Hexe beeindruckt. »Deine Tränke sind wirklich außerordentlich!«

»Meine Spezialzutat in diesem Trank ist die Vergissmeinnicht-Wurzel, Hanna. Nach meiner Erfahrung das beste Aphrodisiakum«, verkündete Yara mit einem Augenzwinkern.

Irma prustete laut los, als sie Ivens Blick sah.

»Verdammt«, murmelte er heiser.

Irma stupste ihn am Oberarm. »Jetzt guck doch nicht so panisch!« Sie war schon ein wenig beschwipst von dem Zaubertrank.

»Wie kannst du nur so locker sein?«, fragte Iven. Der Trank schien aber auch bei ihm seine Wirkung zu entfalten, denn seine Gesichtszüge entspannten sich zusehends.

»Ich weiß nicht, wieso, aber ich fühle mich hier wohl. Ich mag das Knistern der *Hexenmagikk*. Es erinnert mich an meine eigene«, sagte

Irma, die sich von der guten Laune der Hexen mehr und mehr an-
steckten ließ.

Iven nickte, und gemeinsam betrachteten sie die tanzenden Hexen.
Von Baba Jaga fehlte immer noch jede Spur, doch Irma hatte gerade
sowieso Schwierigkeiten damit, sich auf ihre Mission zu konzentrieren. Sie sollten die Hexen unauffällig ausfragen und den Aufenthaltsort ihrer Ältesten ermitteln. Aber Irmas Aufmerksamkeit galt der
Musik, dem machtvollen Klang der Trommeln und dem bezaubernden Gesang. Allmählich wurde das magische Gefühl in ihrem Bauch
stärker, und eine wohlige Wärme kribbelte bis in ihre Nasenspitze.
Irmas Gesicht begann angenehm zu glühen, ohne dass das Maifeuer
etwas damit zu tun gehabt hätte. Das letzte bisschen Anspannung
war verschwunden, und Irma wandte sich Iven zu. Sie hatte gar nicht
bemerkt, dass er sie schon eine ganze Weile angesehen hatte. Ohne
nachzudenken griff sie nach seiner Hand und zog ihn zum Maifeuer
in Richtung der tanzenden Hexen. Zu ihrer Überraschung sträubte
sich Iven nicht. Im Gegenteil, er griff nach ihrer anderen Hand und
wirbelte sie zur Musik im Kreis herum. Irmas Kopf fühlte sich an, als
wäre er mit Zuckerwatte gefüllt, und sie konnte vor Freude gar nicht
aufhören zu grinsen. Und sie wurde noch viel glücklicher, als sie auch
Iven lächeln sah. Irma ging einen Schritt auf ihn zu. In seiner weiblichen Form war er viel kleiner, sodass sie ihm problemlos die Arme um
den Hals schlingen konnte. In seinen grauen Augen flackerte glänzend
das Maifeuer, und sein rotes Haar schien so zu lodern wie die Flammen selbst. Iven grinste Irma schelmisch an.

»Was?«, fragte sie leise, doch sie bekam keine Antwort.

Stattdessen legte Iven seine Hände um Irmas Hüften und zog sie
ganz zu sich. Als er sie küsste, schien die Welt plötzlich stillzustehen.
Viel zu früh löste Iven seine Lippen von ihren. Irma war so schwindelig
wie nach einer wilden Karussellfahrt. Iven sah ihr erwartungsvoll in
die Augen, doch Irma ließ keine weitere Sekunde verstreichen, ehe
sie ihn wieder zu sich zog. Irma vergrub ihre Hände in seinem Haar,
und Ivens *Magikk* knisterte mit ihrer eigenen um die Wette. War
ihr erster Kuss noch vorsichtig und zaghaft gewesen, so loderte ihre
Leidenschaft nun mit dem Maifeuer um die Wette. Iven hielt Irma

so fest umklammert, als wollte er sie nie wieder loslassen. Sie konnte seinen schnellen Herzschlag spüren, der synchron zu ihrem eigenen pochte. Dass er nicht in seiner wahren Form war, war ihr bewusst. Seine Lippen fühlten sich in diesem Moment sicherlich sanfter an, und sein Körper war nicht so kantig wie gewöhnlich. Dennoch waren es unverkennbar Ivens filigrane Hände, die über ihren Rücken und ihre Hüfte strichen. Es waren seine Arme, die sie nach dem Kampf gegen den Nöck gehalten und getröstet hatten. Es war sein Duft nach Süßholz, den sie zehn lange Wochen vermisst hatte. Irma fühlte sich so, als wäre sie nach einer langen Reise endlich zu Hause angekommen.

Ob wenige Minuten vergangen waren oder doch vielleicht etliche Stunden, wusste Irma nicht. Sie konnte und wollte sich nie wieder von Iven lösen und dachte keinen Augenblick mehr an ihre eigentliche Mission. Doch als sich die Musik gegen Mitternacht veränderte und immer mehr Hexen im selben Rhythmus zu trommeln begannen, wurden auch Irma und Iven in die Realität zurückgeholt. Die Hexen ohne Trommeln klatschten, schnippten mit den Fingern oder stampften zu dem langsamen Rhythmus. Iven ließ Irmas Hand nicht los, während sie sich den Hexen anschlossen. Es fühlte sich an, als würden die versammelten Hexen etwas beschwören wollen. Etwas oder jemanden. Irmas Herz machte einen Satz, als sie am Rande ihrer Wahrnehmung eine derartig starke *Hexenmagikk* verspürte, wie sie sie den ganzen Abend noch nicht gefühlt hatte. Aufgeregt drückte sie Ivens Hand, und als auch er die *Magikk* spürte, drückte er ihre Hand zurück. Die sich nähernde *Magikk* war mächtig und voller Leben, als trüge sie selbst schöpferische Kräfte. Irma konnte in diesem Moment zwar nicht einordnen, woher, doch ihr war diese *Magikk* bekannt. Sie war sich ganz sicher, sie schon einmal gefühlt zu haben. Ihr war nur entfallen, wann. Auch die Hexen schienen die Präsenz zu spüren, und eine Frau mittleren Alters, die an einer der größeren Trommeln stand, hielt inne.

»Mutter des Waldes«, rief sie mit erhobener Stimme, »wir erwarten dich!«

Eine Reihe von Hexen wiederholte den Ruf.

Eine weitere ältere Hexe rief: »Erdmutter, wir begrüßen dich!« Diesmal wiederholte ein ganzer Chor der rings um das Feuer stehenden Hexen die Worte. Sie riefen immer lauter, stampften schneller zu den Trommeln, und über Irmas Arm zog vor Aufregung eine Gänsehaut. Sie spürte die *Magikk* nun so nah, dass keine Zweifel blieben. Es konnte sich nur um Baba Jaga höchstpersönlich handeln. Irma stieß einen überraschten Laut aus, als sie die Hexenälteste erblickte. Wie in Ivens Schauermärchen kam Baba Jaga tatsächlich in ihrem großen Mörser sitzend angeflogen, und ihre knorrige Arme verwendeten einen großen Stößel als Ruder. Auch wenn der Anblick urkomisch war, sah Baba Jaga selbst so furchteinflößend aus, dass Irma nicht nach Lachen zumute war. Gemächlich landete die alte Hexe vor dem Feuer, zu Irmas Erleichterung nicht in ihrer direkten Nähe. Doch auch aus sicherem Abstand konnte Irma die eisernen Zähne erkennen, die Baba Jaga zur Begrüßung fletschte und die im Licht des Maifeuers bedrohlich glänzten. Ansonsten sah die uralte Frau so aus wie eine Märchenhexe aus dem Bilderbuch. Irma dämmerte, dass diese Darstellungen wohl der Hexenältesten nachempfunden sein mussten. Sie war so hager und verschrumpelt wie ein Skelett, an dem viel zu viel Haut hing. Ihr faltiges Gesicht, die nackten Arme und Hände waren mit unzähligen Altersflecken übersät, und sie hatte eine lange, knorrige Nase. Ihr weißes Haar trug sie in einem geflochtenen Zopf, und wie die übrigen Hexen war sie in ein weißes Gewand gehüllt und barfuß. Ihre Finger- und Zehennägel waren lang und gelblich. Doch auch wenn ihre äußere Erscheinung ehrfurchtgebietend und wenig ansprechend war, kam Irma nicht umhin, die großen, hellgrünen Augen der Hexe zu bewundern, die machtvoll und klug funkelten. Sie konnte sich kaum vorstellen, wie weise Baba Jaga sein musste. Überrascht bemerkte Irma, dass Ivens Hand zu zittern begann. Er musste ebenfalls fühlen, welch außerordentliche Kraft von dieser Person ausging. Irma drückte seine Hand fester.

Ich bin da. Ich passe auf dich auf.

Der Klang der Trommeln erstarb, und bis auf das Knistern des Feuers herrschte eine gespannte Stille auf der Lichtung. Baba Jaga blickte langsam in die Runde der versammelten Hexen. Als sie ihre klugen

Augen auf sie und Iven richtete, pochte Irmas Herz ganz schnell. Trotz des Zaubertranks, der immer noch wirkte, wurde sie unendlich nervös. Doch die Hexenälteste hielt sich nicht lange bei ihnen auf, und Iven atmete erleichtert aus.

»Meine Schwestern«, ertönte Baba Jagas Stimme tief und rauchig. »Es ist nicht selbstverständlich, so viele von euch hier anzutreffen.« Die Wahl ihrer Worte war altertümlich, so wie auch manche der Wächter im *Kaltengrim* sprachen. Als wären sie nie ganz in der Neuzeit angekommen. Die Hexen lauschten aufmerksam der Ansprache, in der die Greisin sie dazu aufforderte, der dreifaltigen Göttin zu huldigen. Belisana, der Mutter der Hexen. Der Göttin des Mondes und des Lebens, des Todes und der Auferstehung. Derjenigen, die sich niemals von der Welt abwenden und weiterhin ihre Töchter erwählen würde. Irma war vollkommen in den Bann von Baba Jagas Worten gezogen worden.

»Unser Feuer brennt für sie, für all unsere neuen Schwestern und für die Gefallenen«, rief sie mit fester Stimme. »Wir Hexen sind menschgewordene Natur, wir sind die Verteidigerinnen der natürlichen *Magikk*, und wir schützen jedes einzelne Wesen, das es auf dieser Erde gibt. Wir danken Belisana dafür, dass sie uns diese Aufgabe zugewiesen hat.«

Verteidigerinnen der natürlichen Magikk. Menschgewordene Natur.

Irma realisierte, dass die Vielfalt der *Hexenmagikk* so groß war, weil jede Einzelne von ihnen einen kleinen Teil der Welt repräsentierte. Gemeinsam sollten sie das große Ganze schützen. Und Helia hatte die Frechheit besessen, die *Hexenmagikk abartig* zu schimpfen, obwohl sie nicht nur unmittelbar aus der Natur stammte, sondern diese auch bewahrte.

»Und wir möchten unsere Mutter bitten, uns vor den Monstern aus dem Westen zu schützen«, fuhr Baba Jaga fort. »Den Kreaturen, die uns jagen und auslöschen wollen.«

Die Hexe hob ihre knorrigen Hände, und Irma spürte einen kurzen Stromschlag der *Magikk* in ihrer freien Hand. Sie sah hinunter und erkannte, dass sie einen kleinen Zweig in der Hand hielt.

Die übrigen Hexen hatten ebenfalls kleine Äste in der Hand, und

Baba Jaga rief: »Wir schenken dir unsere neun heiligen Hölzer, Belisana, und ersuchen um deinen Schutz.«

Nacheinander zählte die Hexenälteste die Hölzer auf. *Hasel, Erle, Birke, Eiche, Ulme.*

Die Hexen traten in dieser Reihenfolge vor und warfen ihren Zweig in das Maifeuer, das wild loderte. Irma konnte nicht sagen, woher sie es wusste, doch sie ließ Ivens Hand los und schloss sich den Hexen an, die einen Wacholderzweig trugen. Als ihr Zweig die Flammen berührte, hatte Irma eine Vision. Sie sah Hexen, die von Wächtern des *Kaltengrims* gejagt wurden. Sie sah Corvus, der sie mit seiner *Magikk* verwesen ließ. Und sie sah die Wolfsmänner, die Helia angeblich erschaffen hatte. Sie ähnelten den Werwölfen, die Irma aus dem Fernsehen kannte, nur wenig. Es fehlte das dichte Fell, und das Gesicht erinnerte Irma eher an einen Schakal. Die Hexen in ihrer Vision fielen den grauenvollen Kreaturen zum Opfer. Irmas Knie schlotterten, als sie zu Iven zurückkehrte. Sie hatte ihre Augen vor Schreck weit geöffnet, und trotz der Hitze des Maifeuers war ihr nun kalt.

Lärche. Eberesche.

Nach und nach wurden die heiligen Zweige von den Flammen verschluckt.

Eibe.

Nun trat Iven zum Feuer, und Irma erkannte an seiner Körperhaltung, dass die grauenvolle Vision auch ihn heimsuchte. Sobald er wieder bei ihr war, griff er erneut nach ihrer Hand. »Wir sind solche Monster«, flüsterte er, und Irma wusste, dass er die Wächter meinte.

»Helia ist das wahre Monster, Iven«, wisperte sie zurück und verschränkte ihre Finger mit seinen.

»Weißt du etwas über diese … diese wolfsartigen Kreaturen?«, zischte er.

Irma nickte, doch sie kam nicht dazu, Iven zu berichten, was sie von Brios erfahren hatte. Die letzten Hexen waren in den Kreis zurückgekehrt, und Baba Jaga richtete erneut das Wort an sie alle.

»Schwestern, gemeinsam werden wir der Unterdrückung und Verfolgung durch die Monster aus dem Westen ein Ende setzen«, sprach sie langsam. »Und wir werden heute damit beginnen.«

Irmas Eingeweide gefroren zu Eis, als die hellgrünen Augen langsam in ihre Richtung wanderten.

»Wir haben ungebetene Gäste«, verkündete sie und fletschte die eisernen Zähne.

Sie machte eine ruckartige Geste mit einem ihrer knorrigen Finger, und im Bruchteil einer Sekunde erlosch das letzte Quäntchen *Magikk* von Yaras Zaubertrank – zusammen mit dem wohligen Gefühl und der Zuckerwatte in Irmas Kopf. Stattdessen machte sich eine Furcht in ihr breit, wie sie sie zuvor noch nicht gespürt hatte. Als sie die hasserfüllten Schreie der Hexen vernahm und Ivens Narben unter ihren Fingerkuppen spürte, ahnte sie, was sie erwartete. Die Hexenälteste hatte sie von Anfang an durchschaut.

35

Irma hätte sich ihm gar nicht zuwenden müssen, um zu begreifen, dass Iven nun in seiner wahren Gestalt neben ihr stand. Baba Jaga hatte die Wirkung aller Tränke, die die beiden zu sich genommen hatten, mit einer einzigen kleinen Geste aufgehoben. Irma musste nun wieder den Kopf in den Nacken legen, um Iven ins Gesicht blicken zu können. Er sah mindestens genauso panisch aus, wie sie sich fühlte.

Die Lage ist schlecht. Ganz schlecht.

Um sie herum hatten sich die Hexen in Angriffshaltung gebracht. Sie schienen lediglich darauf zu warten, dass Baba Jaga ihnen ein letztes Zeichen gab. Irma fackelte nicht lange. Sie ließ Ivens Hand los und stellte sich schützend vor ihn. Sie breitete ihre Arme aus und ließ ihre *Magikk* knistern. Weiße Funken sprühten von ihren Händen, und Irma sah Baba Jaga in die hellgrünen Augen.

Sie wusste nicht, woher sie den Mut nahm, doch mit fester Stimme rief sie: »Wartet!«

Die klugen Augen der Hexenältesten ruhten auf Irma und schienen sie bis auf die Knochen zu durchleuchten. Die Schar der Hexen kam bedrohlich näher. Für einen kurzen Augenblick überlegte Irma, ob sie Iven auffordern sollte zu fliehen. Doch selbst er würde den Hunderten von Hexen nicht entkommen können. Nicht, nachdem diese gerade den Schutz ihrer Hexenmutter erbeten hatten.

»Wir sind nicht hier, um euch etwas zu tun!«, hob Irma erneut an.

Unaufhaltsam rückte die Hexenschar heran, doch Baba Jaga rührte sich noch immer nicht. Ihre Augen flackerten zwischen Irma und Iven, der resigniert die Arme gehoben hatte, hin und her.

»Halt!«, brüllte die Hexenälteste.

Ein Raunen ging durch die Reihen der versammelten Frauen.

»Glaub ihnen kein Wort!«, war zu hören. »Wirf sie ins Feuer! Lass sie beide brennen!«

Irma hielt weiterhin die Arme vor Iven ausgestreckt, und die *Magikk* sirrte nun stetig von ihrem Herzen bis in ihre Fingerspitzen. Baba

Jaga betrachtete die Funken aus Mondlicht, die mittlerweile um Irmas Arme knisterten.

»Du bist die Kleine von Torin«, stellte sie fest.

Irma nickte langsam und wiederholte: »Wir haben keine bösen Absichten.«

»Du vielleicht nicht!«, lachte Baba Jaga hämisch. »Dein Fuchsgestaltwandler sieht das bestimmt anders. Oder seid ihr etwa nicht im Auftrag eurer grausamen Herrscherin hier?«

Auch wenn es sich um eine rhetorische Frage handelte und Irma sich ertappt fühlte, antwortete sie bestimmt: »Was wir tun oder lassen, liegt immer noch in unserem eigenen Ermessen.«

Sie versuchte die Fassung zu bewahren, als Baba Jaga zu gackern begann: »Das nenne ich mal gutgläubig, Irma.«

Ihren Namen aus dem Mund der Hexe zu hören fühlte sich seltsam an.

Baba Jaga wandte sich der immer unruhiger werdenden Hexenschar zu. »Ihr werdet ihnen nichts tun. Zumindest nicht, bis ich es euch sage«, befahl sie.

Irma bemerkte, wie Iven erleichtert ausatmete. Er musste vor Anspannung den Atem angehalten haben.

Die Hexen riefen wild durcheinander, und ein junges Mädchen mit einem blonden Kurzhaarschnitt schrie wutentbrannt: »Er hat Bahar auf dem Gewissen, wir können ihn doch nicht gehen lassen!«

»Sei still, Edda!«, rief Baba Jaga und zeigte ihre eisernen Zähne.

Irma erinnerte sich an die Hexe mit den dunklen Locken und den Turnschuhen, die Iven mit einem Pfeil von ihrem Besen geschossen hatte. Ihre letzte Warnung hatte wohl diesem blonden Mädchen gegolten. Irma konnte Eddas rasende Wut verstehen.

Dennoch würde sie keinen Millimeter von Iven abrücken.

»Folgt mir«, forderte Baba Jaga knapp.

Irma ließ langsam ihre Arme sinken, doch sie spürte weiterhin wachsam der *Hexenmagikk* um sich herum nach. Die versammelten Hexen waren so zornig, dass Irma sich nicht gewundert hätte, wenn eine davon dennoch ihre Kräfte gegen sie erhoben hätte. Als Baba Jaga sich anschickte, die Lichtung zu verlassen, blickte Irma ein letztes Mal in die

Gesichter der Frauen. Die Abscheu, die sie in den meisten Blicken sehen konnte, ließ ihr das Blut in den Adern gefrieren. Sie fühlte Hunderte von Augen auf ihren Rücken gerichtet, als sie der Hexenältesten folgte. Irma konnte sich nicht daran erinnern, wann sie sich das letzte Mal so unbehaglich gefühlt hatte. Vor wenigen Minuten war ihr die Walpurgisnacht noch wie ein schöner Traum erschienen, nun fühlte sich Irma wie in einem grauenvollen Albtraum gefangen. Sie war dankbar, als sie endlich im Schutz der Bäume angelangt war. Gerne hätte sie wieder nach Ivens Hand gegriffen, doch er hatte die Arme verschränkt. Der gejagte Blick in seinen Augen ließ Irma vermuten, dass er sich genauso fürchtete wie sie. Baba Jaga führte sie tiefer in den Wald hinein, weg von der Lichtung und dem wärmenden Maifeuer, und Irma begann zu frösteln. Ihre Fußsohlen schmerzten vom vielen Tanzen, und jeder Schritt auf dem Waldboden war eine Tortur. Nach einer Weile ließ sich Baba Jaga auf einem umgefallenen Baumstamm nieder.

»Setzt euch!«, befahl sie, und wie Schüler, die ihrer strengen Lehrerin gehorchten, sanken Irma und Iven auf den Boden vor ihr.

Iven verschränkte seine langen Beine im Schneidersitz, das weiße Kleid an seiner echten Gestalt nun so viel kürzer, dass Irma einen Blick auf die zahlreichen hellen Narben werfen konnte. Vielleicht lag es daran, dass Iven ihr die Wahrheit darüber erzählt hatte, jedenfalls beschloss Irma in diesem Moment, dass sie ihn niemals wieder zu Schaden kommen lassen wollte. Sie setzte sich aufrecht hin und sah Baba Jaga abwartend an. Die Hexe erwiderte ihren Blick und entblößte ihre eisernen Zähne.

»Du solltest nicht in der Lage sein, *Magikk* auszuüben«, stellte sie fest. »Wieso kannst du es?«

»Bis *Samhain* war ich ein gewöhnlicher Mensch. Doch dann hat sich eine Blockade gelöst«, erklärte Irma.

Baba Jaga schwieg für einen Moment. Ihre hellgrünen Augen wanderten langsam zwischen Irma und Iven hin und her.

»Verstehe«, murmelte sie.

Dann sah sie Iven böse an. »Und du Tölpel hast sie in den *Kaltengrim* gebracht, direkt in die Arme eurer grausamen Königin «, schimpfte sie.

Ivens Wangen wurden rot, und Irma griff zu seiner Verteidigung ein: »Woher hätten wir denn wissen sollen, was das für mich bedeutete? Niemand war da, der verstanden hätte, was mit mir passiert ist! Und niemand wusste, dass Torin mein Vater war. Mich eingeschlossen.« Irma dachte noch einmal über Baba Jagas Worte nach und fragte dann: »Halt, warte. Wieso sollte ich keine *Magikk* ausüben können?«

Baba Jaga schüttelte den Kopf, und ihre Augen schienen etwas zu sehen, das weit in der Vergangenheit lag.

»Weil dein Vater mich darum gebeten hat.«

»Wie bitte?«, rief Irma schrill, verwundert über die Tonlage, die ihre Stimme plötzlich hatte.

»Torin hat sich gegen Helia, die Hexenmörderin, aufgelehnt. Er wollte den Krieg zwischen unseren beiden Welten beenden«, erklärte die Hexenälteste. »Belisana hat es aus mir unerfindlichen Gründen für einen klugen Schachzug erachtet, dich mit ihrer Kraft zu segnen. Deine *Magikk* stammt von unserer Mondgöttin selbst. Es ist *Hexenmagikk*.«

Irma hatte das schon lange vermutet: Sie war gesegnet und besaß die Kräfte einer Gottheit. Eine weitere Ähnlichkeit zwischen ihr und Helia!

»Du bist nicht zufällig ein Kind aus beiden Welten. Belisana erwartet von dir, dass du den Krieg beendest und die Hexen aus der Unterdrückung und Verfolgung befreist«, stellte Baba Jaga trocken fest.

»Und wieso ich?«

»Unsere Hexenmutter gibt uns immer wieder Rätsel auf. Ich weiß es nicht«, antwortete Baba Jaga, sichtlich unzufrieden mit der Wahl ihrer Göttin.

Sie schien nicht daran zu glauben, dass Irma dieser Aufgabe gewachsen war. Das wiederum machte Irma wütend. Sie hatte sich schließlich nicht ausgesucht, in dieser Situation zu stecken.

»Ich weiß seit gerade mal ein paar Monaten, dass es die *Anderswelt* überhaupt gibt!«, rief sie zornig. »Wieso hast du meine *Magikk* unterdrückt, was sollte das?«

Baba Jagas hellgrüne Augen funkelten, und Irma war sich nicht sicher, ob ihr Wutausbruch die Hexe verärgert oder beeindruckt hatte.

Doch sie begann zu erklären: »Dein Vater hatte nicht mehr lange zu leben. Das Sonnenfeuer hat ihn langsam, aber sicher von innen heraus aufgefressen, und als deine Familie bei einem Kampf gegen *Anderswesen* des *Kaltengrims* nur knapp mit dem Leben davongekommen war, fasste er einen Entschluss. Der Kampf musste auf einen späteren Zeitpunkt verschoben werden, und dafür musstest du in Sicherheit aufwachsen. Fort von den Spähern des *Kaltengrims*. Fort von der *Anderswelt*. Am besten ohne einen Funken von *Magikk*. Deshalb suchte dein Vater mich erneut auf. Ich bin selten einem so gutherzigen *Anderswesen* begegnet, wie Torin es war.«

Trotz ihrer Wut fühlte Irma Stolz und Liebe in ihrer Brust, als sie die Hexenälteste so über ihren Vater sprechen hörte.

»Deshalb habe ich ihm seinen Wunsch gewährt, auch wenn ich nicht glauben konnte, dass dieses Bündel in seinen Armen tatsächlich jemals etwas würde ausrichten können.«

Dass Torin sie mit zu der Hexenältesten genommen hatte, erklärte, weshalb Irma deren *Magikk* so bekannt vorgekommen war. Auch wenn sie noch sehr klein gewesen war, die Kraft von Baba Jaga konnte man unmöglich vergessen.

»Ich habe einen Handel mit deinem Vater abgeschlossen, denn auch meine starken Zauber brauchten etwas Unterstützung. Dein Vater hat den kläglichen Rest seines Lebens dafür eingetauscht, dass ich deine *Magikk* unterdrücken konnte«, erinnerte sich Baba Jaga. »Ich habe deine Familie die *Anderswelt* vergessen lassen und dafür gesorgt, dass ihre Augen und ihr Geist alles Magische ausblenden würden. Deiner Mutter habe ich den Wunsch aufgezwungen, die *Wolfswacht* zu verlassen.«

Und Baba Jagas Zauber hatte jahrelang einwandfrei gehalten. Ihr Vater hatte sein Leben nicht umsonst gegeben, denn für fast achtzehn Jahre waren Irma und ihre Familie unwissend und in Sicherheit geblieben. Bis Brietta krank geworden und Irma mit ihrer Mutter zurück in die *Wolfswacht* gezogen war. Bis das Schicksal Irma und Iven zusammengebracht hatte, der die Blockade in ihrer *Magikk* an *Samhain* gelöst hatte. Was für ein Glück sie gehabt hatte, dass er bei ihr hauptsächlich die *Kaltengrimmagikk* wahrgenommen und sie nicht als Hexe deklariert hatte.

Was für ein unendliches Glück.

»Wann wolltest du deinen Zauber lösen?«, fragte Irma, die die Antwort bereits kannte.

»Niemals. Ich hätte deinen Vater betrogen«, lachte die Hexe hämisch. »Wir haben nicht vereinbart, wie es weitergehen sollte. Dein Vater war einfach zu gutgläubig!«

»Aber was wäre dann aus Belisanas Wunsch geworden, dass ich den Hexen helfen soll?«, rief Irma empört.

»Was soll so eine Göre wie du denn schon ausrichten?«, entgegnete Baba Jaga. »Wie sollst du uns helfen? Ich sehe nichts von der Macht unserer Mondgöttin in dir! Weißes Haar, wie schön! Das habe ich auch. Was kannst du, außer ein paar Fünkchen sprühen? Du hast keine Ahnung, wovon du sprichst.«

Irma wollte sich verteidigen. Sie konnte mehr als nur Funken sprühen. Doch als sie an ihre Mondhasen dachte, verließ sie der Mut. Helia kontrollierte das Sonnenlicht, sie hatte zahlreiche Leben mit ihrem Feuer ausgelöscht und hatte den *Kaltengrim* und dessen Wächter unter sich. Irmas *Magikk* fühlte sich dagegen an wie ein Partytrick. Sie war eine Enttäuschung, nicht nur für Belisana. Sie war auch eine Enttäuschung für ihren Vater und für alles, wofür er stand.

Irma ließ ihre Schultern hängen.

»Du und dein Fuchsgestaltwandler, ihr könnt eurer Herrscherin gerne ausrichten, dass immer mehr Hexen erwählt werden, solange die Hetzjagd weitergeht. Die Natur sucht nach Ausgleich, und Belisana wird nicht ruhen.« Mit diesen Worten erhob sich die Hexe von ihrem Baumstamm. »Helia wird es bereuen, dass sie diese Wolfskreaturen erschaffen hat.«

Auch Irma und Iven erhoben sich von der kalten Erde.

»Verschwindet jetzt«, befahl Baba Jaga harsch. »Und wagt es nicht, unseren Hexentanz noch einmal zu stören. Es sei denn, ihr möchtet herausfinden, wozu meine Schwestern fähig sind.«

36

Unschlüssig, ob sie noch in Lebensgefahr schwebten, waren Irma und Iven zurück zu ihrem Lager geeilt. Irma wimmerte vor Schmerz, als sie dort in ihre Turnschuhe schlüpfte. Frustriert nahm Iven den Gundermannkranz ab und pfefferte ihn gegen den nächstbesten Baum. In Windeseile zogen sie sich um und bauten das Camp ab. Erst als der Wald hinter ihnen lag und Irma sich auf den Beifahrersitz von Ivens Auto fallen ließ, atmeten sie richtig aus.

»Was sollen wir jetzt tun?«, fragte Irma leise, unfähig, die Hysterie in ihrer Stimme zu verstecken.

Sie war gnadenlos überfordert mit der Situation. Glücklicherweise gelang es Iven, einen kühlen Kopf zu bewahren. In den Fahrersitz gesunken, rieb er sich mit den Händen über die Augen. Dann setzte er sich energisch auf und sah Irma bestimmt an.

»Wir bleiben erst mal hier und sortieren alles, was wir jetzt wissen. Dann machen wir einer. Plan«, beschloss er und knackte mit seinen Fingerknöcheln. »Wir nutzen die Mission einfach als Deckung. Ob wir heute oder morgen zurückfahren, macht keinen Unterschied.«

Er startete den Motor und sagte mehr zu sich selbst als zu Irma: »Wir denken uns einfach irgendetwas aus.«

Die Sonne ging allmählich auf, als Iven in das Handschuhfach griff und eine Karte hervorzog. Er übertrug Irma die Aufgabe, sie zur nächstgrößeren Stadt zu navigieren.

»Wir brauchen zunächst etwas Schlaf und Ruhe. Und wenn ich ehrlich bin, verzichte ich gerne auf das Zelt«, erklärte er, als sie vor einer Pension hielten.

Irma folgte Iven hinein. Sie war spärlich eingerichtet, und wie alle Häuser in der Ortschaft sah auch die Pension heruntergekommen aus. Iven klingelte an der Rezeption, und eine ältere Dame eilte herbei. Sie lächelte die beiden so freundlich an, dass Irma ein schlechtes Gewissen bekam. Sie hoffte inständig, dass keine der Hexen ihnen gefolgt war, denn sie wollte der netten Frau keine Unannehmlichkeiten bereiten. Irma verstand nicht, was Iven mit der Dame in ihrer Muttersprache verhandelte, doch sie drückte ihm einen Schlüssel in die Hand und deutete auf eine schmale Wendeltreppe am rechten Ende des Raumes. Irma nickte dankend und folgte Iven zu der knarzenden Treppe.

»Von welchem Geld bezahlen wir?«, wollte sie wissen. »Ich will die Menschen hier nicht betrügen. Sie wirken alles andere als wohlhabend.«

»Mach dir da mal keine Sorgen, ich bezahle die Leute schon.« Iven schüttelte den Kopf, aber Irma konnte an seiner Stimme hören, dass er lächelte.

Oben angekommen erreichten sie eine Tür, von der der weiße Lack abblätterte und deren Schloss so stark klemmte, dass Iven sie erst nach mehrfachem Rütteln aufbekam. Hinter der Tür lag ein ähnlich heruntergekommenes Zimmer. Es war klein, hatte allerdings große Fenster. Ausgeblichene orangefarbene Gardinen hingen davor, passend zu dem klapprigen Sofa in der Mitte des Raumes. Es gab ein schmales Bett und zu Irmas Freude auch eine kleine Kochnische und einen Tisch mit zwei Stühlen. Das war nicht viel, doch es war mehr, als sie zu hoffen gewagt hatte. Iven warf seine Tasche aufs Sofa und steuerte direkt auf einen kleinen Balkon zu, die Packung Zigaretten schon in der Hand. Irma rollte ihre Augen und verschwand stattdessen im Badezimmer. Sie hätte ihre Gedanken gerne unter der Dusche sortiert, doch das Wasser wurde nicht richtig warm, und mit klappernden Zähnen schrubbte sie hastig den Schmutz vom Wald von ihren Beinen. Schlotternd dachte Irma daran, welch unmögliche Aufgabe Belisana ihr zugedacht hatte.

Dann drifteten ihre Gedanken zu Iven ab und … *zu der Sache nach Yaras Zaubertrank.* Irma stieg die Hitze ins Gesicht, das sie nun ebenfalls energisch sauber rieb.

Als sie aus dem Badezimmer kam, war Iven noch nicht in das Zimmer zurückgekehrt. Unsicher, wie sie sich verhalten sollte, öffnete Irma die Tür zu dem winzigen Balkon. Es standen keine Möbel darauf, und er war auch nicht bepflanzt. Iven saß, an die Hauswand gelehnt, am Boden und drückte einen Zigarettenstummel in den Aschenbecher. Oder besser gesagt in eine Müslischale, die er zum Aschenbecher umfunktioniert hatte. Irma zählte nicht, wie viele Kippen sich schon darin befanden. Man konnte nicht leugnen, dass ihm die Walpurgisnacht einiges abverlangt hatte. Seine Augen, in denen ein gehetzter Blick lag, waren blutunterlaufen, und sein rotes Haar schrie nach einer Bürste. In seiner weiten Cargohose und dem *Misfits*-Shirt sah er zumindest wieder aus, wie Irma ihn kannte. Genau wie sie war er barfuß. Sicherlich taten Iven die Füße genauso weh wie ihr. Er sah zu ihr auf und rutschte wortlos ein Stück zur Seite. Irma setzte sich, und schweigend betrachteten die beiden den kargen Ausblick auf einen Hinterhof mit ein paar Mülltonnen durch das Metallgeländer. Irma zog ihre Beine an und schloss die Augen. Ihr Haar war noch nass, doch die Frühlingssonne schien auf den Balkon und wärmte sie angenehm. Nicht weit entfernt konnte Irma ein paar Vögel zwitschern hören, und sie atmete tief ein.

Beruhigen. Einatmen. Ausatmen. Eins nach dem anderen.

Irma kam mit Selmas Mantra allerdings nicht sonderlich weit, denn neben ihr wackelte Iven unruhig mit seinen langen Beinen. Sie öffnete resigniert die Augen und fragte:»Alles in Ordnung?«

Iven räusperte sich und fuhr sich mit der Hand durch sein zerzaustes Haar. Seine Wangen wurden rot, und er mied Irmas Blick, als er sagte: »Über die Sache mit dem ... *Liebestrank* sprechen wir nie wieder.«

Irmas Wangen wurden heiß. Verlegen vergrub sie das Gesicht in ihren Händen.»Einverstanden«, gab sie mit gedämpfter Stimme zurück.

Ob sie damit allerdings wirklich einverstanden war, wusste sie nicht. Sie fragte sich, ob es auch ohne Zaubertrank zu dem Kuss – oder eigentlich den Hunderten von Küssen – gekommen wäre. Gleichzeitig fürchtete sie sich vor der Antwort und davor, was diese zu bedeuten hätte.

Sie hörte, wie Iven nach seinen Zigaretten griff. Als sie die Hände von ihrem Gesicht löste, sah sie, dass er ihr die Schachtel hinhielt. Sie nahm das Angebot an, und Iven zündete erst ihre, dann seine Zigarette an. Immer noch etwas verlegen rauchten die beiden in Stille und dachten über das nach, was ihnen in den letzten vierundzwanzig Stunden passiert war.

Irgendwann brach Irma das Schweigen und flüsterte:»Was sollen wir jetzt tun? Ich glaube, ich möchte nicht mehr in den *Feuerberg* zurück. Ich will nicht in die Nähe dieser furchtbaren Mörderin zurückmüssen.«

Iven nickte verständnisvoll.

»Ich fühle mich verpflichtet, den Hexen zu helfen. Aber auch den *Anderswesen*. Der Krieg muss aufhören«, fuhr Irma fort.

»Ich weiß«, antwortete Iven. »Wir müssen etwas tun. Es kann nicht so weitergehen wie bisher.«

»Aber was kann ich schon tun?«, wisperte Irma panisch. »Baba Jaga hat recht! Was soll ich schon ausrichten können? Meine *Magikk* ist weder so stark wie die von Helia, noch kann ich sie so gut kontrollieren. Das jahrelange Unterdrücken meiner *Magikk* war eher kontraproduktiv. Ich glaube, mein Vater hat sein Leben umsonst für mich geopfert.« Den letzten Satz hatte Irma nur noch gehaucht, und sie vergrub erneut das Gesicht in ihren Händen.

»Du bist gerade viel zu aufgewühlt, Irma. Du solltest schlafen«, stellte Iven fest. »Danach sieht die Welt schon wieder anders aus.«

Irma schüttelte energisch den Kopf.

»Ich kann jetzt nicht schlafen«, murmelte sie. »Ich muss doch irgendetwas tun können.«

Iven stand schlagartig auf und kreiste seine Schultern. Seine Gelenke krachten, und Irma verzog das Gesicht.

»Musst du das immer machen?«, moserte sie.

Iven ging nicht darauf ein und streckte ihr seine Hand entgegen: »Du willst etwas tun? Dann trainieren wir dich jetzt weiter. Immerhin bist du noch keine ausgebildete Wächterin.«

Irma ließ sich von Iven auf die Beine ziehen und folgte ihm in das kleine Zimmer. Gemeinsam rückten sie das Sofa zur Seite, schoben den Tisch zur Kochnische und stapelten die Stühle darauf. Iven war nun wieder vollkommen im Wächtermodus und hatte seine Verzweiflung abgelegt.

»Ich weiß weder, wie deine *Magikk* funktioniert, noch, wie stark sie überhaupt werden kann«, begann er seine improvisierte Lehrstunde. »Deshalb zeigst du mir jetzt noch einmal alles, was du kannst.«

Irma nickte, doch dann hob Iven die Hand. »Warte kurz.«

Er hastete zu der kleinen Küche und schnappte sich das Radio, das dort stand. Erst als er einen Sender gefunden hatte, der Rockmusik spielte, kehrte er zurück in die Mitte des Raumes.

»Jetzt kannst du loslegen.«

Irma hätte gerne mit den Augen gerollt, doch stattdessen stahl sich ein Lächeln auf ihre Lippen. Sie schloss die Augen, lauschte der Musik und ließ ihre Kräfte durch ihre Adern pulsieren. Als die Mondlichtfunken um ihre Finger knisterten, öffnete sie ihre Augen und erklärte: »Ich konnte damit den Nöck verletzen. Ich glaube, wenn ich will, kann das Licht so heiß wie Feuer werden.«

Sie formte daraufhin einen kleinen Lichtball aus den Funken. Zuerst schwebte die gleißend helle Kugel in ihren Händen, dann ließ sie sie durch den Raum tanzen.

»Mit dieser Kugel hier könntest du auch Schaden anrichten?«, wollte Iven wissen, dessen Blick dem schwebenden Licht gefolgt war.

Irma zuckte mit den Schultern. »Ich könnte es ausprobieren.«

Iven schnappte sich eines der orangefarbenen Sofakissen und forderte Irma auf, ihre Lichtkugel darauf zu schießen. »Und zwar mit böser Absicht«, fügte er hinzu. »Stell dir vor, das Kissen wäre Falks Gesicht.«

Gesagt, getan. Irma schleuderte ihre Lichtkugel kraftvoll auf das Sofakissen, das sofort in blauen Flammen aufging. Iven ließ es schnell fallen und trat das Feuer aus.

»Wow, okay. Das sollten wir uns merken.« Er pfiff anerkennend durch die Zähne. »Das könnte noch ziemlich hilfreich werden.« Iven grinste ein zufriedenes Grinsen, bei dem seine Fänge zu sehen waren.

Irma lächelte stolz und ließ bläulich-weiße Lichtblitze um ihre ausgestreckten Arme zucken. Dann schoss sie das Licht von sich und formte daraus einen Mondhasen, so wie sie es Iven schon im Wald gezeigt hatte.

»Mir ist etwas Kurioses aufgefallen«, erklärte sie, als sie den Hasen durch das Zimmer hüpfen ließ. »Wenn ich mich darauf konzentriere, dann kann ich durch die Augen des Hasen sehen. Ich glaube, das liegt daran, dass die Hasen ein Teil von mir sind, den ich aus mir herauslöse.«

»Du meinst, wenn du jetzt die Augen schließt, könntest du trotzdem sehen, was passiert?«, fragte Iven, der den Mondhasen neugierig betrachtete.

Irma nickte, und er forderte sie auf, sich umzudrehen. Sie gehorchte und konzentrierte sich auf den Hasen. Aus einer anderen Perspektive sah sie nun Iven, wie er abwechselnd zwischen ihr und dem Hasen hin und her schaute.

»Mach mal irgendwas«, forderte Irma ihn auf.

»Ähm ...« Iven überlegte kurz und hob die Hand. »Wie viele Finger zeige ich?«

Irma prustete los: »Ist das dein Ernst? Was Besseres fällt dir nicht ein?«

Iven zuckte mit den Schultern. »Kannst du es jetzt sehen oder nicht?«

»Sieben«, antwortete Irma, und Ivens überraschter Gesichtsausdruck war eine Genugtuung für sie. »Vier zeigst du mit deiner rechten Hand, drei hinter deinem Rücken mit der linken. Du hast den zweiten Hasen übersehen.«

Iven wirbelte zu besagtem Hasen herum und blickte ihm verdutzt in die Augen. In Irmas Augen.

»Du kannst durch mehrere Augen gleichzeitig sehen? Wie abgefahren!«

Irma hatte sich mittlerweile wieder zu ihm umgedreht und die Hasen in Luft aufgelöst. »Ich muss mich dafür aber wirklich furchtbar arg konzentrieren. Deshalb bekomme ich davon auch schnell Kopfschmerzen«, erklärte sie. »Ich habe die Theorie, dass das Teleportieren gar nicht sehr viel anders funktioniert. Ich löse mich in Licht auf, und dann setze ich mich an einer anderen Stelle wieder zusammen. Nur kann ich es noch nicht richtig kontrollieren.«

»In meinem Beisein hast du es aber schon ein paarmal gemacht«, sagte Iven. »Vielleicht bin ich gar kein schlechter Katalysator für das ... Beamen.«

Blitzschnell fuhr er die Fänge aus und stürzte auf sie zu. Irma konnte gerade noch rechtzeitig ausweichen, allerdings ohne den Gebrauch von *Magikk*. Iven wirbelte herum. Das Zimmerchen der Pension war eigentlich viel zu klein für so eine Aktion, doch Iven jagte Irma von einem Ende zum anderen, fest entschlossen, ihre *Magikk* anzustacheln. Und er war damit tatsächlich erfolgreich. Irma hatte sich nämlich so erschreckt, dass das Knistern in ihrem Körper immer heftiger wurde. Iven war viel zu schnell, als dass sie ihm lange hätte entkommen können, und es dauerte nur ein paar Sekunden, bis es ihm gelang, Irma zwischen seinen Armen an die Wand zu nageln. Sie waren sich nun so nah, dass ihr der vertraute Duft nach Süßholz und Zigaretten in die Nase stieg. Die Erinnerung an seine Lippen auf ihren kam so unvermittelt, dass Irmas *Magikk* einen Satz machte. In einem Moment war sie noch zwischen ihm und der Wand eingeklemmt, im nächsten tippte sie auf seine Schultern.

»Du kannst es!«, jubelte er, und Irmas Kopf wurde feuerrot vor Freude, Stolz und nicht zuletzt wegen der Gedanken an die Walpurgisnacht. Anscheinend war ihre Aufregung der Schlüssel zum Erfolg.

»Wir hören jetzt auf, das war genug fürs Erste.« Iven verschränkte die Arme vor seinem Körper. »Wie sieht es jetzt mit Schlaf aus?«

Innerlich sträubte sie sich noch ein wenig, aber dann rieb Irma sich die Augen und nickte resigniert, überrascht darüber, wie schnell die Müdigkeit sie nun doch einholte. Sie fragte Iven, ob er nicht auch schlafen wolle, doch er schüttelte den Kopf. Irma versuchte nicht darüber nachzugrübeln, und in dem Moment, als ihr Körper die dünne Matratze berührte, fiel sie in einen traumlosen Schlaf.

Als Irma hochschreckte, fröstelte sie unter der dünnen Bettdecke. Sie schlang sie sich um die Schultern und tappte zu ihrer Tasche. Bibbernd zog sie den *Iron-Maiden*-Hoodie, den sie die letzten Wochen boykottiert hatte, aus dem Beutel und kramte nach dem Wärmekristall aus der *Eishöhle*. Nachdem sie sich Ivens Hoodie übergeworfen hatte und den türkis leuchtenden Stein an sich drückte, fiel ihr auf, was ihren Schlaf gestört haben musste: Iven war nicht mehr im Zimmer, und das stetige Surren seiner *Magikk* war ganz schwach geworden. Unruhig lief Irma auf und ab, unsicher, ob sie nach ihm suchen sollte. Möglicherweise waren ihnen doch ein paar Hexen gefolgt.

Jetzt entspann dich mal, so weit kann er nicht weg sein. Und Hexenmagikk spürst du auch keine.

Tatsächlich dauerte es nicht länger als eine grauenvolle Viertelstunde, in der Irma ungeduldig ihr Haar gezwirbelt, Däumchen gedreht und Fingernägel gekaut hatte, bis er zurückkehrte.

Noch bevor Iven ganz im Zimmer war, fragte sie anklagend: »Wo warst du?«

Mit hochgezogenen Augenbrauen hob Iven eine Einkaufstasche hoch.

»Sag doch vorher Bescheid! Ich habe mir Sorgen gemacht«, murmelte Irma.

»Dein Magen hat im Schlaf geknurrt, Hase. Ich hatte Angst, du verhungerst womöglich«, erklärte Iven und stapfte in Richtung Kochnische.

Irma konnte nicht abstreiten, dass sie völlig ausgehungert war, und folgte ihm. Sie stellten Tisch und Stühle wieder so hin wie vor dem kurzen *Magikktraining*, und Irma entging nicht, dass Ivens Blick einen kurzen Augenblick auf seinem Hoodie verharrte. Er ließ es allerdings unkommentiert, dass sie ihn trug. »Ich kann nicht kochen«, teilte er ihr stattdessen mit. »Deshalb musst du dich mit Rührei und Brot zufriedengeben.«

Irma lachte. »Das klingt doch traumhaft.«

Iven schaltete das Radio ein und machte sich daran, Küchenutensilien zusammenzusuchen. Irma setzte sich neben das Radio auf den Tisch und ließ die Beine baumeln, während sie ihn beobachtete. Wie seltsam sich so eine alltägliche Situation anfühlte! Seltsam, aber auch schön. Als die ersten Töne von *Rainbow In The Dark* durch den Raum klangen, drehte Irma die Lautstärke hoch. Sie erinnerte sich schmunzelnd daran, wie sie an *Samhain* in der *Eishöhle* aufgewacht war und sich über das *Dio*-Poster im Inneren einer Tropfsteinhöhle gewundert hatte. Iven grinste sie über die Schulter an, und Irmas Bauch begann auf eine Art und Weise zu kribbeln, die nichts mit ihrem Appetit auf Rührei zu tun hatte.

»Danke, dass du mich vorhin wieder aufgebaut hast«, murmelte Irma wenig später über ihren Teller gebeugt. »Die Aussage von Baba Jaga hat mich echt getroffen.«

Iven schüttelte den Kopf. »Du darfst dir von der alten Vettel echt nichts sagen lassen. Sie mag zwar furchteinflößend, gruselig, uralt und weise sein, aber sie kennt dich nicht.«

Irma nickte langsam, auch wenn sie nicht hundertprozentig überzeugt war.

Iven fuchtelte mit seiner Gabel in der Luft herum. »Du bist die mutigste Person, die ich kenne«, sagte er mit Nachdruck, und Irmas Wangen wurden rot.

»Sag doch so was nicht«, wehrte sie verlegen ab.

»Doch«, antwortete Iven bestimmt. »Du hast mich nach der Wintersonnenwende nicht verpfiffen, obwohl du wusstest, dass Falk dich dafür bestrafen wird. Du hast nicht nur den Nöck erlegt, sondern seinen Kopf Falk vor versammelter Wächtermannschaft vor die Füße geworfen. Und heute Nacht: Hunderte von Hexen waren drauf und dran, mich zu zerfleischen. Und du hast dich ihnen in den Weg gestellt.«

»Das war doch selbstverständlich«, murmelte Irma.

Iven schüttelte den Kopf: »Für dich vielleicht. Deshalb bin ich mir auch sicher, dass Baba Jaga unrecht hat und Belisana genau die Richtige ausgewählt hat.«

Irma war so berührt, dass ihr die Worte fehlten.

Iven grinste schelmisch. »Ich glaube außerdem fest daran, dass du irgendwann die neue Baba Jaga werden könntest«, fuhr er fort. »Baba Irma.«

Irma brach in ein lautes Gelächter aus. »Du bist so ein Vollidiot«, prustete sie.

Iven fiel in das Gelächter mit ein. Es war schon viel zu lange her, dass Irma sein kratziges Lachen gehört hatte. Gemeinsam zu scherzen fühlte sich beinahe wieder so an wie vor ihrem furchtbaren Streit. Den restlichen Tag und Abend verbrachten die beiden damit, bei zahlreichen Zigaretten hin und her zu überlegen, wie sie am besten weiter vorgehen sollten. Eine Gewissheit kristallisierte sich leider viel zu schnell heraus: Zu zweit würden sie die Welt nicht verändern können. Nicht jetzt, und nicht in naher Zukunft. Dazu würden sie Unterstützung benötigen.

»Viele der *Anderswesen* aus den Siedlungen sehen doch zu dir auf«, sagte Irma. »Maren und Emil zum Beispiel. Sie sind dir dankbar für deine Hilfe.«

»Aber auch Maren und Emil werden sich nicht wegen uns auf die Seite der Hexen stellen«, gab Iven zu bedenken. »Zu Torin sahen damals noch viel mehr *Anderswesen* auf, Irma. Auch ich. Trotzdem ist die Kluft zwischen den Hexen und uns schon zu lange viel zu groß. Ohne dich hätte ich nie die Wahrheit darüber erfahren, dass Helia seit Jahrhunderten den Hass mit ihren Lügen schürt. Kein *Anderswesen* hat die Hexen so erlebt, wie wir es auf der Walpurgisnacht getan haben. Und nur dank dir, Irma, weiß ich sicher, dass nicht alle Hexen Monster sein können.«

»Aber wir müssen es irgendwie versuchen, meinst du nicht? Und ich kann mir vorstellen, dass Wächter wie Sander und Moira dieses Unrecht auch nicht gutheißen. Sie haben nur keine Ahnung davon, dass Helia Darion und Selene selbst getötet hat. Und auch Kian wäre sofort auf unserer Seite, das weiß ich!«

Iven kratzte sich am Nasenrücken, als er darüber nachdachte. »Vielleicht sollten wir wirklich zurückkehren und es probieren«, lenkte er ein. »Langsam. Behutsam. So, dass deine Herkunft erst einmal nicht auffällt.«

Irma, die sich freilich trotzdem davor fürchtete, in den *Feuerberg* zurückzukehren, seufzte: »Wir müssen es darauf ankommen lassen. Hier können wir rein gar nichts tun.«

»Und wir müssen herausfinden, was es mit diesen Wölfen auf sich hat, die Helia und Anwyn erschaffen. Es kann nicht mit rechten Dingen zugehen, wenn deren Existenz selbst vor den Wächtern vertuscht wird«, gab Iven zu bedenken.

Irma hatte ihm von dem Unglück im *Kaltengrim* erzählt, und wie Falk das Thema einfach unter den Tisch gekehrt hatte. Iven war ziemlich genervt davon, nichts von der ganzen Sache mitbekommen zu haben, insbesondere als Irma ihm von Brios' Warnung erzählte. Dass er die Wesen nicht hatte spüren können, schien ihn sichtlich zu beunruhigen.

»Dann kehren wir zurück, sammeln Verbündete und versuchen herauszufinden, wie und wo diese Wolfsmänner erschaffen werden«, fasste Irma zusammen.

»Klingt nach einem Plan«, bestätigte Iven. »Alles unter der Voraussetzung, dass niemand erfährt, wer du eigentlich bist.«

»Sowieso«, nickte Irma.

Auch wenn ihr Vorhaben gefährlich bis unmöglich erschien, war Irma froh, diesen Plan zu haben. Und sie war froh, nicht alleine zu sein. Als sie aus der *Wolfswacht* zurückgekehrt war, hatte sich das Wissen um ihre Herkunft wie eine schwere Bürde angefühlt. Die Last auf ihren Schultern war leichter geworden, jetzt wo Iven sie mit ihr teilte.

Dennoch konnte Irma nicht einschlafen, als sie die letzte Nacht weit weg vom *Feuerberg* und in Sicherheit vor Helia in dem kleinen Bett lag. Sie hatte sich nicht getraut, Iven vorzuschlagen, dass sie zusammen dort schlafen könnten. Nicht nach der Sache mit dem Liebestrank. Sie hatte sich allerdings bemüht, ihn zu überzeugen, dass besser sie auf dem Sofa schlafen sollte. Mit seinen langen Beinen passte er kaum darauf. Er war jedoch stur geblieben, und so starrte Irma nun an die Decke und lauschte seinem ruhigen Atem. Wahrscheinlich hätte er sogar auf dem Fußboden schlafen können, immerhin hatte er seit der Walpurgisnacht kein Auge zu gemacht. Seit der Walpurgisnacht …

Sobald Irma ihre Augen schloss, fand sie sich auf der Lichtung wieder. Sie hörte das Maifeuer knistern und spürte das Gras unter ihren Füßen. Sie konnte Ivens Duft nach Süßholz riechen, fühlte seine Hände um ihre Hüften und seine sanften Lippen auf ihren.

Verdammt.

Verzweifelt heftete Irma ihren Blick erneut auf die dunkle Zimmerdecke. Sie fragte sich wirklich, welchen Anteil der Zaubertrank daran gehabt hatte. Iven hätte sie wahrscheinlich ohne Yaras Gebräu nicht geküsst. Irma wusste, dass es Wichtigeres gab, über das sie hätte nachgrübeln können, während sie sich stundenlang von einer Seite auf die andere wälzte.

Viel zu früh riss die Musik aus dem Radio sie am nächsten Morgen aus ihrem unruhigen Schlaf, in den sie schließlich doch noch gefallen war. Nach einem schnellen Frühstück, Kaffee und einer Zigarette sammelten Irma und Iven ihr weniges Gepäck zusammen und brachten es ins Auto. Doch bevor sie losfuhren, wollte Irma gerne noch ihre Familie anrufen. Sie fragte Iven, ob etwas dagegensprach.

»Was kann es schon schaden?«, überlegte er laut. »Sie wissen ja mittlerweile sowieso schon mehr als der Großteil der *Anderswesen*.«

Also warf Iven Kleingeld in den Schlitz, und Irma hob den Hörer in der Telefonzelle ab.

Im Gegensatz zu seiner Schwester und seiner Tante war Anselm ein Frühaufsteher. Da seine Schicht im *Café Haderlump* erst am Nachmittag beginnen würde, schlurfte er noch in Boxershorts in die Küche. Er hatte sich zumindest einen Hoodie übergezogen, und seine Füße steckten in Tennissocken und Adiletten. Das zerzauste Haar hing ihm ins Gesicht, als er sich eine Tasse Kaffee aufbrühte und Müsli in eine Schale kippte. Froh darüber, noch ein wenig faulenzen zu können, brachte er Tasse und Schüssel ins Wohnzimmer.

Gerade wollte er nach der Fernbedienung greifen, da entdeckte er die Krähe, die auf dem Fensterbrett saß. Erfreut öffnete er das Fenster. Das Gefieder des pechschwarzen Vogels glänzte edel im Licht der Morgensonne, und Anselm grinste.

»Da bist du ja wieder! Guten Morgen«, begrüßte er die Krähe leise und streckte seine Hand aus.

Der Vogel ließ sich auf seinem Arm nieder.

»Du bist schon ein komischer Vogel.« Anselm schüttelte den Kopf und streichelte über den Schnabel des Tieres. Als die Krähe ihren Kopf in seine Hand schmiegte, lächelte er.

»Meine Familie will mir übrigens nicht glauben, dass du ein und dieselbe bist«, seufzte er. »Sie halten mich für ein bisschen verrückt. Bist du vielleicht eines von diesen *Anderswesen*, von denen Irma erzählt hat?«

Wie elektrisiert hob die Krähe den Kopf und sah Anselm mit einem so eindringlichen Blick an, dass er die Antwort auf seine Frage schon kannte.

»Du verstehst mich, oder?«, fragte er. »Du verstehst mich schon immer!«

Der Vogel nickte.

»Wusste ich es doch!«, jubelte Anselm und streichelte noch einmal über den Schnabel des Vogels.

Als das Telefon im Flur klingelte, wies er die Krähe an: »Warte hier, ich bin gleich wieder da.«

Er ließ das Fenster offen und eilte in den Flur. Anselm fiel aus allen Wolken, als er Irmas aufgeregte Stimme am anderen Ende der Leitung hörte.

»Tante Selma, Klara-Luise, kommt her!«, rief er laut. »Irma ruft uns an!«

Klara-Luise polterte die knarzenden Treppen herunter, und auch Selma stürzte aus der Tür, beide noch in Schlafanzug.

»Schalte bitte auf laut!«, rief Selma, bevor sie überhaupt im Gang ankam.

Gespannt hörten die drei Irmas Bericht. Sie war mit Iven auf der Walpurgisnacht gewesen, zwischen Hunderten von Hexen. Baba Jaga höchstpersönlich hatte ihr erzählt, dass Belisana sich nicht zufällig Torins Tochter ausgesucht hatte, um sie mit magischen Kräften zu segnen. Die Mondgöttin erwartete von Irma, dass sie den Krieg zwischen den *Anderswesen* und den Hexen sowie Helias Schreckensherrschaft ein für alle Mal beendete.

Anselm protestierte heftig, als Irma ihnen ihren Plan darlegte. Sie wollten mehr über die werwolfartigen Monster herausfinden, die die Hexen über den ganzen Kontinent hinweg jagten und von Helia erschaffen worden sein mussten.

»Ihr seid ja wahnsinnig, bringt euch lieber in Sicherheit«, rief Anselm. »Das ist viel zu riskant.«

Eine gedämpfte männliche Stimme antwortete im Hintergrund. »Sag ihm, dass wir sowieso nirgendwo in Sicherheit sind, sobald Helia herausfindet, weshalb wir nicht zurückkehren. Dann würde sie jeden einzelnen Wächter des *Kaltengrims* und diese Monster auf uns hetzen. Außerdem passe ich auf dich auf.«

»Könnt ihr nicht wenigstens vorher noch einmal in der *Wolfswacht* vorbeikommen?«, bat Selma.

Sie konnten nicht richtig verstehen, was Irma mit Iven besprach, und Selma warf ein: »Außerdem möchte ich diesen Iven besser kennenlernen. Immerhin muss ich mich darauf verlassen, dass du in Sicherheit bist!«

»Sag deiner Mutter bitte, dass sie bloß nicht zu viel von mir erwarten soll«, hörten sie Ivens raue Stimme.

»Jetzt hör aber auf!«, sagte Irma zu ihm, dann sprach sie wieder direkt in den Telefonhörer, »Wir kommen, Mama. Wir brauchen allerdings bis morgen Abend oder vielleicht sogar Nacht. Wir machen uns gleich auf den Weg.«

Anselm konnte es kaum erwarten, seine Cousine wiederzusehen. Und er war heilfroh, dass sie wohlauf war. Aufgeregt und voller Vorfreude kehrte er ins Wohnzimmer zurück. Das Fenster stand noch offen, doch die Krähe war fort.

37

Im Gegensatz zu der stillen Autofahrt nach Osten, die Irma fast verrückt gemacht hatte, kam ihr die Heimfahrt nun viel zu kurz vor. Irma und Iven näherten sich der *Wolfswacht* dennoch später als geplant. Der Grund dafür war ein *Daimon*, dessen *Magikk* sie am ersten Tag ihrer Rückreise witterten. Bei der Kreatur handelte es sich um einen Ghul, ein kadaver- und menschenfressendes Monster, das sie nicht guten Gewissens sein Unwesen treiben lassen konnten. Das Wesen hielt sich in der Nähe eines kleinen Friedhofes auf.

»Das ist das perfekte Training!«, rief Iven erfreut aus. »Jetzt kannst du deine Mondlichtkugeln mal richtig austesten.«

Irma musste über Ivens Begeisterung lachen. Seine Augen funkelten vor Vorfreude so sehr, dass Irma gar nicht anders konnte, als es zu versuchen. Nachdem Iven sich einen Schnitt in die Handfläche verpasst und so den nicht gerade klugen *Daimon* mit seinem Blut angelockt hatte, ging Irma zum Angriff über. Eine kraftvolle Kugel aus gleißendem Mondlicht krachte in den Ghul hinein und sprengte ihm den halben Körper weg. Irmas neue Kampftechnik erwies sich als äußerst vielversprechend.

Gut gelaunt hörten sie sich anschließend durch Ivens Kassettensammlung und einigten sich auf eine finale Version ihres Berichts. Baba Jaga sei nicht bei der Walpurgisnacht anwesend und die Walpurgisnacht selbst nichts weiter als eine rituelle Anbetung von Belisana gewesen, so wollten sie behaupten. Sie würden Helia allerdings berichten, dass immer mehr Hexen erwählt würden, je mehr von ihnen getötet wurden. Ach ja, und sie seien so spät von ihrem Auftrag zurück, weil sie noch *Daimonen* gejagt hatten. Einen Ghul zum Beispiel. Theoretisch handelte es sich dabei nicht um eine Lüge, und das Ganze war plausibel genug, um nach dem Besuch der *Wolfswacht* auch noch einen kurzen Abstecher zur *Eishöhle* zu machen, wie Iven vorschlug. Irma freute sich schon sehr darauf, Glen, Grada und Kenna wiederzutreffen, und genoss die Wärme des kleinen Kristalls, den sie in ihrer Hoodie-Tasche hatte.

Es war schon längst finster, als sie am zweiten Tag ihrer Heimreise die Landstraße von Berg zur *Wolfswacht* hinauffuhren. Der Weg wurde immer holpriger, und Irma sang leise und ein bisschen schief zu *I Wanna Be Sedated* mit, als ohne Vorwarnung ein harter Stoß die linke Seite von Ivens Golf traf. Mit quietschenden Reifen kamen sie von der Fahrbahn ab. Das Auto schlitterte über das geschotterte Bankett, und mit einem dumpfen Aufprall landeten sie im Graben.

»Was zur Hölle war das?«, keuchte Irma verwirrt.

Im nächsten Moment rumste es erneut gegen das Auto. »Verdammte Scheiße!«, fluchte Iven.

Eine in Klauen endende Pranke schlug gegen die Scheibe zu seiner Linken, und Irmas Nackenhaare stellten sich auf, als sie erkannte, dass es ein Wolfsmann war. Er sah genauso aus wie die Kreaturen in ihrer Vision am Maifeuer. Groß, muskulös und mit schwarzgrauer Haut. Sie hatte den Wolfsmann nicht gespürt! Sie konnte keinen Funken *Magikk* an ihm fühlen!

Als dann noch eine zweite Bestie hinten auf das Auto sprang, brüllte Iven: »Raus hier, wir müssen weg!«

Panisch stieß Irma die Tür auf und sprang aus dem Wagen. Auch Iven kletterte flink auf der Beifahrerseite heraus und schnappte ihre Hand. Ohne auch nur den Bruchteil einer Sekunde zu verlieren, zog er sie mit sich zurück zum Weg. Er ließ ihre Hand nicht los, als sie in Windeseile die Straße hinauffrasten.

Lauflauflauflauflauflauflauflauflauflauf.

Die Wolfsmänner waren ihnen dicht auf den Fersen, und Irma hatte ihre Höchstgeschwindigkeit bereits erreicht. Schneller ging es nicht mit ihren kurzen Beinen.

»Du musst hier weg, Irma!«, rief Iven. »Beam dich zur *Wolfswacht*!«

Ihre Lunge drohte zu zerbersten, als sie um ihr Leben rannte. Auch wenn ihre *Magikk* aufgeregt knisterte, wusste Irma, dass sie es nicht tun würde.

»Ich kann nicht«, keuchte sie heiser. »Nicht ohne dich.«

»Dann halt dich fest!«, schrie er.

Blitzschnell warf er sie über seine Schultern und stürzte die Landstraße hinauf. Seine knochigen Schultern würden üble blaue Flecken auf ihrem Bauch und ihrer Hüfte hinterlassen, doch Irma erkannte nun, was für ein Klotz am Bein sie bis eben gewesen war. Während Iven wie der Blitz zur *Wolfswacht* raste, hatte Irma ihre Verfolger im Blick. Sie konzentrierte ihre *Magikk* in den Handflächen und schoss den Wolfsmännern Lichtkugeln entgegen. Eine davon fand ihr Ziel, und jaulend ging eine der Bestien zu Boden. Der Wolfsmann blieb regungslos liegen, ein tiefes Loch hatte sich in seine Brust hineingebrannt. Irmas Freude über ihren Treffer hielt allerdings nicht lang an, denn zwei weitere Bestien kamen aus Richtung *Kaltengrim* auf sie zugestürmt und schlossen sich der Hetzjagd an. Irma fluchte, denn sie hatte auch diese beiden nicht spüren können. Wieder und wieder ließ sie die *Magikk* in ihren Handflächen pulsieren und schleuderte ihr Mondlicht den Wolfsmännern entgegen. Die Monster waren jedoch flink, und Irma wurde auf Ivens Schultern so durchgeschüttelt, dass ihr kein weiterer Volltreffer gelang. Aber es gelang ihr, die Wesen zu verwunden, und verschaffte Iven damit den Vorsprung, den sie brauchten. Als die *Wolfswacht* endlich in Sicht war, fühlte Irma allerdings etwas noch viel Beunruhigenderes als die Bestien hinter sich.

»Spürst du das auch?«, keuchte sie.

Die *Kaltengrimmagikk* der Wächter wurde stärker, und auch die unverkennbare Signatur von Corvus war ganz in der Nähe. Als ob sie auf sie warteten.

Kann das sein? Wissen sie Bescheid?

»Sobald ich dich absetze, bringst du dich in Sicherheit!«, befahl Iven.

»Was ist mit dir?«, fragte Irma, die sich mit ihren Händen an seinem Rücken festkrallte. Sie wollte nicht von ihm fort.

»Ich bin direkt hinter dir, versprochen.«

Als sie nur noch wenige Meter von dem Holzhaus trennten, setzte Iven Irma ab und schrie ein letztes Mal: »Lauf!«

Irma gehorchte und stürzte die Treppen hoch. Gleichzeitig schickte sie einen Mondhasen durch das Küchenfenster und jagte ihrer Familie einen riesigen Schrecken ein.

Sie mussten auf ihre Rückkehr gewartet haben, denn als Irma das erste Mal in ihrem Leben durch eine ihrer Projektionen sprach, reagierten sie sofort: »Macht uns die Tür auf!«

Anselms Arme griffen nach ihr und zogen sie über die magische Schwelle hinein. Sie drehte sich zu Iven um, doch ihr Cousin zerrte sie weiter ins Innere des Hauses.

»Halt!«, rief Irma, als auch Klara-Luise nach ihr griff.

»Du gehst da nicht noch mal raus, hier drin sind wir in Sicherheit!«, rief Irmas Cousine bestimmt.

»Ich muss zu Iven«, schrie Irma hysterisch.

Anselm blockierte ihr den Weg zur Tür, und Irma rannte zum Küchenfenster. Ihr rutschte das Herz in die Hose, als sie sah, dass die Wolfsmänner ihn zum Schluss doch noch eingeholt hatten. Sie versperrten Iven den Weg. Kampfbereit stand er den drei Bestien gegenüber.

»Was machst du da?«, brüllte Irma verzweifelt. »Hau ab!«

Ihr war bewusst, dass Iven sie nicht hören konnte. Irma überlegte fieberhaft. Sie hatte keine Waffen bei sich außer dem Dolch, den sie um den Oberschenkel gebunden hatte. Sie löste ihn vom Gürtel und wollte aus der Küche sprinten. Doch nun verstellte ihr auch Selma den Weg, und Irma warf einen panischen Blick aus dem Küchenfenster. Iven krempelte die Ärmel seines Oberteils hoch und zog zwei Dolche vom Gürtel seiner Cargohose. Auch er war nicht ausreichend für einen derartigen Kampf ausgestattet. Dennoch wagte er als Erster den Angriff. Die Wolfsmänner hatten ihre Mäuler aufgerissen und versuchten, ihn mit ihren Klauen zu packen. Doch leichtfüßig, wie er war, konnte Iven ihnen problemlos ausweichen. Irma staunte, mit welch raubtierhafter Anmut er sich zwischen ihnen bewegte. Die Bestien mochten ihn an Körperkraft zwar übertreffen, doch mit seiner Geschicklichkeit konnten sie sich nicht messen. Iven fletschte die Zähne, als er hinter einem der Wolfsmänner auftauchte und ihm einen Dolch in den Hals rammte. Die Kreatur ging zu Boden, und Iven gelang es, auch den am stärksten von Irma verwundeten Wolfsmann zu erdolchen. Bevor er jedoch die Chance hatte, sich seine Waffen zurückzuholen, setzte der dritte Wolfsmann zum Sprung an. Die Bestie war rasend vor Wut, Irma konnte das Knurren bis ins Hausinnere hören. Die Klauen zerfetzten Ivens Shirt, und Irma sog scharf die Luft ein, als sie die tiefen Schnitte auf seiner Brust sah.

»Ich muss da raus!«, schrie sie, während Anselm sie an den Armen packte und festhielt.

Panisch beobachtete Irma, wie Iven seine Hand auf die stark blutende Wunde drückte. Wütend zeigte er seine Fänge, und Irma hoffte, er würde versuchen, zur *Wolfswacht* zu gelangen, als er sich in einen Fuchs verwandelte und zwischen den Beinen der Kreatur hindurchschlängelte. Hinter dem Monster verwandelte er sich zurück, und das kurze Überraschungsmoment genügte ihm, um die Kreatur zu packen. Irma schnappte nach Luft, als Iven das Monster in den Schwitzkasten nahm. In seinem schmerzverzerrten Gesicht sah sie die Anstrengung, die es ihn kostete, die Kreatur zu halten. Er steckte einen Prankenhieb nach dem anderen ein, und Irma schluchzte erleichtert auf, als das Monster endlich in seinen Armen schlaff wurde. Sie trat Anselm brutal gegen das Schienbein und riss sich mit aller Gewalt los. Als sie bei der Türschwelle ankam, wankte Iven erschöpft auf sie zu. Seine sturmgrauen Augen trafen ihre, und für eine Sekunde stand die Welt still.

Irma spürte die *Magikk* der sich nähernden Wächter. Sie wussten beide, dass Iven die *Wolfswacht* nicht rechtzeitig erreichen würde.

Iven öffnete den Mund, als wollte er noch etwas sagen, doch er kam nicht mehr dazu. Vor ihm landete Falk, der sich noch im Flug in seine menschliche Form verwandelte. Iven ging in Abwehrhaltung. Er schwankte leicht und wurde von Sekunde zu Sekunde blasser.

Rasend vor Wut und Verzweiflung wollte Irma zu ihm eilen, doch Ivens warnender Blick hielt sie davon ab. Er schüttelte kaum merklich den Kopf. Falk sah spöttisch zwischen ihnen hin und her. Er konnte Irma in der *Wolfswacht* nichts anhaben, das wusste er. Er wusste jedoch auch, welcher Folter er sie gerade aussetzte.

Anselm tauchte neben Irma im Türrahmen auf und wurde Zeuge, wie immer mehr Wächter sich aus dem *Kaltengrim* näherten, unter ihnen auch Minna und Moira. Als eine Krähe sich neben Falk niederließ und in Corvus verwandelte, schossen Irma Tränen in die Augen. *Was soll ich tun?*

Corvus' erhobene Hände färbten sich schwarz, auch seine Augen wanderten von Iven hin zur *Wolfswacht*. Sie blieben jedoch nicht an

Irma hängen. Seine sonst so ausdruckslose Miene entgleiste kurz, als sein Blick den von Anselm kreuzte. Er ließ die Arme sinken. Irma hatte keine Zeit, erleichtert zu sein, denn Falk schlug Iven, der sich mit letzter Kraft auf den Beinen halten konnte, so heftig ins Gesicht, dass dieser zu Boden ging.

»Nehmt ihn mit!«, wies der Hochwächter niemand Bestimmten an und stieg demonstrativ über Ivens regungslosen Körper. Er drehte sich ein letztes Mal zu Irma um und verkündete: »Die kleine Hexe wird ihn sich holen wollen. Und wenn sie klug ist, dann besser früher als später.«

38

Irmas Schreie hatten sich irgendwann in ein hysterisches Weinen verwandelt.

»Ich muss da raus«, hatte sie geschluchzt. »Ich muss ihn doch zurückholen.«

Sie wollte nicht akzeptieren, was geschehen war. Hätte Anselm sie, als die Wächter verschwunden waren, nicht mit aller Kraft ins Haus gezerrt und die Tür verriegelt, hätte Irma womöglich wirklich eine Dummheit begangen. Es wäre nicht das erste Mal gewesen, dass sie impulsiv handelte. Gemeinsam mit ihrer Familie saß sie die Nacht über wach im Wohnzimmer. Sie hielt ihre Beine umklammert, als würde sie auf diese Weise versuchen, nicht zu zerbrechen und auseinanderzufallen. Ihr Herz war so schwer, dass sie keinen klaren Gedanken fassen konnte. Selma und Klara-Luise warfen immer wieder Blicke aus den Fenstern, doch sie konnten nichts und niemanden sehen. Irma spürte dennoch, dass ein paar Wächter ganz in der Nähe postiert waren. Erst nachdem ihre Tränen versiegt waren, fragte Anselm sie, wer die Krähe war. Der Typ, der einmal auch im *Café Haderlump* aufgetaucht war. Als Irma ihm erklärte, dass es sich bei Corvus um Helias Handlanger und Henker handelte, wurde ihr Cousin blass. Und als sie ihm dann noch davon berichtete, dass er der Mörder von Emmi war, flüchtete sich Anselm ins Bad, um sich zu übergeben. Danach gab er zu, das Fenster offen gelassen zu haben, als Irma sie angerufen hatte. Es sei einzig und allein seine Schuld, was an diesem Abend geschehen war und dass Helia die Wahrheit über Irma kannte. Irma war entsetzt und konnte es kaum glauben. Dennoch versuchte sie, Anselm das schlechte Gewissen zu nehmen. Nicht er hatte es zu verantworten, sondern Helia und ihre grausamen Helfer. Und sie selbst, denn sie hatte ihre Familie nicht ausreichend gewarnt.

Nach Stunden der hilflosen Sorge schlief Irma erschöpft auf dem Sofa ein, ihre Mutter deckte sie liebevoll zu. Als sie aus einem Albtraum erwachte, war die Sonne schon aufgegangen. Es war ein neuer Tag, und Irma schöpfte frischen Mut.

Vorsichtig stieg sie die knarzende Treppe hoch und sprang unter die Dusche, in der Hoffnung, das kalte Wasser würde ihr dabei helfen, ihre Gedanken zu sortieren. Als sie anschließend bibbernd vor ihrem alten Zimmer stand, fuhr Irma mit den Fingern über die gelben Buchstaben ihres Namens, den sie beim Einzug in die *Wolfswacht* vergangenen Sommer voller Vorfreude auf die Tür gepinselt hatte. Ihr bis in den letzten Winkel dekoriertes Zimmer war das Gegenteil ihrer kargen Bleibe im *Feuerberg*, und Irma bemerkte einmal mehr, wie fremd ihr altes Leben ihr mittlerweile vorkam. Auch ihre Latzhose und die Ringelsocken, die sie aus ihrem Schrank kramte, konnten sie nicht mehr zu der Person machen, die sie einmal gewesen war. Und das nicht nur, weil ihr Haar mittlerweile schneeweiß war.

Als Irma Stimmen aus dem Erdgeschoss vernahm, polterte sie hinunter und steckte ihren Kopf in die Küche. Selma und Klara-Luise hatten sich an den Esstisch gesetzt. Anselm bemerkte seine Cousine und holte vier Tassen. Sie schwiegen, während die Kaffeemaschine vor sich hin gurgelte. Sobald die Kanne voll war, schenkte Anselm die bittere Flüssigkeit in die Tassen. Irma wurde das Herz schwer, als sie bemerkte, dass seine Augen rot und geschwollen waren. Er musste die letzten Stunden über geweint haben.

»Was tun wir jetzt?«, brach Klara-Luise das Schweigen. »Wir können die *Wolfswacht* nicht verlassen, wenn da draußen irgendwelche Wächter patrouillieren.«

Irma nickte. Sie spürte ganz in der Nähe die *Magikk*, die nur von *Anderswesen* des *Kaltengrims* ausging. Glücklicherweise hatten die Wächter im Gegenzug nicht die Möglichkeit, ihre Fühler ins Innere der *Wolfswacht* auszustrecken, auch nicht die besten Späher unter ihnen. Sanders Zauber hatte die *Wolfswacht* vor jeglicher ungebetener *Magikk* abgeschirmt.

»Wir können aber auch nicht ewig hier bleiben«, fuhr ihre Cousine fort. »Theoretisch müsste ich morgen zur Schule. Und ihr müsst zur Arbeit.«

Anselm rollte mit den Augen. »Schon mal was von Krankmeldung gehört?«

»Ja, und sollen wir verhungern?«, keifte Klara-Luise ihren Bruder an. »Spätestens in einer Woche wird es kritisch mit vier Leuten hier drin.«

Selma hob begütigend ihre mit Silberringen geschmückten Hände und sagte: »Wir bleiben erst einmal hier und werden eine Lösung finden.«

»Das oberste Gebot der Wächter ist es, Menschen zu beschützen«, warf Irma ein. »Ich denke, ihr geht als Menschen durch. Wenn ich fort bin, lassen sie euch also hoffentlich in Ruhe.«

»Was soll das heißen, wenn du fort bist?«, rief Klara-Luise empört.

Selma reagierte zu Irmas Überraschung jedoch mit einem Kopfnicken. »Dann sollten wir diese Woche nutzen, um einen Plan zu schmieden, meinst du nicht? Du hast doch sowieso schon beschlossen, deinen Fuchsgestaltwandler zu befreien, oder?«

Irma nickte stumm, und Selma lächelte, auch wenn ihre tannengrünen Augen besorgt aussahen. »Was anderes habe ich von dir auch nicht erwartet, Hase. Ich wäre für deinen Vater ans Ende der Welt gegangen.«

»Das ist doch etwas ganz anderes«, nuschelte Irma mit geröteten Wangen. Doch sie wusste, dass das eine Lüge war. »Alleine kann ich nichts ausrichten. Ich brauche Hilfe, um Iven zu befreien«, fuhr sie fort. »Und ich habe eine Idee, wie ich sie bekommen könnte.«

Niemand außer Iven kannte das volle Ausmaß von Irmas Kräften. Sofern Helia und ihre Lakaien ihn also nicht zum Reden bringen konnten – Irma verdrängte den Gedanken daran, was sie ihm antun würden, um es zu versuchen –, hatte sie einen Vorteil. Niemand wusste, dass sie sich direkt in den *Feuerberg* teleportieren konnte. Doch sobald sie dort auftauchte, würden Späher ihre *Magikk* spüren können und die Minuten wären gezählt. Deshalb durfte Irma sich erst in den *Feuerberg* begeben, wenn gewährleistet war, dass sie ihn gemeinsam mit Iven wieder verlassen konnte.

Und so machte sie sich daran, zuvor die nötigen Verbündeten zu gewinnen. Irma setzte sich im Schneidersitz auf das Sofa und schloss die Augen, fast so, als würde sie meditieren. Sie fühlte tief in sich hinein und ließ ihre *Magikk* pulsieren, bis ihre Fingerspitzen kribbelten. Aber ihr fehlte noch eine Kleinigkeit. Der Treibstoff, der ihr bisher jeden Fortschritt bei der Entwicklung ihrer Fähigkeiten erlaubt hatte.

Irma dachte an Iven.

Er hatte an *Samhain* Baba Jagas Blockade in ihr aufgelöst. Er war der Grund dafür gewesen, dass Irma vor Scham die ersten Mondlichtfunken versprüht hatte. Sein Wächtertraining hatte ihr dazu verholfen, das Teleportieren zu wiederholen, und ihr fürchterlicher Streit hatte es Irma erlaubt, die Mondhasen zu kreieren. Irma konzentrierte sich auf das stetige Surren ihrer *Magikk* und dachte an Ivens griesgrämige Art, mit der er sie so oft zur Weißglut brachte. Sie rief sich in Erinnerung, wie seine Fänge aufblitzten, sobald er sein seltenes Lächeln zeigte, und vergegenwärtigte sich das Geräusch seines kratzigen Lachens. Sie dachte an das Gefühl von Sicherheit, wenn er sie in seine Arme schloss, und an seinen Duft nach Süßholz und Zigaretten. Als Irma das nächste Mal die Augen öffnete, hatte sie eine Projektion von sich in das Wohnzimmer von Emil und Maren geschickt, und je stärker sie sich konzentrierte, desto besser konnte sie das Sofa, den Schaukelstuhl, die getrockneten Kräuter an der Decke und die Küchenzeile sehen. Ihre Gestalt nahm allmählich Form an, und als Irma ihre transparenten Hände aus Mondlicht betrachtete, hörte sie Maren scharf einatmen. Die Waldnymphe hatte gemeinsam mit ihrem Sohn Jaron auf dem Sofa gesessen und war abrupt aufgesprungen.

»Irma!«, rief nun auch Emil, der sich aus dem Schaukelstuhl erhob. »Was bei Torin ist hier los?«

Jaron freute sich so sehr, Irma wiederzusehen, dass er auf sie zustürmte und auf Hüfthöhe in eine Umarmung schloss. Zumindest versuchte er es, denn der kleine Junge griff ins Leere und sah verwirrt zu ihr hoch. Irma lächelte ihn entschuldigend an.

Sie hatte keine Zeit zu verlieren und fiel sofort mit der Tür ins Haus: »Ich brauche dringend eure Hilfe.«

Ursprünglich hatten Irma und Iven beschlossen, die Bewohner des *Kaltengrims* langsam auf ihre Seite zu ziehen. So kurz nach dem Hexenangriff hielten sie es für keine gute Idee, von Frieden zwischen den beiden Parteien zu sprechen. Doch die Situation hatte sich geändert, und wenn Irma die Hilfe der Siedlung haben wollte, schuldete sie ihren Bewohnern die Wahrheit. Sie berichtete also von ihren Erkenntnissen der letzten Woche. Helia selbst war die Mörderin von Darion und Selene und hatte auch Torin getötet, der die Wahrheit herausgefunden hatte. Irma war Torins Tochter und hatte von Belisana, der Hexen-mutter, ihre magischen Kräfte erhalten. Die Wolfsmänner stammten von Helia und wurden als Waffe gegen die Hexen eingesetzt. Wie, war noch unklar. Doch auch die Mardergestaltwandlerfamilie hatte Helia damit auf dem Gewissen. Und weil die ganze Wahrheit durch Corvus' Spionageangriff ans Licht gekommen war, hatten die Wäch-ter Iven gefangen genommen. Irma selbst war nun zur Erzfeindin des *Kaltengrims* erklärt worden, und Iven würde als Geisel dienen, bis sie sich Helia auslieferte.

Maren und Emil hörten Irma schweigend zu. Als die beiden *Anders-wesen* Blicke austauschten, die sie nicht deuten konnte, wurde Irma mulmig zumute.

»Ich verlange von euch nicht, dass ihr vergesst, was die Hexen euch angetan haben«, setzte sie erneut an. »Ich bin keine Feindin des *Kal-tengrims*. Ich brauche lediglich eure Hilfe, um Iven zu befreien.«

Die kleine Maren kratzte sich an ihren großen Fledermausohren, und die vielen Ohrringe klimperten, als sie nachdachte. Dann lächelte sie Irma warm an.

»Dass uns das gar nicht aufgefallen ist, dass du Torins Tochter bist!«, sagte sie kopfschüttelnd. »Dabei hast du so viel von ihm.«

Emil hob Jaron hoch. »Ich weiß nicht, was ich von dieser Hexen-geschichte halten soll. Aber wir können nicht dulden, dass Helias Wolfsmonster ihre eigenen Leute angreifen. Und schon gar nicht, dass sie nun auch gegen ihre Wächter vorgeht, vor allem gegen einen der wenigen, die sich für uns interessiert haben«, sagte er ruhig.

Er strich über die Widderhörner seines Sohnes und sah Irma dann in die Augen. »Wir werden dir helfen. Torin war ein guter Mann, und das, wofür er stand, darf nicht sterben. Wir lassen Iven nicht im Stich.«

Irma fiel ein riesiger Stein vom Herzen, und ihre Beine zitterten vor Erleichterung. Ihre Projektion begann allmählich zu flackern, und Irmas Schläfen schmerzten höllisch, doch sie sprach schnell weiter: »Ich brauche Kian. Sobald er euch das nächste Mal besucht, soll er auf mich warten.«

Maren und Emil versprachen Irma, dass sie bis zum nächsten Tag noch mit weiteren *Anderswesen* sprechen und sie von ihrer Sache überzeugen wollten. Nachdem Irmas Kopfschmerzen so stark geworden waren, dass sie kaum noch etwas sehen konnte, löste sich ihre Projektion in Luft auf.

Es war ein fürchterliches Gefühl für Irma, auf den nächsten Tag warten zu müssen, die Füße still zu halten und sich auszukurieren. Jede Sekunde, jeder Atemzug fühlte sich nach vergeudeter Zeit an, auch wenn Irma bewusst war, dass sie Mitstreiter brauchte, um etwas zu bewegen. Während sie Maren und Emil die Gelegenheit gab, weitere *Anderswesen* zusammenzutrommeln, zeigte Irma ihrer Familie, wie sie sich am geschicktesten selbst verteidigten. Auch wenn die Wächter Menschen nichts tun durften, befürchtete Irma, dass früher oder später der Moment kam, an dem sie in Gefahr sein würden. Helia war unberechenbar, und Irma stellte sicher, dass ihre Mutter sich mit Torins Schwert verteidigen konnte.

Am darauffolgenden Abend bündelte sie wieder ihre *Magikk* und schickte eine neue Projektion in das Wohnzimmer ihrer Freunde im *Kaltengrim*. Kian war zwar nicht in der Siedlung aufgetaucht, doch im Gegensatz zum Vortag war es zu Irmas Überraschung in der Hütte nun gerappelt voll, und einige der *Anderswesen* stießen einen überraschten Laut aus oder zuckten zusammen, als Irmas Mondlicht-Ich plötzlich in ihrer Mitte auftauchte. Irma konnte ihr Glück kaum fassen, während sie in die vielen bekannten und unbekannten Gesichter blickte. Sie hatte nicht damit gerechnet, dass derart viele *Anderswesen* ihr helfen und sich damit direkt gegen Helia stellen würden. Leonhard, der hagere Mausgestaltwandler mit dem strubbeligen braunen Haar, trat hervor.

»Wir haben unsere Freunde an diese Wolfsmänner verloren. Wir mögen vielleicht nicht viele sein«, erklärte er mit fester Stimme, und die Verzweiflung, die er bei ihrer letzten Begegnung ausgestrahlt hatte, hatte sich in Entschlossenheit verwandelt, »aber wir werden von nun an nicht mehr zulassen, dass Unschuldige unter dieser gottverdammten Sonnenkönigin leiden müssen.«

»Und wir fangen bei Iven an«, ergänzte Maren.

Irma brannten Tränen in den Augen, als sie in die tannengrünen

Augen der versammelten Waldwanderer und Waldnymphen blickte und die bunte Mischung der Gestaltwandler betrachtete, die ihr Leben für ihre Sache riskieren wollten. Salamander und Blindschleichen, Marder und Kröten, Molche und Spechte, Eichelhäher und Wildschweine.

Als am dritten Tag nach Ivens Entführung endlich Kian in der Hütte auf sie wartete, konnte sie nicht anders, als ihre Freudentränen einfach fließen zu lassen. Irma hätte ihren besten Freund am liebsten umarmt, doch das musste warten. Mit großen dunklen Augen sah er ihr Mondlicht-Ich ehrfürchtig an.

Bevor sie auch nur einen Pieps von sich geben konnte, überfiel er sie aufgeregt mit einem Redestrom: »Irma, du hast mir so einen Schrecken eingejagt! Ich wollte die Gerüchte gar nicht glauben, die sich im Feuerberg ausgebreitet haben. Alle haben behauptet, du wärst nicht nur eine gefährliche Hexe, sondern auch noch Erzfeindin Nummer eins.«

»Ich bin froh, dass du ihnen nicht geglaubt hast«, seufzte Irma, dankbar dafür, dass Kian niemanden verurteilte und sich grundsätzlich erst seine eigene Meinung bildete.

Und dass er nicht wie sein Vater war.

Kian schüttelte den Kopf. »Spätestens als ans Licht kam, dass Iven als Hexensympathisant gefangen gehalten wird, hätte jedem klar sein müssen, was für ein Blödsinn das ist.«

Irma nickte langsam. »Es hat sich allerdings einiges geändert. Ich befürchte, es ist nicht alles so schwarz und weiß, wie es von oben kommuniziert wird.«

»Emil hat erzählt, dass du die Tochter von Torin bist und Belisana dir Kräfte verliehen hat.« Er deutete auf ihre Mondlichtprojektion. »Damit hat alles Sinn ergeben. Denn die Information, dass du Torins Tochter bist, wird bisher im Feuerberg zurückgehalten. Aus Angst, das könnte die Rebellion erneut zum Leben erwecken.«

»Ich glaube, der erste Funke wurde schon entzündet«, warf Maren ein, und Irma dachte an die vielen Anderswesen, die am Vortag zusammengekommen waren.

»Und wenn es uns gelingt, Iven zu befreien, könnten wir damit ein ganzes Lauffeuer entfachen«, beendete Emil den Gedanken seiner Partnerin.

Irma verkündete entschlossen: »Ich habe auch schon eine Idee, wie uns das gelingen kann.«

Langsam, aber sicher formte sich diese Idee zu einem Plan, der womöglich wirklich aufgehen konnte. Sie mussten zuschlagen, wenn der Gottesdienst abgehalten wurde. Alle Wächter und Bediensteten waren in dieser Zeit beschäftigt, Helia und ihre Handlanger ebenfalls. Erst dann würde Irma ihre Kräfte nutzen, um sich in den *Feuerberg* zu teleportieren. Sobald sie einen Fuß in den *Feuerberg* setzte, würde Corvus sie wittern. Ihnen blieben noch zweieinhalb Tage, um alle Vorkehrungen zu treffen. Kian musste unbedingt über seinen Vater herausfinden, wo Iven gefangen gehalten wurde. Irma hatte nur eine Chance, wenn sie sein Gefängnis direkt ansteuern konnte. Sie würden jede Sekunde für ihre Flucht brauchen, denn mit Iven würde sie sich nicht wieder hinausteleportieren können.

Und wer kann schon sagen, in welcher Verfassung ich ihn vorfinden werde?

Den Weg nach draußen würde Irma ohne ihren besten Freund bewältigen müssen. Der *Feuerberg* war Kians Zuhause, und Irma wusste, dass er es nicht riskieren konnte, mit ihr zu kommen. Doch ganz allein gegen eine Horde Wächter wäre Irma aufgeschmissen, Mondmagie hin oder her. Sie musste ihre Hoffnungen auf Enya, Brios und Fia setzen.

Während Irma die beiden folgenden Tage nutzte, sich und ihre Familie für den großen Tag zu wappnen, musste Kian ihren Plan im *Feuerberg* in die Tat umsetzen. Es trieb sie fast in den Wahnsinn, auf den Bericht ihres besten Freundes zu warten. Am Vorabend von Helias Gottesdienst sahen sie sich endlich gemeinsam mit den übrigen *Anderswesen* in Maren und Emils Hütte wieder.

Fia hatte nicht nur herausfinden können, dass Iven noch am Leben war. Sie hatte Helia auch davon überzeugen können, ihn bis zur Sommersonnenwende zu verschonen. Sie würde erst an diesem symbolischen Tag, an dem die Sonne die längste Zeit im Jahr schien, ein Exempel an ihm statuieren. Wo sie Iven gefangen hielten, hatte Fia jedoch nicht herausfinden können. Auch Kian hatte keinen Erfolg bei dem Versuch gehabt, seinen Vater auszufragen. Irma drehte sich der

Magen um, als sie erfuhr, dass Enya sich der Sache angenommen hatte. Nachdem Kian sie aufgesucht und um Hilfe gebeten hatte, hatte sie all ihren Stolz begraben und sich an Falk gewandt, ihm mit säuselnder Stimme gesagt, wie einsam sie sich fühle.

Irma tat diese Vorstellung beinahe körperlich weh. Seit Monaten wehrte Enya seine Annäherungen strikt ab, und nun hatte sie sich für Irma derartig aufgeopfert. Auch Kian fühlte sich furchtbar schuldig, und Irma sah ihm an, wie sehr er sich für seinen Vater schämte.

Was ihn dennoch tröstete, war die Tatsache, dass die Undine Falk mit einer sehr hohen Dosis *Ambrosia* abgefüllt hatte, weshalb dieser binnen kürzester Zeit aus den Latschen gekippt war. Er musste sich selbst so sehr wegen seines Fauxpas geschämt haben, dass er die Geschichte lieber für sich behielt. Daran, Enya von den geheimen Verliesen hinter der Schmiede erzählt zu haben, konnte er sich mit großer Wahrscheinlichkeit nicht mehr erinnern. Nach Kians Schilderung war Irma sich sicher, Iven dort zu finden. Der Einbruch in das Verlies bereitete ihr allerdings Sorgen. Sollten Wächter davor postiert sein, würde Irma diese hoffentlich mit ihrer *Magikk* ausschalten können. Darüber hinaus hatte Brios Kian auch ein Beil für Irma gebracht, was ihr zusätzliche Sicherheit gab. Doch viel wichtiger war es, dass Brios bei Sander Königswasser beauftragt hatte. War das Säuregemisch in der menschlichen Welt schon in der Lage, Gold und Platin aufzulösen, war die Chemikalie im *Feuerberg* noch viel wirksamer. Denn in Sanders Laboratorien wurde die ätzende Flüssigkeit zusätzlich mit *Magikk* verstärkt. Der Bibliothekar hatte nicht nachgefragt, was der Schmied mit dem Gemisch vorhatte. Es war schließlich nicht das erste Mal gewesen, dass er darum gebeten hatte. Was Sander nicht ahnte: Irma wollte das Königswasser dafür nutzen, die verschlossene Kerkertür zu öffnen. Die schwierigste Aufgabe würde ihr dann allerdings noch bevorstehen. Während Irma Iven befreite, würden sich Hunderte Wächter auf dem Weg zu ihnen machen. Sie mussten einen Großteil dieser Wächter möglichst schon vorher außer Gefecht setzen. Und hier kam erneut Enya ins Spiel.

Was würde ich nur ohne meine Freunde tun?

Übelkeit, Bauchkrämpfe, Fieber, Schüttelfrost sowie zeitweise

Lähmungserscheinungen: Die Symptome, die der Nachtröhrling auslöste, kamen ihnen gelegen. Zu Mittag würde Enya die Mahlzeiten der Wächter mit dem im *Kaltengrim* verbreiteten Pilz vergiften. Nicht jede Speise, und nur mit einer leichten Dosis. So, dass niemand Verdacht schöpfte, es könnte sich um einen gezielten Angriff handeln. Die Köchin hätte damit zwar keinen Zugriff auf die Hochwächter, die aus einer anderen Küche versorgt wurden, doch das musste reichen. Auch Kian würde eine Vergiftung vortäuschen, um beim Gottesdienst fehlen zu können. Irma hatte ein schlechtes Gewissen, denn sie wollte keinem der Wächter Leid zufügen. Sie hätten eine Art neue Familie für sie sein können. Aber es ging um Ivens Leben, und das hatte für Irma oberste Priorität.

Bis spät in den Abend hinein sprachen sie ihren Plan durch, und Irmas Mondlichtprojektion flackerte vor Anstrengung. Ein Teil der *Anderswesen* würde in der Nähe des Bedienstetenausgangs warten, durch den Irma den *Feuerberg* verlassen wollte, und ihr Rückendeckung geben. Ein kleinerer Teil würde am östlichen Übergang die Wachen ausschalten und sich ebenfalls gegen die Wächter stellen, die Iven und ihr auf den Fersen sein würden.

Als Irma schließlich zu fortgeschrittener Stunde ihre Projektion auflöste, zwang eine tiefe Erschöpfung sie in einen traumlosen Schlaf.

Der Tag des Gottesdienstes war gekommen. Es fühlte sich für Irma verkehrt an, den Morgen mit etwas so Alltäglichem wie dem gemeinsamen Frühstück mit ihrer Familie zu beginnen. Sie löffelte gerade appetitlos ihr Müsli, als Anselm einfiel, dass Irmas Haarfarbe womöglich ein Nachteil für ihr Vorhaben sein könnte.

»Auch wenn sie dein Gesicht nicht genau vor Augen haben, werden auch beim letzten Wächter die Alarmglocken schrillen, sobald sie eine kleine Person mit schneeweißem Haar sehen.«

Irma und ihre Mutter nutzten also die Zeit bis zum Abend, um Irmas Haar mit Selmas Tönung dunkelbraun zu färben. Irma schloss die Augen, als ihre Mutter ihr liebevoll das Haar bürstete, und konzentrierte sich einzig und allein auf diesen Moment. Sie wollte ganz im Hier und Jetzt sein, denn sie war sich nicht sicher, ob sie den *Feuerberg* je wieder verlassen würde. Wie immer spürte Selma, welche Gedanken in Irmas Kopf kreisten.

»Ich bin so stolz auf dich, Mondhase«, flüsterte sie und schloss Irma in ihre Arme.

Wie kann ein Tag auf der einen Seite nicht schnell genug vergehen und auf der anderen doch zu kurz sein?

Nachdem sie ihr Haar gefärbt hatte, malte Irma auch ihre hellen Augenbrauen mit einem dunklen Puder nach und tuschte sich die Wimpern schwarz. Aus dem Spiegel blickte sie nun die Irma an, die sie bis vor weniger als einem Jahr gewesen war. Das Mädchen, das gerne Lacrosse gespielt, Schokoladen-Cappuccino getrunken und zu *Queen* in ihrem Zimmer getanzt hatte.

Werde ich jemals wieder die alte Irma sein dürfen? Doch was bedeutet das überhaupt? Würde ich überhaupt mein altes Leben wählen, wenn ich es könnte?

Ihr altes Leben, in dem es keine *Anderswelt* gab, keine *Anderswesen*. Ein Leben, in dem Iven nicht vorkam. Irma sah in die eisblauen Augen ihres Spiegelbilds und schwor sich, ihrem einstigen Leben nicht mehr nachzutrauern. Sie würde Iven aus Helias Fängen befreien, und wenn sie das geschafft hatte, würde sie ihn nie wieder gehen lassen.

Irma drückte den türkisfarbenen Wärmekristall aus der *Eishöhle* ein letztes Mal an sich, dann war sie bereit. In ihren schwarzen Leggings, einem schwarzen Oberteil und ihren Chucks stapfte sie die knarzende Treppe der *Wolfswacht* hinunter. Sie band sich den Gurt mit ihrem Dolch an den Oberschenkel und setzte sich zusammen mit Selma, Klara-Luise und Anselm an den Holztisch.

»Wir sehen uns später«, versicherte Irma, und alle verschränkten sie ihre Hände in der Mitte des Tisches.

Irma schloss die Augen und löste sich in Mondlicht auf.

39

Wie versprochen wartete Kian in der verlassenen Trainingshalle auf Irma. Sobald ihr Körper sich vollständig zusammengesetzt hatte, schloss er sie schnell, aber fest in seine Arme.

Er strich über Irmas Haar und sagte: »Die Farbe steht dir.« Irma gab ein schluchzendes Lachen von sich, als sie sich von ihm löste und in seine freundlichen Augen blickte. Wie sehr sie ihn vermissen würde.

»Jetzt aber schnell!« Kian drückte Irma einen Gürtel mit dem Beil daran in die Hand. Als sie ihn umgeschnallt hatte, reichte er ihr einen dunklen Lederrucksack. »Sei bitte vorsichtig, darin ist das Königswasser. Brios meint, damit musst du höllisch aufpassen!«

»Das mache ich«, versicherte Irma.

Auch wenn sie den Moment gerne hinausgezögert hätte, hörte sie die Uhr ticken. Der Gottesdienst musste in vollem Gange sein, Irma spürte Helias geballte *Sonnenmagikk* in dem Stockwerk über sich. Auch die fremdartige *Magikk* von Corvus nahm sie wahr. Und wenn Irma seine *Magikk* fühlen konnte, dann musste Helias Henker sie ebenfalls schon spüren. Doch Irma setzte darauf, dass er noch nicht begriff, was vor sich ging, und den Gottesdienst nicht sofort unterbrach. Sie warf einen letzten Blick auf das Mosaik, von dem Darion und Selene ihr zulächelten.

»Mach's gut«, flüsterte sie heiser und drückte Kian einen Kuss auf die Wange.

»Viel Glück«, hörte sie ihn noch sagen, als sie aus der Wächterhalle stürmte.

Wie Kian ihr es am Vortag erklärt hatte, eilte Irma zur Schmiede nebenan. Besser gesagt tastete sie die Wand am Ende des Ganges ab. Denn auch wenn die Verliese angeblich seit Hunderten von Jahren nicht mehr genutzt wurden, war deren Eingang laut Falk genau hier zu finden. Und Irma hatte Glück. Ein Teil der massiv wirkenden Felswand ließ sich tatsächlich ganz leicht nach innen schieben. Hätte Irma es nicht gewusst, hätte sie niemals geahnt, dass sich dahinter eine düstere Treppe verbarg. Irma schickte einen Mondlichthasen voraus und jagte die schmale Treppe hinab. Sie landete in einem langen, stockfinsteren Gang, an dessen Seiten zahlreiche verschlossene Türen lagen. Es gab keine Fackeln und keine Sonnenlichtlaternen, die das vergessene Verlies beleuchtet hätten, und es war fürchterlich kalt. *Kann es sein, dass Iven tatsächlich unbewacht ist?* Möglicherweise hatte Enyas Vergiftung gerade die richtigen Wächter aus dem Verkehr gezogen. Oder auch diese Wachen waren momentan bei Helias Gottesdienst. Vielleicht hatte auch schlichtweg keiner damit gerechnet, dass jemals irgendjemand diesen gottverlassenen Ort finden würde, und es waren gar keine Wächter vor dem Verlies postiert. Irma jedenfalls war erleichtert, als sie dem bläulich schimmernden Hasen zu der schweren Eisentür folgte, hinter der sie Iven vermutete. Dort spürte sie das schwache Surren seiner *Kaltengrimmagikk*. Vorsichtig setzte sie den Rucksack ab und nahm ein Glasfläschchen heraus, in dem eine Flüssigkeit in kräftigem Orange schimmerte. Der Mondlichthase spendete Irma Licht, als sie sorgsam einige Tropfen davon am Rande der Tür hinablaufen ließ. Wie angekündigt wirkte das magische Königswasser Wunder, von dem verriegelten Schloss war binnen Sekunden nichts mehr übrig. Das Säuregemisch hatte sich mit einer derartigen Kraft durch das Metall geätzt, dass Irma die Tür aufstoßen konnte. Der Geruch von Moder und verbranntem Fleisch stieg ihr in die Nase. Sie ließ ihren Mondhasen in das Verlies voraushoppeln, und Irmas Knie wurden weich, als sie nach sechs endlos erscheinenden Tagen der Sorge und des Kummers Iven endlich wiedersah. Er kniete in der Mitte des Raumes, seine Arme waren mit eisernen Ketten an der Decke befestigt. Seine Augen waren geschlossen, und das lange Haar hing ihm verfilzt und strähnig in das leichenblasse Gesicht. Er trug immer noch das zerfetzte Oberteil, und Irma stellte fest, dass niemand die Wunden, die die Klauen des Wolfsmannes geschlagen hatten, verbunden hatte. Ivens Cargohose war von dem vielen eingetrockneten Blut ganz dunkel verfärbt. Es grenzte an ein Wunder, dass er nicht einfach verblutet war. Nur das schwache Surren von *Magikk* verriet Irma, dass er noch am Leben war.

Irma handelte schnell. Sie ließ ihren Mondhasen den gesamten Raum erhellen und näherte sich mit dem Königswasser den Eisenketten. Iven schien sie zu bemerken, und Irmas Herz machte einen erleichterten Satz, als er seine Augen öffnete. Doch sein Blick war gläsern und leer, und Irma konnte nicht sagen, ob er sie erkannte und verstand, was vor sich ging.

»Ich hole dich hier raus«, flüsterte Irma und widmete sich den breiten Handschellen, die um seine knochigen Handgelenke lagen. Zu ihrem Entsetzen sah sie, dass die Haut darunter vollkommen verbrannt war. Jemand hatte die mit *Magikk* versehenen Ketten zum Glühen gebracht. Irma kämpfte gegen ihre aufsteigende Panik, als sie zwischen dem verbrannten Fleisch bis hinunter zum Knochen sehen konnte.

Ich werde Helia umbringen.

Irma mochte sich die qualvollen Schmerzen kaum vorstellen, die Iven haben musste, und wagte es nicht, das Königswasser direkt auf die Handschellen zu träufeln. Stattdessen machte sie sich mit zitternden Fingern daran, die massiven Ketten darüber zu verätzen. Als das Metall unter der Säure nachgab, knallte Iven mit einem dumpfen Schlag zu Boden. Irma zog den Rucksack heran und beugte sich über Iven, das Gesicht ganz nah an seinem.

»Hör mir zu«, flüsterte sie.

Seine sturmgrauen Augen blickten sie benommen an.

»Du musst deine Gestalt wandeln. Ich kann dich sonst nicht hier rausbringen.«

Als Iven nicht reagierte, nahm Irma sein Gesicht sanft in ihre Hände. Er war eiskalt. Verzweifelt versuchte sie es erneut. »Du hast mir einmal gesagt, dass dich das gar keine Kraft kostet. Versuch es bitte. Für mich.«

Als Iven daraufhin seine Augen schloss, fürchtete Irma, er hätte sein Bewusstsein verloren. Doch einen Augenblick später hatte er sich in einen Rotfuchs verwandelt. Irma atmete zittrig aus, dann verfrachtete sie Iven, dessen Pfoten noch in den magischen Handschellen gefangen waren, so schnell und vorsichtig wie möglich in ihren Rucksack. Sollten sie den Tag überleben, würde sie sich vermutlich etwas von ihm anhören müssen, das war Irma klar.

Da müssen wir leider durch, dachte Irma und hievte sich den Rucksack vorsichtig auf den Rücken.

Sie wusste, dass sie keine weitere Sekunde verlieren durfte, und rannte aus dem Verlies. Sie jagte hinter ihrem Mondhasen den Gang entlang und stürmte die Treppe hinauf. Hatte Irma sich vorher einzig und allein darauf konzentriert, Ivens *Magikk* zu spüren, konnte sie Helias Wut nun nicht mehr ausblenden. Die Sonnenkönigin musste mittlerweile rasend vor Zorn sein, denn ihre *Magikk* pulsierte lodernd und heiß. Irma fühlte auch Corvus' ungewöhnliche *Seelie-Magikk* näher kommen. Es bestand kein Zweifel: Die Wächter waren mittlerweile auf direktem Weg zu ihnen. Irmas Lunge brannte wie Feuer, als sie die Treppe hinaufsprintete. Noch niemals in ihrem Leben war sie so schnell gelaufen. Sie musste die Räume der Bediensteten erreichen, bevor die Wächter aus den Treppenhäusern in den Wächtertrakt strömten. Andernfalls würde sie sich herauskämpfen müssen. Irma sauste an der Schmiede vorbei und den Wächtertrakt hinab. Iven musste mittlerweile heftig durchgeschüttelt worden sein. Um einen Eindruck von ihrer Situation zu bekommen, formte Irma zwei Mondhasen, die blitzschnell in die nördlich und östlich gelegenen Treppenhäuser hoppelten. Durch ihre Augen konnte sie sehen, dass Helia und Corvus die Treppe genommen hatten, die zum Haupteingang führte. Darauf hatte Irma ihre Hoffnungen gesetzt: Es passte zu Helias Hochmut, dass sie nicht damit rechnete, es könnte für Irma einen anderen Ausgang geben als das große Haupttor. Helia dachte überhaupt nicht an den Bedienstetenausgang. Das Gesicht der Sonnenkönigin war zu einer hasserfüllten Grimasse verzogen. Helias edle Robe flatterte hinter ihr, als sie neben Corvus die Stufen hinabeilte. Sie bewegte sich so flink wie ein junges Mädchen, und auch wenn Irma sie noch nie in Aktion gesehen hatte, konnte sie sich sehr gut vorstellen, was für eine begnadete Wächterin Helia sein musste. Doch nicht nur sie, auch Irma stammte von Darion und Selene ab, den ersten Wächtern des *Kaltengrims*. Und im Gegensatz zu Helia hatte sie ein viel besseres Motiv als Machtgier und Hass, ihren Körper zur Höchstgeschwindigkeit zu zwingen. Irmas Beine überschlugen sich beinahe, als sie den Wächtertrakt entlangraste und vor dem Speisesaal und der

Küche nach links abbog. Die ersten Verfolger, die die andere Treppe gewählt hatten, trafen im Wächtertrakt ein. Allen voran Falk, der in seiner Falkenform vorausgeflogen war. Durch die Augen des einen Hasen konnte Irma sehen, dass direkt hinter ihm Moira eine Gruppe von Wächtern und Priesterinnen anführte. Als Hochwächterin war sie eine direkte Untergebene von Helia und eine eingeschworene Feindin der Hexen. Dennoch griff sie Irma nicht sofort an, sondern rief: »Halt! Irma, sei vernünftig!«

Vernünftig sein? Hierbleiben, um dann gemeinsam mit Iven gefoltert und hingerichtet zu werden? Nein, danke.

Um keine Zeit zu verlieren, drehte Irma sich nicht zu ihren Verfolgern um. Stattdessen orientierte sie sich durch die Augen der Hasen und schoss Mondlichtkugeln aus ihren Fingerspitzen nach hinten. Auch wenn sie alles andere als zielsicher waren, so erfüllten sie ihren Zweck. Die Wächter mussten Irmas Angriffen ausweichen.

In diesem Moment sauste ein Pfeil haarscharf an ihrem Kopf vorbei. Irma konnte ihm gerade noch rechtzeitig ausweichen, da sie durch ihre geteilte Wahrnehmung gesehen hatte, wie Falk ihn in seiner menschlichen Form abfeuerte. Die übrigen Wächter waren zum Glück fast unbewaffnet. Sie hatte den Zeitpunkt wirklich gut gewählt!

Durch drei paar Augen zu sehen kostete Irma jedoch unfassbar viel Kraft, und ihre Schläfen begannen zu pochen. Sie sprintete an den Räumlichkeiten der Heiler vorbei und löste einen der Hasen auf, als Helia und Corvus um die Ecke kamen. Irma warf eine Lichtkugel nach der anderen nach hinten. Doch allem voran konzentrierte sie sich darauf, ihre Geschwindigkeit zu halten. Um Helias verkohlte Finger tanzten Flammen, und blinde Panik trieb Irma an. Sie musste Helias Sonnenfeuer entkommen. Irmas Lunge schrie. Endlich erreichte sie das Treppenhaus, über das es in den Bedienstetentrakt ging. Sie spürte den Rucksack schwer auf ihren Schultern, und ihre Muskeln brannten, als sie die Stufen erklomm und in die Richtung Bedienstetenausgang sprintete. Sie jagte an der Wäscherei vorbei. Dann sah Irma, dass das kleine Tor in den *Kaltengrim* hinaus geöffnet war, und sandte einen stummen Dank an Enya. Durch den letzten Mondhasen wusste sie, dass ihre Verfolger ihr dicht auf den

Fersen waren. Sie musste die letzten Meter einfach schaffen, sie hatte keine andere Option.

Doch was dann? Wie soll ich diese Hetzjagd durch den Kaltengrim überstehen?

Irma hielt ihren Blick auf die Tür nach draußen fixiert, als sie durch die Augen ihres Mondhasen einen weißen Falken erblickte, der aus dem Bedienstetentrakt auf sie zugeflogen kam.

Kian.

Irma atmete dankbar auf. Kian war ihr trotz allem zu Hilfe geeilt! Der weiße Falke flog neben ihr auf Kopfhöhe, und in der Sekunde, in der sie die Türe passierten, verwandelte er sich zurück in seine menschliche Form. Seine Arme jedoch waren kraftvolle weiße Flügel geblieben.

»Halt dich fest«, rief er entschlossen.

Irma schlang ihre Arme um seinen Hals und sandte ein stummes Gebet an all jene, die zuhören mochten.

Dann hob Kian ab.

Irma rutschte das Herz in die Hose, als sie den Boden unter den Füßen verlor und Kian sich gen Abendsonne in die Lüfte schwang. Mit aller Kraft krallte Irma sich fest und vergrub ihre Fingernägel in ihren Armen, während Kian mit seinen mächtigen Flügeln schlug. Nach und nach strömten die Wächter und Priesterinnen aus dem schmalen Ausgang, doch für Irma waren ihre Verfolger nicht mehr größer als Ameisen. Helia erhob ihre zierlichen Hände, und die Flammen, die darum tanzten, wurden größer und größer. Binnen Sekunden breitete sich eine lodernd heiße Druckwelle über ihr aus, und Irma und Kian konnten gerade noch rechtzeitig aus dem gefährlichsten Radius fliehen. Ein Teil von Kians Federn hatte Feuer gefangen, doch er flog verbissen weiter. Sie stiegen höher und höher, bis über die Wipfel der höchsten Bäume des *Kaltengrims*. Die vorderste Reihe der alten Tannen war von einem Augenblick auf den anderen in Flammen aufgegangen. Irma hoffte, dass das Feuer sich nicht ausbreiten würde, auch wenn sie befürchtete, Helia wäre bereit, die ganze Welt niederzubrennen, um sie in die Finger zu bekommen. Rasch breitete sich der Rauch aus, und Irma konnte kaum noch erkennen, was sich auf dem Waldboden abspielte. Allerdings war Kian nicht das einzige *Anderswesen* mit Flügeln, und nicht nur Corvus und Falk, sondern auch weitere Gestaltwandler hatten ihre Form verändert und folgten ihnen, darunter auch Minna in ihrer Uhuform. Es war keine Überraschung, dass die Späherin an der Seite ihrer geliebten Herrin kämpfte. Und dass sie Iven trotz ihrer Verbundenheit mit ihm im Verlies hätte verrotten lassen!

Irma hielt sich mit all ihrer Kraft an Kian fest und war nicht mehr in der Lage, ihre *Magikk* gegen ihre Verfolger zu richten. Sie konnte ihre Hoffnungen nun nur noch auf ihre Freunde aus dem *Kaltengrim* setzen und betete, dass sie vor Helias Feuer in Sicherheit waren. Hatten Emil, Leonhard und die anderen eine Chance gegen Helia? Ihr Vorteil war, dass niemand mit ihrem Überfall gerechnet zu haben schien.

Möglicherweise, weil es sich dabei um ein Himmelfahrtskommando handelt.

Irma spürte, wie sich Corvus mit rasender Geschwindigkeit näherte, auch Falk war nicht mehr weit entfernt, beide verborgen unter den Baumwipfeln. Irmas Arme brannten wie Feuer, als Kian sie auf direktem Wege zum östlichen Übergang flog. Ihr Rucksack schien immer schwerer zu werden, der Wind zerrte an ihr, und die gewaltige Kraft, mit der sich Kians Schwingen bewegten, schleuderte sie hin und her. Sie würde sich nicht mehr lange halten können. Zum Glück schien Kian noch nicht erschöpft zu sein, trotz des zusätzlichen Ballasts, den er trug. Sie hatte seine Kräfte unterschätzt. In Windeseile kam die östliche Grenze des *Kaltengrims* näher, und Irma musste sich eingestehen, dass sie es ohne Kian und seine Flügel niemals so weit geschafft hätte. Würde es ihm gelingen, sie in Sicherheit bringen, schuldeten sie und Iven ihm ihr Leben. Doch beim nächsten kraftvollen Flügelschlag lösten sich Irmas Finger aus ihrem Griff, sie rutschte ein paar Zentimeter tiefer, konnte sich im letzten Moment wieder fangen. Der Blick nach unten ließ sie schwindeln, und ihr Herz raste.

»Ich kann mich nicht mehr halten!«, rief sie panisch.

»Nur noch ein paar Sekunden, Irma. Ich bringe uns so nah wie möglich an den Übergang.«

Irma schluckte schwer, sie musste die Zähne zusammenbeißen und ihre letzten Kräfte mobilisieren. Denn Kian hatte recht, in der Luft waren ihre Chancen weitaus besser als am Boden. Die vereinzelten Pfeile, die hinter ihnen durch die Decke der Baumkronen schlugen, gaben Irma zudem Hoffnung. Ihre Verbündeten gaben alles, um die Wächter aufzuhalten.

Als Irma das Surren der magischen Grenze vernahm, die die *Anderswelt* von der menschlichen Welt trennte, tauchten sie unter die Wipfel der Bäume ab. Ihre zittrigen Beine erreichten sicher den Waldboden, und Kians Schwingen verwandelten sich zurück in seine Arme. Zu Fuß jagten die beiden weiter durch den *Kaltengrim*, in Irmas Adern rauschte das Adrenalin. Der östliche Übergang verlief über die Lichtung, die sie laut Iven schon einmal entdeckt hatte. Irma hätte vor Erleichterung fast geschluchzt, als sie in dessen Nähe die getarnten *Anderswesen* bemerkte, die in den Baumwipfeln saßen, hinter den Sträuchern knieten oder in ihrer Tierform lauerten. Sie hatten keine Zeit, innezuhalten, doch Irma schickte ihren Freunden einen stummen Dank. Unbeirrt kämpfte sie sich mit Kian durch das Unterholz, bis sie endlich auf die Lichtung traten. Der Übergang war nicht bewacht, die dort stationierten Wächter mussten schon ausgeschaltet worden sein. Irma konnte das Kribbeln der *Kaltengrimmagikk* spüren, als sie über die Fläche sprinteten und die Grenze zur menschlichen Welt passierten. Sie rannten weiter, in der Hoffnung, bald den Waldrand zu erreichen. Irmas Lunge brannte wie Feuer, und ihre Muskeln schrien vor Schmerz, als sie den Waldweg in Richtung *Wolfswacht* entlanghetzten. Irma hielt die Träger ihres Rucksacks fest umklammert und hoffte, Iven würde durch die holprige Flucht keine zusätzlichen Schäden davontragen. Sie kamen dem Waldrand allmählich näher, als sich Irmas Augen vor Entsetzen weiteten.

Hinter einer großen Kiefer tauchte urplötzlich ihre Mutter auf, Klara-Luise und Anselm im Schlapptau.

Was zur Hölle machen sie hier?

Sie hätte es wissen müssen, dass ihre Familie nicht einfach nur in Sicherheit auf sie warten würde. Dennoch fluchte Irma innerlich, denn die drei würden nichts gegen die Wächter ausrichten können.

Sie konnte spüren, dass Corvus und Falk sie beinahe eingeholt hatten, und auch die wütende *Magikk* von Helia knisterte bedrohlich nah.

»Lauft!«, brüllte Irma heiser.

Gemeinsam hasteten sie den Waldweg entlang. Selma, die man sonst in langen Röcken und Ponchos kannte, hatte sich für einen möglichen Kampf gekleidet und trug Torins Schwert am Gürtel. Klara-Luise hatte sich das Brecheisen aus dem Schuppen geschnappt, Anselm war lediglich mit seinem alten Feldhockeyschläger bewaffnet, den er seit seiner Schulzeit nicht mehr in den Händen gehalten hatte. Irma spürte ihre Verfolger mittlerweile so nah hinter sich, dass sie in Sichtweite sein mussten. Sie wagte nicht, sich umzudrehen, und es wollte ihr vor Anstrengung nicht mehr gelingen, einen Mondhasen zu formen.

»Schneller!«, keuchte sie.

Plötzlich ging Kian neben ihr mit einem Schmerzensschrei zu Boden. Irma, die mittlerweile einen Tunnelblick hatte, verstand erst nach einigen Schritten, was passiert war. Sie blieb abrupt stehen, und als sie sich zu ihm umdrehte, erkannte sie, dass sich ein Pfeil durch den Oberschenkel ihres Freundes gebohrt hatte.

»Kian!«, kreischte sie und hastete zu ihm zurück.

Doch Falk war schneller. Der Hochwächter warf seinen Bogen beiseite und zog seinen Sohn am Kragen zu sich hoch. Er schlug ihm mit einer solchen Kraft ins Gesicht, dass Irma Kians Nase brechen hörte. Kian regte sich nicht mehr, Falk ließ ihn zu Boden fallen und funkelte Irma hasserfüllt an. Panisch sah sie zwischen dem blutüberströmten Gesicht ihres Freundes und Falk hin und her. Sie musste hier weg. Sie musste Iven in Sicherheit bringen. Doch sie konnte Kian nicht zurücklassen. Mit einem wütenden Schrei griff Irma nach ihrem Beil, ihre Arme zitterten noch immer von der Anstrengung. Aber die *Magikk* regte sich erneut in ihr, denn Irmas Blut knisterte förmlich vor Zorn. Zu allem Übel hatte nun auch die schwarze Krähe den Schauplatz erreicht, und Corvus verwandelte sich in seine menschliche Form. Er hob seine dunkel verfärbten Hände und raste auf Irma zu, die pechschwarzen Augen ausdruckslos auf sie gerichtet. Irma umklammerte ihr Beil und machte sich zum Schlag bereit.

Doch dann stürzte Selma an ihr vorbei. »Finger weg von meiner Tochter!«, schrie sie wütend.

Es war unverkennbar, dass ihre Mutter gelernt hatte, mit einem Schwert umzugehen. Zielsicher schwang sie die Klinge und traf ihren Widersacher im Gesicht. Ein tiefer Schnitt überzog seine Wange, und dunkles Blut tropfte über seine blasse Haut. Wie eine Katze sprang Selma einen Schritt zurück und holte erneut aus. Doch Corvus war schneller. Die Zeit blieb stehen, als er seine pechschwarzen Hände um ihren Hals legte.

Nein!

Unfähig, sich zu rühren, musste Irma dabei zusehen, wie eine grauenvolle blauschwarze Farbe durch die Adern ihrer Mutter kroch. Selma ging in die Knie, und ihr Körper wurde von Krämpfen geschüttelt.

Irma fühlte sich, als wäre ihr Kopf unter Wasser, und durch das Rauschen in ihren Ohren hindurch hörte sie Anselms hasserfüllten Schrei: »Du bist so ein Monster!«

Mit seinem lächerlichen Hockeyschläger ging er auf Corvus los und verpasste ihm einen kräftigen Schlag auf den Schädel, sodass der Hochwächter kurz ins Wanken geriet. Es grenzte an ein Wunder, dass Corvus nicht auch Anselm mit seiner todbringenden *Magikk* angriff. Doch seine Hände verloren ihre schwarze Farbe.

Irma war wie erstarrt, die Augen weiterhin ungläubig auf ihre Mutter geheftet. Sie hielt ihr nutzloses Beil fest umklammert, während Selma auf dem Waldboden in sich zusammensank. Irma konnte keinen klaren Gedanken fassen, in ihrem Kopf herrschte Leere. Ihre Mutter sah zu ihr auf, die Lippen waren dunkelblau, und schwarzer Moder lief ihr aus dem Mundwinkel.

»Wir müssen hier weg!«, rief Klara-Luise und zog Irma am Arm. »Sofort!«

Irma konnte die brennend heiße *Magikk* von Helia fühlen, bevor sie die Sonnenkönigin sah. Zusammen mit weiteren Wächtern kam sie flink und anmutig wie ein Reh den Waldweg entlang auf sie zu. Ihr langes goldenes Haar fiel ihr in wilden Wellen über die Schultern, kleine Äste und Blätter hatten sich darin verfangen.

Sie sah so jung aus.

Helia bewegte sich mit so gewandter Eleganz, als würde sie ihre Tage damit verbringen, durch den *Kaltengrim* zu jagen. Irma ahnte schon lange, was für eine begnadete Kämpferin die Königin sein musste. Sie strahlte die Erfahrung und Macht von Jahrhunderten aus, und auch wenn sie die Drecksarbeiten von ihren Handlangern erledigen ließ, war sie nicht umsonst deren Herrscherin. Sie war klein und zierlich, doch als sie die kohlschwarzen Hände hob, lag die überwältigende Kraft ihrer *Magikk* in der Luft.

Irma wäre gerne furchtlos gewesen. Doch kalte Angst breitete sich in ihr aus, als Helia bösartig lächelte. Kaum merklich bewegten sich die Finger der Sonnenkönigin. Selma fing Feuer.

Die Hitze der sengend heißen Flammen schlug Irma ins Gesicht. Fassungslos sah sie dabei zu, wie der Körper ihrer Mutter zu Asche verbrannte. Das Feuer fraß sich innerhalb von Sekunden durch Haut und Haar, und als Irma Helias glockenhelles Lachen hörte, war es, als würde ein Schalter in ihr umgelegt.

Wie kann Helia nur so grausam sein?

Irma wusste es nicht. Doch was sie wusste, war, dass sie Helia ihr hämisches Lachen aus dem Gesicht wischen würde. Nie zuvor hatte die *Magikk* so stark in ihren Adern pulsiert. Irma dachte nicht darüber nach, was sie tat. Sie verließ sich auf den Instinkt und ließ den Kräften in ihr freien Lauf. Mit einem Schrei, der eher nach einem Schluchzen klang, brach die *Magikk* aus Irma hervor. Eine Mauer aus bläulich-weiß loderndem Mondlicht wuchs empor und trennte Irma, Klara-Luise und Anselm von ihren Verfolgern, aber auch von Kian und Selma. Corvus konnte sich durch einen Sprung noch rechtzeitig in Sicherheit bringen, sonst hätte Irmas *Magikk* ihn verschluckt. Ihr Mondfeuer griff den Wald nicht an, und es fühlte sich nicht heiß an. Als jedoch ein Wächter versuchte, die Mauer zu durchbrechen, ging dieser in blauen Flammen auf. Irma hatte sein Gesicht nicht gesehen. Doch sie würde seine Schmerzensschreie niemals vergessen.

Klara-Luise zog Irma grob am Arm. »Jetzt komm schon!«, schrie sie.

Irma gehorchte, und gemeinsam flohen sie zur *Wolfswacht*.

40

Sobald sie durch die Tür der *Wolfswacht* getreten war, setzte Irma ihren Rucksack ab. Während Anselm noch die Tür hinter sich zuzog, öffnete Irma ihren Rucksack. Sie benötigte mehrere Anläufe dafür, denn sie war völlig erschöpft, und ihre Hände zitterten unkontrolliert.

Bittebittebittebittebitte sei noch am Leben.

Irma hob den Fuchs vorsichtig heraus, und einen Augenblick später verwandelte sich Iven in seine menschliche Form zurück. Seine bevorzugte Form, wie Irma sich erinnerte. Irma kniete sich über ihn und hob seinen Kopf an. Seine Augen waren halb geöffnet, doch er atmete flach, und seine *Magikk* knisterte sehr leise. Es war schwer zu sagen, ob Iven bei Bewusstsein war, aber er war am Leben. Da spürte Irma eine plötzliche Hitze an ihrem Schienbein. Dort, wo sie kniete, hatten Ivens Handschellen zu glühen begonnen und ihre Leggings versengt.

Helias *Magikk* knisterte bösartig.

Iven kam allmählich zu sich, und sein Gesicht verzog sich vor Schmerz. Panik machte sich in Irma breit, sie sah die grauenvollen Verletzungen an seinen Handgelenken und hatte keine Ahnung, was sie nun tun sollte. Anselm eilte herbei und packte Iven unter den Armen. Er schleifte ihn in die Küche, wo Klara-Luise schon den Erste-Hilfe-Kasten hervorgekramt hatte; er wirkte lächerlich angesichts von Ivens Wunden. Wie ferngesteuert griff Irma nach dem türkisfarbenen Kristall, der noch auf dem Tisch lag.

Sie hörte Ivens Stimme in ihrem Kopf.

Mit diesem Kristall kannst du Grada herbeirufen.

Irma schickte den letzten verzweifelten Funken ihrer *Magikk* in den kleinen Kristall.

Hilfe. Ich brauche deine Hilfe, Grada.

Der kleine Stein begann zu glühen und wurde immer heißer. Ein Luftzug wirbelte durch die Küche, dann tauchten Grada und Kenna in der *Wolfswacht* auf. Die beiden sahen genauso aus wie an *Samhain*, als Irma sie und die *Anderswelt* kennengelernt hatte. Sie hielten einander an der Hand und blickten sich neugierig um.

Klara-Luise ging sofort in Abwehrposition.

»Schon gut«, keuchte Irma heiser.

Gradas liebevolle türkisblaue Augen wurden ernst, als sie die Situation begriff. Kenna stürzte auf Iven zu, den Anselm immer noch hielt, und gemeinsam verfrachteten sie ihn auf den Holztisch.

Iven stöhnte vor Schmerzen, und zwischen zusammengepressten Zähnen keuchte er: »Macht, dass es aufhört.«

»Ich brauche eine Schere oder ein Messer«, verlangte Grada.

Sie beugte sich über ihn und zerschnitt Ivens zerfetztes Oberteil. Blitzschnell verschaffte sie sich einen Überblick über seine vielen Wunden. Die Schnitte in seiner Brust schienen sie wenig zu beunruhigen, doch als sie sich seinen zusammengeketteten Armen widmete, begann Irmas Herz zu stolpern. Das, was sie in Gradas Augen sah, war Furcht.

»Irma, komm her«, wies sie sie leise an.

Irma gehorchte, und Grada griff nach ihren Händen. Behutsam legte sie diese auf Ivens Unterarme und fragte: »Was spürst du?«

Irma musste sich nicht darauf konzentrieren. Unter ihren Fingerspitzen knisterte Helias *Magikk*. Ihr Sonnenfeuer hatte sich von den Handschellen wie ein Tumor ausgebreitet, der alles zu zerfressen drohte. Irmas Beine gaben unter ihr nach, als sie daran dachte, wie Helias Sonnenfeuer auch schon das Leben ihres Vaters aufgefressen hatte. Dann führte Grada ihre Hände weiter nach oben.

»Was spürst du?«, fragte Grada noch einmal.

»Es hat sich noch nicht ausgebreitet«, keuchte Irma.

Grada nickte. Sie schien zu demselben Schluss gekommen zu sein.

»Wir müssen schnell sein und das Feuer aufhalten. Wir haben keine andere Wahl.«

Irma hatte das Gefühl, Iven hätte verstanden, was sie vorhatten. In seine Augen trat ein panischer Ausdruck, und er versuchte sich aufzurichten. Irma drückte seine Schultern zurück auf den Holztisch. Sie durfte sich jetzt nicht von seinen angsterfüllten Augen davon abbringen lassen.

»Wir kriegen das wieder hin«, versicherte sie ihm. »Versprochen.«

Iven bemühte sich, ihre Arme abzuschütteln, doch Irma gab nicht nach. Tränen füllten ihre Augen.

Sie wusste nicht, was sie sagen sollte, deshalb flüsterte sie mehr zu sich selbst als zu Iven: »Du musst jetzt tapfer sein.«

Grada zog einige rote Beeren aus ihrem Haar, zerdrückte sie zwischen ihren Fingern und ließ ihre sonderbare *Magikk* knistern. Sobald sie ihre rot verfärbten Finger auf Ivens Schläfen legte, verlor er das Bewusstsein. Irma war dankbar für die klaren Anweisungen, die Grada ihnen nun gab. Ruhig, aber bestimmt verteilte sie die Aufgaben. Anselm holte eine Säge. Klara-Luise kümmerte sich um Handtücher. Irma zog die schärfsten Küchenmesser aus der Schublade, und Kenna riss den Notfallkoffer auf.

Die Wohnküche der *Wolfswacht* war nicht unbedingt für eine Amputation ausgestattet, doch Not machte bekanntlich erfinderisch. Grada schickte Anselm los, um Nadel und Faden zu besorgen. Sie wies Klara-Luise an, Nelken, Lorbeerblätter und Kümmel aus dem Gewürzschrank zusammenzusuchen. Die darauffolgenden Stunden nahm Irma wie in Trance wahr. Sie funktionierte irgendwie, auch wenn sie nicht wusste, wie. Im Nachhinein war diese Notoperation womöglich das Einzige gewesen, das Irma noch zusammengehalten hatte. Sie durfte nicht an ihre Mutter denken, die Corvus und Helia zum Opfer gefallen war. Sie hatte keine Zeit, an Kian zu denken, den sie zurücklassen mussten. Sie war gezwungen, vollkommen im Hier und Jetzt zu sein. Die grauenvollen Bilder würde sie nie wieder vergessen. Die durchtrennten Muskeln, das Blut, die Säge auf den freigelegten Knochen und die Angst.

Grada wusste, was sie tat. Sie ließ Irma fühlen, bis wohin das Gewebe noch gesund war. Anselm war ins Bad gerannt und hatte sich übergeben müssen, als sie das Ellenbogengelenk von Ivens rechtem Arm durchtrennten. Binnen Sekunden ging der abgetrennte Unterarm in Flammen auf, und schwarzer Rauch breitete sich in der Küche aus. Nachdem sie Ivens Wunde versorgt hatten, war das Sonnenfeuer auf der linken Seite bereits weiter nach oben gestiegen. Sie hatten keine andere Wahl, als unterhalb des Schultergelenks anzusetzen. Kaum war die zweite Amputation erfolgt, wurde auch der linke Arm vom Sonnenfeuer verschlungen. Grada nutzte die Kräuter, um Ivens Blutungen zu stillen und die Wundheilung zu fördern. Sie säuberten und verbanden auch seine alten Wunden. Irma wusch das Blut von seiner aschfahlen Haut. Er war so blass, dass seine Sommersprossen ganz dunkel wirkten. Irma streichelte seine eingefallenen Wangen und traute sich nicht, von seiner Seite zu weichen. Gradas tröstende Hand auf ihrer Schulter nahm sie nicht wahr.

EPILOG

Noch war die *Wolfswacht* ein Zufluchtsort und kein Gefängnis. Anselm und Klara-Luise hatten das Wohnzimmer zu Ivens Krankenlager umfunktioniert, und Grada hatte ihn in ein künstliches Koma versetzt. Sie kümmerte sich um die Versorgung seiner Wunden. Irma kauerte neben Ivens Matratze, und ihre Finger spielten mit seinem roten Haar.

»Wehe, du kommst nicht wieder zurück, hörst du? Ich brauch dich doch«, flüsterte sie.

Ihr schmerzendes Herz schlug so langsam wie Ivens. Doch Irma schätzte sich glücklich, dass es überhaupt noch schlug. Sie hatte einen hohen Preis dafür bezahlt. Grada näherte sich Irma vorsichtig und legte liebevoll eine Hand auf ihre Schulter.

»Glen ist hier. Er ist mit der Asche deiner Mutter zurückgekehrt.«

Die Sonnenstrahlen kitzelten ihr Stupsnäschen. Es war ein herrlicher Spätsommertag. Die Hummeln und Bläulinge tanzten auf der Lichtung, während die Gräser und Blumen sich sacht im Wind wiegten. Es war ruhig. Verdächtig ruhig. Sie ließ ihren Blick über das satte Grün wandern. Was war es, das ihre Aufmerksamkeit erregt hatte? Sie spitzte angestrengt die langen Ohren, doch außer dem sanften Rascheln der Gräser konnte sie nichts hören.

Dann sah sie ihn!

Sie hoppelte zu dem Fuchs, dessen rotes Fell sie zwischen den Gräsern hatte aufblitzen sehen. Als sie ihn erreichte, hielt sie verdutzt inne. Seine Vorderläufe endeten in den Krallen eines Huhns. Als sie die groteske Erscheinung betrachtete, konnte sie Baba Jagas gackerndes Lachen hören.

DANKE

Ich halte mich kurz, versprochen …

An Felicitas Igel für die wundervolle Zusammenarbeit. Danke, dass Sie mir als blutiger Anfängerin so viel Geduld entgegengebracht haben. Dank Ihnen haben Irma und Iven nun auch die Chance, die Herzen anderer Menschen zu erobern.

An Eva Wagner für den finalen Feinschliff und das Aufspüren der Kommas, die auch nach tausenden Durchgängen immer noch falsch gesetzt waren.

An Christin Giessel für den bezaubernden Buchumschlag, den ich mir kaum schöner hätte vorstellen können.

An all diejenigen, die mich finanziell unterstützt haben – sei es über gofundme oder auch durch direkte Spenden. Ein Buch im Selbstverlag zu veröffentlichen ist nicht leicht zu stemmen. Ihr habt mir geholfen, meinen größten Traum zu erfüllen. Dafür werde ich euch ewig dankbar sein!

An Marie Niebler aka Niehoff. Ich bin froh, einen Profi wie dich zu kennen!

An meine Familie: Mama und Toni, Oma und Opa, Elisa und Juna, Papa, Tante Nicol und Oma Heidi, Karin und Günter, Felix. Ich weiß, dass ich auf euch bauen kann.

An all die wunderbaren Menschen der P22. Dank euch hatte ich genug Selbstvertrauen, dieses Projekt weiterzuverfolgen. Ihr habt mir unendlich viel Kraft gegeben!

An meine Freund:innen und Korrekturleser:innen. Danke, dass ihr für mich da wart. Ach, was rede ich eigentlich … dass ihr für mich da seid! Ihr habt mir so viel Mut gemacht und niemals angezweifelt, dass dieses Projekt einmal wirklich gedruckt wird. Ohne euch hätte ich schon längst aufgegeben.

An Moritz. Für einfach alles und noch viel mehr.